Mario Reading
**Die 52**

## BUCH

*Frankreich im 16. Jh.* Die junge Madeleine versteckt die letzten 52 Prophezeiungen ihres Vaters Nostradamus bei einer Zigeunerfamilie – auf dass sie für immer vor der Welt verborgen bleiben.

*Paris in der Gegenwart.* Während seiner Recherchen für sein nächstes Buch stößt der amerikanische Schriftsteller Adam Sabir auf eine seltsame Kleinanzeige. Will tatsächlich jemand die verlorenen 52 Prophezeiungen des Nostradamus verkaufen? Adam trifft sich mit dem Anbieter, dem jungen Zigeuner Babel Samana. Wenig später ist er von der Echtheit der Prophezeiungen überzeugt und macht sofort ein Angebot. Doch Samana möchte zunächst noch einen anderen möglichen Käufer treffen – und wird ermordet.

Als Babels Leiche entdeckt wird, hält die Polizei jedoch Adam Sabir für den Täter. Und damit beginnt für Adam eine atemlose Hetzjagd quer durch ganz Frankreich: auf der Flucht sowohl vor dem Gesetz als auch vor einem fanatischen Killer – und auf der fieberhaften Suche nach den 52 Prophezeiungen, dem einzigen Beweis für Adams Unschuld …

## AUTOR

Mario Reading hatte bereits in zahlreichen Berufen gearbeitet – darunter als Reitlehrer in Afrika und Verwalter einer Kaffeeplantage in Mexiko –, bevor er sich zunächst dem Schreiben von Sachbüchern widmete. Der große internationale Durchbruch gelang Mario Reading jedoch mit seinem Debütroman »Die 52«: Die Rechte an diesem einzigartig spannenden Thriller wurden bereits in acht Länder verkauft.

Mario Reading

# Die 52

Aus dem Englischen
von Fred Kinzel

*Mit einem Glossar im Anhang*

blanvalet

Originaltitel: »The 52«

FSC

Mix

Produktgruppe aus vorbildlich
bewirtschafteten Wäldern und
anderen kontrollierten Herkünften

Zert.-Nr. SGS-COC-1940
www.fsc.org


Verlagsgruppe Random House FSC-DEU-0100
Das für dieses Buch verwendete FSC-zertifizierte Papier
*Holmen Book Cream* liefert Holmen Paper, Hallstavik, Schweden.

1. Auflage
Deutsche Erstausgabe Februar 2009
bei Blanvalet, einem Unternehmen der Verlagsgruppe Random House GmbH, München.

Umschlaggestaltung: Hildendesign, München
Lektorat: Urban Hofstetter
Redakion: Dr. Rainer Schöttle
Herstellung: René Fink
Satz: Uhl + Massopust, Aalen
Druck: GGP Media GmbH, Pößneck
Printed in Germany
ISBN 978-3-442-37122-8

www.blanvalet.de

# PROLOG

**La Place de L'Etape, Orléans, 16. Juni 1566**

De Bale nickte, und der *bourreau* begann an der Zugvorrichtung zu kurbeln. Der Chevalier de la Roche Allié war in voller Rüstung, weshalb die Apparatur ächzte und sich bis zum Äußersten dehnte, ehe die Ratsche griff und der Chevalier vom Boden gehoben wurde. Der *bourreau* hatte de Bale wegen der Belastung und der möglichen Folgen gewarnt, aber der Graf wollte nichts davon hören.

»Ich kenne diesen Mann seit meiner Kindheit, Maître. Seine Familie zählt zu den ältesten Frankreichs. Wenn er in seiner Rüstung zu sterben wünscht, dann ist dies sein Recht.«

Der *bourreau* hütete sich zu widersprechen – wer de Bale widersprach, endete für gewöhnlich auf dem Rad oder wurde mit siedendem Öl übergossen. De Bale fand Gehör beim König und besaß das Siegel der Kirche. Mit anderen Worten, der Bastard war unangreifbar. Irdischer Vollkommenheit so nahe, wie es ein Sterblicher nur sein konnte.

De Bale blickte nach oben. Aufgrund der *lese majesté* seiner Verbrechen hatte man de la Roche Allié dazu verurteilt, fünfzig Fuß hoch gehängt zu werden. De Bale fragte sich, ob die Bänder im Hals des Mannes der Zugkraft des Seils einerseits und den hundert Pfund Stahlplatten andererseits widerstehen konnten, die ihm seine Knappen um den Leib gegürtet hatten. Es würde nicht gut aufgenommen werden, wenn der Mann in zwei Stücke zerbrach, ehe man ihm die Gedärme herausriss und ihn vierteilte. Konnte es sein, dass de la Roche Allié diese Möglichkeit einkalkuliert hatte, als er seine Bitte vortrug? Dass er alles geplant hatte? De Bale glaubte es nicht. Der Mann war ein Unschuldiger – einer vom alten Schlag.

»Er hat die fünfzig Fuß erreicht, Herr.«

»Lasst ihn herunter.«

De Bale sah die gepanzerte Gestalt zu sich herabsinken. Der Mann war tot. Es war eindeutig. Die meisten seiner Opfer strampelten an diesem Punkt des Verfahrens und schlugen um sich. Sie wussten, was als Nächstes kommen würde.

»Der Chevalier ist tot, Herr. Was soll ich nun tun?«

»Zunächst einmal sprecht leise.« De Bale warf einen Blick auf die Menge. Diese Leute wollten Blut sehen. Hugenottenblut. Wenn sie keines bekamen, würden sie sich auf ihn und den Scharfrichter stürzen und sie in Stücke reißen. »Reißt ihm trotzdem die Gedärme heraus.«

»Verzeihung, Herr?«

»Ihr habt mich schon richtig verstanden. Reißt ihm trotzdem die Gedärme heraus. Und tut, als würde er sich winden, Mann. Kreischt durch die Nase, wenn es sein muss. Macht es wie ein Bauchredner. Veranstaltet ein großes Theater mit den Eingeweiden. Die Leute müssen glauben, dass sie ihn leiden sehen.«

Die beiden jungen Knappen traten vor, um dem Chevalier die Rüstung abzunehmen.

De Bale scheuchte sie zurück. »Das wird der Maître machen. Kehrt nach Hause zurück, ihr beiden. Ihr habt eure Pflicht gegenüber eurem Herrn getan. Jetzt gehört er uns.«

Die Knappen zogen sich zurück, sie waren kreidebleich im Gesicht.

»Nehmt ihm nur die Halsberge, den Brustpanzer und die Bauchplatten ab, Maître. Lasst die Beinschienen, den Helm und die Panzerhandschuhe dran. Die Pferde werden den Rest erledigen.«

Der Henker beeilte sich mit seinem Geschäft. »Wir sind fertig, Herr.«

De Bale nickte, und der *bourreau* setzte den ersten Schnitt.

**Im Haus von Michel de Nostredame, Salon-de-Provence, 17. Juni 1566**

»De Bale kommt, Herr.«

»Ich weiß.«

»Wie könnt Ihr das wissen? Das ist unmöglich. Die Nachricht traf erst vor zehn Minuten per Brieftaube ein.«

Der alte Mann zuckte die Achseln und verlagerte sein von Wasser geplagtes Bein, bis es bequemer auf dem Fußschemel ruhte. »Wo ist er jetzt?«

»In Orléans. In drei Wochen wird er hier sein.«

»Erst in drei Wochen?«

Der Diener trat näher. Er rang die Hände. »Was werdet Ihr tun, Herr? Der *Corpus Maleficus* vernimmt alle, deren Familien einst jüdischen Glaubens waren. *Marranos. Conversos.* Auch Zigeuner. Mauren. Hugenotten. Jeden, der kein Katholik von Geburt ist. Selbst die Königin kann Euch hier unten nicht schützen.«

Der alte Mann machte eine verächtliche Handbewegung. »Das spielt wohl kaum noch eine Rolle. Ich werde tot sein, ehe das Ungeheuer eintrifft.«

»Nein, Herr. Gewiss nicht.«

»Und du, Ficelle? Wärst du lieber fort, wenn der *Corpus* zu Besuch kommt?«

»Ich werde an Eurer Seite bleiben, Herr.«

Der alte Mann lächelte. »Du wirst mir besser dienen, wenn du tust, worum ich dich bitte. Du musst eine Reise für mich unternehmen. Eine lange Reise, voller Hindernisse. Wirst du tun, worum ich dich bitte?«

Der Diener senkte den Kopf. »Ich tue alles, was Ihr mir auftragt.«

Der alte Mann betrachtete ihn eine Weile und wog ihn augenscheinlich ab. »Wenn du scheitern solltest, Ficelle, werden die Folgen schrecklicher sein als alles, was de Bale – oder der Teufel, dem er so unwissentlich dient – je ersinnen könnte.« Er zögerte, seine Hand lag auf dem grotesk aufgeblähten Bein. »Ich hatte eine Vision. Eine von solcher Klarheit, dass sie das Werk, dem ich mein Leben bisher geweiht habe, gering erscheinen lässt. Ich habe achtundfünfzig meiner Vierzeiler nicht veröffentlicht, aus Gründen, die ich nicht verraten werde – sie betreffen nur mich. Sechs dieser Vierzeiler dienen einem geheimen Zweck – ich werde dir erklären, wie man sie verwendet. Niemand darf dich sehen. Niemand darf etwas ahnen. Die übrigen zweiundfünfzig Texte müssen an einem besonderen Ort verborgen werden, von dem nur du und ich wissen dürfen. Ich habe sie in diese Bambuskapsel eingeschlossen.« Der alte Mann langte neben seinen Stuhl und zog das gefüllte und zugestopfte Bambusrohr hervor. »Du wirst diese Kapsel dort hinterlegen, wo ich es dir sage, und in genau der Weise, die ich festlege. Du wirst nicht von meinen Anweisungen abweichen, sondern sie buchstabengetreu ausführen. Sind wir uns so weit einig?«

»Ja, Herr.«

Der alte Mann lehnte sich in seinem Sessel zurück, erschöpft von der Eindringlichkeit, mit der er sich verständlich zu machen suchte. »Wenn du hierher zurückkehrst, nach meinem Tod, wirst du meinen Freund und Liegenschaftsverwalter Palamède Marc aufsuchen. Du wirst ihm von deinem Botengang erzählen und ihn davon überzeugen, dass du ihn erfolgreich abgeschlossen hast. Er wird dir dann etwas geben. Etwas, das deine Zukunft und die deiner Familie auf Generationen sichert. Hast du mich verstanden?«

»Ja, Herr.«

»Wirst du meinem Urteil in dieser Angelegenheit trauen und meine Anweisungen genauestens befolgen?«

»Das werde ich.«

»Dann wirst du gesegnet sein, Ficelle. Von einem Volk, dem du nie begegnen wirst, und von einer Geschichte, die weder du noch ich uns auch nur entfernt vorstellen können.«

»Aber Ihr kennt die Zukunft, Meister. Ihr seid der größte Seher aller Zeiten. Selbst die Königin hat Euch Ehre erwiesen. Ganz Frankreich weiß von Eurer Gabe.«

»Ich weiß nichts, Ficelle. Ich bin wie dieses Bambusrohr. Dazu bestimmt, Dinge zu übermitteln, ohne sie aber je zu verstehen. Ich kann nichts weiter tun als beten, dass andere nach mir kommen werden, die mehr vermögen.«

# ERSTER TEIL

## 1 Paris, Quartier St. Denis, Gegenwart

Achor Bale hatte keine echte Freude am Töten. Die war ihm längst abhanden gekommen. Er betrachtete den Zigeuner beinahe liebevoll, wie man vielleicht eine Zufallsbekanntschaft betrachten mochte, die man aus einem Flugzeug steigen sieht.

Der Mann hatte sich natürlich verspätet. Ein Blick auf ihn genügte, und man sah die Eitelkeit aus allen Poren dringen. Der Fünfzigerjahre-Schnauzbart à la Zorro. Die für fünfzig Euro auf dem Flohmarkt von Clignancourt gekaufte glänzende Lederjacke. Die scharlachroten, hauchdünnen Socken. Das gelbe Hemd mit den Prince-of-Wales-Federn und dem übergroßen, spitzen Kragen. Das falsche Goldmedaillon mit dem Bild der heiligen Sara. Der Mann war ein Dandy ohne Geschmack – für seinesgleichen so leicht erkennbar wie ein Hund für den anderen.

»Haben Sie das Manuskript dabei?«

»Wofür halten Sie mich? Für einen Idioten?«

Nun, das wohl kaum, dachte Bale. Narren sind selten befangen. Dieser Mann trägt seine Käuflichkeit wie eine Dienstmarke vor sich her. Bale bemerkte die geweiteten Pupillen. Den Schweißfilm auf den hübschen, scharf geschnittenen Zügen. Das Trommeln der Finger auf dem Tisch. Das Klopfen der Füße. Ein Drogensüchtiger also. Ungewöhnlich für einen Zigeuner. Offenbar brauchte er das Geld deshalb so dringend. »Sind Sie ein Manouche oder Roma? Gitan, vielleicht?«

»Was kümmert Sie das?«

»Angesichts Ihres Schnauzers würde ich auf Manouche tippen. Ein Nachfahre von Django Reinhardt vielleicht?«

»Ich heiße Samana. Babel Samana.«

»Und Ihr Zigeunername?«

»Der ist geheim.«

»Ich heiße Bale. Ohne jedes Geheimnis.«

Der Zigeuner trommelte immer schneller auf den Tisch. Seine Augen waren jetzt überall – sie huschten über die anderen Gäste, überprüften die Tür, ergründeten die Ausmaße der Decke.

»Wie viel wollen Sie dafür?« Direkt zur Sache kommen, so hielt man es mit Leuten wie ihm. Bale sah die Zunge des Zigeuners aus dem Mund schießen und den schmalen, künstlich vermännlichten Mund befeuchten.

»Ich will eine halbe Million Euro.«

»Aha.« Bale fühlte, wie eine tiefe Ruhe über ihn kam. Gut. Der Zigeuner hatte tatsächlich etwas zu verkaufen. Die ganze Sache war nicht nur ein Lockvogelangebot. »Bei einer solchen Summe müssten wir das Manuskript vor dem Kauf prüfen. Uns von seinem Zustand überzeugen.«

»Und es auswendig lernen! Ja. Ich habe von solchen Dingen gehört. So viel weiß ich immerhin. Sobald sein Inhalt bekannt ist, ist es wertlos. Es ist das Geheimnis, das seinen Wert ausmacht.«

»Sie haben ja so recht. Ich bin sehr froh, dass Sie diese Position einnehmen.«

»Ich habe noch einen anderen Interessenten. Glauben Sie nicht, dass Sie der einzige Bewerber sind.«

Bales Augen schlossen sich. Ach. Er würde den Zigeuner doch töten müssen. Foltern und töten. Er nahm das verräterische Zucken über seinem rechten Auge wahr. »Sollen wir jetzt gehen und uns das Manuskript ansehen?«

»Ich rede zuerst mit dem anderen Mann. Vielleicht werdet ihr euch noch gegenseitig überbieten.«

Bale zuckte mit den Achseln. »Wo treffen Sie ihn?«

»Das sage ich nicht.«

»Wie soll sich das Ganze dann abspielen?«

»Sie bleiben hier. Ich gehe und rede mit dem anderen Mann. Schaue, ob er es ernst meint. Dann komme ich hierher zurück.«

»Und wenn er es nicht ernst meint? Gehen sie dann mit dem Preis herunter?«

»Natürlich nicht. Eine halbe Million.«

»Ich bleibe also hier.«

»Tun Sie das.«

Der Zigeuner sprang auf. Er keuchte inzwischen heftig, sein Hemd war am Hals und in der Brustmitte feucht vom Schweiß. Als er sich umdrehte, bemerkte Bale den Abdruck des Stuhls auf der billigen Lederjacke.

»Wenn Sie mir folgen, werde ich es bemerken. Bilden Sie sich bloß nicht ein, dass ich es nicht merken würde.«

Bale nahm seine Sonnenbrille ab und legte sie auf den Tisch. Er blickte lächelnd auf. Die Wirkung seiner unheimlich geronnenen Augen auf Menschen, die dafür empfänglich waren, war ihm seit Langem bekannt. »Ich werde Ihnen nicht folgen.«

Dem Zigeuner blieb vor Schreck der Mund offen. Er blickte entsetzt in Bales Gesicht. Dieser Mann hatte das *ia chalou* –

das böse Auge. Seine Mutter hatte Babel vor solchen Leuten gewarnt. Wenn man einen sah – wenn sie einen mit ihrem Basiliskenblick fixierten –, war man dem Untergang geweiht. Irgendwo tief im Unterbewusstsein begriff Babel Samana seinen Fehler – verstand, dass er den falschen Mann in sein Leben gelassen hatte.

»Sie bleiben hier?«

»Seien Sie unbesorgt. Ich werde warten.«

Babel begann zu laufen, sobald er das Café verlassen hatte. Er würde in der Menge untertauchen. Die ganze Sache vergessen. Was hatte er sich nur dabei gedacht? Er hatte das Manuskript ja nicht einmal. Nur eine vage Idee, wo es sein könnte. Als sich die drei *Ursitory* auf Babels Kinderbett niedergelassen hatten, um über sein Schicksal zu entscheiden – wieso mussten sie da Rauschgift als seine Schwäche wählen? Warum nicht Alkohol? Oder Frauen? Jetzt war *O Beng* in ihn gefahren und hatte ihm diese Schlange als Strafe geschickt.

Babel verlangsamte zu Schritttempo. Von dem *Gadje* war nichts zu sehen. Hatte er sich alles nur eingebildet? Die Bösartigkeit des Mannes? Diese schrecklichen Augen? Vielleicht hatte er halluziniert. Es wäre nicht das erste Mal, dass er durch schlecht verschnittene Drogen auf einen Horrortrip geraten war.

Er sah auf einem Parkscheinautomaten nach, wie spät es war. Okay. Gut möglich, dass der zweite Mann immer noch auf ihn wartete. Vielleicht erwies er sich ja als weniger bösartig.

Auf der anderen Straßenseite fingen zwei Prostituierte einen hitzigen Streit über ihren jeweiligen Standplatz an. Es war Samstagnachmittag, Zuhältertag in St. Denis. Babel fing sein Spiegelbild in einem Schaufenster auf. Er lächelte sich unsicher zu. Wenn er dieses Geschäft zustande brächte, könnte er vielleicht selbst ein paar Mädchen anschaffen gehen lassen. Und sich einen Mercedes gönnen. Er würde sich einen cremefarbenen Mercedes mit roten Ledersitzen, Dosenhaltern und stufenlos regulierbarer Klimaanlage kaufen. Und sich die Nägel in einem dieser Läden maniküren lassen, wo einen blonde *Payo*-Mädchen in weißen Schürzen sehnsuchtsvoll über den Tisch hinweg ansahen.

Bis zu *Chez Minette* war es nur ein Fußmarsch von zwei Minuten. Er würde kurz hineinschauen und sich den anderen Mann einmal ansehen. Ihm eine kleine Anzahlung abknöpfen – als Beweis für sein Interesse.

Dann würde er mit Geld in der Tasche und unter einem Berg von Geschenken ächzend ins Lager zurückgehen und seine *Hexi* von Schwester besänftigen.

**2** Adam Sabir war längst zu dem Schluss gekommen, dass man ihn nur zum Narren gehalten hatte. Samana war bereits seit fünfzehn Minuten überfällig. Er blieb nur sitzen, weil ihn das schäbige Milieu der Bar so faszinierte. Nun beobachtete er, wie der Barkeeper die Läden zur Straße herunterließ.

»Was ist hier los? Schließen Sie?«

»Schließen? Nein. Ich sperre nur alle ein. Es ist Samstag. Die ganzen Zuhälter kommen mit dem Zug in die Stadt. Machen Ärger auf der Straße. Vor drei Wochen sind die vorderen Fenster zu Bruch gegangen. Wenn sie hinauswollen, müssen Sie den Hinterausgang nehmen.«

Sabir zog eine Augenbraue in die Höhe. Nun gut. Ohne Frage eine innovative Art, sich seinen Kundenstamm zu erhalten. Er trank seine dritte Tasse Kaffee aus. Schon spürte er, wie das Koffein seinen Puls auf Touren brachte. Zehn Minuten. Er würde Samana noch einmal zehn Minuten geben. Dann würde er, obwohl er theoretisch noch freihatte, ins Kino gehen und sich John Hustons *Die Nacht des Leguan* ansehen – den Rest des Nachmittags mit Ava Gardner und Deborah Kerr verbringen. Seinem mit Sicherheit unverkäuflichen Buch über die hundert besten Filme aller Zeiten ein neues Kapitel anfügen.

»*Une pression, s'il vous plaît. Rien ne presse.*«

Der Barkeeper zeigte mit einer Handbewegung an, dass er verstanden hatte und fuhr fort zu kurbeln. Im letztmöglichen Augenblick schlüpfte eine schlanke Gestalt unter dem Rolladen durch und richtete sich auf, an einem Tisch Halt suchend.

»*Ho! Tu veux quoi, toi?*«

Babel ignorierte den Barkeeper und sah sich mit wildem Blick im Raum um. Sein Hemd war durchnässt unter der Jacke, und Schweiß lief ihm über das scharfkantige Kinn. Zielstrebig richtete er seine Aufmerksamkeit der Reihe nach auf die einzelnen Tische.

Sabir hielt wie vereinbart eine Ausgabe seines Buchs über Nostradamus in die Höhe, auf dem sein Bild an prominenter Stelle prangte. So. Der Zigeuner war endlich gekommen. Und nun zur Enttäuschung. »Ich bin hier drüben, Monsieur Samana. Setzen Sie sich zu mir.«

Babel stolperte über einen Stuhl in seinem Eifer, zu ihm zu gelangen. Er fing sich, hinkte und sah mit verzerrtem Geicht zum Eingang der Bar. Aber er war für den Augenblick sicher. Der Rollladen war jetzt vollständig heruntergelassen. Der verlogene *Gadje* mit den verrückten Augen kam nicht an ihn heran. Der *Gadje*, der geschworen hatte, ihm nicht zu folgen. Und der ihm dann den ganzen Weg bis zu *Chez Minette* gefolgt war, ohne sich auch nur die Mühe zu machen, in der Menge Deckung zu suchen. Babel hatte immer noch eine Chance.

Sabir stand auf, einen spöttischen Ausdruck im Gesicht. »Was ist los? Sie sehen aus, als hätten Sie einen Geist gesehen.« Aus der Nähe betrachtet, hatte sich alle Wildheit, die er im Blick des Zigeuners entdeckt hatte, in eine starre Maske der Angst verwandelt.

»Sind Sie der Schriftsteller?«

»Ja. Sehen Sie, das bin ich auf der Umschlagklappe des Buches.«

Babel langte über den Tisch und ergriff ein leeres Bierglas. Er schlug es auf die Tischoberfläche zwischen ihnen und grub seine Hand in die Scherben. Dann ergriff er mit seiner blutenden Klaue Sabirs Hand. »Verzeihen Sie mir.« Ehe Sabir reagieren konnte, hatte der Zigeuner seine Hand gewaltsam auf die Scherben hinuntergedrückt.

»Himmel! Sie kleiner Scheißkerl…« Sabir versuchte, seine Hand zurückzuziehen.

Der Zigeuner hielt sie gepackt und drückte sie an seine eigene, bis die beiden Hände in einem blutigen Schaum vereint waren. Dann klatschte er sich Sabirs blutende Handfläche an die eigene Stirn, wo sie einen verschmierten Abdruck hinterließ. »So. Hören Sie zu! Hören Sie mir zu.«

Sabir entwand seine Hand dem Griff des Zigeuners. Der Barkeeper kam hinter der Theke hervor und schwang einen verkürzten Billardqueue.

»Zwei Worte. Behalten Sie sie im Gedächtnis. Samois. Chris.« Babel wich vor dem sich nähernden Barkeeper zurück. Er hielt die blutige Handfläche in die Höhe, als würde er ihn segnen. »Samois. Chris. Sie merken es sich?« Er warf einen Stuhl nach dem Barkeeper und nutzte die Ablenkung, um sich in Richtung Ausgang zu orientieren. »Samois. Chris.« Er zeigte auf Sabir, sein Blick war wild vor Angst. »Vergessen Sie es nicht.«

## 3

Babel wusste, dass er um sein Leben lief. Nichts hatte sich je so gewiss angefühlt. So absolut. Der Schmerz in seiner Hand war ein heftiges Pochen. Seine Lunge brannte, jeder Atemzug war wie mit Nägeln gespickt.

Bale blieb fünfzig Meter zurück und beobachtete ihn. Er hatte Zeit. Der Zigeuner konnte nirgendwohin. Er konnte sich an niemanden wenden. Die Sûreté würde einen Blick auf ihn werfen und ihn in eine Zwangsjacke stecken – die Pariser Polizei verhielt sich nicht besonders nachsichtig gegenüber Zigeunern, schon gar nicht, wenn sie vor Blut trieften. Was war in dieser Bar geschehen? Wen hatte er getroffen? Nun, er würde nicht lange brauchen, um es herauszufinden.

Er entdeckte den weißen Peugeot Kombi fast sofort. Der Fahrer fragte einen Fensterputzer nach dem Weg. Der Fensterputzer zeigte zurück in Richtung St. Denis und zog die Schultern in gallischem Unverständnis in die Höhe.

Bale stieß den Fahrer zur Seite und schwang sich auf den Fahrersitz. Der Motor lief noch. Bale legte den Gang ein und beschleunigte. Er machte sich nicht die Mühe, in den Rückspiegel zu blicken.

Babel hatte den *Gadje* aus den Augen verloren. Er drehte sich suchend um und trabte dabei rückwärts. Passanten wichen ihm aus, abgeschreckt von dem Blut in seinem Gesicht und an den Händen. Babel blieb stehen. Er stand auf der Straße und sog die Luft ein wie ein in die Enge getriebener Hirsch.

Der weiße Peugeot fuhr über den Randstein, krachte in Babels rechten Oberschenkel und zertrümmerte den Knochen. Babel prallte von der Kühlerhaube zurück und stürzte hart aufs Pflaster. Beinahe unmittelbar danach spürte er, wie er angehoben wurde – starke Hände packten ihn an der Jacke und am Hosenboden. Eine Tür ging auf, und er wurde in ein Auto geworfen. Er hörte ein schreckliches, schrilles Heulen und erkannte mit einiger Verspätung, dass er selbst es ausstieß. Er blickte genau in dem Moment auf, in dem der *Gadje* ihm den Handballen unter das Kinn rammte.

4 Babel erwachte mit grässlichen Schmerzen in seinen Beinen und Schultern. Er hob den Kopf, um sich umzublicken, sah aber nichts. Erst dann erkannte er, dass seine Augen verbunden waren, und dass er aufrecht an eine Art leicht geneigten Metallrahmen gefesselt war, von dem er nach vorn weghing, Beine und Arme in Kreuzigungshaltung, sein Körper unfreiwillig in einer Weise gebogen, als würde er die Hüften bei einem sexuell besonders eindeutigen Tanz vorschieben. Er war nackt.

Bale zog noch einmal an Babels Penis. »So. Habe ich jetzt endlich Ihre Aufmerksamkeit? Gut. Hören Sie zu, Samana. Zwei Dinge müssen Sie wissen: Erstens, Sie werden auf jeden Fall sterben – Sie können sich aus dieser Sache weder herausreden noch ihr Leben mit Informationen erkaufen. Zweitens, die Art Ihres Todes hängt ganz von Ihnen ab. Wenn ich mit Ihnen zufrieden bin, werde ich Ihnen die Kehle durchschneiden. Sie werden nichts spüren. Und so wie ich es mache, werden Sie in weniger als einer Minute verbluten. Wenn ich nicht mit Ihnen zufrieden bin, werde ich Ihnen wehtun – noch viel mehr, als ich es jetzt tue. Um zu beweisen, dass ich beabsichtige, Sie zu töten – und dass es aus Ihrer jetzigen Lage kein Zurück gibt –, werde ich Ihnen den Penis abschneiden. Dann werde ich die Wunde mit einem heißen Bügeleisen kauterisieren, damit sie nicht vor der Zeit verbluten.«

»Nein! Tun Sie es nicht! Ich sage Ihnen alles, was Sie wissen wollen. Alles.«

Bale stand da und hielt das Messer flach an die gedehnte Haut von Babels Glied. »Alles? Ihr Penis gegen die Information, hinter der ich her bin?« Er zuckte die Achseln. »Das verstehe ich nicht. Sie wissen, dass Sie ihn nie mehr benutzen werden. Das habe ich doch wohl ganz klargemacht. Warum sollten Sie ihn behalten wollen? Erzählen Sie mir nicht, dass Sie immer noch unter dem Wahn leiden, es gäbe Hoffnung.«

Ein Speichelfaden lief aus Babels Mundwinkel. »Was wollen Sie wissen?«

»Erstens: Den Namen der Bar.«

»*Chez Minette*.«

»Gut. Das stimmt. Ich habe Sie selbst hineingehen sehen. Wen haben Sie getroffen?«

»Einen Amerikaner. Einen Schriftsteller. Adam Sabir.«

»Warum?«

»Um ihm das Manuskript zu verkaufen. Ich wollte Geld.«

»Haben Sie ihm das Manuskript gezeigt?«

Babel lachte abgebrochen. »Ich habe es ja gar nicht. Ich habe es nie gesehen. Ich weiß nicht einmal, ob es existiert.«

»Ach, mein Lieber.« Bale ließ Babels Penis los und begann ihm das Gesicht zu streicheln. »Sie sind ein gut aussehender Mann. Die Frauen mögen Sie. Die größte Schwäche eines Mannes ist immer seine Eitelkeit.« Bale setzte einen Kreuzschnitt auf Babels rechte Wange. »Jetzt sind Sie schon nicht mehr so hübsch. Von einer Seite geht es noch. Von der anderen – Armageddon. Schauen Sie, ich kann den Finger durch dieses Loch stecken.«

Babel begann zu schreien.

»Stopp. Oder ich mache dasselbe auf der anderen Seite.«

Babel hörte auf zu schreien. Luft strömte durch die Hautlappen seiner aufgerissenen Wange.

»Sie haben das Manuskript angeboten. Zwei interessierte Parteien haben sich gemeldet. Ich bin eine. Sabir die andere. Was beabsichtigten Sie, uns für eine halbe Million Euro zu verkaufen? Heiße Luft?«

»Ich habe gelogen. Ich weiß, wo es zu finden ist. Ich werde Sie hinführen.«

»Und wo ist das?«

»Es ist aufgeschrieben.«

»Wiederholen Sie es mir.«

Babel schüttelte den Kopf. »Das kann ich nicht.«

»Drehen Sie die andere Wange zu mir.«

»Nein! Nein! Ich kann es nicht. Ich kann nicht lesen.«

»Woher wissen Sie dann, dass es aufgeschrieben ist?«

»Weil man es mir gesagt hat.«

»Wer hat dieses Schriftstück? Wo ist es zu finden?« Bale legte den Kopf zur Seite. »Versteckt es ein Mitglied Ihrer Familie? Oder jemand anders?« Er hielt inne. »Ja. Ich dachte es mir. Ich sehe es Ihrem Gesicht an. Es ist ein Mitglied Ihrer Familie, nicht wahr? Ich will wissen, wer. Und wo.« Bale packte Babels Penis. »Einen Namen, los.«

Babel ließ den Kopf hängen. Blut und Speichel tropften aus dem Loch, das Bales Messer geschnitten hatte. Was hatte er getan? Was hatten seine Angst und seine Verwirrung ihn preisgeben lassen? Jetzt würde der *Gadje* Yola aufspüren. Sie ebenfalls foltern. Seine toten Eltern würden ihn verfluchen, weil er seine Schwester nicht beschützt hatte. Sein Name würde unrein werden – *mahrimé*. Man würde ihn in einem namenlosen

Grab verscharren. Und das alles, weil seine Eitelkeit stärker gewesen war als seine Angst vor dem Tod.

Hatte Sabir die beiden Worte verstanden, die er ihm in der Bar gesagt hatte? Würde sich sein Instinkt in Bezug auf den Mann als zutreffend erweisen?

Babel wusste, dass er am Ende seines Wegs angekommen war. Nach einem Leben, das er mit dem Bau von Luftschlössern verbracht hatte, verstand er seine eigenen Schwächen nur zu gut. Noch eine halbe Minute und seine Seele würde der Hölle überantwortet werden. Er würde nur eine Chance haben zu tun, was er tun wollte. Eine Chance.

Unter Ausnutzung des ganzen, nach unten hängenden Gewichts seines Kopfs warf Babel das Kinn so weit nach links oben, wie es nur ging, und riss es dann in einem brutalen Halbkreis wieder nach rechts unten.

Bale trat unwillkürlich einen Schritt zurück. Dann streckte er die Hand aus und langte in das dichte Haar des Zigeuners. Der Kopf hing lose in seinem Griff, als wäre er aus seiner Verankerung gesprungen. »Nicht doch!« Bale ließ den Kopf nach vorn fallen. »Das gibt's doch nicht.«

Bale entfernte sich ein paar Schritte, betrachtete die Leiche einen Moment und kehrte anschließend zu ihr zurück. Er zerschnippelte das Ohr des Zigeuners mit seinem Messer. Dann nahm er ihm die Augenbinde ab und schob die Lider des Mannes zurück. Die Augen waren erloschen – kein Funke Leben.

Bale säuberte sein Messer mit der Augenbinde und ging kopfschüttelnd fort.

## 5

Hauptmann Joris Calque von der Police Nationale führte die nicht angezündete Zigarette unter seiner Nase entlang und steckte sie dann widerwillig in das Etui aus Kanonenmetall zurück. Er ließ das Etui in seine Jackentasche gleiten. »Wenigstens ist diese Leiche schön frisch. Es wundert mich, dass da nicht noch Blut vom Ohr tropft.« Calque drückte den Daumen an Babels Brust, nahm ihn dann weg und beugte sich vor, um nach Verfärbungen Ausschau zu halten. »Kaum Leichenflecke. Der Mann ist höchstens seit einer Stunde tot. Wie haben wir ihn so schnell gefunden, Macron?«

»Ein gestohlener Kombi. Steht draußen. Sein Besitzer hat den Diebstahl gemeldet, und ein *pandore* auf Streife ist vierzig Minuten später darüber gestolpert. Ich wünschte, alle Verbrechen wären so leicht aufzudecken.«

Calque streifte seine Schutzhandschuhe ab. »Ich verstehe das nicht. Unser Mörder entführt den Zigeuner auf offener Straße, vor den Augen der Leute, in einem gestohlenen Kombi. Dann fährt er hierher, bindet ihn an ein Bettgestell, das er praktischerweise zuvor an der Wand festgeschraubt hat, foltert ihn ein wenig, bricht ihm das Genick und lässt den Kombi wie ein Hinweisschild draußen stehen. Ergibt das einen Sinn für Sie?«

»Wir haben außerdem eine Nichtübereinstimmung beim Blut.«

»Was soll das heißen?«

»Hier. An der Hand des Opfers. Diese Schnitte sind älter als die anderen Wunden. Und es findet sich fremdes Blut mit seinem eigenen vermischt. Es zeigt sich eindeutig auf dem tragbaren Spektrometer.«

»Ach so. Der Mörder gibt sich also nicht mit dem Kombi als Hinweisschild zufrieden, sondern hinterlässt uns auch noch eins in Form von Blut.« Calque zuckte die Achseln. »Der Mann ist entweder ein Vollidiot oder ein Genie.«

6 Die Apothekerin verband Sabirs Hand zu Ende. »Es muss billiges Glas gewesen sein – Sie haben Glück, dass es nicht genäht zu werden braucht. Sie sind nicht zufällig Pianist?«

»Nein, Schriftsteller.«

»Na, dann werden ja keine Fertigkeiten beeinträchtigt.«

Sabir brach in Lachen aus. »So könnte man sagen. Ich habe ein Buch über Nostradamus geschrieben. Und jetzt schreibe ich Filmkritiken für eine Kette von Regionalzeitungen. Aber das war's auch schon. Der Ertrag eines vergeudeten Lebens.«

Die Apothekerin schlug die Hand vor den Mund. »Nein, entschuldigen Sie. So habe ich es nicht gemeint. Natürlich verfügen Schriftsteller über Fertigkeiten. Ich hatte an Berufe gedacht, bei denen es auf *Finger*fertigkeit ankommt.«

»Ist schon gut.« Sabir stand auf und zog vorsichtig seine Jacke an. »Wir Lohnschreiber sind Kränkungen gewöhnt. Wir stehen entschlossen ganz unten in der Hackordnung. Es sei denn, natürlich, wir schreiben Bestsellerliteratur oder bringen es fertig, prominent zu werden, indem wir wie durch Zauberhand mit einem Buch ganz nach oben kommen. Wenn wir dann nichts hinterherschicken, sinken wir wieder auf den Boden. Es ist ein berauschender Beruf, finden Sie nicht?« Er verbarg seine Bitterkeit hinter einem breiten Lächeln. »Wie viel schulde ich Ihnen?«

»Fünfzig Euro. Natürlich nur, wenn Sie so viel aufbringen können.«

»Aha. Touché!« Sabir holte seine Brieftasche hervor und blätterte sie nach Banknoten durch. Seine Gedanken waren zum Teil immer noch bei dem Verhalten des Zigeuners. Warum griff jemand einen vollkommen Fremden an? Einer, von dem er hoffte, er würde ihm etwas Wertvolles abkaufen? Es war mit dem gesunden Menschenverstand nicht zu fassen. Irgendetwas hielt Sabir jedoch davon ab, zur Polizei zu gehen, trotz der Ermunterung durch den Barkeeper und die drei, vier Gäste, die Zeugen des Angriffs geworden waren. An der Geschichte war mehr dran, als man auf den ersten Blick sah. Und wer oder was waren Samois und Chris? Er gab der Apothekerin das Geld. »Sagt ihnen das Wort Samois etwas?«

»Samois?« Die Frau schüttelte den Kopf. »Von dem Ort abgesehen, meinen Sie?«

»Ort? Welcher Ort?«

»Samois-sur-Seine. Er liegt etwa sechzig Kilometer südöstlich von hier. Direkt oberhalb von Fontainebleau. In der Jazzszene ist er sehr bekannt. Die Zigeuner veranstalten dort jeden Sommer ein Festival zu Ehren von Django Reinhardt. Sie wissen schon, der Manouche-Gitarrist.«

»Manouche?«

»Das ist ein Zigeunerstamm. Mit den Sinti verbunden. Sie kommen aus Deutschland und Nordfrankreich. Das weiß doch jeder.«

Sabir verbeugte sich spöttisch. »Sie vergessen, Madame, ich bin nicht jeder. Ich bin nur ein Schriftsteller.«

7 Bale mochte Barkeeper nicht. Sie waren ein unangenehmer Menschenschlag, der von der Schwäche anderer lebte. Dennoch. Im Interesse der Informationsbeschaffung war er zu Zugeständnissen bereit. Er ließ den gestohlenen Dienstausweis in seine Tasche gleiten. »Der Zigeuner hat ihn also mit einem Glas angegriffen?«

»Ja. So etwas habe ich noch nie gesehen. Er kam einfach herein, patschnass geschwitzt, und steuerte schnurstracks auf den Amerikaner zu. Zertrümmerte das Glas und rieb seine Hand in die Scherben.«

»Die Hand des Amerikaners?«

»Nein. Das war ja das Merkwürdige. Der Zigeuner rieb seine eigene Hand in den Scherben. Erst dann hat er den Amerikaner attackiert.«

»Mit dem Glas?«

»Nein, nein. Er nahm die Hand des Amerikaners und machte dasselbe damit wie zuvor mit seiner eigenen. Dann führte er die Hand des Amerikaners gewaltsam an seine Stirn. Alles war voll Blut.«

»Und das war's.«

»Ja.«

»Er hat nichts gesagt?«

»Na ja, er hat die ganze Zeit geschrien: ›Merken Sie sich diese Worte! Vergessen Sie sie nicht!‹«

»Welche Worte?«

»Tja, jetzt haben Sie mich. Es hörte sich an wie: ›Sam, moi et Chris.‹ Vielleicht sind es Brüder.«

Bale unterdrückte ein triumphierendes Lächeln. Er nickte wissend. »Brüder. Ja.«

**8** Der Barkeeper warf die Hände melodramatisch in die Höhe. »Aber ich habe doch eben mit einem Ihrer Beamten gesprochen und ihm alles gesagt, was ich weiß. Soll ich euch vielleicht auch noch die Windeln wechseln, oder was?«

»Und wie hat dieser Beamte ausgesehen?«

»Wie ihr alle ausseht.« Der Barkeeper zuckte mit den Achseln. »Sie wissen schon.«

Hauptmann Calque sah über die Schulter zu Leutnant Macron. »So wie er?«

»Nein. Ganz anders.«

»Wie ich dann?«

»Nein, nicht wie Sie.«

Calque seufzte. »Wie George Clooney? Woody Allen? Johnny Halliday? Oder trug er vielleicht eine Perücke?«

»Nein, nein. Er trug keine Perücke.«

»Was haben Sie diesem Unsichtbaren sonst noch erzählt?«

»Sie brauchen nicht gleich sarkastisch zu werden. Ich tue meine Pflicht als Bürger. Ich habe versucht, den Amerikaner zu beschützen.«

»Womit?«

»Na … mit meinem Billardqueue.«

»Wo bewahren Sie diese Angriffswaffe auf?«

»Wo ich sie aufbewahre? Was glauben Sie denn? Hinter der Theke natürlich. Das ist St. Denis hier, nicht Sacré Cœur.«

»Zeigen Sie ihn mir.«

»Hören Sie. Ich habe niemanden damit geschlagen. Ich habe dem Zigeuner nur damit gewunken.«

»Und hat er zurückgewunken?«

»Ah, *merde*.«

Der Barkeeper schlitzte eine Packung Gitanes mit dem Eis-Crusher auf. »Wahrscheinlich werden Sie mich jetzt als Nächstes hochnehmen, weil ich an einem öffentlichen Ort rauche, oder? Ihr seid mir schon die Richtigen.« Er blies den Rauch der Zigarette über den Tresen.

Calque erleichterte den Barkeeper um eine seiner Zigaretten. Er klopfte sie auf die Rückseite der Packung und führte sie sehnsuchtsvoll unter seiner Nase entlang.

»Wollen Sie sie nicht anzünden?«

»Nein.«

»*Putain*. Erzählen Sie mir nicht, Sie haben es aufgegeben.«

»Ich habe einen Herzfehler. Jede Zigarette kostet mich einen Tag meines Lebens.«

»Das ist es wert.«

Calque seufzte. »Sie haben recht. Geben Sie mir Feuer.«

Der Barkeeper bot Calque das brennende Ende seiner Zigarette an. »Hören Sie. Jetzt fällt es mir wieder ein. Wegen Ihres anderen Beamten.«

»Was ist Ihnen eingefallen.«

»Etwas war merkwürdig an ihm. Sehr merkwürdig.«

»Und was?«

»Na, ja. Sie werden es mir nicht glauben, wenn ich es sage.«

Calque zog eine Augenbraue hoch »Probieren Sie's aus.«

Der Barkeeper zuckte die Schultern. »Seine Augen. Das Weiße darin hat gefehlt.«

## 9

»Der Mann heißt Sabir. S-A-B-i-R. Adam Sabir. Ein Amerikaner. Nein, ich habe zu diesem Zeitpunkt keine weiteren Informationen für Sie. Schauen Sie in Ihrem Computer nach. Das sollte genügen. Glauben Sie mir.«

Achor Bale legte das Telefon beiseite. Er gestattete sich ein kurzes Lächeln. Damit würden sie Sabir finden. Bis die französische Polizei mit dessen Vernehmung fertig war, würde er selbst längst verschwunden sein. Chaos zu erzeugen war immer eine gute Maßnahme. Chaos und Anarchie. Wenn man beides schürte, zwang man die etablierten Kräfte von Recht und Ordnung dazu, sich auf die Hinterbeine zu stellen.

Polizei und öffentliche Verwaltung waren darauf dressiert, linear zu denken – in Regeln und Vorschriften. Auf Computer bezogen war »hyper« das Gegenteil von linear. Nun denn. Bale war stolz auf seine Fähigkeit zum Hyper-Denken – Sprünge und Brüche zu machen, wie und wann es ihm gefiel.

Er griff nach einer Karte von Frankreich und breitete sie auf dem Tisch vor sich aus.

**10** Adam Sabir erfuhr vom Interesse der Sûreté an seiner Person, als er den Fernseher in seiner gemieteten Wohnung auf der Île St. Louis einschaltete und ihm sein eigenes Gesicht in voller Größe aus dem Plasmabildschirm entgegenstarrte.

Als Schriftsteller und Gelegenheitsjournalist musste er auf den Laufenden sein, was die Nachrichten anging. Dort lauerten Geschichten und köchelten Ideen. Der Zustand der Welt spiegelte sich im Zustand seines potenziellen Markts wider, und das bereitete ihm Sorge. Dank eines irren, einmaligen Bestsellers namens *Das geheime Leben des Nostradamus* hatte er sich in den letzten Jahren an einen wirklich sehr komfortablen Lebensstil gewöhnt. Der originäre Inhalt war gegen null gegangen – aber der Titel war ein Geniestreich. Jetzt brauchte er dringend einen Folgeband, sonst würde die Geldquelle versiegen, er würde sein Publikum verlieren, und mit dem Luxusleben wäre es vorbei.

Samanas Annonce in diesem lächerlichen kostenlosen Werbeblatt vor zwei Tagen hatte deshalb seine Aufmerksamkeit erregt, weil sie so fehl am Platz und so gänzlich unerwartet gewesen war:

*»Brauche Geld. Habe etwas zu verkaufen. Notre Dames [sic] verschollene Verse. Alles aufgeschrieben. Barverkauf an ersten Käufer. Echt.«*

Sabir hatte laut gelacht, als er die Annonce gesehen hatte – sie war so offensichtlich von einem Analphabeten diktiert worden. Aber wie sollte ein Analphabet von Nostradamus' verschollenen Versen wissen?

Es war allgemein bekannt, dass der im 16. Jahrhundert lebende Seher eintausend nummerierte Vierzeiler geschrieben hatte, die zu seinen Lebzeiten veröffentlicht wurden und in denen er zukünftige Ereignisse in der Welt mit einer fast übernatürlichen Genauigkeit vorwegnahm. Weniger bekannt jedoch war die Tatsache, dass er achtundfünfzig dieser vierzeiligen Verse im allerletzten Moment zurückgehalten hatte, sodass sie nie ans Licht der Öffentlichkeit gelangt waren. Wer diese Verse entdeckte, wäre auf einen Schlag Millionär – die potenziellen Verkaufszahlen würden astronomische Größenordnungen erreichen.

Sabir wusste, dass sein Verleger bedenkenlos jede Summe auf den Tisch legen würde, um so einen Kauf zu besiegeln. Die Geschichte des Fundes an sich würde bereits Hunderttausende Dollar an Abdruckhonoraren einbringen und rund um die Welt eine Berichterstattung auf der Titelseite garantieren. Und was würden die Leute in diesen unsicheren Zeiten nicht geben, um die Verse zu lesen und ihre Enthüllungen zu verstehen? Bei dem bloßen Gedanken wurde einem schwindlig.

Bis zu den Ereignissen des heutigen Tages hatte Sabir fröhlich davon fantasiert, dass man sein Originalmanuskript wie vor ihm die Harry-Potter-Bücher in der literarischen Entsprechung eines Fort Knox einschließen würde, um sie erst am Erscheinungstag den ungeduldig geifernden Käufermassen zu präsentieren. Ich bin ohnehin in Paris, hatte er gedacht. Was würde es mich schon kosten, die Geschichte zu überprüfen? Was hätte ich zu verlieren?

*»Im Zusammenhang mit der brutalen Folterung und Ermordung eines unbekannten Mannes sucht die Polizei nach dem ameri-*

*kanischen Schriftsteller Adam Sabir. Sabir weilt allem Anschein nach zu Besuch in Paris. Die Öffentlichkeit wird jedoch davor gewarnt, sich ihm zu nähern, da er eventuell gefährlich ist. Wegen der Schwere des Verbrechens hat die Identifizierung des Mörders, der erneut zuschlagen könnte, wie man stark befürchtet, für die Police Nationale oberste Priorität.«*

»Ach du lieber Himmel.« Sabir stand in der Mitte seines Wohnzimmers und starrte auf das Fernsehgerät, als könnte es plötzlich beschließen, sich von seinen Kabeln loszureißen und auf ihn zuzukriechen. Ein altes PR-Foto von ihm füllte den gesamten Bildschirm aus und übertrieb jedes Gesichtsmerkmal, bis er selbst fast glauben konnte, dass es einen gesuchten Verbrecher darstellte.

Ein Foto des toten Samana folgte, mit der Unterzeile *Kennen Sie diesen Mann?* Wange und Ohr waren zerschnitten, die Augen trüb geöffnet, als würde der Mann, zu dem sie gehörten, über die Millionen von voyeuristischen Sofafurzern zu Gericht sitzen, die einen flüchtigen Trost aus dem Umstand zogen, dass nicht sie selbst es waren, die man auf dem Bildschirm sah.

»Das darf doch nicht wahr sein. Der Kerl ist von oben bis unten voll Blut von mir.«

Sabir setzte sich in einen Lehnstuhl, der Mund stand ihm offen, und das schmerzhafte Pochen in seiner Hand war ein unheimlicher Widerhall der elektronischen Musik, die den Abspann der Abendnachrichten begleitete.

**11** Er brauchte zehn hektische Minuten, um seine Habseligkeiten zusammenzusuchen – Pass, Geld, Straßenkarten, Kleidung und Kreditkarten. Im allerletzten Augenblick durchwühlte er den Schreibtisch, um zu sehen, ob er etwas enthielt, das er gebrauchen könnte.

Er hatte die Wohnung von seinem englischen Agenten John Tone geborgt, der auf Urlaub in der Karibik war. Der Wagen gehörte ebenfalls seinem Agenten und war deshalb nicht mit ihm in Verbindung zu bringen. Er sollte es also schaffen, unerkannt aus Paris hinauszukommen, um in Ruhe nachzudenken.

Er steckte hastig einen veralteten britischen Führerschein ein, der auf Tone ausgestellt war, und ein paar Euro, die er in einer leeren Filmdose fand. Der Führerschein enthielt kein Foto. Das konnte sich als nützlich erweisen. Er steckte außerdem eine alte Stromrechnung und die Wagenpapiere ein.

Falls ihn die Polizei ergriff, würde er sich einfach unwissend stellen – er war zur Recherche unterwegs nach St.-Rémy-de-Provence, Nostradamus' Geburtsort. Er hatte weder Radio gehört noch ferngesehen und wusste nicht, dass die Polizei nach ihm suchte.

Mit ein bisschen Glück würde er es bis zur Schweizer Grenze schaffen und dort einfach durchbrausen. Es gab nicht immer Ausweiskontrollen. Und die Schweiz gehörte nach wie vor nicht zur Europäischen Union. Wenn er sich bis zur amerikanischen Botschaft in Bern durchschlug, wäre er gerettet. Falls ihn die Schweiz irgendwohin auslieferte, dann an die Vereinigten Staaten und nicht an Frankreich.

Denn Sabir hatte von Journalistenkollegen so manche Geschichte über die französische Polizei gehört. War man ihr erst einmal in die Hände gefallen, war man geliefert. Es konnte Monate oder gar Jahre dauern, bis es dein Fall durch den bürokratischen Albtraum des französischen Justizapparats geschafft haben würde.

Er hielt am ersten Geldautomaten, den er entdeckte, und ließ den Motor des Wagens laufen. Er würde das Risiko einfach eingehen müssen und sich Geld besorgen. Er steckte die erste Karte in den Schlitz und begann zu beten. So weit, so gut. Er würde es mit tausend Euro versuchen. Falls die zweite Karte ihn dann im Stich ließ, konnte er wenigstens die Mautgebühren für die Autobahn mit nicht verfolgbarem Bargeld bezahlen und sich etwas zu essen kaufen.

Auf der anderen Straßenseite beobachtete ihn ein Jugendlicher im Kapuzenshirt. Großer Gott! Das war nun wirklich nicht der passende Augenblick für einen Überfall. Und in dem nagelneuen Audi Kombi steckte der Schlüssel, und der Motor lief.

Er steckte das Geld ein und probierte die zweite Karte. Der Jugendliche kam auf ihn zu und blickte sich dabei in dieser besonderen Weise um, wie junge Kriminelle es tun. Fünfzig Meter. Dreißig. Sabir hämmerte die Zahlen in die Tastatur.

Der Automat schluckte die Karte. Sie sperrten seine Konten.

Sabir sauste zum Wagen zurück. Der Jugendliche hatte zu laufen begonnen und war nur mehr fünf Meter entfernt.

Sabir sprang in das Auto, und erst in diesem Moment fiel ihm ein, dass es ein britisches Fabrikat war und das Lenkrad auf der rechten Seite hatte. Er warf sich über die Mittelkonsole und vergeudete drei wertvolle Sekunden mit der Suche nach dem Knopf für die Zentralverriegelung.

Der Jugendliche hatte die Hand an der Tür.

Sabir rammte den Automatikhebel in den Rückwärtsgang, und der Wagen machte einen Satz zurück, was den Jugendlichen vorübergehend aus dem Gleichgewicht brachte. Sabir fuhr weiter rückwärts die Straße entlang, mit einem Fuß verdreht auf dem Beifahrersitz, während er mit der freien Hand das Lenkrad umklammert hielt.

Seltsamerweise dachte er nicht an den Räuber – bei dem es sich garantiert um einen Anfänger handelte – sondern an die Tatsache, dass die Polizei dank der unfreiwillig aufgegeben Bankkarte nun seine Fingerabdrücke hatte und genau wusste, wo er um Punkt 22.42 Uhr an diesem sternenklaren Samstagabend mitten in Paris gewesen war.

**12** Zwanzig Minuten nachdem er das Stadtgebiet von Paris verlassen hatte und fünf Minuten vor dem Autobahnkreuz Evry stach Sabir ein Wegweiser ins Auge – dreißig Kilometer bis Fontainebleau. Und Fontainebleau lag nur kurze zehn Kilometer flussabwärts von Samois, wie ihm die Apothekerin erzählt hatte. Sie hatten sich sogar kurz und in leicht flirtendem Ton über Heinrich II., Katharina de Medici und Napoleon unterhalten, der sich dort anscheinend von seiner Alten Garde verabschiedet hatte, ehe er ins Exil nach Elba aufbrach.

Er war verrückt, wenn er auch nur daran dachte, nach Samois zu fahren. Am besten sähe er zu, dass er auf die Autobahn kam und so viele Kilometer wie möglich zurücklegte, solange es noch dunkel war. Aber wurden die Fahrzeugkennzeichen nicht auf der Autobahn erfasst? Hatte er das nicht irgendwo gehört? Was, wenn sie seine Spur bereits bis zu Tones Wohnung verfolgt hatten? Dann würde es nicht mehr lange dauern, bis sie ihn auch mit Tones Audi in Verbindung brachten. Und dann hätten sie ihn todsicher. Sie würden einfach ein paar Streifenwagen mehr an den Mautstellen aufstellen und ihn wie einen Lachs aus dem Verkehrsstrom fischen.

Wenn er nur die Vierzeiler von diesem Chris bekäme, dann könnte er die Polizei vielleicht davon überzeugen, dass er tatsächlich nur ein gutgläubiger Schriftsteller war und nicht ein mordend durch die Lande ziehender Psychopath. Und warum sollte der Tod des Zigeuners überhaupt etwas mit den Versen zu tun gehabt haben? Solche Leute waren doch immer in irgendwelche Fehden verwickelt, oder? Es hatte sich wahrscheinlich nur um einen Streit um Geld oder Frauen gehandelt, in den er, Sabir, eben zufällig geraten war. Wenn man es so betrachtete, nahm die ganze Sache einen sehr viel weniger bedrohlichen Charakter an.

Überhaupt hatte er ein Alibi. Die Apothekerin würde sich doch wohl an ihn erinnern. Er hatte ihr alles über das Verhalten des Zigeuners erzählt. Es war einfach nicht plausibel, dass er den Mann mit seinen zerschnittenen Händen gefoltert und getötet haben sollte. Das würde die Polizei doch sehen, oder etwa nicht? Oder würden sie denken, er wäre dem Zigeuner gefolgt und hätte nach dem Streit in der Bar Rache geübt?

Sabir schüttelte den Kopf. Eins war sicher: Er brauchte Schlaf. Wenn er so weitermachte, würde er bald zu halluzinieren beginnen.

Und so zwang er sich, mit dem Grübeln aufzuhören und zu handeln anzufangen, und steuerte den Wagen von der Straße herunter in einen Waldweg.

## 13

»Er ist uns durch die Maschen geschlüpft.«

»Was soll das heißen? Woher wissen Sie das?«

Calque runzelte die Stirn. Macron machte zweifellos Fortschritte, keine Frage. Aber Vorstellungskraft? Na ja, was konnte man von einem zwei Meter großen Mann aus Marseille erwarten? »Wir haben alle Hotels, Gästehäuser und privaten Wohnungsvermittlungen überprüft. Als er hier eintraf, hatte er keinen Grund, seinen Namen zu verheimlichen. Er wusste nicht, dass er einen Zigeuner töten würde. Wir haben es mit einem Amerikaner mit französischer Mutter zu tun, vergessen Sie das nicht. Er spricht unsere Sprache perfekt. Entweder er ist bei einem Freund untergetaucht oder er hat sich aus dem Staub gemacht. Ich tippe darauf, dass er abgehauen ist. Nach meiner Erfahrung sind Freunde rar, die einen Folterer bei sich aufnehmen.«

»Und der Mann, der seinetwegen angerufen hat?«

»Wenn wir Sabir finden, haben wir auch den.«

»Dann überwachen wir also Samois? Suchen nach diesem oder dieser Chris?«

Calque lächelte. »Mit einer Puppe als Geschenk für die Kleine.«

## 14

Das Erste, was Sabir sah, war ein einsamer Jagdhund, der vor dem Wagen über den Weg lief. Unterhalb von ihm funkelte das Band der Seine, unterbrochen von Bäumen, in der Morgensonne.

Er kletterte aus dem Auto und streckte die Beine. Fünf Stunden Schlaf. Nicht schlecht unter diesen Umständen. Gestern Abend war er sehr nervös und angespannt gewesen. Jetzt war er ruhiger – nicht mehr so panisch wegen seiner misslichen Lage. Es war ein kluger Zug gewesen, die Abzweigung nach Fontainebleau zu nehmen, und noch klüger, in den Wald zu fahren und zu schlafen. Vielleicht würde ihn die französische Polizei doch nicht so leicht zur Strecke bringen. Dennoch. Es hatte keinen Sinn, unnötige Risiken einzugehen. Er würde die dumme Idee, nach Samois hinunterzufahren, fallenlassen und lieber direkt die Grenze ansteuern, über Landstraßen und mit dem morgendlichen Berufsverkehr als Deckung.

Als er fünfzig Meter weiter auf dem Waldweg gefahren war,

roch er durch das offene Wagenfenster ein Holzfeuer und den unverkennbaren Duft von brutzelndem Schweinefett. Erst wollte er seine Fahrt einfach fortsetzen, aber dann überwog der Hunger. Was immer geschehen würde, er musste essen. Und warum nicht hier? Keine Kameras. Keine Polizei.

Er redete sich umgehend ein, dass es absolut vernünftig sei, den Leuten, die hier kochten, Geld für ein Frühstück zu bieten. Vielleicht konnten ihm die geheimnisvollen Camper sogar sagen, wie er diesen Chris fand.

Sabir ließ den Wagen stehen und marschierte zu Fuß durch den Wald, immer der Nase nach. Er spürte, wie sich sein Magen zum Geruch des gebratenen Specks hin ausdehnte. Verrückt, wenn man bedachte, dass er auf der Flucht vor der Polizei war. Vielleicht hatten diese Leute als Camper ja keinen Zugang zu Fernsehen oder Zeitungen.

Sabir blieb eine Weile am Rand der Lichtung stehen und beobachtete. Es war ein Zigeunerlager. Nun ja. Er war eigentlich durch reines Glück darauf gestoßen. Es hätte ihm klar sein müssen, dass niemand, der bei Verstand war, Anfang Mai in einem herrschaftlichen Wald des Nordens kampierte. Der August war die Campingzeit – ansonsten blieb man als Franzose mit seiner Familie in einem Hotel und speiste mit allem Komfort.

Eine der Frauen sah ihn und rief nach ihrem Mann. Eine Schar Kinder kam auf ihn zugelaufen und blieb dann schnatternd stehen. Zwei andere Männer unterbrachen ihre Tätigkeit und blickten in seine Richtung. Sabir hob eine Hand zum Gruß.

Die Hand wurde gewaltsam nach hinten gerissen und in seinen Nacken gedrückt. Dann fand sich Sabir von einer Person hinter ihm in die Knie gezwungen.

Das Letzte, was er wahrnahm, ehe er das Bewusstsein verlor, war die Fernsehantenne auf einem der Wohnwagen.

**15** »Du machst es, Yola. Es ist dein Recht.«

Die junge Frau stand vor ihm. Ein älterer Mann legte ihr ein Messer in die Hand und scheuchte sie vorwärts. Sabir wollte etwas sagen, stellte aber fest, dass sein Mund mit Klebeband verschlossen war.

»So. Schneid ihm die Eier ab.« – »Nein, mach zuerst die Augen.« Ein Chor älterer Frauen, die vor der Tür des Wohnwagens standen, rief aufmunternde Worte. Sabir blickte sich um. Von der Frau mit dem Messer abgesehen, war er nur von Männern umringt. Er versuchte die Arme zu bewegen, aber man hatte sie ihm fest auf den Rücken gefesselt. Seine Fußknöchel waren zusammengebunden, und zwischen seinen Knien steckte ein Zierkissen.

Einer der Männer richtete ihn auf und zog ihm die Hose über die Hüften. »Da. Jetzt siehst du dein Ziel.«

»Steck ihm das Ding in den Arsch, wenn du schon dabei bist.« Die alten Frauen drängten nach vorn, um besser sehen zu können.

Sabir bemühte sich vergeblich, das Klebeband zu lockern, indem er den Kopf schüttelte.

Die Frau kam mit dem Messer in der Hand langsam auf ihn zu.

»Weiter. Tu es. Denk dran, was er mit Babel gemacht hat.«

Sabir fing aus dem Innern seines verklebten Mundes eine Art Heulen an. Er hielt die Augen in unmenschlicher Konzentration auf die Frau gerichtet, als könnte er sie irgendwie mit Willenskraft von ihrem Vorhaben abbringen.

Einer der Männer packte Sabirs Hodensack und zog ihn

vom Körper weg, sodass nur noch eine dünne Hautmembran zu durchtrennen blieb. Ein einziger Hieb mit dem Messer würde genügen.

Sabir beobachtete die Frau. Sein Instinkt sagte ihm, dass sie seine einzige Chance war. Wenn seine Konzentration abbrach und er wegblickte, würde er erledigt sein. Ohne seine eigenen Beweggründe völlig zu verstehen, blinzelte er ihr zu.

Es traf sie wie eine Ohrfeige. Sie streckte die Hand aus und riss ihm das Klebeband vom Mund. »Warum hast du das gemacht? Warum hast du meinen Bruder verstümmelt? Was hat er dir getan?«

Sabir atmete gierig durch die geschwollenen Lippen ein. »Chris. Chris. Er sagte, ich soll nach Chris fragen.«

Die Frau trat von ihm zurück. Der Mann, der Sabirs Hoden gehalten hatte, ließ sie los und beugte sich mit schiefgelegtem Kopf wie ein Hühnerhund zu ihm hin. »Was sagst du da?«

»Ihr Bruder hat ein Glas zertrümmert. Er hat seine Hand hineingedrückt. Dann meine. Dann hat er unsere beiden Hände aneinandergerieben und einen Abdruck meiner Hand auf seine Stirn gemacht. Danach hat er gesagt, ich soll nach Samois fahren und nach Chris fragen. Ich bin nicht der, der ihn getötet hat. Aber mir ist jetzt klar, dass er verfolgt wurde. Warum sollte ich sonst hierherkommen?«

»Aber die Polizei. Sie sucht nach dir. Wir haben es im Fernsehen gesehen. Wir haben dein Gesicht erkannt.«

»Mein Blut war an seiner Hand.«

Der Mann schleuderte Sabir zur Seite. Einen Moment lang war Sabir überzeugt, sie würden ihm die Kehle durchschneiden. Dann spürte er, wie sie den Verband von seiner Hand abnahmen – sie untersuchten die Schnittwunden. Er hörte sie untereinander in einer Sprache reden, die er nicht verstand.

»Steh auf. Zieh deine Hose an.«

Sie schnitten die Stricke auf seinem Rücken durch.

Einer der Männer stieß ihn an. »Sag – wer ist Chris?«

Sabir zuckte mit den Schultern. »Einer von euch, nehme ich an.«

Ein paar von den älteren Männern lachten.

Der Mann mit dem Messer blinzelte ihm zu, in unbewusster Nachahmung des Blinzelns, das zwei kurze Minuten zuvor Sabirs Hoden gerettet hatte. »Keine Angst, du wirst ihn bald kennenlernen. Ob mit oder ohne Eier. Du hast die Wahl.«

## 16

Wenigstens geben sie mir zu essen, dachte Sabir. Es ist schwerer, einen Menschen zu töten, mit dem man das Brot gebrochen hat. Bestimmt.

Er löffelte den Rest des Eintopfs aus und langte dann mit den gefesselten Händen nach seinem Kaffee. »Das war gut, das Fleisch.«

Die alte Frau nickte. Sie wischte sich die Hände an den weit wallenden Röcken ab, aber Sabir bemerkte, dass sie nichts aß. »Sauber, ja. Sehr sauber.«

»Sauber?«

»Die Stacheln. Igel sind die saubersten Tiere von allen. Sie sind nicht *mahrimé*. Nicht wie ...« Sie spuckte über die Schulter. »... Hunde.«

»Ah. Ihr esst Hunde?« Sabir hatte schon mit der Vorstellung von Igeln Schwierigkeiten. Er spürte, wie Übelkeit in ihm aufzusteigen drohte.

»Nein, nein.« Die Frau brach in dröhnendes Gelächter aus. »Hunde, ha, ha.« Sie winkte einer ihrer Freundinnen. »He. Der *Gadje* glaubt, wir essen Hunde.«

Ein Mann kam auf die Lichtung gerannt. Er war sofort von

Kindern umringt. Er redete mit ein paar von ihnen, und sie stoben davon, um das Lager zu alarmieren.

Sabir beobachtete, wie Kisten und andere Gegenstände hurtig in und unter Wohnwägen versteckt wurden. Zwei Männer unterbrachen ihre Tätigkeit und kamen auf ihn zu.

»Was ist los?«

Sie nahmen ihn in die Mitte und trugen ihn zu einer Holzkiste.

»Großer Gott, ihr wollt mich doch nicht etwa da hineinstecken? Ich leide unter Klaustrophobie, ehrlich. Ich schwöre es. Ich vertrage enge Räume nicht. Bitte. Versteckt mich in einem von euren Wohnwägen.«

Die Männer ließen ihn in die Kiste sinken. Einer zog ein schmutziges Taschentuch hervor und stopfte es in Sabirs Mund. Dann drückten sie seinen Kopf unter den Rand der Kiste und schlugen den Deckel zu.

## 17

Hauptmann Calque ließ den Blick über die bunte Truppe vor ihm schweifen. Er würde Ärger mit diesem Haufen haben. Er wusste es einfach, er spürte es in seinem tiefsten Innern. Zigeuner machten immer dicht, wenn sie mit der Polizei sprachen – selbst wenn einer von ihnen, wie in diesem Fall, das Opfer eines Verbrechens geworden war. Sie bestanden auch dann noch darauf, das Gesetz selbst in die Hand zu nehmen.

Er nickte Macron zu. Macron hielt Sabirs Foto in die Höhe.

»Hat jemand von euch diesen Mann gesehen?«

Nichts. Nicht einmal ein erkennendes Kopfnicken.

»Weiß jemand, wer dieser Mann ist?«

»Ein Mörder.«

Calque schloss die Augen. Nun gut. Wenigstens hatte jemand mit ihm gesprochen. Eine Bemerkung an ihn gerichtet. »Nicht unbedingt. Je mehr wir herausfinden, desto mehr scheint es, als könnte noch eine zweite Partei in das Verbrechen verwickelt sein. Eine Partei, die wir noch nicht identifizieren konnten.«

»Wann werden Sie den Leichnam meines Bruders freigeben, damit wir ihn beerdigen können?«

Die Männer machten einer jungen Frau Platz – sie schlängelte sich durch die geschlossenen Reihen der Frauen und Kinder und stellte sich vor die Gruppe.

»Ihres Bruders?«

»Babel Samana.«

Calque nickte Macron zu, der eifrig in ein kleines, schwarzes Notizbuch zu schreiben begann. »Und Ihr Name?«

»Yola. Yola Samana.«

»Und Ihre Eltern?«

»Die sind tot.«

»Irgendwelche anderen Verwandten?«

Yola zuckte mit den Schultern und wies auf das Meer von Gesichtern, das sie umgab.

»Alle?«

Sie nickte.

»Was hat er in Paris gemacht?«

Sie zuckte wieder mit den Schultern.

»Weiß es jemand?«

Kollektives Schulterzucken.

Calque war kurz versucht, in Lachen auszubrechen, aber die Tatsache, dass ihn die Versammlung wahrscheinlich lynchen würde, wenn er es täte, hielt ihn davon ab. »Kann mir jemand überhaupt etwas über Samana sagen? Wen er treffen wollte – außer diesem Sabir natürlich. Oder warum er in St. Denis war?«

Schweigen.

Calque wartete. Dreißig Jahre Erfahrung hatten ihn gelehrt, wann er Druck ausüben musste und wann nicht.

»Wann geben Sie ihn zurück?«

Calque rang sich ein Seufzen ab. »Das kann ich nicht genau sagen. Vielleicht brauchen wir seinen Leichnam noch für weitere forensische Untersuchungen.«

Die junge Frau wandte sich zu einem der älteren männlichen Zigeuner um. »Wir müssen ihn innerhalb von drei Tagen beerdigen.«

Der Zigeuner stieß sein Kinn in Richtung Calque. »Können wir ihn haben?«

»Ich sagte doch, nein. Noch nicht.«

»Können wir dann ein paar Haare von ihm haben?«

»Wie bitte?«

»Wenn Sie uns etwas von seinem Haar geben, können wir ihn beerdigen. Zusammen mit seinen Besitztümern. Es muss innerhalb von drei Tagen geschehen. Dann können Sie mit der Leiche tun, was Sie wollen.«

»Das kann nicht Ihr Ernst sein.«

»Werden Sie es tun?«

»Ihnen etwas von seinem Haar geben?«

»Ja.«

Calque spürte, wie sich Macrons Blicke in seinen Hinterkopf bohrten. »Ja. Wir können Ihnen etwas von seinem Haar geben. Schicken Sie einen Ihrer Leute an diese Adresse …« Calque gab dem Zigeuner eine Karte. »Morgen. Dann können Sie ihn offiziell identifizieren und bei der Gelegenheit ein paar Haare abschneiden.«

»Ich werde gehen.« Es war die junge Frau – Samanas Schwester.

»Wie Sie meinen.« Calque stand unsicher in der Mitte der Lichtung. Dieser Ort war ihm und seinem Verständnis davon, was eine normale Gesellschaft ausmachte, so vollkommen fremd, dass er ebenso gut in einem Regenwald hätte stehen und mit einer Gruppe südamerikanischer Indianer über Moral diskutieren können.

»Sie rufen mich an, falls dieser Amerikaner, Sabir, in irgendeiner Weise mit Ihnen Kontakt aufzunehmen versucht? Meine Nummer steht auf der Karte.«

Er ließ den Blick über die versammelte Gruppe schweifen.

»Dann fasse ich das als ein Ja auf.«

**18** Sabir war dem Delirium nahe, als sie ihn aus der Holzkiste hoben. Als er sich später seine Empfindungen in jenem Moment ins Gedächtnis zu rufen versuchte, in dem man ihn in die Kiste gezwungen hatte, musste er feststellen, dass sie vollkommen gelöscht waren. Aus Gründen des Selbstschutzes, nahm er an.

Denn er hatte nicht gelogen, als er behauptete, unter Klaustrophobie zu leiden. Jahre zuvor, in seiner Kindheit, hatten ihm ein paar Schulkameraden einen Streich gespielt, bei dem er in den Kofferraum eines Lehrers gesperrt wurde. Er war auch damals ohnmächtig geworden. Der Lehrer hatte ihn drei Stunden später halbtot gefunden und einen Mordswirbel wegen der Sache gemacht. Die Geschichte war in allen Zeitungen der Stadt erschienen.

Sabir hatte behauptet, sich an den Urheber des Streichs nicht zu erinnern, aber fast ein Jahrzehnt später hatte er sich gerächt. Inzwischen selbst Journalist, hatte er über beträchtliche Möglichkeiten verfügt, Gerüchte in Umlauf zu bringen, und vollen Gebrauch davon gemacht. Aber die Rache hatte ihn nicht von seiner Klaustrophobie geheilt – sie war in den letzten Jahren womöglich sogar schlimmer geworden.

Jetzt spürte er, dass er krank wurde. Seine Hand pochte schmerzhaft, und er vermutete, er könnte sich im Lauf der Nacht eine Infektion eingefangen haben. Die Wunden waren wieder aufgegangen, und da er nichts gehabt hatte, um sie zu säubern, ehe er den Verband wieder anlegte, konnte er nur annehmen, dass sie in der Zwischenzeit ein paar unerwünschte Bakterien angelockt hatten. Das Eingesperrtsein in der Holzkiste hatte das Problem dann wohl verschlimmert.

Sein Kopf sank schlaff nach hinten. Er versuchte, eine Hand zu heben, konnte es jedoch nicht – tatsächlich schien ihm sein gesamter Körper nicht mehr zu gehorchen. Er merkte, wie er an einen schattigen Platz getragen wurde, dann ein paar Stufen hinauf und in einen Raum, in dem Licht durch farbige Glasscheiben auf sein Gesicht fiel. Das Letzte, woran er sich erinnerte, war ein dunkelbraunes Paar Augen, die durchdringend in seine starrten, als suchten sie zu ergründen, was in den Tiefen seiner Seele lag.

Er wachte mit einem lähmenden Kopfschmerz auf. Die Luft war stickig, und es fiel ihm schwer zu atmen, als hätte sich seine Lunge zu drei Vierteln mit Schaumgummi gefüllt, während er geschlafen hatte. Er sah auf seine Hand hinab. Sie war ordentlich neu verbunden worden. Er versuchte sie zu heben, brachte aber nur ein planloses Zucken zustande, ehe er sie wieder auf das Bett sinken ließ.

Er begriff, dass er in einem Wohnwagen lag. Tageslicht strömte durch die bunten Glasscheiben seitlich von ihm. Er wollte den Kopf heben, um durch die einzige weiße Scheibe ins Freie zu blicken, aber die Anstrengung überstieg seine Kräfte.

Er hatte sich noch nie so vollständig von seinem Körper abgekoppelt gefühlt – es war, als wären er und seine Gliedmaßen irgendwie auseinandergenommen worden, und der Schlüssel, um alles wieder zusammenzusetzen, wäre verloren gegangen.

Nun gut. Wenigstens war er nicht tot. Oder in einem Polizeikrankenhaus. Man musste das Leben immer von der positiven Seite sehen.

Als er das nächste Mal aufwachte, war es Nacht. Kurz bevor er die Augen öffnete, nahm er jemanden neben sich wahr. Er tat, als schliefe er und ließ den Kopf schlaff zur Seite rollen. Dann öffnete er die Lider einen Spalt weit und versuchte festzustellen, wer da in der Dunkelheit saß und nicht merkte, dass er *sie* beobachtete. Denn es war eine Frau – dessen war er sich sicher. Er roch das schwere Aroma von Patchouli und einen anderen, flüchtigeren Geruch, der ihn vage an Teig erinnerte. Vielleicht hatte diese Person Brotteig geknetet.

Er öffnete die Augen weiter. Samanas Schwester saß auf der Stuhlkante neben seinem Bett. Sie beugte sich vor, als würde sie beten. Doch in ihrem Schoß funkelte ein Messer.

»Ich überlege, ob ich dich töten soll.«

Sabir schluckte. Er bemühte sich, ruhig zu erscheinen, aber er hatte immer noch Schwierigkeiten beim Luftholen, und sein Atem ging in kurzen, angestrengten Stößen, wie bei einer Frau während der Geburt. »Und werden Sie es tun? Dann wünschte ich nämlich, Sie würden es endlich hinter sich bringen. Ich bin bestimmt nicht in der Lage, mich zu verteidigen – so wie bei meinen Eintreffen hier, als Sie mich fesseln ließen und kastrieren wollten. Sie gehen jetzt genauso wenig ein Risiko ein. Ich kann nicht einmal die Hand heben, um Sie abzuwehren.«

»Genau wie mein Bruder.«

»Ich habe Ihren Bruder nicht getötet. Wie oft muss ich das noch sagen? Ich habe ihn einmal getroffen. Er hat mich angegriffen, der Himmel weiß, warum. Dann sagte er, ich soll hierherkommen.«

»Warum hast du mich so angeblinzelt?«

»Mir ist nichts anderes eingefallen, wie ich Ihnen mitteilen sollte, dass ich unschuldig bin.«

»Aber es hat mich geärgert. Ich hätte dich in diesem Moment fast getötet.«

»Das musste ich riskieren. Es gab keine andere Möglichkeit.«

Sie lehnte sich zurück und dachte nach.

»Haben Sie mich behandelt?«

»Ja.«

»Komisches Benehmen gegenüber jemandem, den man zu töten beabsichtigt.«

»Ich sagte nicht, dass ich die Absicht habe. Ich sagte, ich denke darüber nach.«

»Was würdet ihr mit mir tun? Mit meiner Leiche?«

»Die Männer würden dich zerlegen, wie ein Schwein. Dann würden wir dich verbrennen.«

Ein unbehagliches Schweigen folgte. Sabir verfiel in Grübeln darüber, wie er es fertig gebracht hatte, sich in eine solche Lage zu manövrieren. Und wozu? »Wie lange bin ich schon hier?«

»Drei Tage.«

»Großer Gott.« Er hob seine verletzte Hand mit der gesunden hoch. »Was war los mit mir? Was *ist* noch los?«

»Blutvergiftung. Ich habe dich mit Kräutern und Kaolinbreiumschlägen behandelt. Die Infektion war in deine Lunge gewandert. Aber du wirst überleben.«

»Sind Sie sich da ganz sicher?« Sabir spürte sofort, dass ihr sein Sarkasmus völlig entgangen war.

»Ich habe mit der Apothekerin gesprochen.«

»Mit wem?«

»Die Frau, die deine Schnittwunden verbunden hat. In der Zeitung stand, wo sie arbeitet. Ich bin nach Paris gefahren, um etwas vom Haar meines Bruders zu holen. Jetzt werden wir ihn beerdigen.«

»Was hat die Frau erzählt?«

»Dass du die Wahrheit sagst.«

»Wer glauben Sie also hat Ihren Bruder getötet?«

»Du. Oder ein anderer Mann.«

»Immer noch ich?«

»Der andere, vielleicht. Aber du warst beteiligt.«

»Warum töten Sie mich dann nicht jetzt, und die Sache ist erledigt?«

»Nicht so eilig.« Sie ließ das Messer unter ihrem Kleid verschwinden. »Du wirst schon sehen.«

## 19

Später am selben Abend halfen sie Sabir aus dem Wohnwagen. Ein paar Männer hatten eine Trage gebaut, auf die hoben sie ihn und trugen ihn mit sich auf einem mondbeschienenen Pfad in den Wald hinein.

Samanas Schwester ging neben ihm, als gehörte er ihr, oder als hätte sie ein anderes persönliches Interesse an seiner Gegenwart. Das hat sie wahrscheinlich, dachte Sabir. Ich bin ihr Garant dafür, dass sie nicht nachdenken muss.

Ein Eichhörnchen lief vor ihnen über den Waldweg, und die Frauen begannen aufgeregt untereinander zu schnattern.

»Was ist?«

»Ein Eichhörnchen ist ein gutes Omen.«

»Und was ist ein schlechtes?«

Sie warf ihm ein Blick zu und entschied dann, dass er es nicht schnippisch meinte. »Eine Eule.« Sie senkte die Stimme. »Eine Schlange. Am schlimmsten ist eine Ratte.«

»Wieso das?« Unwillkürlich hatte er ebenfalls die Stimme gesenkt.

»Sie sind *mahrimé*. Schmutzig. Besser, man redet nicht von ihnen.«

»Ach so.«

Inzwischen hatten sie eine weitere Lichtung erreicht, die mit Kerzen und Blumen geschmückt war.

»Jetzt beerdigen wir also Ihren Bruder?«

»Ja.«

»Aber ihr habt seinen Leichnam nicht? Nur sein Haar?«

»Psst. Wir reden nicht mehr von ihm und erwähnen seinen Namen nicht.«

»Wie bitte?«

»Die engere Familie redet nicht von ihren Toten. Nur andere Leute tun das. Im nächsten Monat wird sein Name unter uns nicht ausgesprochen werden.«

Ein alter Mann kam zu Yola und überreichte ihr ein Tablett, auf dem ein Bündel Banknoten, ein Kamm, ein Halstuch, ein kleiner Spiegel, ein Rasierset, ein Messer, ein Kartenspiel und eine Spritze lagen. Ein anderer Mann brachte Essen, das in Wachspapier gewickelt war. Ein weiterer Mann kam mit Wein, Wasser und grünen Kaffeebohnen.

Zwei Männer gruben ein kleines Loch nahe einer Eiche. Yola lief dreimal hin und her und schichtete einen Gegenstand auf den anderen. Nach ihr kamen ein paar Kinder und streuten Maiskörner über den Haufen. Dann schütteten die Männer das Grab zu.

Das war der Punkt, an dem die Frauen zu klagen begannen. Sabirs Nackenhaare sträubten sich in atavistischem Schaudern.

Yola fiel neben dem Grab ihres Bruders auf die Knie und begann mit Erde in den Händen auf ihre Brust zu schlagen. Einige Frauen in ihrer Nähe brachen in Zuckungen und Krämpfen zusammen, die Augen aufwärts gerichtet, verdreht.

Vier Männer, die zusammen einen schweren Stein trugen, betraten die Lichtung. Der Stein wurde auf Samanas Grab gesetzt. Andere Männer brachten seine Kleidung und seine restliche Habe. Alles wurde auf den Stein gelegt und in Brand gesteckt.

Das Heulen und Wehklagen der Frauen verstärkte sich. Manche der Männer tranken Schnaps aus kleinen Glasflaschen. Yola hatte sich ihre Bluse vom Leib gerissen. Sie schmierte sich Erde und Wein vom Begräbnistrunk ihres Bruders auf Brüste und Bauch.

Sabir fühlte sich der Realität des 21. Jahrhunderts seltsam entrückt. Die Szene auf der Lichtung hatte alle Merkmale eines wüsten, wahnsinnigen Gelages angenommen, und das Licht der Kerzen und der Feuerstellen beleuchtete die Unterseite der Bäume und spiegelte sich in den entrückten Gesichtern unter ihnen wider wie auf einem Gemälde von Ensor.

Der Mann, der Sabirs Hoden für das Messer bereitgehalten hatte, kam zu ihm und bot ihm aus einer Tontasse zu trinken an. »Komm. Das hält die *Mulés* fern.«

»Die *Mulés?*«

Der Mann zuckte die Achseln. »Sie sind überall rund um die Lichtung. Böse Geister. Versuchen hereinzukommen. Haben es abgesehen auf ...« Er zögerte. »Du weißt schon.«

Sabir schüttete den Schnaps hinunter. Er fühlte ihn durch

seine Kehle brennen. Ohne zu wissen, wieso, nickte er. »Ich weiß.«

**20** Achor Bale beobachtete die Begräbniszeremonie aus der sicheren Stellung, die er sich im Schutz einer kleinen Baumgruppe eingerichtet hatte. Er trug einen abgetragenen Tarnanzug, eine Legionärsmütze und einen gepunkteten Schleier. Schon aus einem Meter Entfernung war er von seiner Umgebung kaum mehr zu unterscheiden.

Zum ersten Mal in diesen drei Tagen war er sich absolut sicher, was das Mädchen anging. Bisher war er nicht nahe genug an das Hauptlager herangekommen, um es richtig in Augenschein nehmen zu können. Selbst als das Mädchen das Lager verlassen hatte, war er nicht in der Lage gewesen, es eindeutig zuzuordnen. Doch nun hatte sie sich dank ihrer verräterischen Klage um ihren verrückten Stammesbruder selbst zu erkennen gegeben.

Bale wanderte in Gedanken zurück zu dem Raum, in dem Samana gestorben war. In all den langen Jahren, in denen er innerhalb und außerhalb der Fremdenlegion seine Erfahrungen gesammelt hatte, war Bale nie jemand untergekommen, der die scheinbar unmögliche Aufgabe vollbracht hatte, sich selbst im Zustand der totalen Fesselung zu töten. Dieser alten Redensart von der verschluckten eigenen Zunge standen unüberwindbare physische Schwierigkeiten entgegen, und soweit er wusste, konnte sich niemand zu Tode *denken*. Aber die Schwerkraft auf diese Weise einzusetzen, und mit solch äußerster Entschlossenheit? Dazu brauchte es Mumm. Warum also hatte er es getan? Was hatte Samana geschützt?

Er richtete das Nachtsichtgerät wieder auf das Gesicht des Mädchens. Ehefrau? Nein, eher nicht. Schwester? Möglicherweise. Aber es war bei diesem Licht schwer zu sagen, und bei diesen verzerrten Gesichtszügen erst recht.

Er schwenkte das Fernglas zu Sabir. Nun, das war mal einer, der es verstand, sich unverzichtbar zu machen. Nachdem er sich über Sabirs Anwesenheit im Lager Gewissheit verschafft hatte, war Bale zunächst versucht gewesen, einen weiteren seiner boshaften Anrufe bei der Polizei zu machen, um den Mann von der Bildfläche verschwinden zu lassen, ohne unnötig auf Gewalt zurückgreifen zu müssen. Aber Sabir war so ahnungslos und deshalb so leicht zu verfolgen, dass es ihm irgendwie als Verschwendung erschienen war.

Denn das Mädchen, so viel war ihm klar, würde eine weitaus härtere Nuss sein. Sie gehörte zu einer fest umrissenen und verschworenen Gemeinschaft, die sich nicht leicht auf fremdes Terrain wagte. Wenn man ihr aber einen wohlmeinenden Sabir aufhalste, würde die ganze Geschichte automatisch einfacher werden.

Er würde deshalb beobachten und warten. Seine Zeit würde kommen – so wie immer.

## 21

»Kannst du gehen?«

»Ja, ich glaube, das schaffe ich.«

»Dann musst du mit mir kommen.«

Sabir ließ sich von Samanas Schwester auf die Beine ziehen. Er bemerkte, dass sie ihn zwar mit den Händen berührte, aber ein großes Tamtam darum machte, jeden Kontakt mit seiner Kleidung zu vermeiden.

»Wieso tust du das?«

»Was?«

»Dich jedes Mal von mir wegdrehen, wenn ich stolpere – als hättest du Angst, ich könnte verseucht sein.«

»Ich will dich nicht beschmutzen.«

»*Mich* beschmutzen?«

Sie nickte. »Zigeunerfrauen berühren keine Männer, die nicht ihre Ehemänner, Brüder oder Söhne sind.«

»Wieso nicht?«

»Weil es Zeiten gibt, in denen wir *mahrimé* sind. Bis ich Mutter werde – und außerdem zu bestimmten Zeiten des Monats – bin ich unrein. Ich würde dich beschmutzen.«

Sabir schüttelte den Kopf und ließ sich von ihr zum Ausgang des Wohnwagens schieben. »Ist das auch der Grund, warum du immer hinter mir gehst?«

Sie nickte.

Inzwischen war Sabir beinahe dankbar für die perversen und geheimnisvollen Aufmerksamkeiten des Lagers, denn sie hatten ihn nicht nur vor der französischen Polizei geschützt und ihn von einer Krankheit geheilt, die auf der Flucht leicht zum Tod durch einen septischen Schock hätte führen können – nein, sie hatten außerdem seine Vorstellungen von vernünftigem, rationalem Verhalten gehörig auf den Kopf gestellt. Jedermann sollte eine gewisse Zeit in einem Zigeunerlager verbringen, sagte er sich, das würde einem die bürgerliche Selbstzufriedenheit austreiben.

Er hatte sich folglich damit abgefunden, erst dann zu erfahren, was sie von ihm wollten, wenn es ihnen gefiel, ihn ins Bild zu setzen. Und als er sich an der Wurzelstockbalustrade vor dem Wohnwagen abstützte, spürte er, dass dieser Moment endlich gekommen war.

Yola bedeutete Sabir, sie zu einer Gruppe von Männern zu begleiten, die auf Hockern nicht weit vom Rand des Lagers saßen. Ein enorm dicker Mann mit einem übergroßen Kopf und langen, schwarzen Haaren, mit einem üppigen Schnurrbart, Goldkronen auf den Vorderzähnen und einem Ring an jedem Finger saß in einem viel größeren Sessel auf der Stirnseite der Versammlung. Er trug einen großzügig geschnittenen, klassischen zweireihigen Anzug, der nur durch eine ausgefallene Folge von purpurnen und grünen Streifen sowie das doppelt breite Revers auffiel.

»Wer zum Teufel ist das?«

»Der *Bulibascha*. Er ist unser Anführer. Heute wird er *Kristinori* sein.«

»Yola, um Himmels willen ...«

Sie blieb stehen, nach wie vor knapp hinter ihm und ein Stück rechts. »Der Chris, nach dem du gesucht hast, weißt du noch? Von dem mein Bruder sprach? Das ist er.«

»Was? Das ist Chris? Der dicke Typ da? Der Häuptling?«

»Nein. Wir halten einen *Kriss* ab, wenn etwas Wichtiges zu entscheiden ist. Er wird angekündigt, und alle Leute im Umkreis von vielen Kilometern nehmen teil. Jemand wird zum *Kristinori* oder Richter des *Kriss* gewählt. In wichtigen Fällen übernimmt der *Bulibascha* selbst diese Rolle. Dann gibt es noch zwei weitere Richter – einen für die Seite der Anklage und einen für die Person, die angeklagt wird.«

»Und das ist ein wichtiger Fall heute?«

»Wichtig? Es geht um Leben oder Tod für dich.«

**22** Sabir fand sich mit einem gewissen Maß an formaler Höflichkeit auf eine Bank geschoben, die man vor und unterhalb des *Bulibascha* in die Erde gesetzt hatte. Yola ließ sich mit untergeschlagenen Beinen auf dem Boden hinter ihm nieder. Sabir nahm an, dass sie die Vorgänge für ihn übersetzen sollte; sie war die einzige Frau in der Versammlung.

Die Hauptmasse der Frauen und Kinder scharte sich rechts hinter den *Bulibascha,* in derselben Position, die Yola immer im Verhältnis zu ihm einnahm. Sabir bemerkte außerdem, dass die Frauen ihre besten Sachen trugen und dass die älteren, verheirateten von ihnen mit Kopftüchern und gewaltigen Mengen an Goldschmuck glänzten. Entgegen ihrer sonstigen Art trugen sie schweren Lidschatten um die Augen, und das Haar unter den Kopftüchern fiel nicht lose herab, sondern war in Löckchen und kunstvollen Zöpfen hochgesteckt. Manche hatten Henna an den Händen, und ein paar von den Großmüttern rauchten.

Der *Bulibascha* bat mit erhobener Hand um Ruhe, aber alle redeten weiter. Sabir hatte den Eindruck, als sei die Debatte um ihn bereits in vollem Gange.

Ungeduldig bedeutet der *Bulibascha* dem Mann, der Sabirs Hoden für das Messer gestreckt hatte, nach vorn zu kommen.

»Das ist mein Cousin«, erklärte Yola. »Er wird gegen dich sprechen.«

»Oh.«

»Er mag dich. Es ist nicht persönlich gemeint. Aber er muss es für die Familie tun.«

»Ich nehme an, sie werden mich zerlegen wie ein Schwein, wenn die Sache gegen mich ausgeht, oder?« Sabir bemühte sich zu klingen, als würde er scherzen, aber seine Stimme brach mitten im Satz und verriet ihn.

»Sie werden dich töten, ja.«

»Und was ist, wenn es gut für mich ausgeht?« Sabir schwitzte inzwischen heftig.

»Dann wirst du mein Bruder. Du wirst für mich verantwortlich sein. Für meine Jungfräulichkeit, meine Verheiratung. Du nimmst in allem den Platz meines Bruders ein.«

»Ich verstehe nicht.«

Yola seufzte ungeduldig. »Der einzige Grund, warum du noch am Leben bist, ist der, dass mein Bruder dich zu seinem *Phral* gemacht hat. Zu seinem Blutsbruder. Er hat dich außerdem angewiesen, hierher mitten unter uns zu kommen und um einen Kriss zu bitten. Das hast du getan. Wir hatten dann keine andere Wahl, als seinen letzten Wunsch zu erfüllen. Denn worum ein Sterbender bittet, das muss ihm gewährt werden. Und mein Bruder wusste, dass er sterben würde, als er das alles mit dir gemacht hat.«

»Wie kannst du das wissen?«

»Er hasste *Payos* – Franzosen – noch mehr als die verabscheuten *Gadjes*. Er hätte nie einen gebeten, sein Bruder zu sein, wenn die Umstände nicht so extrem gewesen wären, dass es keine andere Möglichkeit mehr gab.«

»Aber ich bin kein *Payo*. Gut, meine Mutter ist Französin, aber mein Vater ist Amerikaner, und ich bin in den Vereinigten Staaten zur Welt gekommen und aufgewachsen.«

»Aber du sprichst perfekt Französisch. Mein Bruder wird dich danach beurteilt haben.«

Sabir schüttelte verwirrt den Kopf.

Yolas Cousin wandte sich nun an die Versammlung. Doch trotz seiner Beherrschung des Französischen hatte Sabir Schwierigkeiten zu verstehen, was gesprochen wurde.

»Was für eine Sprache ist das?«

»Sinto.«

»Na großartig. Könntest du mir bitte übersetzen, was er sagt?«

»Dass du meinen Bruder getötet hast. Dass du zu uns gekommen bist, um etwas zu stehlen, was unserer Familie gehört. Dass du ein böser Mensch bist und Gott dich mit dieser

Krankheit neulich heimgesucht hat, um zu beweisen, dass du nicht die Wahrheit darüber sagst, was Babel zugestoßen ist. Er sagt außerdem, es ist deine Schuld, dass die Polizei bei uns war, und dass du ein Jünger des Teufels bist.«

»Und du sagst, er *mag* mich?«

Yola nickte. »Alexi glaubt, dass du die Wahrheit sagst. Er hat dir in die Augen geschaut, als du dachtest, du müsstest sterben, und deine Seele gesehen. Sie erschien ihm weiß, nicht schwarz.«

»Warum sagt er dann das ganze Zeug über mich?«

»Du solltest dich freuen. Er übertreibt fürchterlich. Viele von uns hier haben den Eindruck, dass du meinen Bruder nicht getötet hast. Sie werden hoffen, dass der *Bulibascha* wütend über das Gesagte wird und dich für unschuldig erklärt.«

»Und glaubst du, dass ich deinen Bruder getötet habe?«

»Das werde ich erst wissen, wenn der *Bulibascha* sein Urteil verkündet.«

## 23

Sabir versuchte, nicht auf das Schauspiel vor seinen Augen zu blicken, aber das gelang ihm nicht. Yolas Vetter Alexi lieferte ein Lehrstück in angewandter Theatralik. Wenn das jemand war, der insgeheim auf seiner Seite stand, dann wollte er lieber zum Teufel gehen und fertig.

Alexi kniete vor den versammelten Richtern, weinte und raufte sich die Haare. Gesicht und Körper waren von Erde bedeckt, und er hatte sich das Hemd aufgerissen, wodurch drei goldene Halsketten und ein Kruzifix sichtbar wurden.

Sabir forschte im Gesicht des *Bulibascha* nach Anzeichen dafür, dass er allmählich genug hätte von Alexis Schauspielkunst, aber der schien das Theater durchaus begierig in sich aufzunehmen – eins der jüngeren Kinder, vermutlich eine seiner Töchter, war sogar auf seinen geräumigen Schoß geklettert und hüpfte vor Aufregung auf und ab.

»Darf ich meinen Standpunkt erläutern?«

»Nein.«

»Was soll das heißen?«

»Jemand anders wird für dich sprechen.«

»Aber wer, um Himmels willen? Alle hier scheinen meinen Tod zu wollen.«

»Ich. Ich werde für dich sprechen.«

»Und warum solltest du das tun?«

»Wie ich gesagt habe. Es war der letzte Wunsch meines Bruders.«

Sabir begriff, dass sich Yola nicht weiter aushorchen lassen wollte. »Was passiert jetzt?«

»Der *Bulibascha* fragt, ob die Familie meines Bruders damit zufrieden wäre, wenn du Ihnen Gold für sein Leben bezahlst.«

»Und was antworten sie?«

»Nein. Sie wollen dir die Kehle durchschneiden.«

Sabir gestattete sich eine kurze Fluchtfantasie. Da sich alle auf Alexi konzentrierten, sollte er mindestens fünf Meter Vorsprung herausholen können, ehe sie ihn am Rand des Lagers zur Strecke brächten. Handeln statt reagieren – war es nicht das, was man Soldaten als Reaktion auf einen Hinterhalt beibrachte?

Alexi erhob sich vom Boden, schüttelte sich und ging grinsend an Sabir vorbei. Er blinzelte ihm sogar zu.

»Er scheint zu glauben, dass er das ganz gut hinbekommen hat.«

»Hör auf zu witzeln. Der *Bulibascha* redet mit den anderen Richtern. Holt ihre Meinung ein. An diesem Punkt ist es wichtig, in welche Richtung er zu denken beginnt.« Sie stand auf. »Jetzt werde ich für dich sprechen.«

»Du wirst aber nicht dieses Theater mit an die Brust schlagen und so weiter aufführen, oder?«

»Ich weiß nicht, was ich tun werde. Das kommt von allein.«

Sabir ließ den Kopf auf die Knie sinken. Ein Teil von ihm weigerte sich immer noch zu glauben, dass irgendwer das hier ernst nahm. Vielleicht war alles nur ein gigantischer Streich, den ihm ein Zusammenschluss verärgerter Leser spielte.

Er blickte auf, als er Yolas Stimme hörte. Sie war mit einer grünen Seidenbluse bekleidet, die diagonal über die Brust geknöpft wurde, und ihr schweres rotes Baumwollkleid reichte bis knapp über die Knöchel und war mit zahlreichen Unterröcken durchschossen. Sie trug als unverheiratete Frau keinen Schmuck, und ihr unbedecktes Haar bauschte sich in Löckchen über den Ohren und war im Nacken zu einem Knoten gesteckt, in den sie Bänder geflochten hatte. Sabir durchlief eine seltsame Empfindung, als er sie beobachtete – als sei er tatsächlich irgendwie mit ihr verwandt, und als sei diese intensive Erkenntnis in einer Weise von Bedeutung, die sein Verständnis überstieg.

Sie drehte sich zu ihm um und zeigte in seine Richtung. Dann deutete sie auf ihre Hand hinab. Sie fragte den *Bulibascha* etwas, und der *Bulibascha* antwortete.

Sabir ließ den Blick über die zwei Gruppen schweifen, die ihn umgaben. Die Frauen lauschten gebannt den Worten des *Bulibascha,* aber einige von den Männern in Alexis Gruppe beobachteten ihn eindringlich, wenn auch scheinbar ohne Feindseligkeit – fast als wäre er ein Rätsel, dem sie sich gegen ihren Willen stellen mussten, eine Unwägbarkeit, die ihnen von außen auferlegt worden war und die sie nun nichtsdestoweniger in die Gleichung einbauen mussten, die ihr Leben regelte.

Zwei der Männer halfen dem *Bulibascha* aufzustehen. Einer von ihnen reichte ihm eine Flasche, und er trank davon; dann spuckte er etwas von dem Schnaps im Bogen vor sich aus.

Yola kehrte an Sabirs Seite zurück und half ihm auf.

»Sag nichts. Es ist Zeit für die Urteilsverkündung.«

Sie beachtete ihn nicht, sondern sah aus ihrer Position ein kleines Stück hinter ihm zum *Bulibascha*.

»Du. *Payo*. Du sagst, du hast Babel nicht getötet?«

»Das ist richtig.«

»Und doch jagt dich die Polizei. Wie können die sich so irren?«

»Sie haben mein Blut an Babels Händen gefunden, aus Gründen, die ich euch bereits erklärt habe. Der Mann, der ihn gefoltert und getötet hat, muss ihnen von mir erzählt haben, denn Babel kannte meinen Namen. Ich bin keines Verbrechens gegen ihn und seine Familie schuldig.«

Er wandte sich an Alexi. »Du glaubst, dass dieser Mann deinen Vetter getötet hat?«

»Solange kein anderer Mann die Tat gesteht, ja. Tötet ihn, und die Blutschuld ist beglichen.«

»Aber Yola hat jetzt keinen Bruder mehr. Ihr Vater und ihre Mutter sind tot. Sie sagt, dass dieser Mann Babels *Phral* ist. Dass er Babels Platz einnehmen wird. Sie ist unverheiratet. Es ist wichtig, dass sie einen Bruder hat, der sie beschützt. Der sicherstellt, dass niemand Schande über sie bringt.«

»Das ist wahr.«

»Seid ihr alle bereit, euch der Entscheidung des *Kristinori* zu fügen?«

Es gab zustimmendes Gemurmel.

»Dann werden wir das Messer in dieser Vendetta entscheiden lassen.«

## 24

»Großer Gott. Sie werden mich doch nicht gegen jemanden kämpfen lassen?«

»Nein.«

»Was zum Teufel wollen sie dann?«

»Der *Bulibascha* war sehr weise. Er hat entschieden, dass das Messer in diesem Fall entscheiden wird. Man wird eine Holztafel aufstellen. Du wirst die Hand, mit der du Babel getötet hast, darauf legen. Alexi wird meine Familie vertreten. Er wird ein Messer nehmen und es auf deine Hand werfen. Wenn die Klinge oder ein anderer Teil des Messers deine Hand trifft, bedeutet es, *O Del* sagt, dass du schuldig bist. Dann wirst du getötet. Wenn dich das Messer verfehlt, bist du unschuldig. Dann wirst du mein Bruder.«

»*O Del*?«

»Das ist unser Name für Gott.«

Sabir stand in der Nähe des *Bulibascha* und sah zu, wie zwei Männer die Tafel aufstellten, die über sein Leben entscheiden würde. Das werde ich nicht in einem Buch verwenden können, ging ihm durch den Kopf. Niemand, der bei Verstand war, würde mir das glauben. Nicht im 21. Jahrhundert.

Yola reichte ihm ein Glas Kräutertee.

»Wofür ist das?«

»Das soll dir Mut verleihen.«

»Was ist da drin?«

»Ein Geheimnis.«

Sabir trank einen Schluck von dem Tee. »Hör mal. Dieser Alexi, dein Cousin. Kann der mit Messern umgehen?«

»O ja. Er trifft alles, worauf er zielt. Er ist sehr gut.«

»Himmel, Yola, was willst du mir antun? Willst du, dass ich getötet werde?«

»Ich will gar nichts. *O Del* wird über deine Schuld entscheiden. Wenn du unschuldig bist, wird er Alexi das Ziel verfehlen lassen, und du kommst frei. Dann wirst du mein Bruder.«

»Und du glaubst wirklich, dass sie mich töten, wenn das Messer meine Hand trifft?«

»Selbstverständlich werden sie dich töten. Es muss so sein. Der *Bulibascha* würde nie erlauben, dass du als freier Mann hier weggehst, nachdem ein *Kriss* entschieden hat, dass du schuldig bist. Das wäre gegen unsere Sitte. Es wäre ein Skandal. Sein Name würde *mahrimé* werden, und er müsste vor den *Baro-Sero* treten, um sich zu erklären.«

»*Baro-Sero?*«

»Das Oberhaupt aller Zigeuner.«

»Und wo hält sich der auf?«

»In Polen, glaube ich. Oder vielleicht in Rumänien.«

»Großer Gott.«

»Was passiert, wenn er meine Hand verfehlt und *mich* trifft?« Sabir stand vor der Tafel. Zwei von den Zigeunern banden seine Hand mit einem dünnen Lederriemen, der oberhalb und unterhalb seines Handgelenks durch zwei Löcher im Holz führte, auf das Brett.

»Das bedeutet, *O Del* hat uns die Entscheidung abgenommen und dich selbst betraft.«

»Ich wusste es.« Sabir schüttelte den Kopf. »Darf ich wenigstens abgewandt stehen?«

»Nein. Du musst dich frontal aufstellen, wie ein Mann. Du musst so tun, als würde dich das alles nicht interessieren. Wenn du unschuldig bist, hast du nichts zu befürchten. Zigeuner schätzen Männer, die sich wie Männer benehmen.«

»Ich kann dir nicht sagen, wie sehr mich das ermutigt.«

»Nein. Du musst mir zuhören. Es ist wichtig.« Sie stand vor ihm und sah ihm fest in die Augen. »Wenn du diese Geschichte überlebst, wirst du mein Bruder sein. Ich werde deinen Namen tragen, bis ich eines Tages den meines Mannes annehme. Du wirst einen *Kirvo* und eine *Kirvi* aus den Älteren bekommen, die deine Paten sein werden. Du wirst einer von uns. Dazu musst du dich benehmen wie einer von uns. Wenn du dich wie ein *Payo* benimmst, wird dich niemand respektieren, und ich werde nie einen Mann finden. Nie Mutter sein. Was du jetzt tust – wie du dich verhältst – wird meiner Familie zeigen, wie du für mich sein wirst. Ob die *Ursitory* meinen Bruder eine kluge Wahl treffen ließen oder eine törichte.«

Alexi gab Sabir einen Schluck aus der Flasche, dann trank er sie selbst leer. »Ich mag dich, *Payo*. Ich hoffe, das Messer verfehlt dich, ehrlich.«

Achor Bale grinste. Er lag in einer Sandmulde, die er sich auf einer kleinen Anhöhe rund zwanzig Meter von der Lichtung entfernt gegraben hatte. Ein Ginsterstrauch verbarg die Mulde vor umherstreifenden Kindern, und Bale lag unter einer Tarndecke, die mit Farnkraut und Zweigen durchsetzt war.

Er betätigte das elektronische Zoom seines Fernglases und stellte es auf Sabirs Gesicht scharf. Der Mann war starr vor Angst. Gut so. Falls Sabir überlebte, würde diese Angst Bale bei der Suche nach dem Manuskript gute Dienste leisten. Er konnte sie sich zunutze machen. Ein solcher Mann war leicht zu beeinflussen.

Das Mädchen andererseits war eher ein Problem. Sie kam

aus einer fest umrissenen Gesellschaft mit einem strengen Sittenkodex. Genau wie ihr Bruder. Es würde Grenzen geben, Linien, die sie nicht überschritt. Sie würde eher sterben, als ihm gewisse Dinge zu verraten, die sie für wichtiger als ihr Leben erachtete. Er würde andere Vorgehensweisen bei ihr anwenden müssen. Über ihre Jungfräulichkeit etwa. Ihren Wunsch, Mutter zu werden. Bale wusste, dass die Manouche-Zigeuner eine Frau einzig über ihre Gebärfähigkeit definierten. Wenn man ihr die raubte, hatte die Frau keine Mitte mehr. Keine Bedeutung. Es war etwas, woran er immer denken würde.

Jetzt entfernte sich der Cousin des Mädchens mit dem Messer in der Hand von Sabir. Bale stellte das Fernglas nach. Es war kein Wurfmesser. Das war schlecht. Das Gewicht würde schwer abzuschätzen sein. Kein Gleichgewicht. Zu viel Seitenabweichung.

Zehn Meter. Fünfzehn. Bale saugte an seinen Zähnen. Fünfzehn Meter. Eine verrückte Distanz. Selbst ihm fiele es schwer, ein bestimmtes Ziel auf eine solche Entfernung zu treffen. Aber vielleicht war der Zigeuner ja besser als er dachte. Der Mann hatte ein Lächeln auf dem Gesicht, als vertraute er seinen Fähigkeiten absolut.

Bale schwenkte das Fernglas zu Sabir zurück. Nun gut. Wenigstens gab der Amerikaner zur Abwechslung eine gute Figur ab. Er stand aufrecht und mit dem Gesicht zum Messerwerfer. Das Mädchen stand ein Stück seitlich von ihm und beobachtete ihn. Sie alle beobachteten ihn.

Bale sah, wie der Zigeuner zum Wurf ausholte. Es war ein schweres Messer. Es würde einige Kraft erfordern, um es über eine solche Distanz zu befördern.

Alexis Arm schoss vor und schleuderte das Messer in einem langen Bogen in Richtung Sabir. Den Zuschauern stockte kollektiv der Atem. Bale schob die Zungenspitze vor Konzentration zwischen die Zähne.

Das Messer fuhr genau über Sabirs Hand in das Brett. Hatte es sie berührt? Die Klinge war gebogen, viel Platz konnte nicht mehr dazwischen sein.

Der *Bulibascha* und ein paar seiner Lakaien schlenderten gemächlich zu der Tafel, um die Position des Messers zu überprüfen. Alle Zigeuner scharten sich um den *Bulibascha*. Würden sie Sabir auf der Stelle töten? Als eine Gemeinschaftsaktion?

Der *Bulibascha* zog das Messer heraus. Er schwenkte es dreimal mit großer Gebärde um seinen Kopf, dann ergriff er Sabirs Arm und schnitt den Lederriemen durch. Anschließend warf er das Messer verächtlich von sich.

»Mann, was hat der Kerl Glück«, murmelte Bale leise. »Was hat der Kerl für ein unglaubliches Glück!«

## 25

»Die Polizei beobachtet dich.«

Sabir hob den Kopf vom Kissen. Es war Alexi. Falls Sabir jedoch darauf wartete, dass er die Ereignisse des Vormittags erwähnte – oder sich gar dafür entschuldigte – dann würde er offenbar sehr lange warten können.

»Was soll das heißen, sie beobachtet mich?«

»Komm mit.«

Sabir stand auf und folgte Alexi aus dem Wohnwagen. Zwei Kinder, ein Junge und ein Mädchen, standen draußen, unterdrückte Aufregung in den Gesichtern.

»Das sind dein Cousin Bera und deine Cousine Koiné. Sie haben dir etwas zu zeigen.«

»Mein Cousin und meine Cousine?«

»Du bist jetzt unser Bruder. Das sind deine Verwandten.«

Sabir überlegte einen Moment, ob Alexi ihn aufzog. Bis er

erkannte, dass es keineswegs sarkastisch gemeint gewesen war, hatte er die Gelegenheit verpasst, seinen neuen Angehörigen die Hand zu schütteln, denn die Kinder waren schon fort.

Alexi war bereits in Richtung Lagerumgrenzung aufgebrochen. Sabir musste sich beeilen, um ihn einzuholen.

»Woher weißt du, dass es die Polizei ist?«

»Wer sollte dich sonst beobachten?«

»Na, wer wohl?«

Alexi blieb wie angewurzelt stehen. Sabir sah, wie sich sein Gesichtsausdruck langsam veränderte.

»Schau, Alexi. Warum sollte sich die Polizei die Mühe machen, mich unter Beobachtung zu stellen? Wenn sie wüssten, dass ich hier bin, würden sie einfach kommen und mich holen. Ich werde wegen Mordes gesucht, vergiss das nicht. Ich wüsste nicht, warum die Sûreté irgendwelche Spielchen mit mir spielen sollte.«

Sie hatten die Anhöhe hinter dem Lager erreicht. Die Kinder deuteten auf einen Ginsterbusch.

Alexi duckte sich und zwängte sich unter den Busch. »So. Kannst du mich sehen?«

»Nein.«

»Jetzt komm du her.«

Alexi machte Platz für Sabir, der vorsichtig in das Gestrüpp hinab stieg. Sofort traf er auf eine Vertiefung, die ihm erlaubte, unter den Busch zu schlüpfen und mit dem Kopf voran auf der anderen Seite wieder herauszukommen.

Sabir verstand augenblicklich, worauf Alexi hinaus wollte. Er hatte das gesamte Lager im Blick, aber es war praktisch unmöglich, dass jemand aus dem Lager ihn sah. Er kroch umständlich wieder aus der Höhle heraus.

»Die Kinder haben *Panschbara* gespielt. Dabei zeichnet

man ein Gitter in den Sand und wirft eine Fahrradkette hinein. Bera hat die Kette zu weit geworfen. Als er sich bückte, um sie zu holen, hat er das hier entdeckt. Man sieht, dass es frisch gemacht ist – nicht ein Grashalm ist zu sehen.«

»Du verstehst jetzt, warum ich nicht glaube, dass es die Polizei ist.« Sabir merkte, dass er versuchte, Alexi abzuschätzen. Seine Intelligenz. Ob er von Nutzen sein könnte bei dem, was vor ihnen lag.

Alexi nickte. »Ja. Warum sollten sie warten? Du hast recht. Dafür sind sie zu scharf auf dich.«

»Ich muss mit Yola reden. Ich glaube, sie muss mir ein paar Dinge erklären.«

## 26

»Babel war drogensüchtig. Crack, Kokain. Einige seiner Pariser Freunde fanden es lustig, einen Zigeuner zum Süchtigen zu machen. Unsere Leute rühren sonst selten Drogen an. Wir haben andere Laster.«

»Ich verstehe nicht, was das damit zu tun hat, dass …«

Yola legte die Faust auf ihre Brust. »Hör mir zu. Babel hat außerdem Karten gespielt. Poker. Um hohe Einsätze. Zigeuner sind verrückt nach Kartenspielen. Er konnte die Finger nicht davon lassen. Sobald er an Geld kam, ging er schnurstracks nach Clignancourt und verspielte es mit den Arabern. Ich weiß nicht, wie viel er verloren hat. Aber er sah nicht gut aus in den letzten Wochen. Wir rechneten fest damit, dass er im Gefängnis landen oder dass man ihn schlimm verprügeln würde. Als wir von seinem Tod erfuhren, glaubten wir zuerst, es müsse mit dem Spielen zu tun haben. Dass er Schulden gehabt hätte, und dass die *Maghrébins* zu weit gegangen wären bei seiner Bestrafung. Dann hörten wir von dir.« Sie öffnete die Faust und streckte ihm die Handfläche entgegen.

»Hatte er wirklich etwas zu verkaufen? Als er diese Annonce aufgab?«

Yola biss sich auf die Lippen. Sabir sah ihr an, dass sie in ihrem Innern mit einem Problem rang, das nur sie allein lösen konnte.

»Ich bin jetzt dein Bruder. So sagt man mir wenigstens. Was bedeutet, dass ich von nun an in deinem Interesse handeln werde. Es bedeutet auch, dass ich verspreche, keinen Vorteil aus dem zu ziehen, was du mir erzählst.«

Yola erwiderte seinen Blick. Aber ihre Augen waren nervös, sie huschten kreuz und quer über sein Gesicht, ohne an einem bestimmten Punkt zur Ruhe zu kommen.

Sabir wurde plötzlich bewusst, was der Verrat und der Tod ihres Bruders in Wirklichkeit für sie bedeuten konnten. Ohne eigenes Verschulden fand sich Yola in eine Beziehung mit einem wildfremden Menschen genötigt – eine Beziehung, die durch die Gesetze und Bräuche ihres Volkes formal besiegelt war, sodass Yola sie nicht ohne weiteres aus eigenem Entschluss beenden konnte. Was, wenn ihr neuer Bruder ein Gauner war? Ein Sexualverbrecher? Ein Trickbetrüger? Sie könnte wenig Zuflucht zu irgendeiner Form von unparteiischer Justiz nehmen.

»Komm mit mir in den Wohnwagen meiner Mutter. Alexi wird uns begleiten. Ich muss euch beiden eine Geschichte erzählen.«

## 27

Yola machte Sabir und Alexi ein Zeichen, dass sie sich auf das Bett setzen sollten. Sie selbst nahm mit angezogenen Beinen auf dem Boden Platz, mit dem Rücken an eine in leuchtenden Farben bemalte Truhe gelehnt.

»Hört zu. Vor vielen, vielen Familien hat sich eine meiner

Mütter mit einem *Gadje*-Mädchen aus der Nachbarstadt angefreundet. Zu dieser Zeit kamen wir aus dem Süden, aus der Nähe von Salon-de-Provence …«

»*Eine* deiner Mütter?«

»Die Mutter der Mutter ihrer Mutter, aber das viele Male.« Alexi sah Sabir tadelnd an, als müsste er einer Melkerin das Melken erklären.

»Wie lange genau ist das her?«

»Wie ich schon sagte. Viele Familien.«

Sabir begriff schnell, dass es ihn nirgendwohin führte, wenn er die Dinge zu nüchtern anging. Er würde einfach die rationale, pedantische Seite seines Wesens aussetzen und sich auf die Gruppe einlassen müssen. »Tut mir leid. Fahr fort.«

»Das Mädchen hieß Madeleine.«

»Madeleine?«

»Ja. Das war zur Zeit der katholischen Säuberungen, als man den Zigeunern die Privilegien wegnahm, die sie früher genossen haben – wie Bewegungsfreiheit und Hilfe vom *Châtelain*.«

»Katholische Säuberungen?« Sabir schlug sich leicht an die Schläfe. »Tut mir leid, aber ich stehe anscheinend gerade auf dem Schlauch. Reden wir hier vom Zweiten Weltkrieg? Von der Französischen Revolution? Oder vielleicht von der katholischen Inquisition? Oder etwas aus jüngerer Zeit?«

»Die Inquisition, ja. So hat es meine Mutter genannt.«

»Die Inquisition? Aber die fand vor fünfhundert Jahren statt.«

»Vor fünfhundert Jahren. Viele Familien. Ja.«

»Meinst du das ernst? Du erzählst mir eine Geschichte, die vor fünfhundert Jahren passiert ist?«

»Was ist daran so merkwürdig? Wir haben viele Geschichten. Zigeuner schreiben nichts auf – sie erzählen. Alle diese Geschichten werden weitergegeben. Meine Mutter hat sie mir erzählt, so wie ihre Mutter sie ihr erzählt hat und ich sie meiner Tochter erzählen werde. Denn es ist eine Frauengeschichte. Ich erzähle sie dir nur, weil du mein Bruder bist und weil ich glaube, dass Babels Tod durch seine Neugier in dieser Angelegenheit verursacht wurde. Als sein *Phral* musst du ihn jetzt rächen.«

»*Ich* muss ihn rächen?«

»Hast du denn nicht verstanden? Alexi und die anderen Männer werden dir helfen. Aber du musst den Mann finden, der deinen *Phral* getötet hat, und ihn deinerseits töten. Nur aus diesem Grund erzähle ich dir unser Geheimnis. Unsere Mutter hätte es so gewollt.«

»Aber ich kann nicht losziehen und Leute töten.«

»Nicht einmal, um mich zu beschützen?«

»Ich verstehe nicht. Das geht alles zu schnell.«

»Ich habe etwas, das dieser Mann will. Dieser Mann, der Babel getötet hat. Und jetzt weiß er, dass ich es habe, weil du ihn hierhergebracht hast. Alexi hat mir von dem Versteck auf dem Hügel erzählt. Solange ich hier im Lager bin, bin ich in Sicherheit. Die Männer beschützen mich. Sie halten die Augen offen. Aber eines Tages kommt er durch und holt mich. Dann wird er mir antun, was er Babel antun wollte. Du bist mein Bruder. Du musst ihn aufhalten.«

Alexi nickte dazu, als sei das, was Yola gesagt hatte, völlig normal, ein absolut vernünftiges Verhalten.

»Aber worum handelt es sich? Was besitzt du, das dieser Mann haben will?«

Anstelle einer Antwort schaukelte Yola auf die Knie vor. Sie öffnete eine kleine, unter dem Bett versteckte Schublade und entnahm ihr einen breiten, roten Ledergürtel für Frauen. Mit den geschickten Bewegungen einer Näherin begann sie die Nähte des Gürtels mit einem kleinen Taschenmesser herauszuzupfen.

**28** Sabir hielt das Manuskript auf den Knien. »Das ist es?«

»Ja. Das hat Madeleine einer meiner Mütter gegeben.«

»Und du bist sicher, dass dieses Mädchen Madeleine hieß?«

»Ja. Sie sagte, ihr Vater habe sie gebeten, es der Frau des Zigeuneroberhaupts zu geben. Dass es die Vernichtung unserer Rasse bedeuten könnte, falls die Papiere in die falschen Hände fielen. Aber dass wir die Papiere nicht zerstören, sondern verstecken sollten, da sie dem Willen Gottes unterworfen seien und andere Geheimnisse bargen, die eines Tages ebenfalls wichtig werden könnten. Dass ihr Vater ihr diese und andere Papiere in seinem Testament hinterlassen habe. In einer versiegelten Kiste.«

»Aber das *ist* das Testament. Das ist ein Exemplar von Michel Nostradamus' letztem Willen. Schau hier. Es trägt das Datum 17. Juni 1566. Fünfzehn Tage vor seinem Tod. Mit einem Nachtrag vom 30. Juni, nur zwei Tage, bevor er starb. Yola, weißt du, wer Nostradamus war?«

»Ja. Ein Prophet.«

»Nein, nicht direkt ein Prophet – Nostradamus hätte diese Bezeichnung zurückgewiesen. Er war eher ein Wahrsager. Ein Seher. Ein Mann, der – natürlich nur mit Gottes Hilfe – manchmal in die Zukunft schauen und zukünftige Ereignisse vorwegnehmen konnte. Der berühmteste und erfolgreichste Seher in der Geschichte. Ich habe viel Zeit damit verbracht, ihn zu studieren. Das ist der Grund, warum ich mich von der Anzeige deines Bruders in Versuchung führen ließ.«

»Dann wirst du mir sagen können, warum dieser Mann haben will, was du da in Händen hältst. Welche Geheimnisse das Papier enthält. Warum er bereit ist, dafür zu töten. Denn ich verstehe es beim besten Willen nicht.«

Sabir warf die Arme in die Höhe. »Ich glaube nicht, dass es irgendwelche Geheimnisse enthält. Es ist bereits wohlbekannt und öffentlich zugänglich – man findet es sogar im Internet, Herrgott noch mal. Ich weiß von mindestens zwei weiteren Originalausgaben in Privatbesitz – sie sind ein bisschen Geld wert, klar, aber kaum genug, um dafür zu töten. Es ist nur ein Testament wie jedes andere.« Er runzelte die Stirn. »Aber eine Sache darin betrifft das, was du erzählst. Nostradamus hatte tatsächlich eine Tochter namens Madeleine. Sie war fünfzehn, als er starb. Hört euch das an, es ist ein Teil des Nachtrags, aber für Erben genauso bindend wie das eigentliche Testament.«

»*Et aussy a légué et lègue à Damoyselle Magdeleine de Nostradamus sa fille légitime et naturelle, outre ce que luy a esté légué par sondt testament, savoir est deux coffres de bois noyer estant dans Vestude dudt codicillant, ensemble les habillements, bagues, et joyaux que lade Damoyselle Magdeleine aura dans lesdts coffres, sans que nul puisse voir ny regarder ce que sera dans yceux; ains dudt légat l'en a fait maistresse incontinent après le décès dudt collicitant; lequel légat lade Damoyselle pourra prendre de son autorité, sans qu'elle soit tenue de les prendre par main d'autruy ny consentement d'aucuns.* Übersetzt heißt das: *Außerdem vermacht er Mademoiselle Magdeleine de Nostradamus, seiner legitimen und leiblichen Tochter, zusätzlich zu dem, was er ihr in seinem Testament vermacht hat, zwei Truhen aus Walnussholz, die sich gegenwärtig im Studierzimmer des Erblassers befinden, zusammen mit den Kleidungsstücken, Ringen und Schmuckstücken, die sie in jenen Truhen finden wird, unter der strikten Bedingung, dass niemand außer ihr jene Dinge sehen oder betrachten darf, die er in die Kisten gelegt hat; so ist sie gemäß seinem Vermächtnis zur Herrin der Truhen und ihrer Inhalte nach dem Tod des Erblassers bestimmt worden; diese testamentarische Vollmacht möge alle Befugnis darstellen, die besagte Mademoiselle eventuell brauchen wird, damit niemand sie körperlich daran hindern oder ihr in einem moralischen Sinn verweigern darf, dieses Vermächtnis förderhin auszuüben.«*

»Ich verstehe nicht.«

»Es ist ganz einfach. In seinem ursprünglichen Testament, zu dem das hier gehört, hat Nostradamus seiner ältesten Tochter Madeleine sechshundert Kronen hinterlassen, die ihr am Tag ihrer Hochzeit ausbezahlt werden sollten; je fünfhundert Goldmünzen sollten seinen beiden jüngeren Töchtern Anne und Diana bei ähnlicher Gelegenheit ebenfalls als Mitgift ausbezahlt werden. Zwei Tage vor seinem Tod überlegt er es sich dann plötzlich anders und beschließt, Madeleine noch etwas zusätzlich zu vermachen.« Sabir klopfte auf das Papier vor ihm. »Aber er will, dass niemand sonst sieht, was er ihr hinterlassen hat, deshalb hat er es in zwei Truhen geschlossen, wie es hier steht. Um aber jeden eifersüchtigen Argwohn zu beschwichtigen, er könnte ihr womöglich mehr Geld hinterlassen, listet er auf, was sie in den Truhen vorfinden wird – Schmuck, Ringe, Kleidung. Aber das ergibt alles keinen Sinn, oder? Wenn er ihr Familienerbstücke vermacht, wozu sie verstecken? Sie ist seine älteste Tochter – nach mittelalterlicher Sitte standen sie ihr ohnehin zu. Und wenn sie einst seiner Mutter gehörten, wären sie in der Familie auch längst bekannt gewesen. Nein. Er hinterlässt ihr etwas anderes. Etwas, das geheim ist.« Sabir schüttelte den Kopf. »Du hast mir nicht alles erzählt, oder? Dein Bruder hat immerhin so viel von dem begriffen, was Nostradamus indirekt deinen Vorfahren hinterlassen hat, dass er in seiner Anzeige ›verschollene Verse‹ erwähnt. ›Alles niedergeschrieben‹, das waren seine Worte. Wo also sind sie niedergeschrieben?«

»Mein Bruder war ein Idiot. Es schmerzt mich, das sagen zu müssen, aber er war nicht bei Verstand. Die Drogen haben ihn verändert.«

»Yola, du bist nicht aufrichtig zu mir.«

Alexi stupste Yola mit dem Zeigefinger an. »Los, du musst es ihm sagen, *Luludji*. Er ist jetzt das Oberhaupt deiner Familie. Du schuldest ihm Respekt. Denk dran, was der *Bulibascha* gesagt hat.«

Sabir spürte, dass Yola sich noch immer nicht dazu überwinden konnte, ihm zu trauen. »Würde es helfen, wenn ich mich der Polizei stellen würde? Wenn ich es richtig anstelle, könnte ich sie vielleicht sogar davon überzeugen, ihre Aufmerksamkeit von mir auf den Mann zu verlagern, der deinen Bruder in Wirklichkeit getötet hat. Auf diese Weise wärst du in Sicherheit.«

Yola tat, als würde sie ausspucken. »Glaubst du wirklich, das würden sie machen? Wenn sie dich erst mal in den Fingern haben, lassen sie dich mit dem Schlüssel zu deiner Zelle dein eigenes Grab schaufeln, und dann scheißen sie in das Loch. Wenn du dich stellst, werden sie uns vertreiben, wie sie es jetzt schon gern täten. Babel war ein Zigeuner. Er interessiert die *Payos* nicht. Wir haben sie nie interessiert. Schau, was sie uns im Krieg gegen die Deutschen angetan haben. Bevor er auch nur losging, haben sie uns schon in aller Eile interniert. In Montreuil und Bellay. Wie Vieh. Dann haben sie den *Gher-*

*mans* erlaubt, einen von drei unserer Leute in Frankreich abzuschlachten. Ein Verrückter macht viele Verrückte, und viele Verrückte führen zum Wahnsinn. So heißt es bei uns.« Sie schlug die Hände über dem Kopf zusammen. »Es gibt keinen derzeit lebenden Zigeuner – ob Manouche, Roma, Gitan, Piemontesi, Sinti, Kalderash, Valsikané – von dem nicht ein Teil der Familie massakriert wurde. Zur Zeit meiner Mutter wurde jeder Zigeuner über dreizehn gezwungen, einen *anthropometrischen Ausweis* bei sich zu tragen. Und weißt du, was da drin stand? Höhe, Breite, Hautfärbung, Alter und die Länge der Nase und des rechten Ohrs. Sie haben uns behandelt wie Tiere, die gestempelt, registriert und dann in den Schlachthof geschickt wurden. Zwei Fotos. Die Abdrücke von fünf verschiedenen Fingern. Das alles musste man überprüfen lassen, wenn man in eine Gemeinde kam oder sie verließ. Sie nannten uns Böhmer. Und Romanichels – was beleidigende Namen für uns sind. Das hörte erst 1969 auf. Und du wunderst dich, warum drei Viertel von uns, wie mein Bruder, weder schreiben noch lesen können?«

Sabir fühlte sich, als hätte ihn eine Herde durchgehender Büffel überrannt. Die Bitterkeit in Yolas Stimme war unangenehm echt und unverbraucht. »Aber du kannst lesen. Und Alexi auch.«

Alexi schüttelte den Kopf. »Ich habe die Schule mit sechs Jahren verlassen. Sie gefiel mir nicht. Wer muss lesen? Ich kann sprechen, oder?«

Yola stand auf. »Du sagst, diese zwei Koffer waren aus Walnussholz?«

»Ja.«

»Und du bist jetzt mein *Phral.* Du nimmst diese Verantwortung bereitwillig an?«

»Ja.«

Sie deutete auf die grell bemalte Kiste hinter sich. »Nun, hier ist eine der Truhen. Beweise es mir.«

## 29

»Ja, es ist der Wagen.« Hauptmann Calque ließ die Zeltplane wieder über das Nummernschild fallen.

»Sollen wir ihn abschleppen lassen?« Macron zog bereits sein Handy aus der Halterung.

Calque verzog das Gesicht. »Macron, Macron. Überlegen Sie mal. Entweder die Zigeuner haben Sabir getötet, dann sind seine Überreste inzwischen wahrscheinlich auf sieben Departements verteilt und dienen der heimischen Fauna und Flora als Nahrung. Oder, was wahrscheinlicher ist, er konnte sie von seiner Unschuld überzeugen, und das ist der Grund, warum sie sein Auto für ihn verstecken und es nicht bereits neu lackiert und an die Russen verkauft haben. Da es keine realistische Möglichkeit ist, das Hauptlager auszuspionieren, tun wir wohl besser daran, das Auto zu überwachen, und darauf zu warten, dass er kommt und es abholt. Oder glauben Sie immer noch, wir sollten den Abschleppdienst rufen, damit sie mit Winde, Sirenen und Warnlichtern kommen und es holen?«

»Nein, Chef.«

»Sagen Sie, junger Freund, aus welchem Teil Marseilles stammen Sie?«

Macron seufzte. »La Canebière.«

»Ich dachte, das ist eine Straße.«

»Es ist eine Straße. Aber es ist auch ein Ort.«

»Wollen Sie dorthin zurück?«

»Nein, Chef.«

»Dann fahren Sie nach Paris und fordern Sie einen Peilsender an. Wenn Sie ihn haben, verstecken Sie ihn irgendwo im Wagen. Dann testen Sie es bei fünfhundert, tausend und fünfzehnhundert Metern Abstand. Und … Macron?«

»Ja, Chef.«

Calque schüttelte den Kopf. »Nichts.«

**30** Achor Bale war zutiefst gelangweilt. Er hatte genug vom Überwachen und Spionieren, genug davon, in Dickichten zu liegen und unter Ginsterbüsche zu kriechen. Ein paar Tage lang war es ganz amüsant gewesen, den Zigeunern bei ihren täglichen Verrichtungen zuzusehen. Die Idiotie einer Kultur zu analysieren, die sich weigerte, mit dem Rest des 21. Jahrhunderts Schritt zu halten. Das absurde Verhalten dieser ameisenartigen Kreaturen zu beobachten, wie sie stritten, betrogen, turtelten, schrien, schwindelten und einander übers Ohr hauten – alles in dem vergeblichen Bemühen, sich für das Verliererblatt zu entschädigen, das ihnen die Gesellschaft gegeben hatte.

Was erwarteten die Narren, wenn ihnen die katholische Kirche immer noch vorwarf, die Nägel geschmiedet zu haben, die Jesu Hände und Füße durchbohrten? So wie Bale die Geschichte verstanden hatte, hatten sich zwei Schmiede vor der Kreuzigung geweigert, den Römern die Drecksarbeit zu machen, und waren dafür getötet worden. Der dritte Schmied, den die Römer ansprachen, war ein Zigeuner gewesen. Dieser Zigeuner hatte gerade drei lange Nägel geschmiedet. »Hier sind zwanzig Dinare«, hatten die betrunkenen Legionäre zu ihm gesagt. »Fünf für jeden der ersten drei Nägel, und noch mal fünf für den vierten, den du uns anfertigen wirst, während wir warten.«

Der Zigeuner hatte sich bereit erklärt, die Arbeit zu machen, während sich die Legionäre noch ein paar Becher Wein schmecken ließen. Aber in dem Moment, in dem er anfing, den vierten Nagel anzufertigen, erschienen die Geister der beiden ermordeten Schmiede auf der Lichtung und ermahnten ihn, unter keinen Umständen für die Römer zu arbeiten, da sie die Absicht hätten, einen gerechten Mann zu kreuzigen. Zu Tode erschrocken über die Erscheinung flohen die Soldaten, ohne auf den vierten Nagel zu warten.

Doch hier hörte die Geschichte nicht auf. Denn dieser Zigeuner war ein fleißiger Mann, und da er fand, dass er bereits gut bezahlt worden war für seine Arbeit, schlug er die Warnung der beiden toten Schmiede in den Wind und machte sich erneut ans Werk. Als der Nagel schließlich fertig war und noch rot glühte, tauchte er ihn zum Abkühlen in kaltes Wasser – aber egal, wie oft er das tat oder aus welcher Tiefe er das Wasser heraufholte, der Nagel blieb immer in fast flüssigem Zustand. Entsetzt über die Folgen seiner Tat, raffte der Zigeuner seiner Habe zusammen und machte sich aus dem Staub.

Er lief drei Tage und Nächte lang, bis er in einer weiß getünchten Stadt eintraf, wo ihn niemand kannte. Hier wollte er für einen reichen Mann arbeiten. Aber als er zum ersten Mal den Hammer ans Eisen legte, entfuhr ein fürchterlicher Schrei seinem Mund. Denn vor ihm auf dem Amboss lag der rotglühende Nagel – der fehlende vierte Nagel von der Kreuzigung Christi. Und jedes Mal, wenn er sich an die Arbeit machte – ob auf andere Weise oder an einem anderen Ort –, geschah das Gleiche, und er war nirgendwo auf der Welt sicher vor dem anklagenden Anblick des rotglühenden Nagels.

Und das erklärt der Überlieferung der Zigeuner nach, warum sie dazu verdammt sind, ewig über die Erde zu wandern und nach einem Platz zu suchen, wo sie ihre Schmiedeöfen gefahrlos aufstellen können.

»Idioten«, murmelte Bale. »Sie hätten die Römer töten und es auf die Familien der toten Schmiede schieben sollen.«

Er hatte die beiden Männer, die das Lager bewachten, bereits ausmachen können. Der eine lag unter einem Baum und rauchte, und der andere schlief. Was dachten sich diese Leute eigentlich? Er würde sie ein wenig piesacken müssen. Wenn Sabir und das Mädchen gezwungen waren, das Lager zu verlassen, würden sie viel leichter zu schnappen sein.

Bale lächelte in sich hinein, während er den Reißverschluss der flachen Lederhülle öffnete, die er in der Geheimtasche seines gewachsten Mantels mit sich geführt hatte, und den Ruger Redhawk herausholte. Der Revolver war aus geglättetem Edelstahl gefertigt, mit einem Griff aus Rosenholz. Er verfügte über einen siebeneinhalb Zoll langen Lauf, ein Magazin für sechs Magnum-Patronen und ein Teleskopvisier, das für eine Schussdistanz von fünfundzwanzig Metern justiert war. Mit dreiunddreißig Zentimetern Länge war es Bales bevorzugte Jagdwaffe, die genügend Feuerkraft besaß, um einen Elch aufzuhalten. Neulich hatte er auf dem Schießstand in Paris auf dreißig Meter Entfernung eine konstante Serie von Treffern mit maximal sieben Zentimetern Abweichung gehabt. Er fragte sich, ob er jetzt, da er auf lebende Ziele feuerte, ebenfalls so genau treffen würde.

Seine erste Kugel schlug fünf Zentimeter über der Ferse des schlafenden Zigeuners ein. Der Mann wachte mit einem Ruck auf, und sein Körper nahm unabsichtlich die Form eines rechten Winkels ein. Bale zielte seine zweite Kugel exakt auf die Stelle, wo zwei Sekunden zuvor noch der Kopf des Mannes geruht hatte.

Dann wandte er sich dem zweiten Zigeuner zu. Seine erste Kugel erledigte die Zigarettendose des Mannes, und die zweite ließ den Teil eines Astes genau über seinem Kopf absplittern.

Inzwischen rannten die beiden schreiend in Richtung Lager. Bale verfehlte die Fernsehantenne mit seiner ersten Kugel, zerlegte sie aber mit seiner zweiten in zwei Teile. Während er schoss, behielt Bale die Tür scharf im Auge, durch die Sabir, das Mädchen und der Messerwerfer vor rund zwanzig Minuten verschwunden waren. Aber niemand kam heraus.

»So, das war's. Nur ein Magazin heute.«

Bale lud den Revolver neu und steckte ihn wieder in seine Hülle und die Hülle in die versteckte Tasche, die in die Innenseite seines Mantels genäht war.

Dann stieg er den Hang hinunter zu seinem Fahrzeug.

## 31

»Kommt da ein Wagen?« Alexi hatte den Kopf schiefgelegt. »Oder hat der Teufel geniest?« Er stand mit spöttischer Miene auf und machte Anstalten, nach draußen zu gehen.

»Nein, warte.« Sabir hob warnend die Hand.

Es gab einen zweiten lauten Knall von der anderen Seite des Lagers. Dann einen dritten. Einen vierten.

»Yola, runter auf den Boden. Du auch, Alexi. Das sind Schüsse.« Er legte das Gesicht in Falten, während er das Echo bewertete. »Aus dieser Entfernung klingt es wie ein Jagdgewehr. Das heißt, eine verirrte Kugel könnte leicht diese Wände durchschlagen.«

Ein fünfter Schuss prallte vom Dach des Wohnwagens ab.

Sabir schlich zum Fenster. Im Lager liefen alle kreuz und quer, schrien oder riefen nach ihren Angehörigen.

Ein sechster Schuss ertönte, und etwas fiel auf das Dach

und rutschte dann laut klappernd an der Außenseite des Wohnwagens hinunter.

»Das war die Fernsehantenne. Ich glaube, der Typ hat Humor. Er schießt jedenfalls nicht, um jemanden zu töten.«

»Adam, bitte geh runter.« Es war das erste Mal, dass Yola seinen Namen benutzt hatte.

Sabir drehte sich zu ihr um und lächelte. »Keine Sorge. Er versucht uns nur auszuräuchern. Wir sind in Sicherheit, solange wir im Wohnwagen bleiben. Ich habe schon die ganze Zeit etwas in dieser Art erwartet, seit mir Alexi sein Versteck gezeigt hat. Da er uns jetzt nicht mehr ausspionieren kann, ist es nur logisch, dass er uns ins Freie treiben will, wo er sich uns nach Belieben schnappen kann. Aber wir gehen erst, wenn wir gut vorbereitet sind.«

»Gehen? Warum sollten wir gehen?«

»Weil er sonst noch jemanden töten wird.« Sabir zog die Truhe zu sich. »Weißt du noch, was er mit Babel gemacht hat? Der Kerl ist kein Moralist. Er will das haben, wovon er glaubt, dass es in dieser Truhe ist. Wenn er feststellt, dass wir nichts haben, wird er allerdings sehr wütend werden. Ich denke nicht, dass er uns glauben würde.«

»Warum hattest du keine Angst, als die Schießerei losging?«

»Weil ich fünf Jahre als Freiwilliger beim 182. Infanterieregiment der Massachusetts Army National Guard war.« Sabir ahmte den Akzent eines Bauernburschen nach. »Ich kann voller Stolz berichten, dass das 182. nur siebzig Jahre nach Nostradamus' Tod aufgestellt wurde. Ich selbst bin ein echtes Gewächs aus Stockbridge, Massachusetts.«

Yola sah verwirrt aus, als würde Sabirs plötzliche Lockerheit auf eine überraschende Seite seines Wesens hindeuten, die ihr bisher entgangen war. »Du warst Soldat?«

»Nein, Reservist. Ich war nie im aktiven Dienst. Aber wir haben ziemlich hart und realistisch trainiert. Und ich habe mein ganzes Leben lang gejagt und Waffen benutzt.«

»Ich gehe nachschauen, was sich draußen tut.«

»Ja, jetzt dürfte keine Gefahr mehr bestehen. Ich bleibe hier und schaue mir diese Truhe noch mal an. Die andere hast du nicht zufällig auch, oder?«

»Nein, nur die hier. Jemand hat sie bemalt, weil sie wohl zu langweilig aussah.«

»Ja, darauf bin ich schon von allein gekommen.« Sabir begann die Seiten der Kiste abzuklopfen. »Hast du mal geschaut, ob sie einen doppelten Boden oder ein Geheimfach hat?«

»Einen doppelten Boden.«

»Ich dachte es mir.«

## 32

»Ich kriege zwei Signale.«

»Sie kriegen was?«

»Zwei getrennte Signale von dem Peilsender. Es ist, als wäre ein Schatten auf dem Schirm.«

»Haben Sie es nicht getestet, wie ich gesagt habe?«

Macron schluckte hörbar. Calque hielt ihn sowieso für einen Trottel. Jetzt würde er endgültig davon überzeugt sein. »Doch. Es hat einwandfrei funktioniert. Ich habe es sogar auf zwei Kilometer Entfernung getestet, und das Signal kam astrein. Wir verlieren die GPS-Ortung natürlich, wenn der Wagen durch einen Tunnel fährt oder in einer Tiefgarage parkt, aber das ist der Preis für ein Echtzeitsignal.«

»Wovon reden Sie, Macron?«

»Ich will sagen, falls wir ihn je verlieren, könnte es eine Weile dauern, bis wir den Kontakt wiederhergestellt haben.«

Claque machte seinen Sicherheitsgurt auf und begann seine

Schultern zu entspannen, als würde mit jedem Kilometer, den sie sich von Paris entfernten, eine große Last von ihm genommen.

»Sie sollten wirklich angeschnallt bleiben, Chef. Sonst funktioniert der Airbag nicht richtig, wenn wir einen Unfall haben.« Kaum hatte er es gesagt, wurde Macron klar, dass er einen weiteren vermeidbaren Fehler in der langen Liste vermeidbarer Fehler begangen hatte, von denen die immer schlechter werdende Beziehung zu seinem Boss durchsetzt war.

Ausnahmsweise nutzte Calque die Gelegenheit jedoch nicht zu einem seiner scharfen Rüffel. Stattdessen hob er nachdenklich das Kinn und sah aus dem Fenster, ohne auf Macrons Schnitzer im Geringsten einzugehen. »Ist Ihnen einmal in den Sinn gekommen, dass es zwei Peilsender geben könnte?«

»Zwei, Chef? Aber ich habe nur einen angebracht.« Macron hatte begonnen, von dem schönen Leben zu träumen, das er als Gehilfe in der Bäckerei seines Vaters in Marseille hätte haben können, anstatt die Drecksarbeit für einen mürrischen Polizeihauptmann kurz vor der Pensionierung zu machen.

»Ich rede von unserem Freund. Der so gern Telefonanrufe macht.«

Macron verwarf sofort, was er hatte sagen wollen. Man konnte ihm nicht vorwerfen, dass er nicht dazulernte. »Dann muss er das Schattensignal ebenfalls auffangen, Chef. Er wird wissen, dass wir ein Gerät angebracht haben und parallel zu ihm fahren.«

»Richtig, mein Junge. Gut nachgedacht.« Calque seufzte. »Aber ich vermute, dass ihn diese Vorstellung nicht allzu sehr stört. Uns sollte sie allerdings stören. Für mich zeichnet sich hier allmählich ein Szenario ab, das mir gar nicht gefällt. Ich kann natürlich nichts beweisen. Im Grunde weiß ich nicht einmal, ob dieser Mann ohne das Weiße im Auge wirklich existiert oder ob wir einfach nur einen Dämon heraufbeschwören und uns stattdessen auf Sabir konzentrieren sollten. Aber wir müssen von nun an vorsichtiger zu Werke gehen.«

»Einen Dämon, Chef?«

»Bildlich gesprochen.«

## 33

»Wohin fahren wir?«

»Zu dem Ort, der auf dem Boden der Truhe geschrieben steht.«

Alexi beugte sich vom Rücksitz vor und klopfte Sabir auf die Schultern. »Das hat sie jetzt davon. Hey, *Luludji*, was hältst du inzwischen von deinem *Phral*? Vielleicht hinterlässt er dir einen Haufen Geld, wenn ihn dieser Verrückte umbringt. Hast du viel Geld, Adam?«

»Nicht bei mir.«

»Aber du hast Geld? In Amerika vielleicht. Kannst du uns eine grüne Karte besorgen?«

»Ich kann dir ein blaues Auge verpassen.«

»Hey, hast du das gehört? Das ist witzig. Ich frag ihn nach einer grünen Karte, und er bietet mir ein blaues Auge an. Der Typ muss ein Berber sein.«

»Folgt uns jemand?«

»Nein. Ich habe geschaut. Und ich schaue immer weiter. Da ist niemand.«

»Das verstehe ich nicht.«

»Vielleicht hat er den Wagen nicht gefunden. Die Jungs haben ihn gut versteckt. Dafür schuldest du mir noch was, *Gadje*. Sie wollten ihn auseinandernehmen und die Teile verkaufen, aber ich habe gesagt, du würdest sie dafür bezahlen, dass sie ihn beschützen.«

»Bezahlen?«

»Ja. Du musst auch ihnen Geld hinterlassen, wenn du stirbst.« Alexi setzte sich plötzlich gerade hin. »Hey, *Gadje*. Halt mal hinter dem Wagen, der dort vorn auf dem Feldweg steht.«

»Wieso?«

»Tu es einfach.«

Sabir steuerte den Audi über das Bankett und dann auf den Feldweg.

Alexi stieg aus und begann mit schiefgelegtem Kopf herumzuschlendern. »Okay, keiner hier. Sie sind spazieren gegangen.«

»Du willst ihn doch wohl nicht stehlen?«

Alexi machte ein angewidertes Gesicht. Dann ging er in die Hocke und begann, die Nummernschilder des Wagens abzuschrauben.

»Er ist stehen geblieben.«

»Sie dürfen nicht das Gleiche tun. Fahren Sie weiter, an ihm vorbei. Aber wenn Sie ein zweites Fahrzeug stehen sehen, merken Sie es sich. Wir fordern Unterstützung an.«

»Wieso schnappen Sie sich Sabir nicht einfach, und die Sache ist erledigt?«

»Weil die Zigeuner nicht dumm sind, egal, was Sie vielleicht von ihnen halten. Wenn sie Sabir nicht getötet haben, hat das seinen Grund.« Calque warf einen Blick in den Feldweg. »Haben Sie gesehen, was er dort unten gemacht hat?«

»Sie. Es waren drei.« Macron räusperte sich unsicher. »Ich an ihrer Stelle würde die Nummernschilder auswechseln. Nur für alle Fälle.«

Calque lächelte. »Macron, Sie erstaunen mich immer wieder aufs Neue.«

»Was erhoffst du dir davon? In dem Moment, in dem sie zum Wagen zurückkommen, sehen sie, dass du ihre Kennzeichen ausgetauscht hast.«

»Nein.« Alexi lächelte. »Die Leute schauen nicht. Sie sehen nichts. Es wird Tage dauern, bis er etwas bemerkt. Er wird wahrscheinlich erst merken, dass wir die Nummernschilder ausgetauscht haben, wenn sich die Polizei auf ihn stürzt und mit ihren Maschinenpistolen dazu herumfuchtelt – oder wenn er seinen Wagen auf einem Supermarktparkplatz nicht mehr findet.«

Sabir zuckte mit den Achseln. »Hört sich an, als hättest du solche Dinge schon öfter getan.«

»Was soll das heißen? Ich bin wie ein Heiliger.«

Yola raffte sich endlich auf zu sprechen. »Ich verstehe, dass mein Bruder von dem ersten Papier wusste. Meine Mutter hat ihn abgöttisch geliebt. Sie hätte ihm alles erzählt. Ihm alles gegeben. Aber woher wusste er, was auf dem Boden der Truhe stand? Babel konnte nicht lesen.«

»Dann hat er im Lager jemanden gefunden, der es konnte. Denn er hat zum Teil die gleichen Worte in seiner Anzeige benutzt.«

Yola sah Alexi an. »Wer käme da in Frage?«

Alexi zuckte die Achseln. »Luca kann lesen. Er hätte alles für Babel getan. Oder für eine Handvoll Euros. Er ist außerdem gerissen. Es würde ihm ähnlich sehen, wenn er die ganze Sache geplant und Babel an seiner Stelle hätte agieren lassen.«

Yola stieß ein Zischen aus. »Dieser Luca. Wenn ich herausfinde, dass er das getan hat, verhexe ich ihn.«

»Verhexen?« Sabir warf einen Blick auf Yola. »Wie meinst du das?«

Alexi lachte. »Die Kleine ist eine Hexe. Ihre Mutter war eine und ihre Großmutter auch. Deshalb wird niemand sie heiraten. Jeder fürchtet, dass sie ihn vergiftet, wenn er sie schlägt. Oder ihn mit dem bösen Blick belegt.«

»Recht hätte sie.«

»Was soll das heißen? Ein Mann muss eine Frau manchmal schlagen. Wie soll er sie sonst unter Kontrolle halten, mit Eiern so groß wie Handgranaten? Sie würde werden wie eine von euren *Payo*-Frauen. Nein, Adam. Falls sie durch ein Wunder jemals einen Mann findet, musst du mit ihm reden. Ihm sagen, wie er mit ihr fertig wird. Er muss zusehen, dass sie immer schwanger ist, das ist das Beste. Wenn sie sich um Kinder kümmern muss, kann sie ihm nicht auf die Nerven gehen.«

Yola schnippte mit dem Daumen an die Vorderzähne, als versuchte sie ein Stück Knorpel loszuwerden. »Und was ist mit dir, Alexi? Warum bist du nicht verheiratet? Ich sage es dir. Weil dein Penis zweigeteilt ist. Die eine Hälfte zieht nach Westen, in Richtung *Payos*, und die andere behältst du in der Hand.«

Sabir schüttelte verwundert den Kopf. Die beiden lächelten, als schöpften sie Trost aus ihrer Schäkerei. Sabir vermutete insgeheim, dass es ihr Gemeinschaftsgefühl stärkte, nicht aushöhlte. Er empfand plötzlich Eifersucht, als würde er selbst gern zu seiner solch fröhlichen Gemeinschaft gehören. »Wenn ihr beide genug gestritten habt, soll ich euch dann verraten, was auf den Boden der Truhe geschrieben – oder besser: eingebrannt – wurde?«

Sie drehten sich beide in seine Richtung, als hätte er aus heiterem Himmel angeboten, ihnen eine Gutenachtgeschichte vorzulesen.

»Es ist mittelalterliches Französisch. Wie das Testament. Es ist ein Rätsel.«

»Ein Rätsel? Du meinst so etwas wie: ›Ich habe einen Bruder, der rast ohne Beine und pfeift ohne Mund. Wer ist er?‹«

Sabir gewöhnte sich allmählich an die Art der Zigeuner, nie bei der Sache zu bleiben. Zunächst hatten die unvermuteten Gedankensprünge seinen Ordnungssinn gestört, und er hatte sich bemüht, wieder zum Thema zurückzusteuern. Inzwischen lächelte er und fügte sich. »Okay, ich geb's auf.«

Yola hämmerte von hinten auf seinen Sitz. »Na, der Wind, du Dummkopf. Was denn sonst?« Sie und Alexi brachen in schallendes Gelächter aus.

Sabir lächelte. »Wollt ihr jetzt hören, was ich entdeckt habe? Ich bin gespannt, ob ihr im Rätsel*lösen* genauso gut seid wie im Rätsel*aufgeben*.«

»Ja, sag es uns.«

»Also, das französische Original lautet so:

*›Hebergé par les trois mariés*
*Celle d'Egypte la dernière fit*
*La vierge noire au camaro duro*
*Tient le secret de mes vers à ses pieds.‹*

Beim ersten Lesen habe ich es so verstanden:

*›In der Obhut der drei Verheirateten*
*War die ägyptische Frau die letzte*
*Die schwarze Jungfrau auf ihrem harten Bett*
*Bewahrt das Geheimnis meiner Verse zu ihren Füßen.‹«*

»Aber das ergibt keinen Sinn.«

»Da hast du verdammt recht, es ergibt keinen Sinn. Und es ist auch nicht in Nostradamus' üblichem Stil geschrieben. Erstens reimt es sich schon mal nicht. Andererseits gibt es sich aber auch nicht als Prophezeiung aus. Es ist eindeutig als Wegweiser oder Karte zu etwas von größerer Bedeutung gemeint.«

»Wer sind die drei Verheirateten?«

»Ich habe nicht die leiseste Ahnung.«

»Okay, und wie sieht es dann mit der schwarzen Jungfrau aus?«

»Das ist viel klarer. Und hier liegt meiner Ansicht nach der Schlüssel. *Camaro duro* heißt nicht wirklich ›hartes Bett‹, versteht ihr? Es ist einer dieser Ausdrücke, bei denen man denkt, sie müssen etwas bedeuten, aber in Wirklichkeit sind sie völlig bedeutungslos. Sicher, *cama* heißt Bett auf Spanisch und *duro* bedeutet hart. Aber die Erwähnung der schwarzen Jungfrau hat mich auf die richtige Spur geführt. Es ist ein Anagramm.«

»Ein was?«

»Ein Anagramm. So nennt man es, wenn sich ein Wort in einem oder zwei anderen versteckt, die aus denselben Buchstaben bestehen. Und *camaro duro* ist eindeutig ein Anagramm für Rocamadour. Das ist ein berühmter Wallfahrtsort im Lottal. Manche behaupten sogar, es sei der eigentliche Anfang des Pilgerwegs nach Santiago de Compostela. Und dort gibt es eine berühmte Schwarze Madonna, zu der Frauen seit vielen Generationen pilgern und um Kindersegen bitten. Es gibt Leute, die sogar sagen, sie sei halb Mann, halb Frau – halb Maria und halb Roland. Denn Durendal, das phallische Schwert des Ritters Roland, ruht bis zum heutigen Tag in einer vulvaförmigen Gesteinsspalte hoch oben im Fels nahe der Krypta der Madonna. Sie befand sich mit Sicherheit schon zu Nostradamus' Zeiten dort. Ich schätze, dass sie sich seit acht Jahrhunderten nirgendwohin bewegt hat.«

»Und da fahren wir also hin?«

Sabir sah seine beiden Gefährten an. »Ich fürchte, es bleibt uns nichts anderes übrig.«

## 34

Yola stellte zwei Becher Kaffee in die Halterungen und gab den dritten Sabir. »Man darf dich nicht sehen. An diesen Raststätten gibt es Kameras. Wir sollten an solchen Orten nicht mehr halten.«

Sabir sah Alexi nach, der sich durch den Shop in Richtung Toilette schlängelte. »Wieso ist er dabei, Yola?«

»Er würde mich gern entführen. Aber er traut sich nicht. Und jetzt hat er Angst, dass du es tun könntest, wenn er nicht dabei ist. Deshalb ist er hier.«

»Ich? Dich entführen?«

Yola seufzte. »In Manouche-Familien laufen ein Mann und eine Frau zusammen fort, wenn sie heiraten wollen. Man nennt es eine ›Entführung‹. Wenn ein Mann ein Mädchen ›entführt‹, entspricht das einer Ehe, weil das Mädchen dann – wie soll ich sagen – nicht mehr intakt ist.«

»Du machst Witze.«

»Warum sollte ich? Es ist die Wahrheit.«

»Aber ich bin dein Bruder.«

»Aber doch kein leiblicher, Dummkopf.«

»Wie bitte? Das heißt, ich könnte dich heiraten?«

»Mit der Zustimmung des *Bulibascha,* da mein Vater tot ist. Aber wenn du das tätest, würde Alexi ernsthaft wütend werden. Und dann könnte er beschließen, dich tatsächlich mit dem Messer zu treffen.«

»Was soll das heißen, ›beschließen, mich zu treffen‹? Er hat eindeutig daneben geworfen.«

»Nur weil er es wollte. Alexi ist der beste Messerwerfer im Lager. Er tritt im Zirkus und auf Jahrmärkten auf. Jeder weiß es. Deshalb hat sich der *Bulibascha* für das Messerurteil entschieden. Alle haben erkannt, dass Alexi dich nicht für schuldig an Babels Tod hält. Andernfalls hätte er deine Hand in zwei Hälften geteilt.«

»Soll das heißen, das war alles nur Theater? Ihr wusstet die ganze Zeit, dass Alexi mich nicht treffen würde?«

»Ja.«

»Aber wenn er mich aus Versehen getroffen hätte?«

»Dann hätten wir dich töten müssen.«

»Na, toll! Das leuchtet ein. Ja, jetzt verstehe ich alles ganz genau.«

»Du darfst nicht wütend sein, Adam. Auf diese Weise akzeptiert dich jeder. Wenn wir es anders gemacht hätten, hättest du später Probleme bekommen.«

»Na, dann ist es wohl in Ordnung.«

Calque beobachtete die beiden durch sein Fernglas. »Das Mädchen kenne ich. Es ist Samanas Schwester. Und Sabir, natürlich. Aber wer ist der dunkelhäutige Typ, der aufs Pissoir gegangen ist?«

»Wahrscheinlich noch ein Cousin. Diese Leute haben Cousins bis zum Erbrechen. Wenn du einen kratzt, fallen sie wie Zecken herunter.«

»Mögen Sie keine Zigeuner, Macron?«

»Sie sind Faulenzer. Niemand bei uns im Süden mag Zigeuner. Sie stehlen, betrügen und benutzen Leute für ihre Zwecke.«

»*Putain*. Das tun die meisten Leute auf die eine oder andere Weise.«

»Nicht wie sie. Sie verachten uns.«

»Wir haben ihnen das Leben nicht leicht gemacht.«

»Warum sollten wir?«

Calque tat, als nickte er. »Ja, warum wohl?« Er würde Macron in Zukunft allerdings sorgfältiger beobachten müssen. Seiner Erfahrung nach hegte ein Mensch, der sich zu einem Vorurteil bekannte, insgeheim mit hoher Wahrscheinlichkeit noch weitere, die erst in einer Krise sichtbar werden würden. »Sie fahren los, schauen Sie. Geben Sie ihnen einen halbe Minute Vorsprung, dann folgen Sie.«

»Sind Sie sicher, dass das den Regeln entspricht, Chef? Ich meine, einen Mörder unbehelligt auf einer öffentlichen Autobahn herumfahren zu lassen? Sie haben gesehen, was er mit Samana gemacht hat.«

»Haben Sie unseren anderen Freund so schnell wieder vergessen?«

»Natürlich nicht. Aber wir haben keinen Hinweis auf ihn außer Ihrem Instinkt. Dagegen haben wir Sabirs Blut an Samanas Hand. Wir können nachweisen, dass er am Tatort war.«

»Nein, können wir nicht. Aber wir wissen, dass er in der Bar war, wo die Bluterei stattgefunden hat. Und er ist allem Anschein nach aus freien Stücken mit Samanas Schwester unterwegs. Glauben Sie, er leidet am Stockholm-Syndrom?«

»Stockholm-Syndrom?«

Calque runzelte die Stirn. »Manchmal vergesse ich, dass Sie noch sehr jung sind, Macron. Ein schwedischer Kriminologe hat den Begriff 1973 geprägt, nachdem bei einem schiefgelaufenen Bankraub eine Reihe von Geiseln genommen wurden. Im Lauf von sechs Tagen begannen einige der Geiseln stärker mit ihren Entführern zu sympathisieren als mit der Polizei. Das Gleiche passierte mit der Zeitungserbin Patty Hearst.«

»Aha.«

»Glauben Sie, Sabir hat es irgendwie geschafft, ein gesamtes Zigeunerlager zu hypnotisieren und zu seinen willigen Komplizen zu machen?«

Macron sog die Luft ein. »Ich traue diesen Leuten alles zu.«

## 35

»Traust du dir immer noch zu, allein mit der Sache fertig zu werden?«

Achor Bale war kurz versucht, das Handy aus dem Wagenfenster zu werfen. Stattdessen erwiderte er den missbilligenden Blick der Frau in dem Wagen, der ihn überholte, mit einem sarkastischen Lächeln.

»Natürlich, Madame. Alles bestens. Ich habe Sabir unter Überwachung. Ich habe das Auto der Polizei identifiziert, das ihm folgt. Die Idioten haben sogar das Nummernschild ausgewechselt, um etwaige Verfolger abzuschütteln.«

Der Gatte der Frau beugte sich nun vor und machte ihm Zeichen, sein Handy wegzulegen.

Peugeotfahrer, dachte Bale. In England würden sie Rover fahren. In Amerika Chevrolets oder Cadillacs. Er tat, als würde er die Konzentration verlieren, und ließ seinen Wagen ein wenig zu dem Peugeot hinübertreiben.

Der Ehemann riss die Augen auf und hupte.

Bale sah in den Rückspiegel. Er war allein auf der Straße. Könnte ganz amüsant werden. Vielleicht brachte es ihm sogar noch einen kleinen Zeitvorsprung ein. »Soll ich nun weitermachen oder nicht, Madame? Sie brauchen es nur zu sagen.«

»Ich will, dass du weitermachst.«

»Wie Sie wünschen.« Bale klappte das Handy zu. Er beschleunigte und schnitt den Peugeot gefährlich. Dann verlangsamte er.

Der Mann hupte wieder.

Bale brachte den Wagen langsam zum Stehen.

Der Peugeot hielt hinter ihm, und der Mann stieg aus.

Bale beobachtete ihn im Rückspiegel. Er kroch ein Stück tiefer in seinen Sitz. Er konnte die Sache ruhig ein wenig auskosten.

»Was soll das werden, Mann? Sie hätten beinahe einen Unfall verursacht.«

Bale zuckte die Achseln. »Hören Sie, es tut mir schrecklich leid. Meine Frau erwartet ein Baby. Ich muss schnellstens ins Krankenhaus und wollte nur herausfinden, wie ich dort hinkomme.«

»Ein Baby, sagen Sie?« Der Mann warf rasch einen Blick zu seiner Frau zurück. Er entspannte sich sichtbar. »Tut mir leid, wenn ich so einen Wirbel mache. Aber ständig passiert etwas, verstehen Sie? Sie sollten sich wirklich eine Freisprechanlage anschaffen, dann können Sie im Wagen so viel telefonieren, wie Sie wollen, ohne andere Verkehrsteilnehmer in Gefahr zu bringen.«

»Sie haben recht, ich weiß.« Bale sah einen Citroën vorbeifahren und um die Kurve verschwinden. Er warf einen Blick auf das Radar des Ortungsgeräts. Ein Kilometer bereits. Er würde sich beeilen müssen. »Entschuldigen Sie noch mal.«

Der Mann hob die Hand und ging zurück zu seinem Wagen. Er zuckte die Achseln in Richtung seiner Frau und machte dann eine beschwichtigende Geste, als sie ihn finster anstarrte.

Bale legte den Rückwärtsgang ein und trat das Gaspedal durch. Er hörte das hysterische Kreischen von Gummi, dann griffen die Reifen und der Wagen schoss rückwärts.

Der Mann drehte sich mit weit offenem Mund zu ihm um.

»Oy ya yoi ya yoi.« Bale stieß die Wagentür auf und sprang heraus. Er sah mit wildem Blick die Straße hinauf und hinunter. Die Frau schrie. Ihr Mann war gänzlich zwischen und unter den beiden Fahrzeugen verschwunden und gab keinen Laut von sich.

Bale packte die Frau durch das offene Fenster des Peugeots an den Haaren und zerrte sie ins Freie. Einer ihrer Schuhe verfing sich zwischen dem Automatikhebel und dem Staufach in der Mittelkonsole. Bale zerrte noch heftiger, und irgendetwas gab nach. Er schleifte die Frau zur hinteren Wagentür, deren Fenster noch einen Kurbelmechanismus hatte.

Er drehte das Fenster halb herunter und stieß den Kopf der Frau in die Öffnung. Dann kurbelte er das Fenster so weit wie möglich nach oben und schlug die Wagentür zu.

»Was ist denn hier los?« Calque legte die Hand auf das Armaturenbrett und erhob sich leicht aus seinem Sitz. »Fahren Sie mal lieber langsam.«

»Aber was ist mit …«

»Langsam.«

Macron reduzierte sein Tempo.

Calque blickte mit zusammengekniffenen Augen auf die Szenerie vor ihnen. »Rufen Sie einen Krankenwagen. Schnell. Und die Kriminalpolizei.«

»Aber wir werden sie verlieren.«

»Holen Sie den Erste-Hilfe-Kasten raus. Und setzen Sie das Blaulicht aufs Wagendach.«

»Aber das wird uns verraten.«

Calque hatte die Tür aufgemacht, ehe das Fahrzeug richtig stand. Er lief steifbeinig zu der Stelle, wo der Mann lag, und kniete neben ihm nieder. »Okay. Macron, Sie können den Sanitätern sagen, dass er noch atmet. Aber schwach. Und sie werden eine Schiene brauchen. Kann sein, dass sein Nacken verletzt ist.« Er wandte sich der Frau zu. »Madame. Halten Sie still. Nicht strampeln.«

Die Frau stöhnte.

»Bitte. Halten Sie still. Sie haben sich den Fuß gebrochen.« Calque versuchte, das Fenster herunterzudrehen, aber es klemmte. Das Gesicht der Frau war bereits purpurn angelaufen. Das Atmen fiel ihr sichtlich schwer. »Macron, bringen Sie den Hammer. Schnell. Wir müssen die Scheibe einschlagen.«

»Welchen Hammer?«

»Dann den Feuerlöscher.« Calque zog seine Jacke aus und wickelte sie um den Kopf der Frau. »Alles in Ordnung, Madame. Nicht zappeln. Wir müssen die Scheibe einschlagen.«

Plötzlich verlor der Körper der Frau jegliche Spannung, und sie sackte schwer gegen den Wagen.

»Schnell. Sie hat aufgehört zu atmen.«

»Was soll ich tun?«

»Schlagen Sie das Fenster mit dem Feuerlöscher ein.«

Macron holte mit dem Feuerlöscher aus und hieb auf das Fenster ein. Der Feuerlöscher prallte von dem Sicherheitsglas zurück.

»Geben Sie ihn mir.« Calque packte den Feuerlöscher und rammte dessen unteres Ende gegen das Glas. »Jetzt geben Sie mir Ihre Jacke.« Er wickelte sich das Sakko um die Hand und boxte durch das zertrümmerte Glas. Er ließ die Frau langsam zu Boden und legte ihren Kopf auf das Jackett. Dann beugte er sich vor und versetzte ihr einen scharfen Schlag über dem Herzen. Er tastete mit zwei Fingern unterhalb ihrer linken Brust und begann dann, auf das Brustbein zu drücken. »Macron. Wenn ich es Ihnen sage, beatmen Sie sie zweimal kräftig.«

Macron kauerte neben dem Kopf der Frau nieder.

»Haben Sie den Rettungswagen gerufen?«

»Ja, Chef.«

»Guter Junge. Wir machen das so lange, bis sie hier sind. Hat sie noch einen Puls?«

»Ja. Er flattert ein bisschen, aber er ist da.«

Zwischen zwei beidhändig ausgeführten Schlägen blickte Calque in Macrons Augen. »Glauben Sie mir jetzt, was den zweiten Mann angeht?«

»Ich habe Ihnen immer geglaubt, Chef. Aber meinen Sie wirklich, dass er das hier war?«

»Zweimal beatmen.«

Macron beugte sich vor und beatmete die Frau.

Calque setzte seine beidhändigen Schläge fort. »Ich *meine* es nicht einfach, mein Junge. Ich *weiß* es.«

## 36

Yola spuckte die letzte Kürbiskernschale auf den Boden des Wagens. »Schau. Wilder Spargel.«

»Was?«

»Wilder Spargel. Wir müssen anhalten.«

»Das kann nicht dein Ernst sein.«

Yola gab Sabir einen harten Schlag auf die Schulter. »Stoppt jemand unsere Zeit? Werden wir verfolgt? Müssen wir die Geschichte bis zu einem bestimmten Termin erledigt haben?«

»Natürlich nicht, aber …«

»Dann halt an.«

Sabir sah Alexi um Unterstützung heischend an. »Du findest auch, dass wir nicht anhalten sollten, oder?«

»Natürlich müssen wir anhalten. Wie oft sieht man wilden

Spargel neben der Straße wachsen? Yola muss ihre *ceuilette* bekommen.«

»Ihre was?« Da Sabir sich überstimmt sah, wendete er den Wagen und fuhr zu der Stelle mit dem Spargel zurück.

»Wo sie auch unterwegs sind, vollführen Zigeunerfrauen das, was sie eine *ceuillette* nennen. Das heißt, sie fahren nie an kostenlosen Lebensmitteln vorbei – Kräuter, Salat, Eier, Weintrauben, Walnüsse, *Reine Claudes* – ohne anzuhalten und etwas einzusammeln.«

»Was zum Teufel sind *Reine Claudes?*«

»Grüne Pflaumen.«

Sabir blickte die Straße hinter ihnen entlang. Ein Citroën kam scharf um die Kurve und donnerte dann arglos vorbei. »Ich fahre an eine Stelle, wo man uns nicht sieht. Nur für den Fall, dass ein Polizeiauto vorbeikommt.«

»Niemand wird uns erkennen, Adam. Sie halten nach einem Mann Ausschau, nicht nach zwei Männern und einer Frau. Und in einem Wagen mit anderen Nummernschildern.«

»Trotzdem.«

Yola hämmerte auf die Sitzlehne vor ihr. »Schaut. Ich sehe noch mehr Zeug. Dort drüben beim Fluss.« Sie raschelte in ihrem Rucksack herum und zog zwei zerknüllte Plastiktüten hervor. »Ihr zwei geht den Spargel an der Straße einsammeln. Ich pflücke das andere Zeug. Ich sehe Löwenzahn, Nesseln und Margeriten. Ihr habt Glück, Jungs. Heute Abend gibt es ein Festmahl.«

## 37

Achor Bale hatte sich eine Frist von vierzig Minuten erkauft. Vierzig Minuten, um sich all die Informationen zu beschaffen, die er brauchte. Vierzig Minuten, in denen die beiden Polizisten mit dem Schauplatz beschäftigt waren, den er hinterlassen hatte, in denen sie die Rettungskräfte ins Bild setzen und die Verstärkung von der hiesigen Kripo beschwichtigen mussten.

Er trat aufs Gaspedal und sah, wie die Ortungssignale konvergierten. Dann sog er die Luft scharf ein und bremste ab.

Etwas hatte sich verändert. Sabir bewegte sich nicht mehr vorwärts. Dann sah Bale sogar, wie sich das Ortungssignal langsam zurück, in seine Richtung, zu bewegen begann. Er zögerte. Jetzt stand das Signal still, es blinkte weniger als fünfhundert Meter vor ihm.

Bale hielt zwanzig Meter vor dem Scheitelpunkt der Kurve am Fahrbahnrand. Er zögerte, ehe er den Wagen verließ, erkannte aber rasch, dass er weder über die Zeit noch über einen geeigneten Platz verfügte, um ihn zu verstecken. Er musste einfach riskieren, dass die Polizei vorbeifuhr und die eher unwahrscheinliche Verbindung zwischen ihm und einem stehenden Fahrzeug herstellte.

Er eilte über die Kuppe des Hügels und durch einen kleinen Wald nach unten. Warum waren sie so bald nach dem letzten Halt stehen geblieben? Ein Picknick? Ein Unfall? Es konnte alles sein.

Das Beste wäre, wenn er sie alle zusammen erwischte. Dann könnte er sich auf einen konzentrieren, während die anderen gezwungen wären zuzuschauen. Das funktionierte fast immer. Schuldgefühle, dachte Bale, waren die große Schwäche der westlichen Welt. Wenn Menschen keine Schuld empfanden, errichteten sie Weltreiche. Wenn sie anfingen, sich schuldig zu fühlen, verloren sie sie. Man brauchte sich nur die Briten anzusehen.

Er sah das Mädchen zuerst, es kauerte allein am Flussufer. Musste sie mal? War es darum gegangen? Er hielt nach den

Männern Ausschau, aber sie waren nicht zu sehen. Dann bemerkte er, dass das Mädchen Blätter von Pflanzen zupfte und in einige Plastiktüten stopfte. Du meine Güte. Diese Leute waren einfach unglaublich.

Er sah sich ein letztes Mal nach den Männern um, dann schlich er zu dem Mädchen hinunter. Das war einfach zu schön, um wahr zu sein. Sie mussten doch gewusst haben, dass er kommen würde. Er hatte es ihnen in gewisser Weise unter die Nase gerieben.

Er hielt einen Moment inne, als er etwa fünf Meter hinter dem Mädchen war. Sie gab ein hübsches Bild ab, wie sie da in ihren langen Zigeunergewändern am Fluss kauerte. Ein Bild vollkommener Unschuld. Es erinnerte Bale an etwas, das lange zurücklag, aber er kam nicht darauf, was es war. Dieser Aussetzer irritierte ihn kurz, wie ein unerwarteter Strom kalter Luft, der durch einen Riss in einer Hose zieht.

Er lief die letzten Meter in der Gewissheit, dass das Mädchen nicht gehört hatte, wie er sich näherte. Im allerletzten Moment machte sie Anstalten, sich umzudrehen, aber er war bereits auf ihr und drückte ihre Arme mit den Knien in den Boden. Er hatte erwartet, dass sie schreien würde, und ihr vorsichtshalber die Nase zugehalten – das funktionierte fast immer bei Frauen und war viel besser, als seine Hand über einem panisch aufgerissenen Mund in Gefahr zu bringen – aber das Mädchen blieb merkwürdig still. Es war fast, als hätte sie ihn erwartet.

»Wenn du schreist, breche ich dir das Genick. Genau wie deinem Bruder. Hast du mich verstanden?«

Sie nickte.

Er konnte ihr Gesicht nicht richtig sehen, da er sie von hinten in die Erde gedrückt hatte, ihr Rumpf lag unter ihm, ihre

Arme waren in Kreuzigungshaltung ausgestreckt. Er korrigierte es, indem er ihren Kopf zur Seite drehte.

»Ich sage das nur ein einziges Mal. In zehn Sekunden werde ich dich mit der Faust k.o. schlagen. Während du bewusstlos bist, werde ich deinen Rock hochheben, dir die Unterhose ausziehen und mit meinem Messer in dir auf Erkundigung gehen. Wenn ich auf deine Eileiter stoße, werde ich sie durchtrennen. Du wirst fürchterlich bluten, aber nicht daran sterben. Die Männer werden dich wahrscheinlich rechtzeitig finden. Aber du wirst nie Mutter werden. Hast du verstanden? Das ist vorbei. Für immer.«

Er sah nicht, wie sich ihre Blase leerte, aber er hörte es. Sie verdrehte die Augen, und ihre Lider begannen zu flattern.

»Lass das. Wach auf.« Er kniff sie so fest er konnte in die Wange. Ihr Blick begann wieder klar zu werden. »Jetzt hör zu. Was habt ihr gefunden? Wohin fahrt ihr? Sag es mir, und ich lasse dich in Ruhe. Deine zehn Sekunden haben begonnen.«

Yola fing an zu stöhnen.

»Acht. Sieben. Sechs.«

»Wir fahren nach Rocamadour.«

»Warum?«

»Wegen der Schwarzen Madonna. Zu ihren Füßen ist etwas versteckt.«

»Was?«

»Das wissen wir nicht. Auf dem Boden der Truhe stand nur, dass sich das Geheimnis der Verse zu ihren Füßen befindet.«

»Der Boden von welcher Truhe?«

»Der Truhe meiner Mutter. Die sie mir geschenkt hat. Die einmal der Tochter von Nostradamus gehörte.«

»Sonst noch etwas?«

»Das ist alles. Ich schwöre es.«

Bale nahm ein wenig Gewicht von ihren Armen. Er ließ seinen Blick durch das Tal wandern. Von den Männern war nichts zu sehen. Sollte er sie töten? Es hatte eigentlich keinen Sinn. Sie war bereits so gut wie tot.

Er schleifte sie ans Ufer und warf sie in den Fluss.

## 38

»Ich kann nur hoffen, die ganze Mühe lohnt sich auch.«

»Was? Wovon redest du? Von den Versen?«

»Nein. Von dem wilden Spargel.«

Alexi machte eine kreisende Handbewegung. »Darauf kannst du dich verlassen. Yola kocht gut. Alles was wir jetzt noch brauchen, ist ein Kaninchen.«

»Und wie, schlägst du vor, sollen wir das fangen?«

»Du kannst eins überfahren. Ich sag dir Bescheid, wenn ich eines am Straßenrand sehe. Aber zermantsche es nicht – du musst es so hinkriegen, dass du es mit der Außenseite des Reifens am Kopf erwischt. Das Fleisch wird nicht so gut schmecken, wie das von einem, das Gott persönlich tötet, aber es kommt ihm am nächsten.«

Sabir nickte müde. Welche Antwort hatte er von Alexi erwartet? Dass sie in die nächste Stadt fahren und eine Schrotflinte kaufen sollten? »Siehst du Yola irgendwo? Wir gehen besser zurück.«

Alexi richtete sich auf. »Nein. Sie ist zum Fluss hinuntergegangen. Ich gehe und rufe sie.«

Sabir trottete kopfschüttelnd in Richtung Wagen zurück. Er mochte es sich kaum eingestehen, aber er fing langsam an, Gefallen an der Sache zu finden. Er war nicht viel älter als Alexi, aber es hatte in den letzten Jahren Zeiten gegeben, da ihm bewusst geworden war, dass er anfing, seine Lebensfreude zu verlieren – seinen Sinn für das Absurde. Nun, mit den Querschüssen von Yola und Alexi als Gegenpol zu der weiterhin drohenden Gefahr durch die Polizei, spürte er plötzlich all die Aufregung des Unbekannten wieder in seinem Magen kribbeln.

»Adam!« Der Schrei drang hinter einer kleinen Baumgruppe unten am Fluss hervor.

Sabir ließ den Spargel fallen und rannte los.

Das Erste, was er sah, war Adam, der im Fluss herumstrampelte. »Schnell, Adam. Ich kann nicht schwimmen. Sie ist im Wasser.«

»Wo?«

»Genau unterhalb von dir. Sie treibt mit dem Gesicht nach unten, aber sie lebt noch. Ich habe gesehen, wie sich ihr Arm bewegt hat.«

Sabir krabbelte die Uferböschung hinauf und machte einen unbeholfenen Sprung in den träge fließenden Fluss. Er erreichte Yola mit dem ersten Schwimmzug und hievte sie in seine Arme.

Sie hob eine Hand, als wollte sie ihn abwehren, aber ihre Augen waren tot, als sie zu ihm aufsah, und in ihrer Bewegung steckte keine echte Kraft. Sabir drückte sie an seine Brust und ließ sich von der Strömung ans Ufer zurücktreiben.

»Sie muss eine Art Anfall gehabt haben. Lauf zurück zum Wagen, und hol eine Decke.«

Alexi watete aus dem Wasser. Er warf einen kurzen, ängstlichen Blick zurück und spurtete dann den Hang hinauf in Richtung Wagen.

Sabir legte Yola in den Ufersand. Sie atmete normal, aber ihr Gesicht war kreideweiß, und ihre Lippen hatten bereits eine ungesunde Blaufärbung angenommen.

»Was ist? Was ist passiert?«

Sie begann zu zittern, als wäre mit ihrer Bergung aus dem Wasser ein weiterer Anfall ausgelöst worden.

Sabir hob den Kopf, um zu schauen, wie weit Alexi war. »Hör zu, es tut mir leid. Alexi bringt eine Decke. Ich werde dir diese Sachen ausziehen müssen.« Er hatte Widerspruch erwartet – sogar darauf gehofft. Aber sie reagierte nicht. Er begann Yola die Bluse aufzuknöpfen.

»Das solltest du nicht machen.« Alexi war an Sabirs Seite und hielt ihm die Decke hin. »Es wird ihr nicht gefallen.«

»Sie ist eiskalt, Alexi. Und sie steht unter Schock. Wenn wir sie in diesen Sachen liegen lassen, wird sie sich eine Lungenentzündung holen. Wir müssen sie in die Decke wickeln und in den Wagen schaffen. Ich kann während der Fahrt dann die Heizung voll aufdrehen. Sie wird sich schnell erwärmen.«

Alexi zögerte.

»Ich meine es ernst. Wenn du sie nicht in Verlegenheit bringen willst, dreh dich um.« Er zog ihr die Bluse aus und streifte ihr dann den Rock über die Hüften. Zu seiner Überraschung stellte er fest, dass sie keinerlei Unterwäsche trug.

»Gott, sie ist wunderschön.« Alexi starrte auf sie hinab. Er hielt die Decke immer noch umklammert.

»Gib mir das.«

»Was? Ach so.«

Sabir wickelte Yola in die Decke. »Jetzt nimm ihre Beine, und dann schaffen wir sie in den Wagen, bevor sie erfriert.«

## 39

»Finden Sie nicht, dass es an der Zeit ist, Unterstützung anzufordern?«

»Wir sind fünfundvierzig Minuten hinter ihnen. Welche

Art Unterstützung brauchen wir Ihrer Ansicht nach, Macron? Einen Kampfjet?«

»Und wenn der Augenmann wieder zuschlägt?«

»Der Augenmann?« Calque lächelte über Macrons unerwartete Kreativität. »Das wird er nicht.«

»Wie können Sie sich da so sicher sein?«

»Er hat sein Ziel erreicht. Er hat sich ein paar Stunden Zeitvorsprung erkauft. Er weiß, bis wir das GPS-Signal wieder aufgefangen und den Wagen eingeholt haben, wird er haben, was er will.«

»Und was ist das?«

»Keine Ahnung. Ich bin hinter dem Mann her, nicht hinter seinem Motiv. Den ganzen anderen Mist überlasse ich den Gerichten.« Er rollte sein Jackett zu einem Kissen zusammen und legte es zwischen seinen Kopf und das Fenster. »Aber eins weiß ich mit Sicherheit. Ich würde in der nächsten Stunde nicht in der Haut Sabirs oder des Mädchens stecken wollen.«

»Kommt sie zu sich?«

»Sie hat die Augen offen.«

»Gut. Ich halte an, aber ich lasse den Motor laufen wegen der Heizung. Wir können den Rücksitz umklappen und sie ausstrecken, damit sie bequemer liegt.«

Alexi schaute zu Sabir hinüber. »Was, glaubst du, ist passiert? So habe ich sie noch nie gesehen.«

»Sie muss am Flussufer Spargel gepflückt haben und hineingefallen sein. Wahrscheinlich hat sie sich den Kopf angeschlagen – sie hat einen mächtigen Bluterguss da auf der Wange. Jedenfalls steht sie eindeutig unter Schock. Das Wasser war unglaublich kalt. Sie wird es nicht erwartet haben.« Er runzelte die Stirn. »Ist sie zufällig Epileptikerin? Oder Diabetikerin?«

»Was?«

»Nichts. Vergiss es.«

Nachdem sie die Rückbank umgelegt und Yola bequem gebettet hatten, zogen sich die beiden Männer aus.

»Pass auf, Alexi, ich fahre und du trocknest inzwischen die Sachen auf der Heizung. Mach Yolas zuerst. Ich schalte das Gebläse voll ein. Es wird einen Mordsdampf im Wagen geben, aber ich wüsste nicht, wie wir es anders machen sollen. Falls die Polizei drei Nackte in einem fahrenden Auto erwischt, werden sie Wochen brauchen, um dahinterzukommen, was wir getrieben haben.« Er griff nach dem Automatikhebel.

»Ich habe es ihm gesagt.« Es war Yolas Stimme.

Die beiden Männer drehten sich zu ihr um.

»Ich habe ihm alles erzählt.« Sie setzte sich jetzt auf, die Decke rutschte ihr auf die Hüfte hinab. »Ich habe ihm erzählt, dass wir nach Rocamadour fahren. Und von der Schwarzen Madonna. Ich habe ihm gesagt, wo die Verse versteckt sind.«

»Wovon redest du? Wem hast du es erzählt?«

Yola bemerkte ihre Nacktheit und zog langsam die Decke hoch, um ihre Brüste zu bedecken. Sie schien wie in Zeitlupe zu denken und zu handeln. »Der Mann. Er hat mich angesprungen. Er hat merkwürdig gerochen. Wie diese grünen Insekten, die man zerquetscht und die dann nach Mandeln riechen.«

»Welcher Mann, Yola?«

Sie holte tief Luft. »Der Mann, der Babel getötet hat. Er hat es mir gesagt. Er sagte, er würde mir das Genick brechen, so wie er Babel das Genick gebrochen hat.«

»Großer Gott.«

Alexi richtete sich im Sitz auf. »Was hat er mit dir gemacht?« Seine Stimme zitterte.

Yola schüttelte den Kopf. »Er hat nichts gemacht. Er brauchte es nicht. Seine Drohungen haben genügt, damit er alles bekam, was er wollte.«

Alexi schloss die Augen. Er schnaubte. Sein Kiefer begann hinter dem fest geschlossenen Mund zu mahlen, als führte er ein zorniges Zwiegespräch mit sich selbst.

»Hast du ihn gesehen, Yola? Hast du sein Gesicht gesehen?«

»Nein. Er saß auf mir. Von hinten. Er hat mir die Arme mit den Knien in den Boden gedrückt. Ich konnte den Kopf nicht drehen.«

»Es war richtig, dass du es ihm gesagt hast. Er ist wahnsinnig. Er hätte dich getötet.« Sabir drehte sich wieder zum Lenkrad um. Er legte den Automatikhebel auf Drive und beschleunigte kräftig.

Alexi öffnete die Augen. »Was tust du?«

»Was ich tue? Ich sage dir, was ich tue. Wir wissen dank Yola jetzt, wohin der Schweinehund fährt. Also sehe ich zu, dass ich vor ihm in Rocamadour bin. Und dann bringe ich ihn um.«

»Bist du verrückt, Adam?«

»Ich bin Yolas *Phral*, oder? Ihr habt mir alle erzählt, dass ich sie jetzt beschützen muss. Dass ich Babels Tod rächen muss. Und genau das habe ich vor.«

## 40

Achor Bale beobachtete, wie das Signal schwächer wurde und schließlich über dem Rand seines Schirms verschwand. Er beugte sich vor und schaltete das Ortungsgerät aus. Er war mit der Arbeit des Tages alles in allem sehr zufrieden. Er hatte die Initiative ergriffen, und es hatte sich hübsch bezahlt gemacht. Das war eine wertvolle Lektion gewesen. Überlasse deinen Gegner nie sich selbst. Reize ihn. Zwinge ihn zu plötzlichen Entscheidungen, die Fehlermöglichkeiten eröffnen. Auf diese Weise wirst du dein Ziel zu deiner Zufriedenheit und mit beträchtlichem Tempo erreichen.

Er schaute in die Karte auf dem Sitz neben sich. Bis Rocamadour würde er gute drei Stunden brauchen. Am besten, er wartete, bis die Krypta geschlossen und das Personal zum Abendessen gegangen sein würde. Niemand rechnete mit einem Einbruch in ein Heiligtum – die Vorstellung war absurd. Sollte er vielleicht die Stufen auf den Knien hinaufkriechen wie Englands König Heinrich II. – ein Abkömmling von Satans Tochter Melusine, wie es hieß –, nachdem die Priester ihn zu einer widerstrebend geübten Buße nach der Ermordung Thomas Beckets überredet hatten? Um Vergebung bitten? Sich ein *nihil obstat* sichern?

Er hatte wohlgemerkt in letzter Zeit eigentlich niemanden getötet. Es sei denn, natürlich, das Mädchen wäre ertrunken. Oder die Frau in dem Peugeot hätte sich selbst erstickt. Ihr Mann hatte definitiv noch gezuckt, als er zuletzt geschaut hatte, und Samana war unbestreitbar selbst für seinen Tod verantwortlich.

Alles in allem war Bales Gewissen also rein. Er konnte die Schwarze Madonna ungestraft stehlen.

## 41

»Wir haben sie wieder. Sie fahren in Richtung Limoges.«

»Ausgezeichnet. Sagen Sie den Schreibtischhengsten in der Zentrale, sie sollen uns alle halbe Stunde den neuen Stand durchgeben. Auf diese Weise haben wir die Möglichkeit, die verlorene Zeit hereinzuholen und sie wieder auf unseren Schirm zu bekommen.«

»Was glauben Sie, wohin sie fahren, Chef?«

»Ans Meer vielleicht?«

Macron wusste nicht, ob er lachen oder weinen sollte. Er kam immer mehr zu der Überzeugung, dass man ihn mit einem unverbesserlichen Irren zusammengespannt hatte – jemand, der alle Regeln beugte, einfach weil es ihm passte. Sie beide hätten längst in Paris zurück sein, sich fröhlich auf eine Fünfunddreißigstundenwoche beschränken und die weitere Untersuchung des Mordes den Kollegen im Süden überlassen sollen. Macron hätte an seinem Squash arbeiten und seine Bauchmuskeln im Fitnessraum der Polizei verbessern können. Stattdessen ernährten sie sich von Junkfood und Kaffee und hielten ab und an ein Nickerchen auf dem Rücksitz des Wagens. Er spürte, wie es körperlich mit ihm bergab ging. Für Calque spielte das keine Rolle – der war bereits ein Wrack.

»Das Wochenende steht bevor, Chef.«

»Und?«

»Nichts und. Es war nur eine Feststellung.«

»Beschränken Sie Ihre Feststellungen auf den Fall, an dem wir arbeiten. Sie sind Staatsbeamter, Macron, und kein Bademeister.«

Yola kam vollständig bekleidet hinter dem Gebüsch hervor. Sabir zog die Schultern hoch und machte ein bedauerndes Gesicht. »Es tut mir leid, dass wir dich ausziehen mussten. Alexi war dagegen, aber ich habe darauf bestanden. Ich entschuldige mich.«

»Du hast getan, was du tun musstest. Hat mich Alexi gesehen?«

»Ich fürchte, ja.«

»Tja, dann weiß er jetzt, was er die ganze Zeit verpasst.«

Sabir brach in Lachen aus. Es erstaunte ihn, wie unverwüstlich Yola war. Er hatte halb erwartet, dass sie hysterisch reagieren oder aufgrund eines verzögerten Schocks nach dem Angriff in Depression oder Melancholie verfallen würde. Aber er hatte sie unterschätzt. Ihr Leben war bisher wohl kaum ein Zuckerschlecken gewesen, und ihre Erwartungen, wie tief Leute in ihrem Verhalten sinken konnten, waren vermutlich ein ganzes Stück realistischer als seine eigenen. »Er ist wütend. Deshalb ist er fortgelaufen. Ich glaube, er fühlt sich für den Überfall auf dich verantwortlich.«

»Du musst ihn die Madonna stehlen lassen.«

»Wie bitte?«

»Alexi. Er ist ein guter Dieb. Das ist etwas, was er wirklich beherrscht.«

»Ah. Ich verstehe.«

»Hast du nie etwas gestohlen?«

»Äh, nein. In letzter Zeit nicht.«

»Das dachte ich mir.« Sie wog in Gedanken etwas ab. »Ein Zigeuner darf alle sieben Jahre stehlen. Etwas Großes, meine ich.«

»Wie seid ihr denn darauf gekommen?«

»Weil eine alte Zigeunerin gesehen hat, wie Christus das Kreuz zum Kalvarienberg trug.«

»Und?«

»Und sie hatte keine Ahnung, wer Christus war. Aber als sie Sein Gesicht sah, tat Er ihr leid, und sie beschloss, die Nägel zu stehlen, mit denen sie Ihn kreuzigen wollten. Sie stahl einen, aber ehe sie den zweiten stehlen konnte, wurde sie erwischt. Die Soldaten führten sie ab und schlugen sie. Sie flehte die Soldaten an, sie zu verschonen, weil sie sieben Jahre lang nichts gestohlen habe. Ein Jünger hörte sie und sagte: ›Frau, du bist gesegnet. Der Erlöser erlaubt dir und deiner Sippe von nun an für alle Zeiten, einmal alle sieben Jahre zu stehlen.‹ Und das ist der Grund, warum es bei der Kreuzigung nur drei Nägel gab. Und warum die Füße Jesu Christi über Kreuz waren und nicht nebeneinander, wie es gehört hätte.«

»Du glaubst diesen ganzen Zinnober aber nicht, oder?«

»Selbstverständlich glaube ich es.«

»Und das ist der Grund, warum Zigeuner stehlen?«

»Wir haben das Recht dazu. Wenn Alexi die Schwarze Madonna stiehlt, tut er nichts Unrechtes.«

»Es freut mich sehr, das zu hören. Aber was ist mit mir? Was, wenn ich den Mann finde, der dich überfallen hat, und ihn töte? Wo stehe ich dann?«

»Er hat das Blut unserer Familie vergossen. Dafür sollte seines vergossen werden.«

»So einfach ist das?«

»Es ist nie einfach, einen Menschen zu töten, Adam.«

## 42

Sabir zögerte an der Wagentür. »Hat einer von euch mal eine Führerscheinprüfung gemacht?«

»Eine Führerscheinprüfung? Natürlich nicht. Aber ich kann fahren.«

»Kannst du fahren, Yola?«

»Nein.«

»Okay, dann. Wir wissen, wo wir sind. Alexi, du setzt dich ans Steuer. Ich muss uns eine andere Strecke zu dem Schrein suchen. Babels Mörder kennt offensichtlich unser Auto – er muss es entdeckt und uns den ganzen Weg vom Lager gefolgt sein. Jetzt, wo er glaubt, er ist uns endlich los, müssen wir ihn nicht wieder auf uns aufmerksam machen, indem wir plötzlich auf der Überholspur neben ihm auftauchen, oder?« Er breitete die Karte vor sich aus. »Ja. Sieht aus, als könnten wir Limoges umfahren und über Tulle nach Rocamadour gelangen.«

»Dieses Auto hat keine richtige Gangschaltung.«

»Stell es einfach auf Drive, und gib Gas.«

»Wo ist Drive?«

»Der vierte Buchstabe von oben. Er sieht wie ein Steigbügel aus, aber hochkant gestellt.«

Alexi tat, wie ihm geheißen. »He, das ist gar nicht übel. Er schaltet von allein. Der Wagen ist besser als ein Mercedes.«

Sabir spürte Yolas Blick von der Rückbank im Nacken. Er drehte sich zu ihr um. »Alles in Ordnung? Es gibt so etwas wie verspäteten Schock, weißt du? Selbst bei zähen Typen wie dir.«

Sie zuckte die Achseln. »Mir geht es gut.« Dann verfinsterte sich ihre Miene. »Adam, glaubst du an die Hölle?«

»Die Hölle?« Er verzog das Gesicht. »Ich denke schon.«

»Wir nicht.« Sie schüttelte den Kopf. »Zigeuner glauben nicht einmal, dass der Teufel, *O Beng*, so ein ganz schlechter Kerl ist. Wir glauben, dass alle eines Tages ins Paradies kommen. Selbst er.«

»Und?«

»Ich glaube, dass dieser Mann böse ist, Adam. Wirklich böse. Schau dir an, was er mit Babel gemacht hat. Das ist nicht menschlich.«

»Was willst du mir also sagen? Dass du deine Meinung über die Hölle und den Teufel geändert hast?«

»Nein, das ist es nicht. Aber ich habe euch nicht alles erzählt, was er zu mir gesagt hat. Ich will, dass du und Alexi genau versteht, mit wem ihr es zu tun habt.«

»Wir haben es mit einem mordenden Verrückten zu tun.«

»Nein. Das ist er nicht. Ich habe darüber nachgedacht. Er ist schlauer. Er weiß genau, an welchem Punkt er zuschlagen muss. Wie er den größten Schaden anrichtet und bekommt, was er will.«

»Ich verstehe das nicht. Was willst du mir sagen?«

»Er sagte, er würde mich bewusstlos schlagen. Und während ich dann ohnmächtig bin, würde er mich mit seinem Messer innerlich so verstümmeln, dass ich keine Babys mehr bekommen kann. Nicht Mutter werden kann.«

»Großer Gott.«

»Hör zu, Adam. Er weiß über uns Bescheid. Über Zigeunersitten. Vielleicht ist er sogar teilweise selbst einer. Er wusste, wenn er mich einfach angegriffen und gedroht hätte, mir wehzutun, dann hätte ich ihm vielleicht nicht gesagt, was er wissen wollte. Ich hätte womöglich gelogen. Aber als er sagte, was ich euch eben erzählt habe, da war ich so überzeugt, dass er es wirklich tun würde, dass ich mich nass gemacht habe. Er hätte in diesem Moment alles mit mir machen können, und ich hätte mich nicht gewehrt. Und bei Babel, da war es das Gleiche. Babel war eitel. Das war seine größte Schwäche. Er war wie eine Frau. Er verbrachte Stunden damit, sich im Spiegel zu betrachten und sich hübsch zu machen. Dieser Mann hat ihm das Gesicht zerschnitten. Sonst nichts. Nur das Gesicht. Ich habe ihn im Leichenschauhaus gesehen.«

»Worauf willst du hinaus?«

»Er setzt bei den Schwächen der Leute an. Er ist ein böser Mensch, Adam. Ein wirklich böser. Er mordet nicht einfach. Er zerstört Seelen.«

»Umso mehr Grund, die Welt von ihm zu befreien.«

Yola hatte normalerweise auf alles eine Antwort. Diesmal aber drehte sie nur den Kopf zum Fenster und blieb stumm.

## 43

»Anscheinend statten sie Autos nicht mehr mit Radmutterschlüsseln aus.« Sabir wühlte im Kofferraum. »Ich kann ihn ja nicht mit dem Wagenheber schlagen. Oder mit dem Warndreieck.«

»Ich schneide dir einen Dornenstock ab.«

»Einen was?«

»Von einem Stechpalmenbusch. Ich sehe einen da drüben. Es ist das stärkste Holz. Sogar bevor es getrocknet ist. Wenn du mit einem Stock irgendwo hingehst, quatscht dich keiner an. So hast du immer eine Waffe.«

»Du bist echt 'ne Marke, Alexi, weißt du das?«

Sie hatten auf der Burganlage oberhalb des Heiligtums von Rocamadour geparkt. Unter ihnen lagen Gärten, die man in der steilen Felswand angelegt hatte, mit gewundenen Wegen und Aussichtspunkten. Ein paar Touristen schlenderten darin umher, um die Zeit bis zum Abendessen totzuschlagen.

»Seht euch diese Suchscheinwerfer an. Wir müssen vor der Dämmerung hineinkommen. Wenn sie diese Dinger anschalten, wird der ganze Hang aufleuchten wie ein Weihnachtsbaum.«

»Glaubst du, wir sind ihm zuvorgekommen?«

»Das werden wir erst wissen, wenn du in das Heiligtum einbrichst.«

Alexi schniefte. »Aber ich werde nicht einbrechen.«

»Was soll das heißen? Du wirst mir doch jetzt nicht Muffensausen kriegen, oder?«

»Muffen …?«

»Kalte Füße.«

Alexi lachte und schüttelte den Kopf. »Es ist eine ganz einfache Regel, Adam. Irgendwo einbrechen ist sehr schwierig – aber ausbrechen ist leicht.«

»Ah, ich verstehe.« Sabir zögerte. »Glaube ich wenigstens.«

»Und wo wirst du sein?«

»Ich werde mich dann draußen verstecken und beobachten. Wenn er des Wegs kommt, brate ich ihm eine mit deinem Knüppel über.« Er wartete auf eine verblüffte Reaktion, aber sie kam nicht. »Nein, schon gut. War nur Spaß. Ich bin nicht verrückt geworden.«

Alexi schaute verwirrt drein. »Aber was wirst du tatsächlich tun?«

Sabir seufzte. Er begriff, dass er noch weit davon entfernt war, die Mentalität der Zigeuner zu verstehen. »Ich verstecke mich einfach draußen, wie besprochen. So kann ich dich mit einem Pfiff warnen, wenn ich ihn sehe. Wenn du die Madonna hast, bringst du sie zu Yola in den Wagen herauf, dann kommst du wieder zu mir hinunter. Gemeinsam sollten wir es schaffen, ihn irgendwo im Heiligtum aus dem Hinterhalt zu überfallen, wo es sicherer ist und uns keine anderen Leute in die Quere kommen können.«

»Und du glaubst nicht, dass sie wütend auf uns sein wird?«

»Wer? Yola? Wieso?«

»Nein. Ich meine die Madonna.«

»Himmel noch mal, Alexi. Dir werden jetzt hoffentlich keine Zweifel kommen, oder?«

»Nein, nein. Ich stehle sie. Aber ich werde erst zu ihr beten und sie um Verzeihung bitten.«

»Tu das. Und jetzt schneid mir den Stock ab.«

## 44

Alexi wachte genau in dem Moment auf, in dem der Abendaufseher die Außentür zum Schrein verriegelte. Er hatte sich vierzig Minuten zuvor hinter dem Altar der St.-Sauveur-

Basilika versteckt, der praktischerweise von einem blauweißen Leinentuch mit langen Fransen bedeckt war.

Einige panische Augenblicke lang wusste er nicht genau, wo er war. Dann rollte er sich behände unter dem Altartuch hervor und stand auf, um sich zu strecken. In diesem Moment wurde er gewahr, dass sich noch jemand mit ihm in der Kirche befand.

Er kauerte sich wieder hinter den Altar und tastete nach seinem Messer. Es dauerte ganze fünf Sekunden, bis ihm einfiel, dass er es nach der Fertigstellung von Sabirs Stock auf den Rücksitz des Wagens geworfen hatte. Nicht zum ersten Mal verfluchte Alexi seine angeborene Nachlässigkeit.

Er schlich um den Altar herum und öffnete die Augen, so weit er konnte, um das letzte Abendlicht in der Kirche auszunutzen. Der Fremde saß vornübergebeugt im Chorgestühl, nicht ganz zwanzig Meter von ihm entfernt. Hatte er ebenfalls geschlafen? Oder betete er?

In diesem Moment stand der Mann auf und ging auf die Tür des Schreins zu – er hatte offenbar ebenfalls gelauscht und auf den Wachmann gewartet. Er hob den Riegel hoch, stieß die Tür lautlos auf und betrat den Schrein.

Alexi schaute verzweifelt zum Eingang der Basilika. Sabir stand außerhalb davon, so wenig in Reichweite, als läge die Stahltür eines Banktresors zwischen ihnen. Was sollte er tun? Was würde Sabir von ihm erwarten?

Er zog seine Schuhe aus. Dann schlich er hinter dem Altar hervor, tappte zum Schrein und spähte vorsichtig hinein.

Der Mann hatte eine Taschenlampe angeschaltet und untersuchte die massive Sockelleiste aus glänzendem Messing, hinter der die Madonna ausgestellt war. Alexi sah, wie er die Vorderseite der Vitrine aufzustemmen versuchte. Als er feststellte, dass er sie nicht aufbekam, machte er auf dem Absatz kehrt und blickte in die Basilika hinaus.

Alexi drückte sich starr an die äußere Wand.

Die Schritte des Mannes kamen aus der Gruft heraus auf ihn zu.

Alexi schlich auf Zehenspitzen bis zum Altar zurück und versteckte sich genauso wie zuvor.

Falls ihn der Mann gehört hatte, war es ohnehin um ihn geschehen. Dann konnte er auch gleich auf geheiligtem Grund sterben.

Plötzlich hörte er das schrille Quietschen eines Stuhlbeins, das über den Steinboden geschleift wurde. Alexi streckte den Kopf aus seiner Deckung. Der Mann zog zwei Chorstühle hinter sich her. Offenbar beabsichtigte er, sich eine Leiter zu bauen, so dass er leichter an die Madonna herankam.

Im Schutz des Lärms, den die Stühle machten, folgte Alexi dem Mann in die Krypta. Diesmal nutzte er die Unaufmerksamkeit des Mannes jedoch aus, um sich der Vitrine viel weiter zu nähern. Er ging zwischen zwei Kirchenbänken nahe dem vorderen Ende des Hauptgangs in Deckung, was ihm sowohl die Möglichkeit gab zu sehen, was vor sich ging, als auch genügend Schutz durch das massive Eichengestühl bot, falls der Mann in die Basilika zurückkehren würde, um einen weiteren Stuhl zu holen.

Alexi sah, wie der Fremde einen Stuhl auf den anderen stellte und sie dann auf ihre Stabilität hin überprüfte. Er machte laut *ts, ts,* und murmelte dann etwas vor sich hin.

Alexi beobachtete, wie sich der Mann die Taschenlampe in die Hose steckte und seine improvisierte Leiter hinaufzusteigen begann. Das war jetzt seine Chance. Wenn er sie verpfuschte, war er tot. Er würde warten, bis der Mann schwankend am höchsten Punkt seiner Stuhlleiter stand, und diese dann umkippen.

Im entscheidenden Moment langte der Mann zu einem der Messingkerzenhalter unterhalb des Sockels der Madonna und schwang sich mühelos auf die Vitrine selbst.

Alexi, der die plötzliche Seitwärtsbewegung nicht vorausgesehen hatte, fand sich auf halbem Weg zwischen Kirchenbank und Vitrine ertappt. Der Mann drehte sich um und sah ihn frontal an. Dann lächelte er.

Ohne nachzudenken ergriff Alexi einen der schweren Kerzenhalter, die die Vitrine flankierten, und schleuderte sie mit aller Kraft nach dem Mann.

Der Kerzenhalter traf Achor Bale genau über dem rechten Ohr. Er ließ die Seite der Vitrine los und stürzte drei Meter tief auf den Granitboden. Alexi hatte sich bereits mit dem zweiten Kerzenständer bewaffnet, sah aber bald, dass es nicht nötig sein würde, ihn zu benutzen. Der Fremde war bewusstlos.

Alexi trennte die beiden Stühle. Ächzend verfrachtete er Bale auf einen davon. Er suchte Bales Taschen ab und zog eine Geldbörse voller Banknoten und eine kleine Automatikpistole hervor. »*Putain!*«

Er steckte Brieftasche und Pistole ein und sah sich hektisch in dem Heiligtum um. Einige Damastvorhänge fielen ihm auf, die mit Kordeln zurückgebunden waren. Er machte die Kordeln ab und fesselte Bales Arme und Oberkörper an die Stuhllehne. Dann kletterte er mit Hilfe des verbleibenden Stuhls zu der Vitrine hinauf, um sich die Madonna zu holen.

## 45

Sabir hörte den Krach deutlich in seinem Versteck auf der anderen Seite des kleinen Platzes vor dem Heiligtum. Er hatte gespannt gelauscht, seit er das leise Scharren von Stuhlbeinen tief aus dem Innern der Basilika gehört hatte. Der Krach war jedoch erkennbar aus der Richtung gekommen, wo sich die Madonnenstatue befand.

Er verließ seine Deckung und ging schnurstracks auf die schwere Tür der Krypta zu. Sie war fest verschlossen. Er trat vom Gebäude zurück und sah zu den Fenstern empor. Sie waren viel zu hoch, als dass er sie hätte erreichen können.

»Alexi!« Er versuchte so laut zu rufen, dass seine Stimme die Mauern des Heiligtums durchdrang, aber nicht über den Kirchhof hinausreichte. Das war viel verlangt – der Hof war ein idealer Schallverstärker. Er wartete einige Augenblicke, um zu sehen, ob die Tür aufgehen würde, dann verzog er das Gesicht und versuchte es noch einmal, aber lauter. »Alexi! Bist du da drin? Antworte mir.«

»He, Sie da! Was machen Sie hier?« Der ältliche *gardian* eilte mit besorgter Miene auf ihn zu. »Dieser Bereich ist nach einundzwanzig Uhr für Touristen gesperrt.«

Sabir sprach ein kurzes Dankgebet, dass er in seiner Eile Alexis Stock zurückgelassen hatte. »Hören Sie, es tut mir schrecklich leid, aber ich kam hier gerade vorbei und habe ein fürchterliches Krachen aus dem Heiligtum gehört. Ich glaube, da drinnen ist jemand. Können Sie aufmachen?«

Der Wachmann eilte herbei, in seine Angst mischte sich nun Erleichterung über Sabirs nicht aggressiven Tonfall. »Ein Krachen, sagen Sie? Sind Sie sicher?«

»Es hörte sich an, als würde jemand Stühle umherwerfen. Glauben Sie, es handelt sich um Vandalen?«

»Vandalen?« Das Gesicht des Mannes färbte sich merkwürdig rot, als hätte er einen plötzlichen Vorgeschmack auf die Hölle erhalten. »Aber wie können Sie hier vorbeigekommen sein? Ich habe die Außentore vor zehn Minuten geschlossen.«

Sabir hatte den Verdacht, dass der Mann vor der ersten echten Krisensituation seines Berufslebens stand. »Ich muss wohl eingeschlafen sein. Da drüben auf der Steinbank. Dumm von mir, ich weiß. Ich war gerade aufgewacht, als ich den Lärm hörte. Sie sollten lieber nachsehen. Ich leiste Ihnen Beistand. Es kann natürlich falscher Alarm sein, aber Sie sind der Kirchenleitung verantwortlich, nicht wahr?«

Der Mann stutzte, vorübergehend verwirrt durch Sabirs Überfülle an Botschaften – die Angst um seine Stellung gewann jedoch schließlich die Oberhand über seinen Argwohn, und er begann in seinen Taschen nach den Schlüsseln zu wühlen. »Und Sie haben bestimmt ein Krachen gehört?«

»Laut und deutlich. Es kam direkt aus dem Heiligtum.«

Wie auf Bestellung ertönte in diesem Augenblick ein weiteres, noch lauteres Krachen, gefolgt von einem erstickten Schrei. Dann Stille.

Dem Wachmann fiel der Unterkiefer herunter, und er riss die Augen weit auf. Mit zitternden Händen steckte er den Schlüssel in die massive Eichentür.

## 46

Achor Bale öffnete die Augen. Blut lief an seinem Gesicht hinab und in den Furchen an seinen Mundwinkeln entlang. Er schleckte etwas davon mit der Zunge auf. Der Kupfergeschmack diente als willkommenes Stimulans.

Er drehte vorsichtig den Hals und klappte den Kiefer mit einer mahlenden Bewegung auf und zu wie ein Pferd. Nichts gebrochen. Nichts Ernsthaftes passiert. Er blickte nach unten.

Der Zigeuner hatte ihn an den Stuhl gefesselt. Nun gut. Das war zu erwarten gewesen. Er hätte jeden Quadratmeter des Heiligtums zuerst absuchen sollen, statt davon auszugehen, dass seine Attacke auf das Mädchen genügt hätte, sie zu verscheuchen. Er hätte nie gedacht, dass sie den Fluss überleben würde. *Tant pis*. Er hätte sie einfach töten sollen, als er die Möglichkeit gehabt hatte – aber wozu riskieren, dass man Spuren hinterließ, wenn Mutter Natur die Sache für einen erledigen konnte? Die Entscheidung war richtig gewesen – das Resultat war eins dieser Dinge, die eben passieren. Die drei hatten jedenfalls unglaublich schnell geschaltet. Er musste seine Meinung über Sabir revidieren und durfte ihn nicht mehr unterschätzen.

Bale ließ das Kinn wieder auf die Brust sinken, als wäre er immer noch bewusstlos. Seine Augen waren jedoch weit offen, und er nahm jede Bewegung des Zigeuners wahr.

Jetzt kletterte der Mann mit der Schwarzen Madonna in der Hand von der Vitrine. Ohne das geringste Zögern stellte der Zigeuner dann die Statue auf den Kopf und betrachtete intensiv den Sockel. Bale sah, wie er die Madonna anschließend behutsam auf den Boden stellte und sich vor ihr auf die Steinfliesen warf. Dann küsste er abwechselnd ihre Füße und berührte sie mit der Stirn, ehe er dasselbe beim Jesuskind und der Hand der Madonna machte.

Bale verdrehte die Augen. Kein Wunder, dass diese Leute noch immer von aller Welt verfolgt wurden. Ihm selbst war danach, sie zu verfolgen.

Der Zigeuner stand auf und sah zu ihm hinüber. Jetzt kommt's, dachte Bale. Wie wird er es wohl anstellen? Mit dem Messer wahrscheinlich. Er konnte sich eigentlich nicht vorstellen, dass der Zigeuner die Pistole benutzte. Zu modern. Zu kompliziert. Wahrscheinlich wäre er nicht einmal in der Lage, den Abzugsmechanismus zu bedienen.

Bale behielt den Kopf entschlossen auf der Brust. Ich bin tot, sagte er sich. Ich atme nicht. Der Sturz hat mich getötet.

Komm her und schau nach, *Diddikai*. Wie kannst du widerstehen? Stell dir nur das Vergnügen vor, wenn du vor dem Mädchen mit deinen Heldentaten prahlen kannst. Den *Gadje* beeindrucken. In deiner Sippe den großen Macker spielen.

Alexi kam auf ihn zu. Unterwegs hielt er kurz, um den heruntergefallenen Kerzenhalter aufzuheben.

So willst du es also machen, was? Mich totprügeln, während ich gefesselt bin? Nett. Aber erst musst du nachsehen, ob ich überhaupt noch lebe. Nicht einmal du würdest so tief sinken, einen Toten zu schlagen. Oder?

Alexi blieb vor Bales Stuhl stehen. Er streckte die Hand aus und hob Bales Kopf von der Brust. Dann spuckte er in Bales Gesicht.

Bale warf sich mitsamt dem Stuhl nach hinten und trat dabei mit beiden Füßen heftig nach oben. Alexi schrie und ließ den Kerzenständer fallen.

Bale war inzwischen auf den Füßen, er stand vornüber gebeugt mit dem Stuhl auf seinem Rücken wie ein Schneckenhaus. Er hüpfte zu Alexi, der sich windend auf dem Boden lag, und warf sich rückwärts, mit dem Stuhl voraus, auf Alexis Kopf. Dann rollte er sich seitlich ab, das Hauptportal der Kirche ebenso im Auge behaltend wie Alexi.

Es gelang ihm, sein Gewicht größtenteils auf die Knie zu verlagern. Dann schnellte er hoch und ließ sich vom Gewicht des Stuhls gegen einen Steinpfeiler tragen. Er spürte, wie der Stuhl zu splittern begann. Nachdem er die Übung noch zweimal wiederholt hatte, fiel der Stuhl auseinander.

Alexi zuckte. Er streckte eine Hand über den Steinboden in Richtung Kerzenhalter aus.

Bale steifte die restlichen Stricke von seinen Schultern und ging auf ihn zu.

**47** Sabir drängte an dem Wachmann vorbei in den Vorraum des Heiligtums. Es war dunkel da drin – fast zu dunkel, um etwas zu sehen.

Der Wachmann drückte auf einige verborgene Schalter, und eine Reihe von Flutlichtstrahlern an den Deckenträgern tauchte den Raum in Licht. Bruchstücke von Holz und weggeworfene Kordeln lagen in einem Bogen auf den Fliesen verteilt. Alexi lag ein paar Schritte von der Schwarzen Madonna entfernt auf der Seite, sein Gesicht war blutüberströmt. Ein Mann kauerte neben ihm und suchte seine Taschen ab.

Sabir und der *gardian* blieben wie erstarrt stehen. Im selben Moment sahen sie, wie unter Alexis Körper eine Hand auftauchte, die eine Pistole umklammert hielt. Der Mann schnellte zurück. Alexi richtete die Pistole auf ihn, es schien, als wollte er schießen – aber nichts geschah. Kein Laut war zu hören.

Der Mann zog sich in Richtung Basilika zurück, die Augen auf Alexi und die Waffe fixiert. Im allerletzten Moment blickte er zu Sabir und lächelte. Er fuhr sich mit dem Daumen leicht über die Kehle.

Alexi ließ die Pistole scheppernd auf den Boden fallen. Als Sabir wieder zu der Stelle sah, wo der Mann gestanden hatte, war er verschwunden.

Sabir sank neben Alexi auf die Knie und dachte gleichzeitig fieberhaft nach, wie sie hier herauskommen sollten. Er legte eine Hand dramatisch auf Alexis Herz. »Dieser Mann ist schwer verletzt. Wir brauchen einen Rettungswagen.«

Der Wachmann griff sich an die Kehle. »Ein Handy funktioniert hier drin nicht. Zu nahe am Hang, es gibt keinen Empfang. Ich muss vom Büro aus telefonieren.« Er rührte sich nicht von der Stelle.

»Hören Sie. Ich habe die Pistole. Ich halte diesen Mann in Schach und sorge dafür, dass der Madonna nichts geschieht. Gehen Sie, und rufen Sie die Polizei und einen Rettungswagen. Es ist dringend.«

Der alte Mann schien etwas erwidern zu wollen.

»Oder ich gehe telefonieren, und Sie bleiben hier. Hier ist die Pistole.« Er hielt sie ihm mit dem Knauf voran hin.

»Nein, Monsieur. Man würde nicht wissen, wer Sie sind. Sie bleiben hier. Ich gehe.« Die Stimme des Wachmanns zitterte, und er sah aus, als würde er gleich zusammenbrechen.

»Seien Sie vorsichtig auf der Treppe.«

»Ja, ja. Es geht schon. Es geht schon wieder.«

Sabir wandte sich Alexi zu. »Kannst du mich hören?«

»Er ist mit dem Stuhl auf mir gelandet. Ein paar von meinen Zähnen sind ausgeschlagen.« Alexis Stimme klang undeutlich, als würde er aus dem Innern eines verschlossenen Containers sprechen. »Mein Kiefer könnte ebenfalls gebrochen sein. Und ein paar Rippen.«

»Und der Rest von dir?«

»Geht schon. Ich denke, ich kann laufen.«

»Okay. Wir haben ungefähr drei Minuten Zeit, um es bis zum Auto zu schaffen. Hier, nimm das.« Er gab Alexi die Pistole.

»Die ist nutzlos. Sie funktioniert nicht.«

»Nimm sie trotzdem. Und versuch dich ein wenig zusammenzureißen, während ich die Madonna einpacke.«

»Schau erst auf dem Sockel nach.«

»Was willst du damit sagen?«

»Da steht etwas geschrieben. Ich konnte es nicht lesen, aber es ist eingebrannt. Genau wie auf dieser Truhe von Yola. Es war die erste Stelle, wo ich nachgeschaut habe.«

Sabir wog die Madonna in der Hand. Sie war sehr viel leichter, als er gedacht hatte. Etwa sechzig Zentimeter hoch, aus dunklem, fleckigem Holz geschnitzt und mit zwei Kronen geschmückt – eine auf dem Kopf der Heiligen Jungfrau und eine auf dem Kopf Jesu. Die Jungfrau trug zusätzlich eine goldene Halskette. Ihr Körper war teilweise in eine Art Gewebe gekleidet, das sich über ihrer linken Brust teilte und helleres Holz darunter sehen ließ. Sie saß auf einem Stuhl und hatte das Christuskind auf dem Schoß. Sein Gesicht war allerdings nicht das eines Kindes, sondern das eines weisen älteren Mannes.

»Du hast recht. Ich kopiere es.«

»Wieso nehmen wir sie nicht mit?«

»Sie ist hier sicherer als bei uns auf der Straße. Und wir können keinen zweiten Trupp Polizei gebrauchen, der hinter uns her ist. Wenn nichts gestohlen wurde, und wenn sie niemanden befragen können außer dem alten Mann, werden sie die ganze Geschichte wahrscheinlich nach ein paar Tagen fallen lassen. Wir haben, wofür wir hergekommen sind. Ich vermute, das ist nur ein Teil einer größeren Karte, die uns schließlich zu den Versen führen wird.« Er legte ein Blatt Papier über den Sockel der Madonna und begann die eingebrannten Zeichen mit einem Bleistiftstumpf durchzupausen.

»Ich kann nicht aufstehen. Ich glaube, er hat doch mehr Schaden angerichtet, als ich dachte.«

»Warte. Ich bin in einer Minute bei dir.«

Alexi versuchte ein Lachen. »Keine Angst, Adam. Ich gehe nirgendwohin.«

## 48

Sabir blieb stehen, um Atem zu schöpfen. Alexi stützte sich mit seinem ganzen Gewicht auf ihn. Unter sich hörten sie in der Ferne das Geräusch sich nähernder Sirenen. »Ich habe mich noch immer nicht ganz von der Blutvergiftung erholt. Ich bin total kraftlos. Ich glaube nicht, dass ich dich allein da hinaufkriege.«

»Wie weit ist es noch?«

»Ich sehe den Wagen schon. Aber ich kann nicht riskieren, Yola zu rufen. Jemand könnte mich hören.«

»Warum lässt du mich nicht einfach hier und holst sie? Dann könnt ihr mich das letzte Stück gemeinsam tragen.«

»Denkst du, du kommst so lange allein klar?«

»Ich glaube, ich habe gerade einen von meinen Zähnen verschluckt. Wenn ich nicht daran ersticke, müsste ich klarkommen.«

Sabir lehnte Alexi an den Schutzzaun neben dem Fußweg und eilte den Hang hinauf.

Yola stand mit besorgter Miene neben dem Wagen. »Ich wusste nicht, was ich tun sollte. Ich habe die Sirenen gehört. Ich wusste nicht, ob sie euretwegen kommen oder wegen jemand anderem.«

»Alexi ist verletzt. Wir werden ihn das steilste Stück des Hangs zusammen tragen müssen. Traust du dir das zu?«

»Ist er schwer verletzt?«

»Er hat ein paar Zähne verloren. Sein Kiefer könnte gebrochen sein. Vielleicht auch ein paar Rippen. Jemand ist mit einem Stuhl auf ihm gelandet.«

»Jemand?«

»Ja. Dieser Jemand.«

»Ist der Mann tot? Hast du ihn getötet?«

»Alexi hat versucht, ihn zu töten. Aber die Pistole hatte Ladehemmung.«

Als sie bei Alexi angekommen waren, nahm Yola seine Füße, während sich Sabir das Hauptgewicht des Körpers auflud.

»Wir werden uns beeilen müssen. Sobald der alte *gardian* mit der Polizei spricht und ihnen erzählt, dass bei dem Einbruch eine Pistole im Spiel war, sind wir fällig. Dann riegeln sie das gesamte Tal ab und schicken paramilitärische Kräfte. Soweit ich mich an die Karte erinnere, gibt es nur drei Wege raus von hier. Und die beiden Hauptstraßen haben sie wahrscheinlich jetzt schon so gut wie dichtgemacht.«

**49** »Ich bin mir ziemlich sicher, dass uns niemand folgt.« Sabir spähte mit zusammengekniffenen Augen durch die Windschutzscheibe und versuchte, die Wegweiser zu entziffern.

Sie hatten den gefährlichsten Teil bereits hinter sich; hier auf der Route Nationale 20 herrschte erheblich mehr Verkehr, in dem sie untertauchen konnten. Die Erleichterung im Wagen war mit Händen zu greifen, so, als wären sie durch Glück und gute Reaktion gerade noch einem besonders hässlichen Unfall entgangen.

»Wie geht es ihm?«

Yola zuckte die Achseln. »Ich glaube nicht, dass der Kiefer gebrochen ist. Ein paar Rippen sind aber mit Sicherheit angeknackst. Jetzt wird er die perfekte Ausrede haben, um faul herumzuliegen.«

Alexi sah aus, als wollte er mit einer bissigen Bemerkung kontern, aber dann fiel ihm plötzlich etwas anderes ein, und er klopfte sich auf die Hosentasche. »Ha! Ist das zu fassen? Ich hatte sie genau hier.«

»Was?«

»Seine Brieftasche.« Alexi schüttelte tieftraurig den Kopf. »Dieser Hurensohn von einem Dieb hat seine eigene Brieftasche zurückgeklaut. Und sie war vollgestopft mit Geld. Ich hätte leben können wie ein König. Ich hätte mir sogar ein paar Goldzähne kaufen können.«

Sabir lachte. »Mach dir nichts draus, Alexi. Dass er Angst hatte, wir könnten hinter seine Identität kommen, hat dir wahrscheinlich das Leben gerettet. Ohne die Suche nach seiner Brieftasche hätte er genügend Zeit gehabt, um dich zu töten, ehe wir in die Krypta kamen.«

Alexi war in Gedanken schon wieder weiter. Er hob den Kopf und fletschte seine verbliebenen Zähne in Richtung Yola. »He, Schwester, ich habe gehört, was du über faul herumliegen gesagt hast. Es sind nicht nur meine Rippen, verstehst du? Er hat mir auch in die Eier getreten.«

Yola vergrößerte den Abstand zwischen ihnen beiden auf dem Rücksitz. »Darum kannst du dich selbst kümmern. Denen will ich auf keinen Fall nahe kommen.«

»Hast du das gehört, *Gadje*? Diese Frau ist frigide. Kein Wunder, dass sie noch nie jemand entführen wollte.«

Yola zog die Knie wie zur Selbstverteidigung an. »Jetzt gib mal nicht so an. Jetzt, wo deine Eier beschädigt sind, taugst du auch nicht mehr zum Entführer. Du wirst wahrscheinlich impotent sein. Deine Frau wäre gezwungen, woandershin zu gehen, wenn es ihr die Augen aus dem Kopf drehen soll. Oder eine Gurke zu benutzen.«

»Das stimmt nicht!« Alexi streckte ächzend die Hand aus und klopfte Sabir auf die Schulter. »Das stimmt nicht, Adam, oder? Man wird nicht impotent von einem Tritt in die Eier.«

»Woher soll ich das wissen? Könnte schon sein. In ein paar Tagen wirst du es so oder so wissen.« Sabir wandte sich an Yola. »Was war das mit den ›Augen aus dem Kopf drehen‹?«

Yola schaute stumm aus dem Autofenster. Für einen Moment wurde es still.

»Oh, ach so. Jetzt kapier ich es. Tut mir leid.« Er räusperte sich. »Hört zu, ich möchte euch beiden etwas sagen. Etwas Wichtiges.«

»Wir haben noch nicht gegessen.«

»Wie bitte?«

»Sag nie etwas Wichtiges, wenn du Hunger oder Schmerzen hast. Denn Hunger und Schmerz werden dann statt deiner sprechen, und was du sagst, hat keinen Wert.«

Sabir stieß einen Seufzer aus – er wusste, wann er geschlagen war. »Dann halte ich eben an einem Restaurant.«

»An einem Restaurant?«

»Ja. Und wir sollten uns lieber auch ein Hotel suchen.«

Yola begann zu lachen. Alexi stimmte mit ein, hörte aber rasch wieder auf, als er merkte, wie weh es ihm tat.

»Nein, Adam. Wir schlafen heute Nacht im Wagen. Es ist zu spät, um noch irgendwo aufzukreuzen, ohne dass es zu neugierigen Fragen führt. Und morgen in aller Frühe fahren wir dann nach Gourdon.«

»Warum sollten wir dorthin fahren?«

»Dort gibt es ein ständiges Lager. Da bekommen wir Essen und einen anständigen Schlafplatz. Ich habe Vettern dort.«

»Noch mehr Vettern?«

»Spotte nicht, Adam. Jetzt, da du mein *Phral* bist, sind es auch deine.«

**50** Hauptmann Joris Calque mochte Fernsehen zum Frühstück nicht. Eigentlich mochte er Fernsehen als solches nicht. Aber die Hausherrin des *Chambre d'hôte*, in dem er und Macron übernachtet hatten, schien zu glauben, das würde erwartet. Sie stand sogar hinter ihnen und kommentierte sämtliche Lokalnachrichten.

»Als Polizisten halten Sie beide wohl immer Ausschau nach neuen Verbrechen, oder?«

Macron verdrehte unauffällig die Augen zum Himmel. Calque konzentrierte sich noch intensiver auf seine gebackenen Bananen mit Apfelmus.

»Nichts ist mehr heilig. Nicht einmal die Kirche.«

Calque war klar, dass er etwas sagen musste, wollte er nicht für unhöflich gehalten werden. »Wieso? Hat jemand eine Kirche gestohlen?«

»Nein, Monsieur. Viel schlimmer.«

»Großer Gott!«

Macron hätte beinahe den Nasentrick mit seinem Rührei geschafft. Er tarnte es mit einem Hustenanfall, der Madame dazu nötigte, eine Weile um ihn herumzuscharwenzeln und Kaffee und kräftige Schläge auf den Rücken zu verabreichen.

»Nein, keine Kirche, Inspektor.«

»Hauptmann.«

»Hauptmann. Wie gesagt, etwas viel Schlimmeres. Die Heilige Jungfrau selbst.«

»Jemand hat die Jungfrau gestohlen?«

»Nein. Der Himmel hat eingegriffen. Die Diebe wurden auf frischer Tat ertappt und bestraft. Sie müssen es auf die Edelsteine in den Kronen von ihr und dem Kind abgesehen haben. Nichts ist mehr heilig, Inspektor. Gar nichts.«

»Und was für eine Jungfrau war das, Madame?«

»Aber es war doch gerade in den Nachrichten.«

»Ich habe gegessen, Madame. Man kann nicht gleichzeitig essen und schauen. Das ist ungesund.«

»Es war die Heilige Jungfrau von Rocamadour, Inspektor. Die Schwarze Madonna selbst.«

»Und wann hat dieser versuchte Diebstahl stattgefunden?«

»Gestern Abend. Nachdem sie das Heiligtum abgeschlossen hatten. Die Räuber haben sogar eine Pistole benutzt. Zum Glück hat sie der *gardian* einem der Männer abgerungen – so wie Jakob mit dem Engel gerungen hat. Und dann hat die Heilige Jungfrau auf wundersame Weise eingegriffen und die Räuber vertrieben.«

»Auf wundersame Weise …?« Macron hatte mit der Gabel auf halbem Weg zum Mund innegehalten. »Gegen eine Pistole? In Rocamadour. Aber, Chef …«

Calque sah ihn über den Tisch hinweg bedeutungsvoll an. »Sie haben recht, Madame. Nichts ist mehr heilig. Gar nichts.«

## 51

»Und dieser Mann gab sich als zufälliger Passant aus? Er tat, als wollte er Ihnen helfen?« Calque versuchte, das Alter des Wachmanns einzuschätzen, gab es aber schließlich auf.

»Oh, ja, Monsieur. Er war es, der mich überhaupt auf die Störung im Heiligtum aufmerksam gemacht hat.«

»Aber jetzt glauben Sie, dass er zur Bande gehörte?«

»Gewiss, Monsieur. Dessen bin ich mir sicher. Ich habe ihn zurückgelassen, damit er den anderen Mann mit der Pistole in Schach hielt. Ich musste telefonieren, verstehen Sie? Das Problem ist nur, dass die Mobiltelefone, die uns die Kirchenverwaltung gibt, unterhalb der Felswand nicht funktionieren. Sie sind sinnlos. Wir müssen jedes Mal ins Büro laufen und den alten Festnetzapparat benutzen, wenn wir nach draußen telefonieren wollen. Das machen sie meiner Ansicht nach absichtlich, damit wir keine Privatgespräche führen können.« Er bekreuzigte sich als Buße für seine lieblosen Gedanken. »Andererseits funktionieren diese neumodischen Apparate sowieso alle nicht richtig. Nehmen Sie zum Beispiel den Computer meines Enkels …«

»Warum haben sie die Schwarze Madonna nicht mitgenommen, wenn sie zur selben Bande gehörten? Sie hatte jede Menge Zeit, bevor Sie oder die Polizei wieder am Schauplatz eintrafen.«

»Der jüngere Bursche war verletzt, Monsieur. Sein ganzes Gesicht war voller Blut. Ich glaube, er ist gestürzt, während er versucht hat, die Madonna zu stehlen.« Er bekreuzigte sich wieder. »Vielleicht konnte der Ältere nicht ihn *und* die Madonna tragen.«

»Ja. Da könnten Sie recht haben. Wo ist die Statue jetzt?«

»Wieder in ihrer Vitrine.«

»Können wir sie sehen?«

Der alte Mann zögerte. »Das bedeutet, ich muss ins Lager und die Leiter holen, und …«

»Um all das wird sich mein junger Kollege, Leutnant Macron kümmern. Sie müssen sich wegen uns keine zusätzliche Mühe machen, das verspreche ich.«

»Also gut dann. Aber bitte seien Sie vorsichtig. Es ist ein Wunder, dass sie bei dem Tohuwabohu letzte Nacht nicht beschädigt wurde.«

»Sie haben sich ausgezeichnet verhalten. Es ist allein Ihr Verdienst, dass die Madonna wieder auf ihrem Platz steht.«

Der *Gardian* zog die Schultern hoch. »Ja? Glauben Sie das wirklich?«

»Ich bin fest davon überzeugt.«

»Schauen Sie, Macron. Kommen Sie her, und sagen Sie mir, was Sie davon halten.« Calque betrachtete den Sockel der Madonna. Er ließ den Daumen über die tief in das Holz geschnitzten Buchstaben wandern.

Macron nahm ihm die Statue aus der Hand. »Nun, die

Buchstaben wurden sicherlich vor sehr langer Zeit eingemeißelt. Man sieht es daran, wie das Holz nachgedunkelt ist. Ganz im Gegensatz zu diesen anderen Spuren auf ihrer Brust.«

»Die stammen wahrscheinlich aus der Revolutionszeit.«

»Wie kommen Sie darauf?«

»Weder die Protestanten während der Religionskriege noch unsere revolutionären Vorfahren akzeptierten Götzenbilder. In den meisten Kirchen Frankreichs zerstörten sie die Christusstatuen und die Figuren der Jungfrau Maria und der Heiligen. Das haben sie hier auch versucht. Der Legende nach haben sie das Silber abgetragen, das die Madonna ursprünglich bedeckte, und waren so erstaunt über den erhabenen Anblick, der darunter sichtbar wurde, dass sie von ihrem Vorhaben abließen.«

»Sie glauben aber nicht an diesen ganzen Quatsch, oder?«

Calque nahm die Madonna wieder an sich. »Es geht nicht um Glauben. Es geht um Zuhören. Die Geschichte stellt ihre Geheimnisse offen zur Schau, Macron. Nur wer Augen hat zu sehen und Ohren zu hören, kann ihren wahren Kern aus dem Treibgut herausfiltern, das mit ihnen schwimmt.«

»Ich verstehe nicht, wovon Sie sprechen.«

Calque seufzte. »Nehmen wir das hier als Beispiel. Es ist eine Statue der Jungfrau mit Kind, nicht wahr?«

»Natürlich.«

»Und wir wissen, dass diese besondere Madonna Seeleute beschützt. Sehen Sie diese Glocke dort oben? Wenn sie plötzlich von allein bimmelt, bedeutet es, dass ein Seemann durch das Eingreifen der Heiligen Jungfrau auf wundersame Weise gerettet wurde. Oder dass ein Sturm kommt und ein Wunder geschehen wird.«

»Das macht bestimmt nur der Wind. Wind tritt normalerweise vor einem Sturm auf.«

Calque lächelte. Er breitete ein Papier über den Sockel der Statue und begann die Buchstaben mit seinem Stift abzupausen. »Nun, von der ägyptischen Göttin Isis, Gattin und Schwester von Osiris und Schwester von Seth, glaubte man auch, dass sie Seeleute aus dem Meer rettete. Und wir wissen, dass sie häufig auf einem Thron sitzend abgebildet wurde, mit ihrem Sohn Horus auf dem Schoß. Horus ist der Gott des Lichts, der Sonne, des Tages, der Gott des Lebens und des Guten, und seine Nemesis Seth, die auch Isis' erbitterter Feind war, ist der Gott der Nacht, des Bösen, der Dunkelheit und des Todes. Seth hatte Osiris, den obersten der Götter, durch eine List dazu gebracht, einen wundervoll gearbeiteten Sarg auszuprobieren, ihn darin eingeschlossen und den Nil hinuntertreiben lassen, wo ein Baum um ihn herumwuchs. Später zerteilte er Osiris' Körper in vierzehn Teile. Aber Isis fand den Sarg und seinen Inhalt und setzte mit Thoths Hilfe alles wieder zusammen, und Osiris kehrte gerade lange genug ins Leben zurück, um sie mit ihrem Sohn Horus zu schwängern.«

»Ich verstehe nicht, was …«

»Macron. Die Schwarze Madonna ist Isis. Die Christusfigur ist Horus. Alles, was passierte, war, dass sich die Christen der alten ägyptischen Götter bemächtigten und sie so umwandelten, dass sie für das moderne Empfinden leichter verdaulich waren.«

»Modern?«

»Osiris wurde wieder zum Leben erweckt, verstehen Sie? Er kehrte von den Toten zurück. Und er hatte einen Sohn. Der sich gegen die Kräfte des Bösen stellte. Kommt Ihnen das nicht bekannt vor?«

»Doch, schon.«

»Sowohl Jesus als auch Horus wurden in einem Stall geboren. Und beider Geburtstag wird am 25. Dezember gefeiert.«

Macrons Augen waren glasig geworden.

Calque zuckte mit den Achseln. »Na, egal. Hier ist jedenfalls das, wonach Sabir und Ihr Augenmann gesucht haben.«

»Das ist ja sinnloses Gekrakel.«

»Nein. Es ist spiegelverkehrt geschrieben. Wir müssen uns bloß einen Spiegel suchen, dann sollten wir es entwirren können.«

»Woher wissen Sie, dass sie danach gesucht haben?«

»Logik, Macron. Schauen Sie. Sie sind mit einem bestimmten Ziel hier eingebrochen. Dieses Ziel bestand darin, die Madonna zu stehlen. Aber der Augenmann war ebenfalls hier. Es gelang ihnen jedoch, ihn zu verjagen, sodass Sabir, der Zigeuner und der *Gardian* allein im Heiligtum zurückbleiben. Der Alte ist aber verwirrt von dem ganzen Vorfall und nicht mehr in der Verfassung, die Sache in die Hand zu nehmen, deshalb gehorcht er Sabir und trottet ins Büro zurück, um zu telefonieren. Die beiden hätten die Madonna danach ohne weiteres mitnehmen können. Sie ist höchstens siebzig Zentimeter hoch und wiegt kaum etwas. Aber sie tun es nicht. Sie lassen sie zurück. Und warum? Weil sie bereits haben, wonach sie suchten. Bringen Sie mir diese Taschenlampe.«

»Aber sie ist ein Beweisstück. Es könnten Fingerabdrücke darauf sein.«

»Bringen Sie sie einfach her, Macron.« Calque drehte das Blatt um. »Jetzt beleuchten wir die Schrift damit von hinten.«

»Ah. Das ist schlau. So brauchen wir keinen Spiegel.«

»Schreiben Sie das in Ihr Notizbuch:

*Il sera ennemi et pire qu'ayeulx*
*Il naistra en fer, de serpente mammelle*
*Le rat monstre gardera son secret*
*Il sera mi homme et mi femelle.«*

»Was bedeutet das?«

»Verstehen Sie Ihre eigene Sprache nicht?«

»Doch, natürlich.«

»Dann entziffern Sie es selbst.«

»Also, die erste Zeile lautet: ›Er wird ein Feind sein und schlimmer …‹« Macron zögerte.

»›… als jeder vor ihm.‹«

»›Er wird in Eisen geboren sein …‹«

»Nein, ›eine Ausgeburt der Hölle‹, Macron. *Enfer* heißt Hölle. Ignorieren Sie, dass es als zwei Wörter geschrieben ist. Menschen werden nicht in Eisen geboren.«

»…›eine Ausgeburt der Hölle‹, dann, ›mit der Brustwarze einer Schlange …‹«

»›…genährt von einer Schlangenbrust.‹«

Macron seufzte. Er atmete laut aus, als hätte er gerade einen Satz schwerer Gewichte im Fitnessclub gestemmt. »›Die Monsterratte wird sein Geheimnis hüten …‹«

»Weiter.«

»›Er wird halb Mann und halb Frau sein.‹«

»Ausgezeichnet. Aber die letzte Zeile könnte man auch als ›er wird weder Mann noch Frau sein‹ lesen.«

»Wie kommen Sie darauf?«

»Wegen des Hinweises in der ersten Zeile. Der Gebrauch des Wortes *ennemi*. Er legt nahe, dass das *m* zu *n* werden soll, wenn *mi* wieder auftaucht.«

»Das ist nicht Ihr Ernst, oder?«

»Machen Sie nie Kreuzworträtsel?«

»Die gab es im mittelalterlichen Frankreich nicht.«

»Sie hatten etwas Besseres als Kreuzworträtsel. Sie hatten die Kabbala. Es war übliche Praxis, ein Wort durch ein anderes zu tarnen oder zu chiffrieren. Genau wie es der Autor hier in Zeile drei mit dem *rat monstre* getan hat. Es ist ein Anagramm. Wir wissen das, weil den beiden Worten das Wort *secret* folgt, das als Fingerzeig dient.«

»Woher wissen Sie das alles?«

»Das kommt von einer kleinen Sache, die man klassische Bildung nennt. Gepaart mit einer anderen kleinen Sache namens gesunder Menschenverstand. Offenbar hat man es versäumt, euch das in eurem *bidonville* von Schule unten in Marseille beizubringen.«

Macron ließ die Beleidigung von sich abprallen. »Was glauben Sie, wer dieses Zeug geschrieben hat? Und warum sind diese Verrückten dahinter her?«

»Wollen Sie meine ehrliche Meinung hören?«

»Ja.«

»Der Teufel.«

Macron blieb der Mund offen. »Das ist nicht Ihr Ernst.«

Calque faltete das Papier zusammen und steckte es in seine Tasche. »Natürlich ist es nicht mein Ernst. Der Teufel macht sich nicht die Mühe, den Menschen *billets-doux* zu schreiben, Macron. Die Hölle kommt immer per Eilzustellung.«

**52** Yola richtete sich in ihrem Sitz auf. »Schaut. Es wird eine Hochzeit geben.« Sie musterte die beiden Männer kritisch. »Ich werde eure Sachen waschen müssen. So könnt ihr nicht in der Öffentlichkeit erscheinen. Und ihr werdet Sakkos und Krawatten brauchen.«

»Meine Sachen sind in Ordnung, vielen Dank«, erwiderte Sabir. »Und wie zum Teufel kommst du auf Hochzeit? Wir sind ja noch gar nicht im Lager eingetroffen.«

Alexi schnaubte. Er lag auf der Rückbank, den bandagierten Kopf bequem ans Fenster gestützt. »Seid ihr *Gadjes* alle blind? Wir haben bis jetzt schon vier Wohnwagen überholt. Was glaubst du, wo die hinfahren?«

»Zu einer Beerdigung. Oder zu einem *Kriss*.«

»Hast du die Gesichter der Frauen bemerkt?«

»Nein.«

»Tja, wenn du zur Abwechslung die Augen aufmachen würdest – wie ein Zigeuner –, dann könntest du sehen, dass die Frauen freudig erregt sind, nicht traurig.« Er fuhr sich mit dem Zeigefinger im Mund herum, um dessen neue Landschaft auszuloten. »Hast du fünfzig Euro bei dir?«

Sabir konzentrierte sich wieder auf die Straße. »Das wird kaum reichen, um dir einen neuen Satz Goldzähne zu kaufen.«

Alexi verzog das Gesicht. »Hast du sie?«

»Ja.«

»Dann gib sie mir. Ich werde jemanden bezahlen müssen, damit er auf das Auto aufpasst.«

»Wovon redest du, Alexi?«

»Wie ich es sage. Wenn du nicht jemanden bezahlst, damit er darauf aufpasst, wird es jemand anders ausräumen. Diese Leute sind Diebe.«

»Was soll das heißen, ›diese Leute‹? Es sind deine Leute.«

»Ich weiß. Und deshalb weiß ich auch, dass sie Diebe sind.«

Man hatte Sabir und Alexi die Ecke im Wohnwagen eines Cousins von Alexi zugewiesen. Alexi erholte sich auf dem Einzelbett, während Sabir darunter auf dem Boden saß.

»Zeig mir die Pistole, Alexi. Ich will sehen, warum sie versagt hat.«

»Sie ging einfach überhaupt nicht los. Ich hätte ihn gehabt. Mitten durch die Nase.«

»Du weißt, dass man eine Pistole entsichern muss?«

»Natürlich weiß ich, dass man eine Pistole entsichern muss. Hältst du mich für einen Idioten?«

»Und du weißt, dass man sie spannen muss?«

»Spannen?«

»Aha.« Sabir seufzte. »Bevor du eine Automatikpistole abfeuern kannst, musst du diesen Schnäpper hier zurückziehen und ihn spannen.«

»*Putain*. Ich dachte, sie funktioniert wie ein Revolver.«

»Nur Revolver funktionieren wie Revolver, Alexi. Hier. Versuch es mal.«

»He, das ist ja einfach.«

»Hör auf, sie auf mich zu richten.«

»Keine Sorge, Adam. Ich werde dich nicht erschießen. So sehr hasse ich *Gadjes* auch wieder nicht.«

»Da bin ich aber sehr erleichtert.« Sabir runzelte die Stirn. »Sag mal, Alexi, wohin ist Yola eigentlich gegangen?«

»Die hält sich jetzt bei den Frauen auf.«

»Wie meinst du das?«

»Ich meine, dass wir sie in nächster Zeit nicht viel sehen werden. Nicht so wie unterwegs.«

Sabir schüttelte den Kopf. »Diese Trennung zwischen Männern und Frauen bei den Zigeunern verstehe ich nicht, Alexi. Und was soll dieses ganze Zeug mit Unreinheit und Leute besudeln? Wie nannte sie es? *Mah* ... noch was.«

»*Mahrimé*.«

»Ja, genau.«

»Das ist normal. Es gibt Dinge, die besudeln, und Dinge, die besudeln nicht.«

»Wie Igel.«

»Ja. Igel sind rein. Pferde auch. Sie schlecken ihre eigenen Genitalien nicht ab. Hunde und Katzen sind schmutzig.«

»Und Frauen?«

»Die tun es auch nicht. Was denkst du denn? Dass sie Schlangenmenschen sind?«

Sabir schlug auf Alexis Fußsohle. »Ich meine es ernst. Ich will es wirklich wissen.«

»Es ist kompliziert. Frauen können dich besudeln, wenn sie bluten. Wenn das der Fall ist, darf eine Frau zum Beispiel kein fremdes Baby halten. Oder einen Mann berühren. Oder kochen. Oder über einen Besen steigen. Eigentlich kann sie gar nichts tun. Deshalb darf eine Frau nie oberhalb von einem Mann sein. Sagen wir, in einem Stockbett. Oder in einem Haus. Er wäre besudelt.«

»Himmel.«

»Ich sage dir, Adam, zur Zeit meines Vaters war es viel schlimmer. Männliche Zigeuner durften in Paris nicht mit der Metro fahren, denn es hätte ja sein können, dass über ihnen auf dem Gehsteig zufällig eine Zigeunerfrau gegangen wäre. Essen musste außerhalb des Hauses aufbewahrt werden, damit keine Frau ein Stockwerk höher darübergehen konnte. Oder es mit ihrem Kleid berühren.«

»Das kann doch nicht dein Ernst sein.«

»Das ist absolut mein Ernst. Und wieso, glaubst du, bat Yola mich mitzukommen, als sie dir die Truhe zeigte?«

»Damit du auch Bescheid weißt?«

»Nein. Weil es nicht in Ordnung ist, wenn sich eine unverheiratete Frau mit einem Mann, der nicht ihr Bruder oder ihr

Vater ist, allein in einem Raum mit einem Bett aufhält. Außerdem warst du ein *Gadje* und damit *mahrimé*.«

»Deshalb hat die alte Frau in eurem Lager nicht mit mir gegessen?«

»Jetzt hast du es kapiert. Sie hätte dich besudelt.«

»Sie hätte *mich* besudelt? Ich dachte, ich *sie*.«

Alexi machte ein langes Gesicht. »Ich habe mich geirrt. Du hast es nicht kapiert.«

»Und dann diese Geschichte, dass Frauen lange Kleider tragen müssen. Und doch schien es Yola nichts auszumachen, ihre Brüste öffentlich zu zeigen. Während der Beerdigung, meine ich.«

»Brüste sind zum Stillen von Kindern da.«

»Das ist mir schon klar …«

»Aber eine Frau sollte nie ihre Knie zeigen. Das ist nicht gut. Es liegt an ihr, die Leidenschaft ihres Schwiegervaters nicht zu entfachen. Oder anderer Männer außer ihrem Ehemann. Knie können das.«

»Aber was ist dann mit all den anderen Frauen hier in Frankreich? Man sieht ihre Knie die ganze Zeit in den Straßen. Mann, sie entblößen so gut wie alles.«

»Aber das sind *Payos*. Oder *Gadjes*. Sie zählen nicht.«

»Ach so, ich verstehe.«

»Du bist jetzt einer von uns, Adam. Du zählst. Nicht so viel wie ein richtiger Zigeuner vielleicht. Aber du zählst.«

»Vielen Dank auch. Da bin ich sehr froh.«

»Vielleicht finden wir eines Tages sogar eine Frau für dich. Eine hässliche. Die sonst keiner mag.«

»Du kannst mich mal, Alexi.«

**53** »Es wird eine Hochzeit geben.«

»Eine Hochzeit?« Calque sah von dem Buch aus der Bibliothek auf, an dem er arbeitete.

»Ja. Ich habe mit dem Chef der Gendarmerie von Gourdon gesprochen, wie Sie vorgeschlagen haben. Seit drei Tagen treffen Wohnwagen ein. Sie haben sogar zwei zusätzliche Beamte hinzugezogen, für den Fall, dass es Störungen gibt. Betrunkene. Ärger mit den Leuten in der Stadt. Solche Dinge halt.«

»Irgendeine Bewegung von unserem Trio?«

»Nein. Ich nehme an, sie werden für die Dauer der Festlichkeiten hier sein. Vor allem, wenn einer von ihnen verletzt ist. Ihr Wagen steht am Rand des Lagers. Offen gestanden, müssen sie verrückt sein. Ein brandneuer Audi an einem solchen Ort? Das ist, als würde man einem Siebzehnjährigen mit einem gebrauchten Höschen vor der Nase herumfuchteln.«

»Ihrer Metapher fehlt es sowohl an Stil als auch an Gehalt.«

»Tut mir leid, Chef.« Macron überlegte, was er Unverfängliches sagen könnte. Irgendeine harmlose Art, seinem Ärger über die Lage Luft zu machen, in die Calque sie brachte. »Was tun Sie gerade, Chef?«

»Ich versuche, dieses Anagramm zu entschlüsseln. Erst dachte ich, *rat monstre* wäre einfach ein Anagramm für *monastère*. Dass das Geheimnis, oder wonach diese Leute suchen, also in einem Kloster aufbewahrt wird.«

»Aber dafür reichen die Buchstaben nicht. Schauen Sie. Zu viele ›T‹ und zu wenige ›E‹.«

Calque sah ihn finster an. »Das habe ich auch gemerkt. Ich habe jedoch die völlig einleuchtende Annahme getroffen, dass der Autor dieser Verse möglicherweise eine alte Schreibweise benutzt hat – *monastter* zum Beispiel. Oder *montaster*.«

»Aber das ist es nicht?«

»Nein. Jetzt suche ich in diesem Buch nach anderen Stätten in Frankreich, an denen es Schwarze Madonnen gibt. Vielleicht finden wir auf diesem Weg die Lösung.«

»Aber warum muss es in Frankreich sein?«

»Wovon reden Sie, Macron?«

»Wieso muss der Ort, an dem sich dieses Geheimnis verbirgt, in Frankreich liegen? Warum nicht in Spanien?«

»Worauf wollen Sie hinaus?«

»Meine Mutter ist sehr katholisch. Ganz besonders katholisch, muss man wohl sagen. Als ich ein Kind war, hat sie uns oft ein paar hundert Kilometer weit die Küste entlang nach Barcelona verfrachtet. Mit dem Zug. Es war ihre Vorstellung von einem Ausflug.«

»Kommen Sie zur Sache, Macron. Ich habe im Moment keine Zeit, mir Geschichten aus Ihrer glücklichen Kindheit anzuhören.«

»Nein, Chef, ich komme schon zur Sache. In der Nähe von Barcelona, nicht weit von Terrassa, befindet sich einer der heiligsten Schreine Spaniens. Er heißt Montserrat. Ich weiß nicht mehr, ob es dort eine Schwarze Madonna gab, aber es ist eins der geistigen Zentren der Jesuiten. Ignatius von Loyola hat seine Rüstung dort aufgehängt, nachdem er beschloss, Mönch zu werden. Meine Mutter begeistert sich nämlich besonders für die Jesuiten, müssen Sie wissen.«

Macron schaukelte in seinem Stuhl zurück. »Macron. Ausnahmsweise ist es Ihnen einmal gelungen, mich zu überraschen. Vielleicht machen wir doch noch einen Kriminalpolizisten aus Ihnen.« Er begann, in dem Buch zu blättern.

»Ja. Hier haben wir es. Montserrat. Und man schreibt es mit zwei T. Ausgezeichnet. Und es gibt tatsächlich eine Schwarze Madonna dort. Hören Sie sich das an:

*Die Verehrung der Heiligen Jungfrau von Montserrat, auch bekannt als La Morenita oder die »Dunkle«, geht auf das Jahr 888 zurück, als sie von einigen Schäfern hoch oben in der Sierra de Montserrat in einem Versteck gefunden wurde, bewacht von einer Schar Engel. Die Statue soll vom Apostel Lukas persönlich geschnitzt und vom hl. Petrus von Jerusalem nach Montserrat gebracht worden sein, wo sie Hunderte von Jahren ungestört lag. Bald nach ihrer Entdeckung versuchte der Bischof von Manresa die Statue umzusiedeln, aber sie ließ sich nicht vom Fleck bewegen. Der Graf von Barcelona wurde ihr erster Beschützer, und sein Sohn stiftete ihr 932 einen Schrein, den König Lothar von Frankreich 982 zum Heiligtum erklärte. Montserrat ist heute ein Wallfahrtszentrum wie auch ein Zentrum zur Verbreitung des katalanischen Nationalgedankens. Frisch verheiratete Paare aus ganz Spanien besuchen es, um ihren Bund von der Heiligen Jungfrau segnen zu lassen, denn wie es heißt, ist ›ein Mann nicht richtig verheiratet, ehe er seine Braut nach Montserrat geführt hat‹. Es wird auch behauptet, der gegenwärtige Schrein habe früher einen Altar der Venus beherbergt, der Göttin der Schönheit, Mutter der Liebe, Königin des Lachens und Patronin der Kurtisanen.*

Calque klatschte in die Hände. »Venus, Macron. Jetzt kommen wir der Sache näher. Wissen Sie noch, wie der Vers ging? ›Er wird weder Mann noch Frau sein‹.«

»Was hat das mit Venus zu tun?«

Calque seufzte. »Venus wurde auch Cypria genannt, nach dem Hauptort ihrer Verehrung, der Insel Zypern. Dort gab es eine berühmte Statue, die Cypria mit Bart und einem Zepter in der Hand darstellt. Allerdings – und das ist die Verbindung zu dem Vers – war der Körper der einer Frau, und sie trug Frauenkleidung. Als Catullus die Statue sah, soll er sie sogar als *duplex Amathusia* bezeichnet haben. Sie ist in anderen Worten ein Hermaphrodit, genau wie ihr Sohn.«

»Ein was?«

»Ein Hermaphrodit. Halb Mann, halb Frau. Weder das eine noch das andere.«

»Und was hat das mit der Schwarzen Madonna zu tun?«

»Zweierlei. Erstens bestätigt es Ihre Lesart Montserrat – ausgezeichnete Arbeit, Macron. Und zweitens verstärkt es zusammen mit der Schrift auf dem Sockel zusätzlich die Verbindung zwischen der Schwarzen Madonna von Montserrat und der von Rocamadour.«

»Wie kommen Sie darauf?«

»Erinnern Sie sich noch an die Gesichter der Jungfrau von Rocamadour und ihres Sohnes? Schauen Sie, hier ist ein Bild.«

»Ich sehe nichts. Es ist nur ein Statue.«

»Macron. Machen Sie die Augen auf. Die beiden Gesichter ähneln sich. Sie sind austauschbar. Sie könnten beide männlich oder weiblich sein.«

»Jetzt verstehe ich gar nichts mehr. Ich sehe wirklich nicht, was das mit unserem Mord zu tun hat.«

»Das weiß ich, ehrlich gesagt, auch nicht. Aber ich gebe Ihnen recht, was die Hochzeit betrifft. Ich denke, die Zigeuner werden hierbleiben, so lange sie dauert, und ihre Wunden lecken. Bei Sabir sieht die Sache natürlich anders aus. Und wohin er fährt, dahin wird ihm der Augenmann bestimmt folgen. Ausnahmsweise haben wir also einmal die Nase vorn. Wir unternehmen eine Exkursion.«

»Eine Exkursion? Wohin?«

»Wir erneuern die Bekanntschaft mit den Gespenstern Ihrer Kindheit, Macron. Wir fahren nach Spanien. Nach Montserrat. Um eine Dame zu besuchen.«

## 54

Achor Bale beobachtete, wie der neue junge Wachmann seinen Hund in jeden Winkel der St.-Sauveur-Basilika führte. Das musste man der Kirchenverwaltung von Rocamadour lassen: Sie hatten schnell reagiert und den alten Wachmann ersetzt. Trotzdem. Musste eine geisttötende Arbeit sein. Wie hoch war die Chance, dass ein Übeltäter genau einen Tag nach dem versuchten Raub an den Schauplatz des Verbrechens zurückkehrte? Eins zu einer Million? Wahrscheinlich nicht einmal. Bale schlich näher an den Rand der Orgelempore. Noch eine Minute und der Mann würde direkt unter ihm sein.

Es war ein Kinderspiel gewesen, das Ortungsgerät wieder zu aktivieren und Sabir und den beiden Zigeunern bis nach Gourdon zu folgen. Tatsächlich war Bale schwer versucht gewesen, sie letzte Nacht, als sie im Wagen geschlafen hatten, zu überfallen. Aber sie hatten sich einen besonders ungünstigen Ort ausgesucht, mitten in einer geschäftigen Marktstadt am Rande der Bouriane – die Sorte Platz, wo es Überwachungskameras und übereifrige Polizisten gab, die nach Betrunkenen und kampflustigen jungen Bauern Ausschau hielten.

Bales Entscheidung war gebührend bestätigt worden, als er im Radio hörte, dass die Räuber die Madonna zurückgelassen hatten. Was war da los? Warum hatten sie die Statue nicht gestohlen? Sie hatten die Pistole gehabt. Und der Wachmann war bereits irgendwo zwischen Senilität und Grab gewesen. Nein. Er hatte eindeutig gesehen, wie der Zigeuner den Sockel der Madonna prüfend angesehen hatte, ehe er sich diesem ganzen religiösen Hokuspokus hingab. Das hieß, dass dort etwas geschrieben stand, genau wie es das Mädchen am Flussufer angedeutet hatte. Etwas, das Bale unbedingt sehen musste.

Jetzt lief der Wachmann im Zickzack zwischen den Kirchenbänken hin und her und trieb seinen Hund mit einer Folge kurzer Pfiffe an. Man hätte meinen können, er werde gefilmt, weil er gar einen solchen Eifer bei seinem neuen Job an den Tag legte. Jeder normale Mensch hätte längst eine Zigarettenpause eingelegt. Dieser Typ musste auf jeden Fall aus dem Weg geschafft werden. Und der Hund natürlich auch.

Bale schleuderte den Kerzenhalter in einem hohen Bogen über den Mann hinweg auf den Boden, zählte bis drei und sprang mit einem Satz von der Empore. Der Wachmann war, wie erwartet, ein leichtes Ziel, da er sich beim Geräusch des Kerzenhalters sofort umgedreht und seine Taschenlampe auf den heruntergefallenen Gegenstand gerichtet hatte.

Bales Füße trafen ihn im Nacken. Der Mann stürzte nach vorn, Bales ganzes Gewicht trieb ihn wie ein Geschoss in die Steinfliesen. Bale war aus zweieinhalb Metern Höhe gesprungen. Der Wachmann hätte sich ebenso gut mit einem Strick um den Hals von einer Leiter stürzen können.

Bale hörte unmittelbar bei seiner Landung die Wirbelsäule brechen und wandte seine Aufmerksamkeit sofort dem Hund zu. Die Hand des Toten steckte noch in der Schlaufe der geflochtenen Lederleine. Der Deutsche Schäferhund wich instinktiv zurück und duckte sich sprungbereit. Bale packte die Leine und schwang sie wie ein Baseballspieler, der zu einem Homerun ausholt. Der Schäferhund hob ab, angetrieben sowohl durch das eigene Vorschnellen als auch durch Bales zentrifugal wirkenden Leinenschwung. Bale ließ genau im richtigen Moment los. Das Prinzip des Drehpunkts wirkte in vollem Umfang und ließ das Tier wie den Hammer eines Leichtathleten durch die Kirche segeln. Der Hund prallte gegen die Steinmauer, fiel zu Boden und begann zu heulen. Bale rannte zu ihm und trat ihm mit voller Wucht auf den Kopf.

Er blieb einen Augenblick stehen und lauschte, Mund und Augen weit offen, wie eine Katze. Als er überzeugt war, dass ihn niemand gehört hatte, machte er sich auf den Weg zum Schrein.

**55** Sabir zog sich die Decke über die Leiste. Es gab Zeiten, da wünschte er, Yola könnte die Angewohnheit ablegen, unangemeldet in einen Raum zu platzen. Am frühen Nachmittag hatte sie ihre Sachen zum Gemeinschaftswaschraum gebracht, die beiden Männer wie Schiffbrüchige in Decken gehüllt zurückgelassen und zu einer unfreiwilligen Siesta von unbestimmter Dauer verurteilt. Jetzt suchte Sabir fieberhaft nach einer harmlosen Bemerkung, mit der er seine Verlegenheit überspielen konnte.

»Also gut. Mir ist ein neues Rätsel für dich eingefallen. Ein richtig fieses. Bereit? Also: Was ist größer als Gott und böser als der Teufel? Die Armen haben es schon, die Reichen wollen es. Und wenn man es isst, stirbt man.«

Yola sah ihn kaum an. »Nichts, natürlich.«

Sabir sank enttäuscht gegen die Wand. »O Mann. Wie bist du so schnell auf die Antwort gekommen? Ich habe über eine Stunde gebraucht, als mich mein Neffe damit auf die Probe gestellt hat.«

»Aber es ist doch eindeutig, Adam. Ich hatte es mit der ersten Zeile. Wenn du fragst: Was ist größer als Gott? Nichts ist größer als Gott, und wenn dir das klar ist, ergibt sich der Rest von allein.«

»Ja, gut, darauf war ich auch gekommen, aber ich dachte keinen Moment, dass das die Antwort sein könnte. Ich fand es nur empörend, wie jemand glauben kann, dass es etwas Größeres als Gott gibt.«

»Du bist ein Mann, Adam. Männer kommen zornig zur Welt. Deshalb müssen sie sich über alles lustig machen. Oder dreinschlagen. Oder sich wie Kinder aufführen. Wenn sie es nicht täten, würden sie verrückt werden.«

»Vielen Dank dafür. Jetzt weiß ich, woher ich meinen Humor habe.«

Yola hatte für sich selbst einen kompletten Satz neuer Kleidung aufgetrieben. Sie trug eine rote, geblümte Bluse, die bis zum Kragen zugeknöpft war, und einen an den Hüften eng anliegenden Rock mit ausgestelltem Saum, der bis knapp unters Knie reichte. In den Rock war ein breiter Ledergürtel eingezogen, der mit kleinen Spiegeln besetzt war, und an den Füßen trug sie Schuhe mit Blockabsätzen und Knöchelriemen. Ihr Haar war teilweise hochgesteckt, genau wie damals anlässlich des *Kriss*.

»Warum trägst du nie Schmuck? Wie manche von den anderen Frauen?«

»Weil ich Jungfrau bin und noch unverheiratet.« Yola warf einen emotionsgeladenen Blick zu Alexi, der es irgendwie fertig brachte, ihn zu ignorieren. »Es wäre nicht sittsam, mit der Braut und den verheirateten weiblichen Frauen zu konkurrieren.« Sie legte zwei Garnituren Kleidung zu Alexis Füßen aufs Bett. »Eure eigenen Sachen trocknen noch. Ich bringe sie, wenn sie fertig sind. Aber hier sind zwei Anzüge und zwei Krawatten, die ich mir geborgt habe. Auch ein paar Hemden. Sie müssten euch passen. Morgen auf der Hochzeit müsst ihr außerdem Papiergeld für die Braut bei der Hand haben. Ihr müsst es damit an ihr Kleid heften.« Sie gab jedem der beiden Männer eine Sicherheitsnadel.

»Äh, Adam …«

»Sag nichts, Alexi. Du willst dir Geld von mir leihen.«

»Nicht nur ich. Yola braucht auch welches. Aber sie ist zu stolz, um zu fragen.«

Yola fuchtelte verärgert mit der Hand. Ihr Blick war starr auf Sabir gerichtet. »Was wolltest du uns im Auto sagen? Als ich dich unterbrochen habe?«

»Ich verstehe nicht …«

»Du sagtest, du hättest uns etwas Wichtiges mitzuteilen. Nun, wir haben gegessen. Wir sind ausgeruht. Jetzt kannst du reden.«

Ich sollte es inzwischen begriffen haben, dachte Sabir – Yola gibt nie Ruhe, ehe sie eine Sache vollständig durchgekaut hat. »Ich glaube, ihr beide solltet hierbleiben. Fürs Erste jedenfalls.«

»Was soll das heißen?«

»Alexi ist verletzt. Er muss sich erholen. Und du, Yola … na, ja, du hast einen fürchterlichen Schock erlitten.« Er langte nach seiner Brieftasche. »Ich habe den Reim auf dem Fuß der Schwarzen Madonna entschlüsselt.« Er zog ein zerknittertes Stück Papier aus der Tasche und strich es auf dem Knie glatt. »Ich glaube, es bezieht sich auf Montserrat. Das ist ein Ort in Spanien. In den Hügeln über Barcelona. Jedenfalls scheint das der Kern der Sache zu sein.«

»Du glaubst, wir verschwenden unsere Zeit, oder? Deshalb willst du uns nicht dabeihaben. Du glaubst, dieser Mann wird wieder auftauchen und uns etwas antun, wenn wir auf diesem Weg weitergehen? Nur vielleicht noch Schlimmeres diesmal?«

»Ich glaube, dass wir auf einer gefährlichen Jagd sind, die zu nichts führt, ja. Schaut. Nostradamus oder eure Vorfahren oder wer immer diese Verse in den Fuß der Madonna geschnitzt hat – sie hätten irgendwelches Zeug in ein halbes Hundert Madonnenstatuen im ganzen Land schnitzen können. Damals herrschte viel mehr Durcheinander als heute. Die Leute pilgerten kreuz und quer durchs Land. Man braucht kein Genie zu sein, um sich auszurechnen, dass achtzig Prozent der damals existierenden Madonnenfiguren wahrscheinlich verschwunden sind – Opfer von einem halben Dutzend Religionskriegen. Nicht zu vergessen die Revolution, die beiden Weltkriege und der Krieg mit Preußen. Eure Leute waren Nomaden, Yola. Noch in viel höherem Maß als heute. Sie sind den Armeen aus dem Weg gegangen und haben nicht ihre Nähe gesucht. Wenn wir eine Inschrift auf dem Fuß der Madonna von Montserrat finden, wird sie uns sehr wahrscheinlich nur irgendwo anders hinführen. Und dann geht es wieder woandershin. Und die Verse, oder wonach wir nun eigentlich suchen, die gibt es längst nicht mehr.«

»Warum ist uns dieser Mann dann gefolgt? Was will er?«

»Ich glaube, er ist verrückt. Er hat sich irgendwie in den Kopf gesetzt, dass in dieser Sache Geld steckt, und er kann einfach nicht mehr davon ablassen.«

»Und du glaubst das nicht?«

Sabir schüttelte den Kopf. »Nein.«

»Warum willst du also allein fahren? Magst du uns nicht mehr?«

Sabir war momentan um Worte verlegen, als wäre er von einem Kind auf dem falschen Fuß erwischt worden. »Natürlich mag ich euch. Diese letzten Tage … Es kommt mir vor, als wären es Jahre gewesen. Als wären wir immer schon zusammen gewesen. Ich weiß nicht, wie ich es erklären soll.«

»Weil wir uns früher schon begegnet sind? Meinst du das?«

»Früher begegnet? Nein, ich …«

»Alexi hat dir erzählt, dass ich *hexi* bin. Das heißt, ich weiß manchmal Dinge. Ich habe sofort gespürt, dass du es gut mit mir meintest. Dass du Babel nicht getötet hast. Ich habe mich dagegen gewehrt, aber mein Instinkt sagte mir, dass ich Recht habe. Alexi hat es auch gespürt.« Sie warf einen verstohlenen Blick zum Bett. »Er ist allerdings nicht *hexi*. Er ist nur ein dummer Zigeuner.«

Alexi machte eine rüde Geste in ihre Richtung, aber er meinte es nicht so. Er beobachtete sie aufmerksam. Lauschte ihren Worten.

»Wir Zigeuner spüren Dinge stärker als *Payos* und *Gadjes*. Wir hören auf unsere innere Stimme. Manchmal schickt sie uns in die Irre. Wie bei Babel. Aber meistens hat sie Recht.«

»Und wohin schickt sie dich jetzt?«

»Mit dir.«

»Yola, dieser Mann ist böse. Schau, was er dir angetan hat. Oder Babel. Er hätte Alexi ebenfalls getötet, wenn wir ihm die Zeit gelassen hätten.«

»Du wolltest ohne uns aufbrechen. Dich heimlich nachts fortschleichen. Wie ein Dieb. Hab ich recht?«

»Natürlich nicht.« Sabir fühlte, wie ihm die Lüge ins Gesicht geschrieben stand. Selbst sein Mund brachte die Worte nur gemurmelt heraus.

»Hör mir zu. Du bist Babels *Phral*. Er hat sein Blut mit dir getauscht. Was bedeutet, dass wir alle drei miteinander verwandt sind, blutsverwandt ebenso wie nach dem Gesetz. Also gehen wir auf diese Hochzeit. Zusammen. Wir werden fröhlich und vergnügt sein und uns in Erinnerung rufen, was es eigentlich bedeutet, auf dieser Welt zu leben. Wenn dann der Morgen nach der Hochzeit anbricht, wirst du dich vor uns stellen und uns sagen, ob du willst, dass wir mit dir kommen oder nicht. Ich schulde dir jetzt Ehrerbietung. Du bist mein Bruder. Das Oberhaupt meiner Familie. Wenn du sagst, ich soll nicht mitkommen, dann werde ich gehorchen. Aber du wirst meinem Herzen eine Wunde zufügen, wenn du mich zurücklässt. Und Alexi liebt dich wie einen Bruder. Er wird weinen und traurig sein, weil er weiß, dass du ihm nicht traust.«

Alexi setzte ein trauriges Gesicht auf, dessen Wirkung von seinen Zahnlücken nur halb abgeschwächt wurde.

»Schon gut, Alexi. Du brauchst nicht gleich so dick aufzutragen.« Sabir stand auf. »Da du jetzt entschieden hast, was wir tun müssen, Yola, kannst du mir bitte sagen, ob man sich hier irgendwo waschen und rasieren kann?«

»Kommt mit nach draußen. Ich zeig es dir.«

Sabir fing Yolas warnenden Blick gerade noch rechtzeitig auf, bevor er Alexi, wie geplant, auffordern konnte, sich ihm anzuschließen. In seine Decke gewickelt wie in eine römische Toga folgte er ihr ins Freie.

Yola stützte die Hände in die Hüften und schaute über das Lager. »Siehst du den Mann dort? Den Blonden, der uns von der Treppe des neuen Wohnwagens aus beobachtet?«

»Ja.«

»Er will mich entführen.«

»Yola …«

»Er heißt Gavril. Er hasst Alexi, weil Alexis Vater ein Sippenchef war und eine Entscheidung gegen seine Familie getroffen hat, die zu einem Exil führte.«

»Einem Exil?«

»Das ist, wenn jemand aus dem Stamm verbannt wird. Gavril ist außerdem wütend, weil er blond ist und ein Einzelkind. Man erzählt sich, er wurde einer *Gadje*-Frau weggenommen. Seine Mutter habe keine Kinder bekommen können, und deshalb habe ihr Mann diese schreckliche Tat begangen. Deshalb ist er doppelt wütend.«

»Und trotzdem will er dich entführen?«

»Er ist nicht wirklich an mir interessiert. Er setzt mir nur deshalb so zu, mit ihm hinter die Hecke zu gehen, weil er weiß, dass es Alexi ärgert. Ich hatte gehofft, er würde nicht hier sein. Aber er ist hier. Er wird froh sein, dass Alexi verwundet wurde. Froh, dass Alexi ein paar Zähne verloren hat und es sich nicht leisten kann, sie zu ersetzen.«

Sabir spürte, wie sich die tektonischen Platten seiner früheren Gewissheiten verschoben und in leicht veränderter Anordnung wieder zur Ruhe kamen. Er gewöhnte sich langsam an das Gefühl. Er mochte es beinahe. »Und was soll ich gegen ihn unternehmen?«

»Ich will, dass du auf Alexi aufpasst. Bleib bei ihm. Lass ihn nicht zu viel trinken. Bei unseren Hochzeiten sind Männer und Frauen die meiste Zeit getrennt, und ich werde ihn nicht vor sich selbst beschützen können. Dieser Gavril will uns Böses. Du bist Alexis Cousin. Wenn du erst einmal dem Oberhaupt hier vorgestellt und offiziell zur Hochzeit eingeladen wurdest, wird man dich nicht mehr so anstarren, und du wirst dich leichter unter die Leute mischen können. Niemand wird es mehr wagen, dich zu brandmarken. Jetzt stichst du noch heraus wie ein Albino.«

»Darf ich dich etwas fragen, Yola?«

»Ja?«

»Warum muss bei euch alles so verdammt kompliziert sein?«

**56** Hauptmann Bartolomeo Villada i Llucanes von der Policia Local de Catalunya bot Calque eine türkische Zigarette aus einem Zigarettenetui aus Bernstein an, das in einer eigens ausgehöhlten Vertiefung seines Schreibtisches stand.

»Sehe ich aus wie ein Raucher?«

»Ja.«

»Sie haben recht. Ich bin einer. Aber mein Arzt hat mir dringend geraten, es aufzugeben.«

»Raucht Ihr Arzt?«

»Ja.«

»Raucht Ihr Bestattungsunternehmer?«

»Wahrscheinlich.«

»Nun denn.«

Calque nahm die Zigarette, zündete sie an und inhalierte. »Wieso kann etwas, das einen umbringt, auch so höchst belebend wirken?«

Villada seufzte. »Das ist das, was die Philosophen ein Paradoxon nennen. Als Gott uns schuf, kam er zu dem Schluss, dass Festhalten an strenger Regelauslegung das Verderben der Welt wäre. Deshalb erfand er das Paradox, um ihm entgegenzuwirken.«

»Aber wie wirken wir dem Paradox entgegen?«

»Indem wir es wörtlich nehmen. Sehen Sie. Sie rauchen. Und doch verstehen Sie das Paradoxe Ihrer Lage.«

Calque lächelte. »Werden Sie also tun, worum ich Sie bitte? Werden Sie dieses Risiko mit Ihren Männern eingehen? Ich hätte vollstes Verständnis, wenn Sie sich dagegen entschieden.«

»Sie glauben wirklich, dass Sabir seine Freunde verlassen und allein kommen wird? Und dass der Mann, den Sie den Augenmann nennen, ihm folgt?«

»Sie müssen beide unbedingt wissen, was auf dem Sockel von La Morenita geschrieben steht. Genau wie ich. Können Sie das einrichten?«

»Einen Besuch bei der Madonna werde ich ermöglichen. Im Interesse grenzüberschreitender Zusammenarbeit, versteht sich.« Villada neigte spöttisch den Kopf. »Und was das andere angeht …« Er klopfte mit seinem Feuerzeug auf die Schreibtischplatte. »Ich werde das Heiligtum überwachen lassen, wie Sie vorschlagen. Nur drei Nächte lang. Die Madonna von Montserrat ist für Katalonien von großer Bedeutung. Meine Mutter würde mir nie verzeihen, wenn ich zuließe, dass ihr etwas geschieht.«

## 57

Sabir fühlte sich in seinem geborgten Anzug nicht so ganz wohl. Die Revers waren an die dreißig Zentimeter breit, und das Sakko hing an ihm wie ein Morgenmantel – irgendwie sah er darin aus wie Cab Calloway in *Stormy Weather*. Auch das Hemd ließ zu wünschen übrig, zumal er noch nie ein Freund von Sonnenblumen und Wasserrädern in kühnen Mustern gewesen war. Die Krawatte erinnerte an eine neonfarbene Flunder und biss sich scheußlich mit dem Hemd, das sich seinerseits mit den kastanienbraunen Streifen biss, die ein Witzbold von Weber durchgehend in das Anzugmaterial gewebt hatte. Wenigstens waren die Schuhe seine eigenen.

»Du siehst fantastisch aus. Wie ein Zigeuner. Wenn du nicht diese *Payo*-Visage hättest, würde ich dich zum Bruder haben wollen.«

»Wie bringst du es fertig, solche Dinge zu sagen, ohne eine Miene zu verziehen, Alexi?«

»Ganz einfach, mein Kiefer ist gebrochen.«

Obwohl Yola das Gegenteil beteuerte, hatte Sabir noch immer den Eindruck, aufzufallen wie ein Albino. Alle beobachteten ihn. Wohin er ging, was er tat, solange er nicht hinsah, wurde er pausenlos angestarrt. »Bist du dir sicher, dass sie mich nicht bei der Polizei melden werden? Ich komme wahrscheinlich noch immer jeden Abend im Fernsehen. Vermutlich ist eine Belohnung auf mich ausgesetzt.«

»Alle hier wissen von dem *Kriss*. Sie wissen, dass du Yolas *Phral* bist. Dass der *Bulibascha* von Samois dein *Kirvo* ist. Wer dich denunzieren würde, würde sich vor ihm rechtfertigen müssen. Er würde vertrieben werden. Wie der Onkel von diesem Arschloch Gavril.«

Gavril beobachtete sie vom Rand des Lagers. Als er sah, dass Alexi ihn bemerkt hatte, hob er einen Finger der einen Hand und steckte ihn durch einen Ring aus dem Zeigefinger und dem Daumen der anderen. Dann steckte er ihn in den Mund und verdrehte die Augen.

»Ein Freund von dir?«

»Er ist hinter Yola her. Er will mich töten.«

»Beides lässt sich aber nicht unbedingt vereinbaren.«

»Wovon redest du?«

»Ich meine, wenn er dich tötet, wird Yola ihn nicht heiraten.«

»O doch, wahrscheinlich würde sie es tun. Frauen vergessen. Nach einer Weile würde er sie überzeugen, dass er im Recht war. Ihr würde heiß im Bauch werden, und sie würde sich entführen lassen. Sie ist bereits recht alt dafür, nicht verheiratet zu sein. Was heute Abend stattfindet, ist schlecht. Sie wird diese

Hochzeit sehen und anfangen, noch ungünstiger von mir zu denken. Dann wird Gavril in ihren Augen besser aussehen.«

»Sie ist in ihrem Alter noch nicht verheiratet, weil sie sich für dich aufhebt, Alexi. Oder ist dir das noch nicht aufgefallen? Wieso zum Teufel entführst du sie nicht einfach, und die Sache ist erledigt?«

»Würdest du mich denn lassen?«

Sabir gab ihm einen spielerischen Klaps. »Natürlich würde ich dich lassen. Sie ist erkennbar verliebt in dich. Genau wie du in sie. Deshalb streitet ihr die ganze Zeit.«

»Wir streiten, weil sie dominant sein will. Sie will diejenige sein, die die Hosen anhat. Ich mag keine Frau, die mir dauernd zusetzt. Jedes Mal wenn ich weggehe, wird sie wütend werden. Und dann wird sie mich bestrafen. Yola ist *hexi*. Sie wird mich mit einem Zauber belegen. So dagegen bin ich frei. Ich muss niemandem etwas erklären. Ich kann *Payo*-Frauen ficken, genau wie sie gesagt hat.«

»Aber wenn jemand anders sie nehmen würde? Jemand wie Gavril?«

»Ich würde ihn töten.«

Sabir stöhnte und wandte seine Aufmerksamkeit wieder der Hochzeitsgesellschaft zu, die sich rasch der Mitte des Lagers näherte. »Erklär mir lieber, was passiert.«

»Aber es ist eine Hochzeit wie jede andere.«

»Irgendwie glaube ich das nicht ganz.«

»Also gut dann. Siehst du die beiden dort drüben? Das sind der Vater der Braut und der Vater des Bräutigams. Sie werden den *Bulibascha* überzeugen müssen, dass sie sich auf einen Brautpreis geeinigt haben. Dann muss das Gold überreicht und gezählt werden. Der *Bulibascha* bietet dem Paar dann Salz und Brot an. Er sagt zu ihnen: ›Wenn euch Brot und Salz nicht mehr schmecken, seid ihr nicht mehr Mann und Frau.‹«

»Was tut die Alte dort, die mit dem Taschentuch winkt?«

»Sie versucht, den Vater des Bräutigams davon zu überzeugen, dass die Braut noch Jungfrau ist.«

»Du willst mich verarschen?«

»Würde ich dich verarschen, Adam? Jungfräulichkeit ist sehr wichtig bei uns. Wieso glaubst du, faselt Yola andauernd davon, dass sie Jungfrau ist? Das macht sie wertvoller. Du könntest sie für eine Menge Gold verkaufen, wenn du einen Mann finden würdest, der bereit ist, sie zu nehmen.«

»Wie Gavril?«

»Sein Keller ist leer.«

Sabir erkannte, dass er auf diesem Weg nicht weiterkam. »Und wozu das Taschentuch?«

»Man nennt es ein *Mocador.* Diese alte Frau, die du es schwenken siehst – nun, sie hat mit dem Finger nachgeprüft, ob die Frau tatsächlich Jungfrau ist. Dann befleckt sie das *Mocador* an drei Stellen mit dem Blut des Mädchens. Wenn das erledigt ist, gießt der *Bulibascha Rakia* auf das Taschentuch. Dadurch wird das Blut in die Form einer Blume verwandelt. Das geht aber nur bei Jungfrauenblut – Schweineblut würde sich nicht so verhalten. Jetzt schau. Sie bindet das Taschentuch an einen Stock. Das bedeutet, der Vater des Bräutigams hat akzeptiert, dass das Mädchen noch Jungfrau ist. Jetzt wird die alte Frau den Stock im Lager herumtragen, damit alle sehen, dass Lemma noch nicht von einem anderen Mann die Augen geschlossen wurden.«

»Wie heißt der Bräutigam?«

»Radu. Er ist mein Vetter.«

»Wer ist das nicht?«

Sabir erblickte Yola auf der anderen Seite des Platzes. Er winkte ihr zu, aber sie senkte den Kopf und ignorierte ihn. Er fragte sich, welchen neuen Fauxpas er gerade wieder begangen hatte.

Drüben bei der Hochzeitsgesellschaft hob der *Bulibascha* eine Vase und zerschmetterte sie mit aller Kraft auf dem Kopf des Bräutigams. Die Vase zersplitterte in tausend Scherben. Die Menge stieß einen kollektiven Aufschrei aus.

»Was zum Teufel sollte das denn?«

»In je mehr Teile die Vase zerspringt, desto glücklicher wird das Paar. Dieses Paar wird sehr glücklich sein.«

»Sind sie jetzt verheiratet?«

»Noch nicht. Erst muss die Braut etwas essen, das mit über einem Grab gepflückten Kräutern zubereitet wurde. Dann muss sie sich die Hände mit Henna bemalen lassen – je länger das Henna an den Händen bleibt, desto länger wird ihr Mann sie lieben. Dann muss sie ein Kind über die Schwelle ihres Wohnwagens tragen, denn wenn sie innerhalb eines Jahres kein Kind hervorbringt, darf Radu sie hinauswerfen.«

»Na toll. Das ist ja sehr aufgeklärt.«

»Es passiert nicht oft, Adam. Nur wenn ein Paar streitet. Dann ist es ein guter Vorwand für beide Beteiligte, einen unglücklichen Zustand zu beenden.«

»Und das war's dann?«

»Nein. In ein paar Minuten werden wir die Braut und den Bräutigam auf den Schultern durchs Lager tragen. Die Frauen werden den *Yeli Yeli* singen. Dann wird die Braut gehen und ihr anderes Kostüm anziehen. Und danach tanzen wir alle.«

»Dann kannst du mit Yola tanzen.«

»Oh nein. Männer tanzen mit Männern und Frauen mit Frauen. Beide vermischen sich nicht.«

»Was du nicht sagst. Weißt du was, Alexi? Mich kann nichts

mehr überraschen, was mit euch zu tun hat. Ich stelle mir einfach vor, womit ich als Nächstes rechne, stelle es auf den Kopf und weiß, dass ich richtig liege.«

## 58

Achor Bale hatte drei Stunden gebraucht, um über die Hügel hinter dem Heiligtum von Montserrat zu latschen, und er begann sich zu fragen, ob seine Vorsicht nicht lachhaft übertrieben sei.

Niemand kannte seinen Wagen. Niemand folgte ihm. Niemand wartete auf ihn. Die Chance, dass ein französischer Polizist eine Verbindung zwischen dem Mord in Rocamadour und dem Tod eines Zigeuners in Paris herstellte, war extrem gering. Und dass sie von dort den Schluss auf Montserrat zogen, erst recht? Dennoch, etwas beunruhigte ihn.

Er hatte das Ortungsgerät dreißig Kilometer von Manresa entfernt eingeschaltet, aber ihm war klar gewesen, dass seine Aussicht, Sabir zu erwischen, ziemlich klein war. Wenn er ehrlich war, hätte es ihm nicht viel ausgemacht, dem Mann nie wieder zu begegnen. Bale war keiner, der lange einen Groll hegte. Wenn er einen Fehler machte, korrigierte er ihn. In Rocamadour hatte er den Fehler begangen, sich nicht zu vergewissern, ob er allein im Heiligtum war. Er hatte Sabir und den Zigeuner unterschätzt, und er hatte den Preis dafür bezahlt – oder vielmehr hatte ihn der neue Wachmann bezahlt.

Diesmal würde er nicht so unbekümmert sein. Vom Zug abgesehen, der einen zu sehr einschränkte, gab es nur einen vernünftigen Weg nach Montserrat, nämlich auf der Straße. Nachdem er seinen Wagen angemessen getarnt auf der anderen Seite des Hügelkamms abgestellt hatte, kam er deshalb über die Berge. Denn falls die Polizei durch irgendein Wunder mit ihm rechnete, würden sie die beiden offenkundigen Zufahrtswege überwachen und nicht die Leute, die den Ort am frühen Morgen per Zug oder entführtem Fahrzeug verließen.

Ein Aspekt des Fiaskos in Rocamadour irritierte ihn jedoch immer noch. Bale hatte nie zuvor eine Waffe verloren – weder während seiner Dienstjahre bei der Fremdenlegion noch bei den vielen Aktivitäten für den *Corpus Maleficus* seither. Und schon gar nicht eine Waffe, die ihm der verstorbene Monsieur, sein Stiefvater, persönlich geschenkt hatte.

Er hatte die kleine Remington 51, einen Selbstlader, Kaliber 380, über alles geliebt. Volle achtzig Jahre alt und eines der letzten Exemplare, die von dem Typ hergestellt worden waren, war sie klein und leicht zu verbergen gewesen. Sie verfügte über einen besonders wirkungsvollen verzögerten Rückstoß, bei dem der Schlitten und der Verschlussblock nach jedem Schuss ein kurzes Stück als Tandem fuhren und der Schlitten über die Rückstoßfeder zurückgetrieben wurde, während der Verschlussblock gleichzeitig fließend in seine Führung gespannt wurde, ehe er zum Schlitten aufschloss. Auf diese Weise wurde in ein und demselben Vorgang die verbrauchte Patrone ausgeworfen und der Mechanismus neu gespannt. Brillant. Bale mochte mechanische Dinge, die so funktionierten, wie sie es sollten.

Bedauern war allerdings etwas für Verlierer. Er würde sich die Pistole später wiederholen, das konnte warten. Nun, da er sich seine eigene Kopie der Verse von Rocamadour besorgt hatte, konnte er alle Gedanken an ein Scheitern beiseiteschieben und mit der zu erledigenden Aufgabe fortfahren. Der wichtigste neue Faktor war, dass er nicht mehr anderen Leuten folgen oder ihnen ihre Geheimnisse gewaltsam entreißen musste. Das passte Bale wunderbar. Denn er war kein von Natur aus rachsüchtiger oder brutaler Mensch. Aus seiner Sicht erfüllte er nur seine Pflicht, was den *Corpus Maleficus* betraf. Denn wenn er und seinesgleichen nicht handelten, wenn es nötig war, würden Satan, der Große Zuhälter, und seine *Hetaera,* die Große Hure, die Gewalt über die Welt erhalten, und die Herrschaft Gottes wäre beendet. »Wer zur Gefangenschaft bestimmt ist, geht in die Gefangenschaft. Wer mit dem Schwert getötet werden soll, wird mit dem Schwert getötet. Hier muss sich die Standhaftigkeit und die Glaubenstreue der Heiligen bewähren.«

Genau aus diesem Grund hatte Gott den Anhängern des *Corpus Maleficus* freie Hand gelassen hatte, Anarchie über eine unmittelbar bedrohte Welt zu bringen, wann und wo sie es wünschten. Nur indem man das absolute Böse verwässerte und es in eine geteilte, beherrschbare Version verwandelte, war Satan aufzuhalten. Das war der letztendliche Zweck der drei Antichristen, die in der Offenbarung vorausgesagt werden, so wie es ihm Madame, seine Adoptivmutter, in der ersten Beschreibung seines Auftrags erläutert hatte. Napoleon und Adolf Hitler waren – zusammen mit dem Großen Antichristen, der noch kommen sollte – Geschöpfe, die Gott eigens ersonnen hatte, damit sich die Welt nicht dem Teufel zuwandte. Sie dienten als des Teufels Zielkorrelat – sie stellten ihn naturgemäß ruhig und sorgten dafür, dass er in einem Zustand heiterer Zufriedenheit gehalten wurde.

Deshalb hatte man Bale und den übrigen Adepten des *Corpus Maleficus* die Aufgabe übertragen, die Antichristen zu beschützen und, wenn irgend möglich, die so genannte Wiederkehr Christi zu verhindern, die man korrekterweise eher als das Große Placebo bezeichnen sollte. Denn es war diese Wiederkehr Christi, die den Teufel schlagartig aus seiner Zwischenherrschaft wachrütteln und den Entscheidungskampf auslösen würde. Zu diesem Zweck wurden Adepten gebraucht, die der Perfektion selbst sehr nahe kamen. »Sie sind es, die sich nicht mit Weibern befleckt haben; denn sie sind jungfräulich. Sie folgen dem Lamm, wohin es geht … Denn in ihrem Munde fand sich keine Lüge. Sie sind ohne Makel vor dem Throne Gottes.«

Es war ein einfacher Befehl, und Bale hatte ihn sein ganzes Leben lang mit missionarischem Eifer angenommen. »Dann sah ich etwas, das einem gläsernen Meer glich und mit Feuer durchsetzt war. Und die Sieger über das Tier, über sein Standbild *und* über die Zahl seines Namens standen auf dem gläsernen Meer und trugen die Harfen Gottes.«

Bale war stolz auf die Initiative, die er aufgebracht hatte, indem er Sabir gefolgt war. Stolz darauf, dass er den größten Teil seines Lebens mit der Erfüllung einer erhabenen Fürsorgepflicht verbracht hatte.

»Wir sind nicht anti-irgendwas, wir sind anti-alles.« Hatte es ihm Madame, seine Adoptivmutter, nicht so erklärt? »Es ist unmöglich, uns öffentlich anzuprangern, weil einem niemand glauben würde. Nichts ist niedergeschrieben, nichts aufgezeichnet. Sie bauen auf – wir zerstören. So einfach ist das. Denn Ordnung kann nur entstehen, wenn alles im Fluss ist.«

## 59

»Wussten Sie, dass Novalis glaubte, nach dem Sündenfall sei das Paradies zerstört und in Bruchstücken über die ganze Welt verteilt worden?« Calque wechselte in eine bequemere Stellung. »Und dass Teile von ihm deshalb jetzt so schwer zu finden sind?«

Macron verdrehte die Augen und verließ sich darauf, dass die rasch zunehmende Dämmerung seine Gereiztheit verbarg. Er gewöhnte sich langsam an Calques Gedankensprünge, aber er fand das ganze Vorgehen noch immer merkwürdig verstörend. Tat Calque es absichtlich, damit er, Macron, sich unterlegen fühlte? Und wenn ja, warum? »Wer war Novalis?«

Calque seufzte. »Novalis war das Pseudonym, unter dem Friedrich Freiherr von Hardenberg seine Schriften veröffentlichte. Novalis war ein Freund Schillers und Zeitgenosse Goethes. Ein Dichter. Ein Mystiker. Was Sie wollen. Er betrieb auch Salzbergbau. Novalis glaubte an eine ›Liebesreligion‹. Leben und Tod als miteinander verflochtene Konzepte, wobei ein Vermittler zwischen Gott und den Menschen nötig ist. Aber dieser Vermittler muss nicht Jesus sein. Jeder kommt dafür in Frage. Die Jungfrau Maria. Die Heiligen. Die toten Angehörigen. Selbst ein Kind.«

»Wozu erzählen Sie mir das, Chef?« Macron spürte, wie ihm die Worte die Kehle verstopften wie Kekskrümel. »Sie wissen, ich bin kein Intellektueller. Ich bin nicht wie Sie.«

»Zum Zeitvertreib, Macron, zum Zeitvertreib. Und weil ich versuche, aus dem offenkundigen Unsinn schlau zu werden, den wir auf dem Fuß von La Morenita entdeckt haben.«

»Oh.«

Calque stöhnte, als hätte ihn jemand unerwartet in die Seite gestoßen. »Es war dieser katalanische Polizeihauptmann. Villada. Ein äußerst gebildeter Mann, wie alle Spanier. Er hat mich mit etwas, das er über Wörtlichkeit und Paradox sagte, dazu gebracht, über all das nachzudenken.«

Macron schloss die Augen. Er wollte schlafen. In einem Bett. Mit einer Daunendecke und seiner Verlobten im Arm. Er wollte nicht aufgrund einer fünfhundert Jahre alten Botschaft eines toten Spinners hier in Spanien sitzen und eine wertlose Holzstatue überwachen, neben der zwei erigierte Phallen aufragten. In Gesellschaft eines verbitterten Hauptmanns, der seine Arbeitstage eindeutig lieber in der Forschungsbibliothek einer Universität zubringen würde. Dies war die zweite Nacht in Folge, die sie im Freien verbrachten. Die katalanischen Polizisten fingen schon an, sie schief anzusehen.

Es summte in seiner Tasche. Macron fuhr auf und riss sich dann zusammen. Hatte Calque bemerkt, dass er weggedöst war? Oder war er so in Anspruch genommen von seinen Berechnungen, seinen Mythen und philosophischen Betrachtungen, dass er es nicht einmal bemerken würde, wenn sich der Augenmann von hinten anschleichen und ihm die Gurgel aufschlitzen würde?

Er schaute auf das beleuchtete Display seines Handys. Etwas regte sich in ihm, als er die Botschaft las – ein fatalistischer Dschinn, der in seinen Eingeweiden lauerte und in Zeiten von Gefahr und Unsicherheit auftauchte und ihn wegen seines Mangels an Fantasie und seiner endlosen, zersetzenden Zweifel beschimpfte. »Es ist Lamastre. Sie haben das Ortungsgerät des Augenmanns vor vier Stunden aufgefangen. Zwanzig Kilometer von hier entfernt. Oben bei Manresa. Er muss nach Sabir gesucht haben.«

»Vor vier Stunden? Das kann nicht ihr Ernst sein.«

»Irgendwer hat eindeutig seinen Posten verlassen, ohne es weiterzumelden.«

»Irgendwer wird sich am nächsten Zahltag als Streifenpolizist wiederfinden. Ich will, dass Sie mir seinen Namen besorgen, Macron. Dann dreh ich den Kerl durch Fleischwolf.«

»Da ist noch etwas, Chef.«

»Was? Was kann denn noch sein?«

»Es hat einen Mord gegeben. In Rocamadour. Letzte Nacht. Offenbar hat unseren Leuten niemand Bescheid gesagt. Deshalb haben sie den Zusammenhang nicht hergestellt. Und dann wussten sie nicht, wie man Sie am besten erreicht, da Sie sich weigern, im Dienst ein Handy bei sich zu tragen. Es war der neue Wachmann, der diesen Alten ersetzte. Gebrochenes Genick. Der Täter hat den Hund ebenfalls erledigt. Er hat ihn an eine Wand geschleudert und ist ihm dann auf den Kopf getreten. Eine ganz neue Technik, meines Wissens.«

Calque schloss langsam die Augen. »Ist die Jungfrau fort?«

»Nein, offenbar nicht. Er muss hinter der gleichen Sache her gewesen sein wie wir. Und Sabir. Und der Zigeuner.« Macron war kurz versucht, einen Scherz über die plötzliche Popularität von Jungfrauen zu machen, entschied sich aber dagegen. Er sah von seinem Handy auf. »Glauben Sie, der Augenmann war hier und ist schon wieder verschwunden? Er hätte die Zeit dazu gehabt, wenn er sofort nach dem Wachmann losgefahren wäre. Es ist durchgehend Autobahn. Er hätte leicht einen Schnitt von hundertsechzig geschafft.«

»Unmöglich. Zehn Bewaffnete sind um diese Gebäude herum und in den Ausläufern der Hügel verteilt. Der Augenmann ist nicht per Ultraleichtflugzeug eingeschwebt, und er hat sich ziemlich sicher nicht im Heiligtum versteckt. Nein. Sein einziger vernünftiger Weg führt über die Hauptstraße, nachdem heute kein Zug mehr fährt. Ich gehe runter, um Villada zu warnen.«

»Aber Chef. Das ist eine Observation hier. Niemand darf seinen Posten verlassen. Ich kann Villada eine SMS schreiben. Und Lamastres Nachricht als Anhang weiterleiten.«

»Ich muss mit ihm persönlich sprechen und ihm nicht irgendeinen Brief schreiben. Warten Sie hier, Macron. Und halten Sie die Augen auf. Benutzen Sie das Nachtsichtgerät, wenn es sein muss. Und wenn Sie den Verdacht haben, dass der Augenmann bewaffnet ist, dann töten Sie ihn.«

## 60

Achor Bale ließ sich hinter einem Felsen auf die Knie fallen. Vor ihm bewegte sich etwas. Er spähte mit zusammengekniffenen Augen durch die Dämmerung, konnte aber nicht sehr viel erkennen. Er zog vorsichtig den Redhawk-Revolver und schlich weiter den Hügel hinab. Wer oder was immer sich dort bewegte, tat es mit großem Getöse. Kleine Steine polterten den Hang hinab, und Bale hörte sogar ein Stöhnen, als wäre jemand auf ein unerwartetes Hindernis gestoßen. Keine wilde Ziege also, sondern ein Mensch. Der Geruch von Schweiß und kaltem Zigarettenrauch wehte mit einer leichten, warmen Brise zu ihm herauf.

Bale war nur mehr zehn Meter von Macron entfernt, als die Bewegung endlich in sein Blickfeld geriet. Macron verfolgte mit Hilfe eines Nachtsichtgeräts die angestrengten Bemühungen seines Vorgesetzten, geräuschlos den Berg hinunterzukommen. Bale richtete die schallgedämpfte Pistole auf Macrons Hinterkopf. Dann tastete er, unzufrieden mit seiner Sicht durch das Visier, in seiner Tasche nach einem kleinen Stück weißen Papiers. Er rollte das Papier zu einer Kugel, befeuchtete es im Mund mit Spucke und pfropfte es auf die rote Spitze des Korns, sodass es knapp über den Schalldämpfer ragte. Er legte erneut auf Macrons Kopf an und stieß dann einen langen, enttäuschten Seufzer aus. Es war schlicht zu dunkel für ein genaues Ziel.

Er steckte den Redhawk in das Halfter und tastete nach seinem ledernen Totschläger. Mit diesem in der Hand robbte er über den steinigen Untergrund auf Macron zu, wobei ihm der Lärm, den Calque immer noch machte, zu Hilfe kam.

Im letztmöglichen Augenblick bemerkte Macron etwas und fuhr aus seiner Position auf, aber Bales erster Schlag traf ihn flach an der Schläfe, und Macron fiel wie niedergemäht zu Boden, die Arme fest an die Seite gepresst. Bale sah prüfend in sein Gesicht. Aha. Es war also nicht Sabir. Und es war nicht der Zigeuner. Jetzt war er froh, dass er die Pistole nicht benutzt hatte.

Grinsend durchwühlte er Macrons Taschen, bis er dessen Handy gefunden hatte. Er ließ das Display aufleuchten und suchte nach Nachrichten. Dann knurrte er verärgert und trat das Gerät mit dem Fuß in den Boden. Nur ein Polizist konnte seine Textnachrichten verschlüsseln *und* den Zugang mit einem Passwort sichern. Es war, als würde man Gürtel und Hosenträger zugleich tragen.

Er wühlte weiter in Macrons Taschen. Geld. Ausweispapiere. Das Bild eines farbigen Mädchens in einem weißen Kleid und mit einem deutlichen Überbiss. Offenbar waren seine Eltern zu geizig oder zu arm gewesen, die Zähne richten zu lassen. Leutnant Paul Macron. Eine Adresse in Créteil. Bale steckte das Bündel an Material ein.

Nun zog er Macron die Schuhe aus und schleuderte sie hinter sich ins Gebüsch. Wie eine Katze ihre Kätzchen am Genick packt, nahm er erst den einen Fuß Macrons in die Hand und dann den anderen und verpasste ihnen jeweils einen kräftigen Schlag auf den Spann.

Zufrieden mit seinem Werk hob er das Nachtsichtgerät auf und überflog den Hang. Gerade noch sah er Calques gespenstisch blassen Kopf hinter einer Klippe sechshundert Meter unterhalb von ihm verschwinden.

Was ging hier also vor? Wie viel wusste die Polizei bereits über ihn? Offenbar hatte er sie ebenfalls unterschätzt, denn auch sie mussten dank Sabirs gedankenschneller Entscheidung, nicht mit der Statue zu verschwinden, als er die Gelegenheit dazu hatte, Zugang zu der geheimen Botschaft auf dem Sockel der Madonna gehabt haben.

Bale bedauerte es nun sehr, Macron bewusstlos geschlagen zu haben. Eine verpasste Gelegenheit. Einen Mann in absoluter Stille und auf einem observierten Hügel zu befragen – es wäre definitiv eine neue Erfahrung gewesen. Wie hätte er es erreichen können? Es gab nur einen Weg, es herauszufinden.

Bale schlich vorsichtig aus seinem Versteck und machte sich auf den Weg in Richtung Klippe. Es war offensichtlich, dass diese idiotischen Polizisten nur unten im Tal nach ihm Ausschau hielten – es überstieg ihre Fantasie bei weitem, dass er einen kahlen und eigentlich unpassierbaren Bergrücken überquert haben könnte. Das hieß, er würde sich ihnen praktischerweise von hinten nähern.

Alle fünfzig Meter blieb er stehen und lauschte mit offenem Mund und hinter die Ohren gelegten Händen. Als er noch rund zweihundert Meter von der Klippe entfernt war, zögerte er. Erneut Zigarettenrauch. War es derselbe Mann, der zurückkam? Oder war es ein Polizist der paramilitärischen Einheit, der sich einen raschen Zug genehmigte?

Er bewegte sich vorsichtig von der Klippe fort und schlich zu dem letzten Steilabbruch hinunter, von dem man den Platz mit dem Heiligtum überblicken konnte. Ja. Er konnte die Silhouette eines Kopfes vor dem beinahe leuchtenden Hintergrund der steinernen Fassade ausmachen.

Bale schlängelte sich zum Versteck des Mannes hinab. Er hatte eine Idee. Eine gute Idee. Und er beabsichtigte, sie auszuprobieren.

**61** Calque ließ sich neben Villada in den Beifahrersitz des Überwachungsfahrzeugs fallen. Villada begrüßte ihn kurz mit einer Kopfdrehung und fuhr dann fort, die Eisenbahnstrecke und die umliegenden Gebäude zu überfliegen.

Als er überzeugt war, dass sich nichts bewegte, setzte er sein Nachtsichtgerät ab und wandte sich an Calque. »Ich dachte, Sie überwachen den Hügel?«

»Das habe ich Macron überlassen.« Er bückte sich in den Fußraum und zündete sich eine Zigarette an, die er zwischen den gewölbten Händen verbarg. »Wollen Sie eine?«

Villada schüttelte den Kopf.

»Der Augenmann. Er ist hier.«

Villada runzelte die Stirn.

»Unsere Leute haben es verpfuscht. Er hat sein Ortungsgerät vor vier Stunden benutzt, oben bei Manresa. Er hat außerdem einen Mann in Rocamadour getötet. Letzte Nacht. Einen Wachmann. Und dessen Hund. Dieser Mann ist kein Leichtgewicht, Villada. Ich würde sogar so weit gehen zu behaupten, dass er im Töten ausgebildet wurde. Sowohl dem Zigeuner als auch dem Wachmann in Rocamadour wurde das Genick gebrochen. Und diese Ablenkung, die er an der N 20 inszeniert hat, mit dem Ehepaar in dem Peugeot – das war meisterhaft.«

»Sie hören sich fast an, als würden Sie ihn bewundern.«

»Nein. Ich finde ihn abscheulich. Aber er ist effizient. Wie eine Maschine. Ich wünschte nur, ich wüsste, hinter was er eigentlich her ist.«

Villada lächelte. »Vielleicht hinter Ihnen.« Er langte nach seinem Funkgerät, als wollte er das Gewicht seiner Worte abmildern. »Dorada an Mallorquin. Dorada an Mallorquin. Hören Sie mich?«

Das Gerät knisterte und stieß ein kurzes statisches Rauschen aus. Dann meldete sich eine gemessene Stimme. »Mallorquin an Dorada. Ich höre.«

»Die Zielperson ist in der Nähe. Es besteht die Möglichkeit, dass er über die Sierra kommt. Richtet eure Position neu aus, falls nötig. Und schießt final. Er hat letzte Nacht einen französischen Wachmann umgebracht. Und das war nicht sein erster Mord. Ich will nicht, dass einer von unseren Männern der Nächste auf seiner Liste ist.«

Calque berührte Villada am Arm. »Was soll das heißen, er kommt vielleicht über die Sierra?«

»Ganz einfach. Wenn Ihre Leute ihn vor vier Stunden in Manresa bemerkt haben und seitdem hier nichts von ihm zu sehen war, dann wette ich fünfzig zu eins mit Ihnen, dass er über die Hügel kommt. Das würde ich an seiner Stelle jedenfalls tun. Wenn er feststellt, dass niemand auf ihn wartet, schleicht er sich einfach herein und entführt die Madonna, dann springt er in einen Zug oder stiehlt ein Auto, und weg ist er wieder. Stellt er fest, dass wir hier sind, marschiert er einfach zurück über die Sierra, und wir kriegen nichts davon mit.«

»Aber ich habe Macron da droben gelassen. Er wäre eine leichte Beute.«

»Keine Sorge. Ich schicke einen meiner Männer zu ihm.«

»Ich wäre Ihnen wirklich sehr verbunden, Hauptmann Villada. Vielen Dank.«

**62** Bale lag etwa zwanzig Meter von dem Polizisten im Kampfanzug entfernt auf dem Bauch, als sich der Mann plötzlich umdrehte und den Hang hinter ihm mit dem Fernglas abzusuchen begann.

So. Sein Plan, den Mann hinterrücks zu überfallen, ihn auszuquetschen und seine Sachen zu stehlen, war bereits im Ansatz gescheitert. *Tant pis.* Es war auch klar, dass er nicht mehr in der Lage sein würde, in das Heiligtum einzubrechen und sich den Boden der Madonna anzusehen. Wo einer von diesen vermummten Clowns herumlungerte, waren andere nicht weit. Sie operierten in Rudeln, wie Meerkatzen. Anscheinend glaubten die Idioten, dass ihnen ihre pure Anzahl schon Sicherheit bot.

Bale tastete nach seiner Waffe. Er konnte nicht einfach bis zum Morgengrauen hier warten – er musste handeln. Der Polizist hob sich jetzt sauber vor der beleuchteten Fläche des Kirchplatzes hinter ihm ab. Er würde den Mann töten und sich dann in der Nähe der Gebäude verstecken. Die Polizei würde davon ausgehen, dass er in die Hügel zurückgegangen war, und ihre Kräfte dorthin konzentrieren. Bis zum Morgen würde es dort oben vor Hubschraubern wimmeln.

Aber dann würden sie ziemlich sicher sein Auto entdecken und es nach DNA und Fingerabdrücken durchsuchen. Sie hätten ihn todsicher. Würden ihn in ihre Computer eingeben. Eine Datei über ihn anlegen. Bale überlief ein abergläubisches Schaudern.

Der Mann im Kampfanzug stand auf, zögerte kurz und ging dann den Hügel hinauf auf ihn zu. Was war da los, verdammt? War er gesehen worden? Unmöglich. Der Mann hätte eine Salve aus seiner Automatikwaffe auf ihn abgefeuert. Eine Star Z84. Bale lächelte. Er hatte sich immer eine Star gewünscht. Eine nützliche kleine Waffe. Sechshundert Schuss pro Minute. Neunmillimeter Parabellum. Zweihundert Meter effektive Reichweite. Die Star würde ihn wenigstens ein bisschen für den Verlust seiner Remington entschädigen.

Bale lag still, das Gesicht zum Boden gewandt. Seine Hände, der einzige andere Teil von ihm, der im schwachen Mondlicht möglicherweise zu sehen gewesen wäre, steckten sicher unter seinem Körper und hielten den Revolver.

Der Mann kam direkt auf ihn zu. Er würde allerdings geradeaus blicken und keine Gefahr auf Bodenhöhe erwarten.

Bale holte tief Luft und hielt sie an. Er konnte den Mann atmen hören. Konnte seinen Schweiß riechen und die Knoblauchausdünstung von seinem Abendessen. Bale widerstand der Versuchung, den Kopf zu heben und sich zu vergewissern, wo der Mann genau war.

Der Fuß des Polizisten rutschte von einem Stein und strich an Bales Ellbogen. Dann war er an ihm vorbei und ging weiter in Richtung der Stelle, wo Macron lag.

Bale drehte sich auf der Hüfte herum. In einer flüssigen Bewegung war er hinter dem Mann und hielt ihm die Redhawk an den Hals. »Runter auf die Knie. Keinen Laut.«

Bale bemerkte, wie der Polizist die Luft scharf durch die Zähne sog. Wie sich seine Schultern strafften. Es half nichts. Der Mann beabsichtigte zu reagieren.

Er drosch ihm den Lauf der Redhawk über die Schläfe und versetzte ihm dann einen harten Schlag in den Nacken. Zwecklos, ihn zu töten. Er wollte die Spanier nicht stärker gegen sich aufbringen als unbedingt nötig. Bisher würden sie es nur den Franzosen übel nehmen, sie in so eine ärgerliche, demütigende Lage gebracht zu haben. Aber wenn er einen von ihnen tötete, würden sie ihm Interpol auf den Hals schicken und ihn bis an sein Lebensende belästigen.

Er befreite die Star und durchwühlte dann die Taschen des Mannes nach sonstigem Brauchbaren. Handschellen. Ausweispapiere. Er war kurz versucht, das in den Helm eingebaute Funkgerät des Mannes zu nehmen, aber er befürchtete, der

Rest der paramilitärischen Chamäleons könnte in der Lage sein, ihn mit dessen Hilfe aufzuspüren.

Sollte er Leutnant Macron noch einmal besuchen? Ihm noch einen Klaps auf den Kopf geben?

Nein, wozu? Er hatte vielleicht eine halbe Stunde Vorsprung über die Berge, bis sie rafften, was passiert war. Mit etwas Glück würde es reichen. Sie konnten ihn im Dunkeln unmöglich wirkungsvoll verfolgen – und bis zum Morgengrauen würde er längst fort sein. Auf dem Weg zurück nach Gourdon, um seine Bekanntschaft mit Freund Sabir zu erneuern.

## 63

»Ich glaube, du hast genug getrunken, Alexi. Morgen wird es dir gottserbärmlich schlecht gehen.«

»Meine Zähne und Rippen tun weh. Der *Rakia* ist gut für sie. Er ist antiseptisch.« Er lallte das Wort so stark, dass es wie »Anisschnaps« klang.

Sabir sah sich nach Yola um, aber sie war nirgendwo zu sehen. Die Hochzeitsfeier ging dem Ende entgegen, einer nach dem anderen fielen die Musiker aus, sei es aus Erschöpfung oder aus Trunkenheit, je nachdem, was zuerst einsetzte.

»Gib mir die Pistole. Ich will sie abfeuern.«

»Das ist keine gute Idee, Alexi.«

»Gib mir die Pistole!« Alexi packte Sabir an den Schultern und schüttelte ihn. »Ich will John Wayne sein.« Er vollführte eine ausladende Handbewegung, die das Lager und die es umgebenden Wohnwagen einschloss. »Ich bin John Wayne! Versteht ihr mich? Ich werde euch die Lichter ausblasen!«

Niemand beachtete ihn. Während des ganzen Abends waren überraschend häufig Männer im Alkoholfieber aufgestanden und hatten sich erklärt. Einer hatte sogar behauptet, Jesus Christus zu sein. Seine Frau hatte ihn unter Buhrufen und

Gejohle von noch nicht ganz so Betrunkenen fortgeschleift. Sabir nahm an, das musste der Romanautor Patrick Hamilton gemeint haben, als er die vier Stadien der Trunkenheit als schlicht betrunken, streitlustig betrunken, blind betrunken und tödlich betrunken charakterisierte. Alexi befand sich in der streitlustigen Phase und hatte eindeutig noch eine ganze Strecke vor sich.

»Hey! John Wayne!«

Alexi fuhr dramatisch herum und ließ die Hände auf die Hüften und ein paar imaginäre Revolver fallen. »Wer ruft mich?«

Sabir hatte Gavril bereits erkannt. Jetzt ist es so weit, dachte er für sich. Soll noch einer behaupten, das Leben sei nicht vorhersehbar.

»Yola sagt, du hast deine Eier verloren. Der Kerl, der dir die Zähne ausgeschlagen hat, soll dir auch die Eier abgebissen haben.«

Alexi schwankte ein bisschen und legte das Gesicht vor Konzentration in Falten. »Was sagst du da?«

Gavril kam näher geschlendert, aber seine Augen waren woanders, als hätte ein Teil von ihm nichts mit seinen Bestrebungen zu tun. »Ich habe gar nichts gesagt. Yola hat es gesagt. Ich weiß nichts über deine Eier. Ich war mir eigentlich immer sicher, dass du keine hast. Das Problem liegt in der Familie. Keiner von den Dufontaines hat Eier.«

»Alexi. Lass gut sein.« Sabir legte Alexi die Hand auf die Schulter. »Er lügt. Er versucht dich zu provozieren.«

Alexi schüttelte Sabirs Arm ab. »Yola hat das niemals gesagt. Sie hat nicht gesagt, dass meine Eier nicht funktionieren. Sie weiß nichts über meine Eier.«

»Alexi …«

»Wer hat es mir dann erzählt?« Gavril fuchtelte triumphierend mit den Armen.

Alexi sah sich um, als erwartete er, dass Yola plötzlich um einen Wohnwagen herumkommen würde, um zu bestätigen, was Gavril gesagt hatte. Seine Miene drückte Verärgerung aus, und eine Seite des Mundes hing nach unten, als hätte er neben dem Schaden durch den Stuhl auch noch einen leichten Schlaganfall erlitten.

»Du wirst sie hier nicht finden. Ich komme gerade von ihr.« Gavril schnupperte melodramatisch an seinen Fingern.

Alexi machte einen Satz auf Gavril zu. Sabir streckte einen Arm aus und schwenkte ihn herum, wie man es bei einem Kind machen würde. Alexi war so verblüfft, dass er den Halt verlor und sich schwerfällig auf den Hosenboden setzte.

Sabir trat zwischen ihn und Gavril. »Schluss jetzt. Er ist betrunken. Wenn ihr ein Problem habt, könnt ihr es ein andermal klären. Das ist eine Hochzeit hier, kein *Kriss*.«

Gavril zögerte, seine Hand verharrte über einer seiner Taschen.

Sabir sah ihm an, dass er sich die Idee in den Kopf gesetzt hatte, er könnte das Problem Alexi ein für alle Mal lösen – und dass er Sabirs Anwesenheit dabei nicht berücksichtigt hatte. Sabir spürte das kalte Gewicht der Remington in seiner Tasche. Falls Gavril auf ihn losgehen wollte, würde er die Pistole ziehen und einen Warnschuss vor seine Füße abgeben, um die Geschichte zu beenden. Er hatte keine Lust, zu diesem frühen Zeitpunkt seiner Lebensgeschichte einen Messerstich in die Leber abzubekommen.

»Wieso sprichst du für ihn, *Payo*? Hat er nicht den Mumm, für sich selber zu reden?« Gavrils Stimme hatte bereits an Entschlossenheit eingebüßt.

Alexi lag mit dem Gesicht nach unten auf der Erde und war offensichtlich weit über den Punkt hinaus, noch mit jemandem zu reden. Er war eindeutig von der streitlustigen Phase der Trunkenheit in die tödliche übergewechselt, ohne sich lange mit dem Stadium der blinden Trunkenheit aufzuhalten.

Sabir nutzte seinen Vorteil entschlossen. »Wie gesagt – ihr beide könnt das ein andermal klären. Eine Hochzeit ist bestimmt nicht der Ort dafür.«

Gavril klackerte mit den Zähnen und stieß den Kopf in den Nacken. »Also gut, *Gadje*. Sag diesem Schwanzlutscher Folgendes von mir: Wenn er zum Fest *Les Trois Maries* kommt, werde ich auf ihn warten. Dann kann die Heilige Sara zwischen uns entscheiden.«

Sabir war, als würde die Erde unter seinen Füßen leicht schwanken. »Sagtest du gerade *Les Trois Maries?*«

Gavril lachte. »Das hab ich ganz vergessen. Du bist ja ein Eindringling, keiner von uns.«

Sabir ignorierte die Beleidigung. Er fixierte Gavrils Gesicht. »Wo findet dieses Fest statt? Und wann?«

Gavril wandte sich zunächst zum Gehen, überlegte es sich im letzten Moment jedoch anders. Er genoss erkennbar die plötzliche Wende in der Dynamik der Unterhaltung. »Da kannst du alle hier fragen, *Payo*. Das Fest von Sara e Kali findet jedes Jahr in Les Saintes-Maries-de-la-Mer in der Camargue statt. In vier Tagen. Am 24. Mai. Was glaubst du, wieso wir alle auf dieser mickrigen Hochzeit hier sind? Wir sind auf dem Weg nach Süden. Alle französischen Zigeuner fahren zu dem Fest. Selbst dieser Eunuch, der neben dir auf dem Boden liegt.«

Alexi zuckte, als hätte er die Beleidigung irgendwo tief in seiner Bewusstlosigkeit doch registriert. Aber der Alkohol erwies sich als ein zu starkes Schlafmittel, und Alexi begann zu schnarchen.

## 64

»Wieso John Wayne?«

»Wovon redest du?«

»Wieso John Wayne? Letzte Nacht, auf der Hochzeit.«

Alexi schüttelte den Kopf bei dem vergeblichen Versuch, ihn klar zu bekommen. »Da gab es einen Film. *Man nennt mich Hondo*. Ich habe ihn bei meinem Großvater im Fernsehen gesehen. Seitdem wollte ich John Wayne sein.«

Sabir lachte. »Komisch, Alexi, ich hätte nie gedacht, dass du ein Filmfan bist.«

»Ich mag nicht alle Filme. Nur Cowboys. Randolph Scott. Clint Eastwood. Lee Van Cleef. Und John Wayne.« Seine Augen leuchteten. »Mein Großvater mochte am liebsten Terence Hill und Bud Spencer, aber für mich waren das keine echten Cowboys. Nur italienische Zigeuner, die sich als Cowboys ausgaben. John Wayne, der war echt. Ich wollte so sehr er sein, dass ich ganz krank war vor Neid.« Beide verstummten. Dann blickte Alexi auf. »Gavril. Der hat ein paar Sachen gesagt, oder?«

»Ja.«

»Lügen. Lügen über Yola.«

»Ich bin froh, dass du sie als Lügen erkennst.«

»Natürlich sind es Lügen. Sie würde ihm nie so etwas über mich erzählen. Dass mich dieser Kerl in die Eier getreten hat, während ich gefesselt war.«

»Nein.«

»Woher wusste er es dann? Woher hatte er die Information?«

Sabir schloss die Augen, wie um auszudrücken: Herr, schenke mir Geduld. »Frag sie selbst. Ich sehe sie gerade kommen, wenn ich aus dem Fenster schaue.«

»*Vila Gana.*«

»Was heißt das?«

»Nichts.«

»Nun sag schon.«

»*Vila* bedeutet Hexe. Und *Gana* ist die Königin der Hexen.«

»Alexi ...«

Alexi warf die Decke dramatisch von sich. »Wer sonst sollte es Gavril erzählt haben? Wer sonst wusste es? Du hast gesehen, wie dieser *Diddikai* an seinen Fingern geschnuppert hat, oder?«

»Er wollte dich provozieren, du Idiot.«

»Sie hat die *Leis prala* gebrochen. Sie ist nicht mehr *lacha*. Sie ist keine *Lale romni*. Ich werde sie nie heiraten.«

»Alexi, ich verstehe nicht die Hälfte von dem, was du sagst.«

»Ich sage, dass sie das Gesetz der Bruderschaft gebrochen hat. Das sie unsittlich ist. Sie ist keine gute Frau.«

»Herrgott noch mal, Mann. Das kann doch nicht dein Ernst sein.«

Die Tür ging auf. Yola streckte den Kopf in den Wohnwagen. »Worüber streitet ihr beiden? Man hört euch durch das ganze Lager.«

Alexi verstummte. Er setzte ein Gesicht auf, das zeigte, dass er zugleich verstimmt, wütend und auf einen Tadel gefasst war.

Yola blieb in der Tür stehen. »Du hast mit Gavril gestritten, oder? Habt ihr gekämpft?«

»Das würde dir so passen, was? Dass wir kämpfen? Dann würdest du dich begehrt fühlen.«

Sabir machte sich auf den Weg zur Tür. »Ich glaube, ich lasse euch beide lieber allein damit. Irgendwie habe ich das Gefühl, hier fällt bald eine Entscheidung.«

Yola hob die Hand. »Nein. Du bleibst. Sonst muss ich gehen. Es wäre nicht recht, wenn ich hier allein mit Alexi bliebe.«

Alexi schlug mit der flachen Hand einladend aufs Bett. »Was soll das heißen, es wäre nicht recht? Du warst mit Gavril allein zusammen. Du hast dich von ihm berühren lassen.«

»Wie kannst du so etwas sagen? Ich habe mich natürlich nicht von ihm berühren lassen.«

»Du hast ihm erzählt, dass der Mann in der Kirche mir die Eier abgebissen hätte. Nachdem er mir die Zähne ausgeschlagen hat. Findest du das richtig? Jemandem das zu erzählen? Einen Narren aus mir zu machen? Der Schweinehund wird es im ganzen Lager herumerzählen. Ich werde zum Gespött.«

Yola verstummte. Sie errötete leicht unter der sonnengebräunten Haut.

»Wieso trägst du nicht dein *Dikló* wie eine anständige verheiratete Frau? Willst du mir weismachen, dass dich Gavril letzte Nacht nicht entführt hat? Dass dich der *Spiuni gherman* nicht hinter die Hecke geführt und auf die Seite gedreht hat?«

Sabir hatte Yola noch nie weinen sehen. Jetzt traten ihr dicke Tränen in die Augen und liefen ungehindert über ihr Gesicht. Sie senkte den Kopf und starrte auf den Boden.

»*Sacais sos ne dicobélan calochin ne bridaquélan.* Hab ich recht?«

Yola setzte sich mit dem Rücken zu Alexi auf die Treppe des Wohnwagens. Eine ihrer Freundinnen näherte sich, aber sie scheuchte sie fort.

Sabir verstand nicht, warum sie nicht reagierte, warum sie

Alexis Anschuldigungen nicht zurückwies. »Was hast du gerade zu ihr gesagt, Alexi?«

»Ich sagte: ›Augen, die nicht sehen können, brechen kein Herz‹. Yola weiß, was ich meine.« Er wandte den Kopf ab und starrte an die Wand.

Sabir schaute von einem zum anderen. Nicht zum ersten Mal fragte er sich, in was für ein Tollhaus er hier geraten war. »Yola?«

»Was? Was willst du?«

»Was genau hast du zu Gavril gesagt?«

Yola spuckte auf den Boden, dann zerteilte sie die Spucke mit der Schuhspitze. »Ich habe gar nichts zu ihm gesagt. Ich habe nicht mit ihm gesprochen. Außer um Beleidigungen auszutauschen.«

»Nun, dann verstehe ich nicht …«

»Du verstehst gar nichts, oder?«

»Äh, nein. Ich glaube nicht.«

»Alexi.«

Alexi sah hoffnungsvoll auf, als er hörte, dass Yola ihn ansprach. Er kämpfte eindeutig auf verlorenem Posten gegen dieses Gefühl, das ihn quälte.

»Es tut mir leid.«

»Es tut dir leid, dass du dich von Gavril hinter die Hecke hast führen lassen?«

»Nein. Dass ich Bazena erzählt habe, was mit deinen Eiern passiert ist. Ich hielt es für eine lustige Geschichte. Ich hätte es ihr nicht sagen dürfen. Sie ist scharf auf Gavril. Er muss sie dazu gebracht haben, es ihm zu sagen. Es war falsch von mir, nicht daran zu denken, dass es dich verletzen könnte.«

»Du hast es Bazena erzählt?«

»Ja.«

»Und du hast nicht mit Gavril gesprochen?«

»Nein.«

Alexi fluchte leise. »Es tut mir leid, dass ich deine *Lacha* in Zweifel gezogen habe.«

»Das hast du nicht. Damo konnte nicht verstehen, was du gesagt hast. Also hast du nichts in Zweifel gezogen.«

Sabir sah sie mit zusammengekniffenen Augen an. »Wer zum Teufel ist Damo?«

»Du.«

»Ich bin Damo?«

»Das ist dein Zigeunername.«

»Würde es dir etwas ausmachen, mir das zu erklären? Ich bin nämlich seit meiner letzten Taufe nicht mehr umbenannt worden.«

»Es ist das Zigeunerwort für Adam. Wir alle stammen von ihm ab.«

»Nicht nur ihr, soviel ich weiß.« Sabir tat, als würde er seinen neuen Namen abwägen. Insgeheim war er froh, dass sich der Tonfall der Unterhaltung verändert hatte. »Und was ist euer Wort für Eva?«

»Yehwah. Aber sie ist nicht unsere Mutter.«

»Oh.«

»Unsere Mutter war Adams erste Frau.«

»Du meinst Lilith? Die Hexe, die Frauen und Kinder geraubt hat? Die Frau, die zur Schlange wurde?«

»Ja. Sie ist unsere Mutter. Ihre Vagina war ein Skorpion. Ihr Kopf war der einer Löwin. An ihren Brüsten säugte sie ein Schwein und einen Hund. Und sie ritt auf einem Esel.« Yola drehte sich halb um und schätzte Alexis Reaktion auf ihre Worte ab. »Ihre Tochter Alu war ursprünglich ein Mann, aber er verwandelte sich in eine Frau – sie ist es, von der manche

Zigeuner das zweite Gesicht haben. Durch ihre Linie hatte Lemec, der Sohn Kains, einen Sohn mit seiner Frau Hada. Das war Jabal, der Vater all jener, die in einem Zelt wohnen und als Nomaden leben. Wir sind außerdem verwandt mit Jubal, dem Vater aller Musiker, denn Tsilla, Jubals Sohn, wurde Lemecs zweite Frau.«

Sabir wollte etwas sagen – eine bissige Bemerkung über Logik und die nervtötende Art der Zigeuner, nicht bei der Sache bleiben zu können –, aber in diesem Augenblick sah er in Alexis Gesicht, und plötzlich dämmerte ihm, wieso Yola ihren Vortrag überhaupt begonnen hatte. Sie war ihm weit voraus gewesen.

Alexi war wie hypnotisiert von ihrer Geschichte. Aller Zorn war erkennbar von ihm gewichen. Er schaute verträumt vor sich hin, als hätte er gerade eine Massage mit einem Schwanendaunenhandschuh erhalten.

Vielleicht, dachte Sabir, stimmt das alles ja, und Yola ist tatsächlich eine Hexe.

## 65

An diesem Morgen ging Sabir zu Fuß vom Lager zum Ortsrand von Gourdon. Er trug eine schmierige Baseballmütze, die er sich aus einem Küchenschrank des Wohnwagens organisiert hatte, und eine rot-schwarze bestickte Lederjacke mit Blitzstreifen, einer Unmenge überflüssiger Reißverschlüsse und ungefähr anderthalb Meter Ketten daran. Falls mich jetzt jemand erkennt, dachte er für sich, dann bin ich wirklich erledigt – dann ist meine Glaubwürdigkeit für alle Zeiten dahin.

Dennoch. Es war seit dem Lager in Samois das erste Mal, dass er sich allein an einen öffentlichen Ort wagte, und er war nervös und kam sich wie ein Hochstapler vor.

Während Sabir vorsichtig die Hauptstraßen umging – wo

der Markt in vollem Gang war und gesetzestreue Bürger ihr Frühstück in Cafés einnahmen – wurde ihm plötzlich bewusst, wie weit er sich von der sogenannten realen Welt gelöst hatte. Seine Realität war nun das Zigeunerlager mit den staubigen Kindern und den Hunden, den Kochtöpfen und den langen Gewändern der Frauen. Die Stadt erschien ihm beinahe farblos im Vergleich. Verschlossen. Verklemmt.

Er kaufte sich an einem Stand ein Croissant und aß es auf der Wehrmauer der Stadt, schaute über den Markt und genoss den Geschmack der Einsamkeit. Auf was für einen Wahnsinn hatte er sich da eingelassen? In kaum mehr als einer Woche war sein Leben völlig auf den Kopf gestellt worden, und er war sich im tiefsten Innern jetzt schon sicher, dass er nie mehr in sein altes Leben würde zurückkehren können. Er gehörte weder zur einen Welt noch zur anderen. Wie hieß das Wort der Zigeuner dafür? *Apatride.* Staatenlos, ohne Nationalität. Es war ihr Wort für Zigeunertum.

Er fuhr abrupt herum und sah den Mann an, der hinter ihm stand. Hatte er Zeit, nach der Pistole zu greifen? Die Anwesenheit unschuldiger Passanten ließ ihn davon Abstand nehmen.

»Monsieur Sabir?«

»Wer will das wissen?«

»Hauptmann Calque. Police Nationale. Ich bin Ihnen gefolgt, seit Sie das Lager verlassen haben. Sie stehen seit Ihrer Ankunft aus Rocamadour vor drei Tagen unter pausenloser Überwachung.«

»Ach du meine Güte.«

»Sind Sie bewaffnet?«

Sabir nickte. »Bewaffnet ja, aber nicht gefährlich.«

»Darf ich die Pistole sehen?«

Sabir öffnete vorsichtig seine Tasche und zog die Pistole mit zwei Fingern am Lauf heraus. Er konnte förmlich spüren, wie die Scharfschützen seine Schädeldecke im Visier hatten.

»Darf ich sie mir ansehen?«

»Himmel, ja. Bitte sehr. Sie können Sie behalten, wenn Sie wollen.«

Calque lächelte. »Wir sind allein, Monsieur Sabir. Sie können mich aufhalten, wenn Sie es wünschen. Sie müssen mir die Pistole nicht geben.«

Sabir zog erstaunt den Kopf ein. »Entweder Sie lügen wie gedruckt, oder Sie gehen ein verdammt hohes Risiko ein.« Er reichte Calque die Waffe mit dem Griff voran, als wäre sie ein Stück fauler Fisch.

»Danke.« Calque nahm die Pistole. »Ein Risiko, ja. Aber ich glaube, wir haben gerade etwas sehr Wichtiges bewiesen.« Er wog die Automatik in der Hand. »Eine Remington 51. Hübsche kleine Pistole. Wird seit Ende der 1920er-Jahre nicht mehr gebaut. Wussten Sie das? Sie ist beinahe ein Museumsstück.«

»Was Sie nicht sagen.«

»Es ist wohl nicht Ihre, oder?«

»Sie wissen sehr gut, dass ich sie diesem Kerl im Heiligtum von Rocamadour abgenommen habe.«

»Darf ich mir die Seriennummer aufschreiben? Sie könnte von Interesse sein.«

Sabir atmete hörbar aus. »Ja, bitte. Nehmen Sie die Seriennummer auf. Nehmen Sie die Waffe. Nehmen Sie mich.«

»Ich sagte Ihnen, ich bin allein.«

»Aber ich bin ein Mörder. Ihr von der Polizei habt mein Gesicht auf allen Fernsehkanälen und in allen Zeitungen verbreitet. Ich bin eine Gefahr für die öffentliche Sicherheit.«

»Das glaube ich nicht.« Calque setzte seine Lesebrille auf

und schrieb die Seriennummer in ein kleines, schwarzes Notizbuch. Dann gab er Sabir die Pistole zurück.

»Das kann nicht Ihr Ernst sein.«

»Es ist absolut mein Ernst, Monsieur Sabir. Für das, worum ich Sie gleich bitten werde, müssen Sie bewaffnet sein.«

**66** Sabir kauerte neben Yola und Alexi nieder. Es war mehr als offensichtlich, dass die beiden wieder versöhnt waren. Yola röstete grüne Kaffeebohnen und wilde Zichorie über einem offenen Feuer für Alexis Frühstück.

Sabir gab ihr eine Tüte Croissants. »Ich hatte gerade eine Begegnung mit der Polizei.«

Alexi lachte. »Hast du diese Croissants gestohlen, Damo? Erzähl mir nicht, dass sie dich bei deinem ersten Spaziergang gleich erwischt haben.«

»Nein, ich meine es ernst, Alexi. Ein Hauptmann der Police Nationale hat mich gerade angehalten. Er wusste genau, wer ich bin.«

»*Malos mengues!*« Alexi schlug sich mit der flachen Hand an die Stirn. Er richtete sich auf, um zu fliehen. »Sind Sie schon im Lager?«

»Setz dich, du Idiot. Glaubst du, ich wäre noch hier, wenn sie wirklich die Absicht gehabt hätten, mich festzunehmen?«

Alexi zögerte. Dann ließ er sich wieder auf den Baumstumpf sinken, der ihm als Sitz gedient hatte. »Du bist verrückt, Damo. Ich hätte beinahe gekotzt. Ich dachte, ich wandere direkt ins Gefängnis. Mit so etwas macht man keine Witze.«

»Es war kein Witz. Erinnert ihr euch noch an den Typ, der in Samois zu euch ins Lager kam? Mit seinem Assistenten? Wegen Babel? Während ich in der Holzkiste war?«

»Die Holzkiste. Ja.«

»Es war der gleiche. Ich habe seine Stimme erkannt. Sie war das Letzte, was ich hörte, bevor ich ohnmächtig wurde.«

»Aber warum hat er dich gehen lassen? Sie glauben immer noch, dass du Babel getötet hast, oder?«

»Nein, Calque glaubt es nicht. So heißt er übrigens. Calque. Er war der Polizeibeamte, bei dem Yola in Paris war.«

Yola nickte »Ja, Damo. Ich erinnere mich gut an ihn. Er schien mir anständig zu sein – zumindest für einen *Payo*. Er hat mich nach unten zu dem Raum begleitet, wo sie die Toten aufbewahren, und dafür gesorgt, dass man mir erlaubte, Babels Haar persönlich abzuschneiden. Damit man mir nicht das Haar von jemand anderem gab. Sonst wäre Babel nicht anständig beerdigt gewesen. Er hat das verstanden, als ich es ihm erklärt habe. Jedenfalls tat er so.«

»Nun, Calque und ein paar von seinen spanischen Freunden hatten soeben einen Zusammenstoß mit dem Verrückten, der Alexi in die Eier getreten hat. Und ratet mal, wo. – In Montserrat. Der Schweinehund ist nach Rocamadour zurückgekehrt, nachdem wir dort weg waren, und hat das Rätsel ebenfalls gelöst. Er ist uns offenbar seit Samois auf der Spur. Er verfolgt unseren Wagen.«

»Er verfolgt unseren Wagen? Ausgeschlossen. Ich habe immer aufgepasst.«

»Nein, Alexi, nicht auf Sicht, sondern mit einer elektronischen Wanze. Das heißt, er kann uns in einer Entfernung von, sagen wir einem Kilometer, folgen, und wir kriegen ihn nie zu Gesicht. Deshalb konnte er sich Yola so schnell schnappen.«

»*Putain*. Wir machen das Ding besser ab.«

»Calque will, dass wir es behalten.«

Alexi legte vor Konzentration nicht nur die Stirn, sondern das ganze Gesicht in Falten, während er versuchte, die verschiedenen Informationen zu entwirren, die er von Sabir erhielt. Er sah zu Yola hinunter. Sie filterte den Kaffee und die Zichorie durch ein Sieb, als wäre nichts geschehen. »Was meinst du, *Luludji*?«

Yola lächelte. »Ich meine, wir sollten Damo zuhören. Ich glaube, er hat uns noch mehr zu erzählen.«

Sabir nahm die Tasse, die ihm Yola anbot. Er setzte sich neben sie auf den Baumstamm. »Calque will, dass wir als Köder agieren. Für den Mann, der Babel getötet hat. Damit ihn die Polizei in eine Falle locken kann. Ich habe gesagt, dass ich dazu bereit bin, um meinen Namen reinzuwaschen, dass man euch beiden aber erlauben muss, selbst zu entscheiden.«

Alexi fuhr sich mit der Hand über die Kehle. »Ich arbeite nicht mit der Polizei zusammen. Auf keinen Fall.«

Yola schüttelte den Kopf. »Wenn wir nicht mehr bei dir sind, wird der Mann wissen, dass etwas nicht stimmt. Er wird misstrauisch werden. Und dann verliert ihn die Polizei, oder?«

Sabir sah Alexi an. »Er hat Calques Assistenten in Montserrat beinahe zum Krüppel gemacht. Er hat außerdem einen spanischen Polizisten in der Sierra bewusstlos geschlagen. Und vor zwei Tagen hat er in Rocamadour einen Wachmann getötet. Wir haben ja während der Hochzeit weder Zeitung gelesen noch Radio gehört. Vor dem Angriff auf Yola hat er an der Straße einen unbeteiligten Autofahrer angefahren und schwer verletzt und seine Frau halb erwürgt, und das alles nur, um die Polizei abzulenken. Die französische Polizei will ihn unbedingt fassen. Das ist jetzt eine große Operation. Und wir sollen eine wichtige Rolle dabei spielen.«

»Was will er, Damo?« Yola schien jetzt alles andere um sich herum vergessen zu haben, auch dass es unschicklich war, sich in der Öffentlichkeit mit zwei Männern beim Kaffeetrinken sehen zu lassen. Eine ältere, verheiratete Frau, die vorbeiging, sah sie stirnrunzelnd an, aber sie bemerkte es nicht.

»Die Verse. Niemand weiß, warum.«

»Und wo sind sie? Wissen wir es?«

Sabir nahm ein Blatt Papier aus der Tasche. »Schaut. Das hat mir Calque gegeben. Er hat es vom Sockel der Schwarzen Madonna von Montserrat.

*›L'antechrist, tertius*
*Le revenant, secundus*
*Primus, la foi*
*Si li boumian sian catouli‹*

*Primus, secundus, tertius, quartus, quintus* und so weiter. Das sind die Ordnungszahlen auf Lateinisch und entsprechen dem ersten, zweiten, dritten, vierten und so fort. Der Antichrist ist also der dritte. Der Geist oder der, der zurückkommt, ist der zweite. Glaube ist der erste. Und die letzte Zeile verstehe ich überhaupt nicht.«

»Es heißt: ›Wenn die Zigeuner noch katholisch sind.‹«

Sabir wandte den Kopf zu Yola. »Woher um alles in der Welt weißt du das?«

»Es ist Romani, die Zigeunersprache.«

Sabir lehnte sich zurück und sah das Paar prüfend an, das vor ihm saß. Er empfand bereits ein starkes Zugehörigkeitsgefühl zu ihnen, aber allmählich wurde ihm bewusst, wie schmerzlich es sein würde, sie zu verlieren, oder wenn seine Beziehung zu ihnen irgendwie eingeschränkt würde. Sie waren ihm seltsam vertraut geworden, wie echte Familienmitglieder, nicht nur der Idee nach. Mit wachsendem Erstaunen über seine eigene Menschennatur erkannte Sabir, dass er sie brauchte – wahrscheinlich mehr als sie ihn. »Ich habe etwas vor Calque geheim gehalten. Eine Information. Ich bin mir allerdings immer noch nicht sicher, ob es richtig war. Aber ich wollte uns einen Vorteil bewahren. Etwas, wovon beide anderen Seiten nichts wissen.«

»Welche Information war das?«

»Ich habe ihm den ersten Vierzeiler vorenthalten. Den, der in den Boden deiner Truhe geschnitzt ist. Der lautet:

›*Hebergé par les trois mariés*
*Celle d'Egypte la dernière fit*
*La vierge noire au camaro duro*
*Tient le secret de mes vers à ses pieds*‹

Ich habe in letzter Zeit viel darüber nachgedacht, und ich glaube, er enthält den Schlüssel.«

»Aber den hast du doch bereits übersetzt. Er hat uns den Hinweis auf Rocamadour geliefert.«

»Aber ich habe ihn falsch übersetzt. Ich habe einige der Hinweise übersehen. Vor allem in der ersten – und traditionell wichtigsten – Zeile. Ich habe sie als *beschützt von den drei Verheirateten* aufgefasst, und da das keinen Sinn ergab, habe ich mich dummerweise nicht weiter damit beschäftigt. Wenn ich ehrlich bin, ließ ich mich von dem hübschen kleinen Anagramm in Zeile drei ablenken, und fand mich unglaublich schlau, weil ich es erkannt und richtig gedeutet habe. Intellektueller Hochmut hat weit klügere Leute als mich zu Fall gebracht, und Nostradamus wusste es. Er könnte das Ganze sogar absichtlich so eingefädelt haben, um Idioten wie mich irrezuführen. Vor fünfhundert Jahren wäre ich für einen solchen Fehler wochenlang umsonst unterwegs gewesen. Uns hat es glücklicherweise nur ein paar Tage gekostet. Gavril hat gestern Abend etwas gesagt, was mich meine Meinung über den Vers ändern ließ.«

»Gavril? Was kann der gesagt haben, woraus irgendwer schlauer wird?«

»Er hat gesagt, dass ihr beide euren Streit zu Füßen der heiligen Sara austragen werdet, Alexi. Auf dem Fest *Les Trois Maries*, in Les Saintes-Maries-de-la-Mer in der Camargue.«

»Und? Ich freue mich darauf. Das wird mir Gelegenheit geben, in seinem Mund ebenfalls Platz für ein paar neue Goldzähne zu schaffen.«

»Nein, darum geht es nicht.« Sabir schüttelte ungeduldig den Kopf. »*Les Trois Maries*. Die drei Marien. Versteht ihr nicht? Dieser Akzent, den ich auf das e in *maries* gesetzt habe, und der es in *mariés* verwandelt hat – das war einfach nur Nostradamus' Methode, die Bedeutung mit Dreck zu verschleiern. Wir haben es nicht richtig gelesen. Und es hat die wahre Bedeutung des Vierzeilers verdreht. Das Einzige, was ich noch nicht verstehe, ist, wer diese mysteriöse ägyptische Frau ist.«

Yola beugte sich vor. »Aber das ist doch einfach. Es ist die heilige Sara. Sie ist ebenfalls eine Schwarze Madonna. Für die Zigeuner ist sie die berühmteste Schwarze Madonna von allen.«

»Wovon redest du, Yola?«

»Die heilige Sara ist unsere Patronin. Die Schutzheilige aller Zigeuner. Die katholische Kirche erkennt sie natürlich nicht als richtige Heilige an, aber für die Zigeuner zählt sie mehr als die beiden anderen, echten Heiligen – Maria Jakobäa, die Schwester der Jungfrau Maria, und Maria Salome, die Mutter des Apostels Jakobus des Älteren und auch des Johannes.«

»Und wo ist die Verbindung zu Ägypten?«

»Die heilige Sara wird bei uns Sara die Ägypterin genannt. Leute, die alles zu wissen glauben, behaupten, alle Zigeuner stammten ursprünglich aus Indien. Aber wir wissen es besser. Einige von uns kommen aus Ägypten. Als die Ägypter nach der Flucht Mose das Rote Meer durchqueren wollten, kamen nur zwei durch. Diese beiden waren die Gründer der Zigeunerrasse. Eine ihrer Nachfahren war Sara e kali – Sara die Schwarze. Sie war eine ägyptische Königin. Sie kam nach Les Saintes-Maries-de-la-Mer, als es ein Zentrum der Verehrung für den ägyptischen Sonnengott war – es hieß zu jener Zeit Oppidum-Râ. Sara wurde seine Königin. Als man die drei Marien – Maria Jacobäa, Maria Salome und Maria Magdalena – zusammen mit Martha, Maximinius, Sidonius und Lazarus, dem Wiedererweckten, in einem Boot ohne Ruder, Segel oder Essen von Palästina aus aufs Meer treiben ließ, landeten sie in Oppidum-Râ, weil sie der Wind Gottes dorthin trieb. Königin Sara ging hinunter ans Ufer, um zu sehen, wer sie waren und um über ihr Schicksal zu entscheiden.«

»Warum hast du mir das nicht schon früher erzählt, Yola?«

»Du hast mich in die Irre geführt. Du sagtest, es waren drei Verheiratete. Aber Sara war Jungfrau. Ihre *Lacha* war unbefleckt. Sie war nicht verheiratet.«

Sabir rollte die Augen himmelwärts. »Und was ist passiert, als Sara ans Meer ging, um sie anzusehen?«

»Als Erstes hat sie sie verhöhnt.« Yola zögerte. »Ich glaube, das war als Test gemeint. Dann kletterte eine der Marien aus dem Boot und stand auf dem Wasser, genau wie Jesus auf dem See Genezareth. Sie forderte Sara auf, es ihr gleichzutun. Sara ging ins Meer und wurde von den Wellen geschluckt. Aber die zweite Maria warf ihren Umhang auf das Wasser, und Sara stieg auf ihn und wurde gerettet. Danach hieß Sara die Ankömmlinge in ihrer Stadt willkommen. Sie half ihnen, eine christliche Gemeinde dort aufzubauen, nachdem sie sie bekehrt hatten. Maria Jacobäa und Maria Salome blieben bis zu ihrem Tod in Les Saintes-Maries. Ihre Gebeine sind heute noch dort.«

Sabir schüttelte den Kopf. »Dann war also alles schon in jenem ersten Vers enthalten. Der Rest war einfach Geschwafel. Genau wie ich gesagt habe.«

»Nein, das glaube ich nicht.« Yola sah ihn an. »Ich glaube, es war außerdem ein Test. Um festzustellen, ob die Zigeuner immer noch katholisch sind – *si li boumian sian catouli*. Ob wir noch würdig sind, die Verse zu erhalten. Wie eine Art Wallfahrt, die man machen muss, um ein wichtiges Geheimnis zu erfahren.«

»Ein Initiationsritus meinst du? Wie die Suche nach dem heiligen Gral?«

»Ich verstehe nicht, was du sagst. Aber wenn du einen Test meinst, der sicherstellt, dass jemand würdig ist, etwas zu erfahren, läuft es bestimmt auf dasselbe hinaus, oder?«

»Yola.« Sabir nahm ihren Kopf in beide Hände. »Du erstaunst mich immer wieder aufs Neue.«

## 67

Macron schäumte vor Wut. Eine Gesichtshälfte war geschwollen, was zu einem unansehnlichen blauen Auge führte, und sein Kiefer fühlte sich an, als wäre jemand mit einer Pfahlramme darübergefahren. Er hatte rasende Kopfschmerzen, und seine Füße, die der Augenmann mit seinem Schlagstock bearbeitet hatte, fühlten sich bei jedem Schritt an, als ginge er barfuss über ein Bett ovaler Kiesel in einem Sandkasten.

Er sah, wie sich Calque zwischen den Kaffeehaustischen hindurchschlängelte und dabei die Hüften drehte, als hätte er irgendwo gehört – und geglaubt –, dass alle dicken Männer ausgezeichnete Tänzer sein müssten. »Wo waren Sie?«

»Wo ich war?« Calque zog bei Macrons Tonfall eine Augenbraue hoch.

Macron ruderte umgehend zurück und versuchte dabei, möglichst viel Haltung zu bewahren. »Tut mir leid, Chef. Mein Kopf tut weh. Ich bin nicht sonderlich gut aufgelegt. Das kam jetzt nicht richtig heraus.«

»Da stimme ich Ihnen zu. Ich stimme Ihnen sogar so weit zu, dass ich finde, Sie gehören in ein Krankenhaus und nicht in ein Café, wo Ihnen der Kaffee aus einem entsetzlich geschwollenen Mund läuft. Schauen Sie sich an. Ihre eigene Mutter würde sie nicht erkennen.«

Macron verzog das Gesicht. »Ich sage Ihnen, es geht mir gut. Der spanische Arzt meint, ich habe keine Gehirnerschütterung. Und meine Füße sind nur geprellt. Die Krücken entlasten mich beim Gehen.«

»Und Sie wollen dabei sein, wenn wir ihn schnappen, ist es das? Um sich zu rächen? Mit einem Paar Krücken hinter dem Augenmann herstapfen?«

»Natürlich nicht. Ich bin distanziert. Professionell. Das wissen Sie.«

»Weiß ich es?«

»Wollen Sie mich von dem Fall abziehen? Nach Hause schicken? Ist es das, was Sie mir sagen wollen?«

»Nein. Das werde ich nicht tun. Und soll ich Ihnen sagen, warum?«

Macron nickte. Er wusste nicht, was er zu hören bekommen würde, aber er spürte, es könnte unangenehm werden.

»Es war meine Schuld, dass der Augenmann Sie erwischt hat. Ich hätte Sie nicht allein auf dem Hügel lassen dürfen.

Meinen Posten verlassen. Sie hätten getötet werden können. Nach meiner Rechnung haben Sie damit einen Gefallen frei, aber nur einen. Also: Wollen Sie bei dem Fall bleiben?«

»Ja, Chef.«

»Dann sage ich Ihnen jetzt, wo ich gerade war.«

## 68

Sabir rieb sich mit beiden Händen das Gesicht, als würde er Sonnencreme einmassieren. »Die ganze Sache hat nur einen Haken.«

»Nämlich?«

»Die französische Polizei wird nicht nur nicht genau wissen, wohin wir fahren, nachdem ich Calque nicht alles verraten habe; sie werden mich außerdem mit allem, was sie haben, weiterhin wegen des Mordes an Babel und dem Wachmann jagen. Und euch beide als Komplizen.«

»Das ist nicht dein Ernst.«

»O doch. Ich meine es todernst. Hauptmann Calque hat mir versichert, dass er das alles aus eigener Initiative tut.«

»Und du glaubst ihm?«

»Ja. Er hätte mich heute Morgen verhaften und den ganzen Ruhm allein einheimsen können. Ich war absolut bereit, mich zu ergeben. Ich bin kein Polizistenmörder, und ich habe es ihm selbst gesagt. Er hat sogar die Remington in der Hand gehalten und sie mir zurückgegeben.«

Alexi stieß einen Pfiff aus.

»Polizei und Staatsanwaltschaft hätten womöglich monatelang versucht, mir die Taten dieses Verrückten anzuhängen, und inzwischen wäre der Augenmann, wie sie ihn nennen, längst über alle Berge gewesen – wahrscheinlich mit den Versen im Gepäck, und bereit, sie auf dem offenen Markt zu verkaufen. Und wer würde beweisen können, woher er sie hat? Niemand. Denn sie haben keinen DNA-Beweis – der Tod eines unbekannten Zigeuners lohnt hier offenbar kein vollständiges Ermittlungsverfahren. Und überhaupt, wenn sie mich schon in Haft hätten, wozu sich noch mit anderen Dingen beschäftigen? Ich bin der ideale Verdächtige, dessen Blut praktischerweise über den ganzen Tatort verteilt ist. Ein glasklarer Fall, oder?«

»Wieso tut Calque das dann? Wenn die Sache schiefgeht, schicken sie ihn garantiert auf die Guillotine oder ins Exil nach Elba wie Napoleon.«

»Das wohl kaum. Er tut es einfach, weil er den Augenmann kriegen will, koste es, was es wolle. Es war sein Fehler, dass es seinen Assistenten erwischt hat. Und er fühlt sich auch für den Tod des Wachmanns verantwortlich. Er meint, er hätte erraten müssen, dass der Augenmann zurückkommen würde, um seine Angelegenheit zu Ende zu bringen. Aber er sagte, er habe sich so davon hinreißen lassen, wie brillant er und sein Assistent die Chiffre für Montserrat entschlüsselt hatten, dass er diese Möglichkeit völlig übersah. Ein bisschen wie ich, eigentlich.«

»Bist du dir sicher, dass es keine Falle ist? So, dass sie euch beide kriegen? Vielleicht glauben sie, dass ihr zusammenarbeitet.«

Sabir stöhnte. »Ach, zum Teufel. Ich weiß es nicht. Ich weiß nur, er hätte mich heute Morgen verhaften können, und er hat es nicht getan. Das spricht meiner Ansicht nach stark für seine Aufrichtigkeit.«

»Und was tun wir jetzt?«

Sabir zuckte in gespielter Überraschung zurück. »Was wir tun? Wir fahren in die Camargue. Über Millau. So viel habe ich mit Calque vereinbart. Dann verlieren wir uns für ein paar Tage unter Zehntausend eurer engsten Verwandten. Wobei wir natürlich immer im Hinterkopf behalten, dass der Augenmann unseren Wagen aufspüren kann, wo und wann er will – und dass wir immer noch Mordverdächtige sind, denen die französische Polizei auf den Fersen ist.«

»*Jesu Cristu!* Und dann?«

»Und dann, in sechs Tagen, auf dem absoluten Höhepunkt des Fests der drei Marien, schleichen wir uns aus unserem Versteck und klauen die Statue der heiligen Sara vor einer Kirche, die gerammelt voll ist mit ihren fanatischen Verehrern. Ohne dem Augenmann ins Gehege zu kommen. Und ohne dass wir dabei von einem Mob rachsüchtiger religiöser Eiferer aufgehängt oder in Stücke gehackt werden.« Sabir grinste. »Na, wie gefällt dir das, Alexi?«

# ZWEITER TEIL

1 Achor Bale fühlte, wie ihn eine tiefe Ruhe überkam, als das Ortungsgerät die Position von Sabirs Wagen auffing und ihm leise blinkend folgte.

Und, ja, da war auch der Schatten des Polizeiortungsgeräts. Sie waren also immer noch dran. Es wäre zu viel erwartet, dass sie Sabir den Angriff in Montserrat anlasten würden. Aber es bestand durchaus die Chance, dass sie ihn für den Mörder des Wachmanns in Rocamadour hielten. Merkwürdig allerdings, dass sie ihn nach wie vor nicht festnahmen – sie mussten ebenfalls hinter den Versen her sein. Wie es schien, spielten sowohl er als auch die Polizei auf Abwarten.

Bale lächelte und fummelte auf dem Beifahrersitz nach Macrons Ausweis. Er hielt ihn vor sich in die Höhe und sprach direkt zu dem Foto. »Wie geht es deinen Füßen, Paul? Ein bisschen empfindlich?« Er würde Macron wiedersehen – davon war er überzeugt. Die Sache war noch nicht erledigt. Wie konnte es die französische Polizei wagen, ihn nach Spanien zu verfolgen? Er würde ihnen eine Lektion erteilen müssen.

Für den Augenblick jedoch wollte er alle Energie auf Sabir konzentrieren. Der Mann war nach Süden unterwegs – und nicht in Richtung Montserrat. Wieso das denn? Er konnte von dem Angriff dort wohl kaum erfahren haben. Und er hatte exakt die gleichen Informationen bezüglich der Verse wie Bale – den wesentlichen Inhalt des Vierzeilers, der auf den Boden der Truhe eingebrannt war, und dazu die Verse aus Rocamadour. Hatte die kleine Zigeunerin am Fluss ihm etwas verheimlicht, als sie den Inhalt der Verse auf der Truhe wiedergegeben hatte? Nein. Das konnte er sich kaum vorstellen. Man merkte es ja immer, wenn jemand solche Angst hatte, dass er nicht einmal mehr seine Blase kontrollieren konnte – es war unmöglich, eine so starke Angst zu simulieren. Es war, wie wenn ein Springbock von einem Löwen gerissen wird – sobald der Löwe ihn am Genick hat, schalten sämtliche Körperfunktionen des Springbocks ab, sodass er am Schock stirbt, ehe die Zähne des Löwen ihm die Gurgel zerfetzen.

Zu diesem Verhalten hatte Monsieur, Bales verstorbener Vater, ihn trainiert – ohne nachzudenken und mit absoluter Entschlossenheit vorzugehen. Im Kopf das optimale Ergebnis deines Handelns festlegen und diesem Ziel treu bleiben, ohne auf irgendwelche Ablenkungsmanöver seitens deines Gegners Rücksicht zu nehmen. Schach funktionierte ganz ähnlich, und er war ein guter Schachspieler. Es drehte sich alles um den Willen zum Sieg.

Zur Krönung des Ganzen war sein jüngstes Telefonat mit Madame, seiner Mutter, zu seiner vollsten Zufriedenheit verlaufen. Er hatte das Fiasko in Montserrat selbstverständlich nicht erwähnt und ihr lediglich erklärt, dass die Leute, die er verfolgte, von einer Hochzeit aufgehalten worden seien – es handelte sich immerhin um Zigeuner und nicht um Raketenwissenschaftler. Die Sorte Menschen, die auf der Flucht vor der Polizei anhielten, um wilden Spargel am Wegrand zu pflücken. Grandios.

Madame hatte sich entsprechend sehr zufrieden mit seinem

Verhalten gezeigt und gesagt, von allen ihren vielen Kindern sei er derjenige, der ihrem Herzen am teuersten sei. Bei dem sie am meisten darauf baue, dass er ihren Willen erfülle.

Während Bale nach Süden fuhr, spürte er, wie der Schatten Monsieurs, seines Vaters, gutmütig aus dem Jenseits auf ihn herablächelte.

2 »Ich weiß, wohin wir fahren müssen, um uns zu verstecken.«

Sabir wandte den Kopf in Richtung Yola. »Und wo ist das?«

»Es gibt da ein Haus. Tief in der Camargue, in der Nähe des Marais de la Sigoulette. Es stand viele Jahre lang im Mittelpunkt eines Nachfolgestreits von fünf Brüdern, die es alle zusammen von ihrem Vater geerbt hatten und sich dann nicht darauf einigen konnten, was sie mit dem gemeinsamen Besitz anfangen sollten. Keiner spricht mehr mit dem anderen. Deshalb zahlt auch keiner für den Erhalt des Anwesens oder lässt es bewachen. Mein Vater hat das Nutzungsrecht dafür bei einer Wette vor fünfzehn Jahren gewonnen, und es ist seitdem zu unserem Hoheitsgebiet geworden. Zu unserem *patrin.*«

»Dein Vater hat das Nutzungsrecht von den Brüdern gewonnen? Du machst wohl Witze?«

»Nein. Von ein paar anderen Zigeunern, die es ebenfalls entdeckt hatten. In der Denkweise der *Gadje* ist das Ganze natürlich total illegal, und niemand sonst weiß von der Abmachung – aber für uns ist sie wie in Stein gemeißelt. Es wird einfach akzeptiert. Wir wohnen manchmal während des Festivals dort. Zu dem Haus führt keine Straße, nur ein Weg mit tiefen Furchen. Die *Gardians* in der Gegend benutzen für Transporte ausschließlich ihre Pferde.«

»Die *Gardians?*«

»Das sind die Hüter der Camargue-Stiere. Man sieht sie auf ihren weißen Pferden reiten, manchmal führen sie Lanzen mit sich. Sie kennen jeden Winkel in den Sümpfen der Camargue. Sie sind unsere Freunde. Wenn Sara e kali zum Meer hinuntergetragen wird, bewacht *la Nacioun Gardiano* sie für uns.«

»Dann wissen sie also ebenfalls über dieses Haus Bescheid?«

»Nein. Niemand außer uns weiß, dass wir es benutzen. Von außen sieht es unbewohnt aus. Wir haben einen Zugang über den Keller, sodass es, selbst wenn wir dort sind, nicht so aussieht, als wäre es bewohnt.«

»Was machen wir mit dem Auto?«

»Wir sollten es irgendwo weit entfernt von der Camargue abstellen.«

»Aber dann verliert der Augenmann unsere Spur. Wir haben eine Abmachung mit Calque, vergesst das nicht.«

»Dann lassen wir es einstweilen in Arles. Wir können mit anderen Zigeunern per Anhalter in die Camargue fahren. Sie werden uns mitnehmen, wenn sie uns sehen. Dann steigen wir ein paar Kilometer vom Haus entfernt aus und gehen mitsamt unseren Vorräten zu Fuß. Wenn wir noch etwas brauchen, kann ich losgehen und den *Manghèl* machen.«

»Den was?«

»Von Bauern betteln.« Alexi sah vom Lenkrad auf. Er gewöhnte sich allmählich daran, Sabir Dinge aus der Welt der Zigeuner zu erklären. Er setzte sogar eine bestimmte Miene dabei auf – irgendwo zwischen einem von wirtschaftlichen Interessen getriebenen Fernsehexperten und einem jüngst erleuchteten spirituellem Führer. »Seit Yola ein *Chey* war, musste sie wie alle Zigeunermädchen lernen, wie man die ansässigen Bauern dazu überredet, ihren Nahrungsüberschuss zu teilen.

Yola ist eine Meisterin in der Kunst des *Manghèl.* Die Leute fühlen sich geehrt, ihr etwas geben zu dürfen.«

Sabir lachte. »Das glaube ich aufs Wort. Sie hat es jedenfalls geschafft, mich zu einer Unmenge Dinge zu überreden, an die ich nicht im Traum gedacht hätte, wenn ich auch nur einen Bruchteil meines Verstandes beisammengehabt hätte. Apropos, was machen wir, wenn wir im Haus sind und du die Bauern der Gegend ausgeplündert hast?«

»Wenn wir im Haus sind, verstecken wir uns bis zum Festival. Entführen Sara. Verstecken sie. Dann gehen wir zurück zum Wagen und fahren fort. Wir rufen Calque an. Die Polizei wird alles Übrige erledigen.«

Sabir gefror das Lächeln auf dem Gesicht. »Klingt furchtbar einfach, wie du es darstellst.«

## 3

»Ich glaube, ich habe ihn.«

»Dann lassen Sie sich zurückfallen.«

»Aber ich sollte in Sichtweite bleiben.«

»Nein, Macron. Er wird uns sehen und sich aus dem Staub machen. Ich habe eine unsichtbare Straßensperre kurz vor Millau einrichten lassen, wo die Straße durch eine schmale Schlucht führt. Einen halben Kilometer weiter ist eine zweite – diesmal sichtbare – Straßensperre. Wir lassen Sabir und die Zigeuner passieren. Dann machen wir sie dicht. Wenn der Augenmann umkehren will, sitzt er wie eine Ratte in der Falle. Selbst er wird keine senkrechten Felswände hinaufklettern können.«

»Was ist mit den Versen?«

»Scheiß auf die Verse. Ich will den Augenmann. Ich will ihn für alle Zeiten unschädlich machen.«

Insgeheim dachte Macron schon eine Weile, dass sein Chef

der Sache nicht mehr gewachsen war. Zuerst der Schlamassel oben in Rocamadour, der unnötigerweise zum Tod des Wachmanns geführt hatte – Macron hatte sich längst eingeredet, dass so etwas nicht passiert wäre, hätte er die Ermittlung geleitet. Dann Calques kriminelle Dummheit, seinen Posten in Montserrat zu verlassen, was dazu geführt hatte, dass Macron die Schläge abbekam. Und jetzt das hier.

Macron war überzeugt, dass sie den Augenmann allein festnehmen konnten. Sie mussten ihm nur in sicherer Entfernung folgen. Sein Fahrzeug identifizieren und isolieren. Zivilfahrzeuge vor und hinter ihm in Position bringen. Und dann zugreifen. Es gab nicht den geringsten Grund für fest eingerichtete Straßensperren – sie machten immer mehr Ärger als sie nutzten. Wenn man nicht aufpasste, kam es am Ende zu einer wilden Verfolgungsjagd durch ein von Steinen übersätes Sonnenblumenfeld. Und durfte anschließend drei Wochen lang Formulare ausfüllen, um den Schaden an den Polizeifahrzeugen zu erklären. Genau die Art Bürokratie, die er, Macron, immer heftig kritisierte.

»Er fährt einen weißen Volvo SUV. Das muss er sein. Ich gehe ein bisschen näher ran. Ich muss mich vergewissern. Das Kennzeichen durchgeben.«

»Kommen Sie ihm nicht näher. Er wird uns bemerken.«

»Er ist nicht Superman, Chef. Er hat keine Ahnung, dass wir wissen, dass er Sabir verfolgt.«

Calque seufzte. Es war eine große Dummheit von ihm gewesen, dass er Macron diesen einen Gefallen gewährt hatte. Aber so etwas bewirkten Schuldgefühle. Sie machten einen weich. Der Mann war eindeutig bigott. Mit jedem Tag, den sie zusammen unterwegs waren, trat seine Intoleranz deutlicher zutage. Erst waren es die Zigeuner gewesen. Dann die Juden.

Jetzt war es die Familie seiner Verlobten. Sie waren *métis*. Mischlinge. Macron akzeptierte das offenbar bei seiner Freundin, konnte es hingegen bei ihrer Familie nicht ertragen.

Calque vermutete insgeheim, dass der Mann Front Nationale wählte – er selbst gehörte jedoch einer Generation an, in der man es für unhöflich erachtete, einen anderen nach seinen politischen Neigungen zu fragen. Deshalb würde er es nie erfahren. Oder vielleicht war Macron Kommunist? Nach Calques Ansicht war die kommunistische Partei sogar noch rassistischer als die Front Nationale. Beide Parteien näherten ihre Positionen einander an oder gingen wieder auf Distanz, gerade wie es ihnen zweckdienlich erschien. »Das ist nahe genug, sage ich Ihnen. Sie vergessen, wie er uns in der Sierra de Montserrat alle überlistet hat. Villada hielt es für ausgeschlossen, dass ein einzelner Mann es rechtzeitig vom Hügel herunterschaffte, ehe er von dem Polizeikordon umzingelt und in die Enge getrieben würde. Der Mistkerl muss geschmeidig wie eine Katze sein. Er muss bereits außerhalb der Linie gewesen sein, bevor die Polizei ihre Operation überhaupt begann.«

»Er gibt Gas.«

»Lassen Sie ihn. Wir haben noch dreißig Kilometer vor uns, ehe wir die Schlinge um seinen Hals zuziehen können. Ich habe am Flughafen Rodez einen Hubschrauber bereitstehen. Bereitschaftspolizei in Montpellier. Er kann nicht entkommen.«

Calque sah aus, als wäre er kompetent, dachte Macron – er *klang* kompetent – aber es war alles Quatsch. Der Mann war ein Dilettant. Wozu die Gelegenheit verschenken, den Augenmann jetzt festzunageln, um einen hochfliegenden Plan zu verfolgen, der wahrscheinlich nur weitere Schmach über sie alle brachte? Noch ein Fehler, und er, Paul Éric Macron, würde alle Aussichten auf weitere Beförderung abschreiben und sich ebenso gut gleich freiwillig zum ewigen Streifendienst zurückmelden können.

Macron trat unmerklich stärker aufs Gaspedal. Sie fuhren über eine kurvenreiche Landstraße. Der Augenmann würde seine ganze Konzentration auf die Strecke vor ihm richten. Es würde ihm nicht einfallen, zu kontrollieren, was sich einen halben Kilometer hinter ihm tat. Macron ließ unauffällig den Druckknopf seines Holsters aufspringen, den er heute Morgen unter seinen Sitz geschoben hatte.

»Ich sagte, langsamer.«

»Ja, Chef.«

Calque setzte das Fernglas wieder an. Die Straße war so kurvenreich, dass ihm übel wurde, wenn er länger als ein paar Sekunden durchschaute. Ja. Macron hatte recht. Es musste der Volvo SUV sein. Er war seit nunmehr zwanzig Kilometern das einzige Fahrzeug zwischen ihnen und Sabir. Sein Mund wurde trocken, und in seinem Magen breitete sich ein flaues Gefühl aus – beides empfand er normalerweise nur in Gegenwart seiner Exfrau, die ihn mit ihren Unterhaltsforderungen ruinierte.

Als sie um die nächste Kurve kamen, stand Bale achtzig Meter entfernt mitten auf der Straße. Er hielt die Star Z84, die er dem katalanischen Paramilitär abgenommen hatte, über dem abgewinkelten linken Arm. Sechshundert Schuss pro Minute. Neunmillimeter-Luger-Parabellum im Magazin. Zweihundert Meter effektive Reichweite.

Bale lächelte, stützte die Z84 an die rechte Schulter und betätigte den Abzug.

4 Macron riss das Lenkrad nach links – es war eine instinktive Reaktion, die jeder Grundlage durch Fahrertraining oder Hinterhaltkoordination entbehrte. Das zivile Polizeifahrzeug begann zu kippen. Er riss das Steuer in die Gegenrichtung. Der Wagen setzte seinen ursprünglichen Kurs fort, überschlug sich dabei allerdings mehrfach.

Bale blickte auf die Waffe in seiner Hand. Unglaublich. Das funktionierte ja besser als erhofft.

Der Wagen der Polizisten blieb unter Klirren und metallischem Knirschen auf der Seite liegen. Die Straße war auf einer Strecke von fünfzig Metern mit Glas, Kunststoff und Aluminiumleisten übersät. Ein dicker Ölfilm breitete sich wie eine Blutung unter und neben dem Fahrzeug aus.

Bale blickte rasch die Straße hinauf und hinunter. Dann ging er in die Hocke, sammelte die verbrauchten Patronenhülsen ein und steckte sie in seine Tasche. Er hatte die Waffe absichtlich zu hoch gerichtet, sodass die Flugbahn der Kugeln weit in ein offenes Feld führte. Er fand den Gedanken erheiternd, dass die beiden Polizisten – sofern sie den Unfall überlebt hatten – keinen Beweis dafür haben würden, dass er überhaupt da gewesen war.

Nach einem letzten, beinahe trägen Blick zurück stieg er in seinen Volvo und setzte seine Fahrt fort.

5 »Was hält den Augenmann davon ab, dass er uns einfach angreift und uns zwingt, ihm zu sagen, wo die Verse sind?«

»Die Tatsache, dass wir nicht wissen, wo sie sind. Jedenfalls nicht nach seinem Kenntnisstand.«

Alexi schaute verwirrt drein. Er warf einen fragenden Blick auf Yola, aber die schlief tief und fest auf dem Rücksitz.

»Überleg doch mal, Alexi. Er weiß nur, was ihm Yola verraten hat. Nicht mehr. Und sie konnte ihm nichts von den drei Marien sagen, weil sie zu diesem Zeitpunkt selbst noch nichts von ihnen wusste.«

»Aber …«

»Darüber hinaus kann er nur auf den Versen vom Fuß der Schwarzen Madonna in Rocamadour aufbauen. Die ihn nach Montserrat geschickt haben. Aber dort gelang es ihm nicht, an den Vierzeiler zu kommen, der im Sockel von *La Morenita* verborgen ist und die Verbindung zu den Zigeunern bekräftigt. Und er weiß weder von meinem Treffen mit Calque, noch dass dieser mir als Zeichen des Vertrauens den Text des Vierzeilers von Montserrat verraten hat. Deshalb muss er an uns kleben bleiben. Er nimmt an, dass wir auf dem Weg sind, um einen weiteren Teil der Botschaft einzusammeln. Wozu sollte er sich dann mit uns anlegen? Er weiß nicht, dass wir wissen, dass wir verfolgt werden. Und nachdem er der spanischen Polizei in Montserrat entwischt ist, fühlt er sich wahrscheinlich so unschlagbar, dass er glaubt, es mit der gesamten Police Nationale aufnehmen zu können, falls sie dumm genug oder wütend genug ist, sich noch einmal mit ihm anzulegen.«

»Woher weißt du das?«

»Schlichte Psychologie. Und der eine Blick auf sein Gesicht, den ich im Heiligtum von Rocamadour erhascht habe. Der Kerl ist es gewöhnt zu bekommen, was er will. Und warum bekommt er es? Weil er handelt. Instinktiv. Und ohne eine Spur von Gewissen. Schau dir seine Taten an. Er bricht den Leuten jedes Mal einfach das Genick.«

»Warum überfallen wir ihn dann nicht aus dem Hinterhalt? Wenden seine eigene Taktik gegen ihn an. Wieso warten, bis er uns angreift?«

Sabir rutschte in seinem Sitz zurück.

»Die Polizei wird es vermasseln, Damo. Sie vermasselt es immer. Es war mein Cousin, den er getötet hat, Yolas Bruder. Wir haben geschworen, ihn zu rächen. Du warst einverstanden. Wir haben diesen Mann an der Leine – er folgt uns überallhin. Warum nicht ein bisschen an der Leine zerren? Ihn aus der Reserve locken? Wir würden Calque einen Gefallen tun.«

»Das glaubst du, oder?«

»Ja.« Alexi grinste. »Ich mag die Polizei. Du weißt es. Sie waren immer anständig zu uns Zigeunern, nicht? Haben uns mit Respekt und Würde behandelt. Sich höflich verhalten und uns die gleichen Rechte wie der übrigen französischen Bevölkerung eingeräumt. Warum sollten wir nicht zur Abwechslung ihnen ein bisschen helfen? Uns revanchieren?«

»Du hast aber nicht vergessen, was letztes Mal passiert ist, oder?«

»Dieses Mal sind wir besser vorbereitet. Und wenn alles schiefgeht, kann uns die Polizei immer noch heraushauen. Wie John Wayne in *Ringo*.«

Sabir sah ihn missbilligend an.

»Ja, ja, ich weiß. Wir spielen hier nicht Cowboy und Indianer. Aber ich finde, wir sollten die Taktik dieses Kerls gegen ihn verwenden. Es hätte letztes Mal beinahe funktioniert ...«

»Bis auf deine Zähne und Eier ...«

»... bis auf meine Zähne und Eier. Ja. Aber diesmal wird es klappen. Wenn wir es richtig planen, wohlgemerkt. Und wenn wir die Nerven nicht verlieren.«

**6** Calque zwängte sich durch das zerbrochene vordere Fenster des Polizeiwagens ins Freie. Er blieb eine Weile auf dem Boden liegen, streckte alle viere von sich und blickte zum Himmel. Macron hatte recht gehabt. Der Airbag funktionierte in Verbindung mit dem Sicherheitsgurt. Er funktionierte so gut, dass er ihm die Nase gebrochen hatte. Er hob eine Hand und befühlte die neue Form, brachte aber nicht ganz den Mut auf, sie mit einem Ruck in die alte zurückzuführen. »Macron?«

»Ich kann mich nicht bewegen, Chef. Und ich rieche Benzin.«

Der Wagen war genau im Scheitelpunkt der Kurve liegen geblieben. Calque hatte das absurde Bild vor Augen, wie er den Kofferraumdeckel aufstemmte, das Warndreieck herausholte und ein Stück die Straße zurückhumpelte, um es aufzustellen, damit niemand versehentlich von hinten in sie krachte. Den Sicherheitsvorschriften zufolge müsste er dabei auch noch eine reflektierende Weste tragen. Für einen kurzen Moment war er tatsächlich versucht zu lachen.

Stattdessen mühte er sich aber auf die Knie und reckte den Hals, um unter das Autowrack zu spähen. »Kommen Sie an den Schlüssel heran?«

»Ja.«

»Dann stellen Sie den Motor ab.«

»Das passiert automatisch, wenn sich der Airbag aufbläst. Aber ich habe das Ding vorsichtshalber trotzdem umgedreht.«

»Guter Junge. Kommen Sie an Ihr Handy?«

»Nein. Meine linke Hand ist zwischen Sitz und Tür eingeklemmt. Und der Airbag ist genau zwischen meiner rechten Hand und der Tasche.«

Calque seufzte. »Also gut. Ich stehe jetzt auf. Ich bin gleich bei Ihnen.« Calque kam schwankend auf die Beine. Alles Blut floss an die Körperränder, und für einen Augenblick dachte er, er würde tot umfallen.

»Alles in Ordnung bei Ihnen, Chef?«

»Meine Nase ist gebrochen. Und ich fühle mich ein wenig schwach. Ich komme jetzt.« Calque setzte sich auf die Straße. Sehr langsam legte er sich wieder auf den Rücken und schloss die Augen. Irgendwo hinter sich hörte er das Kreischen überhitzter Bremsen.

7 »Woher hatte er die Maschinenpistole?«

»Von dem spanischen Paramilitär natürlich. Villada kam nicht dazu, mir davon zu erzählen.«

Calque saß neben Macron in der Unfallstation des Krankenhauses von Rodez. Beide waren bandagiert und mit Pflaster beklebt. Calque trug einen Arm in der Schlinge. Seine Nase war wieder gerichtet, und er spürte die Restwirkung des lokalen Betäubungsmittels als Kribbeln an seinen Vorderzähnen.

»Ich kann immer noch fahren, Chef. Wenn Sie uns einen anderen Wagen besorgen, würde ich gern einen neuen Versuch zur Festnahme des Augenmanns unternehmen.«

»Sagten Sie einen *neuen* Versuch? Ich kann mich nicht erinnern, dass wir schon einen unternommen hätten.«

»Wie man halt so sagt.«

»Es ist trotzdem dumm.« Calque legte den Kopf an das Sitzkissen. »Die Jungs von der Straßensperre glauben nicht einmal, dass der Augenmann da war, weil es nirgendwo im Wagen Einschusslöcher gibt. Ich habe Ihnen gesagt, dass der Schweinehund anscheinend seine Hülsen eingesammelt hat, aber sie amüsieren sich trotzdem bei der Vorstellung, dass wir den Wagen aus Versehen zu Schrott gefahren haben und es nur vertuschen wollen.«

»Meinen Sie, er hat es absichtlich getan? Er will uns zum Gespött machen?«

»Er lacht über uns, ja.« Calque zog eine Zigarette unter seiner Nase entlang und machte Anstalten, sie anzuzünden. Eine Schwester schüttelte den Kopf und wies nach draußen. Calque seufzte. »Sie wollen mir den Fall wegnehmen und ihn der DCSP übergeben.«

»Aber das können sie nicht machen.«

»Doch, das können sie. Und sie werden es tun, wenn ich ihnen keinen überzeugenden Grund liefere, es bleiben zu lassen.«

»Ihr Dienstalter, Chef.«

»Ja, das ist sehr überzeugend. Ich spüre es jeden Tag im Rücken, in den Armen, den Oberschenkeln und den Füßen. Ich glaube, irgendwo in meiner rechten Wade ist eine Stelle, die sich noch jung und tatkräftig anfühlt. Vielleicht sollte ich ihnen die zeigen?«

»Aber wir haben ihn gesehen. Wir haben sein Gesicht gesehen.«

»Aus achtzig Metern Entfernung. Aus einem fahrenden Auto heraus. Hinter einer Maschinenpistole.«

»Aber das wissen die nicht.«

Calque setzte sich vor. »Schlagen Sie etwa vor, sie anzulügen, Macron? Den Umfang unseres Wissens zu übertreiben? Nur um einen Fall zu behalten, der uns bei einer Reihe von Gelegenheiten fast das Leben gekostet hätte?«

»Ja, Chef.«

Calque wölbte seine Finger zu einer Art Kranklaue und betastete vorsichtig seine frisch gerichtete Nase. »Vielleicht haben Sie gar nicht so unrecht, mein Junge. Vielleicht haben Sie gar nicht so unrecht.«

8 »Ich brauche Zugang zu einem Computer. Ich muss in ein Internetcafé.«

»Bist du verrückt, Damo? Die Polizei sucht immer noch nach dir. Wahrscheinlich wird jemand am Computer neben dir die Nachrichten lesen, dein Foto sehen, deine Beschreibung durchgeben und fröhlich zuschauen, wie sie dich holen kommen. Und wenn sie die ganze Szene von deiner Festnahme mit ihren Webcams filmen, können sie es direkt ins Netz stellen und sich einen Namen machen. Sie werden auf einen Schlag zum Millionär. Besser als Lotto.«

»Ich dachte, du kannst nicht lesen, Alexi. Woher weißt du so viel über Computer?«

»Er spielt.«

Sabir drehte sich um und sah Yola an. »Wie bitte?«

Yola gähnte. »Er geht in Internetcafés und spielt Computerspiele.«

»Aber er ist erwachsen.«

»Trotzdem.«

Alexi konnte Yolas Gesicht nicht sehen, da er fuhr, aber er brachte es fertig, ein paar besorgte Blicke in den Rückspiegel zu werfen. »Was ist falsch an Computerspielen?«

»Nichts. Wenn man fünfzehn ist.«

Yola und Sabir bemühten sich, ihre Erheiterung hinter ernsten Mienen zu verbergen. Alexi war das perfekte Opfer für Spott, weil er alles, was ihn betraf, absolut für bare Münze nahm, während er andere Leute sehr viel differenzierter sah.

Zur Abwechslung war es ihm aber offenbar gelungen, ihre Gedanken zu erraten, denn er ging sofort zu einem ernsteren Thema über. »Sag mal, wozu du das Internet brauchst, Damo.«

»Um eine Schwarze Madonna zu finden. Wir müssen einen

Ort, weit entfernt von der Camargue bestimmen, an den wir den Augenmann locken können. Und den er für glaubwürdig hält. Dazu brauchen wir eine Schwarze Madonna.«

Yola schüttelte den Kopf. »Ich glaube nicht, dass du das tun solltest.«

»Aber du warst absolut dafür. Als wir in Samois aufbrachen und als wir nach Rocamadour fuhren.«

»Ich habe so ein Gefühl, was diesen Mann angeht. Du solltest ihn der Polizei überlassen. Wie du es mit dem Hauptmann ausgemacht hast. Ich habe ein sehr schlechtes Gefühl.«

»Ihn der Polizei überlassen? Diesen Trotteln?« Alexi schaukelte hinter dem Lenkrad vor und zurück. »Und ihr lacht über mich, weil ich Computerspiele spiele? Ihr seid die Spieler, nicht ich.« Alexi machte eine dramatische Pause und wartete auf eine Reaktion. Als keine kam, fuhr er unbeirrt fort. »Ich sage, lass Damo gehen und seine Schwarze Madonna suchen. Dann führen wir den Augenmann dorthin. Diesmal machen wir einen idiotensicheren Plan. Wir werden auf ihn warten. Er kommt – wir erschießen ihn. Dann schlägt ihn Damo mit seinem Stock zu Brei. Wir begraben ihn irgendwo. Die Polizei kann die nächsten zehn Jahre nach ihm suchen – dann sind ein paar von ihnen beschäftigt und bleiben uns vom Hals.«

Yola schleuderte die Arme in die Luft. »Alexi, als *O Del* den Verstand verteilte, hatte er nur eine bestimmte Menge davon zur Verfügung. Er versuchte natürlich, gerecht zu sein, aber weil deine Mutter ihm so zusetzte, hat er sich völlig vertan und dir das bisschen wieder weggenommen, das du aus Versehen bekommen hattest. Und jetzt schau dich an.«

»Und wem hat er ihn gegeben? Meinen Verstand, meine ich. Damo, nehme ich an? Oder Gavril? Willst du mir das sagen?«

»Nein. Ich glaube, er hat einen wirklich bösen Fehler gemacht. Er hat ihn dem Augenmann gegeben.«

9 »Ich hab's.« Sabir schlüpfte auf den Beifahrersitz des Audi und hielt ein Stück Papier in der Hand. »Espalion. Nur fünfzehn Kilometer Luftlinie von hier. Und es klingt absolut nachvollziehbar, dass wir auf Umwegen dorthin fahren – die Polizei ist schließlich immer noch hinter uns her.« Er ließ den Blick über die Gesichter der beiden wandern. »Ich wüsste nicht, warum er es uns nicht abkaufen sollte.«

»Wieso Espalion?«

»Weil es hat, was wir brauchen. Zunächst einmal liegt es in der entgegengesetzten Richtung von Les Saintes-Maries. Und es hat seine ganz eigene Schwarze Madonna, *La Negrette* genannt. Gut, ihr fehlt das Kind, aber man kann nicht alles haben. Sie befindet sich in einer kleinen Kapelle neben einem Krankenhaus, was bedeutet, dass es – anders als in Rocamadour – ziemlich sicher keinen Wachmann geben wird, da Patienten und ihre Angehörigen vermutlich zu jeder Tages- und Nachtzeit die Kapelle besuchen wollen. Es gibt auch Wunder – offenbar neigt *La Négrette* zu Weinkrämpfen, und wenn sie frisch gestrichen wird, kehrt sie jedes Mal zu ihrer Originalfarbe zurück. Sie wurde während der Kreuzzüge gefunden und vom Sieur de Calmont auf das Château de Calmont d'Olt gebracht. Hier steht, dass die Statue während der Revolution in Gefahr war, als das Schloss geplündert wurde, aber eine tapfere Seele hat sie gerettet. Es ist also absolut glaubwürdig, dass sie zu Zeiten von Nostradamus bereits da war. Die Pont Vieux in Espalion ist sogar Weltkulturerbe. Der Ort liegt genau wie Rocamadour auf dem Pilgerweg nach Santiago di Compostela. Es passt perfekt.«

»Und wie locken wir den Augenmann in die Falle?«

»Ich wette, sobald wir in Espalion Halt machen, wird er ahnen, hinter was wir her sind. Und er wird ziemlich sicher versuchen, vor uns dort zu sein. Laut Calques Aussage ist er ohnehin nie weiter als einen Kilometer hinter uns, deshalb bleiben uns vielleicht zwei, drei Minuten, um ihm eine Falle zu stellen. Das reicht natürlich nicht. Deshalb müssen Yola und ich uns jetzt ein Taxi suchen. Auf der Stelle. Ich habe einen kleinen Plan ausgeheckt.«

**10** Sabir stieg aus dem Taxi. Er hatte zwanzig Minuten Zeit, ehe Alexi mit dem Audi eintreffen sollte, den Augenmann im Schlepptau. Zwanzig Minuten, um einen Platz für einen Hinterhalt zu finden, bei dem nichts schiefgehen konnte.

Yola wartete unweit einer Telefonzelle in der Stadtmitte. Falls sie binnen einer Stunde nichts von ihnen hörte, würde sie Calque anrufen und ihm erzählen, was los war. Es war kein eleganter Plan, aber bei drei gegen einen hatte Sabir das Gefühl, dass er ihnen den winzigen Vorteil verschaffte, den sie brauchten, um das Blatt zu wenden.

Aber es hing alles von ihm ab. Er hatte die Remington. Er war ein brauchbarer Schütze. Aber er wusste, dass er eine direkte Konfrontation mit dem Augenmann nicht überleben würde.

Es war keine Frage des Könnens – so viel war ihm klar –, sondern des Willens. Er war kein Killer. Der Augenmann war einer. So einfach war das. Deshalb musste er den Mann kampfunfähig machen, ehe er reagieren konnte.

Sabirs Blick ging über das Krankenhausgelände. Würde der Augenmann direkt mit dem Wagen hierherkommen? Oder würde er den Wagen abstellen und zu Fuß kommen, wie er es in Montserrat getan hatte? Sabir spürte, wie ihm der Schweiß ausbrach.

Nein. Er würde in die Kapelle gehen und dort auf den Augenmann warten müssen.

Er hatte plötzlich ein starkes klaustrophobisches Gefühl. Was tat er da? Wie hatte er sich in diese absurde Lage gebracht? Er musste verrückt sein.

Er lief in die Kapelle und rannte dabei fast eine ältere Dame und ihren Sohn über den Haufen, die eben aus dem Eingang kamen.

In der Kapelle fand ein Gottesdienst statt. Der Priester bereitete sich eben auf die Messe vor. Großer Gott.

Sabir verließ die Kapelle wieder und sah sich hektisch auf dem Parkplatz um. Noch zwölf Minuten. Er begann die Straße in Richtung Stadt entlangzutraben. Es war unmöglich. Sie konnten keine Schießerei in einer Kapelle anfangen, die gerammelt voll mit Gottesdienstteilnehmern war.

Vielleicht würde Alexi zu früh kommen. Er verlangsamte sein Tempo. Unwahrscheinlich. Und er hatte einen richtig tollen Hinterhalt hinbekommen. Als *O Del* den Verstand ausgab, war nicht nur Alexi zu kurz gekommen.

Sabir setzte sich auf einen Poller am Straßenrand. Wenigstens hatte Alexi hier ausreichend Platz, den Wagen zu wenden. Daran hatte er immerhin gedacht.

Er holte die Remington hervor und legte sie in seinen Schoß. Dann wartete er.

## 11

»Sie feiern einen Gottesdienst. Die Kapelle ist proppenvoll. Es würde ein Blutbad geben.«

»Dann ist die Sache also abgeblasen? Wir lassen es?«

»Wir haben drei Minuten, um umzukehren und Yola abzuholen. Dann, schlage ich vor, sehen wir zu, dass wir von hier verschwinden. Sobald wir aus der Stadt raus sind, werfen wir den verfluchten Peilsender weg und fahren nach Les Saintes-Maries. Und zum Teufel mit Calque und dem Augenmann.«

Alexi wendete den Audi und fuhr zurück in Richtung Stadt. »Wo hast du Yola gelassen?«

»Sie sitzt im Café Central. Neben einer Telefonzelle. Ich habe die Nummer aufgeschrieben. Ich wollte sie anrufen, wenn alles gut ausgegangen ist.«

Alexi warf einen raschen Seitenblick auf Sabir. »Was ist, wenn wir dem Augenmann begegnen? Er kennt unseren Wagen.«

»Das Risiko müssen wir eingehen. Wir können Yola nicht wie einen Köder mitten in der Stadt sitzen lassen.«

»Und was, wenn er *sie* sieht?«

Sabir überlief es kalt. »Halt bei der Telefonzelle dort. Ich rufe sie an. Sofort.«

Achor Bale warf die Liste auf den Beifahrersitz. Espalion. Eine Schwarze Madonna namens *La Négrette*. In der Nähe des Krankenhauses. Das war es also.

Er hatte die Liste aller Schwarzen Madonnen südlich einer Linie Lyon – Zentralmassiv vor zwei Tagen per Handy erhalten. Mit freundlicher Unterstützung der Privatsekretärin von Madame, seiner Mutter. Sie hatte ihm die Liste für alle Fälle zusammengestellt, unter Verwendung von Forschungsmaterial aus der Bibliothek von Monsieur, seinem Vater. Zu diesem Zeitpunkt hatte er sie für überfürsorglich gehalten, gar gedacht, sie wolle sich einmischen. Jetzt wusste er, dass sie richtig gehandelt hatte.

Er trat aufs Gaspedal. Gut, dass die Sache nun bald vorbei sein würde. Es hatte alles viel zu lange gedauert. Ihn zu lange sichtbar sein lassen. Je länger man im Einsatz blieb, desto größer die Wahrscheinlichkeit, dass man einen Fehler machte. Das hatte ihn die Fremdenlegion gelehrt. Man brauchte sich nur anzusehen, was in Dien Bien Phu gegen die Viet Minh passiert war.

Bale rauschte mit hundert Stundenkilometern nach Espalion hinein und hielt links und rechts nach Hinweisschildern auf ein Krankenhaus Ausschau. Richtung Stadtmitte verlangsamte er. Wozu unnötig Aufmerksamkeit erregen? Er würde Zeit haben. Die drei Komiker wussten nicht einmal, dass er sie immer noch verfolgte.

Er hielt vor dem Café Central, um nach dem Weg zu fragen.

Das Mädchen. Da saß es.

Dann hatten sie es also zurückgelassen, um die Drecksarbeit allein zu machen. Wollten es später wieder holen, wenn die Gefahr vorüber wäre. Kavaliere.

Bale stieg aus dem Wagen. Im selben Moment läutete eine Telefonzelle in der Nähe.

Das Mädchen sah zu der Telefonzelle. Dann zu ihm. Ihre Blicke trafen sich. Bale lächelte, als würde er eben einer alten Bekannten begegnen.

Yola stand auf, ihr Stuhl fiel um. Ein Kellner ging instinktiv auf sie zu.

Bale schlenderte beiläufig zum Wagen zurück.

Als er wieder nach dem Mädchen sah, lief es bereits um sein Leben.

## 12

Bale fuhr gemächlich wieder an, als hätte er es sich anders überlegt und wolle nun doch keinen Kaffee trinken, oder als habe er seine Geldbörse zu Hause vergessen. Er wollte nicht, dass sich jemand an ihn erinnerte. Er blickte nach links. Das Mädchen spurtete die Straße entlang, der Kellner war ihm dicht auf den Fersen. Dumme Gans. Die Kleine hatte ihre Rechnung nicht bezahlt.

Er setzte sich neben den Kellner und hupte. »Tut mir leid, mein Fehler. Wir haben es eilig.« Er streckte einen Zwanzig-Euro-Schein aus dem Fenster. »Ich hoffe, das reicht als Trinkgeld.«

Der Kellner sah ihn erstaunt an. Bale lächelte. Seine geronnenen Augen hatten immer diese Wirkung auf andere Leute. Sie waren wie hypnotisiert.

Als Kind hatte er alle möglichen Ärzte mit seinem Zustand fasziniert. Man hatte sogar wissenschaftliche Aufsätze über ihn geschrieben. Ein Arzt hatte ihm erklärt, bevor sein Fall bekannt geworden war, sei fehlendes Augenweiß nur bei *Gammarus chevreuxi Sexton* beobachtet worden – einer Sandgarnele. Er sei deshalb ein völlig neuer genetischer Typus. Eine echte Mendel'sche Rückbildung. Falls er je Kinder hätte, könnten sie eine Dynastie gründen.

Bale setzte, amüsiert über die Verwirrung des Kellners, seine Brille auf. »Drogen, verstehen Sie. Diese Jugendlichen heutzutage. Man kann sie keinen Moment von der Leine lassen. Falls sie Ihnen mehr schuldet, sagen Sie es.«

»Nein. Nein, das ist schon in Ordnung.«

Bale zuckte die Achseln. »Es ist leider so, dass sie in die Klinik zurückmuss. Die hasst sie allerdings. Sie macht jedes Mal so ein Theater.« Er winkte dem Kellner zu und beschleunigte. Das Letzte, was Bale brauchen konnte, war, dass sich noch mehr Polizei an seine Fersen heftete. Es hatte ihn beim letzten Mal schon viel zu viel Anstrengung gekostet, die Bande loszuwerden. So aber würde der Kellner seinen Gästen erklären, was los gewesen war, und alle würden zufrieden sein. Bis die Leute nach Hause gingen, würde sich die Geschichte verselbstständigt und ein Dutzend verschiedener Ausgänge genommen haben.

Yola warf einen gehetzten Blick über die Schulter. Sie wurde langsamer. Was tat der Mann? Er sprach mit dem Kellner. Wie dumm von ihr wegzurennen, ohne zu bezahlen. Sie versuchte, zu Atem zu kommen, aber ihr Herz schien vorübergehend außer Kontrolle zu sein.

Was, wenn es gar nicht der Mann war? Wieso war sie so gerannt? Er hatte etwas an sich gehabt. Die Art, wie er gelächelt hatte. Fast, als würden sie sich schon länger kennen.

Sie stand an der Straßenecke und beobachtete sein Gespräch mit dem Kellner. Er würde wegfahren. Er hatte nichts mit ihr zu tun. Sie war umsonst in Panik geraten. Und das Telefon hatte ebenfalls geläutet. Vielleicht hatte Damo gewollt, dass sie die Polizei anrief. Vielleicht hatte er ihr mitteilen wollen, dass sie den Augenmann getötet hatten?

Den Augenmann. Jetzt fielen ihr die Augen des Mannes ein. Wie sein Blick sie im Café durchbohrt hatte.

Sie stöhnte leise auf und begann zu laufen.

Hinter ihr nahm der Volvo Fahrt auf.

## 13

Zuerst lief Yola, ohne nachzudenken – fort, einfach nur fort. Irgendwann war sie dann allerdings so geistesgegenwärtig, in eine schmale Gasse zu schlüpfen, wo der große Wagen Schwierigkeiten haben würde, ihr zu folgen. Das vorübergehende Nachlassen der Spannung beruhigte sie, und zum ersten Mal in den drei Minuten, seit sie ihren Angreifer erkannt hatte, gewann ihr Verstand die Oberhand über ihre Gefühle.

Der Volvo verfolgte sie nun in einem langsameren, unregelmäßigeren Tempo – er beschleunigte spontan und verlangsamte dann wieder, wenn sie es am wenigsten erwartete. Sie begriff plötzlich, dass er sie wie eine Kuh in Richtung Stadtrand vor sich her trieb.

Und Damo hatte angerufen. Er musste es gewesen sein. Was bedeutete, dass er und Alexi vielleicht unterwegs waren, um sie abzuholen.

Sie schaute mit wildem Blick in Richtung Stadtmitte. Sie würden über die Krankenhausstraße kommen. Ihre einzige Chance bestand darin, sie zu treffen. Wenn der Augenmann so weitermachte, würde sie andernfalls schließlich ermüden, und er würde sie sich mühelos schnappen können.

Sie sah einen Mann aus einem Laden kommen. Er bückte sich und zog seine Socken zurecht, dann ging er zu seinem Fahrrad, das an einen Baum gekettet war. Sollte sie ihn rufen? Nein. Sie begriff instinktiv, dass der Augenmann nicht die geringsten Skrupel haben würde, ihn zu töten. Die Art, wie er ihr folgte, hatte etwas Schicksalhaftes – als wäre die ganze Sache vorherbestimmt. Sie würde keine Außenstehenden hineinziehen.

Sie nahm ihren ganzen Mut zusammen und lief zurück in Richtung Stadtmitte, wobei sie eine Route einschlug, bei der sie die Straße kreuzte, auf der Alexi und Damo möglicherweise in die Stadt unterwegs waren. Wie viel Zeit war seit dem Anruf vergangen? Fünf Minuten? Sieben? Sie keuchte wie ein Pferd, ihre Lunge war die trockene Stadtluft nicht gewöhnt.

Der Volvo gab wieder Gas, als wollte er sie diesmal wirklich über den Haufen fahren.

Sie lief in einen Zeitungsladen und sofort wieder hinaus,

weil sie Angst hatte, in der Falle zu sitzen. Wenn nur ein Streifenwagen vorbeikäme. Oder ein Bus. Irgendwas.

Sie schlüpfte wieder in eine schmale Gasse. Der Volvo entfernte sich in hohem Tempo, um sie am Ausgang der Gasse abzufangen.

Sie machte kehrt und lief zurück in Richtung Hauptstraße. Wenn er jetzt umkehrte, ehe sie das Ende der Gasse erreicht hatte, wäre es um sie geschehen.

Jetzt rannte sie wirklich, sie keuchte bei jedem Atemzug vor Anstrengung. Sie dachte an die Hände des Mannes auf ihr, an seine Worte. An die tödliche Wirkung seiner Worte. Sie hatte gewusst, es gab kein Entkommen. Hatte gewusst, dass er genau das tun würde, was er angekündigt hatte. Wenn er sie jetzt zu fassen bekäme, würde er sie bewusstlos schlagen, um sie zum Schweigen zu bringen. Dann konnte er alles mit ihr tun. Sie würde es nie erfahren.

Sie stürzte wieder auf die Hauptstraße hinaus und hielt links und rechts nach dem Audi Ausschau. Die Straße war leer.

Sollte sie sich in Richtung Stadtmitte halten? Zurück zu dem Café? Oder sollte sie in Richtung Krankenhaus laufen?

Sie nahm die Krankenhausstraße. Sie hinkte inzwischen und konnte kaum mehr laufen.

Als Bales Volvo um die Ecke der Krankenhausstraße bog, stolperte sie und fiel auf die Knie.

Es war Mittag. Alle Leute saßen beim Essen. Sie war allein.

## 14

»Da ist Yola! Sie ist überfahren worden.« Sabir riss den Wagen quer über die Straße, in Richtung Randstein.

»Damo. Schau.« Alexi berührte ihn am Arm.

Sabir blickte auf. Ein weißer Volvo SUV mit getönten

Scheiben kam gemächlich um die Kurve und blieb dann stehen, auf der falschen Straßenseite, rund fünfzig Meter von dem Mädchen entfernt. Die Tür ging auf und ein Mann stieg aus.

»Das ist er. Das ist der Augenmann.«

Sabir stieg aus dem Auto.

Yola rappelte sich auf die Füße und blieb leicht schwankend stehen, den Blick auf den Volvo gerichtet.

»Alexi. Geh, und hol sie.« Sabir nahm die Remington aus der Tasche. Er richtete sie nicht auf den Augenmann – das wäre angesichts der Entfernung absurd gewesen –, sondern hielt sie flach an seinen Oberschenkel, als habe er sie eigentlich wieder einstecken wollen, aber vorübergehend vergessen, dass er eine Waffe trug. »Jetzt führ sie in den Wagen.«

Der Augenmann rührte sich nicht. Er stand nur da und beobachtete ihre Bewegungen wie ein neutraler Beobachter bei einem Gefangenenaustausch zwischen Krieg führenden Staaten.

»Seid ihr beide drin?« Sabir wagte es nicht, den Blick von seinem unheimlich reglosen Gegner zu nehmen.

»Ist das meine Pistole?« Die Stimme des Mannes war gemessen, beherrscht, als würde er eine vereinbarte Unterhandlung zwischen zwei verfeindeten Fraktionen führen.

Sabir fühlte sich benommen – fast wie hypnotisiert. Er hielt die Pistole in die Höhe und betrachtete sie.

»Ich gebe Ihnen zehn Minuten Vorsprung, wenn Sie die Waffe auf der Straße zurücklassen.«

Sabir schüttelte den Kopf. Ihn schwindelte, und er hatte ein Gefühl, als befände er sich in einer anderen Realität. »Das kann nicht Ihr Ernst sein.«

»Es ist mein absoluter Ernst. Wenn Sie sich bereit erklären, die Waffe hierzulassen, entferne ich mich von meinem Wagen und gehe in Richtung Stadtmitte. Ich komme in zehn Minuten wieder. Sie können in jede Richtung fahren, in die Sie wollen. Außer zum Krankenhaus natürlich.«

Alexi beugte sich ruckartig sich über den Vordersitz und flüsterte drängend auf Sabir ein. »Ihm ist nicht klar, dass wir von dem Ortungsgerät wissen. Er glaubt, er kann uns mühelos wieder einfangen, falls wir *La Négrette* bereits haben. Aber er baut darauf, dass wir sie noch nicht haben. Es gibt nur vier Straßen aus dieser Stadt. Er wird sehen, in welche Richtung du fährst und folgen. Wir brauchen diese zehn Minuten. Lass ihm die Waffe. Wir schmeißen die Wanze fort, wie du gesagt hast.«

Sabir hob die Stimme. »Aber dann können wir uns nicht mehr verteidigen.«

Alexi flüsterte durch zusammengebissene Zähne. »Lass ihm die verdammte Waffe, Damo. Wir besorgen uns eine neue, unten in …« Er hielt inne, als befürchtete er, Bale könnte von seinen Lippen lesen oder auf wundersame Weise über eine Entfernung von fünfzig Metern hören, was er sagte. »… dort, wo wir hinfahren.«

Bale langte hinter sich und zog den Redhawk aus seinem Holster. Er hob den Revolver mit beiden Händen und richtete ihn auf Sabir. »Ich kann Ihnen das Knie kaputt schießen. Dann können Sie nicht mehr fahren. Oder Ihren Vorderreifen. Selbes Ergebnis. Dieser Revolver ist auf fünfundachtzig Meter zielgenau. Ihre Pistole vielleicht auf zehn Meter.«

Sabir trat hinter den Schutz der Wagentür.

»Die durchschlägt sie, kein Problem. Aber es ist in niemandes Interesse, hier einen Tumult zu verursachen. Lassen Sie die Waffe hier. Lassen Sie mir freie Fahrt zum Krankenhaus. Dann können Sie verschwinden.«

»Legen Sie Ihre Waffe weg. In den Wagen.«

Bale trat zum Volvo und warf den Redhawk auf den Vordersitz.

»Jetzt weg vom Wagen.«

Bale machte drei Schritte in die Straße hinein. Ein blauer Kastenwagen fuhr vorbei, seine Insassen unterhielten sich eifrig und schenkten ihnen keine Beachtung.

Sabir verbarg die Remington hinter dem Rücken und tat, als wolle er wieder in den Audi steigen.

»Sind wir uns einig, Mister Sabir?«

»Ja.«

»Dann lassen Sie die Pistole im Rinnstein zurück. Ich gehe jetzt fort.« Er verriegelte die Türen des Volvos. »Wenn Sie unsere Abmachung nicht einhalten, werde ich Sie, unabhängig davon, was ich in der Krankenhauskapelle finde, jagen und dafür sorgen, dass Sie sehr lange leiden, ehe Sie sterben.«

»Ich lasse die Pistole hier, keine Sorge.«

»Und die Schwarze Madonna?«

»Sie ist immer noch im Krankenhaus. Wir hatten nicht die Zeit, sie zu holen, wie Sie wissen.«

Bale lächelte. »Die Kleine. Sie können ihr sagen, dass sie sehr tapfer ist. Und es tut mir leid, dass ich ihr am Fluss Angst gemacht habe.«

»Sie kann Sie hören. Ich bin überzeugt, sie wird gerührt sein über Ihre Anteilnahme.«

Bale zuckte die Achseln und wandte sich zum Gehen. Dann blieb er stehen. »Die Pistole. Sie gehörte Monsieur, meinem Vater, verstehen Sie. Bitte legen Sie sie sanft hin.«

15 »Glaubst du, er ist verrückt?« Alexi hatte gerade zum dritten Mal die Nummernschilder ausgewechselt. Er bevorzugte dafür Picknickplätze und Aussichtspunkte mit weitem Blick, wo sich zurückkehrende Besitzer leicht ausmachen ließen.

»Nein.«

»Wieso nicht?« Er nahm wieder auf dem Beifahrersitz Platz und verstaute den Schraubenzieher im Handschuhfach. »Er hätte uns leicht umlegen können mit seinem Monsterrevolver. Er hätte nur schießend auf uns zurennen müssen.«

»Du meinst wie in *Butch Cassidy and the Sundance Kid?*«

»Jetzt verarscht du mich aber wirklich, Damo. Nein, im Ernst. Wir wären nie im Leben rechtzeitig fortgekommen.«

»Aber er will uns ja gar nicht.«

»Was soll das heißen?«

»Wir sind nur ein Mittel zum Zweck, Alexi. Ein Mittel, um an die Verse heranzukommen. Wenn er am Stadtrand eine Schießerei anfängt, schmälert das seine Chancen, vor der Polizei bei der Kapelle zu sein. Der ganze Ort wäre dann hermetisch abgeriegelt. Wie du gesagt hast, gibt es nur vier Straßen, die von hier wegführen. Es wäre ein Leichtes für die Polizei, sie alle dichtzumachen. Und dann einen Hubschrauber zu schicken. Wie Kaninchenjagd mit einem Frettchen.«

»Ich weiß jetzt, wie es sich anfühlt, ein Kaninchen zu sein. Und ich habe mich immer für das Frettchen gehalten.«

»Du bist eins, Alexi. Ein mutiges Frettchen.« Yola richtet sich im Rücksitz auf. »Danke, dass du mich gerettet hast.«

Alexi errötete. Er zog den Kopf ein, begann zu grinsen und schlug dann mit der Hand auf das Armaturenbrett. »Stimmt, das hab ich tatsächlich getan, oder? Er hätte mich erschießen können. Aber ich bin trotzdem auf die Straße gerannt und habe dich geholt. Hast du das gesehen, Damo?«

»Ich hab's gesehen.«

»Ich habe dich geholt, Yola, oder?«

»Ja. Du hast mich geholt.«

Alexi grinste auf dem Beifahrersitz vor sich hin. »Vielleicht entführe ich dich, wenn wir in Les Saintes-Maries sind. Vielleicht bitte ich die heilige Sara, unsere zukünftigen Kinder zu segnen.«

Yola setzte sich ein wenig höher. »War das jetzt ein Heiratsantrag?«

Alexi schaute entschlossen nach vorn – ein El Cid, der an der Spitze seiner Armee nach Valencia hineinreitet. »Ich sagte, vielleicht. Mach dir nicht zu viele Hoffnungen.« Er schlug Sabir auf die Schulter. »Was, Damo? Gleich von Beginn an alles klarstellen – so macht man es mit Frauen.«

Sabirs und Yolas Blicke trafen sich im Rückspiegel. Sie verdrehte resigniert die Augen. Er zog die Schultern hoch und tippte sich teilnahmsvoll an den Kopf. Sie antwortete mit einem heimlichen Lächeln.

## 16

»Sie haben den Peilsender entfernt.«

»Wie? Den des Augenmanns?«

»Nein, unseren. Ich glaube, sie haben sonst keinen gefunden. Ich glaube, *sie denken*, es ist der des Augenmanns. Haben Sie es Ihnen so gesagt? Dass es nur einen gibt?«

Calque seufzte. Das Leben verlief nicht gerade nach Plan. Trotzdem. Wann tat es das schon? Er hatte jung geheiratet, als alle seine Ideale noch intakt gewesen waren. Die Ehe war von Beginn an katastrophal verlaufen. Seine Frau hatte sich als Hausdrachen erwiesen und er sich als moralischer Feigling. Eine verhängnisvolle Mischung. Es folgten fünfundzwanzig Jahre Elend von solchem Ausmaß, dass selbst diese letzten zehn Jahre mit Gerichtsverfahren, ruinösen Unterhaltszahlungen und finanzieller Knappheit zeitweise wie ein Geschenk Gottes wirkten. Alles, was ihm noch blieb, war seine Arbeit bei der Polizei und eine desillusionierte Tochter, die seine Anrufe von ihrem Mann erwidern ließ. »Können wir Sabirs Wagen trotzdem über den Peilsender des Augenmannes verfolgen?«

»Nein, weil wir den korrekten Code nicht kennen.«

»Können wir ihn besorgen?«

»Sie arbeiten daran. Es gibt nur ungefähr einhundert Millionen mögliche Kombinationen.«

»Wie lange?«

»Ein Tag, vielleicht zwei.«

»Das ist zu lange. Wie steht es mit der Seriennummer der Pistole?«

»Sie wurde in den 1930er-Jahren zum ersten Mal registriert. Aber vor 1980 ist nichts computerisiert. Alle Vorkriegsaufzeichnungen – zumindest die, die nicht von den Nazis konfisziert wurden – werden deshalb in einem Lagerhaus in Bobigny aufbewahrt. Man muss sie von Hand durchgehen. Also das gleiche Problem wie bei dem Code des Ortungsgeräts. Nur mit der halben Aussicht auf Erfolg.«

»Dann müssen wir in das Zigeunerlager in Gourdon zurück und ihre Spur von dort aufnehmen.«

»Wie kommen Sie darauf?«

»Unser Trio hat sich drei Tage dort aufgehalten. Sie werden mit irgendwem geredet haben.«

»Aber Sie wissen, wie diese Leute sind. Wieso glauben Sie, die werden jetzt plötzlich mit Ihnen reden?«

»Das glaube ich nicht. Aber irgendetwas müssen wir ja tun,

während wir darauf warten, dass Ihre Technikfreunde uns wieder auf die Spur ›dieser Leute‹ bringen – wie Sie sie hartnäckig nennen.«

**17** Achor Bale biss von seinem Sandwich ab, dann richtete er sein Fernglas wieder auf das Zigeunerlager und kaute nachdenklich. Er befand sich oben im Kirchturm, wo er angeblich Baudenkmäler zeichnete. Der Priester war das, was man eine gute Seele nennen konnte, und hatte keine Einwände dagegen gehabt, dass Bale den Tag mit seiner Holzkohle und dem Radierpapier dort oben verbrachte – die hundert Euro Spende an die Kirche hatten dabei sicher nicht geschadet.

Bisher hatte Bale jedoch niemanden gesehen, den er vom Lager in Samois kannte. An so jemanden hätte er sich als Erstes herangemacht. In zweiter Linie kamen Leute infrage, die auffällig waren, die nicht dazupassten. Was von der Norm abwich, stellte immer einen Schwachpunkt dar. Und Schwachpunkte eröffneten Gelegenheiten.

Bis jetzt hatte er eine verheiratete junge Frau ohne Kinder ausgemacht, eine alte Frau, mit der niemand sprach und die niemand berührte, und einen blonden Mann, der aussah, als habe er sich vom Drehort eines Wikingerfilms hierherverirrt – oder direkt aus einem Ausbildungslager der SS um 1938. Bale war noch nie einem Zigeuner mit einem solchen Aussehen begegnet. Dennoch schienen sie den Mann als einen der ihren zu akzeptieren. Seltsam. Es lohnte sich bestimmt, der Sache nachzugehen.

Bale empfand keinen besonderen Groll wegen der Sackgasse mit der Statue in Espalion. Sie hatten ihn drangekriegt, wie man so sagt. Die drei hatten ihn zum Narren gehalten, und er war darauf hereingefallen. Die Sache war außerordentlich gut eingefädelt gewesen, und er hatte sich gezwungen gesehen, sein Urteil über sie einmal mehr zu revidieren. Vor allem über die junge Frau, die ihn wirklich an der Nase herumgeführt hatte – so weit, dass er von ihrer Angst vor ihm völlig überzeugt gewesen war. Sie hatte das trojanische Pferd perfekt gespielt, und er durfte sie nie mehr unterschätzen.

*Tant pis*. Er hatte die Remington Monsieurs, seines Vaters, wiederbekommen, ehe es jemandem eingefallen war, sie zurückzuverfolgen, und er hatte die Polizei abgeschüttelt. Seine Zeit war also nicht gänzlich vergeudet gewesen.

Aber er musste zugeben, dass Sabirs Entscheidung für Espalion nichts weniger als genial gewesen war. Alles daran hatte gestimmt. Er war sich infolgedessen sicher, dass der wahre Hinweis auf das Versteck der Verse in der entgegengesetzten Richtung zu jener zu finden sein musste, in die das Trio vorgeblich unterwegs gewesen war. Das war etwas, was Büchermenschen wie Sabir immer taten – sie durchdachten Dinge unnötig detailliert. Die richtige Schwarze Madonna musste demnach irgendwo in Südfrankreich zu Hause sein. Das engte das in Frage kommende Gebiet beträchtlich ein. Und es machte Bales erzwungene Rückkehr nach Norden – in Richtung Gourdon – umso ärgerlicher. Aber es musste sein.

Er hatte das Trio vom Start weg auf seinem Ortungsgerät verloren. Persönlich vermutete er, dass Sabir die D920 hinunter nach Rodez genommen hatte und dann auf der D28 nach Osten, in Richtung Laissac gefahren war. Von dort gelangte er mühelos nach Montpellier und zum Schnittpunkt dreier Autobahnen. Vielleicht beabsichtigten sie immer noch, nach Montserrat zu fahren? Es wäre durchaus nachvollziehbar. In diesem Fall stünde ihnen allerdings ein fürchterlicher Schock bevor. Wenn er die Mentalität der spanischen Polizei richtig einschätzte, würden sie den Ort noch gut ein halbes Jahr lang unter Einsatz massenhafter Überstunden überwachen lassen, bei jeder passenden Gelegenheit mit glänzenden Lederjacken und Reithosen umherstolzieren und Maschinenpistolen durch die Gegend schleppen. Latinos waren auf der ganzen Welt gleich. Sie liebten die Schau mehr als das Wesen einer Sache.

Der blonde Mann verließ das Lager in Richtung Stadtmitte. Nun gut. Dann würde er es als Erstes bei ihm probieren. Es war vermutlich ohnehin leichter, an ihn heranzukommen als an das Mädchen oder die alte Frau.

Bale aß sein Sandwich auf, packte seine Zeichenutensilien zusammen und machte sich auf den Weg nach unten.

**18** Calque beobachtete, wie Gavril zwischen den Marktständen umherging. Er war der zehnte Zigeuner, dessen Bewegungen er und Macron an diesem Vormittag überwachten. Da er blond war, verschmolz Gavril jedoch stärker mit der Umgebung als die übrigen Angehörigen seiner unmittelbaren Sippe. Dennoch strahlte er eine gewisse Andersartigkeit aus – einen unterschwellig anarchischen Zug, der anzeigte, dass er nicht unbedingt mit den Sitten und Ansichten der Leute um ihn herum übereinstimmte.

Die Einheimischen, stellte Calque fest, machten einen großen Bogen um ihn, sobald sie ihn registriert und eingeordnet hatten. War es das schreiend bunte Hemd, das dringend gewaschen gehörte? Die billigen Schuhe aus Alligator-Imitat? Oder der lächerliche Gürtel mit dem Brandeisen als Schnalle? Der Mann ging, als würde er ein fünfzehn Zentimeter langes Messer am Gürtel tragen. Er trug allerdings keins, so viel sah man. Möglicherweise hatte er aber an anderer Stelle eins versteckt. »Greifen Sie sich den Mann, Macron. Er ist der, den wir brauchen.«

Macron marschierte los. Er war immer noch ein Flickenteppich aus Verbänden, Pflastern und Wattebäuschen – von seinen wunden Füßen ganz zu schweigen. Aber Macron brachte es auf seine typische Weise irgendwie fertig, diese Beeinträchtigungen hinter dem ihm eigenen schwankenden Gang zu verbergen. Calque schüttelte leicht verzweifelt den Kopf, als er seinen Untergebenen auf den Zigeuner zusteuern sah.

»Police Nationale.« Macron zückte seinen Ausweis. »Sie begleiten uns bitte.«

Einen Augenblick schien es, als wollte Gavril weglaufen, aber Macron klemmte den Oberarm des Mannes in den Catchergriff, den man ihnen auf der Polizeischule beibrachte, und Gavril seufzte, als würde ihm dies nicht zum ersten Mal widerfahren, und ging schweigend mit.

Als er Calque sah, stutzte er einen Moment beim Anblick der Armschlinge und des Verbands auf der Nase. »Wer hat gewonnen? Sie oder das Pferd?«

»Das Pferd.« Calque nickte Macron zu, der Gavril an eine Wand lehnen und die Beine breit machen ließ und ihn nach versteckten Waffen abtastete.

»Nur das hier, Chef.« Es war ein Taschenmesser.

Calque wusste, er würde aus einem simplen Taschenmesser keine größere juristische Angelegenheit machen können. »Wie lang ist die Klinge?«

»Oh, etwa zwölf Zentimeter.«

»Zwei Zentimeter länger als nach dem Gesetz erlaubt?«

»Sieht so aus, Chef.«

Gavril schnaubte. »Ich dachte, mit dieser Art von Schikanen ist es vorbei? Ich dachte, man hat euch gesagt, ihr sollt uns wie alle anderen behandeln? Ich sehe nicht, dass Sie die ganzen braven Bürger hier filzen würden.«

»Wir müssen Ihnen ein paar Fragen stellen. Wenn Sie sie angemessen beantworten, dürfen Sie gehen. Samt Ihrem Klappmesser und Ihrer zweifellos weißen Weste. Wenn nicht, nehmen wir Sie mit.«

»Ach, so bringt ihr Zigeuner heutzutage zum Reden.«

»Genau. Hätten Sie andernfalls mit uns gesprochen? Sagen wir, im Lager? Wäre Ihnen das lieber gewesen?«

Gavril schauderte, als wäre jemand über sein Grab spaziert.

Kein Publikum, dache Calque – dieser Bursche würde definitiv ein Publikum brauchen, um den starken Mann zu spielen. Einen Moment lang tat er Calque fast leid. »Als Erstes: Wie heißen Sie?«

Es gab nur ein winziges Zögern – dann Kapitulation. »Gavril La Roupie.«

Macron brach in Lachen aus. »Sie machen Witze. La Roupie? Sie heißen wirklich La Roupie? Da, wo ich herkomme, bedeutet das Müll. Sind Sie sicher, dass Sie nicht Les Roupettes heißen? So nennen wir bei uns in Marseille die Eier.«

Calque ignorierte ihn. Er fixierte den Zigeuner und achtete auf jede Veränderung in dessen Gesichtsausdruck. »Haben Sie Ihren Ausweis dabei?«

Gavril schüttelte den Kopf.

»Treffer Nummer zwei«, sagte Macron leutselig.

»Ich will nicht lange drumherumreden. Wir wollen wissen, wohin Adam Sabir und seine beiden Begleiter gefahren sind. Er wird wegen Mordes gesucht, wie Sie wissen. Und die beiden als Komplizen.«

Gavrils Miene machte dicht.

Calque spürte sofort, dass es ein Fehler gewesen war, den Mord zu erwähnen. Es hatte La Roupie zu stark in die Defensive gedrängt. Er versuchte zurückzurudern. »Verstehen Sie uns richtig. Wir glauben nicht, dass Sie irgendetwas damit zu tun haben. Wir brauchen einfach nur Informationen. Dieser Mann ist ein Mörder.«

Gavril zuckte die Achseln. Aber die potenzielle Quelle war offensichtlich versiegt. »Ich würde es Ihnen sagen, wenn ich könnte. Diese Leute, von denen Sie reden, bedeuten mir nichts. Ich weiß nur, dass sie vor zwei Tagen hier aufgebrochen sind und dass man seitdem nichts mehr von ihnen gehört hat.«

»Er lügt«, sagte Macron.

»Ich lüge nicht.« Gavril sah Macron an. »Warum sollte ich lügen? Sie können mir das Leben sehr schwer machen, das weiß ich. Ich würde Ihnen helfen, wenn ich könnte, glauben Sie mir.«

»Geben Sie ihm sein Messer zurück.«

»Aber Chef ...«

»Geben Sie ihm sein Messer zurück, Macron. Und eine meiner Karten. Wenn er anruft und seine Information direkt zu einer Verhaftung führt, erhält er eine Belohnung. Haben Sie das gehört, La Roupie?«

Sie sahen Gavril nach, der sich seinen Weg zurück durch die morgendliche Käuferschar bahnte.

»Warum haben Sie das getan, Chef? Wir hätten ihn noch eine Weile in die Mangel nehmen können.«

»Weil ich schon wieder einen Fehler gemacht habe, Macron. In meiner langen Fehlerliste der letzten Zeit. Ich habe das Wort ›Mord‹ erwähnt. Das ist bei Zigeunern tabu. Es bedeutet jahrelanges Gefängnis. Es bedeutet Ärger. Haben Sie nicht gesehen, dass er dichtgemacht hat wie eine Belon-Auster? Ich hätte die Sache anders angehen müssen.« Er straffte die Schultern. »Kommen Sie, wir suchen uns einen anderen. Anscheinend brauche ich Übung.«

**19** »Was haben Sie den beiden Bullen erzählt?« Bale drückte die Spitze seines Messers von hinten an Gavrils Oberschenkel.

»Himmel, noch mal. Was ist das jetzt?«

Bale bohrte die Klinge einen halben Zentimeter in Gavrils Fleisch.

»Au! Was tun Sie da?«

»Meine Hand ist ausgerutscht. Jedes Mal, wenn Sie meine Frage nicht beantworten, wird sie noch weiter ausrutschen. Nach drei nicht beantworteten Fragen bin ich bis zur Hauptschlagader vorgedrungen. Sie verbluten in weniger als fünf Minuten.«

»*Oh, putain!*«

»Ich wiederhole. Was haben Sie den beiden Bullen erzählt?«

»Ich habe ihnen nichts erzählt.«

»Schon wieder ausgerutscht.«

»Aaaahh!«

»Seien Sie leise, oder ich schiebe Ihnen das Messer ins Arschloch. Haben Sie mich verstanden?«

»Lieber Gott.«

»Lassen Sie mich die Frage anders formulieren. Wohin sind Sabir und seine beiden Parasiten gefahren?«

»In die Camargue hinunter. Zum Festival der heiligen Sara.«

»Und wann findet das statt?«

»In drei Tagen.«

»Warum sind sie dorthin gefahren?«

»Alle Zigeuner fahren hin. Die heilige Sara ist unsere Schutzheilige. Wir holen uns ihren Segen.«

»Wie bekommt man den Segen einer Heiligen?«

»Von ihrer Statue. Wir gehen zu ihrer Statue und berühren sie. Wir versuchen, sie zu küssen.«

»Um was für eine Statue handelt es sich?«

»Großer Gott. Eine Statue eben. Bitte nehmen Sie das Messer aus meinem Bein.«

Bale drehte das Messer. »Ist diese Statue zufällig schwarz?«

Gavril begann zu klagen. »Schwarz? Schwarz? Natürlich ist sie schwarz.«

Bale riss das Messer aus dem Bein und trat einen Schritt zurück.

Gavril bückte sich und umfasste seinen Oberschenkel mit beiden Händen, als wäre er ein Rugbyball.

Bale versetzte ihm einen Handkantenschlag ins Genick, ehe er dazu kam aufzublicken.

**20** »Wir können nicht bis zum Fest warten, Alexi. Wir müssen uns die Statue ansehen, bevor es losgeht. Ich traue diesem Verrückten alles zu. Wenn er die richtigen Fragen stellt, wird ihm jeder Zigeuner von der heiligen Sara und dem Festival erzählen. Es ist, als schwenkte man ein rotes Tuch vor einem Stier.«

»Aber sie wird bewacht sein. Sie wissen, die Leute wollen sie berühren, deshalb riegeln sie die Statue ab. Sie stellen bis zum Fest Wachtposten auf. Dann wird die Figur hervorgeholt und über den Büßern geschwenkt. Alle springen hoch und versuchen, sie zu fassen. Männer halten ihre Kinder in die Höhe. Aber sie ist in keinem Moment unbeobachtet. Es ist nicht wie in Rocamadour, es ist ganz anders hier. Wenn wir bis nach dem Fest warten könnten, ja … Dann lässt man sie in Ruhe. Jeder kann sie ungestört ansehen.«

»Wir können nicht warten, das weißt du.«

»Warum will er diese Verse, Damo? Warum ist er bereit, dafür zu töten?«

»Eins kann ich dir sagen: Es geht nicht einfach nur um Geld.«

»Woher weißt du das?«

»Du hast ihn gesehen, oder? Er war bereit, seinen ganzen Vorteil uns gegenüber aufzugeben, nur um die Pistole seines Vaters wiederzubekommen. Hältst du das für ein normales Verhalten? Für jemanden, dem es darum geht, ein Vermögen zu machen? Wenn er die Verse in die Hände bekäme, könnte er sich tausend Pistolen kaufen. Verleger auf der ganzen Welt würden sich in einer Bieterschlacht schier darum prügeln. Deshalb haben sie mich ursprünglich interessiert – wegen des schnöden finanziellen Gewinns. Ich schäme mich nicht, es zuzugeben. Inzwischen glaube ich, dass es bei den Versen um mehr geht – um ein Geheimnis, von dem der Augenmann entweder glaubt, es enthüllen zu können, oder das er fürchtet. Nostradamus hat offenbar etwas entdeckt – etwas, das sowohl für die Welt als auch für euch Zigeuner von erheblicher Bedeutung ist. Er hatte bereits den Zeitpunkt seines Todes genau vorhergesagt. Also beschloss er, seine Entdeckung zu schützen. Sie nicht zu veröffentlichen, sondern zu verstecken. Er glaubte an Gott – er glaubte, dass seine Gabe gottgegeben war. Und nach meiner Ansicht glaubte er, dass Gott für das richtige Ventil und den richtigen Zeitrahmen für die Veröffentlichung seiner Offenbarungen sorgen würde.«

»Ich glaube, du spinnst, Damo. Da ist nichts dran. Ich glaube, wir jagen ein *Mulo.*«

»Aber du hast die eingeschnitzten Worte auf der Truhe gesehen? Und unter der Schwarzen Madonna? Du siehst das Muster.«

»Ich würde dir ja gern glauben, wirklich. Aber ich kann nicht einmal lesen, Damo. Manchmal werde ich von dem ganzen Zeug so wirr im Kopf, dass ich es am liebsten wie eine Schnur herausziehen und aufdröseln würde.«

Sabir lächelte. »Was glaubst du, Yola?«

»Ich glaube, du hast recht, Damo. Mit diesen Versen hat es etwas auf sich, das wir noch nicht verstehen. Es muss einen Grund dafür geben, dass der Augenmann bereit ist, dafür zu töten.«

»Vielleicht will er sie sogar vernichten. Habt ihr daran schon einmal gedacht?«

Yola machte große Augen. »Wieso? Warum sollte das jemand tun wollen?«

Sabir schüttelte den Kopf. »Das ist die große Preisfrage. Wenn ich sie beantworten könnte, wären wir am Ziel.«

## 21

Unter seinen Freunden gab es welche, die glaubten, dass Gavril immer schon wütend gewesen war. Dass ein *Mulo* bei der Geburt in seinen Körper eingedrungen war und ihn seither wie ein Chirurg, der sich an einem Tumor abmüht, nicht mehr losgelassen hatte. Dass er deshalb wie ein *Gadje* aussah. Dass er vielleicht gar nicht nach der Geburt entführt, sondern einfach nur verflucht worden war, in einem früheren Leben, und dass sein Aussehen die Folge davon war. Er war schlimmer als *apatride*. Er galt selbst für seine eigene Gemeinde als Missgeburt.

Bazena glaubte das jedenfalls. Aber sie war heiß auf ihn, und deshalb war auf ihr Urteil in dieser Angelegenheit kein Verlass.

Heute schien Gavril noch wütender als sonst zu sein. Bazena warf einen Blick zu der alten Frau, die als ihre zeitweilige *Duenna* fungierte, und dann wieder auf Gavrils Haar. Gavril selbst lag auf dem Boden, er hatte die Hose bis zu den Knöcheln heruntergezogen, und sie nähte die Wunde in seinem Bein. Es sah ihr nicht nach einem Hundebiss aus – eher wie eine Messerwunde. Und die bläuliche Schwellung an seinem Hals stammte bestimmt nicht von der Flucht über einen Zaun. Wie hatte das geschehen können? War er rückwärtsgestürzt? Und plötzlich dachte sie daran, wie ihre Kinder wohl aussehen würden. Würden sie nach ihr geraten und Zigeuner werden, oder würden sie nach ihm geraten und verflucht sein? Bei dem Gedanken bekam sie weiche Knie.

»Wann brechen deine Leute nach Les Saintes-Maries auf?«

Bazena machte den letzten Stich. »Später. In einer Stunde vielleicht.«

»Ich fahre mit euch.«

Bazena richtete sich unwillkürlich auf. Selbst die alte *Duenna* begann aufmerksam zu werden.

»Ich fahre vorn mit. Bei deinem Vater und deinem Bruder. Hier.« Er kramte in seiner Hosentasche herum und zog einen zerknitterten Zwanzigeuroschein heraus. »Sag ihnen, das ist für den Diesel. Mein Anteil.«

Bazena sah zu der alten *Duenna* hinüber. Dachte die Frau dasselbe wie sie? Gab ihr Gavril zu verstehen, dass er sie entführen und um den Segen der heiligen Sara für ihre Ehe bitten wollte, wenn sie in Les Saintes-Maries waren?

Sie band die Naht ab und rieb sein Bein mit Klette ab.

»Autsch. Das tut weh.«

»Ich muss es tun. Es reinigt die Wunde. Schützt dich vor einer Infektion.«

Gavril drehte sich herum und zog seine Hose hoch. Bazena und die alte Frau wandten den Blick ab.

»Bist du dir sicher, dass du nicht *mahrimé* bist? Du hast mich nicht besudelt?«

Bazena schüttelte den Kopf. Die alte Frau lachte gackernd und machte eine rüde Geste.

Ja, dachte Bazena. Sie glaubt auch, dass er mich will. Sie glaubt auch, dass er das Interesse an Yola verloren hat.

»Gut.« Er stand auf, in seinen Augen loderte immer noch der Zorn. »Wir sehen uns. Beim Wohnwagen deines Vaters. In einer Stunde.«

## 22

»Es ist unmöglich. Wir lauern hier umsonst.«

Macron verzog das Gesicht. »Ich habe gleich gesagt, dass diese Leute nicht vertrauenswürdig sind.«

Calque zog sich hoch. »Ich glaube, wir haben gerade das Gegenteil entdeckt. Sie sind absolut vertrauenswürdig, da sie sich geweigert haben, ihre Leute zu verraten. Und was die Nutzlosigkeit angeht – nun, darüber ist genug gesagt.«

Macron saß auf einer Steinmauer mit dem Rücken zur Kirche. »Mann, tun mir die Füße weh … Eigentlich tut mir alles weh. Wenn ich den Schweinehund je erwische, ziehe ich ihm mit einem Lackentferner die Haut ab.«

Calque nahm die nicht angezündete Zigarette aus dem Mund. »Merkwürdige Ausdrucksweise für einen Polizisten. Ich nehme an, Sie lassen nur Dampf ab, Macron, und meinen nicht wirklich, was Sie sagen.«

»Ich lasse nur Dampf ab, klar, Chef.«

»Ich bin sehr erleichtert, das zu hören.« Calque entdeckte einen Widerhall von Zynismus in seiner eigenen Stimme, und es störte ihn. Er bemühte sich bewusst um einen leichteren Ton. »Wie kommen die Bürohengste mit der Entschlüsselung des Peilsendercodes voran?«

»Sie müssten ihn bald haben. Spätestens morgen früh.«

»Was haben wir nur gemacht, bevor es Computer gab, Macron? Ich muss zugeben, ich habe es ganz vergessen. Richtige Polizeiarbeit vielleicht? Nein. Das kann unmöglich sein.«

Macron schloss die Augen. Calque stieß immer ins gleiche Horn – würde er sich nie ändern? Verdammter Bilderstürmer. »Ohne Computer wären wir nicht so weit gekommen.«

»Oh doch, ich glaube schon.« Noch mehr Aufgeblasenheit. Manchmal wurde Calque selbst übel davon. Er schnupperte in die Luft wie ein Spürhund zu Beginn einer Jagd. »Ich rieche *Coq au vin*. Nein, da ist noch etwas. Ich rieche *Coq au vin* und *Pommes dauphinoises*.«

Macron brach in Lachen aus. Auch wenn er den Mann äußerst ärgerlich fand – man konnte sich bei Calque immer darauf verlassen, dass er einen zum Lachen brachte. Es war, als würde er das Geheimnis kennen, wie man plötzlich einen Kanal gegenseitigen Verständnisses oder französischen Gemeinschaftsgefühls anzapfte – wie Fernandel, zum Beispiel, oder Charles de Gaulle. »Na, das nenne ich echte Polizeiarbeit. Sollen wir weiter in diese Richtung ermitteln, Chef?« Er öffnete die Augen, nach wie vor konnte er Calques Stimmung nicht genau einschätzen. Hatte ihn der Hauptmann immer noch auf dem Kieker, oder ließ er die Zügel endlich ein wenig schleifen?

Calque schnippte seine Zigarette in einen Abfalleimer. »Führen Sie uns, Leutnant. Essen muss immer vor der Pflicht kommen, wie die Philosophen sagen.«

## 23

»Es ist wunderbar.« Sabir sah sich im Innern des Maset de la Marais um. »Die Brüder sind verrückt, so ein Haus einfach aufzugeben. Sieh mal da drüben.«

Alexi reckte den Hals in die Richtung, in die Sabir zeigte.

»Das ist ein original provençalischer Küchenschrank. Und sieh dir das an.«

»Was?«

»Die Bergère-Sitzgarnitur. Dort drüben, in der Ecke. Die muss mindestens hundertfünfzig Jahre alt sein.«

»Du meinst, die Dinger sind Geld wert? Das ist nicht nur altes Zeug?«

Plötzlich wurde Sabir wieder klar, mit wem er sprach. »Du lässt sie aber schön in Ruhe, Alexi, ja? Diese Leute sind unsere Gastgeber. Auch wenn sie es nicht wissen. Okay? Wir schulden ihnen die Höflichkeit, ihre Sachen in Ruhe zu lassen.«

»Klar, natürlich. Ich werde nichts anrühren.« Alexi klang nicht überzeugt. »Aber was *glaubst* du, was sie wert sind? Nur ein Tipp?«

»Alexi?«

»Ja, ja. War nur eine Frage.« Er zuckte die Achseln. »Sie würden bestimmt diese Antiquitätenhändler in Arles interessieren, oder? Wenn sie wüssten, dass sie hier sind, meine ich.«

»Alexi!«

»Okay, okay.«

Sabir lächelte. Wie ging der schlaue Spruch noch? Man kann ein Pferd ans Wasser führen, aber man kann es nicht zwingen zu trinken. »Wie weit ist es von hier nach Les Saintes-Maries?«

Alexis Blick ging immer noch in Richtung Möbel. »Weißt du was, Damo? Wenn du Sachen für mich suchst und ich sie verkaufe, könnten wir ein Wahnsinnsgeld verdienen. Du könntest dir nach ein, zwei Jahren vielleicht sogar eine Frau kaufen. Und keine so hässliche wie die erste, die ich dir angeboten habe.«

»Les Saintes-Maries, Alexi. Wie weit?«

Alexi seufzte. »Zehn Kilometer Luftlinie. Vielleicht fünfzehn mit dem Auto.«

»Das ist verdammt weit. Können wir nicht irgendwo näher an der Stadt bleiben, damit wir leichter an die Statue herankommen?«

»Nur wenn du willst, dass jeder Polizist im Umkreis von sechzig Quadratkilometern genau weiß, wo du steckst.«

»Verstehe.«

»Du kannst dir natürlich immer ein Pferd nehmen.«

»Wovon redest du?«

»Vom benachbarten Hof. Sie haben Dutzende von Pferden über eine Fläche von ein paar Hundert Hektar verteilt. Sie können unmöglich wissen, wo die zu einem bestimmten Zeitpunkt alle sind. Wir leihen uns einfach welche. In der Scheune sind Sättel und Zaumzeug. Wenn wir die Pferde nicht brauchen, stellen wir sie ebenfalls in der Scheune ab. Niemand würde es merken. Wir können querfeldein nach Les Saintes-Maries reiten, so oft wir wollen, und sie bei irgendeinem Zigeuner vor der Stadt lassen. Auf diese Weise erkennen die *Gardians* ihre eigenen Pferde nicht. Sonst würden sie wütend auf uns werden.«

»Ist das dein Ernst? Du willst, dass wir zu Pferdedieben werden?«

»Ich meine es immer ernst, Damo. Hast du das noch nicht gemerkt?«

»Schaut, was ich habe.« Yola stellte eine Holzkiste voller Lebensmittel ab. »Weißkohl, Blumenkohl, ein paar Zucchini … sogar einen Eierkürbis. Jetzt brauchen wir nur noch Fisch. Kannst du zu den Baisses de Tages hinüberschleichen, Alexi, und uns etwas fangen? Oder ein paar Tellmuscheln aus den Käfigen stehlen?«

»Ich habe keine Zeit für solchen Unsinn. Damo und ich wollen nach Les Saintes-Maries und uns das Heiligtum ansehen. Vielleicht finden wir einen Weg, an die Statue heranzukommen, ehe der Augenmann hier eintrifft.«

»Aber wie wollt ihr dahin kommen? Wir haben das Auto in Arles stehen gelassen.«

»Wir brauchen kein Auto. Wir stehlen uns Pferde.«

Yola stand da und betrachtete Alexi prüfend. »Dann komme ich mit euch.«

»Das ist keine gute Idee. Du würdest uns nur aufhalten.«

»Ich komme mit.«

Sabir schaute von einem seiner beiden Ad-hoc-Verwandten zum anderen. Wie üblich lag eine verborgene Spannung zwischen den beiden in der Luft, die er nicht begriff. »Warum willst du mitkommen, Yola? Es könnte gefährlich werden. Überall wird Polizei sein. Du bist diesem Mann bereits zweimal begegnet – du brauchst das kein drittes Mal.«

Yola seufzte. »Sieh ihn dir an, Damo. Schau in sein schuldbewusstes Gesicht. Merkst du nicht, warum er so scharf darauf ist, in die Stadt zu kommen?«

»Na ja, wir müssen uns vorbereiten …«

»Nein. Er will trinken. Und wenn er betrunken genug ist, wird er anfangen, nach Gavril zu suchen.«

»Gavril? Himmel, den hatte ich ganz vergessen.«

»Aber er hat euch nicht vergessen, verlass dich drauf.«

## 24

»Das Ganze ist ein sinnloses Unterfangen, Chef. Die Pistole wurde zuletzt 1933 registriert. Und der Mann, auf den sie registriert wurde, ist wahrscheinlich seit Jahren tot. Es kann in der Zwischenzeit sechs Adresswechsel gegeben haben. Oder sechs Besitzerwechsel. Der Sachbearbeiter sagt, dass es nach dem Krieg bis in die Sechzigerjahre dauerte, bis sie mit dem Papierkram wieder auf dem aktuellen Stand waren. Wozu unsere Zeit mit der Sache vergeuden?«

»Haben Ihre Technikfritzen den Code inzwischen geknackt?«

»Nein, Chef. Nicht dass ich wüsste.«

»Verfolgen Sie irgendwelche anderen Spuren, von denen Sie mir nichts gesagt haben?«

Macron stöhnte. »Nein, Chef.«

»Lesen Sie mir die Adresse vor.«

»Le Domaine de Seyème, Cap Camarat.«

»Cap Camarat? Das ist in der Nähe von St. Tropez, oder?«

»So ziemlich.«

»Also die Gegend, wo Sie herkommen?«

»Ja, Chef.« Macron war nicht begeistert von der Aussicht, mit Calque im Schlepptau seiner Heimat so nahe zu kommen.

»Auf wen wurde die Waffe registriert?«

»Das werden Sie nicht glauben, wenn ich es sage.«

»Lassen Sie's draufankommen.«

»Hier steht, sie wurde zugelassen auf Louis de Bale, Chevalier, Comte D'Hyères, Marquis de Seyème, Pair de France.«

»Ein Pair de France? Machen Sie Witze?«

»Was ist ein Pair de France?«

Calque schüttelte den Kopf. »Ihre Kenntnis der eigenen Geschichte ist erschütternd, Macron. Haben Sie denn überhaupt kein Interesse an der Vergangenheit?«

»Nicht, was die Aristokratie angeht. Ich dachte, die sind wir in der Revolution alle losgeworden.«

»Nur vorübergehend. Sie wurden von Napoleon wieder

eingesetzt, in der Revolution von 1848 erneut abgeschafft und dann 1852 durch ein Dekret wieder zurückgeholt – und soviel ich weiß, waren sie seitdem immer da. Adelstitel werden sogar durch das Gesetz geschützt – das heißt, von mir und Ihnen, Macron, wie sehr es Ihrer republikanischen Seele auch widerstreben mag.«

»Und was ist nun ein Pair de France?«

Calque seufzte. »Die Pairie Anciennes ist der älteste und exklusivste Adelstitel in Frankreich. 1216 gab es neun Pairs. Weitere drei wurden zwölf Jahre später, 1228, geschaffen, um die zwölf Paladine Karls des Großen nachzuahmen. Von Karl dem Großen haben Sie doch sicherlich gehört, oder? Es waren hauptsächlich Bischöfe, Herzöge, Grafen, die mit der Aufgabe betraut wurden, dem König während der Krönung zu dienen. Ein Pair salbte ihn, ein anderer trug den königlichen Mantel, ein dritter den Ring, einer das Schwert und so weiter. Ich dachte, ich würde sie alle kennen, aber Namen und Titel dieses Mannes sind mir unbekannt.«

»Vielleicht ist er ein Hochstapler und der Titel falsch? Vorausgesetzt, er ist nicht tot, natürlich, was er aber zweifellos sein wird, da immerhin mehr als fünfundsiebzig Jahre vergangen sind, seit er die Pistole zum ersten Mal registrieren ließ.« Macron sah Calque vernichtend an.

»So einen Titel kann man nicht fälschen.«

»Wieso nicht?«

»Weil man es nicht kann. Man kann kleine Titel fälschen – das passiert ständig. Selbst Expräsidenten tun es. Und dann landen sie im *Livre de Fausse Nobilité Française*. Aber einen so großen Titel? Nein. Ausgeschlossen.«

»Was? Diese Leute haben sogar ein Buch über falschen Adel?«

»Nicht nur das. Die ganze Sache ist eigentlich wie ein Spiegel.« Calque sah Macron prüfend an, als befürchtete er, Perlen vor die Säue zu werfen. »Zum Beispiel besteht ein fundamentaler Unterschied zwischen napoleonischen Titeln und solchen, die ihnen vorausgingen, wie der, mit dem wir es hier zu tun haben. Napoleon, boshafter Emporkömmling, der er war, gab manchen seiner Günstlinge dieselben oder bereits existierende Namen und Titel – wahrscheinlich, um ihre ursprünglichen Träger zu demütigen und sie in die Schranken zu weisen. Aber die Auswirkungen erwiesen sich als unerwartet langfristig. Denn selbst heute ist es noch so, dass ein alter Adliger, falls man einen napoleonischen Adligen mit demselben Namen am Tisch weiter oben platziert als ihn, einfach seinen Teller umdreht und sich weigert zu essen. Und mit ihm seine ganze Familie.«

»Was? Und die sitzen dann einfach nur da?«

»Ja. Und mit dieser Art Familie haben wir es hier wahrscheinlich zu tun.«

»Das kann nicht Ihr Ernst sein.«

»Sie fassen es als vorsätzliche Beleidigung auf, Macron. Gerade als würde man behaupten, die Schulen in Marseille bringen nur Idioten hervor. Eine solche Behauptung wäre wahrscheinlich falsch und riefe folglich scharfe Kritik hervor – außer in bestimmten Extremfällen natürlich, in denen sie sich als absolut korrekt herausstellt.«

## 25

Drei Stunden lang war Gavril in den Straßen von Les Saintes-Maries hin und her gelaufen und hatte nach einem Anzeichen von Sabir, Alexi oder Yola Ausschau gehalten. In dieser Zeit hatte er mutig jeden Zigeuner und jeden *Gardian* angesprochen, der ihm über den Weg lief, jeden Straßenmusikanten, Stallknecht, Bettler oder Handleser, aber er war dennoch keinen Schritt weitergekommen.

Er kannte die Stadt wie seine Westentasche, da seine Eltern bis zum Tod seines Vaters vor drei Jahren immer an der jährlichen Wallfahrt teilgenommen hatten. Seither hatte seine Mutter jedoch regelrecht Wurzeln geschlagen und weigerte sich inzwischen, sich weiter als dreißig Kilometer von ihrem Heimatlager in der Nähe von Reims zu entfernen. Als Folge ihrer Kompromisslosigkeit war auch Gavril von der Tradition der Wallfahrt abgekommen. Er hatte deshalb gelogen, als er gegenüber Sabir behauptete, dass er selbstverständlich mit dem Rest seiner Sippe in den Süden fahren würde. Aber irgendein *Mulo* hatte ihn dennoch dazu angestachelt, Alexi zu einem Treffen am Schrein der heiligen Sara herauszufordern. Eine unbewusste Kraft, über deren Ursprung er nichts wusste.

Worauf es letzten Endes hinauslief: Wenn es ihm gelänge, Alexi loszuwerden – wenn er ihm Yola wegnähme und sie selbst heiratete –, wäre sein Zigeunertum bewiesen. Niemand würde ihm seinen Platz in der Gemeinschaft mehr verweigern können. Denn Yolas Familie war Zigeuneradel. Er würde in eine Blutlinie heiraten, die bis auf den großen Exodus und noch weiter zurückreichte. Vielleicht sogar bis nach Ägypten selbst. Wenn er erst einmal Söhne und Töchter aus solchem Geschlecht hatte, konnte niemand mehr vernünftigerweise seine Rechte oder seine Abstammung in Frage stellen. Die dumme, kränkende Geschichte, sein Vater habe ihn einer Frau der *Gadje* gestohlen, würde für immer vom Tisch sein. Mit Glück, Geld und ein wenig Diplomatie könnte er eines Tages sogar selbst *Bulibascha* werden. Er könnte sein Haar wachsen lassen. Es rot färben, wenn ihm der Sinn danach stand. Allen ins Gesicht lachen.

Es waren die beiden Polizisten gewesen, die ihm mit ihren Visitenkarten, ihren Andeutungen und ihren elenden Beleidigungen zuerst die Idee eines größeren Plans eingegeben hatten. Als direkte Folge ihres Eingreifens hatte er beschlossen, Alexi hinterrücks zu überfallen und zu töten und dann Sabir an die Behörden zu verraten, um sich die versprochene Belohnung zu sichern. Man konnte es ihm wohl kaum verübeln, wenn er sich gegen einen Kriminellen verteidigte, oder? Dann würde er frei sein, um sich an dem anderen *Gadje*-Bastard zu rächen, der ihn so gedemütigt und ihm das Bein zerschnitten hatte.

Denn auch dieser Bursche hatte sich als Narr erwiesen – wie alle *Gadjes*. Hatte er mit seinen ganzen Fragen und Drohungen nicht genau verraten, hinter was er her war? Etwas, das mit der Statue von Sara e kali selbst zu tun hatte! Gavril hätte sich ohrfeigen können, weil er so viel Zeit damit vergeudet hatte, in der Stadt herumzulaufen und dumme Fragen zu stellen. Zwischen dem Mann und Sabir gab es offensichtlich eine Verbindung – beide hatten immerhin ein auffälliges Interesse an dem Festival an den Tag gelegt. Sie mussten also hinter derselben Sache her sein. Vielleicht wollten sie die Statue stehlen und Lösegeld für sie erpressen. Alle Zigeuner auf der Welt für ihre Rückgabe zahlen lassen. Gavril schüttelte den Kopf über die Dummheit der *Gadje*. Zigeuner würden nie für irgendetwas bezahlen. Wussten diese Leute das nicht?

Jetzt musste er nichts weiter tun als an der Tür zum Heiligtum warten, bis sie kamen. Bis zum Fest waren es immerhin noch achtundvierzig Stunden. Damit blieb ihm reichlich Zeit, seinen Plan in die Tat umzusetzen. Und wenn er schlafen musste, gab es immer noch Bazena. Es würde ein Kinderspiel sein, sie dazu zu überreden, dass sie für ihn einsprang. Die dumme Gans bildete sich immer noch ein, dass er sie haben wollte. Nun, es wäre wirklich sehr praktisch, sie zur Hand zu haben. Er würde sie deshalb ein wenig in Sicherheit wiegen – ihr ein wenig Hoffnung machen.

Am besten wäre es, wenn er sie dazu brächte, vor der Kirche für ihn zu betteln. Auf diese Weise würde niemand ins Heiligtum gelangen, ohne dass sie es bemerkte, und sie würde gleichzeitig noch ein wenig Geld für ihn verdienen. Zwei Fliegen mit einer Klappe.

Ja. Gavril hatte alles genau durchdacht. Er würde endlich zu seinem Recht kommen – er spürte es. Nach all diesen Jahren würde er die Schweinehunde bezahlen lassen für ein Leben voller Kummer und Demütigungen wegen seiner blonden Haare.

Die Idee brannte noch in Gavrils Kopf, als er durch die Stadt zurückeilte zum Wohnwagen von Bazenas Vater.

## 26

Achor Bale beobachtete Gavrils Gekasper beinahe amüsiert. Er war dem Idioten gefolgt, seit er ihn in Gourdon sozusagen auf die Schiene gesetzt hatte, aber die letzten drei Stunden hatten ihn endgültig davon überzeugt, dass er noch nie in seinem Leben einen Mann beschattet hatte, der allem, was um ihn herum vorging, so komplett ahnungslos gegenüberstand! Verbohrtheit wie sie im Buch stand. Dieser Zigeuner musste nur an eine bestimmte Sache denken, und von da an konzentrierte er sich unter Ausschluss alles anderen darauf – man hörte es bei jedem Denkvorgang förmlich klicken. Er war wie ein Pferd mit Scheuklappen.

Nachdem er ihm in Gourdon ins Bein gepiekst hatte, war es lächerlich einfach gewesen, dem Mann zu folgen. Hier nun, in den von Touristen wimmelnden Straßen von Les Saintes-Maries, nahm das Ganze eine Einfachheit an, die in keinem

Verhältnis zum möglichen Ertrag stand. Bale beobachtete Gavril fünfzehn Minuten lang dabei, wie er eine junge Frau so einschüchterte, dass sie sich mit irgendeinem neuen Plan einverstanden erklärte, den er ausgebrütet hatte. Dann weitere zwölf Minuten, bis sie sich in der Nähe des Eingangs zur Kirche auf ein freigeräumtes Stück Boden setzte. Das Mädchen begann sofort zu betteln – nicht von den Zigeunern, versteht sich, sondern von den Touristen.

Du verschlagener kleiner Bastard, dachte Bale. So ist es richtig. Lässt andere die Drecksarbeit für dich erledigen. Und jetzt verdrückst du dich wohl, um ein Nickerchen zu machen.

Ohne weiter auf Gavril zu achten, ließ sich Bale in einem nahen Café nieder, setzte einen breitkrempigen Hut und eine Sonnenbrille auf und begann das Mädchen zu beobachten.

## 27

»*Putain!* Sehen Sie sich dieses Haus an. Das muss ein Vermögen wert sein.«

Calque zuckte zusammen, sagte aber nichts.

Macron quälte sich aus dem Wagen. Er sah auf die Felsmasse von Cap Camarat vor ihnen und dann auf die breite Sichel klaren blauen Wassers, das zum Cap de St. Tropez links von ihnen führte. »Das ist genau die Art Haus, in der Brigitte Bardot wohnen würde.«

»Wohl kaum«, sagte Calque.

»Ich glaube schon.«

Eine Frau mittleren Alters in einem Twinset aus Tweed und Kaschmir kam ihnen vom Haus entgegen.

Calque neigte leicht den Kopf. »Madame La Marquise.«

Die Frau lächelte. »Nein. Ich bin ihre Privatsekretärin. Mein Name ist Madame Mastigou. Und Madames korrekter Titel ist Madame la Comtesse. Der Titel einer Marquise wird von der Familie als der geringere bewertet.«

Macron grinste feixend hinter Calques Rücken. Das geschah dem hochnäsigen Scheißkerl recht. Immer musste er über alles Bescheid wissen. Und baute trotzdem Mist.

»Hatten Sie beide einen Verkehrsunfall? Ich sehe, dass Ihr Assistent hinkt. Und Sie, Hauptmann, sehen aus, als kämen Sie aus dem Krieg, wenn ich so sagen darf.«

Calque warf einen wehmütigen Blick auf seine Armschlinge; auf seiner neu gerichteten Nase klebten immer noch Pflaster kreuz und quer. »Genau das ist passiert, Madame. Wir waren bei der Verfolgung eines Verbrechers. Eines sehr gefährlichen Verbrechers. Deshalb sind wir heute hier.«

»Sie hoffen ihn aber gewiss nicht bei uns im Haus zu finden, oder?«

»Nein, Madame. Wir stellen Nachforschungen über eine Pistole an, von der wir wissen, dass er sie bei sich führte. Deshalb wünschen wir Ihre Arbeitgeberin zu sprechen. Die Pistole könnte möglicherweise ihrem Vater gehört haben. Wir müssen ihren Weg über die letzten fünfundsiebzig Jahre zurückverfolgen.«

»Fünfundsiebzig Jahre?«

»Seit sie Anfang der 1930er-Jahre zum ersten Mal registriert wurde, ja.«

»Dann dürfte sie dem Ehemann von Madame la Comtesse gehört haben. Er ist tot.«

»Ich verstehe.« Calque spürte mehr, wie Macron hinter ihm die Augen verdrehte, als dass er es sah. »Madame la Comtesse ist demnach eine sehr ältliche Dame?«

»Das nun nicht gerade. Sie war vierzig Jahre jünger als Monsieur le Comte, als die beiden in den 1970ern heirateten.«

»Ach so.«

»Aber bitte, kommen Sie mit mir. Madame la Comtesse erwartet Sie.«

Calque folgte Madame Mastigou in Richtung Haus, Macron humpelte hinter ihnen her. Als sie die Eingangstür erreichten, streckte ein wartender Diener die Hand aus und zog sie auf.

»Das kann nicht echt sein«, flüsterte Macron. »Das ist eine Filmkulisse oder eine Art Scherz. So lebt heute niemand mehr.«

Calque tat, als würde er ihn nicht hören. Er gestattete dem Diener, ihn mit einer ganz leichten Berührung seines unverletzten Arms zu stützen, als er die Eingangsstufen hinaufstieg. Insgeheim war er ganz froh darüber, denn er verbarg schon die ganze Zeit vor Macron, wie gebrechlich er sich tatsächlich fühlte, weil er befürchtete, sonst Boden zu verlieren. Macron war ein Produkt der *bidonvilles*, ein Straßenkämpfer, immer auf der Lauer nach einem Anzeichen von Schwäche. Calque wusste, sein einziger wirklicher Vorteil lag in seinem Verstand und seiner tieferen Kenntnis der Welt und ihrer Geschichte. Wenn er diesen Vorteil verlor, war es um ihn geschehen.

»Madame la Comtesse erwartet Sie in der Bibliothek.«

Calque folgte dem ausgestreckten Arm des Dieners. Die Sekretärin, oder wer immer sie war, kündigte sie bereits an.

Nun denn, dachte er. Noch so ein sinnloses Unterfangen. Wenn wir so weitermachen, wird man bei unserer Rückkehr nach Paris im ganzen zweiten Arrondissement über mich lachen.

## 28

»Schau. Das ist Bazena.« Alexi wollte bereits mit den Armen fuchteln, aber Sabir hielt ihn zurück.

Die beiden traten nebeneinander hinter die Trennwand zwischen zwei Ladenfronten.

»Was tut sie?«

Alexi spähte um die Trennwand. »Ich glaube es nicht.«

»Was?«

»Sie bettelt.« Er sah Sabir an. »Das ist jetzt mein Ernst: Wenn ihr Vater oder ihr Bruder sie sehen würden, sie würden sie auspeitschen.«

»Wieso? Ich sehe Zigeuner die ganze Zeit betteln.«

»Keine Zigeuner wie Bazena. Nicht aus Familien wie ihrer. Ihr Vater ist ein sehr stolzer Mann. Mit dem legt man sich besser nicht an. Selbst ich würde es mir zweimal überlegen.« Er spuckte abergläubisch auf seine Hände.

»Wieso tut sie es dann?«

Alexi schloss die Augen. »Moment. Lass mich nachdenken.«

Sabir steckte den Kopf um die Trennwand und überflog den Platz.

Alexi packte ihn am Hemd. »Ich hab's. Es muss etwas mit Gavril zu tun haben. Vielleicht lässt er sie nach uns Ausschau halten.«

»Wieso hält er nicht selbst nach uns Ausschau?«

»Weil er ein fauler Hurensohn ist.«

»Verstehe. Du bist nicht zufällig voreingenommen gegen ihn?«

Alexi fluchte leise. »Was sollen wir tun, Damo? Wir können nicht in die Kirche gehen, solange Bazena da ist. Sie wird laufen und es Gavril sagen, und dann kreuzt er auf und vermasselt uns alles.«

»Wir lassen Yola mit ihr reden.«

»Wozu soll das gut sein?«

»Yola wird schon etwas einfallen. Der fällt immer etwas ein.«

Alexi nickte, als sei damit alles gesagt. »Also gut. Bleib hier, ich gehe sie suchen.«

Alexi fand seine Cousine mit einer schnatternden Schar ihrer Freundinnen vor dem Rathaus auf der Place des Gitans sitzen. »Wir haben ein Problem, Yola.«

»Hast du den Augenmann gesehen?«

»Nein, aber fast so schlimm. Gavril überwacht die Kirche – er lässt Bazena in der Nähe des Eingangs betteln.«

»Bazena? Sie bettelt? Aber ihr Vater wird sie umbringen.«

»Ich weiß. Ich hab es Damo bereits gesagt.«

»Und was macht ihr jetzt?«

»Ich gar nichts. Du machst etwas.«

»Ich?«

»Ja. Du wirst mit ihr reden. Damo sagt, dir fällt immer das Richtige ein.«

»Das sagt er?«

»Ja.«

Eins der anderen Mädchen fing zu kichern an.

Yola zwickte sie in den Busen. »Sei still, Yeleni. Ich muss nachdenken.«

Alexi war überrascht, dass die Mädchen auf Yola hörten und nicht einfach zurückmaulten, wie sie es üblicherweise bei einer Altersgenossin getan hätten. Normalerweise hätte der Umstand, dass sie so spät noch nicht verheiratet war, ihre Stellung in der Gemeinschaft der Frauen schmälern müssen – manche dieser jungen Frauen waren bereits zum zweiten oder dritten Mal schwanger. Aber er musste zugeben, dass Yola eine besondere Ausstrahlung besaß, die Achtung gebot. Sollte er sie heiraten, würde das sicherlich ein gutes Licht auf ihn werfen.

Dennoch. Der Gedanke, dass Yola ein Auge auf alles haben würde, was er tat, erfüllte ihn mit ahnungsvoller Furcht. Alexi gestand sich seine Willensschwäche in Bezug auf Frauen ein. Es war ihm so gut wie unmöglich, eine Gelegenheit zum Flirt mit *Gadje*-Mädchen auszulassen. Yola hatte diesbezüglich recht. Und so, wie die Dinge jetzt lagen, war das alles gut und schön. Aber wenn sie erst einmal verheiratet wären, würde sie über solche Geschichten sicherlich nicht hinwegsehen. Sie war nicht der Typ Frau dafür. Wahrscheinlich würde sie ihn im Schlaf kastrieren.

»Alexi, woran denkst du?«

»Ich? Ach, an nichts.«

»Dann geh und sag Damo, dass ich uns den Weg ins Heiligtum freiräumen werde. Aber er soll nicht überrascht sein, auf welche Weise ich es anstelle.«

»In Ordnung.« Alexi dachte immer noch daran, wie es sein würde, vergiftet oder kastriert zu werden. Er wusste nicht, was ihm lieber wäre. Aber eins von beiden schien unvermeidlich, falls er Yola heiratete.

»Hast du mich verstanden?«

»Ja, natürlich.«

»Und falls du Gavril siehst, und er sieht dich nicht, dann geh ihm aus dem Weg.«

## 29

»Hauptmann Calque? Bitte setzen Sie sich. Und Sie ebenfalls, Leutnant.«

Calque ließ sich dankbar in eines der großen Sofas fallen,

die vor dem Kamin standen. Dann wuchtete er sich wieder hoch, während die Comtesse Platz nahm.

Macron, der zuerst versucht gewesen war, sich auf eine der Sofalehnen zu setzen und seine schmerzenden Füße in der Luft baumeln zu lassen, überlegte es sich anders und gesellte sich zu ihm.

»Darf ich Ihnen einen Kaffee anbieten?«

»Vielen Dank, wir brauchen nichts.«

»Dann bestelle ich für mich einen. Ich trinke um diese Zeit immer Kaffee.«

Calque machte ein Gesicht wie ein Mann, der vergessen hat, seinen Lottoschein abzugeben, während seine Zahlen gerade über den Fernsehschirm flimmern.

»Sind Sie sicher, dass Sie keinen mittrinken wollen?«

»Nun, wenn Sie mich so fragen ...«

»Ausgezeichnet. Milouins, Kaffee für drei Personen, bitte. Und bringen Sie ein paar Madeleines.«

»Jawohl, Madame.« Der Diener verließ den Raum im Rückwärtsgang.

Macron machte wieder ein ungläubiges Gesicht, aber Calque weigerte sich, seinem Blick zu begegnen.

»Das ist unser Sommerhaus, Hauptmann. Im 19. Jahrhundert war es noch unser Winterhaus, aber alles ändert sich, nicht wahr? Heutzutage streben die Leute zur Sonne. Je heißer, desto besser, oder?«

Calque war danach zumute, die Backen aufzublasen, aber er tat es nicht. Und ihm war nach einer Zigarette zumute, aber er befürchtete, nur einen versteckten Rauchmelder auszulösen – oder eine große Aufregung um einen Aschenbecher –, falls er seinem Verlangen nachgab. Er beschloss, sich beides zu versagen und sich keinem unnötigen Stress auszusetzen. »Ich möchte Sie etwas fragen, Madame. Rein der Vollständigkeit halber. Wegen der Titel Ihres Mannes.«

»Der Titel meines Sohnes.«

»Ach so. Ja. Der Titel Ihres Sohnes. Reine Neugier. Ihr Sohn ist ein Pair de France, nicht wahr?«

»Ja, das ist richtig.«

»Aber ich dachte immer, es gäbe nur zwölf Pairs de France. Bitte korrigieren Sie mich, wenn ich mich irre.« Er hielt die Finger in die Höhe. »Der Erzbischof von Reims, der traditionell die Krönung des Königs vornahm. Die Bischöfe von Laon, Langres, Beauvais, Châlons und Noyons, die den König salbten und ihm Zepter, Mantel, Ring und Gürtel trugen. Und dann die drei Herzöge der Normandie, Burgunds und Aquitaniens. Schließlich noch die Grafen der Champagne, Flanderns und von Toulouse. Habe ich nicht recht?«

»Und ob, ganz ausgezeichnet. Man könnte meinen, Sie hätten diese Namen eben erst in einem Buch nachgeschlagen und auswendig gelernt.«

Calque errötete. Er fühlte das Blut durch seine beschädigte Nase rauschen.

»O nein, Madame. Hauptmann Calque kennt sich wirklich aus.«

Calque sah Macron ungläubig an. Gütiger Himmel. Ging es hier um Klassensolidarität? Das musste die Erklärung sein. Es konnte keinen anderen Grund dafür geben, dass ihn Macron so eifrig und so öffentlich verteidigte. Calque neigte den Kopf in aufrichtiger Wertschätzung. Er musste daran denken, sich mehr Mühe mit Macron zu geben. Ihn stärker ermutigen. Calque spürte sogar, wie ein Hauch von Zuneigung seine übliche Verärgerung über Macrons jugendliches Ungestüm überdeckte. »Und damit wären wir bei der Familie Ihres Gatten, Madame. Verzeihen Sie mir, aber ich verstehe es noch immer nicht. Sie wäre damit ja wohl der dreizehnte Pair, nicht wahr? Aber meines Wissens ist kein solcher Pair belegt. Was trug der Vorfahre Ihres Mannes während der Krönung?«

»Er trug nichts, Hauptmann. Er sorgte für Schutz.«

»Für Schutz? Vor wem?«

Die Comtesse lächelte. »Vor dem Teufel natürlich.«

## 30

Yola fand, dass sie ihre beiden Maßnahmen zeitlich nahezu perfekt abgestimmt hatte. Erst hatte sie Yeleni losgeschickt, Gavril zu wecken und ihm zu sagen, dass ihn Bazena sprechen müsse. Dringend.

Dann hatte sie fünf Minuten verstreichen lassen, ehe sie zu Badenas Vater Badu geeilt war, um ihm zu erzählen, dass man seine Tochter gerade bettelnd vor der Kirche gesehen habe. Die fünf Minuten deshalb, weil Badu und Stefan, Bazenas Bruder, ohne Frage sofort losstürmen würden, wenn sie die Nachricht hörten. Nun lief Yola selbst, da sie es auf keinen Fall verpassen wollte zu sehen, wie sich ihr Plan entfaltete.

Alexi sah sie kommen. »Schau. Da ist Yola. Und dort drüben Gavril. Oh, Scheiße, Badu und Stefan.«

Sabir kam es vor, als sei die Szene vage nach dem Vorbild der Autoverfolgungsjagd im ersten *Pink-Panther*-Film gestaltet – wo der alte Mann, verwirrt durch die Unmengen von Polizeiautos und 2 CVs, die auf dem Platz vor ihm kreisen, schließlich seinen Lehnstuhl aus dem Haus holt, sich einen guten Platz dafür sucht und gemütlich beobachtet, wie die Geschichte ausgeht.

Gavril, der nichts von Badu und Stefan ahnte, eilte auf Bazena zu. Diese saß vor einem Tuch mit Münzen darauf und hatte gerade ihren Vater und Bruder entdeckt. Sie stand auf und rief Gavril etwas zu. Gavril blieb stehen. Bazena gestikulierte wild in seine Richtung, er solle verschwinden. Badu und Stefan sahen die Bewegung, wandten den Kopf und erkannten Gavril. Anstatt sich zu stellen und einfach für unschuldig zu erklären, beschloss Gavril zu türmen. Badu und Stefan teilten sich auf – ein Manöver, das sie offenbar schon bei zahlreichen früheren Gelegenheiten geübt hatten – und näherten sich Gavril von gegenüberliegenden Seiten des Platzes. Bazena fing an zu kreischen und sich die Haare zu raufen.

Keine zwei Minuten nachdem sich Yolas Plan zu entfalten begonnen hatte, waren vielleicht fünfzig Zigeuner jeden Geschlechts und Alters wie aus dem Nichts auf dem Platz zusammengekommen. Gavril wich vor Stefan und Badu zurück, die ihre Messer gezückt hatten. Menschen strömten aus dem Heiligtum, um zu sehen, was es mit diesem Tumult auf sich hatte. Zwei Polizisten auf Motorrädern näherten sich aus einem anderen Teil der Stadt, aber schon wurden sie von Zigeunern am Weiterkommen gehindert, die außerdem dafür sorgten, dass sie keine freie Sicht auf die Auseinandersetzung bekamen. Bazena hatte sich ihrem Vater um den Hals geworfen und klammerte sich an ihn, als ginge es um ihr Leben, während ihr Bruder Gavril umkreiste, der ebenfalls sein Messer hervorgeholt hatte, aber noch damit beschäftigt war, an dessen Schnappverschluss herumzufummeln.

»So. Das ist mein Augenblick.« Alexi stürzte auf den Platz, ehe Sabir fragen konnte, was er vorhatte.

»Alexi! Um Himmels willen! Halt dich da raus!«

Aber es war zu spät, ihn aufzuhalten. Alexi spurtete bereits um die Menschenmenge herum in Richtung Kirche.

**31** Alexi war sein ganzes Leben lang ein Meisterdieb gewesen – und Meisterdiebe wissen günstige Umstände auszunutzen.

Er war überzeugt, der Wachmann würde früher oder später versucht sein, das Heiligtum zu verlassen. Wie sollte er es nicht sein, wenn die ganze Versammlung in der Kirche aus Neugier, was auf dem Platz draußen vor sich gehen mochte, vor ihm hinausgeeilt war?

Alexi konnte sich den Gedankengang des Wachmanns gut vorstellen. Es war doch sicherlich seine Pflicht nachzusehen, was los war. Die heilige Sara konnte ohne Frage eine Weile auf sich selbst aufpassen. Er wusste von keiner offiziellen Gefahr. Niemand hatte ihn gewarnt oder ermahnt, besonders wachsam zu sein. Was konnte es also schaden, die Eintönigkeit des Vormittags mit ein wenig frischer Luft und einem Tumult zu durchbrechen?

Alexi hatte sich eben auf der rechten Seite des Portals versteckt, als der Wachmann am Ende der Menge aus dem Gotteshaus eilte, das Gesicht gerötet vor neugieriger Erwartung. Alexi sauste hinter ihm hinein und steuerte direkt den Schrein an. Er besuchte diese Kirche, seit er auf der Welt war, und kannte sich darin aus wie in seiner Westentasche.

Die heilige Sara stand in einer Ecke der verlassenen Krypta, umgeben von Votivopfern, Fotos, Kerzen, Nippes, Gedichten, Plaketten, Tafeln mit Namen darauf und Blumen – vielen, vielen Blumen. Sie war in mindestens zwanzig Lagen gespendeter Sachen gekleidet, dazu gab es Umhänge, Bänder und von Hand gestickte Schleier; nur ihr mahagonibraunes Gesicht, das winzig wirkte unter der silbernen Krone, lugte aus der Unmenge an Stoff hervor.

Nachdem er sich abergläubisch bekreuzigt und einen um Verzeihung heischenden Blick zum nächsten Kruzifix geworfen hatte, drehte Alexi die Statue um und fuhr mit der Hand über ihren Sockel. Nichts. Glatt wie Alabaster.

Unter verzweifelten Blicken zum Eingang des Heiligtums murmelte Alexi ein Gebet, dann holte er sein Taschenmesser hervor und begann zu schaben.

Achor Bale hatte die rasante Entwicklung der Ereignisse auf dem Platz vor ihm mit gespanntem Interesse verfolgt. Zuerst das überstürzte Auftauchen des blonden Idioten – dann die beiden wütenden Zigeuner, die auf seine bettelnde Freundin zusteuerten. Dann schrie die bettelnde Freundin und lenkte die allgemeine Aufmerksamkeit auf ihren blonden Freund, der andernfalls ohne Frage bemerkt hätte, was los war, ehe ihn jemand sehen konnte, und sich rechtzeitig dünngemacht hätte.

Die beiden Motorradpolizisten versuchten immer noch, sich einen Weg durch die Menge zu bahnen. Der Blonde sah sich mit dem jüngeren der zwei anderen Männer konfrontiert, und wenn Bale sich nicht irrte, fuchtelte er mit einem Taschenmesser herum, das zweifellos abbrechen würde, sobald es auf etwas Massiveres als ein Brustbein traf. Der ältere der beiden Männer – der Vater wahrscheinlich – war damit beschäftigt, seine hysterische Tochter abzuwehren, aber es war klar, dass er sich bald freigekämpft haben würde, und dann würden die beiden den Blonden zerlegen, bevor die Polizei auch nur den Hauch einer Chance hätte, in die Nähe des Geschehens zu kommen.

Bale sah sich auf dem Platz um. Die ganze Sache erschien ihm irgendwie eingefädelt. Aufruhr entstand fast nie auf organische Weise, aus sich selbst heraus. Irgendwer inszenierte ihn, jedenfalls seiner Erfahrung nach. Er hatte während seiner Zeit bei der Legion sogar selbst ein, zwei Krawalle inszeniert – selbstverständlich nicht unter ausdrücklicher Schirmherrschaft der Legion, sondern nur als Mittel, ihr Einschreiten in einer Situation zu erzwingen, die sich ohne sie möglicherweise ganz ohne Gewalt von allein gelöst hätte.

An einen Aufruhr im Tschad dachte er ganz besonders gern zurück – es war während des Einsatzes der Fremdenlegion in den Achtzigern dort gewesen. Vierzig Tote, Dutzende von Verletzten. Beim *Corpus* hatte es geheißen, er sei gefährlich nahe dran gewesen, einen Bürgerkrieg auszulösen. Wie sich Monsieur, sein Vater, gefreut hätte.

*Legio Patria Nostra* – Bale wurde beinahe nostalgisch zumute. Er hatte viele nützliche Dinge in Fraselli, dem »Kampfdorf« der Legion auf Korsika gelernt – und auch in Ruanda, Kamerun, Bosnien und im Libanon. Dinge, die er nun möglicherweise anwenden musste.

Er stand auf, um einen besseren Blick zu haben. Als das nichts half, kletterte er auf den Kaffeehaustisch und benutzte seinen Hut als Sonnenschirm. Niemand beachtete ihn – alle Augen waren auf den Platz gerichtet.

Er warf einen Blick zum Eingang des Heiligtums hinüber und sah gerade noch Alexi, der hinter dem Hauptportal gelauert hatte, im Rücken des aus dem Gebäude kommenden Wachmanns hineinflitzen.

Ausgezeichnet. Bale wurde die Arbeit abgenommen. Er sah sich nach Sabir um, konnte ihn aber nirgendwo entdecken. Am besten, er lief zum Eingang der Kirche und wartete, bis der Zigeuner wieder herauskam. In dem Getümmel, in das sich der Place de L'Eglise verwandelt hatte, würde sich niemand über einen weiteren toten Zigeuner mit einer Messerwunde in der Brust wundern.

## 32

Calque hatte Schwierigkeiten mit der Comtesse. Sie hatten begonnen, als sie seinen Widerstand gegen ihre Behauptung gewittert hatte, die Familie ihres Mannes sei dafür verantwortlich gewesen, die französischen Könige vor diabolischen Einflüsterungen zu schützen.

»Warum ist das nicht niedergeschrieben? Warum habe ich nie von einem dreizehnten Pair de France gehört?«

Macron schaute ungläubig zu. Was trieb Calque da? Sie stellten Nachforschungen über eine Pistole an, nicht über eine Abstammungslinie.

»Aber es ist niedergeschrieben, Hauptmann. Es ist nur einfach so, dass die Dokumente den Gelehrten nicht zugänglich sind. Was glauben Sie denn? Dass sich die Geschichte immer genauso abgespielt hat wie von den Historikern beschrieben? Gehen Sie wirklich davon aus, es gäbe nicht überall in Europa Adelsfamilien, die private Korrespondenz und Dokumente neugierigen Blicken entziehen? Keine Geheimgesellschaften, die bis heute geheim sind und von deren Existenz niemand weiß?«

»Wissen Sie von solchen Gesellschaften, Madame?«

»Natürlich nicht. Aber sie existieren ohne Frage. Darauf können Sie sich verlassen. Und sie besitzen vielleicht mehr Macht, als man annehmen würde.« Ein merkwürdiger Ausdruck trat auf das Gesicht der Comtesse. Sie streckte die Hand aus und läutete ihre Glocke. Ohne ein Wort kam Milouins herein und begann, das Kaffeeservice abzuräumen.

Calque verstand, dass das Gespräch dem Ende zuging. »Die Pistole, Madame. Die auf den Namen Ihres Gatten registriert war. In wessen Besitz ist sie jetzt?«

»Mein Mann hat sie vor dem Krieg verloren. Ich erinnere mich deutlich, dass er es mir erzählt hat. Sie wurde ihm von einem Wildhüter gestohlen, der vorübergehend desillusioniert von seiner Stellung war. Der Comte hat die Polizei verständigt – bestimmt existiert noch eine Akte darüber. Sie führten eine informelle Ermittlung durch, aber die Waffe wurde nie gefunden. Es spielte keine große Rolle. Mein Mann hatte viele Pistolen. Seine Sammlung war bemerkenswert, glaube ich. Ich persönlich interessiere mich allerdings nicht für Feuerwaffen.«

»Natürlich nicht, Madame.« Calque wusste, wann er geschlagen war. Die Chancen, dass noch Aufzeichnungen über eine informelle Ermittlung wegen einer verschwundenen Feuerwaffe in den 1930er-Jahren existierten, waren verschwindend gering. »Aber wenn ich richtig verstehe, haben Sie Ihren Mann in den 1970ern geheiratet. Wie können Sie von Ereignissen wissen, die in den Dreißigern stattfanden?«

Macron blieb der Mund offen.

»Mein Mann, Hauptmann, hat mir immer alles erzählt.« Die Comtesse stand auf.

Macron hebelte sich aus dem Sofa. Er sah mit Vergnügen zu, wie Calques erster Versuch, vom Sofa aufzustehen, scheiterte. Der Alte spürt wohl den Unfall noch in den Knochen, dachte er. Vielleicht ist er schon ein wenig gebrechlicher, als er sich anmerken lässt. Er benimmt sich jedenfalls verdammt merkwürdig.

Die Comtesse läutete zweimal mit ihrer Glocke. Der Diener kam wieder herein. Sie nickte in Richtung Calque, und der Diener eilte ihm zu Hilfe.

»Es tut mir leid, Madame. Leutnant Macron und ich waren in einen Zusammenstoß verwickelt. Bei der Verfolgung eines Übeltäters. Ich bin noch ein wenig steif.«

Zusammenstoß? Verfolgung eines Übeltäters? Was zum Teufel führte Calque in Schilde? Macron wandte sich der Tür zu. Dann blieb er stehen. Der alte Mann war gar nicht so steif. Er spielte es nur.

»Ihr Sohn, Madame – könnte er noch etwas zu der Geschichte beizusteuern haben? Vielleicht hat sein Vater mit ihm über die Pistole gesprochen.«

»Mein Sohn, Hauptmann? Ich habe neun Söhne. Und vier Töchter. Welchen von ihnen möchten Sie denn sprechen?«

Calque blieb abrupt stehen. Er schwankte ein wenig, als würde er es nicht mehr lange machen. »Dreizehn Kinder? Ich bin erstaunt, Madame. Wie ist das möglich?«

»Man nennt es Adoption, Hauptmann. Die Familie meines Mannes finanziert seit neunhundert Jahren ein Nonnenkloster als Teil ihrer karitativen Arbeit. Mein Mann wurde während des Krieges schwer verletzt. Von da an war es ihm unmöglich, selbst einen Erben zu zeugen. Deshalb hat er so spät geheiratet. Aber ich habe ihn überzeugt, seine Haltung zur Erbfolge zu überdenken. Wir sind wohlhabend. Das Nonnenkloster unterhält ein Waisenhaus. Wir haben so viele genommen, wie wir konnten. Adoption ist im Fall von *force majeur* gängige Praxis in französischen und italienischen Adelsfamilien. Es ist bei weitem besser, als wenn der Name ausstirbt.«

»Der gegenwärtige Comte, dann? Darf ich seinen Namen erfahren?«

»Comte Rocha. Rocha de Bale.«

»Kann ich ihn sprechen?«

»Er ist uns verloren gegangen, Hauptmann. Aus Gründen, die er selbst am besten kennt, hat er sich der Fremdenlegion angeschlossen. Wie Sie wissen, werden Legionäre gezwungen, sich unter neuen Namen einzuschreiben. Wir erfuhren den seinen nie. Ich habe ihn viele Jahre lang nicht gesehen.«

»Aber die Legion nimmt nur Ausländer auf, Madame, keine Franzosen. Außer in der Offiziersklasse. War ihr Sohn also Offizier?«

»Mein Sohn war ein Narr, Hauptmann. In dem Alter, in dem er sich meldete, war ihm jede Torheit zuzutrauen. Er spricht sechs Sprachen. Es ist nicht ausgeschlossen, dass er sich als Ausländer ausgegeben hat.«

»Wie Sie meinen, Madame. Wie Sie meinen.« Calque nickte dem Diener dankbar zu. »Wir scheinen bei unseren Nachforschungen fraglos in einer Sackgasse gelandet zu sein.«

Die Comtesse schien ihn nicht gehört zu haben. »Ich kann Ihnen versichern, dass mein Sohn nichts von der Pistole seines Vaters weiß. Er kam dreißig Jahre nach den Ereignissen zur Welt, von denen wir gesprochen haben. Wir haben ihn mit Rücksicht auf das fortgeschrittene Alter meines Gatten als Zwölfjährigen adoptiert.«

Calque war immer schnell dabei, eine Gelegenheit zu ergreifen. Er versuchte sein Glück. »Könnten Sie den Titel nicht auf den zweiten Sohn übertragen und das Erbe auf diese Weise in sichere Hände geben?«

»Diese Möglichkeit ist mit meinem Mann gestorben. Das Erbe ist nicht übertragbar.«

Dann fanden sich Calque und Macron elegant in die Hände der tüchtigen Madame Mastigou übergeben, und kaum eine halbe Minute später saßen sie wieder in ihrem Wagen und fuhren die Zufahrt in Richtung Ramatuelle hinab.

Macron wies mit einem Kopfnicken zum Haus zurück. »Was zum Teufel sollte das?«

»Was zum Teufel sollte was?«

»Dieses Verwirrspiel da drinnen. Ich habe zwanzig Minuten lang sogar den Schmerz in meinen Füßen vergessen. Sie waren so überzeugend, dass ich beinahe selbst auf Ihr Theater hereingefallen wäre. Um ein Haar hätte ich mich erboten, Ihnen die Treppe hinunterzuhelfen.«

»Verwirrspiel?«, sagte Calque. »Theater? Ich weiß nicht, wovon Sie reden, Macron.«

Macron sah ihn von der Seite an.

Calque grinste.

Ehe Macron weiter in ihn dringen konnte, läutete das Telefon. Macron fuhr in eine Parkbucht und meldete sich.

»Ja? Ja, verstanden. Ja.«

Calque zog eine Augenbraue hoch.

»Sie haben den Code für den Peilsender des Augenmannes geknackt, Chef. Sabirs Wagen steht auf einem Langzeitparkplatz in Arles.«

»Das hilft uns nicht sehr viel.«

»Das ist noch nicht alles.«

»Ich höre.«

»Es gab eine Messerstecherei in Les Saintes-Maries-de-la-Mer. Vor der Kirche.«

»Und?«

»Ich habe eine Überprüfung veranlasst. Nach unseren Ermittlungen in Gourdon. Ich habe die Namen aller Leute, die wir vernommen haben, markiert und unsere Dienststelle angewiesen, mich von jedem Zwischenfall zu unterrichten, in den Zigeuner verwickelt sind. Die Namen auf Querverbindungen überprüfen lasssen, anders ausgedrückt.«

»Ja, Macron? Ich bin bereits beeindruckt. Nun sagen Sie schon, was dabei herauskam.«

Macron ließ den Motor wieder an. Am besten nicht lächeln,

sagte er sich. Am besten überhaupt keine Gefühlsregung zeigen. »Die Polizei sucht im Zusammenhang mit der Messerstecherei nach einem gewissen Gavril La Roupie.«

33 Gavril hatte nicht an Badu und Stefan gedacht. In seiner Begeisterung über den Plan, die heilige Sara zu entführen, hatte er den Umstand völlig übersehen, dass sich Bazena zwei der gewalttätigsten männlichen Verwandten diesseits des Montagne Saint Victoire rühmen konnte. Die Geschichten über sie waren Legion. Vater und Sohn handelten immer gemeinsam, einer lenkte die Aufmerksamkeit vom anderen ab. Ihre Kneipenauseinandersetzungen waren legendär, über die Zahl ihrer Opfer gab es die wildesten Gerüchte.

Es war die Fahrt hinunter nach Les Saintes-Maries gewesen, die den Schaden angerichtet hatte. Beide Männer waren in einer unnatürlich gönnerhaften Stimmung gewesen. Das Festival war der Höhepunkt ihres Jahres – jede Menge Gelegenheiten, alte Rechnungen zu begleichen oder neue aufzumachen. Gavril war ihnen so nahe und so selbstverständlich, dass er nicht zählte. Sie waren an ihn gewöhnt. Und es wäre ihnen nicht in den Sinn gekommen, dass er so dumm sein könnte, Bazena zum Betteln auf die Straße zu schicken. Deshalb hatten sie ihn in ihre gewalttätige kleine Welt mit einbezogen und ihn, wenn auch nur kurz, zu ihrem Komplizen gemacht.

Jetzt kam Stefan auf ihn zu, und alles, womit Gavril sich verteidigen konnte, war ein lächerliches Taschenmesser. Als es Badu schließlich gelang, seine Tochter abzuschütteln, wusste Gavril, er war erledigt. Sie würden ihm das Licht ausblasen.

Er warf das Messer mit aller Kraft nach Stefan, dann nahm er durch die Menge Reißaus. Hinter ihm ertönte lautes Brüllen, aber er achtete nicht darauf. Er musste fort. Er würde sich später überlegen können, wie er den Schaden begrenzen wollte. Im Moment ging es um Leben und Tod.

Er lief wie ein Verrückter im Zickzack durch die versammelten Zigeuner – wie ein Footballspieler durch die Verteidigungsreihen des Gegners. Instinktiv benutzte er die fünf Glocken in dem offenen Turm der Kirche als Orientierungspunkt, da er beabsichtigte, zur Anlegestelle hinunterzuspurten und ein Boot zu stehlen. Bei nur drei Straßen, die aus der Stadt führten und auf denen der Verkehr wegen des bevorstehenden Fests in beide Richtungen nur im Schneckentempo vorwärtskroch, war das die einzige vernünftige Möglichkeit.

Dann, an der Kreuzung der Rue Espelly und der Avenue Van Gogh, genau vor der Stierkampfarena, sah er Alexi. Und hinter ihm Bale.

## 34

Alexi war schon im Begriff gewesen, die Statue angewidert auf ihren Sockel zurückzustellen. Das Ganze war eine absurde Zeitverschwendung. Wie konnte Sabir erwarten, dass Dinge, die vor Hunderten von Jahren stattgefunden hatten, bis in die heutige Zeit reichten? Es war Wahnsinn.

Alexi selbst konnte sich gedanklich kaum in eine Zeit versetzen, die zwanzig Jahre zurücklag, von fünfhundert ganz zu schweigen. Die Texte, die Sabir so frohgemut entschlüsselt hatte, erschienen ihm nichts weiter als das Gefasel eines Irren. Geschah den Leuten recht, wenn sie alles aufschreiben und auf diese Weise kommunizieren mussten. Wieso redeten sie nicht einfach miteinander? Wenn alle Leute einfach redeten, würde es auf der Welt sehr viel vernünftiger zugehen. Alles wäre unmittelbarer. So wie es in Alexis Welt war. Er wachte jeden Morgen auf und überlegte, wie er sich jetzt fühlte. Nicht früher. Oder in der Zukunft. Jetzt.

Er hätte den Pfropfen aus Harz beinahe übersehen. Im Lauf der Jahrhunderte war er zu einem ähnlichen Walnusston wie der Rest des bemalten Sockels verwittert. Aber die Konsistenz war anders. Als er mit seinem Taschenmesser daran meißelte, löste er sich in Spiralen, wie Holzspäne, nicht wie Pulver. Er werkelte, bis der Pfropfen heraussprang, dann tastete er mit einem Finger in dem Loch umher. Ja. Da war noch etwas.

Er steckte das Taschenmesser in das Loch und drehte. Ein Klumpen Stoff kam heraus. Alexi breitete es über der Handfläche aus und betrachtete es. Nichts. Nur ein mottenzerfressenes Stück Leinen mit Wurmlöchern darin.

Er lugte in das Loch, konnte aber nichts erkennen. Neugierig geworden, klopfte er die Statue kräftig auf den Boden. Dann noch einmal. Ein Bambusrohr fiel heraus. Bambus? In einer Statue?

Alexi wollte den Bambus gerade in der Mitte entzweibrechen, als er Schritte die breite Steintreppe herunterkommen hörte, die zur Krypta führte.

Rasch beseitigte er die Spuren seines Treibens und stellte die Statue wieder auf ihren Platz. Dann warf er sich der Länge nach vor ihr auf den Boden.

Er hörte die Schritte auf sich zukommen. *Malos mengues!* Was, wenn es der Augenmann war? Er wäre eine leichte Beute.

»Was tun Sie hier?«

Alexi richtete sich auf und blinzelte. Es war der Wachmann. »Na, was wohl? Ich bete. Das ist schließlich eine Kirche hier, oder?«

»Sie müssen nicht gleich sauer werden.« Der Wachmann hatte offenkundig schon öfter Zusammenstöße mit Zigeunern gehabt und legte keinen Wert auf einen weiteren. Vor allem nicht nach dem, was er auf dem Platz gerade gesehen hatte.

»Wo sind denn die Leute alle?«

»Sagen Sie bloß, Sie haben es nicht gehört.«

»Was gehört? Ich habe gebetet.«

Der Wachmann zuckte die Achseln. »Zwei von Ihren Leuten. Haben wegen einer Frau gestritten. Einer hat ein Messer nach dem anderen geworfen und ihn am Auge erwischt. Überall Blut. Sie haben erzählt, das Auge hing an einem Faden bis auf die Wange des Mannes hinunter. Wie eklig. Trotzdem. Geschieht den Leuten recht, wenn sie zu einem heiligen Anlass streiten müssen. Sie hätten lieber hier unten sein sollen, so wie Sie.«

»Von einem Messerwurf springt kein Auge heraus, sodass es bis auf die Wange hängt. Sie haben sich das ausgedacht.«

»Nein, nein. Ich habe das Blut gesehen. Die Leute haben geschrien. Einer der Polizisten hatte das Auge auf einem gefalteten Taschentuch und hat versucht, es wieder einzusetzen.«

»Heilige Mutter Gottes!« Alexi fragte sich, ob Gavril derjenige gewesen war, der sein Auge verloren hatte. Das würde ihm die Tour vermasseln, ihn ein bisschen bremsen. Vielleicht würde er nicht mehr so hemmungslos über die Entstellungen anderer Leute lachen, wenn ihm selbst ein Organ fehlte. »Darf ich die Füße der Madonna küssen?« Alexi hatte ein paar Flocken von dem Harz auf dem Boden entdeckt – wenn er kurz darauf blies, konnte er sie unter die Röcke der heiligen Sara befördern.

Der Wachmann blickte sich um. Die Krypta war menschenleer. Anscheinend war die allgemeine Aufmerksamkeit noch immer auf die Vorgänge draußen auf dem Platz gerichtet. »Von mir aus. Aber machen Sie schnell.«

**35** Bale hatte sich, fast sofort nachdem der Zigeuner die Kirche verlassen hatte, an Alexis Fersen geheftet. Aber der Zigeuner war hyperwachsam. Wie ein Windhund nach einem Rennen. Was immer er in der Kirche getrieben hatte, es hatte ihn aufgeputscht und seine Adrenalin fließen lassen.

Bale hatte halbwegs erwartet, der Zigeuner würde sich umgehend wieder auf den Platz begeben, um zu sehen, was los war, und um Sabir zu suchen. Doch stattdessen war er über den Place Lamartine in Richtung Meer geeilt. Wieso? Hatte er da drinnen etwas gefunden?

Bale beschloss, Alexi zu beschatten, bis sie aus der Stadt waren. Es empfahl sich immer, größere Menschenmengen zu meiden. In Bezug auf die Polizei würde der Ort der Tötung genauso wenig eine Rolle spielen wie das Endresultat. Es würde sich schlicht um eine weitere Messerstecherei unter Zigeunern handeln. Aber weiter draußen würde er genügend Zeit haben, Alexis Taschen zu durchsuchen, um zu sehen, was er in der Krypta geklaut oder kopiert hatte. Er beschleunigte deshalb seinen Schritt und opferte seine Unsichtbarkeit; verließ er sich darauf, dass ihn die Menschenmenge schützte.

Das war der Punkt, an dem Alexi ihn sah. Bale wusste, dass er entdeckt worden war, weil der Zigeuner vor Schreck stolperte und sogar kurz auf ein Knie sank. Alexi war kein Hans-guck-in-die-Luft wie Gavril.

Bale begann zu laufen. Jetzt oder nie. Er durfte den Mann nicht entkommen lassen. Der Zigeuner drückte etwas an seine Brust – es behinderte ihn stark beim Laufen, einen Arm nicht einsetzen zu können. Was er damit festhielt, musste ihm also wichtig sein. Und damit war es auch für Bale wichtig.

Jetzt lief er auf die Arena zu. Gut. Sobald er auf der Esplanade war, würde er leichter zu sehen sein.

Die Leute begannen sich nach den beiden rennenden Männern umzudrehen.

Bale war fit. Er musste es sein. Seit seiner Zeit bei der Fremdenlegion wusste er, dass Fitness mit Gesundheit gleichzusetzen war. Dein Körper hört auf dich. Fitness befreit dich vom Druck der Schwerkraft. Wenn du die richtige Balance findest, kannst du beinahe fliegen.

Alexi war leichtfüßig, aber man konnte ihn nicht fit nennen. Tatsächlich hatte er nie in seinem Leben bewusst Sport getrieben. Er führte lediglich ein unbewusst gesundes Leben, in natürlicher Harmonie mit seinem Instinkt, der ihn eher dazu antrieb, sich gesund zu fühlen als unwohl. Männliche Zigeuner starben traditionell jung. Für gewöhnlich als Folge von Rauchen, Trinken und genetischer Veranlagung. Alexi hatte nie mit dem Rauchen angefangen. Gegen seine Gene konnte er ohnehin nichts machen, aber Alkohol war immer eine Schwäche gewesen, und er spürte noch sowohl das Fress- und Saufgelage von der Hochzeit in den Knochen als auch den Aufprall eines Mannes in einem Stuhl aus beträchtlicher Höhe. Desselben Mannes, der jetzt hinter ihm her war.

Er spürte, wie ihn die Kräfte verließen. Noch fünfhundert Meter, bis er die Pferde erreichen würde. Hoffentlich hatten sie die Sättel nicht abgenommen. So wie er Boubouls Familie kannte, hatte vermutlich niemand die Pferde auch nur angerührt, seit er, Yola und Sabir vor zwei Stunden vom Maset de la Marais eingetroffen waren und die Tiere in Boubouls Obhut gelassen hatten. Die Pferde waren seine einzige Chance, zu entkommen. Er hatte Gelegenheit gehabt, sich alle drei ausführlich anzusehen, und er wusste, dass die Stute mit den vier schwarzen Fesseln mit Abstand das beste Tier war. Wenn ihn der Augenmann nicht erwischte, ehe er bei Bouboul ankam, hatte er immer noch eine Chance. Er konnte sogar ohne Sattel reiten, wenn es ganz schlimm kam.

Denn eine Sache, die Alexi wirklich sehr gut beherrschte, war, mit Pferden umzugehen. Er tat es seit seiner Kindheit.

Jetzt musste er nur noch den Strand erreichen und beten.

Gavril spürte, wie sein Zorn und seine Empörung wuchsen, während er Bale und Alexi folgte. Es war ihre Schuld, dass ihm diese Kette von Tragödien widerfahren war. Ohne die Kollision mit Alexi hätte er den *Gadje* nie getroffen. Und wenn ihn der *Gadje* nicht ins Bein gestochen hätte, wäre es nie zu der Begegnung mit der Polizei gekommen. Und er hätte infolgedessen nie von der Belohnung gehört. Oder war es andersherum gewesen? Manchmal verlor Gavril den Ablauf der Dinge aus dem Gedächtnis.

Er wäre so oder so nach Les Saintes-Maries gekommen, schon wahr, aber er hätte den Gang der Ereignisse bestimmt und wäre nicht von ihnen überrollt worden. Er hätte Alexi nach Belieben herausfordern können, wenn der Trottel betrunken gewesen wäre. Gavril war ein Meister der gemeinen Tricks, einer, der für die Galerie spielte. Was er nicht mochte, waren plötzliche Veränderungen in gewohnten Mustern.

Vielleicht konnte er die Kastanien immer noch aus dem Feuer holen? Wenn er dem *Gadje* erlaubte, sich um Alexi zu kümmern, wäre er abgelenkt. Er wäre gezwungenermaßen verletzlich. Mit den beiden in der Hand hätte er der Polizei wirklich etwas anzubieten. Ein simpler Anruf würde genügen. Und wenn sie ihm dann seine Belohnung ausbezahlt hätten, würde er mit der Polizei etwas aushandeln können, damit Stefan und

Badu ihn in Ruhe ließen. Alle Zigeuner hatten eine Heidenangst vor dem Gefängnis. Es wäre die eine Sache, womit man die beiden beherrschen konnte.

Vielleicht würde er Yola immer noch heiraten können. Ja. Auf diese Weise musste er seine Pläne doch nicht ändern. Alles konnte wieder gut werden.

Während er den beiden Männern hinterhereilte, überlegte er sinnloserweise, wie viel Geld Bazena wohl den Touristen abgeluchst hatte, ehe ihr Vater eingegriffen und dem Ganzen einen Riegel vorgeschoben hatte.

## 36

Sabir sah sich vergeblich nach Alexi um. Was hatte der Idiot nur gemacht? Als er ihn zuletzt gesehen hatte, war er in Richtung Kirche geeilt. Aber Sabir hatte in der Krypta nachgeschaut und ihn nirgendwo gefunden. Und die Krypta hier war nicht wie in Rocamadour. Es gab keine Verstecke – es sei denn, er hatte es irgendwie geschafft, sich unter den vielschichtigen Röcken der heiligen Sara zu verkriechen.

Er kehrte wie vereinbart zum Rathaus zurück. »Hast du ihn gefunden?«

Yola schüttelte den Kopf.

»Und was machen wir jetzt?«

»Vielleicht ist er ins Maset zurück. Vielleicht hat er etwas gefunden. Hast du ihn wirklich die Kirche betreten sehen?«

»Man konnte in diesem Tohuwabohu gar nichts sehen.«

Instinktiv und ohne ein Wort zueinander zu sagen, bogen sie in die Avenue Leon Gambetta in Richtung des Strands und ihrer Pferde ein.

Sabir sah zu Yola hinüber. »Das hast du übrigens ausgezeichnet gemacht vorhin, wollte ich noch sagen. Du bist der geborene *Agent provocateur.*«

»*Provocatrice*. Wer hat dir denn Französisch beigebracht?«

Sabir lachte. »Meine Mutter. Aber sie war nicht mit vollem Herzen dabei. Sie wollte, dass ich durch und durch Amerikaner werde wie mein Vater. Ich habe sie allerdings enttäuscht. Ich bin weder das eine noch das andere richtig.«

Sie hatten Boubouls Wohnwagen erreicht. Der Pflock, an dem die drei Pferde hätten angebunden sein müssen, war verdächtig leer.

»Na, großartig. Jemand ist mit der ganzen Meute davon. Oder vielleicht hat sie Bouboul als Hundefleisch verkauft. Sagt dir der Ausdruck ›Schusters Rappen‹ etwas, Yola?«

»Warte. Da ist Bouboul. Ich frage ihn, was aus ihnen geworden ist.«

Yola eilte über die Straße. Während Sabir ihr nachsah, begriff er, dass er etwas übersah, irgendeinen Hinweis, den sie bereits bemerkt hatte. Er überquerte die Straße kurz nach ihr.

Bouboul warf die Hände in die Luft. Er sprach Sinto. Sabir bemühte sich zu folgen, aber mehr, als dass etwas Unerwartetes geschehen war und Bouboul lautstark jede Verantwortung dafür abstritt, verstand er nicht.

Schließlich hatte er genug von Boubouls Wortschwall, und er zog Yola zur Seite. »Übersetz es mir bitte. Ich verstehe kein Wort von dem, was er sagt.«

»Es ist schlimm, Damo. Schlimmer geht's nicht.«

»Wo sind die Pferde geblieben?«

»Eins hat Alexi genommen. Vor zwanzig Minuten. Er war erschöpft. Er war gerannt. Laut Bouboul war er so fertig, dass er kaum noch auf das Pferd kam. Dreißig Sekunden später kam ein anderer Mann gerannt. Dieser Mann war überhaupt nicht müde. Bouboul sagt, er hatte merkwürdige Augen. Er sah niemanden an. Sprach mit niemandem. Er nahm einfach das zweite Pferd und ritt hinter Alexi her.«

»Großer Gott. Das hat uns wirklich noch gefehlt. Hat Bouboul versucht, sich auf eine Auseinandersetzung mit ihm einzulassen?«

»Sieht er aus wie ein Idiot? Das waren nicht Boubouls Pferde. Es waren noch nicht einmal unsere. Warum sollte er sich für fremdes Eigentum in Gefahr bringen?«

»Ja, warum eigentlich?« Sabir überlegte immer noch, was diese Verfolgung ausgelöst haben könnte. »Wo ist das dritte Pferd? Und hatte Alexi etwas bei sich? Frag ihn.«

Yola wandte sich an Bouboul. Sie tauschten ein paar kurze Sätze in Sinto. »Es ist schlimmer, als ich dachte.«

»Schlimmer? Wie das? Du sagtest bereits, schlimmer geht es nicht mehr.«

»Alexi hatte tatsächlich etwas bei sich, du hast recht. Ein Bambusrohr.«

»Ein Bambusrohr?«

»Ja. Er drückte es an seine Brust wie ein Baby.«

Sabir packte Yolas Arm. »Verstehst du nicht, was das bedeutet? Er hat sie gefunden. Alexi hat die Prophezeiungen gefunden.«

»Aber das ist noch nicht alles.«

Sabir schloss die Augen. »Du brauchst es nicht zu sagen. Ich habe den Namen aus eurem Gespräch herausgehört. Gavril.«

»Ja. Gavril. Er ist beiden gefolgt. Er kam etwa eine Minute nach dem Augenmann hier an. Und er hat das dritte Pferd genommen.«

**37** Zwanzig Minuten nachdem er Les Saintes-Maries hinter sich gelassen hatte, fiel Gavril ein, dass er ohne jede Waffe war. Er hatte sie in dem Handgemenge nach Stefan geworfen.

Die Erkenntnis traf ihn mit solcher Wucht, dass er tatsächlich sein Pferd mitten im leichten Galopp anhielt und eine geschlagene halbe Minute mit sich stritt, ob er umkehren sollte.

Aber der Gedanke an Badu und Stefan ließ ihn seinen Weg fortsetzen. Die beiden würden nach seinem Blut geifern. Sie durchstreiften in diesem Augenblick sicherlich die Straßen von Les Saintes-Maries auf der Suche nach ihm – oder aber sie ließen bei Nan Maximoff gerade ihre Messer schleifen. Solange er auf einem Pferd mitten in den Sümpfen der Camargue unterwegs war, hatte zumindest niemand eine Chance, ihn zu erwischen.

Die beiden Männer vor ihm hatten keine Ahnung, dass er ihnen folgte. Seit sie die Straße endlich verlassen hatten, brauchte er sich ihnen nicht weiter als auf fünfhundert Meter zu nähern, da sie eine mehr als deutliche Spur durch das Buschland hinterließen. Zwei galoppierende Pferde wühlten den Boden gewaltig auf, und Gavril konnte frische Pferdespuren ohne weiteres von alten unterscheiden.

Er würde Alexi und dem *Gadje* einfach folgen und sehen, was sich ergab. Im schlimmsten Fall, wenn er sie verlor, konnte er immer noch bis an den Stadtrand von Arles weiterreiten und in einen Bus springen. Sich eine Weile dünnmachen.

Was hatte er schließlich zu verlieren?

**38** Alexi gewann ein wenig Vorsprung vor dem Augenmann – aber nicht annähernd so viel, wie er gehofft hatte. Die Stute hatte ausreichend Zeit gehabt, sich von dem Zehnkilometerritt des Vormittags zu erholen, aber Alexi nahm an, dass Bouboul sie weder gefüttert noch getränkt hatte, denn die Zunge hing ihr bereits schlaff aus dem Maul. Wenn Alexi sie in diesem Tempo weitertrieb, würde sie zusammenbrechen.

Sein einziger Trost lag darin, dass der Wallach, den der Augenmann ritt, in einer ähnlichen Verfassung sein würde. Der Gedanke, in einer so abgelegenen Gegend zu Fuß zurückkehren zu müssen und von einem Verrückten mit einer Pistole durch die Sümpfe gejagt zu werden, war jedoch kaum erträglich.

Bisher war er exakt den Weg zurückgeritten, den sie am Morgen vom Haus in die Stadt genommen hatten. Doch Alexi war klar, dass er bald davon abweichen und sich in unbekanntes Gelände wagen musste. Er konnte es nicht riskieren, den Augenmann zu ihrem Stützpunkt zu führen – denn wenn Sabir und Yola entdeckten, dass die beiden Pferde fort waren, hatten sie keine andere Wahl, als an den einen Ort zurückzukehren, an den sie ihn vermutlich wieder treffen konnten.

Seine einzige Hoffnung bestand darin, den Augenmann völlig abzuschütteln. Alexi wusste, er musste seinen ganzen Verstand beisammenhaben, wenn ihm das gelingen sollte. Er musste seine wachsende Panik beherrschen, klar und konstruktiv denken, und all das in vollem Galopp.

Linker Hand von ihm, jenseits des Étang des Launes, verlief die Kleine Rhône. Alexi kannte sie gut, da er seit seiner Kindheit immer wieder mit einer Reihe männlicher Verwandter dort gefischt hatte. Seines Wissens gab es nur eine Fähre in der Nähe – am Bac du Sauvage. Ansonsten war man gezwungen, den weiten Umweg auf der Straße zu machen und vielleicht zehn Kilometer flussaufwärts am Pont du Sylvéréal überzusetzen. Es gab buchstäblich keinen anderen Weg in die Petite Camargue – außer man flog, natürlich.

Wenn er genau im richtigen Moment an die Fähre käme, hätte er eine geringe Chance. Aber wie hoch war die Wahrscheinlichkeit? Die Fähre fuhr alle dreißig Minuten, zur vollen und halben Stunde. Sie konnte bereits am anderen Flussufer liegen und sich zur Rückfahrt bereit machen – und dann saß er in der Falle. Soweit er sich erinnerte, war der Fluss an dieser Stelle rund zweihundert Meter breit, und die Strömung war viel zu stark für ein erschöpftes Pferd. Und er hatte keine Uhr. Sollte er alles auf eine Karte setzen und es mit der Fähre versuchen? Oder war das verrückt?

Die Stute strauchelte, ehe sie sich wieder fing. Alexi begriff, dass sie am Ende ihrer Kräfte war. Wenn er so weitermachte, würde ihr einfach das Herz zerspringen – Alexi hatte gehört, dass Pferden so etwas passierte. Sie würde wie ein Stein zu Boden gehen, und er würde sich bei einem ungebremsten Sturz über ihre Schulter den Hals brechen. Wenigstens bliebe dem Augenmann dann die Mühe erspart, ihn zu foltern, wie er es anscheinend bei Babel gemacht hatte.

Alexi war zwei Minuten von der Anlegestelle der Fähre entfernt. Er musste es einfach riskieren. Er warf einen letzten verzweifelten Blick über die Schulter. Der Augenmann lag fünzig Meter hinter ihm und holte auf. Vielleicht hatte der Wallach bei Bouboul einen Schluck Wasser abbekommen. Vielleicht ermüdete er deshalb nicht so schnell wie die Stute.

Die Schranke an der Anlegestelle war geschlossen, und die Fähre legte gerade ab. Sie hatte vier PKW und einen kleinen Lastwagen an Bord. Die Überfahrt war so kurz, dass sich niemand die Mühe machte, auszusteigen. Nur der Schaffner sah Alexi kommen.

Der Mann hob warnend die Hand und rief: »*Non! Non!*«

Alexi steuerte die Stute auf die Schranke zu. Eine steile Böschung führte zu ihr hinunter. Vielleicht fand sie genügend Halt auf dem Asphalt, um darüberzusetzen. So oder so konnte es sich Alexi nicht leisten, abzubremsen.

Im allerletzten Moment verlor die Stute die Nerven und brach nach links aus. Die Hinterbeine rutschten unter ihr weg, und sie knickte in der Hüfte ein, begünstigt noch durch das Gefälle der Zufahrt. Alle vier Beine in die Luft gestreckt und kreischend, schlitterte sie unter der Schranke hindurch. Alexi prallte mit dem Rücken gegen die Schranke. Er versuchte sich zusammenzurollen, aber es gelang ihm nicht. Er durchbrach die Schranke, was seinen Sturz teilweise abfederte. Dann krachte er mit der rechten Schulter auf den Asphalt. Ohne nachzudenken oder auf seinen Schmerz Rücksicht zu nehmen, hechtete Alexi nach der Fähre. Wenn er die metallene Anlegeplanke verfehlte, würde er ertrinken. Nicht nur dass er sich irgendwo einen größeren Schaden zugezogen hatte – er konnte nicht schwimmen.

Der Fährmann hatte schon viele verrückte Dinge in seinem Leben gesehen, aber das hier schoss den Vogel ab. Ein Mann zu Pferd, der die Schranke überspringen wollte, um an Bord zu kommen? Er transportierte die ganze Zeit Pferde. Die Fähre besaß sogar eine eigene Vorrichtung, wo man die Pferde anbinden konnte, ein Stück entfernt von den Autos, damit sie keinen Lack beschädigten, wenn sie ausschlugen. War dieser Mann vielleicht ein Pferdedieb? Jedenfalls hätte er seine Beute dann verloren. Das Pferd hatte sich beim Sturz ein Bein gebrochen, wenn er sich nicht irrte. Der Mann selbst war wahrscheinlich ebenfalls verletzt.

Der Fährmann warf ihm den Rettungsring zu. »Er ist an der Fähre angebunden! Halten Sie sich daran fest!«

Er wusste, nun, da die Fähre unterwegs war, war es praktisch unmöglich, den Zugmechanismus zu stoppen. Die Strömung war so stark, dass die Fähre an einer Führungskette festgemacht war, damit sie nicht unkontrolliert in Richtung Gau d'Orgon abtrieb. War der Mechanismus erst einmal ausgelöst, war es riskant, ihn zu stoppen und dadurch die lange Kettenschlaufe mit dem vollen Gewicht der Fähre plus der Zugkraft des Flusses zu belasten. Bei starkem Regen konnte die Fähre sogar aus ihrer Verankerung gerissen werden und auf das offene Meer zutreiben.

Alexi griff nach dem Ring und stülpte ihn sich über den Kopf.

»Drehen Sie sich um! Drehen Sie sich im Wasser herum, und lassen Sie sich ziehen!«

Alexi drehte sich und ließ sich von der Fähre ziehen. Er hatte Angst, er könnte Wasser schlucken und vielleicht auf diese Weise ertrinken. Deshalb senkte er das Kinn, bis es auf der Brust auflag, und ließ das Wasser wie eine Bugwelle über seine Schultern fließen. Jetzt erst fiel ihm ein, nach der Bambusröhre zu tasten. Sie war nicht mehr da.

Er sah zur Anlegestelle zurück. Hatte er sie dort bei seinem Sturz vom Pferd verloren? Oder später im Wasser? Würde der Augenmann sie sehen und begreifen, was es war?

Der Augenmann saß an der Schranke auf seinem Pferd. Alexi sah, wie er seine Pistole zog und die Stute erschoss. Dann wendete er in Richtung Pont de Gau und und verschwand im Gestrüpp.

**39** Vielleicht war es ein Fehler, seinen Feinden so viel Furcht einzuflößen, dass sie nichts mehr zu verlieren hatten. Denn was sonst könnte den Zigeuner dazu veranlasst haben, ein derart lächerliches Risiko einzugehen und mit einem übermüdeten

Pferd über eine Schranke mit nur einem Querbalken zu springen? Wie allgemein bekannt war, hassten es Pferde, Tageslicht zwischen dem Hindernis, über das sie springen sollen, und dem Boden zu sehen. Und das Pferd hatte gewusst, dass es auf tiefes Wasser zuging. Man musste Pferde für solche Dinge eigens trainieren. Es war Wahnsinn. Glatter Wahnsinn.

Dennoch. Bale musste den Mann für den Versuch bewundern. Der Zigeuner hatte eben doch genau gewusst, was ihn in Bales Händen erwartete. Schade allerdings um das Pferd. Aber es hatte sich bei dem Sturz das Bein gebrochen, und Bale sah ein Tier nur ungern leiden.

Bale ließ die Zügel des erschöpften Wallachs schießen. Instinktiv ging das Tier den Weg zurück, den sie gekommen waren. Der erste Halt auf dem Rückweg würde der Zigeuner sein, der auf die Pferde aufgepasst hatte. Ein paar Informationen einholen. Dann würde er sich nach dem blonden Wikinger in der Stadt umsehen. Wenn er ihn nicht fand, wäre dessen Freundin das nächste Ziel.

Auf die eine oder andere Art würde Bale irgendwo wieder Sabirs Spur finden. Er wusste es. Er fand sie immer.

## 40

Gavril verlangsamte sein Pferd zum Schritt. Das Tier war fix und fertig. Er wollte nicht das Risiko eingehen, es umzubringen und dann kilometerweit von irgendwas entfernt mitten im Marais festzusitzen.

Anders als Alexi war Gavril eigentlich kein Landjunge. Er war am glücklichsten, wenn er sich am Stadtrand herumdrücken konnte, wo etwas los war. Bisher hatte zu Gavrils Vorstellung von einem angenehmen Leben auch der Handel mit gestohlenen Handys gehört. Er stahl sie natürlich nicht selbst – dafür waren sein Gesicht und sein Haar viel zu einprägsam.

Er fungierte lediglich als Mittelsmann, ging von Café zu Café und von Bar zu Bar und verkaufte sie für ein paar Euro Profit pro Stück. Es reichte für Bier und Klamotten, und wenn er Glück hatte, legte er zusätzlich noch das eine oder andere *Payo*-Mädchen flach. Seine Haarfarbe lieferte zuverlässig immer das erste Gesprächsthema. Wie kannst du mit solchen Haaren Zigeuner sein? Es hatte also nicht nur Nachteile, dass er blond war.

Fast ohne es zu bemerken, kam Gavril zum Stehen. Wollte er wirklich hinter Alexi und dem *Gadje* herjagen? Und was würde er tun, wenn er sie eingeholt hatte? Ihnen solche Angst machen, dass sie sich unterwarfen? Vielleicht sollte er den Diebstahl des Pferdes einfach als cleveren Ausweg aus einer unmöglichen Lage betrachten. Auf diese Weise hatten ihn Badu und Stefan wenigstens nicht verfolgen und Rache nehmen können – was immer sie sich in ihren perversen Gehirnen dafür ausgedacht haben mochten. Er hatte kein Verlangen, sie oder Bazena in diesem Leben noch einmal wiederzusehen.

Und was war mit Yola? Wollte er sie wirklich so sehr? Es gab genügend andere Frauen. Vielleicht war es am besten, er ließ die ganze Geschichte bleiben und machte sich stattdessen eine Weile dünn. Er konnte dem Pferd eine Rast gönnen und sich dann langsam auf den Weg nach Norden machen. Es irgendwo in der Nähe eines Güterbahnhofs stehen lassen und auf einem Frachtzug nach Toulouse fahren. Dort hatte er Verwandte. Sie würden ihn aufnehmen.

Überzeugt von seinem neuen Plan bog Gavril vom Fluss ab und wandte sich in Richtung Panperdu.

**41** Bale beschloss, hinter einer verlassenen *Cabane*, einer Hütte der Viehhirten, auf Gavril zu warten. Er und der Wallach verschmolzen perfekt mit dem tief gezogenen Reetdach, das wie der Kiel eines umgedrehten Ruderboots aussah.

Bale hatte seit zehn Minuten im Schatten der *Cabane* gestanden und beobachtet, wie Gavril näher kam. Ein-, zweimal hatte er sogar amüsiert über die anhaltende Blindheit des Mannes gegenüber allem, was um ihn herum vorging, den Kopf geschüttelt. War der Zigeuner eingeschlafen? Hatte er deshalb so willkürlich eine Spur verlassen, die deutlich sichtbar durch das Sumpfgras getrampelt war? Es war unfassbares Glück gewesen, dass Bale den Mann entdeckt hatte, ehe dieser Sekunden später hinter einer Baumreihe verschwunden wäre.

Im letztmöglichen Augenblick trat Bale mit dem Pferd am Zügel hinter dem Unterstand hervor. Er band das Taschentuch vom Maul des Pferdes los und steckte es ein – ein Trick, den er in der Legion von den Berbern und ihren Packkamelen gelernt hatte. Es hatte verhindert, dass das Pferd ihn verriet, indem es wieherte, als es seinen Artgenossen kommen hörte.

»Steig ab.« Bale schwenkte aufmunternd seine Pistole.

Gavril blickte über Bales Kopf hinweg auf den nahen Waldrand.

»Denk nicht mal dran. Ich habe gerade ein Pferd erschossen. Auf eins mehr kommt es mir nicht an. Aber ich habe nichts gegen das Tier. Es würde mich nur sehr wütend machen, wenn ich es unnötigerweise erschießen müsste.«

Gavril schwang ein Bein über den Sattel und rutschte vom Rücken des Pferds. Er stand mit den Zügeln in der Hand da, als machte er nur einen Höflichkeitsbesuch bei Bale, anstatt das Opfer eines Hinterhalts geworden zu sein. Er sah verwirrt aus – wie mit sieben, wenn sein Vater ihm eine gescheuert hatte für etwas, an dem er keine Schuld trug. »Hast du Alexi erschossen?«

»Warum sollte ich?«

Bale ging auf Gavril zu und nahm ihm das Pferd ab. Er band es an den Pfosten vor die *Cabane*. Dann machte er das Lasso vom Sattelknauf los. »Leg dich auf den Boden.«

»Was willst du? Was hast du vor?«

»Ich werde dich fesseln. Leg dich hin.«

Gavril legte sich auf den Rücken und schaute zum Himmel empor.

»Nein. Dreh dich um.«

»Du stichst mich aber nicht wieder mit dem Messer?«

»Nein. Das nicht.« Bale streckte beide Arme Gavrils über den Kopf und führte sie durch die Lassoschlinge. Dann befestigte er das andere Ende mit einem provisorischen Knoten an dem Pfosten. Er ging zum Wallach und löste das Lasso von dessen Sattelknauf. Dann ging er zurück, band Gavrils Füße zusammen und ließ das Seilende auf dem Boden liegen. »Wir sind hier ganz allein, wie du wahrscheinlich inzwischen begriffen hast. Nichts als Pferde, Stiere und rosa Flamingos, so weit das Auge reicht.«

»Ich bin keine Gefahr für dich. Ich habe gerade beschlossen, nach Norden zu reiten. Sabir und Yola ein für alle Mal aus dem Weg zu gehen.«

»Aha. Sie heißt also Yola. Ich habe mich schon gefragt. Wie heißt der andere Zigeuner? Der, dessen Pferd ich erschossen habe?«

»Alexi. Alexi Dufontaine.«

»Und dein Name?«

»Gavril La Roupie.« Gavril räusperte sich. Es fiel ihm schwer, sich zu konzentrieren. Seine Gedanken schweiften ständig zu irrelevanten Einzelheiten ab. Wie zum Beispiel der Tageszeit. Oder der Beschaffenheit des Buschgrases vor seinen Augen. »Was hast du mit ihm gemacht? Mit Alexi?«

Bale führte den Wallach zu der Stelle, wo Gavril lag. »Mit ihm? Gar nichts. Er ist vom Pferd gefallen. Konnte aber in den Fluss krabbeln und per Anhalter auf einer Fähre mitfahren. Es ist ein Unglück für dich, dass er entkommen ist.«

Gavril begann zu weinen. Er hatte seit seiner Kindheit nicht mehr bewusst geweint, und jetzt war es, als würden alles Elend und alle Kränkungen, die sich in ihm aufgestaut hatten, schließlich aus ihm herausfließen. »Bitte, lass mich gehen. Bitte.«

Bale band den Wallach an das Seil, das er um Gavrils Füße geschlungen hatte. »Das kann ich nicht. Du hast mich gesehen. Du hattest Gelegenheit, dir mein Aussehen einzuprägen. Außerdem hast du einen Hass auf mich. Ich lasse nie einen Mann laufen, der einen Hass auf mich hat.«

»Aber ich habe keinen Hass auf dich.«

»Dein Bein. Ich habe dir in Gourdon mit dem Messer ins Bein geschnitten.«

»Das habe ich bereits vergessen.«

»Du verzeihst mir also? Das ist nett. Aber warum bist du mir dann nachgeritten?« Bale hatte Gavrils Pferd von dem Pfosten losgebunden und führte es zur Kopfseite des Zigeuners. Er nahm das lose Ende des Lassos, das er um Gavrils Hände geschlungen hatte, und befestigte es am Sattel von Gavrils Pferd.

»Was tust du?«

Bale prüfte beide Knoten. Gavril bog den Hals nach oben, um zu sehen, was hinter ihm vorging. Bale schnitt eine Handvoll trockenes Schilfgras ab, etwa einen Meter in der Länge.

Er schnitt einen weiteren, einzelnen Halm ab und band es zu einer Schlinge. Dann knotete er das Schilf an einem Ende zusammen, bis es die Form eines Reisigbesens angenommen hatte. Eins der Pferde begann zu schnauben.

»Sagtest du etwas?«

»Ich habe gefragt, was du tust«, schluchzte Gavril.

»Ich mache mir eine Peitsche. Aus diesem Schilfgras.«

»Mein Gott. Willst du mich auspeitschen?«

»Dich? Nein. Die Pferde.«

Gavril begann zu heulen. Es war ein Geräusch, wie er es noch nie in seinem Leben von sich gegeben hatte. Aber es war ein Geräusch, das Bale gut kannte. Er hatte es immer wieder gehört, wenn jemand spürte, dass es ans Sterben ging. Es war, als versuchten sie, die Realität durch Lärm auszublenden.

»Ein Vorfahre von mir wurde einmal gehängt, ausgeweidet und gevierteilt. Vor langer Zeit, im Mittelalter. Weißt du, was das beinhaltet, Gavril?«

Gavril kreischte inzwischen schrill.

»Es beinhaltet, dass man eine Schlinge um deinen Hals legt und dich an einem Galgen in die Höhe zieht, manchmal mehr als fünfzehn Meter hoch, damit die Menge dich sieht. Erstaunlicherweise bringt einen das nur selten um.«

Gavril schlug mit dem Kopf heftig auf die Erde. Die Pferde wurden unruhig wegen des Lärms, eines ging sogar ein paar Schritte und zog Gavrils Seil straff.

»Dann lässt man dich hinunter und die Schlinge wird gelockert. Du wirst wiederbelebt. Der Henker nimmt nun ein hakenartiges Gerät – ein bisschen wie ein Korkenzieher – und macht einen Einschnitt in deinen Bauch. Hier.« Er bückte sich, drehte Gavril ein Stück herum und stieß ihm den Finger auf eine Stelle knapp über dem Blinddarm. »Du bist jetzt zwar schon halb erdrosselt, aber noch sehr wohl in der Lage zu begreifen, was vor sich geht. Der Haken wird in deine Bauchhöhle eingeführt, und deine Eingeweide werden wie eine dampfende Kette von Würsten herausgezogen. Die Zuschauer jubeln nun frenetisch, zweifellos aus Erleichterung, dass sie nicht an deiner Stelle sind.«

Gavril war verstummt. Sein Atem ging in tuberkulösen Zügen, als hätte er Keuchhusten.

»Dann, kurz bevor du tot bist, binden sie dich an vier Pferde, die wie Kompassnadeln in alle Himmelrichtungen stehen. Nord, Süd, Ost und West. Wie du sicherlich verstehst, ist dies eine symbolische Bestrafung.«

»Was willst du?« Gavrils Stimme klang unerwartet klar, als wäre er zu einer offiziellen Entscheidung gelangt und beabsichtigte, deren vertragsgemäße Anforderungen so ernsthaft wie möglich zu erfüllen.

»Ausgezeichnet. Ich wusste, man kann mit dir reden. Ich sage dir was. Ich werde dich nicht aufhängen. Und ich werde dir nicht die Eingeweide herausziehen. Ich habe nichts gegen dich persönlich. Dein Leben war zweifellos hart, du hattest ein bisschen zu kämpfen. Ich will deinen Tod nicht unnötig schmerzhaft machen oder ihn lange hinauszögern. Und ich werde dich auch nicht vierteilen. Für so ein Theater fehlen mir schlicht zwei Pferde.« Bale tätschelte Gavrils Kopf. »Ich werde dich stattdessen also halbieren. Es sei denn du redest, natürlich. Ich sollte dir vielleicht sagen, dass diese Pferde müde sind. Das Halbieren könnte sich als ein wenig anstrengend für sie erweisen. Aber man glaubt nicht, wie munter müde Tiere werden, wenn man sie ein bisschen die Peitsche spüren lässt.«

»Worum geht es? Was willst du wissen?«

»Nun, ich sage es dir. Ich will wissen, wo sich Sabir und …

Yola, sagtest du, war ihr Name? Ich will wissen, wo sie sich verstecken.«

»Aber das weiß ich nicht.«

»Doch, das weißt du. Es muss ein Ort sein, den Yola kennt. Ein Ort, den sie und ihre Familie vielleicht schon häufiger benutzt haben, wenn sie hier zu Besuch waren. Ein Ort, der euch Zigeunern bekannt ist, aber auf den sonst niemand kommt. Um deine Kreativität zu beflügeln, werde ich die Pferde ein bisschen munter machen. Sie die Peitsche kosten lassen.«

»Nein. Nein. Ich weiß tatsächlich von so einem Platz.«

»Wirklich? Das ging aber schnell.«

»Ja. Ein Haus, Yolas Vater hat es bei einem Kartenspiel gewonnen. Sie haben immer dort gewohnt, ich hatte es nur vergessen. Ich musste nie darüber nachdenken.«

»Wo ist dieses Haus?«

»Lässt du mich gehen, wenn ich es dir sage?«

Bale ließ den Wallach von der Rute kosten. Das Tier machte einen Ruck vorwärts und straffte das Seil. Das zweite Pferd schien in seine Richtung folgen zu wollen, aber Bale scheuchte es fort.

»Au! Hör auf! Hör auf!«

»Wo ist dieses Haus.«

»Es heißt Maset de la Marais.«

»Welcher Marais?«

»Der Marais de la Sigourette.«

»Wo ist der?«

»Bitte. Lass sie aufhören.«

Bale beruhigte die Pferde. »Was sagtest du?«

»Direkt neben der D 85. Die neben dem Naturpark verläuft. Ich weiß nicht mehr, wie er heißt. Es ist der kleine Park, bevor man zu der Salzgewinnungsanlage kommt.«

»Kannst du eine Karte lesen?«

»Ja, ja.«

»Dann zeig es mir.« Bale kauerte neben Gavril nieder und öffnete eine Karte von der Umgebung. »Ein Zentimeter auf dieser Karte entspricht fünfhundert Metern. Das heißt, das Haus müsste eingezeichnet sein. Ich hoffe es für dich.«

»Kannst du mich losbinden?«

»Nein.«

Gavril begann wieder zu schluchzen.

»Warte, ich treibe die Pferde an.«

»Nein. Bitte. Ich sehe das Haus. Es ist eingezeichnet. Hier.« Er deutete mit seinem Ellbogen.

»Sind andere Häuser in der Nähe?«

»Ich war nie dort. Ich habe nur davon gehört. Alle haben davon gehört. Es heißt, Yolas Vater muss betrogen haben, um das Nutzungsrecht dafür von Dadul Gavriloff zu gewinnen.«

Bale stand auf. »Ich interessiere mich nicht für Volkserzählungen. Hast du mir sonst etwas zu sagen?«

Gavril drehte den Kopf wieder in Richtung Boden.

Bale schlenderte ein paar Meter, bis er einen etwa zwanzig Pfund schweren Stein gefunden hatte. Er klemmte ihn sich unter den Arm und kehrte an Gavrils Seite zurück. »Du wirst folgendermaßen gestorben sein. Du bist vom Pferd gestürzt, dabei ist dein Fuß im Steigbügel hängen geblieben und du bist mit dem Gesicht auf diesem Stein aufgeschlagen.«

Gavril drehte den Kopf halb, um zu sehen, was Bale tat.

Bale ließ den Stein auf Gavrils Gesicht niedersausen. Er zögerte und überlegte, ob er es ein zweites Mal tun sollte, aber die Gehirn- und Rückenmarkflüssigkeit sickerte bereits aus Gavrils Nase – wenn er noch nicht tot war, dann würde er es bald sein. Es hatte keinen Sinn, seine Inszenierung kaputt zu machen. Er legte den Stein vorsichtig neben dem Weg ab.

Dann band er das Lasso von Gavrils Bein und schleifte ihn an einem Fuß zu seinem Pferd. Er nahm Gavrils linken Fuß und verdrehte ihn im Steigbügel, bis der Fuß heillos verfangen war. Das Lasso band er wieder am Sattelknopf fest.

Das Pferd hatte inzwischen wieder zu grasen begonnen, beruhigt durch das methodisch gleichmäßige Tempo, in dem Bale seine Aufgabe verrichtete. Bale rieb ihm die Ohren.

Dann bestieg er sein eigenes Pferd und ritt fort.

## 42

Calque sah sich auf dem Platz vor der Kirche um. Er betrachtete die Cafés, die Schaufenster und die verstreut stehenden Bänke. »Hier ist es also passiert?«

»Ja.« Der Motorradpolizist hatte soeben erfahren, dass man ihm diese Fragen im Rahmen einer laufenden Mordermittlung stellte. Sofort hatte seine Miene eine ernstere Schattierung angenommen, so, als würde er über die wahrscheinlichen Unzulänglichkeiten seiner Krankenversicherung befragt.

»Und Sie waren als Erster am Schauplatz?«

»Ja. Mein Kollege und ich.«

»Und was haben Sie gesehen?«

»Nicht viel, Herr Hauptmann. Die Zigeuner haben uns absichtlich behindert.«

»Typisch.« Macron ließ den Blick über den Platz schweifen. »Es wundert mich, dass überhaupt Touristen in die Stadt kommen, bei dem ganzen Dreck hier.«

Calque räusperte sich – was er neuerdings immer tat, wenn Macrons öffentliche Äußerungen etwas beleidigender ausfielen. Er konnte dem Mann schließlich nicht die Schnürsenkel binden, oder? Sollte er ihm vorschreiben, was er zu denken hatte? »Welchen Hergang konnten Sie dann ableiten, wenn Sie nichts gesehen haben?«

»Dass der Täter, La Roupie, sein Messer nach dem Opfer, Angelo, geworfen und den Mann am Auge erwischt hatte.«

»Alexi Angelo?«

»Nein. Stefan Angelo. Soweit ich verstanden habe, war kein Alexi beteiligt.«

»Erstattete Monsieur Angelo Anzeige?«

»Nein, Hauptmann. Diese Leute erstatten nie Anzeige gegen einen der ihren. Die machen ihre Probleme untereinander aus.«

»Und natürlich trug Monsieur Angelo sein eigenes Messer nicht mehr bei sich, als sie ihm zu Hilfe kamen. Jemand hatte es ihm abgenommen, habe ich recht?«

»Das weiß ich nicht mit Sicherheit. Aber es stimmt schon. Aller Wahrscheinlichkeit nach hatte er es jemand anderem zugesteckt.«

»Ich habe es Ihnen gleich gesagt.« Macron stieß den Finger in die Luft. »Ich habe gesagt, das führt uns nirgendwohin.«

Calque warf einen Blick zur Kirche hinüber. »Sonst noch etwas von Belang?«

»Was meinen Sie, Hauptmann?«

»Ich meine, hat irgendwer etwas bemerkt, das zur gleichen Zeit geschah? Diebstähle? Eine Verfolgungsjagd? Ein weiterer Angriff? Anders ausgedrückt, könnte die ganze Geschichte nur ein Ablenkungsmanöver gewesen sein?«

»Nein. Ich habe nichts in dieser Richtung gehört.«

»Nun gut. Sie können gehen.«

Der Gendarm salutierte und kehrte zu seinem Motorrad zurück.

»Sollen wir Angelo vernehmen? Er müsste noch im Krankenhaus sein.«

»Nein, nicht notwendig. Es wäre ohne Belang.«

Macron verzog das Gesicht. »Woher wissen Sie das jetzt wieder?« Er schien enttäuscht zu sein, dass seine Initiative in eine Sackgasse geführt hatte.

Aber Calques Aufmerksamkeit galt etwas anderem. »Was geht hier eigentlich vor?«

»Ich verstehe nicht, Chef.«

»Warum sind alle diese Zigeuner hier? Jetzt, in dieser Minute? Was ist los? Warum sind sie hierhergekommen? Es wird doch nicht schon wieder eine Hochzeit sein, oder?«

Macron sah seinen Vorgesetzten verwundert an. Nun gut, der Mann war aus Paris. Aber trotzdem. »Es ist das jährliche Fest der heiligen Sara, Chef. Es findet morgen statt. Die Zigeuner folgen der Statue ihrer Schutzpatronin zum Meer hinunter, wo sie ins Wasser getaucht wird. Der Brauch ist Jahrzehnte alt.«

»Die Statue? Welche Statue?«

»Sie ist in der Kirche, Chef. Sie ist ...« Macron zögerte.

»Ist sie schwarz, Macron? Ist die Statue schwarz?«

Macron atmete lautstark durch die Nase aus. Jetzt geht es wieder los, dachte er. Er wird mich beschimpfen, weil ich mich wie ein Idiot benehme. Warum kann ich nicht in alle Richtungen denken wie er? Warum muss ich immer alles direkt angehen? »Ich wollte es gerade erwähnen, Chef. Ich wollte vorschlagen, dass wir uns die Statue ansehen und schauen, ob es eine Verbindung zu dem gibt, hinter dem Sabir her ist.«

Calque marschierte bereits in Richtung Kirche. »Gut gedacht, Macron. Ich bin sehr froh, dass ich auf Sie bauen kann. Zwei Köpfe sind doch immer besser als einer, nicht?«

Die Krypta war gerammelt voll mit Anhängern der Heiligen. Kerzenrauch und Weihrauch lagen schwer in der Luft, und man hörte das pausenlose Murmeln der Betenden.

Calque schätzte die Lage rasch ein. »Da drüben – ist das ein Wachmann? Der mit dem Namensschild?«

»Ich nehme es an, Chef. Ich gehe und frage ihn.«

Calque ging zur Seite der Krypta, während Macron sich einen Weg nach vorn durch die Menge bahnte. In dem schwachen, flackernden Licht der Kerzen wirkte die heilige Sara beinahe körperlos unter ihren vielen Lagen von Kleidung. Es war so gut wie ausgeschlossen, dass ihr jemand unter diesen Bedingungen nahe kommen konnte. Hundert Augenpaare waren zu jedem Zeitpunkt auf sie gerichtet. Der Wachmann war absolut überflüssig. Falls jemand die Tollkühnheit besäße, sich an der Statue zu vergreifen, würde er wahrscheinlich gelyncht werden.

Macron kam mit dem Wachmann zurück. Calque zeigte seinen Ausweis und ließ sich den des Wachmanns zeigen, dann bedeutete er dem Mann, ihm nach oben zum Hauptraum der Kirche zu folgen.

»Ich darf nicht weggehen. Wir müssen hier drinnen bleiben.«

»Gehen Sie nie raus?«

»Nicht während des Festes. Wir arbeiten in Vierstundenschichten. *Pari passu.*«

»Wie viele seid ihr?«

»Nur zwei. Einer im Dienst, einer frei. Mit einem Mann in Bereitschaft, für den Krankheitsfall.«

»Waren Sie hier, als die Messerstecherei stattfand?«

»Ja.«

»Was haben Sie gesehen?«

»Ich habe gar nichts gesehen. Ich war hier unten in der Krypta.«

»Was? Sie sind nicht auf den Platz hinausgegangen?«

»Und meinen Job riskieren? Ich bin hiergeblieben.«

»Und die Betenden? Sind die auch alle geblieben?«

Der Wachmann zögerte.

»Sie wollen mir doch wohl nicht erzählen, dass da draußen auf dem Platz ein Riesentumult stattfand, und alle Leute sind einfach hiergeblieben und haben weitergebetet?«

»Nein. Die meisten sind rausgegangen.«

»Die meisten?«

»Na, ja. Alle.«

»Und Sie sind Ihnen natürlich gefolgt.«

Schweigen.

Calque seufzte. »Hören Sie, Monsieur …«

»Alberti.«

»… Monsieur Alberti. Ich kritisiere Sie nicht. Und ich bin nicht im Auftrag Ihres Arbeitgebers oder der Stadtverwaltung hier. Was Sie mir erzählen, bleibt unter uns.«

Alberti zögerte. Dann zuckte er die Achseln. »Also gut. Als sich die Krypta leerte, bin ich auf einen kurzen Blick nach oben gegangen. Ich bin aber direkt vor dem Portal stehen geblieben, sodass niemand an mir vorbeikonnte. Ich dachte, vielleicht handelt es sich um eine Angelegenheit für den Sicherheitsdienst. Ich dachte, ich sollte besser nachschauen.«

»Und damit hatten Sie vollkommen recht. Es hätte gut sein können. Ich hätte an Ihrer Stelle genauso gehandelt.«

Alberti wirkte nicht überzeugt.

»Und als Sie zurückkamen? War die Krypta da immer noch leer?«

Alberti blies die Backen auf.

Calque fummelte in seinen Taschen herum und bot ihm eine Zigarette an.

»Wir dürfen hier nicht rauchen. Das ist eine Kirche.«

Calque warf einen neidischen Blick auf die Schwaden von Kerzenrauch, die zu der niedrigen Decke der Krypta aufstiegen. »Dann beantworten Sie meine Frage. War die Krypta immer noch leer, als Sie wieder hereinkamen?«

»So gut wie. Nur ein Mann war hier. Er lag der Länge nach vor der Statue und betete.«

»Ein Mann, sagen Sie? Und Sie hatten ihn definitiv nicht bemerkt, als sie nach draußen gingen?«

»Nein. Ich habe ihn übersehen.«

»Gut. Macron, halten Sie diesen Mann hier fest, während ich mir die Statue anschauen gehe.«

»Aber das können Sie nicht tun. Das ist ein religiöses Fest. Niemand berührt die Statue bis morgen.«

Doch Calque schritt bereits durch die dichte Phalanx der Büßer wie Gevatter Tod mit seiner Sichel.

## 43

Calque stand vor der Kirche und blinzelte ins Sonnenlicht des späten Nachmittags. »Ich brauche sechs Kriminalbeamte. Sie können sie von Marseille abstellen lassen.«

»Aber das wird dauern, Chef.«

»Es ist mir egal, wie lange es dauert. Oder wie unbeliebt wir uns damit machen. Sie sollen jeden *chef de famille* unter den Zigeunern besuchen. Jeden Wohnwagen. Jeden Anbau, jedes Zelt und jede Hütte. Und ich will, dass sie folgende Fragen stellen …« Er kritzelte hastig etwas auf einen Zettel und gab ihn Macron. »… genau diese Fragen.«

Macron betrachtete das Papier. »Was haben Sie entdeckt, Chef?«

»Ich habe ein Loch im Sockel der Statue gefunden. Und frische Späne in und um den Nippeskram, der sie umgibt. Außerdem dieses Stück Leinen. Sehen Sie, wie es sich zusammenrollt, wenn man es herunterbaumeln lässt? Eigentlich kein Wunder, wenn man bedenkt, dass es die letzten fünfhundert Jahre in einer Statue steckte und als Stopper diente.«

Macron pfiff durch die Zähne. »Dann hat Sabir also endlich gefunden, wonach er gesucht hat?«

»Und wonach der Augenmann sucht. Ja. Ziemlich sicher.«

»Wollte er sich nicht mit Ihnen in Verbindung setzen?« Macron konnte sich einen sarkastischen Unterton nicht ganz verkneifen.

»Das wird er natürlich nicht tun. Der Mann hat keine Ahnung, womit er es in Wirklichkeit zu tun hat.«

»Und wir schon?«

»Wir fangen an zu begreifen, ja.«

Macron machte sich auf den Rückweg zum Wagen.

»Macron.«

»Ja, Chef?«

»Sie wollten wissen, worauf ich hinauswollte. Bei der Comtesse auf dem Landsitz.«

»Ja.« Macron merkte mit Unbehagen, dass er schon wieder etwas übersah. Etwas, das sein Chef herausgekitzelt hatte, und das er völlig falsch verstanden hatte.

»Sagen Sie den Schreibtischheinis in Paris, dass ich einen kleinen Test für sie habe. Wenn sie erfolgreich sind, werde ich anerkennen, dass Computer doch zu etwas nütze sind. Ich werde mich sogar bereit erklären, ein Handy bei mir zu tragen, solange ich im Dienst bin.«

Macron riss die Augen auf. »Und was für ein Test wäre das?«

»Ich will, dass sie dem ältesten Adoptivsohn der Comtesse nachspüren. Bale. Oder de Bale. Als Erstes über die Nonnen in dem Waisenheim – das sollte nicht allzu schwer sein. Zweitens möchte ich eine vollständige Übersicht über eine eventuelle Laufbahn bei der Fremdenlegion, einschließlich einer kompletten Personenbeschreibung unter besonderer Berücksichtigung seiner Augen. Und wenn sie feststellen, dass er tatsächlich bei der Fremdenlegion war, dann möchte ich, dass jemand persönlich mit seinem vorgesetzten Offizier spricht und ihn bittet – nein, ihm befiehlt –, uns Zugang zu den militärischen Dienstakten des Mannes zu gewähren. Und eine persönliche Einschätzung über ihn abzugeben.«

»Aber, Chef ...«

»Sie dürfen sich nicht abwimmeln lassen. Es geht hier um eine Morduntersuchung. Ich will keinen Unsinn über Sicherheitsgründe von der Legion hören oder über Versprechen, die sie den Männern bei ihrer Verpflichtung geben oder auch nicht.«

»Da müssten Sie aber viel Glück haben, Chef. Ich weiß mit Bestimmtheit, dass sie nie irgendwelche Angaben herausrücken. Vergessen Sie nicht, dass ich aus Marseille stamme – ich bin mit Geschichten über die Legion aufgewachsen.«

»Erzählen Sie.«

»Ihr Hauptquartier ist in Aubagne, nur fünfzehn Kilometer von meinen Eltern entfernt. Mein zweiter Cousin ging sogar zur Legion, nachdem er aus dem Gefängnis entlassen wurde. Er hat mir erzählt, dass sie die Regeln manchmal beugen und Franzosen unter einer falschen Nationalität aufnehmen. Sie ändern sogar die Namen der Männer. Sie bekommen einen neuen Legionärsnamen, unter dem sie während ihrer gesamten Dienstzeit laufen. Wenn sie nicht erschossen werden und dadurch *Français par le sang versé* – Franzose aufgrund des vergossenen Blutes – werden oder wenn sie nach drei Jahren Dienst von dem Recht Gebrauch machen, die französische Staatsbürgerschaft anzunehmen, werden ihre eigenen Namen dann für immer begraben. Sie werden ihn nie finden. Er könnte sogar ein zweites Mal Franzose geworden sein, aber mit einer neuen Identität.«

»Das glaube ich nicht, Macron. Ihre eigenen Namen sind nicht für immer verloren. Und bestimmt nicht für die Akten. Wir sind hier in Frankreich. Die Legion ist wie jede andere gottverlassene Bürokratie. Sie erstickt an ihrem eigenen Papierkram.«

»Wenn Sie meinen, Chef.«

»Schauen Sie, Macron. Ich weiß, dass Sie mit einigen meiner Methoden nicht einverstanden sind. Oder mit manchen Entscheidungen von mir. Das ist unvermeidlich. Dafür gibt es Hierarchien. Aber Sie sind Leutnant, und ich bin Hauptmann, und damit ist es irrelevant, ob Sie meiner Meinung sind oder nicht. Wir müssen Sabir und die beiden Zigeuner finden. Das ist alles, was zählt. Wenn wir sie nicht finden, wird der Augenmann sie töten. So einfach ist das – und so grundlegend.«

## 44

Der Schaffner sah auf Alexi hinab, als wäre dieser ein verletztes Wildtier, dem er unerwartet auf einem Nachmittagsspaziergang begegnet war. Der Fährmann und die Insassen des LKWs und zweier Autos gesellten sich zu ihm. Die anderen beiden Autos waren weggefahren, offenbar zogen sie es vor, nicht in die Geschichte hineingezogen zu werden. Der Fährmann machte Anstalten, mit seinem Handy zu telefonieren.

Alexi kämpfte sich aus seinem Rettungsring und warf ihn

auf das Deck. Er beugte sich vor und presste beide Arme an die Rippen. »Bitte rufen Sie nicht die Polizei.«

Der Fährmann hielt mit dem Handy auf halbem Weg zum Ohr inne. »Was Sie brauchen, ist nicht die Polizei, mein Junge. Sondern einen Sanka, ein Krankenhausbett und etwas Morphium. Und vielleicht einen Satz trockene Klamotten.«

»Auch keinen Rettungsdienst.«

»Das müssen Sie mir erklären.«

»Können Sie mich wieder hinüberbringen?«

»Sie wollen wieder auf die andere Seite?«

»Ich habe etwas fallen gelassen.«

»Meinen Sie vielleicht Ihr Pferd?« Beide Männer lachten.

Alexi spürte, wenn er bei konkreten Fakten und flapsiger Ausdrucksweise blieb, könnte er sich vielleicht auf sichereren Grund zubewegen und die Erinnerung der Männer an den Vorfall verwässern – ihn als schiefgegangenen Streich verkaufen statt der Beinahetragödie, der er so offenkundig gewesen war. »Keine Sorge, ich kann veranlassen, dass der Pferdekadaver weggeschafft wird. Ist ein Haufen frisches Fleisch, das da herumliegt. Ich kenne Leute in Les Saintes-Maries, die es abholen werden.«

»Und unsere Schranke?«

»Ich bezahle Ihnen, was ich für das Fleisch kriege. Bar auf die Hand. Sie können Ihrem Arbeitgeber sagen, dass jemand in die Schranke gefahren ist und dann die Fliege gemacht hat.«

Der Fährmann schaute mit zusammengekniffenen Augen zum Schaffner. Schon warteten drei Autos darauf, für die Rückfahrt über den Fluss an Bord zu rollen. Beide Männer wussten, dass die Schranke mindestens drei-, viermal im Jahr zertrümmert wurde – meist von Betrunkenen. Oder von Touristen in Mietautos. Der Reparaturdienst hatte einen Dauerauftrag.

Der LKW-Fahrer und die Insassen der beiden Autos hatten die nachlassende Spannung registriert. Sie zerstreuten sich, um ihre Fahrt fortzusetzen. Der Verletzte war schließlich nur ein dummer Zigeuner. Und Zigeuner waren doch alle verrückt, oder? Lebten nach anderen Regeln.

»Sie können Ihr Geld behalten. Wir nehmen Sie mit hinüber. Aber sorgen Sie dafür, dass der Kadaver verschwindet, ja? Ich will nicht, dass er zwei Wochen lang die Anlegestelle verpestet.«

»Ich rufe sofort an. Kann ich Ihr Telefon benutzen?«

»In Ordnung. Aber keine Auslandsgespräche, verstanden?« Der Fährmann gab Alexi sein Handy. »Ich finde immer noch, Sie sind verrückt, sich nicht untersuchen zu lassen. Sie haben sich bei diesem Sturz wahrscheinlich eine ganze Reihe Rippen gebrochen. Und vielleicht eine Gehirnerschütterung.«

»Wir haben unsere eigenen Doktoren. Wir gehen nicht gern in Krankenhäuser.«

Der Fährmann zuckte mit den Achseln. Der Schaffner winkte bereits seine neuen Kunden an Bord.

Alexi drückte wahllos irgendwelche Tasten und tat dann, als würde er den Abtransport des Pferdes veranlassen.

Alexi hatte noch nie solche Schmerzen gehabt wie jetzt. Gebrochene Rippen? Gehirnerschütterung? Er fühlte sich, als wären beide Lungenflügel mit einer Ahle durchbohrt, dann auf einem Amboss ausgebreitet und zu guter Letzt mit einem Hammer bearbeitet worden. Jeder Atemzug war eine Qual. Jeder Schritt hallte wie ein elektrischer Schlag in seiner Hüfte und seiner Schulter wider.

Er ging auf der betonierten, schrägen Zufahrt zur Fähre in die Hocke und begann, nach dem Bambusrohr zu suchen. Die

Leute, die in ihren Autos vorbeifuhren, sahen ihn komisch an. Wenn der Augenmann jetzt zurückkommt, dachte Alexi, lege ich mich einfach nieder und ergebe mich. Er kann mit mir tun, was er will. *O Del,* bitte nimm diesen Schmerz fort.

Das Bambusrohr war nirgendwo zu sehen. Alexi rappelte sich hoch. Die Fähre war voll. Sie legte bereits wieder ab. Er humpelte von der Zufahrtsrampe und folgte dem Fluss. Seine Augen suchten das Ufer ab. Das Bambusrohr konnte flussabwärts getrieben sein, und mit etwas Glück hatte es sich in der Ufervegetation verfangen.

Oder es war untergegangen. In diesem Fall wären die Verse unbrauchbar – so viel wusste Alexi. Wenn er das Rohr aufbrach, würde er nur einen nassen Papierklumpen mit verschmierter Tinte darauf vorfinden. Unter diesen Umständen müsste er sich nicht nur vor dem Augenmann fürchten – Sabir und Yola würden ihn persönlich umbringen.

Seit einiger Zeit hatte Alexi nun schon ein unangenehmes Gefühl im rechten Bein, direkt oberhalb des Knöchels. Er hatte es zu ignorieren versucht, weil er befürchtete, dass es sich um eine weitere größere Verletzung im Rahmen seines Gesamtschadens handelte. Jetzt blieb er abrupt stehen und schickte sich an, das Hosenbein hochzuziehen. Hoffentlich war nichts gebrochen – der Knöchel zum Beispiel oder das Schienbein.

Ein starrer Gegenstand ragte aus dem offenen Schaft seines Cowboystiefels. Alexi tastete hinein und brachte das Bambusrohr zum Vorschein. Er hatte es in seine Hose gesteckt, und es war durch die Kraft des Wassers in sein Hosenbein gezwungen worden und von dort in den Stiefel. Das Wachssiegel, das die beiden Hälften des Rohrs zusammenhielt, war Gott sei Dank noch intakt.

Er richtete den Blick zum Himmel und lachte. Doch im

nächsten Moment stöhnte er auf, weil das Lachen seinen beschädigten Rippen nicht gut bekam.

Alexi presste die Arme an den Leib und begann sich langsam in Richtung Maset de la Marais zu schleppen.

## 45

Er war eine halbe Stunde gegangen, als er das gesattelte Pferd sah. Es stand neben einer der Hütten der *Gardians* und graste.

Alexi versteckte sich hinter einem nahen Baum. Schweiß lief ihm über die Stirn und tropfte in seine Augen. Er war mitten in die Falle gelaufen. Es wäre ihm nie in den Sinn gekommen, dass der Augenmann auf dieser Seite des Flusses auf ihn lauern könnte. Wie hoch war die Chance, dass Alexi nach seiner geglückten Flucht auf diese Uferseite zurückkehren würde? Eins zu einer Million? Der Mann war verrückt.

Alexi spähte hinter dem Baum hervor. Etwas stimmte nicht mit dem Pferd, die ganze Situation war irgendwie merkwürdig.

Er blinzelte in den Sonnenuntergang. Was war diese dunklere Masse zu Füßen des Pferdes? War es eine Gestalt? War der Augenmann vom Pferd gefallen und hatte sich bewusstlos geschlagen? Oder war es eine Falle, und der Augenmann wartete einfach nur darauf, dass Alexi mitten hineintappte, damit er ihn erledigen konnte?

Alexi zögerte und dachte alles durch. Dann kauerte er nieder und vergrub das Bambusrohr hinter dem Baum. Er machte ein paar vorsichtige Schritte, um zu sehen, ob er erkennen konnte, wo es lag. Kein Problem. Der Baum war eine Zypresse und meilenweit sichtbar.

Er stolperte ein paar Schritte vorwärts, hielt dann inne und raschelte in seiner Tasche, als würde er nach einem Leckerbissen tasten. Das Pferd wieherte in seine Richtung. Die Gestalt zu Füßen des Tieres rührte sich nicht. Vielleicht hatte sich der Augenmann des Hals gebrochen. Vielleicht hatte *O Del* Alexis Gebete erhört und den Schweinehund ein für alle Mal erledigt.

Alexi schlurfte weiter vorwärts und sprach dabei leise auf das Pferd ein, um es zu beruhigen. Er sah, dass der Fuß der Gestalt verdreht im Steigbügel hing. Wenn das Pferd auf ihn zuging und plötzlich das tote Gewicht des Körpers, der an ihm hing, spürte, würde es in Panik geraten. Und Alexi brauchte dieses Pferd. Andernfalls würde er es nicht zurück zum Maset schaffen – so viel war in den letzten zwanzig Minuten klar geworden.

Er wurde mit jedem Schritt schwächer und verzweifelter. Die Kleidung war an seinem Leib getrocknet und hatte seine Wunden verhärtet. Seine rechte Schulter war praktisch bewegungsunfähig, er konnte den Arm nicht mehr höher als bis zum Nabel heben. In seinem jetzigen Zustand würde er einen Wettlauf gegen eine Schildkröte verlieren.

Alexi erreichte den Wallach und ließ sich von ihm beschnuppern – es war offenkundig, dass die Gegenwart der Leiche das Tier beunruhigte, aber das Grasen und Alexis Zureden hatten es vorübergehend besänftigt. Alexi nahm die Zügel und kniete neben dem Pferd nieder. Mittlerweile hatte er an der Kleidung erkannt, mit wem er es hier zu tun hatte. Niemand sonst trug so breite Gürtel und solche angeberisch aussehenden Schnallen. Gavril. Großer Gott. Er musste versucht haben, ihnen zu folgen, und dann vom Pferd gestürzt und auf den Kopf gefallen sein. Oder aber er war dem Augenmann begegnet, als dieser von der Fähre zurückkam, und der Augenmann hatte angenommen, dass er mehr wusste, als es der

Fall war. Alexi würgte und spuckte aus. Schon sammelten sich Fliegen um Gavrils Nasenlöcher und die mächtige Vertiefung in seiner Schläfe. Der Mann war eindeutig im falschen Moment am falschen Ort gewesen.

Alexi löste Gavrils Fuß aus dem Steigbügel. Er band das Pferd am Pfosten vor der Hütte fest und sah sich um. Wodurch könnte so eine tödliche Wunde erzeugt worden sein? Der Wallach konnte sich mit Gavrils Leiche als Anhängsel nicht weit bewegt haben.

Er humpelte zu dem Stein hinüber. Ja. Er war mit Blut und Haaren bedeckt. Er hob ihn auf, wobei er ihn nur mit den Hemdärmeln berührte – er wusste, dass er keine Fingerabdrücke verschmieren durfte. Dann machte er kehrt und legte den Stein neben Gavrils Kopf. Er war kurz versucht, Gavrils Taschen nach übrigem Geld zu durchsuchen, entschied sich aber dagegen. Er wollte der Polizei nicht womöglich ein falsches Motiv für den Mord liefern.

Als er mit seiner Inszenierung des Schauplatzes zufrieden war, wuchtete sich Alexi auf den Wallach. Er schwankte im Sattel, das Blut schoss in seinem Kopf umher wie eine Flipperkugel im Automaten.

Zwei zu eins war der Augenmann für Gavrils Tod verantwortlich – es wäre sonst ein zu großer Zufall. Er war anscheinend auf seinem Rückweg Gavril begegnet. Hatte ihn ausgefragt und getötet. Und in diesem Fall bestand die Möglichkeit, dass er nun vom Maset wusste, denn wie alle Zigeuner, die regelmäßig die Camargue besuchten, dürfte Gavril die Geschichte von dem berühmten Kartenspiel zwischen Dadul Gavriloff und Aristeo Samana, Yolas Vater, gekannt haben. Er wusste vielleicht nicht genau, wo das Haus lag, aber von seiner Existenz hatte er todsicher gehört.

Für einen kurzen Augenblick war Alexi versucht, das Bambusrohr hinter dem Baum wieder auszugraben. Aber dann siegte die Vorsicht über das Verlangen nach einem triumphalen Auftritt. Er ließ die Zügel des Pferds locker und erlaubte ihm, dem Weg zurück zum Haus zu folgen.

## 46

Yola hatte eine neuartige Methode erfunden, Autos anzuhalten. Sie wartete, bis sich ein Fahrzeug näherte, das wahrscheinlich Zigeunern gehörte, machte ein schlangenartiges Zeichen mit der linken Hand, dem sie sofort ein Kreuzzeichen folgen ließ, und stellte sich dann mitten auf die Straße, auf die Seite des Fahrerfensters. Die Fahrzeuge blieben fast immer stehen.

Yola beugte sich dann zum Fenster hinab und erläuterte, wohin sie wollte. Wenn der Fahrer in eine andere Richtung unterwegs war oder nicht weit genug fuhr, winkte sie ihn ungeduldig weiter. Das vierte Fahrzeug, das sie anhielt, erfüllte alle Bedingungen.

Sabir folgte ihr in den mit Stroh übersäten und offenbar zum Viehtransport benutzten Laderaum des Citroën-Kastenwagens. Er musste zugeben, dass das trotz des Gestanks immer noch besser war, als zu laufen. Ursprünglich hatte er Yola zu überreden versucht, dass sie die Sache abkürzten und ein Taxi zurück zum Maset nahmen, aber sie hatte energisch widersprochen. Es sollte niemand etwas von ihrem Ziel erfahren. Sie war ihm wie üblich voraus gewesen.

Sabir lehnte sich an das Lattenwerk im Innern des Kastenwagens und spielte mit dem spanischen Schnappmesser in seiner Tasche. Er hatte das Messer Bouboul vor zwanzig Minuten für fünfzig Euro abgekauft. Es hatte eine rasiermesserscharfe, elf Zentimeter lange Klinge, die mit einem satten Klicken einrastete, wenn man es aufspringen ließ. Es war eindeutig ein

Kampfmesser, denn es wies gut einen Zentimeter hinter der Klinge eine Vertiefung für den Daumen auf – vermutlich, damit man es in seinen Gegner rammen konnte, ohne sich dabei selbst den Finger abzuschneiden.

Bouboul hatte sich nur widerstrebend von dem Messer getrennt. Doch Gier – er hatte es wahrscheinlich vor zig Jahren für umgerechnet fünf Euro gekauft – und Yolas wütender Redeschwall ließen ihn schließlich kapitulieren. Sie hatte behauptet, ihn persönlich für den Verlust der Pferde verantwortlich zu machen – und überhaupt sei er ihrer Meinung nach zu alt, um ein Messer mit sich zu führen. Ob er etwa wie Stefan enden wolle, dem das Auge an einem Faden heraushing? Besser, er wäre das Ding los.

Es war später Nachmittag, als Yola und Sabir beim Maset de la Marais eintrafen. Wie erwartet war das Haus leer.

»Was machen wir jetzt, Damo?«

»Wir warten.«

»Aber woher wissen wir, ob der Augenmann Alexi erwischt hat? Sobald er die Prophezeiungen hat, wird er verschwinden. Wir werden nie erfahren, was passiert ist.«

»Was soll ich deiner Ansicht nach tun, Yola? In den Sumpf hinausgehen und Alexis Namen brüllen? Ich würde mich im Nu verlaufen. Hinter dieser Baumreihe liegen dreihundert Quadratkilometer absolutes Nichts.«

»Du könntest ein neues Pferd stehlen. Das würde Alexi tun.«

Sabir spürte, wie er rot wurde. Yola schien besser als er zu begreifen, wie Männer in Extremsituationen handeln sollten. »Würdest du hier warten? Wärst du dazu bereit? Und du wirst nicht in der Gegend herumstromern, sodass ich am Ende zwei Leute suchen kann?«

»Nein. Ich würde hierbleiben. Alexi könnte ja zurückkommen. Er könnte mich brauchen. Ich werde Suppe kochen.«

»Suppe?«

Yola stand da und sah ihn ungläubig an. »Männer vergessen immer, dass man essen muss. Alexi ist seit heute Morgen auf der Flucht. Wenn er es schafft, lebend hierher zurückzukommen, wird er hungrig sein. Wir müssen etwas für ihn zu essen hier haben.«

Sabir eilte zum Nebengebäude hinaus, um zu sehen, ob er noch einen Sattel, Zaumzeug und ein Seil fand. Wenn Yola in dieser Stimmung war, verstand er Alexis Bedenken, sie zu heiraten, nur zu gut.

Fünfzehn Minuten nach Beginn seiner Jagd nach einem Pferd war Sabir klar, dass er so schnell keins erwischen würde. Er hatte anders als Alexi keine Übung im Umgang mit einem Lasso, und die Pferde wurden umso nervöser, je weiter die Dämmerung vorrückte. Jedes Mal, wenn er sich an eins heranmachte, sah es ihn vertrauensvoll an, bis er sich auf etwa drei Meter genähert hatte, worauf es auf den Hinterbeinen kehrt machte und furzend und ausschlagend ins Unterholz verschwand.

Sabir legte Sattel und Zaumzeug am Wegrand ab und machte sich verärgert auf den Rückweg. Als er zu der Kreuzung kam, die zum Haus führte, zögerte er, dann bog er links ab, den Weg entlang, den sie alle drei heute Morgen nach Les Saintes-Maries genommen hatten.

Er machte sich große Sorgen um Alexi. Gleichzeitig hatte dieser Zigeuner aber etwas an sich, das ihn zuversichtlich stimmte, besonders wenn es darum ging, in der Wildnis zurechtzukommen. Sicher, so wie Bouboul die Sache geschildert hatte, war der Augenmann gerade mal eine Minute hinter Alexi gewesen, als sie beide im Galopp aus der Stadt ritten. Aber eine Minute zu Pferd war lang, und Sabir hatte am Morgen gesehen, wie Alexi mit den Tieren umging und wie er ritt – der Mann war ein Naturtalent. Außerdem kannte er die Sümpfe wie seine Westentasche. Wenn sein Pferd durchhielt, wäre Sabir jede Wette gegangen, dass er es schaffte, dem Augenmann zu entwischen.

Deshalb war es für Sabir nur eine Frage der Zeit, bis Alexi den Weg entlanggeritten kommen und triumphierend die Prophezeiungen schwenken würde. Sabir würde sich dann an einen ruhigen Platz zurückziehen – vorzugsweise in der Nähe eines guten Restaurants – und sie übersetzen, während die Polizei tat, wofür sie bezahlt wurde, und sich um den Augenmann kümmerte.

Zu gegebener Zeit würde er mit seinem Verlag Kontakt aufnehmen. Das würde eine sensationelle Veröffentlichung werden. Es würde reichlich Geld fließen – Geld, das er mit Yola und Alexi teilen würde.

Und dann würde der Albtraum endlich vorbei sein.

## 47

Achor Bale beschloss, sich dem Haus von Osten zu nähern, über einen alten Entwässerungskanal, der entlang eines brachliegenden Feldes verlief. Sabir und das Mädchen würden Ausschau halten, da Alexi nicht da war. Vielleicht gab es sogar eine Schrotflinte im Haus. Oder ein altes Jagdgewehr. Es wäre nicht gut, ein unnötiges Risiko einzugehen.

Er hatte zunächst überlegt, das Pferd zu holen, das er in einer Baumgruppe etwa hundert Meter hinter dem Haus angebunden hatte. Es würde ihm problemlos den Graben entlang folgen, und vielleicht würden die beiden aus dem Haus kommen, weil sie dachten, Alexi sei wieder da. Aber nein. Wozu die Sache unnötig komplizieren?

Denn Alexi würde zurückkommen, dessen war sich Bale sicher. Er hatte gesehen, wie der Zigeuner in Espalion sein Leben für das Mädchen aufs Spiel gesetzt hatte, als es auf der Straße zusammengebrochen war – wenn die Kleine sich im Haus aufhielt, würde der Mann es ansteuern wie eine Wespe den Honigtopf. Er musste nur Sabir töten, das Mädchen als Köder auslegen und sich etwas einfallen lassen, wie er sich die Wartezeit vertrieb.

Bale schlich zu einem der Hauptfenster. Es dämmerte. Jemand hatte eine Öllampe und ein paar Kerzen angezündet. Licht fiel durch die Schlitze der Fensterläden. Bale lächelte. Dank des Scheins der Lampen war es so gut wie ausgeschlossen, dass ihn jemand im Haus hier draußen sehen konnte. Selbst wenn sie zwei Meter vor dem Fenster standen und den Blick starr auf die Schlitze richteten, war er praktisch unsichtbar.

Bale lauschte nach Stimmen, aber alles war still. Er schlich zum Küchenfenster. Auch hier waren die Läden geschlossen. Gavril hatte also die Wahrheit gesagt. Wäre dieses Haus auf herkömmliche Weise bewohnt, wären die Läden auf keinen Fall so früh am Abend bereits zu. Man musste sich nur im Hof und bei den Nebengebäuden umsehen, um zu erkennen, dass es seit Jahren leer stand. Kein Wunder, dass die Zigeuner es schätzten. Es war wie ein kostenloses Hotel für sie.

Einen Moment lang war er versucht, durch die Haustür hineinzuspazieren. Wenn Sabir und das Mädchen sich treu blieben, würde sie zweifellos unverschlossen sein. Bisweilen ärgerte sich Bale beinahe über die Unprofessionalität seiner Gegner. Zum Beispiel die Sache mit der Remington. Warum hatte sich Sabir bereit erklärt, sie ihm zurückzugeben? Es war Wahnsinn gewesen. Hatte er wirklich geglaubt, Bale würde am Rand einer Stadt, die mit nur zwei Zufahrten gesegnet war, auf ihn schießen? Und bevor er sich die Schwarze Madonna angesehen hatte? Durch Sabirs einsame Entscheidung waren die drei unbewaffnet und ohne jede Ahnung von Bales wahrer Identität – und das trotz seines unverzeihlichen – aber glücklich korrigierten – Fehlers hinsichtlich der Seriennummer. Gedankenlosigkeit – das war es. Monsieur, sein Vater, hätte dazu einiges zu sagen gehabt.

Denn Monsieur hatte Gedankenlosigkeit immer verabscheut. Er hatte sie mit dem Rohrstock bestraft. Es hatte Tage gegeben, da hatte er alle dreizehn Kinder durchgeprügelt, der Reihe nach, angefangen beim größten. Angesichts seines vorgerückten Alters und seines Gesundheitszustands war er auf diese Weise bereits ermüdet gewesen, wenn er zum kleinsten kam, und die Schläge waren nicht mehr annährend so schmerzhaft. Nun, wenn *das* keine Rücksichtnahme war!

Madame, seine Mutter, war nicht so rücksichtsvoll gewesen. Bei ihr war Bestrafung immer eine individuelle Angelegenheit gewesen. Deshalb war Bale nach dem Tod Monsieurs, seines Vaters, weggelaufen und zur Fremdenlegion gegangen. Später hatte sich dieser Schritt als unerwartet nützlich erwiesen, und sie hatte ihm verziehen. Doch zwei Jahre lang hatten sie nicht miteinander gesprochen, und er war gezwungen gewesen, seinen Dienst für den *Corpus Maleficus* isoliert, ohne Anleitung oder Vorschriften auszuüben. Er hatte während dieser anarchischen Phase Vorlieben entwickelt, die Madame, seine Mutter, später für unvereinbar mit den Zielen der Bewegung hielt. Aus diesem Grund verheimlichte er ihr noch immer gewisse Dinge. Unselige Details. Unvermeidbare Todesfälle. Solche Dinge.

Aber Bale hatte keine Freude daran, Schmerzen zuzufügen. Nein. Das war es keinesfalls. Wie bei dem Pferd an der Fähre hasste er es, Tiere leiden zu sehen. Tiere konnten sich nicht schützen. Sie konnten nicht denken. Menschen schon. Wenn Bale Menschen Fragen stellte, erwartete er Antworten. Er mochte seiner Abstammung nach keinen Anspruch auf diese Haltung haben, aber er hatte sie ohne Frage seinem Charakter nach. Er war stolz auf den altehrwürdigen Adelstitel, den ihm Monsieur, sein Vater, vererbt hatte. Stolz auf die Leistungen seiner Familie, wenn es darum ging, das Werk des Teufels vorwegzunehmen und ihm so entgegenzuwirken.

Denn der *Corpus Maleficus* wies eine lange und vornehme Geschichte auf. Zu seinen wichtigsten Adepten hatten die päpstlichen Inquisitoren Konrad von Marburg und Hugo de Beniols gehört, Prinz Wladimir Draculea III., der Marquis de Sade, Prinz Carlo Gesualdo, Zar Iwan Grozny (der Schreckliche), Niccolò Machiavelli, Rodrigo, Lucrezia und Cesare Borgia, Graf Alessandro Cagliostro, Gregor Rasputin, der Maréchal Gilles de Rais, Giacomo Casanova und die Gräfin Erzsébet Báthory. Allesamt waren sie von nachfolgenden Generationen arroganter Historiker krass und anhaltend falsch dargestellt worden.

Nach Bales Ansicht – die von zahllosen Geschichtsstunden zu Füßen und auf Geheiß von Madame und Monsieur, seinen Eltern, geprägt war – hatte man etwa Marburg und de Beniols fälschlich als sadistische und ruhmsüchtige Verfolger unschuldiger Leute abgestempelt, während sie einfach nur die Befehle von Mutter Kirche ausgeführt hatten. Wlad, dem »Pfähler«, hatte man vorgeworfen, Marter in eine Kunstform verwandelt zu haben, während er in Wirklichkeit seine geliebte Wallachei – auf jede damals für zweckdienlich erachtete Weise – gegen die Schrecken der ottomanischen Eroberungsfeldzüge verteidigt hatte. Oder der Marquis de Sade. Er wurde von seinen Kritikern unfairerweise des Libertinismus und des Schürens sexueller Anarchie beschuldigt, während er nach Ansicht des *Corpus* lediglich eine Philosophie extremer Freiheit und Toleranz verkündet hatte, die die Welt von moralischer Tyrannei befreien sollte. Gregor Rasputin hatte man als kraftmeierischen »verrückten Mönch« beschrieben, der im Alleingang für die Zerstörung der sich verschanzenden, todgeweihten russischen Monarchie verantwortlich gewesen sei – doch wer, fand Bale, wollte es ihm verübeln, wer wollte, nachträglich betrachtet, den ersten Stein werfen?

Alle diese Leute waren von ihren Eltern, Großeltern, Lehrern oder Beratern in den hermetisch abgeschlossenen Geheimzirkel des *Corpus* eingeführt worden, dessen Ziel darin bestand, die Welt vor ihren eigenen fehlgeleiteten Instinkten zu schützen und abzuschirmen. Oder wie Monsieur, sein Vater, es formuliert hatte: »In einer schwarzweißen Welt herrscht der Teufel. Streicht man die Welt grau – verwässert man die Grenzen der akzeptierten Moral –, verliert der Teufel seinen Ansatzpunkt.«

Später waren jene gekommen, die Monsieur, sein Vater, als die »natürlichen Adepten« bezeichnet hatte – Menschen mit einem angeborenen Zerstörungs-Gen, die aber nicht notwendigerweise erkannten, dass ihr Handeln Teil eines größeren oder bedeutsameren Ganzen war. Männer und Frauen wie Katharina de Medici, Oliver Cromwell, Napoleon Bonaparte, Königin Ranavalona, Kaiser Wilhelm II., Wladimir Iljitsch Lenin, Adolf Hitler, Joseph Stalin, Benito Mussolini,

Mao Zedong, Idi Amin und Pol Pot. Alle hatten sie auf ihre Weise den Status quo geschwächt. Hatten moralische Gebote in Frage gestellt. Am Baum der Zivilisation gerüttelt. Natürlich Adepten des *Corpus Maleficus*, die dessen Zielen trotz – oder vielleicht gerade wegen – ihrer eigenen und eigenmächtigen Pläne dienten.

Solche Tyrannen zogen willige Helfer an, wie ein Fliegenpapier Insekten anzieht. Sie dienten als Rekrutierungsfeld für Schwache, zu kurz Gekommene und Geisteskranke – genau die Kategorie von Leuten, die der *Corpus* brauchte, um seine Ziele zu erreichen. Und die größten und erfolgreichsten von ihnen – bisher zumindest – waren die beiden Antichristen gewesen, die in der Offenbarung vorhergesagt werden: Napoleon Bonaparte und Adolf Hitler. Anders als ihre Vorgänger hatten diese beiden Männer auf globaler Ebene gehandelt, nicht nur auf nationaler. Sie hatten als Katalysatoren eines größeren Bösen fungiert, eines, das den Teufel besänftigen und davon abhalten sollte, die Erde ständig mit seinen Schreckgespenstern und Dämonen zu belagern.

Bale wusste instinktiv, dass der dritte Antichrist, von dem in der Offenbarung die Rede ist – der »Eine, der noch kommen wird« – seine beiden Vorgänger in der Großartigkeit seiner Leistungen mühelos übertreffen würde. Denn Chaos lag nach Überzeugung des *Corpus* im Interesse aller, weil es die Menschen zwang, sich dagegen zu verschwören, gemeinschaftlich und mit dynamischer Schöpfungskraft zu handeln. Die größten Erfindungen – alle großen zivilisatorischen Sprünge – hatten in Zeiten des Wandels stattgefunden. Die Erde brauchte das Dionysische und musste dem Apollonischen die kalte Schulter zeigen. Die Alternative führte nur zur Verdammnis – und zur Abwendung von Gott.

Was hatte Johannes der Göttliche in seiner Offenbarung nach seiner Verbannung auf die Insel Patmos durch Kaiser Nero geschrieben?

*Dann sah ich einen Engel aus dem Himmel herabsteigen, der den Schlüssel zum Abgrund und eine schwere Kette in der Hand hatte. Er packte den Drachen, die alte Schlange, die auch Teufel oder Satan genannt wird, und legte ihn für tausend Jahre in Ketten. Dann warf er ihn in den Abgrund, verschloss den Eingang und versiegelte ihn, sodass der Teufel bis zum Ablauf der tausend Jahre die Völker nicht mehr verführen konnte. Danach muss er nach dem Willen Gottes noch einmal für kurze Zeit losgelassen werden. …Wenn die tausend Jahre dann vorüber sind, wird Satan aus seinem Gefängnis freigelassen. Er wird in alle vier Himmelsrichtungen losziehen, um die Völker der ganzen Erde, die Gog und Magog genannt werden, zu verführen. Er wird sie dazu bringen, gemeinsam in den Krieg zu ziehen. Ihre Zahl wird sein wie der Sand am Meer.*

*Danach muss er nach dem Willen Gottes noch einmal für kurze Zeit losgelassen werden …*

Es war Pech, dass sich Bales Name in der Zahlenmystik zur Zahl Zwei addierte. Das verlieh ihm zwar eine ausgeglichene, ruhige Veranlagung, aber es garantierte auch, dass er immer untergeordnet und überempfindlich bleiben würde – ein ewiger Handlanger, kein Führer. Manche Narren nannten sie sogar eine bösartige Zahl, die ins negative, weibliche Spektrum fiel und ihre Träger zu Opfern von Zweifel, Wankelmut und unklaren Zielen machte.

Es sei denn, natürlich, ihr Charakter war von einem angemessen frühen Alter an durch eine starke Führung und innerste Überzeugung erfüllt und gekräftigt worden.

Bale fühlte, dass er diesen alles wiedergutmachenden, positiven Aspekt seines Wesens dem Einfluss Monsieurs, seines Vaters, verdankte. Wenn er kein Anstifter sein konnte, dann würde er eben ein Gefolgsmann sein. Ein entscheidendes Rädchen im siegreichen Kampf gegen die Höllenmaschine.

Nun, da er diesem Narren Gavril den Namen des Mädchens abgepresst hatte, hielt es Bale für amüsant, den kabbalistischen Test bei ihr anzuwenden – und auch bei dem anderen Zigeuner, Alexi Dufontaine. Es würde ihm helfen, mit ihnen fertig zu werden. Es würde ihm Einsichten in den Charakter der beiden liefern, die er andernfalls nicht erhielte.

Er stellte die Berechnungen rasch im Kopf an. Bei beiden kam die Acht heraus. Meist eine günstige Zahl, und in gewisser Weise mit seiner eigenen verbunden. Aber wenn ihre Träger aus purer Dickköpfigkeit oder Dummheit auf einem bestimmten Handeln beharrten, dann wurde sie negativ und weihte ihren Besitzer dem Untergang. Das musste bei den Zigeunern der Fall sein, dachte Bale.

Was war Sabirs Zahl? Das wäre doch mal interessant. Bale durchdachte es. A.D.A.M.S.A.B.I.R. Was ergab das in der kabbalistischen Zahlenlehre? 1,4,1,4,3,1,2,1,2. Machte 19. 1 und 9 zusammengezählt ergab 10. Das war 1+0. Es hieß, Sabir war eine Nummer eins. Stark. Ehrgeizig, dominant. Einer, der leicht Freundschaften schloss und Leute beeinflussen konnte. Die Persönlichkeit eines aufrechten Mannes. Jemand, mit anderen Worten, der nie einen Irrtum eingestehen konnte. Ein Alphamännchen.

Bale lächelte. Er würde es genießen, Sabir zu foltern und zu töten. Es würde ein gewaltiger Schock für den Mann sein.

Denn Bale hatte sein Glück bereits bis zur Neige ausgeschöpft, und es war Zeit, der Sache ein Ende zu machen.

**48** Als Sabir den schlurfenden Gang von Alexis Pferd hörte, traute er zunächst seinen Ohren nicht. Es musste ein streunendes Pferd von den benachbarten Ländereien sein. Oder ein entlaufener Camargue-Stier auf Partnersuche.

Er ging in einer kleinen Akaziengruppe in Deckung und hoffte darauf, dass die Umrisse der Äste seine Silhouette in der rasch einsetzenden Dämmerung verschwimmen ließen. Mit äußerster Vorsicht holte er das Messer aus der Tasche und ließ die Klinge herausspringen. Doch trotz aller Bemühungen war ein deutliches Klicken zu vernehmen.

»Wer ist da?«

Sabir hatte nicht gemerkt, dass er die Luft anhielt. Jetzt stieß er sie erleichtert und innerlich jubelnd in einem Schwall aus. »Alexi? Ich bin's. Damo. Gott sei Dank bist du wohlauf.«

Alexi schwankte im Sattel. »Ich dachte, du bist der Augenmann. Als ich dieses Klicken hörte, dachte ich, es ist um mich geschehen. Ich dachte, du erschießt mich.«

Sabir krabbelte die Böschung hinauf. Er klammerte sich an Alexis Steigbügel. »Und hast du sie? Hast du die Prophezeiungen?«

»Ich glaube, ja.«

»Du glaubst es?«

»Ich habe sie vergraben. Der Augenmann …« Alexi kippte nach vorn und begann seitlich vom Hals des Wallachs zu rutschen.

Sabir war es vor lauter Begeisterung über die Prophezeiungen nicht in den Sinn gekommen, sich nach Alexis Zustand zu erkundigen. Nun fing er ihn unter beiden Armen auf und ließ ihn langsam vom Pferd gleiten. »Was ist los? Bist du verletzt?«

Alexi lag auf dem Boden und krümmte sich. »Ich bin gestürzt. Schwer gestürzt. Gegen eine Schranke, dann auf Beton. Auf der Flucht vor dem Augenmann. Die letzte halbe Stunde ist es immer schlimmer geworden. Ich glaube nicht, dass ich es zum Haus zurück schaffe.«

»Wo ist er? Wo ist der Augenmann?«

»Ich weiß es nicht. Ich habe ihn abgehängt. Aber er hat Gavril getötet. Er hat ihm mit einem Stein den Schädel eingeschlagen und es aussehen lassen wie einen Unfall. Ich habe alles wieder so angeordnet, dass es ihn belastet, und Gavrils Pferd genommen. Mein eigenes wurde getötet. Du musst jetzt zum Haus zurück. Der Augenmann könnte von ihm wissen.«

»Er könnte vom Maset wissen? Das ist doch unmöglich.«

»Nein, gar nicht. Er könnte es von Gavril erfahren haben. Dieser Narr ist uns gefolgt. Der Augenmann hat ihn erwischt. Aber das habe ich dir schon erzählt. Ich bin zu müde, um mich zu wiederholen. Hör zu, Damo. Lass mich hier. Nimm das Pferd. Reite zurück zum Maset. Hol Yola. Und komm erst dann wieder hierher. Morgen, wenn es mir besser geht, zeige ich dir, wo die Prophezeiungen liegen.«

»Die Prophezeiungen? Du hast sie gesehen?«

»Geh, Damo. Nimm das Pferd. Hol Yola. Die Prophezeiungen sind nicht mehr wichtig, verstehst du? Das ist nur ein Stück Papier. Kein einziges Menschenleben wert.«

**49** Bale machte den defekten Fensterladen ausfindig – der an jedem alten Haus zu finden war, wenn man die Geduld besaß, danach zu suchen. Er hebelte ihn vorsichtig auf. Dann schob er seine Messerklinge in den verzogenen Schieberahmen des Fensters und schaukelte ihn hin und her. Das Fenster ging mit einem Geräusch auf, als würde man ein Spiel Karten durchmischen.

Bale hielt inne und lauschte. Im Haus herrschte Grabesstille. Er wartete, bis sich seine Augen an die Dunkelheit gewöhnt hatten. Dann besah er sich den Raum. Es stank nach vertrockneten Nagerleichen und dem Staub der Jahre.

Er schlich in den Flur und dann in Richtung Küche. Dort hatte er die Öllampen und Kerzen brennen sehen. Merkwürdig, dass er keine Stimmen hörte. Nach Bales Erfahrung sprachen die Leute in verlassenen Häusern fast immer – es hielt die Schreckgespenster in Schach.

Er erreichte die Tür zur Küche und warf einen Blick hinein. Nichts. Er schnupperte. Suppe. Er konnte Suppe riechen. Dann war also zumindest das Mädchen hier. War sie vielleicht draußen und benutzte die Natur als Klo? In diesem Fall hätte er großes Glück gehabt, dass er ihr nicht versehentlich über den Weg gelaufen war und sie womöglich in der Dunkelheit verloren hätte.

Oder hatte sie ihn etwa gehört? Hatte dann Sabir gewarnt, und die beiden lauerten ihm jetzt irgendwo im Haus auf? Bale lächelte. Das würde die ganze Sache ein bisschen unterhaltsamer machen. Ein wenig spannender.

»Deine Suppe kocht über.« Seine Stimme hallte durch das leere Haus wie durch eine Kathedrale.

Hatte da am anderen Ende des Wohnzimmers etwas geraschelt? Dort drüben, hinter dem Bergère-Sofa? Wo die zerschlissenen alten Vorhänge herabhingen? Bale hob eine von zwei Bronzefiguren auf und warf sie in hohem Bogen an die Haustür. Das Scheppern klang unanständig laut in dem schallgedämpften Raum.

Eine Gestalt schoss hinter dem Sofa hervor und machte sich hektisch an den Fensterläden zu schaffen. Bale nahm die zweite Statuette zur Hand und warf sie nach der Gestalt. Man hörte einen Schrei, und die Gestalt stürzte zu Boden.

Bale blieb, wo er war, lauschte, atmete nur durch den Mund. Hatte sonst jemand ein Geräusch gemacht? Oder war immer nur diese eine Person im Haus gewesen? Das Mädchen – er spürte jetzt, dass es das Mädchen war.

Er ging zurück in die Küche und holte die Öllampe. Das Mädchen lag zusammengerollt vor dem Wohnzimmerfenster. Hatte er es getötet? Das käme ihm ungelegen. Sicher, er hatte die Statue mit aller Kraft geworfen. Aber es hätte ja auch Sabir sein können. Er konnte sich in diesem späten Stadium der Jagd keine Fehler mehr erlauben.

Als er die Hand nach dem Mädchen ausstreckte, entschlüpfte es seinem Griff und lief in wilder Flucht den Flur entlang.

Hatte sie ihn einbrechen hören? War sie auf dem Weg zum hinteren Fenster?

Bale lief in die entgegengesetzte Richtung, die sie eingeschlagen hatte. Er warf sich durch die Haustür und umrundete dann das Haus.

Er verlangsamte sein Tempo, als er sich dem Fenster näherte. Ja. Da war ihr Fuß. Jetzt zog sie sich durch.

Bale hob sie im Ganzen aus dem Fenster und ließ sie zu Boden fallen. Er schlug ihr einmal mit der offenen Hand auf den Kopf, und sie lag still. Bale richtete sich auf und lauschte. Nichts, kein anderes Geräusch. Außer ihr war niemand im Haus gewesen.

Er bückte sich zu ihr hinab und tastete durch ihre Kleidung und zwischen ihren Beinen hinauf nach einem Messer oder einer anderen versteckten Waffe. Als er sich überzeugt hatte, dass sie unbewaffnet war, schulterte er sie wie einen Sack Getreide und ging zurück in Richtung Wohnzimmer.

## 50

Bale bediente sich von der Suppe. Alle Wetter, die war gut! Er hatte seit zwölf Stunden überhaupt nichts mehr gegessen. Er spürte, wie die üppige Brühe seine Kräfte neu belebte, ihn mit neuer Energie erfüllte.

Er trank auch etwas Wein und aß ein wenig Brot. Aber das Brot erwies sich als altbacken, und er musste es in die Suppe tunken, um es überhaupt kauen zu können. Nun gut. Man konnte nicht alles haben.

»Wirst du schon müde, Kleine?« Er sah zu dem Mädchen hinüber.

Sie stand auf einem dreibeinigen Hocker in der Mitte des Raums, einen Brotsack über dem Kopf und mit einer Schlinge um den Hals, die Bale aus einem Rindslederlasso gefertigt hatte. Der Hocker war gerade breit genug, um ihr eine vernünftige Standfläche zu bieten, aber der Schlag auf den Kopf hatte sie offenbar geschwächt, und von Zeit zu Zeit schwankte sie unbeholfen gegen das Seil, das innerhalb gewisser Grenzen durchaus als Stütze diente.

»Warum tun Sie das? Ich habe nichts, was Sie wollen. Ich weiß nichts, was Sie wissen wollen.«

Zuvor hatte Bale die Läden des Wohnzimmers und die Eingangstür des Maset weit geöffnet. Er hatte außerdem Kerzen und Öllampen rund um den Hocker gestellt, sodass das Mädchen wie von Scheinwerfern angestrahlt dastand – auf fünfzig Meter in alle Richtungen außer nach Norden sichtbar.

Nun lag er wie auf einem Diwan zurückgelehnt, die Saucenschale mit der Suppe auf dem Schoß, verborgen im Dunkeln außerhalb des Lichtkegels der Kerzen und außerhalb aller Sichtlinien, die von den offenen Fenstern und der Tür geboten wurden. Rechterhand von ihm lag der Redhawk griffbereit.

Er hatte den dreibeinigen Hocker gewählt, weil ein einziger Schuss genügen würde, damit die Kleine in der Luft hing. Er musste nur eins der Beine entzweischießen. Sicher, sie würde noch ein, zwei Minuten strampeln und zucken, da die Fallhöhe keinesfalls ausreichte, ihr das Genick zu brechen – aber letzten Endes würde sie ersticken, und Bale würde mehr als genug Zeit haben, durch das hintere Fenster zu verschwinden, während Sabir und der Zigeuner damit beschäftigt wären, ihr Leben zu retten.

Nichts davon würde natürlich notwendig sein, wenn Sabir einfach Vernunft annähme. Und Bale hoffte, der Anblick des Mädchens würde dazu führen, dass er sich auf diese Notwendigkeit konzentrierte. Eine schlichte Übergabe der Prophezeiungen würde genügen. Dann wären sie Bale los. Sabir und der Zigeuner konnten die jämmerliche Kleine gern haben. Bale hielt seine Versprechen immer ein.

Im unwahrscheinlich Fall, dass sie ihn verfolgten, würde er sie allerdings töten – aber er war sich sicher, dass Sabir kapitulieren würde. Was hatte er zu verlieren? Geld und ein wenig flüchtigen Ruhm. Und zu gewinnen? Alles.

## 51

»Erzähl mir noch mal, wann er aufgebrochen ist.«

Yola stöhnte. Sie stand seit mehr als einer Stunde auf dem Hocker, und ihre Bluse war inzwischen schweißgetränkt. Ihre Beine fühlten sich an, als wären sie mit krabbelnden Parasiten angefüllt, die ihre Oberschenkel und Waden auf und ab spazierten und dabei vor sich hin nagten. Ihre Hände waren auf den Rücken gefesselt, und so konnte sie ihren immer größeren

Schwankungsradius nur mit Hilfe ihres Kinns steuern. Wenn sie spürte, dass sie schwankte, klemmte sie das Seil zwischen Kiefer und Schulter fest und verließ sich darauf, dass sie durch die Spannung des Lassos in einer aufrechten Position gehalten wurde.

Seit einer Weile überlegte sie nun bereits, ob es sich lohnte, den Augenmann auf die Probe zu stellen – indem sie sich absichtlich fallen ließ. Er wartete offenkundig auf Sabir und Alexi. Wenn die beiden also nicht da waren, um sie ersticken zu sehen, würde der Augenmann sie dann retten? Sie vielleicht losbinden, während sie sich erholte, damit er sie erneut benutzen konnte? Für einen kleinen Moment in seiner Aufmerksamkeit nachlassen? Es wäre ihre einzige Chance zur Flucht. Aber auch ein fürchterliches Risiko.

Vielleicht würde er sich einfach damit amüsieren, ihr beim Sterben zuzusehen. Dann könnte er sie etwas straffer aufknüpfen, und aus der Ferne würde niemand erkennen, dass sie bereits tot wäre.

»Ich habe dich etwas gefragt. Wann ist Sabir aufgebrochen?«

»Ich benutze keine Uhr. Ich weiß nicht, wie spät es war.«

»Wie lange vor der Dämmerung war es?«

Yola wollte sich ihm nicht widersetzen. Er hatte sie bereits einmal geschlagen, nachdem er sie aus dem Fenster gezogen hatte. Sie hatte Angst vor ihm. Angst vor dem, wozu er fähig war. Angst, er könnte sich daran erinnern, was er ihr letztes Mal angedroht hatte, und die Drohung zum Spaß wiederholen. Sie war sich sicher, dass die Informationen, die sie ihm gab, nur bestätigten, was er ohnehin bereits wusste. Dass nichts Neues daran war – nichts, was Alexis und Damos Überlebenschancen irgendwie beeinträchtigen konnte. »Etwa eine Stunde. Ich habe ihn losgeschickt, ein neues Pferd zu fangen. Er wird fortgeritten sein, um nach Alexi zu suchen.«

»Und Alexi wird hierher zurückkommen?«

»Ja. Ohne Frage.«

»Und Alexi kennt sich in den Sümpfen aus? Er würde den Weg hierher auch im Dunkeln finden?«

»Ja. Er kennt sich gut aus in den Sümpfen.«

Bale nickte. So viel war ohnehin klar gewesen. Es hatte den entscheidenden Unterschied ausgemacht. Wenn Alexi blindlings geflohen wäre, hätte Bale ihn erwischt. Wenn er nicht von der Fähre gewusst hätte – diese ganze Farce hier wäre unnötig. Bale hätte die Prophezeiungen nach Hause zu Madame, seiner Mutter, gebracht und wäre zum Helden ernannt worden. Der *Corpus Maleficus* hätte ihn geehrt. Er wäre vielleicht persönlich mit der Aufgabe betraut worden, den nächsten Antichristen zu beschützen. Oder die Abstammungslinie des Neuen Messias auszulöschen, *bevor er auftrat*. Bale war gut in solchen Dingen. Sein Geist funktionierte methodisch. Wenn man ihm ein Ziel gab, arbeitete er gleichmäßig und mit peinlicher Sorgfalt darauf hin – genau wie er es in den letzten Wochen mit den Prophezeiungen gemacht hatte.

»Werden Sie sie töten?«

Bale blickte auf. »Verzeihung. Was hast du gesagt?«

»Ich habe gefragt, ob Sie die beiden töten werden.«

Bale lächelte. »Vielleicht. Vielleicht auch nicht. Das hängt ganz davon ab, wie sie reagieren. Hoffe lieber, dass sie genau verstehen, was ich ihnen mit meiner kleinen Inszenierung hier vermitteln will. Dass sie aus freien Stücken ins Haus kommen und mich nicht zwingen sollen, eins dieser Hockerbeine wegzuschießen.«

»Warum tun Sie das alles?«

»Was alles?«

»Sie wissen schon, was ich meine. Leute foltern. Sie verfolgen. Töten.«

Bale stieß ein belustigtes Schnauben aus. »Weil es meine Eidespflicht ist. Es wird dich sicherlich nicht interessieren, aber im dreizehn Jahrhundert wurde meiner Familie und der größeren Bruderschaft, zu der sie gehört, von König Ludwig IX. von Frankreich eine Aufgabe anvertraut. Ich rede vom heiligen Ludwig, *Rex Francorum et Rex Christianissimus*, Stellvertreter Gottes auf Erden. Die Aufgabe, die er uns gab, sollte für alle Zeiten die unsere sein und bestand ganz einfach darin, das französische Volk vor den Machenschaften des Teufels zu schützen – oder Satans, Azazels, Typhons, Ahrimans, Angra Mainyus, Asmodais, Luzifers, Beelzebubs, Iblis', Schaitans, Dragnignazzos oder was ihm dumme Leute sonst an Namen gaben. Wir haben diese Aufgabe neun Jahrhunderte lang erfüllt – oft um den Preis unseres Lebens. Und wir werden sie bis Ragnarök erfüllen – bis zum Ende der Zeit und dem Erscheinen von Vidar und Vali.«

»Wieso brauchen wir euch, um uns zu beschützen?«

»Diese Frage beantworte ich nicht.«

»Wieso haben Sie meinen Bruder getötet?«

»Wie kommst du auf die Idee, dass ich ihn getötet habe?«

»Man hat ihn an einem Bettrahmen hängend gefunden. Sie hatten ihm mit einem Messer die Wange aufgeschlitzt. Und Sie haben ihm das Genick gebrochen.«

»Die Sache mit dem Messer, die Stichwunde – das war ich, zugegeben. Samana wollte nicht begreifen, dass ich meinte, was ich sagte. Ich musste ihm zeigen, wie ernst es mir war. Aber dein Bruder hat sich selbst getötet.«

»Wie das? Das ist unmöglich.«

»Das dachte ich auch. Aber ich habe ihn etwas gefragt – etwas, das direkt zu dir geführt hätte. Ich glaube, er hat in seinem tiefsten Innern erkannt, dass er früher oder später reden würde. Alle tun es. Der menschliche Geist kann sich nicht vorstellen, wie viel Bestrafung der menschliche Körper tatsächlich aushält. Der Geist greift beträchtlich früher ein als nötig – er filtert heraus, was er weiß, und kommt zu voreiligen Schlüssen. Er weiß nicht, dass – solange kein lebenswichtiges Organ beschädigt ist – nahezu alle körperlichen Funktionen letzten Endes wiedererlangt werden können. Aber der Gedanke an all den zugefügten Schaden wirkt als zeitweiliger Katalysator. Der Geist gibt die Hoffnung auf, und an diesem besonderen Punkt – und nur an diesem – erscheint der Tod wünschenswerter als das Leben. Das ist der entscheidende Moment für den Folterer – wenn der Angelpunkt erreicht ist.« Bale beugte sich in seiner Begeisterung vor. »Ich habe eine Art Wissenschaft daraus gemacht, verstehst du? Die größten Folterer – die der Inquisition, sagen wir, wie der Henker von Dreißigacker oder Heinrich Insitoris und Jakob Sprenger – selbst chinesische Meister wie Zhou Xing und Suo Yuanli, die ihr Handwerk während der Regentschaft von Wu Zetian ausübten – holten die Leute viele Male von der Klippe zurück. Hier. Ich sehe an deiner Haltung, dass du mir nicht glaubst. Lass mich dir etwas vorlesen. Zum Zeitvertreib gewissermaßen, denn es muss sehr unbequem für dich sein, auf diesem Hocker zu balancieren. Es ist ein Ausschnitt, den ich immer bei mir trage. Ich habe ihn vielen meiner …« Bale zögerte, als sei er im Begriff gewesen, etwas Unaufrichtiges zu äußern. »… sollen wir sagen, meiner Klienten vorgelesen? Es betrifft den ersten Mann, den ich in meiner Liste der Folterer erwähnt habe – man nannte ihn den Henker von Dreißigacker. Ein wahrer Meister in der Kunst des Schmerzes. Du wirst beeindruckt sein, ich verspreche es.«

»Sie machen mich krank. Im Innersten krank. Ich wünschte, Sie würden mich jetzt töten.«

»Nein, nein. Hör dir das an. Es ist wirklich ganz außergewöhnlich.«

Yola hörte, wie ein Stück Papier geglättet wurde. Sie versuchte, ihre Ohren vor der Stimme des Augenmanns zu verschließen, aber sie brachte nichts weiter zustande, als das Rauschen des Bluts in ihrem Kopf zu verstärken, sodass die Stimme wie ein Klatschen von tausend Händen in ihr dröhnte.

»Du musst versuchen, dich ins Jahr 1631 zurückzuversetzen. In die Zeit der katholischen Inquisition. Wahrscheinlich fällt dir so ein Gedankensprung in deinem Sack gar nicht schwer, oder? Eine Schwangere wurde gerade von den durch die Kirche eingesetzten Autoritäten – einer Körperschaft von Männern, die sowohl das religiöse wie auch das weltliche Recht auf ihrer Seite hatten – der Hexerei bezichtigt. Sie soll vernommen werden – ein unter diesen Umständen vollkommen vernünftiges Vorgehen, wie man meinen könnte, nicht wahr? Es ist der erste Tag ihres Prozesses. Was ich dir jetzt gleich vorlesen werde, ist die Beschreibung der offiziellen Untersuchungsmethode, wie sie der Humanist Emil B. König in seiner packend betitelten Schrift *Ausgeburten des Menschenwahns im Spiegel der Hexenprozesse* überliefert.

*Zuerst band der Henker die Frau, die schwanger war, und legte sie auf die Streckbank. Dann streckte er sie, bis ihr Herz brechen mochte, aber er hatte kein Mitleid. Als sie nicht gestand, wurde die Folter wiederholt. Dann fesselte der Henker ihr die Hände, schnitt ihr die Haare ab, goss Branntwein über ihren Kopf und entzündete ihn. Er rieb ihr auch Schwefel in die Achselhöhlen und verbrannte ihn. Dann wurden ihr die Hände auf den Rücken gefesselt, und sie wurde zur Decke gezogen und plötzlich fallen gelassen. Dieses Hinaufziehen und Fallenlassen wurde einige Stunden lang wiederholt, bis der Henker und seine Gehilfen zum Abendessen gingen. Nach ihrer Rückkehr band der Henkersmeister ihr die Hände und die Füße auf den Rücken; Branntwein wurde ihr auf den Rücken gegossen und angezündet. Dann wurden schwere Gewichte auf ihrem Rücken angebracht, und sie wurde erneut hochgezogen. Der Meister bindet nun wiederum ihre Füße und hängt einen fünfzig Pfund schweren Block daran, sodass sie meint, das Herz würde ihr zerspringen. Dies erwies sich als unzureichend; deshalb macht der Meister ihre Füße los und legt sie in einen Schraubstock. Er zieht die Schenkel des Schraubstocks an, bis Blut aus den Zehen sickert. Auch das genügte nicht. Deshalb wurde sie gestreckt und wiederum in verschiedener Weise gezwickt. Nun begann der Henker von Dreißigacker den dritten Grad der Folter. Als er sie auf die Bank legte, sagte er: ›Ich nehme dich nicht für zwei, drei, oder acht Tage her. Auch nicht für ein paar Wochen, sondern für ein halbes Jahr oder ein Jahr, dein ganzes Leben lang, bis du gestehst; und wenn du nicht gestehst, foltere ich dich zu Tode, und du wirst anschließend verbrannt.‹ Der Schwiegersohn des Henkers zog sie dann an den Händen bis zur Decke. Der Henker von Dreißigacker schlug sie mit einer Pferdepeitsche. Dann wurde sie in einen Schraubstock gepresst, wo sie für sechs Stunden verblieb. Danach wurde sie wiederum unbarmherzig ausgepeitscht. Das war alles, was am ersten Tag getan wurde.«*

Es war still im Raum. Draußen raschelte der Wind in den Bäumen. Eine Eule rief in der Ferne, und ihr Ruf wurde aus einer der Scheunen in der Nähe des Hauses beantwortet.

Bale räusperte sich. Yola hörte, wie er das Papier wegpackte. »Ich habe deinen Bruder falsch gedeutet. Mir war nicht klar gewesen, wie treu er dir war. Wie viel Angst er davor hatte, sein Gesicht vor seiner Gemeinschaft zu verlieren. Nur mehr wenige Menschen genießen die Vorzüge einer Gemeinschaft, verstehst du? Die meisten haben nur an sich selbst zu denken – oder an ihre unmittelbare Familie. Vieles lässt sich irgendwie erklären, der leichtere Weg ist eine stete Versuchung. Aber wenn die größere Gemeinschaft auf dem Spiel steht, treten andere Faktoren in Erscheinung. Märtyrertum ist eine Möglichkeit. Die Leute sind wieder bereit, für ein Ideal zu sterben. Dein Bruder war auf seine Weise so ein Idealist. Er benutzte die Position, in der ich ihn festgebunden hatte – an dem nach vorn geneigten Rahmen –, um sich mit Hilfe der Schwerkraft selbst das Genick zu brechen. Ich habe so etwas noch nie gesehen. Es war höchst eindrucksvoll. Am Ende ihres ersten Vernehmungstages hätte diese augenscheinlich unschuldige Frau, deren Martern ich dir eben beschrieben habe, zweifellos mit Freuden dem Teufel ihre Seele für das Geheimnis dieser Vollbringung verkauft.« Bale sah zu Yolas verhüllter Gestalt hinüber. »Aus einer Million Menschen wäre vielleicht einer zu so einem fantastischen Meisterstück fähig. Dein Bruder war so ein Mann. Ich werde ihn nie vergessen. Beantwortet das deine Frage?«

Yola stand stumm auf dem Hocker. Unter dem Brotsack war nicht zu erkennen, was sie dachte.

## 52

»Ich lasse dich nicht zurück. Wenn du aufstehst und dich an mich lehnst, versuche ich, dich aufs Pferd zu hieven. Du kannst dich ausruhen, wenn wir im Maset sind. Yola hat Suppe gekocht.«

»Du hörst mir nicht zu, Damo.«

»Doch, ich höre zu. Aber ich glaube nicht, dass der Augenmann eine Art übernatürliches Geschöpf ist. Es ist sehr wahrscheinlich, dass Gavril von allein vom Pferd gefallen ist und sich den Schädel aus Versehen eingeschlagen hat.«

»Er hatte Spuren von Fesseln an den Händen und Füßen.«

»Er hatte was?«

»Der Augenmann hatte ihn gefesselt, ehe er ihm den Schädel zertrümmert hat. Er hatte ihm wehgetan. Jedenfalls kam es mir so vor. Die Polizei wird begreifen, was passiert ist, auch wenn du es nicht begreifst.«

»Seit wann bist du ein solcher Fan der Polizei, Alexi?«

»Die Polizei hält sich an Tatsachen. Manchmal sind Tatsachen gut. Das verstehe sogar ich.« Alexi zog sich mit Sabirs Hilfe in den Sattel. Er sank müde auf den Kopf des Pferdes. »Ich weiß nicht, was in letzter Zeit über dich gekommen ist, Damo. Die Prophezeiungen haben dich anscheinend hypnotisiert. Ich wünschte inzwischen, ich hätte sie nicht gefunden. Dann würdest du dich wieder an deinen Bruder und deine Schwester erinnern.«

Sabir führte den Wallach in Richtung Haus. Die Hufe des Tieres machten klatschende Geräusche in dem vom Tau nassen Sand. Davon und vom Schwirren der Moskitos abgesehen, hüllte die Stille des Sumpflands die beiden Männer ein wie ein Mantel.

Alexi fluchte still leidend vor sich hin. Er streckte die Hand aus und berührte Sabir leicht an der Schulter. »Es tut mir leid, was ich gerade gesagt habe, Damo. Ich bin müde. Und ich habe Schmerzen. Ich will natürlich, dass du weißt, wo die Prophezeiungen begraben sind, falls mir etwas zustößt.«

»Nichts wird dir zustoßen, Alexi. Du bist jetzt in Sicherheit. Und zum Teufel mit den Prophezeiungen.«

Alexi richtete sich mühsam auf. »Nein. Das ist wichtig. Es war falsch, dass ich diese Dinge zu dir gesagt habe. Ich habe Angst um Yola. Das führt dazu, dass ich Unsinn rede. Bei uns Zigeunern heißt es: ›Jeder sieht nur seinen eigenen Teller.‹«

»Betrachtest du Yola jetzt als einen Teller?«

Alexi seufzte. »Du verstehst mich absichtlich falsch. Vielleicht begreifst du diese Redensart besser: ›Wenn man dir zu essen gibt, iss. Wenn du geschlagen wirst, lauf weg.‹«

»Ich verstehe schon, was du sagst, Alexi. Ich verstehe dich nicht absichtlich falsch.«

»Der Gedanke, dass ihr schlimme Dinge zustoßen, macht mich krank vor Angst, Damo. Ich träume sogar von ihr – ich träume davon, sie von schlechten Orten wegzuholen. Oder aus Schlamm- oder Treibsandlöchern, die sie verschlingen und mir nehmen wollen. Träume sind wichtig, Damo. Als Gemeinschaft haben die Manouche immer an *Cacipen* geglaubt – die Wahrheit der Träume.«

»Yola wird nichts Schlimmes zustoßen.«

»Damo. Hör mir zu. Hör mir genau zu, oder ich scheiß dir auf den Kopf.«

»Sag nicht, das ist noch so ein Zigeunersprichwort.«

Alexis Blick war auf Sabirs Nacken konzentriert. Er zwang sich durch Willenskraft, nicht ohnmächtig zu werden. »Um die Prophezeiungen zu bergen, musst du dorthin zurückgehen, wo ich Gavril gefunden habe. Es ist zwanzig Minuten zu Pferd, nördlich des Bac. Kurz bevor man ins Panperdu kommt. Dort steht eine Schutzhütte der *Gardians.* Sie zeigt ebenfalls nach Norden, als Schutz vor dem Mistral. Du kannst sie nicht verfehlen. Sie ist mit Schilf verkleidet und hat ein Ziegeldach und einen Schornsteinkasten. Kein Fenster. Nur eine Tür. Mit einem Geländer zum Festbinden der Pferde davor und einem

Aussichtsmast auf der Rückseite, wo die *Gardians* hinaufsteigen und weit über die Sümpfe schauen können.«

»Und außerdem wird es deiner Ansicht nach bald ein Tatort sein. Wo es nur so wimmelt vor Polizei mit ihren Suchhunden, Metalldetektoren und Kunststoffanzügen.«

»Das spielt keine Rolle. Du musst nicht unbedingt gesehen werden, wenn du die Prophezeiungen holst.«

»Wie das?«

»Versteck dich. Dann stell dir vor, du wärst bei der *Cabane* und schaust nach Süden. Du wirst eine einzelne Zypresse sehen, die abseits von einem nahen Wäldchen steht. Die Prophezeiungen sind genau hinter ihr vergraben, gut einen halben Meter vom Stamm entfernt. Nicht tief. Dafür war ich schon zu schwach. Aber tief genug. Du wirst gleich sehen, dass die Erde aufgewühlt ist.«

»Sie werden verrotten. Im ersten Regen. Sie werden unleserlich werden und alles war umsonst.«

»Nein, Damo. Sie stecken in einem Bambusrohr. Und das Rohr ist mit Hartwachs versiegelt. Oder Baumharz. Etwas in dieser Art. Nichts kommt an sie heran.«

Ein unbekanntes Pferd wieherte plötzlich vor ihnen, der Laut hallte durch die Sümpfe wie ein Klagelied für die Toten. Ihr eigenes Pferd setzte bereits zu einer Erwiderung an, aber ein verbliebener Überlebensinstinkt veranlasste Sabir, dem Wallach die Nüstern zuzuhalten, als das Tier eben zu diesem Zweck Luft holen wollte. Er stand da, hatte die Nase des Pferds unter den Arm geklemmt und lauschte.

»Ich habe es dir gesagt«, flüsterte Alexi. »Es ist der Augenmann. Er hat Gavril gefoltert und vom Maset erfahren.«

»Ich sehe Licht durch die Bäume. Warum sollte der Augenmann das Haus hell erleuchten? Das ergibt keinen Sinn.

Wahrscheinlich hat Yola Besuch von ein paar Freundinnen aus der Stadt. Alle wissen von dem Haus, wie du selbst gesagt hast.« Trotz seiner zur Schau getragenen Zuversicht zog sich Sabir das Hemd aus und band es fest um die Nase des Wallachs. Dann führte er ihn durch das Weidengehölz, auf die Rückseite der Scheune zu. »Schau. Die Türen und Fenster sind weit offen. Das Haus ist erleuchtet wie eine Kathedrale. Ist Yola verrückt geworden? Oder will sie uns vielleicht nach Hause leuchten?«

»Es ist der Augenmann, Damo, ich sag es dir. Du musst mir zuhören. Geh nicht direkt auf das Licht zu. Du musst erst die Lage erkunden. Vielleicht hatte Yola Zeit wegzulaufen. Wenn nicht, ist sie mit ihm da drin.«

Sabir blickte zu ihm hinauf. »Glaubst du das wirklich?«

»Du hast sein Pferd gehört.«

»Das könnte jedes Pferd sein.«

»Es waren nur noch Gavrils und das des Augenmannes übrig. Gavrils Pferd habe ich. Und das dritte Pferd ist tot. Die Pferde kennen einander, Damo. Sie erkennen einander am Gang, am Wiehern. Und es gibt im Umkreis von einem Kilometer hier kein anderes Pferd.«

Sabir band die Zügel an einen Strauch. »Gut, du hast mich überzeugt. Jetzt bleib hier, und rühr dich nicht vom Fleck. Ich gehe das Haus auskundschaften.«

## 53

»Was verbrennen Sie? Es riecht verbrannt.« Yola wandte instinktiv das Gesicht vom Licht ab, in die Dunkelheit hinter ihr.

»Keine Sorge. Ich zünde das Haus nicht an. Und ich erhitze auch keine Kneifzangen wie der Henker von Dreißigacker. Ich verbrenne nur Kork, um mir das Gesicht zu schwärzen.«

Yola wusste, dass sie der völligen Erschöpfung gefährlich nahe war. Sie wusste nicht, wie lange sie noch in dieser Stellung aushalten würde. »Ich falle.«

»Tust du nicht.«

»Bitte. Sie müssen mir helfen.«

»Wenn du mich noch einmal damit nervst, spitze ich einen Besenstiel an und schieb ihn dir in den Arsch. Das wird dir helfen, stehen zu bleiben.«

Yola ließ den Kopf hängen. Dieser Mann ließ sich nicht anrühren. Ihr ganzes Leben lang war sie in der Lage gewesen, Männer zu manipulieren und also zu beherrschen. Zigeunermänner waren diesbezüglich eine leichte Beute. Wenn man das, was man zu sagen hatte, mit genügend Überzeugungskraft vorbrachte, gaben sie normalerweise nach. Ihre Mütter hatten sie gut dressiert. Dieser Mann dagegen war kalt. Dem Weiblichen nicht zugänglich. Yola kam zu dem Schluss, dass es eine sehr böse Frau in seinem Leben geben musste, damit er so geworden war. »Warum hassen Sie Frauen?«

»Ich hasse nicht Frauen. Ich hasse jeden, der mir bei meiner Tätigkeit in die Quere kommt.«

»Wenn Sie eine Mutter haben, muss sie sich für Sie schämen.«

»Madame, meine Mutter, ist sehr stolz auf mich. Sie hat es mir gesagt.«

»Dann muss sie ebenfalls böse sein.«

Einen Moment lang herrschte Totenstille. Dann eine Bewegung. Yola fragte sich, ob sie endlich zu weit gegangen war. Ob er kommen und sie sich vorknöpfen würde.

Aber Bale stellte nur den Rest der Suppe weg, um mehr Bewegungsfreiheit zu haben. »Wenn du nicht still bist, peitsche ich dir die Beine mit meinem Gürtel aus.«

»Dann werden Alexi und Damo Sie sehen.«

»Was kümmert es mich. Sie haben keine Pistolen.«

»Aber sie haben Messer. Alexi kann ein Messer genauer werfen als irgendwer sonst, den ich kenne.«

In der Ferne wieherte ein Pferd. Bale hielt einen Moment inne und lauschte. Nachdem er sich überzeugt hatte, dass es sein Pferd gewesen war und dass kein anderes Pferd geantwortet hatte, setzte er das Gespräch fort. »Er hat Sabir verfehlt. Seinerzeit auf der Lichtung.«

»Das haben Sie gesehen?«

»Ich sehe alles.«

Yola überlegte, ob sie ihm erzählen sollte, dass Alexi absichtlich danebengeworfen hatte. Aber dann dachte sie, dass es besser wäre, wenn er seine Gegner weiter unterschätzte. Selbst die geringste Kleinigkeit konnte Alexi oder Damo den entscheidenden Vorteil verschaffen. »Warum wollen Sie diese Schriftstücke haben? Diese Prophezeiungen?«

Bale zögerte und überlegte. Yola dachte schon, er würde nicht auf ihre Frage eingehen, aber plötzlich schien er einen Entschluss zu fassen. Dabei änderte sich jedoch sein Tonfall geringfügig. Dank des klaustrophobischen Gefühls in dem Brotbeutel war Yola extrem feinfühlig für die kleinste Nuance in der Stimme des Augenmannes geworden – und deshalb wurde ihr in diesem Moment mit absoluter Gewissheit klar, dass er sie zu töten beabsichtigte, egal wie die Übergabe ausging.

»Ich will diese Schriftstücke, weil sie von Dingen erzählen, die geschehen werden. Von wichtigen Dingen. Dingen, die die Welt verändern werden. Der Mann, der sie geschrieben hat, hat viele Male recht behalten. In seinen Schriften sind Chiffren und Geheimnisse verborgen. Meine Kollegen und ich wissen, wie sie zu entschlüsseln sind. Wir versuchen seit Jahrhunderten, die fehlenden Prophezeiungen in die Hände zu bekommen. Wir sind zahllosen falschen Fährten gefolgt. Dank dir und deinem Bruder haben wir endlich die richtige gefunden.«

»Wenn ich diese Prophezeiungen hätte, würde ich sie vernichten.«

»Aber du hast sie nicht. Und du wirst bald tot sein. Deshalb ist das alles ohne Bedeutung für dich.«

## 54

Sabir lag bäuchlings am Rande des Gehölzes und beobachtete. Er spürte das Entsetzen wie einen Krebs durch seinen Körper sickern.

Yola stand auf einem dreibeinigen Hocker. Ein Brotsack bedeckte ihren Kopf, und um ihren Hals lag eine Schlinge. Sabir erkannte sie an ihrer Kleidung und dem Klang ihrer Stimme. Sie sprach mit jemandem, und diese Person antwortete ihr – ein tieferes, dominanteres Timbre. Nicht auf und ab, wie bei einer Frau, sondern flach – alles auf einem Ton. Wie ein Priester, der eine Messe liest.

Man brauchte kein Genie zu sein, um zu erkennen, dass der Augenmann Yola als Köder für ihn und Alexi benutzte. Und auch nicht, um zu begreifen, dass sie in der Sekunde, in der sie sich zu erkennen gaben, so gut wie tot waren – und Yola ebenfalls.

Sabir fasste einen Entschluss. Er huschte durch das Unterholz zurück zu Alexi. Diesmal würde er nicht einfach auf den Schauplatz stolpern und alle in Lebensgefahr bringen. Diesmal würde er seinen Verstand benutzen.

## 55

Als Macrons Handy läutete, vernahm er gerade drei unwillige *Gitans*, die erst an diesem Morgen die katalanische Grenze bei Perpignan überquert hatten. Sie hatten offenbar noch nie von Sabir, Alexi oder Yola gehört, und sie hatten kein Problem damit, das sehr deutlich zu machen. Einer von ihnen, der Macrons kaum verhüllte Feindseligkeit spürte, tat sogar so, als würde er ihn mit dem Unterarm abwehren – gerade so, als hätte er den bösen Blick. Macron hätte die Beleidigung normalerweise vielleicht übergangen. Nun aber reagierte er wütend, und die konzentrierten Erinnerungen an die tief sitzenden abergläubischen Vorstellungen seiner Mutter brachen unaufgefordert durch die meist schlafende Oberfläche seiner eigenen Empfindsamkeiten.

Die Wahrheit war, dass er entmutigt und hundemüde war. Alle seine Verletzungen schienen sich zu einem allumfassenden Schmerz vereinigt zu haben, und das Ganze wurde dadurch gekrönt, dass Calque einen der neuen Detectives für eine echte Führungsaufgabe in der Ermittlung zu bevorzugen schien. Macron fühlte sich gedemütigt und isoliert – umso mehr, da er sich als Einheimischer betrachtete, während die sechs *pandores*, die Calque aus Marseille angefordert hatte – seiner Heimatstadt, verdammt noch mal – darauf bestanden, ihn wie einen Paria zu behandeln. Wie einen Matrosen, der sein Schiff aufgegeben hat und eifrig in Richtung Feind schwimmt, um sich gegen bevorzugte Behandlung zu ergeben. Wie einen Pariser.

»Ja?«

Fünfhundert Meter vom Maset entfernt nickte Sabir dankbar dem Autofahrer zu, der ihm sein Handy geliehen hatte. Fünf Minuten zuvor war er dramatisch winkend vor den Wagen des Mannes gesprungen. Selbst dann hatte der Mann nicht gehalten, sondern war aufs Bankett ausgewichen und hatte Sabir dabei nur um Zentimeter verfehlt. Fünfzig Meter weiter hatte er es sich anders überlegt und war stehen geblieben, zweifellos weil er sich vorstellte, es habe irgendwo in den Sümpfen einen Unfall gegeben. Sabir konnte es dem Mann nicht verübeln. In seiner Panik hatte er überhaupt nicht mehr an sein Hemd gedacht, das immer noch um die Schnauze des Wallachs gewickelt war. Er musste einen beunruhigenden Anblick geboten haben, wie er an einer kleinen Landstraße in stockfinsterer Nacht halbnackt aus dem Unterholz gesprungen war.

»Hier ist Sabir.«

»Das ist nicht Ihr Ernst.«

»Mit wem spreche ich?«

»Leutnant Macron, der Assistent von Hauptmann Calque. Wir sind uns leider noch nicht persönlich begegnet, aber ich weiß alles über Sie. Sie haben uns einen netten kleinen Tanz durch halb Frankreich aufführen lassen. Sie und Ihre beiden Zauberer.«

»Geben Sie mir Calque. Ich muss mit ihm reden. Dringend.«

»Hauptmann Calque führt gerade Vernehmungen durch. Sagen Sie mir, wo Sie sind, und wir schicken eine Stretch-Limousine, die Sie abholt. Wie wäre das für den Anfang?«

»Ich weiß, wo der Augenmann ist.«

»Was?«

»Er hat sich in einem Haus verschanzt, etwa fünfhundert Meter von dort entfernt, wo ich jetzt bin. Er hat eine Geisel genommen, Yola Samana. Er zwingt sie, mit einer Schlinge um den Hals auf einem Hocker zu stehen. Sie ist beleuchtet wie ein Weihnachtsbaum. Der Augenmann versteckt sich wahrscheinlich mit einer Pistole im Dunkeln und wartet darauf, dass Alexi und ich uns zeigen. Was unsere Bewaffnung angeht, so haben wir zusammen gerade mal ein Messer. Wir haben nicht die geringste Chance. Wenn Ihr kostbarer Hauptmann Calque ein Einsatzkommando heranschaffen kann, und wenn er garantiert, dass Yolas Sicherheit – und nicht die Gefangennahme des Augenmanns – höchste Priorität hat, dann sage ich Ihnen, wo ich bin. Wenn nicht, dann können Sie beide sich verpissen. Dann gehe ich selbst rein.«

»Halt, halt, warten Sie. Sind Sie noch in der Camargue?«

»Ja. So viel verrate ich Ihnen. Sind wir uns einig? Sonst schalte ich dieses Handy auf der Stelle aus.«

»Wir sind uns einig. Ich gehe und hole Calque. In Marseille ist ein Einsatzkommando der Bereitschaftspolizei stationiert. Sie können sofort abkommandiert werden. Per Hubschrauber, wenn es sein muss. Es dauert höchstens eine Stunde.«

»Zu lang.«

»Weniger. Weniger als eine Stunde. Wenn Sie den Ort genau nennen können. Geben Sie mir eine genaue Kartenangabe. Das Einsatzkommando wird sich überlegen müssen, wo sie mit dem Hubschrauber landen können, ohne ihre Anwesenheit zu verraten. Und sich dann zu Fuß nähern.«

»Der Mann, von dem ich das Handy geliehen habe, hat vielleicht eine Karte. Holen Sie Calque. Ich bleibe dran.«

»Nein, nein. Wir können nicht riskieren, dass Ihre Batterie leer wird. Ich habe Ihre Nummer. Wenn ich Calque gefunden habe, rufe ich Sie zurück. Besorgen Sie diese Kartenangabe.«

Während Macron dorthin eilte, wo er Calque bei seinen Befragungen wusste, wählte er bereits die Nummer ihrer Zentrale in Paris. »André, hier ist Paul. Ich habe eine Handynummer für dich. Wir brauchen sofort eine GPS-Ortung. Es ist dringend. Code eins.«

»Code eins? Machst du Witze?«

»Wir haben es mit einer Geiselnahme zu tun. Der Mann,

der die Geisel festhält, hat den Wachmann in Rocamadour getötet. Besorg mir diese GPS-Ortung. Wir sind in der Camargue. Falls eine andere Gegend Frankreichs auf deinem Dingsbums auftaucht, hast du es mit Interferenzen oder einer Fehlfunktion zu tun. Ich brauche die exakte Position dieses Handys. Auf fünf Meter genau. Und in den nächsten fünf Minuten. Ich kann es mir nicht leisten, die Sache zu vermasseln.«

Dreißig Sekunden nachdem Macron ihm die Lage erklärt hatte, telefoniert Calque mit Marseille.

»Dies ist ein Code eins. Ich werde mich identifizieren.« Er las die Nummer seines Ausweises vor. »Wenn Sie meinen Namen in den Computer eintippen, werden Sie eine zehnstellige Chiffre sehen. Sie lautet: HKL481GYP7. Haben Sie das? Stimmt es mit dem Code in der nationalen Datenbank überein? Ja? Gut. Dann geben Sie mir sofort Ihren Vorgesetzten.«

Calque sprach fünf Minuten eindringlich in das Handy. Dann wandte er sich an Macron.

»Hat sich Paris schon mit Sabirs GPS gemeldet?«

»Ja, Chef.«

»Rufen Sie ihn jetzt an. Vergleichen Sie es mit der Kartenangabe, die er Ihnen nennt.«

Macron rief Sabir zurück. »Haben Sie eine Kartenposition für uns? Ja. Schießen Sie los.« Er notierte sie in sein Notizbuch und lief zu Calque, um sie ihm zu zeigen.

»Stimmt überein. Sagen Sie ihm, er soll genau dort warten, wo er jetzt ist, bis Sie da sind. Dann beziehen Sie Stellung und geben mir die Lage unter dieser Nummer durch.« Er kritzelte eine Nummer in Macrons Block. »Das ist die Nummer der örtlichen Gendarmerie. Ich werde dort meinen Stützpunkt einrichten und die Operation zwischen Paris, Marseille und

Les Saintes-Maries koordinieren. Man hat mir glaubwürdig versichert, dass es wenigstens fünfzig Minuten dauern wird, bis das Einsatzkommando vor Ort ist. *Sie* können in dreißig Minuten dort sein. Vielleicht sogar in fünfundzwanzig. Halten Sie Sabir und den Zigeuner davon ab, vor lauter Panik überstürzt zu handeln. Falls es den Anschein hat, als sei das Mädchen unmittelbar in Gefahr, greifen Sie ein. Wenn nicht, halten Sie sich bedeckt. Haben Sie Ihre Pistole bei sich?«

»Ja, Chef.«

»Nehmen Sie an Beamten mit, was Sie finden. Wenn Sie keine finden, gehen Sie allein. Ich schicke sie Ihnen dann hinterher.«

»Ja, Chef.«

»Und, Macron?«

»Ja?«

»Keine unnötigen Heldentaten. Hier stehen Menschenleben auf dem Spiel.«

**56** Die Idee, die sein Leben verwandeln sollte, kam Macron etwa sechs Minuten nachdem er zu seiner Fahrt aufgebrochen war. Es schien so einfach zu sein – und so logisch –, dass er schwer versucht war, den Wagen am Straßenrand abzustellen, um noch ein wenig in Ruhe zu überlegen.

Warum nicht einmal unkonventionell denken? Die Initiative ergreifen. Warum nicht den Umstand ausnutzen, dass der Augenmann nichts von der heimlichen Verbindung zwischen Sabir und der Polizei wusste? Es war der eine Vorteil, den sie ihm gegenüber hatten. Er erwartete, dass nur Sabir und der Zigeuner zur Rettung des Mädchens herbeieilen würden. Warum nicht daraus Kapital schlagen und einen Hinterhalt legen?

Macron war in seinem Berufsleben nur bei einer einzigen polizeilichen Belagerung dabei gewesen. Er war gerade zwanzig geworden und hatte seine Aufnahmeprüfung für die Polizei sechs Tage zuvor bestanden gehabt. Nachbarn hatten berichtet, ein Mann würde seine Frau mit einer Waffe bedrohen. Ein Gebäude im dreizehnten Arrondissement war abgeriegelt worden. Macron hatte man so gut wie vergessen. Sein damaliger Mentor bei der Polizei war in Verhandlungsführung ausgebildet worden, und man hatte ihn im allerletzten Moment hinzugezogen, damit er die Situation entschärfte. Macron hatte gefragt, ob er als Beobachter mitkommen dürfe. Der Mann hatte Ja gesagt. Solange er ihm aus dem Weg blieb. Weit aus dem Weg.

Fünf Minuten nach Beginn der Belagerung waren die Verhandlungen gescheitert. Die Frau hatte eine Bemerkung zu ihrem Mann gemacht, die ihn über eine Grenze trieb. Er hatte die Frau, den Unterhändler und anschließend sich selbst getötet.

Es war das erste Mal gewesen, dass Macron die dem Polizeiapparat innewohnende Fehlbarkeit erlebt und verstanden hatte. Denn dieser war nur so gut wie die einzelnen Rädchen, aus denen er bestand. Wenn eins von ihnen nicht richtig einrastete, konnte die ganze Maschine kaputt gehen. Schneller als die Titanic versunken war.

Er hatte diesen Mentor gemocht. Macron hatte darauf gebaut, dass der Mann seine Karriere überwachen und fördern, ihn sicher durch seine Anfängerzeit geleiten würde.

Nach dem Vorfall war er ein zweites Mal vergessen worden. So gut wie im Stich gelassen. Kein Mentor mehr. Keine helfende Hand auf dem seifigen Weg nach oben. Und jetzt geschah es alles wieder. Die Kripoleute aus Marseille würden kommen und seinen Fall übernehmen. Sich bei Calque einschmeicheln. Macron ins Abseits drängen. Sich alle Verdienste anrechnen lassen, die rechtmäßig ihm gebührten.

Der Augenmann hatte ihn verletzt. Einmal persönlich, im Gelände, und einmal beruflich, auf der Straße nach Millau. Und jetzt saß der Mann wie eine Taube auf der Stange in einem teilweise erleuchteten Raum und ging davon aus, das Geschehen ein drittes Mal zu dominieren.

Aber Macron würde der Sand in seinem Getriebe sein. Er hatte eine Waffe. Er hatte das entscheidende Element der Überraschung auf seiner Seite. Der Augenmann hatte sich selbst zu einer leichten Beute gemacht. Wer würde im Durcheinander einer Schießerei noch wissen, was tatsächlich passiert war?

Wenn er den Augenmann tötete, würde er auf jeden Fall Karriere machen. Er würde für alle Zeit der Mann bleiben, der den Pariser Zigeunerfall mit den beiden Todesopfern geknackt hatte. Der Zigeuner zählte natürlich nicht. Aber Wachmänner waren so etwas wie ehrenamtliche Polizisten – zumindest wenn sie ermordet wurden. Macron konnte sich den Neid seiner Kollegen bereits vorstellen. Die Bewunderung seiner Freundin. Den widerwilligen Respekt seines normalerweise distanzierten Vaters. Die triumphale Rache seiner unterdrückten Mutter, die lange und heftig für sein Recht gekämpft hatte, die Bäckerei zu verlassen und die Polizeischule zu besuchen.

Ja. Es war so weit. Dies würde Paul Éric Macrons Augenblick der Wahrheit werden.

## 57

Sabir stand wie vereinbart am Straßenrand. Macron erkannte ihn sofort von dem Bild, das er in seinem Handy gespeichert hatte. Sabir hatte in der Zwischenzeit abgenommen, und seinem Gesichtsausdruck mangelte es ein wenig an dem aufgeblasenen Selbstbewusstsein des PR-Fotos, das sie von der Website seiner Agentur heruntergeladen hatten. Jetzt wirkte sein Gesicht ausgewaschen im Scheinwerferlicht des Simcas – ein Flughafengesicht, das Gesicht eines Mannes im endlosen Transitzustand.

Der Idiot lief sogar mit nacktem Oberkörper herum. Warum hatte der andere Autofahrer überhaupt angehalten? Wenn Macron, als Zivilisten, ein halbnackter Mann im Dunkeln auf einer einsamen Landstraße begegnet wäre, er hätte Gas gegeben und ihn dem nächsten Trottel überlassen. Oder die Polizei gerufen. Jedenfalls hätte er keinen Überfall oder Fahrzeugraub riskiert, indem er anhielt, um ihn mitzunehmen. Die Leute waren manchmal schon komisch.

Macron hielt neben dem Simca-Kombi, sein Blick suchte die Straße nach einer möglichen Falle ab. Inzwischen traute er dem Augenmann alles zu. Selbst einen Hinterhalt mit Sabir als Köder, um sich eine Geisel aus den Reihen der Polizei zu beschaffen. »Sind Sie allein? Außer Ihnen beiden ist niemand hier? Wo ist der andere Zigeuner?«

»Sie meinen Alexi? Alexi Dufontaine? Er ist verletzt. Ich habe ihn beim Pferd gelassen.«

»Beim Pferd?«

»Wir sind hierhergeritten. Zumindest Alexi.«

Macron sog ein wenig Luft durch die Vorderzähne ein. »Und Sie, Monsieur? Sie haben beschlossen, diesem Mann Ihr Handy zu leihen?«

Der Bauer zog den Kopf ein. »Ja. Ja. Er stand auf der Straße und hatte die Arme hochgereckt. Ich hätte ihn beinahe angefahren. Er sagte, er muss die Polizei anrufen. Sind Sie von der Polizei? Was ist hier los?«

Macron zeigte dem Mann seinen Ausweis. »Ich werde Ihren Namen und Ihre Adresse in mein Handy speichern und ein Bild von Ihnen machen. Nur mit Ihrer Erlaubnis natürlich. Dann können Sie weiterfahren. Wir melden uns später bei Ihnen, wenn wir Sie brauchen.«

»Was geht hier vor?«

»Ihren Namen, bitte.«

Nachdem die Formalitäten erledigt waren, sahen Sabir und Macron dem Simca nach, der in der Dunkelheit verschwand.

Sabir wandte sich an den Polizeibeamten. »Wann kommt Hauptmann Calque?«

»Hauptmann Calque kommt gar nicht. Er koordiniert die Operation von der Gendarmerie in Les Saintes-Maries aus. Das Einsatzkommando wird in zwei Stunden hier sein.«

»Was zum Teufel sagen Sie da? Erst hieß es fünfzig Minuten. Ihr müsst alle verrückt sein. Der Augenmann lässt Yola wer weiß wie lange schon mit einer Schlinge um den Hals und einem Sack über dem Kopf auf einem Hocker stehen. Sie muss Todesangst haben. Sie wird fallen. Wir brauchen einen Rettungswagen in Bereitschaft. Sanitäter. Einen verdammten Hubschrauber.«

»Beruhigen Sie sich, Sabir. In Marseille ist eine Krisensituation eingetreten. Das Kontingent an Einsatzkräften, auf das wir bei solchen Operationen normalerweise bauen würden, ist vollständig anderweitig beschäftigt. Wir mussten uns stattdessen an Montpellier wenden. Genehmigungen waren erforderlich, Identitäten mussten überprüft werden. Das trägt alles zu der Verzögerung bei.« Macron wunderte sich selbst, wie mühelos ihm die Lügen über die Lippen kamen.

»Was tun wir dann? Einfach warten? Sie hält niemals so lange durch. Und Alexi auch nicht. Er wird die Nerven verlieren und einfach hineinstürmen. Und ich ebenfalls. Wenn er geht, gehe ich mit.«

»Das werden Sie nicht.« Macron tippte an seinen Blouson, direkt über der Hüfte. »Ich habe eine Pistole. Wenn nötig, werde ich Sie beide mit Handschellen an meinen Wagen fesseln. Meine Kollegen können Sie dann einsammeln. Sie, Sabir, werden immer noch wegen Mordes gesucht. Und ich habe Grund zu der Annahme, dass Ihre Begleiter – Dufontaine und das Mädchen – dieses Haus rechtswidrig benutzen. Haben Sie eine Ahnung, wem es in Wirklichkeit gehört? Oder haben Sie einfach auf gut Glück darauf aufgepasst?«

Sabir ging nicht darauf ein. Er zeigte auf den Fußweg, der zum Haus führte. »Wann kommt Ihre Unterstützung von der hiesigen Gendarmerie? Sie müssen den ganzen Quatsch abkürzen, das Haus umstellen und sofort Kontakt mit dem Augenmann aufnehmen. Je eher Sie Druck auf ihn ausüben, desto besser. Machen Sie deutlich, dass er nichts dadurch gewinnen kann, wenn er Yola etwas antut. Das war die Abmachung, die ich mit Ihrem Chef getroffen habe.«

»Meine Unterstützung wird in fünfzehn, höchstens zwanzig Minuten hier sein. Sie wissen, wohin sie müssen und was zu tun ist. Zeigen Sie mir alles, Sabir. Erklären Sie mir genau, in welche Bredouille Sie und Ihre Freunde sich gebracht haben. Dann wollen wir sehen, wie wir Sie da wieder rausholen.«

## 58

Macrons Plan stand fest. Er war grotesk einfach. Er hatte das Haus ausgekundschaftet und kannte den Grundriss genau. Ein breites, offenes Fenster führte in den hinteren Teil des Maset. Er würde warten, bis sich Sabir und Alexi zeigten, dann würde er durch dieses Fenster einsteigen und sich darauf verlassen, dass ihre Stimmen – und die Konzentration des Augenmannes auf sie – seine Geräusche tarnten. Sobald er freie Sicht auf den Mann hatte, würde er ihn erledigen – ein Schuss in die rechte Schulter sollte genügen.

Denn Macron wollte seinen Auftritt vor Gericht. Es reichte ihm nicht, den Augenmann einfach zu töten – er wollte, dass der Schweinehund litt. So wie er wegen seiner Füße gelitten hatte. Wegen seines Rückens und des Halses. Und wegen des Muskels im oberen Teil seines Gesäßes, den er sich bei dem Autounfall gequetscht hatte, und der seither unaufhörlich zuckte – vor allem, wenn er einzuschlafen versuchte.

Er wollte, dass der Augenmann all die kleinen Demütigungen bürokratischer Prozeduren erdulden musste, die er, Macron, in seiner Stellung als untergeordneter Polizeibeamter zu erdulden hatte. All die Blockaden, Mauscheleien und unabsichtlich absichtlichen Kränkungen. Er wollte, dass der Augenmann dreißig Jahre lang in einer zwei mal drei Meter großen Gefängniszelle verrottete, um als alter Mann ohne Freunde, ohne Zukunft und mit ramponierter Gesundheit wieder herauszukommen.

Sabir hatte immerhin die Wahrheit gesagt. Es war eine Krisensituation. Das Mädchen hielt erkennbar nicht mehr lange durch. Sie pendelte umher wie eine Stoffpuppe an einer Lampenhalterung. Sie würde die fünfundzwanzig Minuten, die das Einsatzkommando brauchte, um mit dem Hubschrauber in anderthalb Kilometern Entfernung vom Maset zu landen und dann zum Haus zu eilen, auf keinen Fall durchstehen.

Die Entscheidung lag nun tatsächlich bei ihm. Er war der Mann, den die Sicherheitskräfte vor Ort hatten. Jedes Zögern würde nur zu einer Tragödie führen.

Macron kauerte neben Sabir und Alexi nieder. Er überprüfte die Ladung seiner Pistole und genoss das Gefühl der

Macht, die sie ihm gegenüber den beiden anderen Männern verlieh. »Geben Sie mir drei Minuten, um auf die Rückseite des Hauses zu kommen, und dann zeigen Sie sich. Aber kommen Sie nicht in Schussweite des Augenmannes. Bleiben Sie in der Nähe der Bäume, und lassen Sie ihn zappeln. Locken Sie ihn heraus. Ich will ihn als Silhouette in der Eingangstür sehen.«

»Wenn Sie ihn sehen, erledigen Sie ihn dann? Ohne zu zögern? Der Mann ist ein Psychopath. Er wird Yola töten, ohne mit der Wimper zu zucken. Gott allein weiß, was er ihr bereits angetan hat.«

»Ich werde schießen. Es wäre nicht das erste Mal. Unser Viertel in Paris ist kein Sanatorium. Es kommt fast jeden Tag zu Schießereien.«

Macrons Worte klangen irgendwie nicht wahr – Sabir konnte ihm einfach nicht recht glauben. Der Mann hatte etwas Gehetztes an sich – er wirkte in gewisser Weise unecht. Als handelte es sich um einen Zivilisten, der in eine polizeiliche Operation gestolpert war und spontan entschieden hatte, einfach so zum Spaß einen beteiligten Beamten zu spielen. »Sind Sie sicher, dass Hauptmann Calque sein Okay dazu gegeben hat?«

»Ich habe gerade mit ihm telefoniert. Ich habe ihm erklärt, dass ein weiteres Abwarten fatale Folgen haben könnte. Meine Unterstützung wird immer noch gut fünfzehn Minuten brauchen. In dieser Zeit kann alles passieren. Sehen Sie das nicht auch so?«

»Ich bin für reingehen, sofort.« Alexi stemmte sich auf die Knie. »Schaut doch bloß, wie Yola auf diesen Hocker steht. Ich kann das nicht länger mit ansehen.«

Angesichts des Tenors von Alexis Worten und der Dringlichkeit der Situation beschloss Sabir, seine Bedenken ebenfalls zurückzustellen. »Also gut. Wir machen es, wie Sie sagen.«

»Drei Minuten. Geben Sie mir drei Minuten.« Macron schlüpfte durch das Unterholz in Richtung Rückseite des Masets.

## 59

In der Sekunde, in der Bale Sabirs Stimme hörte, schwenkte er den Feuerlöscher über die Kerzen und Öllampen rund um Yola. Er hatte den Feuerlöscher entdeckt, als er Suppe aus der Küche holte, und sofort entschieden, wie er am besten einzusetzen war. Jetzt schloss er kurz die Augen und wartete, bis sie sich wieder an die Dunkelheit gewöhnten.

Yola rief laut vor Angst. »Was war das? Was haben Sie gerade getan? Warum ist das Licht ausgegangen?«

»Schön, dass Sie endlich auftauchen, Sabir. Die Kleine beschwert sich schon die ganze Zeit, dass ihr die Füße einschlafen. Haben Sie die Prophezeiungen bei sich? Wenn nicht, baumelt sie.«

»Ja, ja. Wir haben die Prophezeiungen. Ich habe sie bei mir.«

»Bringen Sie sie hier herüber.«

»Nein. Lassen Sie erst das Mädchen gehen. Dann bekommen Sie sie.«

Bale stieß den Hocker mit einem Fußtritt unter Yola weg. »Sie baumelt. Ich habe Sie gewarnt. Sie haben etwa dreißig Sekunden, bis ihre Luftröhre zerquetscht ist. Danach können Sie noch einen Luftröhrenschnitt versuchen. Ich leihe Ihnen sogar einen Stift, mit dem Sie die Kleine stechen können.«

Sabir spürte eher, wie Alexi an ihm vorbeiglitt, als dass er ihn sah. Fünf Sekunden vorher war der Mann noch auf den Knien gewesen. Jetzt lief er direkt auf den Eingang des Masets zu.

»Alexi. Nein. Er wird dich töten.«

Ein Lichtblitz drang aus dem Haus. Alexis rennende Gestalt wurde kurz erhellt. Dann war alles wieder dunkel.

Sabir begann zu laufen. Es spielte keine Rolle, ob er sterben würde. Er musste Yola retten. Alexi hatte ihn beschämt, indem er als Erster losgerannt war. Jetzt war er wahrscheinlich tot.

Während er lief, zog er sein Klappmesser aus der Tasche und ließ die Klinge herausspringen. Aus dem Innern des Hauses drangen weitere Lichtblitze. Großer Gott.

Beim ersten Ton von Sabirs Stimme schlüpfte Macron durch das rückwärtige Fenster in das Maset. Er würde sich an den Lichtern im Wohnzimmer orientieren – das sollte genügen. Aber kaum hatte er den Flur betreten, gingen die Lichter plötzlich aus.

Bales Stimme kam von der linken Seite der offenen Tür. Jetzt bewegte sie sich durch den Raum. Macron konnte so eben noch eine Silhouette vor dem Türrahmen ausmachen.

Er riskierte einen Schnellschuss. Und betete zu Gott, dass er nicht das Mädchen erschossen hatte. Der plötzliche Lichtblitz genügte, um ihn die Barrikade aus Stühlen und Tischen erkennen zu lassen, die Bale quer über den Flur errichtet hatte. Macron stolperte über den ersten Stuhl und begann zu fallen. In verzweifelter Zeitlupe drehte er sich auf den Rücken und versuchte, sich durch Fußtritte aus dem Schlamassel zu befreien – aber er versank nur tiefer in dem Gewirr aus Holzleisten.

Er hatte immer noch die Waffe in der Hand. Doch inzwischen lag er auf dem Rücken wie eine gestrandete Küchenschabe. Er schoss wild in die Luft, in der Hoffnung, Bale dadurch zu zwingen, in Deckung zu bleiben, bis er sich befreit hatte.

Es funktionierte nicht.

Macrons letzte Wahrnehmung auf Erden war, wie Bale auf seiner Waffenhand kniete, ihm den Mund aufstemmte und ihm gewaltsam den Lauf einer Pistole über die geschwollene Zunge schob.

Bale hatte sich augenblicklich von dem Mädchen fortbewegt, nachdem er die Hockerbeine weggestoßen hatte. In der Legion hatte man ihm beigebracht, während eines Gefechts nie zu lange an einer Stelle stehen zu bleiben. Sein Ausbilder hatte ihm eingebläut, dass man sich über ein Schlachtfeld immer in einer Reihe von vier Sekunden langen Sprints bewegte, nach einem inneren Takt, den man sich im Kopf ständig vorsagte: *Du läufst – Sie sehen dich – Sie laden durch – Du lässt dich fallen.* Die alte Disziplin rettete ihm das Leben.

Macrons Schnellschuss ging durch Bales Hals, durchschlug seinen Trapeziusmuskel, zertrümmerte ihm das Schlüsselbein und verfehlte die Arterie darunter nur knapp. Bale fühlte sofort, wie sein linker Arm taub wurde.

Er drehte sich zu der Gefahr um, seine Waffenhand ging nach oben.

Es gab ein Krachen, als der Unbekannte, der durch den Hintereingang gekommen war, auf seine Barrikade traf. Dann schlug ein zweiter Schuss in die Decke über Bales Kopf ein und ließ Verputz auf ihn herunterrieseln.

Bale sauste auf den Schützen zu. Er hatte die Umrisse des Mannes im Mündungsblitz gesehen. Er wusste, wo sein Kopf war. Wusste, wie er sich in der Barrikade verheddert hatte. Wusste, wohin die Pistole des Mannes instinktiv zielte.

Er nagelte die Waffenhand des Mannes mit dem Knie fest. Stemmte ihm den Mund mit dem Lauf des Redhawk auf. Dann schoss er.

Polizei. Der Kerl musste von der Polizei sein. Wer sonst hätte hier eine Pistole?

Bale rannte zum rückwärtigen Fenster, sein linker Arm hing schlaff herab. Zivilkleidung. Der Mann hatte Zivilkleidung getragen, keine Sturmausrüstung. Das Haus war also nicht umstellt.

Er wuchtete sich rücklings durch das Fenster und stürzte fluchend zu Boden. Blut lief in Strömen über sein Hemd. Wenn die Kugel seine Halsschlagader geritzt hatte, war es um ihn geschehen.

Sobald er aus dem Haus war, wandte er sich nach rechts, in Richtung der Baumgruppe, in der er sein Pferd angebunden hatte.

Es gab keine andere Möglichkeit. Anders kam er hier nicht raus.

**60** Alexi hielt Yola in den Armen, er trug ihr ganzes Gewicht. Bewahrte sie vor dem sicheren Tod, den ihre eigene Körpermasse ihr unweigerlich eingebracht hätte.

Sabir tastete blind über ihrem Kopf umher, bis er das Seil fand. Dann folgte er ihm mit den Fingern abwärts, bis er die Schlinge lösen konnte, die sich um ihren Hals fest zusammengezogen hatte. Sie machte einen tiefen, unregelmäßigen Atemzug – das schiere Gegenteil eines Todesröchelns. Es war der Klang des wiederkehrenden Lebens.

Wo war Bale? Und Macron? Sie hatten sich doch wohl nicht gegenseitig getötet? Ein Teil von Sabir wartete immer noch auf die vierte Kugel.

Er half Alexi, Yola auf den Boden zu legen. Er spürte ihren warmen Atem an seiner Hand. Hörte Alexis Schmerzenslaute.

Alexi legte sich neben Yola und barg ihren Kopf an seiner Brust.

Sabir arbeitete sich nach Gefühl in Richtung Kamin vor. Er erinnerte sich, eine Schachtel Streichhölzer gesehen zu haben, auf der linken Seite, neben den Schürhaken. Er tastete umher, bis er sie gefunden hatte. Währenddessen lauschte er konzentriert nach fremden Geräuschen im Haus. Aber alles war still bis auf Alexis flüsternde Stimme.

Sabir zündete ein Streichholz an. In seinem Licht konnte er den Raum überblicken. Es war niemand da.

Er ging zu dem umgestürzten Hocker, trocknete ein paar Kerzen ab und zündete sie an. An den Wänden über ihm spielten Schatten. Er musste sich bewusst gegen die Panik stemmen, die ihn schnurstracks zurück in die wohltuende Dunkelheit draußen laufen zu lassen drohte. »Schaffen wir sie zum Feuer hinüber. Sie ist klatschnass. Ich hole eine Decke und ein paar Handtücher aus einem der Schlafzimmer.«

Sabir konnte sich inzwischen ganz gut denken, was ihn draußen im Flur erwartete. Überall auf dem Boden neben dem Hocker war Blut gewesen. Mächtige Spritzer, als wäre dem Augenmann eine Arterie geplatzt. Er folgte der Spur, bis er zu dem Gewirr von Stühlen mit Macrons Leiche mitten darin kam.

Die obere Kopfhälfte des Mannes war weggesprengt worden. Ein Hautlappen bedeckte das eine verbliebene Auge. Unter trockenem Würgen hebelte Sabir die Waffe aus der Hand des Toten. Dann tastete er mit abgewandtem Blick nach Macrons Handy, das in der Vordertasche seines Blousons steckte, wie er wusste. Er richtete sich auf und ging weiter den Flur entlang. Eine Weile blieb er stehen und betrachtete nachdenklich die frische Blutspur, die sich über den Sims des rückwärtigen Fensters zog.

Dann sah er auf das beleuchtete Display des Handys hinab und betrat das erste Schlafzimmer, das er fand, um nach Decken zu suchen.

## 61

»Die nehme ich.« Calque streckte die Hand nach Macrons Pistole aus.

Sabir gab sie ihm. »Jedes Mal, wenn wir uns treffen, händige ich Ihnen anscheinend eine Waffe aus.«

»Das Handy ebenfalls.«

Calque steckte Pistole und Handy ein und ging in Richtung Flur. »Können wir den Strom hier wieder anschließen lassen?«, rief er über die Schulter. »Jemand soll das Unternehmen anrufen. Oder stellt einen Generator auf. Ich sehe nichts.« Er stand eine Weile über Macrons Leiche und schwenkte die Taschenlampe über das, was vom Gesicht seines Assistenten noch übrig war.

Sabir trat hinter ihn.

»Nein. Bleiben Sie zurück. Das ist jetzt ein Tatort. Ich will, dass Ihre Freunde beim Kamin warten, bis der Rettungswagen kommt. Sie dürfen sich nicht die Hände waschen. Nirgendwo hineintreten. Nichts anfassen. Sie, Sabir, kommen mit mir nach draußen. Sie sind mir ein paar Erklärungen schuldig.«

Sabir folgte Calque aus der Haustür. Tragbare Scheinwerfer wurden gerade aufgestellt, was dem Gelände das Aussehen eines von Flutlicht erleuchteten Fußballfeldes verlieh.

»Es tut mir leid wegen Ihres Assistenten.«

Calque sah zu den Bäumen, die um das Haus standen, und

seufzte tief. Er tastete in seinen Taschen nach einer Zigarette. Als er keine fand, sah er für einen Moment ganz verloren aus – als würde er das Fehlen einer Zigarette betrauern, nicht den Verlust seines Partners. »Es ist schon komisch. Ich mochte den Mann nicht einmal. Aber jetzt, da er tot ist, vermisse ich ihn. Was immer er gewesen sein mochte – was immer er getan haben mag –, er gehörte zu mir. Verstehen Sie das? Er war mein Problem.« Calques Gesicht war eine starre Maske. Unmöglich zu entschlüsseln. Unmöglich zu berühren.

Ein Beamter des Einsatzkommandos, der vorbeikam, bemerkte Calques Suche nach einer Zigarette und bot ihm eine von seinen an. Calques Augen funkelten zornig im Licht des Feuerzeugs. Der Mann salutierte beim Anblick von Calques Miene verlegen und ging weiter.

Sabir zuckte mit den Schultern. Es war der vergebliche Versuch, die Wirkung dessen, was er gleich sagen würde, abzuschwächen. »Macron hat auf eigene Faust gehandelt, nicht wahr? Ihre Leute waren zehn Minuten, nachdem er reingegangen ist, da. Er hätte warten sollen, hab ich recht? Uns hat er erzählt, das Einsatzkommando würde zwei Stunden brauchen. Sie müssten es von Montpellier holen, nicht von Marseille. Das war gelogen, oder?«

Calque wandte sich ab und trat mit derselben flüssigen Bewegung die eben angezündete Zigarette aus. »Die junge Frau lebt. Mein Assistent hat ihr Leben auf Kosten seines eigenen verteidigt.« Er funkelte Sabir zornig an. »Er hat den Augenmann verletzt. Der Mann ist jetzt zu Pferd in einem Gebiet unterwegs, das von zwei selten benutzten Straßen und einem Fluss begrenzt wird, und spuckt Blut. Sobald es hell wird, fällt er auf wie eine Ameise auf einem weißen Blatt Papier. Er wird gefasst werden – entweder aus der Luft oder in dem Netz, das wir zu Land ausgelegt haben. Das Gebiet ist jetzt bereits zu neunzig Prozent abgeriegelt. In weniger als einer Stunde werden es hundert Prozent sein.«

»Ich weiß, aber ...«

»Mein Assistent ist tot, Monsieur Sabir. Er hat sich für Sie und das Mädchen geopfert. Morgen früh werde ich als Erstes seinen Angehörigen seinen Tod erklären müssen. Wie das unter meiner Verantwortung passieren konnte. Wie ich es zulassen konnte. Sind Sie sicher, dass Sie ihn richtig verstanden haben? Wegen Montpellier, meine ich? Und den zwei Stunden?«

Sabir sah Calque fest in die Augen. Dann ließ er den Blick wieder in Richtung Haus wandern. Die Sirene einer Ambulanz in der Ferne tönte wie ein Klagelied durch die Nacht.

»Sie haben recht, Hauptmann Calque. Ich bin eben nur ein dummer Yankee. Mein Französisch ist ein bisschen eingerostet. Montpellier. Marseille. Das hört sich für mich alles gleich an.«

## 62

»Ich gehe nicht ins Krankenhaus. Und Alexi auch nicht.« Yola beäugte Sabir misstrauisch. Sie wusste nicht genau, wie weit sie bei ihm gehen durfte – wie tief sein *Gadje*tum eingewurzelt war. Sie hatte ihn für diese eine Gelegenheit zur Seite genommen. Aber jetzt machte sie sich Sorgen, er könnte aufgrund seines verletzten männlichen Stolzes nur umso schwerer zu überzeugen sein.

»Was soll das heißen? Du warst so nahe dran zu ersticken.« Sabir schob eine Hand in die andere und machte eine Drehbewegung. »Und Alexi ist von seinem Pferd gegen eine Stahlschranke und auf Beton gefallen. Er könnte innere Verletzungen haben. Du musst dich gründlich untersuchen lassen, und er braucht intensive Behandlung. In einem Krankenhaus. Nicht in einem Wohnwagen.«

Yola modulierte ihre Stimme, sie spielte bewusst ihre Weiblichkeit aus und setzte auf die Zuneigung, die Sabir für sie empfand und um die sie wusste. »Es gibt einen Mann in Les Saintes-Maries. Einen *Curandero.* Er ist einer von unseren Leuten. Er wird sich besser um uns kümmern als jeder Doktor der *Gadje.*«

»Sag nichts: Er ist dein Cousin. Und er verwendet Pflanzen.«

»Er ist der Cousin meines Vaters. Und er verwendet mehr als Pflanzen. Er verwendet das *Cacipen.* Das Wissen um Heilmethoden, das ihm durch Träume übermittelt wurde.«

»Ach so. Na, dann ist ja alles in Ordnung.« Sabir beobachtete, wie eine Frau in einem Kunststoffanzug das Innere des Hauses zu fotografieren begann. »Mal sehen, ob ich richtig verstanden habe. Du willst, dass ich Calque überzeuge, euch in die Obhut dieses Mannes zu entlassen. Um Alexi vor den Weißkitteln zu retten. Ist es das?«

Yola traf ihre Entscheidung. »Du hast dem Polizeimenschen noch nichts von Gavril erzählt, oder?«

Sabir wurde rot. »Ich dachte, Alexi ist krank. Ich hätte nicht geglaubt, dass er dich so schnell auf dem Laufenden hält.«

»Alexi erzählt mir alles.«

Sabir ließ den Blick zu einem Punkt über Yolas rechter Schulter wandern. »Calque hat genug um die Ohren. Gavril kann warten. Der geht so schnell nirgendwohin.«

»Calque wird dir Vorwürfe machen, dass du es ihm verheimlichst. Das weißt du. Und auf Alexi wird er ebenfalls losgehen, wenn er herausbekommt, wer die Leiche in Wirklichkeit gefunden hat.«

Sabir zuckte mit den Achseln. »Kann schon sein. Aber warum sollte er es je herausbekommen? Wir drei sind die Einzigen, die wissen, worüber Alexi gestolpert ist. Und ich bin mir verdammt sicher, dass Alexi es ihm nicht erzählt. Du weißt ja, was er von Polizisten hält.«

Yola baute sich genau vor Sabirs Gesicht auf. »Du hast es ihm nicht erzählt, weil du dir erst die Prophezeiungen holen willst.«

Ein Schwall gerechter Empörung triumphierte über Sabirs instinktive moralische Zurückhaltung. »Und was ist falsch daran? Es wäre Irrsinn, sie an diesem Punkt noch zu verlieren.«

»Trotzdem musst du es dem Polizisten erzählen, Damo. Erzähl es ihm sofort. Gavril hat eine Mutter, die noch lebt. Eine gute Frau. Sie kann nichts dafür, dass ihr Sohn ein schlechter Mensch war. Egal, was er war und was er getan hat, er darf nicht länger unbetrauert herumliegen wie ein Tier. Die Manouche glauben, dass die schlechten Taten eines Menschen mit seinem Tod getilgt sind. Für uns gibt es keine Hölle. Keinen schlimmen Ort, an den man nach seinem Tod geht. Gavril war einer von uns. Es wäre nicht recht. Wenn du diese Sache für uns tust, hole ich die Prophezeiungen für dich. Heimlich. Während die Polizei dich und Alexi im Auge behält.«

Sabir warf den Kopf in den Nacken. »Du bist verrückt, Yola. Der Augenmann ist immer noch irgendwo da draußen. Wie kannst du an so etwas auch nur denken?«

Yola machte noch einen Schritt auf ihn zu. Sie rückte ihm bewusst auf den Leib und machte es ihm unmöglich, sie zu ignorieren – sie bloß als Frau abzutun, die sich auf das Terrain von Männern wagt. »Ich kenne ihn jetzt, Damo. Der Augenmann hat vertraulich mit mir gesprochen. Er hat etwas von sich preisgegeben. Ich kann ihn jetzt bekämpfen. Ich werde ein Geheimnis mit mir nehmen, das dem *Curandero* vor vielen Müttern von der Schlangenfrau Lilith überliefert wurde, als sie den Auserwählten aus unserer Familie das zweite Gesicht verlieh.«

»Ach, Yola, Herrgott noch mal. Das Einzige, was den Augenmann bezwingt, ist der Tod. Kein zweites Gesicht.«

»Der Tod, ja. Und genau den werde ich bei mir tragen.«

## 63

Der Wallach hatte gezittert, als er Bales Blut roch. Er hatte die Beine gespreizt, als wüsste er nicht, in welche Richtung er sich wenden sollte. Als Bale sich ihm zu nähern versuchte, hatte das Tier den Kopf in panischer Angst zurückgeworfen und an seinen Zügeln gezerrt, die gebündelt an den Ast eines Baums gebunden waren. Die Zügel waren gerissen, und der Wallach hatte auf den Hinterläufen kehrtgemacht und war ungestüm den Weg in Richtung Hauptstraße entlanggaloppiert.

Bale warf einen Blick zum Haus zurück. Der Schmerz in seinem Hals und seinem Arm übertönte die Geräusche der Nacht. Er verlor schnell Blut. Ohne das Pferd würden sie ihn binnen einer Stunde fangen. Sie mussten nun jede Minute hier sein, mit ihren Hubschraubern, Suchscheinwerfern und Infrarot-Nachtsichtgeräten. Sie würden ihn beschmutzen, ihn mit ihren Fingern und Händen besudeln.

Bale presste den linken Arm an den Körper, damit er nicht frei baumelte, und tat das Einzige, was er unter diesen Umständen tun konnte.

Er begann in seiner Spur zum Haus zurückzugehen.

**64** Sabir sah dem Polizeiwagen nach, der Alexi und Yola wegbrachte. Er hatte wohl widerwillig eine Vereinbarung mit Calque erzielt, aber in jede Befriedigung, die er darüber vielleicht hätte empfinden können, mischten sich sofort Worte wie »Ratte« und »Falle«.

Sein einziger Trumpf, um Calques Wut darüber zu kontern, dass er ihm nichts von Gavril erzählt hatte, war das bislang stillschweigende Einverständnis, den Mund zu halten, was Macrons kriminell vorschnelles Handeln betraf. Denoch hatte er es nicht gewagt, Macron noch einmal zu erwähnen, da er befürchtete, er könnte Calque über alle Vernunft hinaus erzürnen und doch noch in einer Gefängniszelle landen – damit hatte sich dieses Faustpfand also als vollkommen wertlos erwiesen.

Jedenfalls blieb er auf diese Weise nützlich für den Hauptmann und behielt ein gewisses Maß an Bewegungsfreiheit. Wenn Yola tat, was sie versprochen hatte, wären sie immer noch eine Nasenlänge voraus. Der Blutmenge im Wohnzimmer des Maset nach zu urteilen, konnte es sicher nicht lange dauern, bis die französische Polizei den Augenmann gestellt und entweder getötet oder in Haft genommen hatte.

Calque deutete mit dem Zeigefinger auf Sabir. »Steigen Sie in den Wagen.«

Sabir nahm neben einem Beamten des Einsatzkommandos Platz, der eine kugelsichere Weste trug. Er lächelte, was der Beamte jedoch nicht erwiderte. Der Mann war auf dem Weg zu einem potenziellen Tatort. Er war im Dienst.

Eigentlich kein Wunder, dachte Sabir für sich – fast alle betrachteten ihn noch als Verdächtigen. Und er war der Grund für den gewaltsamen Tod eines Kollegen, wenn er auch nicht selbst der Täter war.

Calque machte sich auf dem Vordersitz breit. »Es ist also so, dass La Roupies Leiche vor der Hütte eines *Gardian* liegt, zwanzig Minuten nördlich des Bac, kurz bevor man ins Panperdu kommt, ja? So haben Sie es mir erzählt, richtig? Dort sind Sie über die Leiche gestolpert, während Sie nach dem Zigeuner Dufontaine gesucht haben?«

»Alexi Dufontaine, ja.«

»Haben Sie ein Problem mit dem Wort Zigeuner?«

»Wenn es in dieser Weise benutzt wird, ja.«

Calque räumte die Triftigkeit von Sabirs Argument ein, ohne auch nur den Kopf zu drehen. »Sie sind loyal gegenüber Ihren Freunden, nicht wahr, Monsieur Sabir?«

»Sie haben mir das Leben gerettet. Sie haben mir geglaubt, als es sonst niemand tat. Ob ich loyal gegenüber ihnen bin? Ja. Es sollte Sie eigentlich nicht überraschen.«

Calque verdrehte sich in seinem Sitz. »Ich frage Sie das nur, weil es mir schwer fällt, das, was Sie gerade über die Entdeckung von La Roupies Leiche erzählt haben, mit der Tatsache in Einklang zu bringen, dass Sie bei Ihrer Befragung vorhin eindeutig erklärt haben, Sie seien zu Fuß aufgebrochen, um nach Dufontaine zu suchen. Die Entfernungen, von denen hier die Rede ist, erscheinen mir sehr unrealistisch.« Calque nickte dem Fahrer zu, der den Wagen in die Zufahrt steuerte. »Tun Sie mir einen Gefallen und sehen Sie sich doch mal diese Karte an, ja? Ich bin überzeugt, Sie können mich da korrigieren.«

Sabir nahm die Karte mit ausdrucksloser Miene in Empfang.

»Sie werden auf dieser Karte die einzige *Cabane* markiert finden, die Sie überhaupt meinen können. Ich habe sie rot eingekreist. Hier. Sind wir uns einig, dass sie das ist?«

Der ernst blickende Einsatzbeamte schaltete die Innenbeleuchtung an, damit Sabir besser sehen konnte.

Sabir schaute pflichtschuldig in die Karte. »Ja. Das müsste sie sein.«

»Laufen Sie bei Olympia, Monsieur Sabir?«

Sabir schaltete die Innenbeleuchtung wieder aus. »Tun Sie mir einen Gefallen, Hauptmann. Sagen Sie einfach rundheraus, was Sie zu sagen haben. Die Atmosphäre, die Sie hier verbreiten, ist mörderisch.«

Calque nahm die Karte wieder entgegen. Er nickte dem Fahrer zu, der die Sirene in Gang setzte. »Ich habe Ihnen nur eins zu sagen, Mister Sabir. Falls Dufontaine verschwindet, ehe ich Gelegenheit hatte, ihn zu befragen und seine Aussage aufzunehmen, werde ich Sie und das Mädchen an seiner Stelle festhalten – als Komplizen –, solange es mir notwendig erscheint. Haben Sie mich verstanden? Oder soll ich jetzt gleich zum Funkgerät greifen und dem Wagen, der Ihre beiden Zigeunerfreunde zu diesem *Curandero* in Les Saintes-Maries bringt, befehlen, umzukehren und auf der Stelle zurückzukommen?«

## 65

Höchstens drei Minuten nachdem sein letzter Schuss verhallt war, kroch Bale wieder durch das rückwärtige Fenster des Maset. So weit, so gut. Keine neue Blutspur würde seine Position verraten. Er hatte sich lediglich auf altem Terrain bewegt.

Doch von hier an musste er vorsichtiger sein. Jeden Moment würde nun die Kavallerie eintreffen und das Haus auf den Kopf stellen. Vorher musste er einen Platz finden, wo er in Ruhe liegen und seine Schulter pflegen konnte. Wenn sie ihn beim ersten Tageslicht ohne Versteck erwischten, konnte er gleich sein Blatt hinschmeißen und *caprivi* rufen.

Bale presste den linken Arm an die Seite und ging in eins der Schlafzimmer im Erdgeschoss. Er wollte gerade die Tagesdecke von einem Bett reißen, um seine Blutung zu stillen, als er hörte, wie sich Schritte über den Flur näherten.

Bale sah sich hektisch um. Er hatte sich inzwischen an die Dunkelheit gewöhnt und konnte die Umrisse aller größeren Möbel erkennen. Nicht eine Sekunde lang dachte er daran, die Person zu überfallen, die sich näherte. Seine Hauptaufgabe bestand nun darin, der Aufmerksamkeit der Polizei zu entgehen. Alles andere würde sich später ergeben.

Er schlüpfte hinter die Schlafzimmertür und zog sie nahe an sich. Ein Mann betrat unmittelbar hinter ihm das Zimmer. Es war Sabir. Bales Sinne waren so hyperwach, dass er ihn im Dunkeln beinahe riechen konnte.

Er hörte ein Wühlen. Nahm Sabir die Decken vom Bett? Ja. Um das Mädchen zuzudecken, natürlich.

Jetzt telefonierte er auf einem Handy. Bale erkannte das besondere Timbre von Sabirs Stimme. Das lässig modulierte Französisch mit dem ganz leichten amerikanischen Akzent. Sabir sprach mit einem Polizeibeamten. Erklärte ihm, was seiner Ansicht nach passiert war. Erzählte ihm von dem Toten.

Anscheinend war ein gewisser »Augenmann« auf der Flucht. Der »Augenmann«? Bale grinste. Nun, auf eine verquere Art ergab es Sinn. Wenigstens bestätigte es, dass die Polizei seinen Namen noch nicht kannte. Was außerdem bedeutete, dass das Haus von Madame, seiner Mutter, eventuell noch ein sicherer Zufluchtsort war. Das Problem bestand nur darin, dorthin zu kommen.

Sabir ging zurück in Richtung der Tür, hinter der sich Bale versteckte. Einen Sekundenbruchteil lang war Bale versucht, sie ihm ins Gesicht zu schlagen. Selbst mit nur einem Arm war er einem Mann wie Sabir mehr als gewachsen.

Aber der Blutverlust aus der Wunde am Hals hatte ihn geschwächt. Und der andere Zigeuner war noch irgendwo da draußen – der eine, der Sekunden nachdem Bale das Mädchen hatte baumeln lassen in Richtung Haus gespurtet war. Dazu war eine Menge Mumm nötig gewesen. Wenn ihn der Zivilpolizist nicht angeschossen hätte, dann hätte Bale den Zigeuner gut zwanzig Meter bevor er sein Ziel erreichte erledigt. Der Mann musste einen unglaublichen Schutzengel haben.

Bale wartete, bis Sabirs Schritte im Flur leiser wurden – ja, es gab das erwartete Zögern bei der Leiche des Polizisten. Dann das Manöver um die Möbelbarrikade herum. Sabir wollte wohl auf keinen Fall in das Blut des Mannes treten – er war immerhin ein Gringo. Viel zu zimperlich.

Kaum atmend schlich Bale in den Flur hinaus.

Im Wohnzimmer verriet ein roter Schein, dass das Feuer im Kamin langsam anging. Jetzt zündete Sabir weitere Kerzen an. Gut. Außerhalb der unmittelbaren Lichtachse würde man Bale nicht sehen können.

Flach an die Wand gedrückt, bewegte sich Bale zur hinteren Treppe. Er bückte sich, um sie zu berühren. Gut. Sie war aus Stein, nicht aus Holz. Kein Knarzen.

Ein Blutstropfen klatschte auf die Stufe neben ihm. Er tastete herum und wischte ihn mit dem Ärmel fort. Er sollte sich lieber beeilen, bevor er eine Blutspur hinterließ, der jeder Idiot folgen konnte – ganz zu schweigen von der Polizei.

Am Ende der Treppe entschied Bale, dass er es riskieren konnte, seine Taschenlampe einzuschalten. Er deckte den Strahl mit der Hand ab und leuchtete den nicht benutzten

Flur entlang, dann ließ er ihn über die Decke wandern. Er suchte nach einem Dachboden.

Nichts. Er ging in das erste Zimmer. Alles voll Gerümpel. Wann war dieses Haus zuletzt bewohnt gewesen? Das wusste kein Mensch.

Er versuchte es wieder an der Decke. Nichts.

Zwei Zimmer weiter fand er, wonach er suchte. Eine Dachbodenluke, die aus einer Öffnung mit einem Brett darüber bestand. Aber keine Leiter.

Bale leuchtete im Raum umher. Es gab einen Stuhl. Eine Kommode. Einen Tisch. Ein Bett mit einer schäbigen, mottenzerfressenen Tagesdecke. Das reichte.

Bale stellte den Stuhl unter die Dachbodenluke. Er knotete ein Ende der Bettdecke um den Stuhlrücken und band sich das andere an den Gürtel.

Er testete den Stuhl. Er hielt sein Gewicht aus.

Bale stellte sich langsam auf den Stuhl und streckte die gesunde Hand nach der Abdeckung des Dachbodens aus. Schweiß trat ihm auf die Stirn. Einen Moment lang war ihm, als würde er ohnmächtig werden und stürzen, aber er weigerte sich, eine solche Möglichkeit zuzulassen. Er ließ seinen Arm sinken und holte ein paarmal Luft, bis sein Zustand wieder normal war.

Bale war klar, dass er die Sache in einer explosiven Bewegung würde erledigen müssen, andernfalls würde ihn die Kraft verlassen, und er wäre außerstande, sein Ziel zu erreichen.

Er schloss die Augen und begann erneut, ganz bewusst seine Atmung zu regulieren. Er fing damit an, indem er seinem Körper mitteilte, dass er in Ordnung sei. Dass die erlittenen Verletzungen nicht der Rede wert seien. Kein Grund, mit Schwäche zu reagieren.

Als er spürte, dass sich sein Herzschlag normalisiert hatte, langte er nach oben, schob die Abdeckung beiseite und hakte den gesunden Arm über dem Rand ein. Dann stieß er sich von dem Stuhl nach oben, wobei er sein gesamtes Körpergewicht mit dem gesunden Arm trug. Er würde nur einen Versuch haben. Der durfte ihm nicht misslingen.

Er schaukelte und schwang erst ein Bein, dann das andere über den Rand der Luke. Einen Moment lang hing er so da, der verletzte Arm baumelte nach unten, die Beine und der halbe Oberkörper waren vom Dachraum verschluckt. Dann strampelte er und schaffte es, die Rückseite des rechten Oberschenkels über die Luke zu bringen.

Die Bettdecke an seinem Gürtel war unten immer noch am Stuhl befestigt. Durch Scherbewegungen verlagerte er sein Gewicht weiter in den Dachboden, wobei es vollständig auf den Oberschenkeln ruhte. Dann wuchtete er sich mit einer letzten Drehung ganz über den Rand, blieb neben der Luke liegen und fluchte leise durch zusammengebissene Zähne.

Als er sich wieder genügend im Griff hatte, band er die Tagesdecke von seinem Gürtel los und zog den Stuhl zu sich nach oben.

Eine Schrecksekunde lang befürchtete er, dass er die Größe der Luke falsch eingeschätzt hatte und der Stuhl nicht durchpassen würde. Aber dann hatte er ihn oben. Aus den Augen, aus dem Sinn.

Er leuchtete mit der Taschenlampe nach unten und hielt nach Blutflecken Ausschau. Nichts. Alles Blut war auf dem Stuhl gelandet. Bis zum Morgen würden ohnehin alle sonstigen Flecken eingetrocknet und von dem Schmutz, der die Bodenbretter bereits bedeckte, nicht mehr zu unterscheiden sein.

Bale schob die Abdeckung über die Luke, band die Decke von dem Stuhl los und brach zusammen.

**66** Er erwachte mit einem fürchterlichen, bohrenden Schmerz in der linken Schulter. Das Tageslicht hatte einen Weg durch die zahllosen Ritzen im Dach gefunden, durch eine davon fiel es direkt in sein Gesicht.

Er hörte Stimmen vor dem Haus – Schreie, Befehle. Schwere Gegenstände wurden herumgetragen und Motoren angelassen.

Bale kroch aus dem Licht und zog die Tagesdecke dabei hinter sich her. Er würde etwas wegen der Schulter unternehmen müssen. Der Schmerz von dem zerschmetterten Schlüsselbein war beinahe unerträglich, und er wünschte sich, nicht das Bewusstsein zu verlieren und vielleicht im Delirium zu rufen und damit die Polizei unten auf sich aufmerksam zu machen.

Er suchte sich eine abgelegene Ecke, weit entfernt von allen Schachteln und sonstigem Plunder, den er versehentlich mit einem Tritt umwerfen konnte. Beim kleinsten Geräusch würde der Feind ihn finden.

Er bastelte sich ein Verbandskissen aus der Tagesdecke und schob es in die Achselhöhle, dann band er es sich um die Schulterblätter. Anschließend legte er sich flach auf die Bretter, streckte die Beine aus und behielt die Arme seitlich am Körper.

Er begann langsam und zunehmend tiefer zu atmen, und bei jedem Atemzug ließ er die Worte »Schlaf, tiefer Schlaf« in seinem Kopf nachhallen. Nachdem er einen zufriedenstellenden Rhythmus erreicht hatte, öffnete er die Augen so weit er konnte und ließ sie nach hinten wandern, bis er auf einen Punkt an der Decke weit hinter seiner Stirn blickte. Er fixierte ihn, atmete noch tiefer und sprach dazu unablässig sein lautloses Mantra vor sich hin.

Als er fühlte, wie er in einen vorhypnotischen Zustand abglitt, begann er sich gewisse Dinge vorzusagen. Dinge wie: »In dreißig Atemzügen wirst du einschlafen«, gefolgt von: »In dreißig Atemzügen wirst du genau das tun, was ich dir sage« – später dann: »In dreißig Atemzügen wirst du keinen Schmerz mehr empfinden«. Das Ganze gipfelte in der Anweisung: »In dreißig Atemzügen wird dein Schlüsselbein anfangen, sich selbst zu heilen, und deine Kraft wird zurückkehren.«

Bale waren die möglichen Unzulänglichkeiten von Selbsthypnose nur allzu klar. Aber er wusste auch, dass es der einzige Weg war, wie er seinen Körper in seine Gewalt bekommen und zu einem Zustand zurückführen konnte, in dem er wenigstens einigermaßen funktionierte.

Wenn er ohne Essen und ärztliche Versorgung die ein, zwei Tage in seiner Dachkammer durchhalten wollte, die es dauern würde, bis die Polizei ihre Arbeit im Haus abgeschlossen hatte, musste er alle seine Ressourcen auf den Erhalt und die Pflege seiner wesentlichen Energien konzentrieren.

Er hatte nichts als das, womit er hier hereingekommen war. Und dieses Guthaben würde immer weniger werden, bis ihn eine Infektion, ein unnötiger Fehler oder ein unabsichtliches Geräusch zu Fall bringen konnten.

## 67

Gavrils Leiche lag genau dort, wo Alexi es gesagt hatte. Sabir warf einen unauffälligen Blick Richtung Wald – ja, da sah er die einzeln stehende Zypresse, wie von Alexi beschrieben. Aber was seine Möglichkeiten betraf, an sie heranzukommen, hätte sie in diesem Moment ebenso gut auf dem Mars stehen können.

Calque schien heftige Freude daraus zu ziehen, Salz in Sabirs Wunde zu reiben. »Ist es so, wie Sie es von gestern Nachmittag in Erinnerung haben?«

Sabir überlegte, ob er damit durchkommen würde, wenn er bat, austreten zu dürfen. Aber ein fünfzig Meter weiter Spaziergang zum Wald konnte unter diesen Umständen vielleicht doch ein wenig verdächtig wirken.

Als klar wurde, dass Sabir nicht die Absicht hatte, auf seine Seitenhiebe einzugehen, versuchte es Calque auf andere Weise. »Wie sagten Sie noch, hat Dunfontaine die Prophezeiungen verloren?«

»Auf der Flucht vor dem Augenmann. Auf dem Bac. Sie sind ihm ins Wasser gefallen. Sie können seine Geschichte von den Fährleuten bestätigen lassen.«

»Oh, das werde ich, Mister Sabir, verlassen Sie sich darauf.«

Der Hauptmann war offensichtlich immer noch sauer, weil Sabir ihre vorherige Vereinbarung gebrochen hatte. Und dann war da natürlich noch die Kleinigkeit mit dem Tod seines Assistenten.

»Sie wirken gar nicht enttäuscht über den Verlust der Prophezeiungen. Wenn ich Schriftsteller wäre, hätte ich eine Stinkwut, wenn mein Freund so eine Goldader aus der Hand gäbe.«

Sabir zuckte mit den Achseln. Es sollte ausdrücken, dass der Verlust von ein paar Millionen Dollar ein alltägliches Vorkommnis für ihn war. »Wenn Sie einverstanden sind, Hauptmann, würde ich gern nach Les Saintes-Maries zurückfahren und nach meinen Freunden sehen. Und ein bisschen Schlaf könnte ich auch vertragen.«

Calque wog Sabirs Bitte demonstrativ ab. In Wahrheit hatte

er bereits vor einiger Zeit entschieden, wie er weiter vorgehen würde. »Ich werde Sergeant Spola mit Ihnen zurückschicken. Sie und Dufontaine werden die ganze Zeit in Sichtweite von ihm bleiben. Ich bin noch nicht fertig mit Ihnen beiden.«

»Und Mademoiselle Samana?«

Calque verzog das Gesicht. »Es steht ihr frei zu tun, was sie will. Offen gestanden würde ich sie ebenfalls gern festhalten. Aber ich habe keinen Grund dafür. Könnte aber sein, dass mir einer einfällt, falls Sie und Dufontaine meinem Untergebenen auch nur die geringsten Schwierigkeiten machen. Sie darf jedoch die Stadt nicht verlassen. Habe ich mich deutlich ausgedrückt?«

»Sehr deutlich.«

»Dann sind wir uns also einig?«

»Absolut.«

Calque warf Sabir einen missbilligenden Blick zu. Er winkte Sergeant Spola zu sich. »Fahren Sie Mister Sabir in die Stadt zurück. Dann suchen Sie Dufontaine. Bleiben Sie bei den beiden. Sie dürfen keinen auch nur für einen Moment aus den Augen lassen. Wenn einer aufs Klo muss, gehen sie beide – und Sie stehen draußen und halten ihnen die freie Hand. Verstanden?«

»Jawohl, Herr Hauptmann.«

Calque sah Sabir an und runzelte die Stirn. Irgendetwas störte ihn immer noch, was Sabirs Rolle bei der ganzen Geschichte anging – aber er konnte den Finger nicht darauf legen. Doch solange der Augenmann auf freiem Fuß war, würde er alle Zweifel wegen Sabir hintanstellen. Das vor Schweiß schäumende Pferd des Augenmannes war vor zwanzig Minuten überraschend aufgetaucht, knapp fünf Kilometer entfernt, an der Straße nach Port St. Louis. Konnte der

Mann wirklich so leicht entkommen sein? Mit Macrons Kugel im Leib?

Calque bedeutete einem seiner Assistenten, ihm ein Handy zu geben. Während er wählte, blickte er Sabir kurz hinterher. Der Mann verheimlichte immer noch etwas, so viel war klar. Aber wieso? Wozu? Niemand beschuldigte ihn. Und er wirkte nicht wie ein Mensch, der vom Gedanken an Rache verzehrt wird.

»Wer hat das Pferd gefunden?« Calque neigte den Kopf in Richtung Erde, als könnte er so den Empfang verbessern und das Handy in seinen leistungsstärkeren Vetter, das Festnetztelefon, zurückverwandeln. »Geben Sie ihn mir.« Er wartete, seine Augen sogen die vom Morgenlicht beschienene Landschaft auf. »Michelot? Waren Sie das? Bitte beschreiben Sie mir den Zustand des Pferdes. Genau wie es war.« Calque lauschte aufmerksam. »War Blut an den Flanken des Pferdes? Oder am Sattel?« Calque saugte Luft durch die Zähne. »Haben Sie sonst etwas bemerkt? Irgendetwas. Die Zügel, zum Beispiel. Sie waren gerissen, sagen Sie? Könnte das Pferd sie abgerissen haben, weil es darauf trat, nachdem es verlassen worden war?« Er wartete. »Was soll das heißen, woher Sie das wissen sollen? Es ist ganz einfach. Wenn die Zügel am Punkt ihrer weitesten Ausdehnung gerissen sind, dann lässt das darauf schließen, dass das Pferd darauf getreten ist. Wenn sie weiter oben gerissen sind – sagen wir an einer Schwachstelle oder nahe am Gebiss, dann bedeutet es, das Pferd hat sich wahrscheinlich vom Augenmann losgerissen, und der Hurensohn treibt sich immer noch da draußen herum. Haben Sie das überprüft? Nein? Na, dann tun Sie es auf der Stelle.«

**68** Sergeant Spola war noch nie zuvor in einem Zigeunerwohnwagen gewesen. Er blickte sich so vorsichtig um, als wäre er unvermutet in ein Raumschiff von Außerirdischen gestolpert, das nun zu seinem Heimatplaneten sauste, wo man gründliche Experimente an ihm vornehmen würde.

Alexi lag mit nacktem Oberkörper auf dem Bett. Der *Curandero* stand vor ihm, ein Bündel glimmender Zweige in der Hand, und hatte einen monotonen Gesang angestimmt. Der Raum war erfüllt vom Duft brennenden Salbeis und Rosmarins.

Spola blinzelte wegen des beißenden Rauchs. »Was tut er da?«

Yola, die auf einem Stuhl neben dem Bett saß, legte den Finger auf die Lippen.

Spola war so taktvoll, die Schultern entschuldigend hochzuziehen und sich nach draußen zurückzuziehen.

Sabir ging neben Yola in die Hocke. Er schaute sie fragend an, aber ihre Aufmerksamkeit war ganz auf Alexi gerichtet. Ohne ihn anzusehen, zeigte sie kurz auf ihren Kopf und dann auf den des *Curandero*, und dabei machte sie eine Kreisbewegung mit den Händen, um beide als Einheit darzustellen – sie schien andeuten zu wollen, dass sie dem *Curandero* irgendwie half, vermutlich auf telepathischem Wege.

Sabir beschloss, sie damit weitermachen zu lassen. Alexi sah nicht gut aus, und Sabir nahm sich vor, jeden erdenklichen Druck auf Yola auszuüben, damit sie Alexi in einem Krankenhaus behandeln ließ, nachdem der Hokuspokus hier vorbei sein würde.

Der *Curandero* legte seine glimmenden Zweige in eine Schale und ging ans Kopfende des Betts. Er nahm Alexis Kopf in die

Hände und stand schweigend, mit geschlossenen Augen, in einer Haltung intensiver Konzentration da.

Sabir, der es nicht gewohnt war zu kauern, spürte, wie seine Oberschenkel zu verkrampfen begannen. Er wagte es allerdings nicht, sich zu bewegen, aus Angst, er könnte die Konzentration des *Curandero* stören. Er sah zu Yola, in der Hoffnung, sie würde sein Problem irgendwie erahnen und ihm Anleitung geben, wie er sich verhalten sollte, aber ihr Blick blieb unverwandt auf den *Curandero* gerichtet.

Schließlich ließ sich Sabir an der Wand des Wohnwagens hinabgleiten, bis er mit dem Hinterteil auf dem Boden saß und die Beine unter das Bett gestreckt waren. Niemand beachtete ihn. Er begann sich wieder freier zu bewegen. In diesem Moment setzte der Krampf ein.

Er fasste sich mit beiden Händen an den linken Oberschenkel und drückte, was er konnte; er wand sich vom Bett fort, die Zähne vor Schmerz zusammengebissen. Er hätte gern gebrüllt, aber er traute sich nicht, die Prozedur noch mehr zu stören, als er es bereits getan hatte.

Wie ein Plastikstreichholz, das sich entrollt, drehte er sich erst auf die Vorderseite, wobei ein Bein nach hinten gestreckt blieb, und klappte dann wie eine Schere zur Seite, als der Krampf erneut einsetzte.

Inzwischen war es ihm egal, was man von ihm dachte, und er begann sich wie eine Schnecke in Richtung Tür zu ziehen, hinter der, ohne Frage, der stets wachsame Sergeant Spola auf ihn wartete.

»Es tut mir leid. Ich wollte nicht so stören. Aber ich habe einen Krampf bekommen.«

Yola setzte sich neben ihn und begann sein Bein zu reiben.

Sabir war inzwischen so weit von den Gebräuchen der Zigeuner infiziert, dass er sich schuldbewusst umsah, ob eine ihrer Freundinnen sie vielleicht sehen und sich darüber empören könnte, dass sie einen *Gadje* besudelte – oder von einem besudelt wurde (so ganz hatte er es noch immer nicht verstanden).

»Schon gut. Der *Curandero* ist sehr zufrieden. Du hast einen großen Teil von Alexis Schmerz fortgenommen.«

»*Ich* habe Alexis Schmerz fortgenommen? Das kann doch nicht dein Ernst sein.«

»Doch. Er hat sich unter den Händen des *Curandero* auf dich übertragen. Du musst dich Alexi sehr nahe fühlen. Ich hätte gedacht, er würde sich auf mich übertragen.«

Sabir hatte noch viel zu starke Schmerzen, als dass er auch nur daran gedacht hätte zu lachen. »Wie lange dauert diese Übertragung?«

»Ach, ein paar Minuten. Du bist ein ...« Sie zögerte.

»Nein, sag nichts. Ein Kanal?«

Sie nickte. »Ja. Du bist ein Kanal. Solange der Schmerz keinen Weg findet, Alexi zu verlassen, wird er bei ihm bleiben. Deshalb bin ich mitgekommen, um zu helfen. Aber der Schmerz musste nicht unbedingt mich finden. Er kann auch ein anderes Ziel finden, das nicht damit umgehen kann. Dann würde er wesentlich stärker zurückkehren, und Alexi könnte sterben. Der *Curandero* ist sehr zufrieden mit dir.«

»Das ist sehr großzügig von ihm.«

»Nein, lach nicht, Damo. Der *Curandero* ist ein weiser Mann. Er ist mein Lehrer. Aber er sagt, auch du könntest ein *Curandero* sein. Ein Schamane. Du hast die Fähigkeit in dir. Es fehlt dir nur am Willen.«

»Und an jedem Verständnis, wovon in aller Welt er eigentlich spricht.«

Yola lächelte. Sie verstand Sabirs *gadje*-typischen Mangel an Selbstvertrauen inzwischen ein wenig und maß ihm weniger Bedeutung bei als zuvor. »Wenn er bei Alexi fertig ist, möchte er dir etwas geben.«

»Er will mir etwas geben?«

»Ja. Ich habe ihm die Geschichte mit dem Augenmann erklärt, und er macht sich große Sorgen um uns. Er hat das Böse an mir wahrgenommen, das der Augenmann hinterlassen hat, und er hat mich davon gereinigt.«

»Was? So wie er Alexi gereinigt hat?«

»Ja. Die Spanier nennen es *una limpia* – eine Läuterung. Wir haben eigentlich kein Wort dafür, da kein Zigeuner von seiner Fähigkeit zu beschmutzen gereinigt werden kann. Aber das Böse, das ein anderer in uns eingepflanzt hat, kann weggenommen werden.«

»Und der Augenmann hat dir Böses eingepflanzt?«

»Nein. Aber das Böse in ihm ist so stark, dass seine Verbindung zu mir – die Beziehung, die er zu mir geschmiedet hat, als ich auf dem Hocker stand und darauf wartete, erhängt zu werden –, dass diese Verbindung ausreichte, um mich zu beschmutzen.«

Sabir schüttelte ungläubig den Kopf.

»Hör zu, Damo. Der Augenmann hat mir bei dieser Gelegenheit eine Geschichte vorgelesen. Die Geschichte von einer Frau, die durch die Inquisition gefoltert wird. Es war entsetzlich. Das Böse dieser Geschichte hat sich wie Staub auf mir niedergelassen. Ich habe gespürt, wie es durch den Sack über meinem Kopf gesickert ist und sich auf meinen Schultern abgesetzt hat. Ich habe gespürt, wie es sich in meine Seele fraß und sie verdunkelte. Wenn ich, wie vom Augenmann beabsichtigt, gestorben wäre, nachdem ich diese Geschichte gehört hatte, wäre meine *Lacha* befleckt gewesen, und meine Seele wäre krank gewesen vor Gott.«

»Yola, wie kann dir jemand anderer so etwas antun? Deine Seele gehört dir.«

»Oh nein, Damo. Nein. Niemand besitzt seine eigene Seele. Sie ist ein Geschenk. Ein Teil von Gott. Wir geben sie ihm zurück, wenn wir sterben, und bringen sie ihm als unsere Opfergabe dar. Dann werden wir nach ihrer Stärke beurteilt. Deshalb musste der *Curandero* mich reinigen. Gott wirkt durch ihn, ohne dass der *Curandero* weiß, wie und warum, oder warum er ausgewählt wurde – genau wie Gott durch den Propheten Nostradamus gewirkt hat, der dazu auserwählt wurde, Dinge zu sehen, die andere Menschen nicht sahen. Das Gleiche ist mit deinem Krampf passiert. Gott hat dich dazu erwählt, Alexis Schmerz fortzunehmen. Er wird nun gesund werden. Du brauchst dir keine Sorgen mehr zu machen.«

Sabir sah Yola nach, die sich wieder auf den Weg zum Wohnwagen machte.

Eines Tages würde er das alles sicherlich verstehen, oder? Eines Tages würde er die Einfachheit zurückgewinnen, die er als Kind verloren hatte – und die diese Leute, die er liebte, sich offenbar trotz aller Hemmnisse, die das Leben ihnen in den Weg legte, bewahrt hatten.

## 69

Der *Curandero* reiste noch in einem von Pferden gezogenen Wohnwagen. Er hatte sich einen Platz bei einem Reitstall etwa zwei Kilometer außerhalb der Stadt gesucht, am rechten Ufer des Étang des Launes. Sein Pferd stellte einen auffälligen braunen Einschlag in der von den weißen Ponys der *Gardians* dominierten Koppel dar.

Als Sabir sich näherte, deutete der *Curandero* auf den Boden vor seiner Eingangstreppe. Yola kauerte bereits mit erwartungsvoller Miene dort.

Sabir schüttelte heftig den Kopf, mit einem Auge schielte er immer noch auf Sergeant Spola, der bei seinem Wagen am Straßenrand wartete. »Ich kauere mich nirgendwohin. Ich hatte noch nie einen solchen Krampf, das können Sie mir glauben. Und ich will es nicht noch einmal erleben.«

Der *Curandero* zögerte, er lächelte, als würde er Sabirs Gebrauch der Landessprache nicht ganz verstehen. Dann verschwand er im Innern des Wohnwagens.

»Er versteht doch Französisch, oder?«, flüsterte Sabir.

»Er spricht Sinto, Caló, Spanisch und Romani. Französisch ist seine fünfte Sprache.« Yola schaute peinlich berührt drein, als sei allein die Frage, wie viel der *Curandero* verstand oder nicht verstand, leicht fehl am Platz.

»Wie heißt er?«

»Man benutzt nie seinen Namen. Man nennt ihn einfach den *Curandero*. Als er Schamane wurde, hat er seinen Namen, seine Familie und alles, was ihn an die Sippe band, verloren.«

»Aber sagtest du nicht, er sei der Vetter deines Vaters?«

»Er ist der Vetter meines Vaters. Er war es, bevor er Schamane wurde. Und mein Vater ist tot. Also ist er immer noch der Vetter meines Vaters. Damals nannten sie ihn Alfego. Alfego Zenavir. Jetzt ist er einfach der *Curandero*.«

Sabir wurde vor weiterer Verwirrung bewahrt, weil der *Curandero* wieder auftauchte und einen Hocker schwang. »Sitzen hier. Kein Krampf. Ha ha!«

»Ja. Kein Krampf. Krampf schlecht.« Sabir schaute unsicher auf den Hocker.

»Schlecht? Nein. Gut. Du nehmen Schmerz von Alexi.

Sehr gut. Krampf dir nichts anhaben. Du junger Mann. Bald vorbei.«

»Bald vorbei, ja.« Sabir klang nicht überzeugt. Er ließ sich auf dem Hocker nieder und streckte die Beine so vorsichtig aus, als würde ihn die Gicht plagen.

»Du schon verheiratet?«

Sabir warf einen Blick zu Yola, da er nicht wusste, worauf der *Curandero* hinauswollte. Aber Yola konzentrierte sich, wie in solchen Fällen üblich, ganz auf den Heiler und weigerte sich demonstrativ, von Sabirs Versuchen, ihre Aufmerksamkeit zu gewinnen, irgendwie Notiz zu nehmen.

»Nein. Nicht verheiratet. Nein.«

»Gut. Gut. Das ist gut. Ein Schamane besser nie heiraten.«

»Aber ich bin kein Schamane.«

»Noch nicht. Noch nicht. Ho ho.«

Sabir begann sich zu fragen, ob der *Curandero* in Wirklichkeit einfach nicht alle Tassen im Schrank hatte – doch Yolas ernster Gesichtsausdruck genügte, um ihn von dieser Idee wieder abzubringen.

Nach einer kurzen Gebetspause langte der *Curandero* in sein Hemd und zog eine Halskette hervor, die er Yola um den Hals legte. Er fuhr einmal mit dem Finger an ihrem Scheitel entlang. Sabir erkannte, dass er Sinto mit ihr sprach.

Dann wandte der *Curandero* sich Sabir zu. Nach einer weiteren Gebetspause holte er eine zweite Halskette aus seinem Hemd. Er legte sie Sabir um, dann nahm er dessen Kopf in beide Hände. Er stand lange mit geschlossenen Augen da und hielt Sabirs Kopf. Nach einer Weile merkte Sabir, wie seine Augen zufielen und eine wohltuende Dunkelheit sich auf den Tag senkte.

Ohne erkennbare Anstrengung stellte Sabir plötzlich fest,

dass er die Rückseite seiner eigenen Augen sah – ganz so, wie sich ein Eindringling in einem Kino vielleicht vor dem spiegelverkehrten Bild auf der Rückseite einer Leinwand wiederfinden mochte. Zuerst verwandelte sich die anrückende Dunkelheit in einen rötlichen Schein, wie Wasser, das mit Blut gefärbt wurde. Dann schien sich ein winziges Gesicht weit entfernt von ihm zu bilden. Er sah, wie sich das Gesicht langsam näherte und dabei immer deutlicher wurde, bis Sabir seine eigenen Züge deutlich auf ihm erkannte. Das Gesicht kam immer noch näher, bis es glatt durch die gedankliche Leinwand vor ihm hindurchging und auf dem Weg über Sabirs Hinterkopf wieder verschwand.

Der *Curandero* entfernte sich zufrieden nickend ein Stück von ihm.

Sabir öffnete die Augen so weit er konnte. Er war versucht, sich zu strecken – wie ein Kormoran, der auf einem Felsen seine Flügel trocknet – aber aus irgendeinem Grund fühlte er sich körperlich beschämt vor dem *Curandero* und begnügte sich mit einer Reihe kleiner Kreisbewegungen der Schultern. »Ich habe mein eigenes Gesicht auf mich zukommen sehen. Dann schien es direkt durch mich hindurchzugehen. Ist das normal?«

Der *Curandero* nickte wieder, als würden ihn Sabirs Worte nicht überraschen. Er schien jedoch nicht in der Stimmung zu sein zu sprechen.

»Was ist das?« Sabir deutete auf die Halskette, die knapp über seinem Brustbein lag.

»Samanas Tochter wird es dir sagen. Ich bin müde. Ich werde schlafen.« Der *Curandero* hob eine Hand zum Abschiedsgruß und duckte sich in den Eingang seines Wohnwagens.

Sabir sah zu Yola hinunter, um festzustellen, welche Wirkung das sonderbare Verhalten des *Curandero* auf sie haben mochte. Zu seiner Überraschung weinte sie. »Was ist los? Was hat er zu dir gesagt?«

Yola schüttelte den Kopf. Sie fuhr sich mit dem Handrücken über die Augen wie ein Kind.

»Komm schon. Bitte, sag es mir. Ich blicke hier überhaupt nicht durch. So viel ist doch wohl klar.«

Yola seufzte. Sie holte tief Luft. »Der *Curandero* hat mir erklärt, dass nie eine *Schamanka* aus mir werden würde. Dass Gott einen anderen Weg für mich gewählt hat – einen Weg, der schwerer anzunehmen, demütigender sein wird. Und dass die Erfolgsaussichten ungewiss sind. Dass ich diesen Weg in keiner Weise anzweifeln dürfe, sondern ihm einfach folgen müsse.«

»Was weiß er schon? Wieso sagt er so etwas zu dir? Was gibt ihm das Recht?«

Yola sah Sabir schockiert an. »Oh doch, der *Curandero* weiß Bescheid. Er wird in seinen Träumen von einem Tiergeist entführt. Er bekommt viele Dinge zu sehen. Er darf die Ereignisse jedoch nicht beeinflussen, sondern die Leute nur darauf vorbereiten, sie zu akzeptieren. Das ist seine Funktion.«

Sabir tarnte seine Verwirrung mit Fragen. »Warum hat er dich auf diese Weise berührt? Entlang des Scheitels? Es schien eine Bedeutung für ihn zu haben.«

»Er hat die beiden Hälften meines Körpers zusammengekittet.«

»Wie bitte?«

»Wenn ich bei dem, wofür ich auserwählt wurde, Erfolg haben soll, dürfen meine beiden Körperhälften nicht getrennt sein.«

»Es tut mir leid, Yola, aber ich verstehe noch immer nicht.«

Yola stand auf. Sie blickte unsicher in die Richtung von Sergeant Spola, dann senkte sie die Stimme zu einem Flüstern. »Wir werden alle in zwei Hälften geschaffen, Damo. Als Gott uns in seinem Ofen gebacken hat, hat er die beiden Teile zu einer Form zusammengeschmolzen. Aber jeder Teil schaute immer noch in eine andere Richtung – einer in die Vergangenheit, einer in die Zukunft. Wenn beide Teile umgedreht und wieder zusammengefügt werden – durch eine Krankheit etwa, oder durch die Handlungen eines *Curandero* –, dann wird die betreffende Person von diesem Moment an nur in die Gegenwart schauen. Sie wird gänzlich in der Gegenwart leben.« Yola suchte nach den richtigen Worten, um zu vermitteln, was sie meinte. »Diese Person wird nützlich sein. Ja, das ist es. Sie wird in der Lage sein, Nutzen zu bringen.«

Da er spürte, dass sie ihn endlich wieder wahrnahmen, hob der stets liebenswürdige Sergeant Spola auf der anderen Straßenseite fragend die Schultern. Er hatte sich längst eingestanden, dass er mit diesen Zigeunern völlig überfordert war, aber während die Zeit verrann, fürchtete er sich zunehmend vor dem mehr oder weniger unausweichlichen Anruf Calques wegen seiner Schützlinge.

Denn Sergeant Spola hatte sich zu spät klargemacht, dass er niemals eine zufriedenstellende Erklärung liefern konnte, wieso er sich von dem Mädchen überreden ließ, von Alexis Krankenlager zu weichen, um stattdessen diesen *Curandero* zu besuchen. Er konnte es sich ja selbst nicht einmal erklären.

Während er bei seinem Wagen stand und hoffte, die Zigeuner würden ihr Treiben beenden und zu ihm zurückeilen, empfand er plötzlich den verzweifelten Drang, nach seinem anderen Schützling zu sehen, für den Fall, dass man seine Gutmütigkeit irgendwie ausgenutzt hatte und ihn in die Scheiße reiten wollte.

Sabir hob beschwichtigend eine Hand. Dann wandte er seine Aufmerksamkeit wieder Yola zu. »Und diese Dinger um unseren Hals?«

»Die sind, damit wir uns selbst töten können.«

»Was?«

»Der *Curandero* fürchtet um unser Leben. Er hat gespürt, dass der Augenmann uns aus reiner Wut wehtun wird, wenn wir ihm in die Hände fallen. In dem kleinen Röhrchen an der Kette ist das konzentrierte Gift der *Couleuvre de Montpellier*. Das ist eine Giftschlange, die im Südwesten Frankreichs lebt. In den Blutkreislauf gespritzt, tötet das Gift in weniger als einer Minute. Durch die Kehle eingenommen …«

»Durch die Kehle eingenommen?«

»Geschluckt. Wie eine Flüssigkeit getrunken. Dann dauert es eine Viertelstunde.«

»Das kann nicht dein Ernst sein. Du willst mir erzählen, der *Curandero* hat uns mit einem Gift ausgestattet? Wie man es Spionen gab, die riskierten, von der Gestapo gefoltert zu werden?«

»Ich weiß nicht, wer die Gestapo ist, Damo, aber ich bezweifle sehr, dass sie so schrecklich ist wie der Augenmann. Wenn er mich noch einmal erwischt, trinke ich das. Ich werde intakt und mit unbefleckter *Lacha* zu Gott gehen. Und du musst mir versprechen, dass du dasselbe tun wirst.«

## 70

Joris Calque war zutiefst unglücklich. Erst einmal in seinem Leben hatte er einer Familie die Nachricht vom Tod ihres einzigen Sohnes überbringen müssen, und damals war er für einen anderen Beamten eingesprungen, der beim selben Einsatz verletzt worden war. Er war in keiner Weise verantwortlich gewesen. Weit entfernt davon.

Hier lag die Sache völlig anders. Die Nähe zu Marseille, Macrons Heimatstadt, und die Tatsache, dass Macron in seinem Verantwortungsbereich gewaltsam von der Hand eines Mörders gestorben war, machte Calques Aufgabe umso schwieriger. Er hatte es zu einer Priorität gemacht, die Nachricht persönlich zu überbringen.

Bis Mitte Nachmittag des zweiten Tages war allen klar gewesen, dass ihnen der Augenmann irgendwie durch die Maschen gegangen war. Hubschrauber und Suchflugzeuge waren kreuz und quer über das gesamte Gebiet unterhalb der N 572 von Arles nach Vauvert geflogen – einschließlich der riesigen Fläche, die der Nationalpark Camargue einnahm – und sie hatten nichts gefunden. Der Augenmann war wie ein Phantom. Einheiten der Bereitschaftspolizei hatten jedes Gebäude, jede *Bergerie* und jede Ruine durchsucht. Sie hatten jedes Auto angehalten, das in den Nationalpark fuhr oder ihn verließ. Die Gegend war leicht abzuriegeln. Es gab das Meer auf der einen Seite und die Sümpfe auf der anderen. Wenige Straßen durchschnitten es, und die waren eben, man sah alle Fahrzeuge meilenweit in jede Richtung. Es hätte ein Kinderspiel sein müssen. Stattdessen spürte Calque, wie seine Stellung als Chefkoordinator des Unternehmens mit jeder Minute prekärer wurde.

Macrons Angehörige warteten in der Bäckerei der Familie auf ihn. Eine Polizeibeamtin hatte sie alle zusammengetrommelt, ohne dass sie ihnen den genauen Grund für die Zusammenkunft sagen durfte. Das war die übliche Praxis. Als Folge davon war die Atmosphäre von Angst getränkt.

Calque stellte sichtlich überrascht fest, dass nicht nur Macrons Eltern und seine Schwester anwesend waren, sondern dazu noch eine Schar Tanten, Onkel, Cousins und sogar, so schien es jedenfalls, drei von vier Großeltern. Dem Hauptmann ging der Gedanke durch den Kopf, dass der Geruch frisch gebackenen Brotes in seiner Erinnerung für immer mit den Bildern von Macrons Tod verknüpft sein würde.

»Ich bin dankbar, dass Sie alle hier zusammengekommen sind. Es wird das, was ich Ihnen zu sagen habe, leichter erträglich machen.«

»Unser Sohn. Er ist tot.« Es war Macrons Vater. Er trug noch seine weiße Bäckerkluft und ein Haarnetz. Während er sprach, zog er das Haarnetz vom Kopf, als wirke es irgendwie respektlos.

»Ja. Er wurde gestern am späten Abend getötet.« Calque hielt inne. Er brauchte dringend eine Zigarette. Er hätte sich gern vorgebeugt und sie angezündet und mit dieser Bewegung das Meer von Gesichtern ausgeblendet, die sich trauergierig auf ihn konzentrierten. »Er wurde von einem Mörder getötet, der eine Frau als Geisel hielt. Paul traf kurz vor der ganzen Truppe ein. Die Frau war in unmittelbarer Gefahr. Sie hatte einen Strick um den Hals, und ihr Entführer drohte damit, sie aufzuhängen. Paul wusste, dass der Mann bereits zuvor getötet hatte. Einen Wachmann, oben in Rocamadour. Und noch einen Mann. In Paris. Er entschloss sich deshalb einzugreifen.«

»Was ist mit Pauls Mörder? Haben Sie ihn?« Die Frage kam von einem der Cousins.

Calque erkannte, dass er seine Saat auf steinigem Grund ausgebracht hatte. Macrons Angehörige hatten unweigerlich im Radio oder Fernsehen vom Tod eines Polizeibeamten gehört und ihre Schlüsse gezogen, als die Police Nationale sie alle zusammenrief. Sie brauchten seine Phrasen nicht. Er konnte vernünftigerweise nichts mehr tun, als sie mit allen nötigen Informationen zu versorgen und sie dann ihrer Trauer zu überlassen. Auf keinen Fall konnte er sie dazu benutzen, sein Gewissen reinzuwaschen. »Nein, noch nicht. Aber wir werden ihn bald haben. Ehe Paul starb, konnte er noch zwei Schüsse abgeben. Wir haben es noch nicht veröffentlicht – und würden es begrüßen, wenn Sie die Information für sich behielten –, aber der Mörder wurde von einer Kugel aus Pauls Waffe schwer verletzt. Er ist irgendwo im Nationalpark auf der Flucht. Das ganze Gebiet ist abgeriegelt. In diesem Moment suchen mehr als hundert Polizisten nach ihm.« Calque bemühte sich verzweifelt, nicht zu sehen, was sich vor seinen Augen abspielte, und sich auf die Fragen zu konzentrieren, die von der weiteren Verwandtschaft auf ihn abgefeuert wurden. Aber er konnte den Blick nicht von Macrons Mutter wenden.

Sie ähnelte ihrem Sohn auf unheimliche Weise. Bei der Bestätigung, dass ihr Sohn ums Leben gekommen war, hatte sie sich sofort Trost suchend zu ihrem Mann umgedreht, und nun klammerte sie sich an seine Taille und weinte lautlos, und der Backstaub von seiner Schürze bedeckte ihr Gesicht wie weiße Tünche.

Als sich Calque schließlich zurückziehen konnte, folgte ihm einer von Macrons männlichen Verwandten auf die Straße hinaus. Calque drehte sich zu ihm um, er rechnete halb mit einer körperlichen Attacke. Der Mann sah hart und fit aus. Er hatte einen sehr kurzen Bürstenschnitt. Unbestimmbare Tätowierungen lugten unter seinen Ärmeln hervor und zogen sich wie Krampfadern über seine Handrücken.

Calque bedauerte es, dass die Polizistin bei der übrigen Familie im Haus geblieben war – vielleicht hätte eine Uniform irgendwie hemmend gewirkt.

Doch der Mann näherte sich Calque nicht in aggressiver

Weise. Tatsächlich zog er fragend die Augenbrauen hoch, und Calque wurde schnell klar, dass es ihm in erster Linie gar nicht um Macrons Tod ging.

»Paul hat mich gestern angerufen. Wussten Sie das? Aber ich war nicht da. Ich arbeite zurzeit als Schreiner. Ich habe eine Menge zu tun.«

»Ja? Sie arbeiten als Schreiner? Ausgezeichneter Beruf.« Calque hatte nicht beabsichtigt, schroff zu klingen, aber es kam trotz der besten Absichten abwehrend heraus.

Der Mann kniff die Augen zusammen. »Er sagte, Sie suchen nach einem Mann, der in der Fremdenlegion war. Einem Killer. Und dass Sie glauben, die Legion würde die Informationen, die sie brauchen, nicht herausrücken. Dass man Sie zwingen würde, die üblichen Schleifen durch ihre Scheißbürokratie zu nehmen, mit der sie ihre Leute immer beschützen. Das hat Paul gesagt.«

Calque nickte, er verstand plötzlich. »Paul hat mir von Ihnen erzählt. Sie sind der Cousin, der in der Fremdenlegion war. Ich hätte es mir denken können.« Er war nahe dran zu sagen: »Weil Ihr Typen immer diesen besonderen Blick draufhabt – wie ein wandelndes Stück Testosteron – und weil ›Scheiße‹ jedes zweite Wort von euch ist«, aber er konnte sich gerade noch beherrschen. »Sie waren außerdem im Gefängnis, nicht wahr?«

Der Mann blickte die Straße entlang. Etwas schien ihn zu irritieren. Nach einem Moment wandte er sich wieder Calque zu. Er zwang die Hände in die Taschen, als glaubte er, der Stoff als solcher könnte sie davon abhalten zu randalieren, aber immer noch stießen die Hände in Richtung Calque, als würden sie gern aus den Taschen brechen und ihn erwürgen. »Ich vergesse mal, dass Sie das gesagt haben. Und dass Sie ein Scheißpolizist sind. Ich mag keine Scheißpolizisten. Größtenteils sind sie nicht besser als die Arschlöcher, die sie einbuchten.« Er presste die Zähne aufeinander. Dann schnaubte er leidvoll und sah wieder die Straße entlang. »Paul war mein Cousin, auch wenn er ein verdammter *Bédi* war. Dieser Haufen Scheiße hat ihn getötet, sagen Sie? Ich war zwanzig Jahre in der Fremdenlegion. Am Ende als Quartiermeister. Wollen Sie mich etwas fragen? Oder wollen Sie erst in Ihre Scheißzentrale zurückschlurfen und sich mein verdammtes Vorstrafenregister ansehen?«

Calque traf seine Entscheidung sofort. »Ich will Sie etwas fragen.«

Der Gesichtsausdruck des Mannes veränderte sich. Er hellte sich auf, war weniger verschlossen. »Dann schießen Sie los.«

»Erinnern Sie sich an einen Mann mit merkwürdigen Augen? In denen das Weiße fehlte?«

»Weiter.«

»Dieser Mann könnte Franzose sein. Er könnte sich aber auch als Ausländer ausgegeben haben, um als Soldat in die Legion zu kommen, nicht als Offizier.«

»Erzählen Sie noch mehr.«

Calque zuckte mit den Achseln. »Ich weiß, dass man seinen Namen ändert, wenn man zur Fremdenlegion geht. Aber dieser Mann war ein Comte. Als Adliger erzogen. In einer Familie mit Geld und Dienern. Er könnte ursprünglich de Bale geheißen haben. Rocha de Bale. Er dürfte wohl nicht ohne weiteres ins Bild eines einfachen Soldaten gepasst haben. Er wird aufgefallen sein. Nicht nur wegen seiner Augen, auch aufgrund seiner Einstellung. Er dürfte daran gewöhnt gewesen sein zu führen, nicht geführt zu werden. Befehle zu geben, nicht welche entgegenzunehmen.« Calque riss den

Kopf zurück wie eine Schildkröte. »Sie kennen ihn, hab ich recht?«

Der Mann nickte. »Vergessen Sie Rocha de Bale. Und vergessen Sie das mit dem Führen. Der Wichser nannte sich Achor Bale. Und er war ein Einzelgänger. Er hat seinen Namen wie ein Engländer ausgesprochen. Wir haben nie erfahren, woher er kam. Er war verrückt. Man kam ihm besser nicht in die Quere. Wir sind harte Kerle in der Legion. Das ist normal. Aber er war härter. Ich hätte nicht gedacht, dass ich mich an den Schwanzlutscher noch mal erinnern muss.«

»Wie meinen Sie das?«

»Es war im Tschad. In den 1980ern. Der Scheißkerl hat einen Aufruhr angezettelt. Absichtlich, würde ich sagen. Aber er wurde freigesprochen, weil sich niemand getraut hat, gegen ihn auszusagen. Ein Freund von mir wurde dabei getötet. Ich hätte ausgesagt. Aber ich war nicht dabei. Ich war im *Baisodrome* und hab meinen Sold beim Blutwurststopfen verplempert, falls Sie wissen, was ich meine. Deshalb wusste ich nichts darüber. Die Wichser wollten mir nicht zuhören. Aber ich wusste Bescheid. Er war ein übler Scheißkerl. Nicht ganz richtig im Kopf. Zu sehr an Waffen und am Töten interessiert. Selbst für einen Scheißsoldaten.«

Calque steckte sein Notizbuch weg. »Und die Augen? Stimmt das? Das Weiße in ihnen fehlt?«

Macrons Cousin machte auf dem Absatz kehrt und ging in die Bäckerei zurück.

## 71

Bale erwachte zitternd. Er hatte geträumt, und in seinem Traum schlug ihn Madame, seine Mutter, wegen eines eingebildeten Vergehens mit einem Kleiderbügel auf die Schultern.

Er schrie immer wieder: »Non, Madame, non«, aber sie schlug ihn weiter.

Es war dunkel. Im Haus waren keine Geräusche zu hören.

Bale schob sich rückwärts, bis er sich an einen Balken stützen konnte. Seine Faust tat weh, weil er während der Traumattacke um sich geschlagen hatte, und sein Hals und seine Schulter fühlten sich an, als wären sie mit heißem Wasser übergossen und dann mit Schmirgelpapier abgerieben worden.

Er schaltete die Taschenlampe an und sah sich im Dachboden um. Vielleicht würde er eine Ratte oder ein Eichhörnchen töten und essen können. Aber nein, dafür war er wohl nicht mehr schnell genug.

Er wagte sich noch nicht nach unten, um nachzusehen, ob in der Küche etwas zu essen übrig geblieben war, oder um Wasser zu schöpfen. Denn eventuell hatten die *Flics* eine Wache zurückgelassen, um ihren Tatort vor Leichenschändern und Kuriositätensammlern zu schützen – es war ein tröstlicher Gedanke, dass solche Leute immer noch existierten und nicht alles auf dieser Welt zu Normalität und Mittelmaß verurteilt war.

Aber Wasser brauchte er, und zwar dringend. Er hatte inzwischen dreimal seinen eigenen Urin getrunken und mit den Rückständen seine Wunden desinfiziert, aber er wusste von Vorträgen bei der Fremdenlegion, dass es nicht den geringsten Sinn hatte, es noch einmal zu tun. Es würde nur zu seinem sicheren Tod beitragen.

Wie viele Stunden war er schon hier oben? Wie viele Tage? Bale hatte kein Zeitgefühl mehr.

Warum war er hier? Ach ja, die Prophezeiungen. Er musste die Prophezeiungen finden.

Er ließ seinen Kopf auf die Brust sinken. Inzwischen war die

Decke, die er als Druckverband benutzt hatte, mit der Wunde verklebt – er wagte nicht, sie zu lösen, weil er befürchtete, die Blutung könnte wieder einsetzen.

Zum ersten Mal seit vielen Jahren wäre er gern zu Hause gewesen. Er wünschte sich den Trost seines eigenen Zimmers statt der anonymen Hotels, in denen er so lange hatte leben müssen. Er wünschte sich den Respekt und die Unterstützung der Brüder und Schwestern, mit denen er aufgewachsen war. Und er wünschte sich, dass Madame, seine Mutter, öffentlich anerkannte, was er für den *Corpus Maleficus* geleistet hatte und ihm gab, was ihm zustand.

Bale war müde. Er brauchte Ruhe. Und seine Wunde musste behandelt werden. Er war es leid, hart zu sein und wie ein Wolf zu leben. Leid, von Leuten gejagt zu werden, die es nicht wert waren, ihm die Schnürsenkel zu binden.

Er legte sich auf den Bauch und schleppte sich zur Abdeckung der Luke. Wenn er sich jetzt nicht bewegte, würde er sterben. So einfach war das.

Denn er hatte plötzlich begriffen, dass er halluzinierte. Dass diese vorübergehende Hilflosigkeit von ihm nur eine weitere Strategie des Teufels war mit dem Ziel, ihn zu entmutigen, ihn zu schwächen.

Bale erreichte die Abdeckung und zerrte sie zur Seite. Er blickte in das leere Zimmer hinab.

Es war Nacht. Die Fenster waren offen, und es war Nacht. Nirgendwo brannte Licht. Die Polizei war gegangen. Bestimmt waren sie gegangen.

Er lauschte über das Rauschen des Bluts in seinen Ohren hinweg nach unerklärbaren Geräuschen.

Es gab keine.

Er schob die Beine über den Rand der Luke. Lange saß er

da und starrte auf den Fußboden hinunter. Schließlich knipste er seine Taschenlampe an und versuchte, die Fallhöhe abzuschätzen.

Mehr als drei Meter. Genug, sich das Bein zu brechen oder den Knöchel zu verstauchen.

Aber er hatte nicht mehr die Kraft, den Stuhl hinunterzulassen. Nicht mehr die Behändigkeit, sich an den Rand der Luke zu hängen und mit den Beinen nach dem Stuhl zu tasten.

Er machte die Lampe aus und steckte sie wieder in sein Hemd.

Dann drehte er sich auf seinem gesunden Arm und ließ sich ins Leere fallen.

## 72

Yola beobachtete die beiden Polizisten aus ihrem Versteck am Rand des Walds heraus. Sie kauerten im Schutz der *Cabane des Gardians*, rauchten und unterhielten sich. Das also verstehen die *Flics* unter einer Suche, dachte sie für sich. Kein Wunder, dass sie den Augenmann nicht gefunden haben. Nachdem sie sich überzeugt hatte, dass die beiden Männer sie unmöglich sehen konnten, machte sie es sich für weitere rund zwanzig Minuten Wartezeit bequem, bis die Dämmerung voll eingesetzt hatte.

Bouboul hatte sie vor einer halben Stunde am Bac abgesetzt und war dann mit seinem Schwiegersohn Reszo nach Arles gefahren, um Sabirs Audi zu holen. Später würde Reszo dann mit dem Audi wiederkommen, um sie abzuholen.

Zuerst hatte Sabir sie nicht gehen lassen wollen, um die Prophezeiungen abzuholen. Es sei zu gefährlich. Eine Aufgabe, die ihm zustünde, er sei nun das Oberhaupt der Familie. Sein Wort sollte Gewicht haben. Doch Spolas unerschütterliche und stets wachsame Anwesenheit hatte die Angelegenheit schließlich entschieden – es war einfach ausgeschlossen, dass Sabir ohne seine Erlaubnis noch einmal irgendwohin ging.

In der Nacht würde es allerdings anders sein. Der Mann musste schließlich schlafen. Für den Fall, dass es Sabir gelang, ihm zu entwischen, hatte sich Bouboul einverstanden erklärt, Sabir zum Maset zurückzufahren, wo Yola und Reszo ihn mit den Prophezeiungen treffen würden. Dann würde Sabir Zeit und Ruhe haben, um sie zu übersetzen.

Vor Morgengrauen sollte Reszo dann mit dem Wagen zurückkommen und ihn zum Wohnwagen zurückbringen, ehe Sergeant Spola aufwachte. So sah es der Plan jedenfalls vor. Er hatte den Vorzug, einfach zu sein, er schützte die Prophezeiungen, und er hielt die Polizei hübsch aus der Geschichte heraus.

Yola hatte bereits in Erfahrung gebracht, dass die Ermittlungen im Maset abgeschlossen und das Haus leer sein würde. Sergeant Spola war ein Mann, der auf seinen Magen hörte. Yola hatte ihm zum Mittagessen Wildschweinragout mit Klößen gemacht statt seines üblichen Sandwichs mit Huhn. Spola hatte sich danach als besonders zugänglich erwiesen –, zumal das Wildschwein von etwa anderthalb Litern Costières de Nîmes und einem Cognac obendrauf begleitet wurde. Er hatte ihr bestätigt, dass jetzt, anderthalb Tage nach dem Überfall, das Haus verriegelt und von der Polizei versiegelt sein würde und sozusagen leer stand, bis es wieder gebraucht wurde. Alle verfügbaren Kräfte würden für die Suche nach dem Augenmann eingesetzt. Was glaube sie denn? Dass die Polizei Leute in der Gegend herumstehen ließ, damit sie ehemalige Tatorte bewachten?

Die beiden *Flics* an der *Cabane* standen auf und streckten sich. Einer von ihnen ging ein paar Meter, öffnete den Reißverschluss seiner Hose und pinkelte. Der andere ließ den Strahl seiner Taschenlampe über die Lichtung wandern; an dem Absperrband um die Stelle, wo man Gavril gefunden hatte, verweilte er.

»Glaubst du, Mörder kommen wirklich an den Ort zurück, wo sie jemanden kaltgemacht haben?«

»Ach was, nein. Und schon gar nicht, wenn sie eine Kugel im Leib haben, hungrig sind und von Spürhunden gejagt werden. Der Scheißkerl liegt wahrscheinlich tot hinter einem Busch. Oder er ist von seinem Pferd in ein Sumpfloch gefallen und ertrunken. Deshalb finden wir ihn nicht. Wahrscheinlich haben ihn die Wildschweine erwischt. Sie können einen Menschen samt Zähnen und allem in weniger als einer Stunde auffressen. Wusstest du das? Alles, was ein Mörder tun muss, ist, die Milz loszuwerden. Die mögen sie aus irgendeinem Grund nicht.«

»So ein Quatsch.«

»Ja. Das dachte ich auch.«

Yola war auf dem Pfad gekommen, den ihr Alexi beschrieben hatte. Alle fünf Meter hatte sie weiße Papierstreifen hinterlassen, damit sie im Dunkeln zur Straße zurückfinden würde. Sie hatte sich den Standort der Zypresse eingeprägt, unter der die Prophezeiungen begraben lagen. Wenn die Polizisten blieben, wo sie waren, würde sie jedoch nicht einmal mit dem Waldstück als Deckung ungesehen an die Prophezeiungen herankommen. Die Zypresse war viel zu exponiert.

»Sollen wir eine Runde durch den Wald machen?«

»Scheiß drauf. Gehen wir lieber in die *Cabane* und zünden ein Feuer an. Ich habe meine Handschuhe vergessen, und es wird kalt.«

Yola sah, wie sich die Silhouetten der beiden näherten. Was wollten sie? Holz? Wie sollte sie ihre Anwesenheit erklären, wenn sie zufällig über sie stolperten? Sie waren vermutlich so scharf auf eine Auszeichnung durch Calque, dass sie Yola in ihren fahrbaren Hühnerstall packen und mitnehmen würden. Und Calque war kein Idiot. Er würde sofort Verrat wittern. Und er würde nicht lange brauchen, bis er darauf kam, dass sie hinter den Prophezeiungen her war, und dass diese gar nicht verloren gegangen waren.

Als sich die Polizisten näherten, drückte sich Yola in den Boden und begann zu beten.

Der erste Polizist hielt nicht viel mehr als einen Meter vor ihr. »Siehst du irgendwelche toten Bäume?«

Der zweite Beamte schaltete seine Taschenlampe an und schwenkte sie im Bogen über ihre Köpfe. Genau in diesem Moment läutete sein Handy. Er warf die Taschenlampe seinem Kollegen zu und tastete nach dem Gerät. Als die Lampe an ihrem Kopf vorbeiflog, strich das Licht ihres Strahls über Yolas Körper. Sie erstarrte, überzeugt, dass man sie entdeckt hatte.

»Was sagen Sie da? Wir sollen abziehen? Wovon reden Sie?« Der zweite Polizist lauschte gespannt der Stimme aus seinem Handy. Er knurrte hin und wieder, und Yola spürte beinahe, wie er zu seinem Kollegen hinüberblickte, der die brennende Lampe mit dem Strahl nach unten, neben seine Schuhe gerichtet hielt.

Der andere Polizist klappte das Handy zu. »Dieser Pariser Hauptmann, den sie auf uns gehetzt haben, glaubt herausgefunden zu haben, wo der Kerl wohnt. Er schätzt, wenn er uns tatsächlich durch die Maschen gegangen ist, wird er versuchen, dorthin zu kommen. Sie brauchen uns alle. Diesmal müssen wir nichts weiter tun, als die gesamte Halbinsel von St. Tropez abzuriegeln, vom Ortsrand von Cavalaire-sur-Mer über La Croix-Valmer und Cagolin bis Port Grimaud. Ist das zu fassen? Das sind verdammt noch mal sechzig Kilometer.«

»Eher dreißig.«

»Was ändert es? An Schlaf brauchen wir heute Nacht nicht zu denken.«

Yola drehte sich auf den Rücken, als sie endlich abmarschierten, und blickte staunend zum ersten Stern des Abends hinauf.

## 73

Zu seiner nicht gerade gelinden Überraschung stellte Calque fest, dass er Macrons Fehlen bedauerte, als er über den Hof auf das Haus der Comtesse de Bale zuging. Calque hielt sich nicht für einen sentimentalen Menschen, und Macron hatte seinen Tod immerhin größtenteils selbst verschuldet – aber er hatte als Mensch etwas herrlich Irritierendes an sich gehabt, was wiederum Calques überbetontes Selbstwertgefühl genährt hatte. Er folgerte, dass Macron als eine Art Korrektiv für seine Bilderstürmerei gedient hatte, und dass er ihn als Vorwand dafür vermisste, schlechte Laune haben zu dürfen.

Er erinnerte sich auch an seine Freude über Macrons spontanen Beistand, als die Comtesse seine Kenntnisse über die Pairs de France und den französichen Adel angezweifelt hatte. Eins musste man dem Mann lassen – er mochte bigott gewesen sein, aber nie berechenbar.

Die soignierte Privatsekretärin in dem Twinset aus Kaschmir und Tweed kam aus dem Haus, um ihn zu begrüßen – diesmal trug sie allerdings ein burgunderrotes, einteiliges Seidenkleid, das sie noch mehr wie eine Comtesse aussehen ließ als die Comtesse selbst. Calque durchforstete seine Erinnerung nach ihrem Namen. »Madame Mastigou?«

»Hauptmann Calque.« Ihr Blick huschte über seine Schulter zu der Abordnung von acht Polizeibeamten, die seine Nachhut bildeten. »Und Ihr Assistent?«

»Tot, Madame. Getötet vom Adoptivsohn Ihrer Arbeitgeberin.«

Madame Mastigou trat unwillkürlich einen Schritt zurück. »Ich bin überzeugt, dass das ein Irrtum ist.«

»Ich hoffe ebenfalls, dass meine Informationen falsch sind. Ich habe jedoch einen Durchsuchungsbefehl für dieses Anwesen, den ich unverzüglich umzusetzen gedenke. Diese Beamten werden mich ins Haus begleiten. Sie werden selbstverständlich Eigentum und Privatsphäre von Madame la Comtesse respektieren. Aber ich muss darum bitten, dass niemand sie in der Ausübung ihrer Pflichten stört.«

»Ich muss gehen und Madame la Comtesse Bescheid sagen.«

»Ich begleite Sie.«

Madame Mastigou zögerte. »Darf ich den Durchsuchungsbefehl sehen?«

»Natürlich.« Calque zog das Schriftstück aus der Tasche und gab es ihr.

»Darf ich eine Kopie davon machen?«

»Nein, Madame. Eine Kopie wird den Anwälten von Madame la Comtesse zur Verfügung gestellt, wenn Sie es wünschen.«

»Ganz wie Sie meinen. Bitte kommen Sie mit mir.«

Calque nickte seinen Beamten zu. Sie schwärmten über den Hof aus. Vier von ihnen warteten geduldig am Fuß der Treppe, bis Calque und Madam Mastigou das Haus betraten, ehe sie hinter ihnen die Stufen hinaufklapperten, um mit der Durchsuchung zu beginnen.

»Und Sie wollen ernsthaft den Comte mit der Ermordung Ihres Assistenten in Verbindung bringen?«

»Wann haben Sie ihn zuletzt gesehen, Madame?«

Madame Mastigou zögerte. »Das ist ein paar Jahre her.«

»Dann dürfen Sie mir getrost glauben: Er hat sich verändert.«

»Ich sehe, Sie haben die Armschlinge abgelegt, Hauptmann Calque. Und Ihre Nase heilt ebenfalls. Ein großer Fortschritt.«

»Sehr freundlich von Ihnen, dass Sie das bemerken, Comtesse.«

Die Comtesse setzte sich. Madame Mastigou holte sich einen Stuhl und stellte ihn schräg hinter ihre Arbeitgeberin. Dann setzte sie sich züchtig, die Knie zusammengepresst, die Knöchel untergeschlagen und leicht gekreuzt. Höhere-Töchter-Schule, dachte Calque. Schweiz wahrscheinlich. Sie sitzt da wie die Königin von England.

Diesmal schickte die Comtesse den Diener fort, ohne sich mit einer Kaffeebestellung aufzuhalten. »Es ist natürlich Unsinn, meinen Sohn der Gewalt zu verdächtigen.«

»Ich verdächtige Ihren Sohn nicht der Gewalt, Madame. Ich klage ihn offiziell an. Wir haben Zeugen. Einer davon bin ich sogar selbst. Dank der Beschaffenheit seiner Augen hebt er sich immerhin von anderen Leuten ab, nicht wahr?« Er sah sie an und neigte höflich fragend den Kopf. Da er keine Antwort erhielt, beschloss er, sein Glück einfach zu versuchen. »Die Frage, die ich Ihnen stellen muss – die Frage, die mich wirklich beschäftigt –, ist nicht, ob er diese Dinge getan hat, sondern warum.«

»Was immer er getan hat, es war nur zum Besten.«

Calque setzte sich aufrechter, seine Alarmglocken schrillten. »Das kann nicht Ihr Ernst sein, Madame. Er hat in Paris einen Zigeuner gefoltert und getötet. Hat drei Menschen schwer verletzt, darunter einen spanischen Polizisten und zwei zufällige Passanten. Er hat einen Wachmann am Schrein von Rocamadour getötet. Einen weiteren Zigeuner in der Camargue gefoltert und umgebracht. Und vor zwei Tagen hat er meinen Assistenten in einem umstellten Haus erschossen, in dem er die Schwester des in Paris getöteten Mannes aufzuhängen drohte. Und das alles, um irgendwelche Prophezeiungen zu finden, die wahr sein können oder auch nicht – die von dem Seher Nostradamus stammen oder auch nicht. Ich vermute, Madame, dass Sie hinsichtlich der wahren Gründe hinter dieser schrecklichen Kette von Ereignissen nicht so ahnungslos sind, wie Sie mich glauben machen wollen.«

»Ist das auch eine Ihrer offiziellen Anklagen, Hauptmann? Wenn ja, möchte ich Sie daran erinnern, dass eine dritte Partei anwesend ist.«

»Es war keine offizielle Anklage, Madame. Die werden von den Gerichten erhoben. Ich führe eine polizeiliche Ermittlung durch. Ich muss Ihren Sohn aufhalten, ehe er weiteren Schaden anrichten kann.«

»Was Sie über meinen Sohn sagen, ist grotesk. Ihre Anschuldigungen entbehren jeder Grundlage.«

»Und Sie, Madame Mastigou? Haben Sie etwas zu der Sache beizutragen?«

»Nichts, Hauptmann. Madame la Comtesse fühlt sich nicht wohl. Ich halte es für äußerst geschmacklos, diese Befragung unter solchen Umständen fortzuführen.«

Die Comtesse stand auf. »Ich habe entschieden, was ich

tun werde, Mathilde. Ich werde den Innenminister anrufen. Er ist ein Cousin meiner Freundin Babette de Montmorigny. Wir werden diesen Sachverhalt bald zurechtgerückt haben.«

Calque erhob sich ebenfalls. »Sie müssen tun, was Sie für angebracht halten, Madame.«

Einer der uniformierten Beamten platzte in den Raum. »Hauptmann. Ich glaube, das sollten Sie sehen.«

Calque sah den Mann tadelnd an. »Was sehen? Ich führe gerade eine Vernehmung durch.«

»Einen Raum, einen geheimen Raum. Monceau hat ihn zufällig entdeckt, als er die Bibliothek durchsuchte.«

Calque wandte sich der Comtesse zu, seine Augen glitzerten.

»Das ist kein geheimer Raum, Hauptmann Calque. Alle Personen in meinem Haushalt wissen darüber Bescheid. Wenn Sie gefragt hätten, hätte ich sie hingeführt.«

»Natürlich, Comtesse. Davon gehe ich aus.« Beide Hände fest auf dem Rücken verschränkt, folgte Calque seinem Untergebenen in den Flur hinaus.

## 74

Man betrat den Raum durch einen maßgefertigten Eingang, der sich meisterhaft in den Regalen der Bibliothek verbarg.

»Wer hat das entdeckt?«

»Ich, Hauptmann.«

»Wie öffnet man die Tür?«

Der Beamte schwang die Tür zu. Sie fügte sich nahtlos in die Regale. Dann beugte sich der Mann vor und drückte auf den Rücken von drei Büchern nahe dem Boden. Die Tür sprang wieder auf.

»Woher wussten Sie, auf welche Bücher Sie drücken müssen?«

»Ich habe den Diener beobachtet, Hauptmann. Er kam hier herein, als er dachte, wir schauen nicht hin, und machte sich an dem Verschluss zu schaffen. Ich glaube, er hat versucht, ihn zu verriegeln, damit niemand den Mechanismus aus Versehen auslöst. Jedenfalls hat er das gesagt.«

»Sie meinen, er war um unsere Sicherheit besorgt? Weil die Tür hätte aufspringen und einen von uns treffen können?«

»Höchstwahrscheinlich, Hauptmann.«

Calque lächelte. Wenn er den Charakter der Comtesse richtig beurteilte, dann war der Diener seinen Job los. Es war immer gut, wenn unzufriedene Angestellte herumliefen. Von denen ließen sich wertvolle Informationen gewinnen. Oder sie fielen ihren Arbeitgebern in den Rücken.

Calque duckte sich durch den Eingang. Drinnen richtete er sich auf und stieß ein leises, anerkennendes Pfeifen aus.

Ein ausladender, rechteckiger Tisch bildete das Zentrum des Raums. Dreizehn Stühle standen um ihn. An der Wand hinter jedem Stuhl hingen ein Wappen und eine Reihe von Schildgevierten. Calque erkannte einige von ihnen. Aber es waren nicht die der dreizehn Pairs von Frankreich, wie man unter diesen Umständen vielleicht erwartet hätte.

»Dieser Raum ist seit dem Tod meines Mannes nicht mehr geöffnet worden. Hier befindet sich nichts, was für Ihre Leute von Interesse ist.«

Calque strich mit der Hand über den Tisch. »Abgestaubt. Es muss sehr viel weniger Zeit vergangen sein, seit jemand hier war, als seit dem Tod ihres Mannes.«

»Mein Diener. Natürlich. Den Raum sauber zu halten gehörte zu seinen Aufgaben.«

»So wie ihn zu verriegeln, wenn Fremde im Haus sind?«

Die Comtesse wandte den Blick ab. Madame Mastigou versuchte, ihre Hand zu halten, wurde aber abgewiesen.

»Lavigny. Ich möchte diese heraldischen Schilde fotografiert haben.«

»Ich würde es begrüßen, wenn Sie das nicht täten, Hauptmann. Sie haben nicht das Geringste mit Ihrer Ermittlung zu tun.«

»Ganz im Gegenteil, Madame. Ich bin überzeugt, sie haben sehr viel mit meiner Ermittlung zu tun.«

»Dieser Raum ist privat, Hauptmann. Ein Clubraum. Ein Ort, wo sich Menschen gleicher Gesinnung trafen, um in diskreter und förderlicher Umgebung ernste Themen zu erörtern. Wie gesagt, er wurde seit dem Tod meines Mannes nicht mehr benutzt. Manche der Familien, denen diese Wappen hier gehören, wissen möglicherweise gar nichts von ihrer Präsenz in diesem Raum. Ich würde es begrüßen, wenn es dabei bliebe.«

»Ich sehe keinen Billardtisch. Keine Bar. Komischer Clubraum. Was ist das hier, zum Beispiel?« Calque deutete auf einen Kelch in einem verschließbaren Flaschenhalter. »Und diese Initialen, die in ihn eingraviert sind? CM?«

Die Comtesse schaute drein, als wäre sie von einer Viper gebissen worden.

»Hauptmann?«, meldete sich Lavigny.

»Ja.«

»Hier ist eine Pergamentrolle. Mit Siegeln daran. Und schwer ist sie. Da muss eine Walze aus Holz drin sein, oder so etwas.«

»Bitte fassen Sie das nicht an, Hauptmann. Es ist sehr wertvoll.«

»Ich habe einen Durchsuchungsbefehl, Madame. Ich darf

anfassen, was ich will. Ich werde aber bestrebt sein, keine Schmierflecken darauf zu machen.« Calque beugte sich vor und betrachtete das Dokument prüfend.

Die Comtesse und Madame Mastigou standen wie erstarrt an der Wand des Heiligtums.

»Lavigny, würden Sie die beiden Damen freundlicherweise hinausbegleiten? Die Sache hier könnte einige Zeit in Anspruch nehmen. Und bringen Sie mir ein Vergrößerungsglas.«

## 75

Das Erste, was Sabir tat, als ihn Bouboul beim Maset absetzte, war, ein tröstliches Feuer anzuzünden. Die Nacht war kalt, und er empfand ein unbestimmtes Schaudern, wenn er den Korridor entlangblickte zu der Stelle, wo Macrons Leiche gelegen hatte. Er schüttelte den Kopf über seine Empfindlichkeit und begann, nach Kerzen zu suchen.

Das alte Haus schien den Klang seiner Schritte zurückzuhallen, als er im Zimmer umhertappte – so sehr, dass es ihm seltsam widerstrebte, sich weiter in Richtung Küche vorzuwagen. Nach fünf Minuten planloser Suche entdeckte er zu seiner Erleichterung drei Kerzen auf dem Boden, die der Augenmann durch seinen Einsatz des Feuerlöschers vor zwei Tagen umgeworfen hatte.

Als er sie angezündet hatte und dann seinen Schatten wie einen *Danse macabre* an den Wänden sah, wunderte sich Sabir nicht zum ersten Mal, wie er sich von Yola dazu hatte überreden lassen können, ins Maset zurückzukehren. Einen logischen Grund gab es zweifellos – denn Les Saintes-Maries blieb von der Polizei bei ihrer Suche nach dem Augenmann hermetisch abgeriegelt; man kam relativ leicht heraus, aber sehr viel schwerer hinein.

Aber seit er zuletzt hier gewesen war schien sich das Haus in einen Unheilsort verwandelt zu haben. Sabir fühlte sich nun ausgesprochen unwohl dabei, die Stätte eines brutalen Mordes für etwas zu benutzen, was sich durchaus als respektlose Reise in eine Sackgasse herausstellen konnte. Tatsächlich hatte es ihm wieder einmal verdeutlicht, wie unterschiedlich die Manouche den Tod im Vergleich zu seiner eigenen, ziemlich sentimentalen, postviktorianischen Sichtweise betrachteten.

Es war ja schön und gut, wenn er hier saß und über das Wesen der Prophezeiungen phantasierte – in Wirklichkeit konnte es sehr wohl sein, dass das Bambusrohr sie gar nicht enthielt, sondern nur voller Staub war. Was, wenn die Rüsselkäfer hineingekommen waren? Vierhundert Jahre waren eine lange Zeit, erst recht für Pergament.

Er setzte sich auf das Sofa. Nach einer Weile richtete er das Französischlexikon, das er mitgebracht hatte, so aus, dass seine Ränder mit den Tischkanten übereinstimmten. Dann legte er Kugelschreiber und Papier neben das Wörterbuch. Bouboul hatte ihm eine grellfarbene Uhr mit großem Ziffernblatt geliehen, und Sabir legte sie nun neben seine übrige Ausrüstung auf den Tisch. Die vertrauten Bewegungen taten ihm gut.

Er warf einen Blick über die Schulter in Richtung Flur. Das Feuer brannte inzwischen ordentlich, und er begann sich ein wenig wohler zu fühlen in seiner Abgeschiedenheit. Wenn jemand die Prophezeiungen fand, dann Yola. Wenn sie eintraf, würde er ihr das Bambusrohr abnehmen und sie sofort mit Reszo nach Les Saintes-Maries zurückschicken. Er kam hier gut allein zurecht. Er würde den Rest der Nacht haben, um die Prophezeiungen zu übersetzen und zu kopieren. Von diesem Augenblick an würde er sie nicht mehr aus den Augen lassen.

Am Morgen dann würde er die Originale per Kurier an seinen Verleger in New York schicken. Dann würde er an den Abschriften arbeiten, bis er jeden Tropfen Bedeutung herausgepresst hatte. Geschickt mit der Geschichte ihrer Entdeckung verwoben, ergab das Ganze einen todsicheren Bestseller, der auf jeden Fall genug einbringen würde, um sie alle reich zu machen. Alexi würde Yola heiraten und als *Bulibascha* enden, und Sabir würde seinen eigenen Interessen folgen können.

Noch zwanzig Minuten. Länger konnte es nicht dauern. Dann würde er eins der größten Geheimnisse der Welt in Händen halten.

Von Obergeschoss ertönte ein Krachen. Dann Stille.

Sabir sprang auf. Die Nackenhaare standen ihm zu Berge wie der Kamm eines Hundes. Heilige Scheiße, was war das gewesen? Er stand da und lauschte, aber alles war still. Dann hörte er in der Ferne, wie sich ein Wagen näherte.

Nach einem letzten, verstohlenen Blick über die Schulter eilte Sabir aus dem Haus. Wahrscheinlich war nur eine Schranktür aufgegangen. Oder vielleicht hatte die Polizei etwas umherbewegt – ein Moskitogitter, vielleicht – und das krumme Ding hatte schwankend dagestanden, bis es ein Windstoß schließlich umgeweht hatte. Vielleicht war das Geräusch sogar von draußen gekommen, vom Dach etwa.

Er blickte am Haus hinauf, während er auf den Audi wartete, der sich auf der Zufahrt näherte. Himmel. Da hatte er noch eine andere Geschichte vor sich – er würde früher oder später seinem Freund John Tone den Diebstahl des Wagens erklären müssen.

Sabir sah mit zusammengekniffenen Augen in das Scheinwerferlicht. Ja, das war Yolas Silhouette auf dem Beifahrersitz. Und die von Boubouls Neffen auf dem Fahrersitz neben ihr. Alexi schlief schön zugedeckt in seinem Bett in Les Saintes-

Maries, und Sabir nebenan im Gästebett – dachte zumindest Sergeant Spola.

Sabir ging auf den Wagen zu. Er spürte, wie der Nachtwind in seine Haare fuhr. Er bedeutete Reszo mit einer Handbewegung, das Licht auszumachen. Seines Wissens waren immer noch Polizisten über die Sümpfe verteilt, und er wollte nicht, dass sie auf das Maset aufmerksam wurden.

»Hast du sie?«

Yola langte in ihre Jacke. Ihr Gesicht sah klein und verletzlich aus im Schein von Sabirs Taschenlampe. Sie gab ihm das Bambusrohr. Dann warf sie einen Blick zum Haus und schauderte.

»Gab es Probleme?«

»Zwei Polizisten. Sie hatten in der *Cabane* Unterschlupf gesucht. Sie hätten mich beinahe entdeckt. Aber im letzten Moment wurden sie weggerufen.«

»Weggerufen?«

»Ich habe mitgehört, was einer am Handy sagte, Hauptmann Calque weiß, wohin der Augenmann geflüchtet ist. Es ist irgendwo in der Nähe von St. Tropez. Die ganze Polizei ist dorthin gefahren. Die Gegend hier interessiert sie nicht mehr.«

»Gott sei Dank.«

»Soll ich mit hineinkommen?«

»Nein. Ich habe schon Feuer gemacht. Ein paar Kerzen angezündet. Ich komme zurecht.«

»Bouboul wird dich kurz vor Morgengrauen abholen. Bist du dir sicher, dass du nicht lieber jetzt mit uns zurückkommen willst?«

»Zu gefährlich. Sergeant Spola könnte Verrat wittern. Er ist nicht so dumm, wie er aussieht.«

»Doch, das ist er.«

Sabir lachte.

Yola warf noch einen Blick in Richtung Haus. Dann stieg sie wieder in den Wagen. »Ich mag diesen Ort nicht. Es war falsch von mir, ihn als Treffpunkt vorzuschlagen.«

»Was hätten wir sonst nehmen sollen? So ist es bei Weitem am praktischsten.«

»Ja, wahrscheinlich.« Sie hob unsicher die Hand. »Und du überlegst es dir bestimmt nicht anders?«

Sabir schüttelte den Kopf. Reszo fuhr langsam die Zufahrt zurück. Erst als er in der Nähe der Straße war, schaltete er die Scheinwerfer an.

Sabir sah ihnen nach, bis der Lichtschein am Horizont verschwand. Dann ging er wieder ins Haus.

## 76

Hauptmann Calque lehnte sich auf seinem Stuhl zurück. Das Dokument vor ihm ergab nicht den geringsten Sinn. Vorgeblich war es auf ausdrücklichen Befehl von König Ludwig IX. von Frankreich geschrieben worden – und tatsächlich trug es das Datum 1228, gerade einmal zwei Jahre nachdem Ludwig im Alter von elf Jahren den Thron bestiegen hatte. Womit er zum Zeitpunkt, an dem es angeblich auf sein Geheiß verfasst wurde, erst dreizehn oder vierzehn gewesen wäre. Die Siegel waren jedoch eindeutig das von Ludwig dem Heiligen persönlich und das seiner Mutter, Blanche von Kastilien – für den Versuch, ein königliches Siegel zu fälschen, wäre man in jenen Tagen gehängt und gevierteilt worden.

Drei weitere Signaturen waren unter der des Königs und seiner Mutter angefügt: Jean de Joinville, der Berater des Königs (und neben Villehardouin und Froissart einer der größten frühen Historiker Frankreichs), Geoffrey von Beaulieu, der Beichtvater des Königs, und Wilhelm von Chartres, sein Hofgeistlicher. Calque schüttelte den Kopf. Er hatte de Joinvilles *Histoire de Saint Louis* an der Universität studiert und wusste mit Bestimmtheit, dass Joinville 1228 nicht älter als vier Jahre gewesen war – was die anderen anging, so würde er nicht lange brauchen, ihr Alter herauszufinden. Aber die Vermutung lag nahe, dass das Dokument – das offenbar einer Vereinigung namens *Corpus Maleficus* einen Freibrief ausstellte und Befugnisse zuerkannte – zumindest in gewisser Weise zurückdatiert worden war.

An diesem Punkt fiel Calque der Kelch in dem verschließbaren Flaschenhalter ein, der die Initialen CM trug. Handelte es sich nur um eine zufällige Übereinstimmung? Es erschien ihm, gerade in diesem verborgenen Raum mit seinem Widerhall von Geheimnissen, Intrigen und Kabalen unwahrscheinlich. Er sah wieder auf das Dokument vor sich.

Ächzend vor Konzentration drehte er es um und prüfte seine Rückseite unter dem Vergrößerungsglas. Ja. Genau wie er vermutet hatte. Auf der Rückseite war der schwache Abdruck von Schrift zu erkennen. Rückwärts geschrieben. Wie es ein Linkshänder vielleicht zustande brächte, wenn er nach arabischer Art – also von rechts nach links – schreiben sollte. Calque wusste, dass die linke Seite im Mittelalter als die Seite des Teufels galt. *Sinister* in der lateinischen Bezeichnung, die bereits die Konnotation in sich barg; die Vorstellung ging auf die frühen griechischen Auguren zurück, die glaubten, dass Zeichen, die man über die linke Schulter sah, von kommendem Übel kündeten.

Calque zog das Schriftstück näher zum Licht. Schließlich hielt er es frustriert vors Gesicht. Nichts zu machen. Die Schrift war unentzifferbar – es würde ein Elektronenmikroskop brauchen, um daraus schlau zu werden.

Er dachte an die Worte der Comtesse bei ihrer ersten Begegnung zurück. Calque hatte sie gefragt, was der dreizehnte Pair bei der Krönungsfeier zu tragen pflegte, und sie hatte geantwortet: »Er trug gar nichts, Hauptmann. Er sorgte für Schutz.«

Und auf seine Frage, wovor, hatte sie geantwortet: »Vor dem Teufel natürlich.«

Aber wie konnte man erwarten, dass ein bloßer Sterblicher die französische Krone vor dem Teufel schützte?

Calque spürte langsam eine Art Verständnis heraufdämmern. Der *Corpus Maleficus*. Was bedeutet das? Er rief sein Schullatein zu Hilfe. *Corpus* bedeutete Körper. Es konnte auch Körperschaft bedeuten, eine Vereinigung von Menschen, die sich einem bestimmten Ziel widmeten. Und *maleficus*? Unrecht. Etwas, das Böses tut.

Eine Körperschaft also, die sich der Aufgabe widmete, Böses zu tun? Das konnte doch wohl nicht sein. Und gewiss nicht unter der Schirmherrschaft des heiligmäßigen Ludwig, eines Mannes, der so fromm war, dass er einen Tag, an dem er nicht zwei vollständigen Messen (zusätzlich zu den vielen Gebeten) beiwohnte, als vergeudet betrachtete, und der sich dann um Mitternacht noch einmal aus dem Bett schälte, um sich zur Mette anzukleiden.

Dann musste es eine Körperschaft bedeuten, die sich der Auslöschung solcher Dinge widmete. Eine Organisation mit dem Ziel, die Werke des Teufels zu untergraben. Aber wie ging man so etwas an? Wohl kaum auf homöopathische Weise.

Calque stand auf. Es war Zeit für ein weiteres Gespräch mit der Comtesse.

77 Achor Bale lag, wie er gefallen war. Seine Wunde war wieder aufgegangen, und er spürte das Blut schwach an seinem Hals hinab pulsieren. In einem Augenblick würde er sich bewegen. In der Küche war vielleicht etwas zu finden, womit er das Blut stillen konnte. Und wenn nicht, konnte er in die Sümpfe hinausgehen und etwas Torfmoos sammeln. In der Zwischenzeit würde er hier liegen und sich erholen. Wozu die Eile? Niemand wusste, dass er hier war. Niemand wartete auf ihn.

Draußen vor dem Haus waren Reifenknirschen und das Geräusch eines Motors zu hören.

Die Polizei. Sie hatten doch noch eine Wache geschickt. Sie würden ziemlich sicher das ganze Haus kontrollieren, ehe sie sich für die Nacht einrichteten. Menschen taten so etwas. Es war eine Art Aberglaube. Eine Grenzverschiebung. Etwas, das sie von ihren Höhlenvorfahren geerbt hatten.

Bale schleppte sich verärgert in Richtung Bett. Er würde sich darunterlegen. Wer immer den kürzeren Strohhalm gezogen hatte und oben nachsehen musste, würde sich wahrscheinlich damit begnügen, mit der Taschenlampe kurz ins Zimmer zu leuchten. Unwahrscheinlich, dass er sich mehr Mühe gab. Wozu auch? Es war nur ein Tatort.

Bale zog den Redhawk vorsichtig aus dem Holster. Vielleicht war nur einer gekommen. In diesem Fall würde er ihn aus dem Hinterhalt angreifen und den Wagen nehmen. Das Maset lag so abgelegen, dass unmöglich jemand den Schuss würde hören können.

Seine Hand strich über das Handy in seiner Innentasche. Es könnte immer noch Saft haben, falls es bei dem Sturz nicht beschädigt worden war. Vielleicht sollte er doch Madame, seine Mutter, anrufen. Ihr sagen, dass er nach Hause käme.

Oder würden die *Flics* die Frequenzen überwachen? Konnten Sie das? Er glaubte nicht. Und sie hatten ohnehin keinen Grund, Madame, seine Mutter, zu verdächtigen.

Kein Laut von unten. Die Polizisten waren noch draußen. Wahrscheinlich kontrollierten sie die Umgebung des Hauses.

Bale tippte die Nummer ein. Er wartete auf den Klingelton. Es läutete.

»Wer ist da?«

»Hier ist der Comte, Milouins. Ich muss mit der Comtesse sprechen. Dringend.«

»Die Polizei, Comte. Sie wissen, wer Ihr seid. Sie sind hier.«

Bale schloss die Augen. Hatte er das erwartet? Ein fatalistischer Dschinn flüsterte ihm ins Ohr, dass er es erwartet hatte. »Hat sie Ihnen eine Nachricht für mich aufgetragen? Für den Fall, dass ich anrufe?«

»Nur zwei Worte, Comte. Zwei deutsche: *Schluss machen.*«

»Schluss machen?«

»Sie sagte, Ihr würdet verstehen. Ich muss jetzt aufhören zu telefonieren. Sie kommen.«

## 78

Danach schlief Bale ein wenig. Er wachte immer wieder auf, ehe er erneut das Bewusstsein verlor, wie jemand, dem man vor einer Operation zu wenig Äther gegeben hat.

Irgendwann glaubte er, Schritte die Treppe heraufkommen zu hören, und er zog sich an der Bettseite hoch und wartete fünf endlose Minuten lang mit der Pistole im Anschlag. Dann sank er wieder in Bewusstlosigkeit.

Er erwachte von einem Geräusch in der Küche. Diesmal war es unverkennbar. Das Klappern von Töpfen und Kannen. Jemand machte sich Kaffee. Bale konnte beinahe den Butangasbrenner anspringen hören und das Kaffeepulver riechen.

Er musste essen. Trinken. Die Geräusche in der Küche würden seine Schritte übertönen. Wenn es zwei waren, *tant pis*. Er würde sie beide töten. Er hatte den Überraschungseffekt auf seiner Seite. Die *Flics* wähnten ihn offenkundig auf dem Weg zum Cap Camarat. Das war ausgezeichnet. Anscheinend gingen sie davon aus, dass er ihre Absperrkette durchbrochen hatte. Sie würden scharenweise sinnlos in der Gegend herumstehen.

Wenn er in einem Polizeiwagen entkäme, wären sie fassungslos. Er konnte sich eine ihrer Uniformen anziehen. Eine Sonnenbrille tragen.

Mitten in der Nacht?

Bale schüttelte langsam den Kopf. Warum hatte er keine Energie mehr? Warum döste er so viel?

Wasser. Er brauchte Wasser. Ohne Wasser würde er sterben. Der Blutverlust hatte das Problem nur verschlimmert.

Er zwang sich auf die Beine. Dann taumelte er mit dem Redhawk in der Hand zur Treppe.

## 79

Sabir hielt das Bambusrohr mit einer Hand und brach das Wachssiegel auf. Ein merkwürdiger Geruch schlug ihm entgegen. Er ließ seine Gedanken einen Moment schweifen. Der Geruch war süß und warm und zugleich erdig. Weihrauch? Ja, das war es. Er hielt das Rohr an die Nase und sog die Luft ein. Unglaublich. Wie war der Duft so lange darin eingeschlossen geblieben?

Sabir schlug das Rohr leicht an den Tisch. Ein wenig Harz fiel heraus. Er spürte, wie er nervös wurde. Hatte der Weihrauch etwa als Konservierungsmittel gedient? Oder war die Tube einfach nur ein Weihrauchbehälter gewesen? Er schlug den Bambus wieder an die Tischkante, diesmal etwas energischer und etwas ängstlicher. Eine dünne Pergamentrolle fiel ihm in den Schoß.

Sabir entrollte das Pergament und breitete es hastig auf dem Tisch aus. Es bedeckte eine Fläche von etwa fünfzehn mal zwanzig Zentimeter. Es war auf beiden Seiten beschriftet. In Gruppen von je vier Zeilen. Es *waren* die Prophezeiungen.

Sabir begann zu zählen. Sechsundzwanzig Vierzeiler auf einer Seite. Noch einmal sechsundzwanzig auf der anderen. Die Spannung raubte ihm fast den Atem.

Er zog sich ein Blatt Papier heran. Dann schrieb er den ersten Vierzeiler peinlich genau ab und begann seine erste, zögerliche Übersetzung.

**80** Calque sah die Comtesse an. Sie waren allein im Raum, darauf hatte die Comtesse bestanden, als Calque sie um das Gespräch bat. »Ihr Sohn will also nach Hause kommen?«

Die Comtesse fuchtelte gereizt mit der Hand, als versuchte sie, einen schlechten Geruch zu verscheuchen. »Ich weiß nicht, wovon Sie sprechen.«

Calque seufzte. »Meine Leute haben ein Telefongespräch abgehört, Madame. Zwischen Ihrem Sohn und Ihrem Diener Milouins. Derselbe Diener, der beim Versuch ertappt wurde, den geheimen Versammlungsraum zu verschließen. Ihr Sohn hat Milouins Namen benutzt, deshalb sind wir uns der Fakten sicher.«

»Woher wissen Sie, dass es mein Sohn war? Milouins darf Anrufe bekommen, von wem er will. Im Gegensatz zu manchen Leuten, die ich kenne, behandle ich mein Personal extrem tolerant.«

»Ihr Sohn hat sich als Comte vorgestellt.«

Ein leerer Ausdruck trat in die Augen der Comtesse. »So

etwas Absurdes habe ich noch nie gehört. Mein Sohn hat seit Jahren nicht mehr hier angerufen. Das sagte ich Ihnen bereits. Er ist zur Fremdenlegion gegangen. Gegen meine ausdrücklichen Anweisungen, wie ich anfügen darf. Ich weiß nicht, warum Sie uns in dieser Weise belästigen.«

»Milouins hat Ihrem Sohn eine Nachricht von Ihnen weitergegeben.«

»Machen Sie sich nicht lächerlich.«

»Die Nachricht bestand aus einem Begriff. Einem deutschen. *Schluss machen.*«

»Ich spreche nicht Deutsch. Und Milouins auch nicht, soviel ich weiß.«

»*Schluss machen* bedeutet, einer Sache ein Ende bereiten. Oder einer Person.«

»Tatsächlich?«

»Ja. Es kann auch bedeuten, sich selbst zu töten.«

»Beschuldigen Sie mich, meinen Sohn zum Selbstmord aufgefordert zu haben? Also wirklich, Hauptmann. Ein Minimum an mütterlicher Sorge dürfen Sie mir schon zugestehen.«

»Nein. Ich glaube, dass Sie Ihren Sohn aufgefordert haben, jemand anderen zu töten. Einen Mann namens Sabir. Er soll Sabir töten und die Angelegenheit zu einem Ende bringen. Ich sollte Ihnen an dieser Stelle sagen, dass wir Sabir in Schutzhaft genommen haben. Wenn Ihr Sohn versucht, ihn zu ermorden, wird man ihn fassen.«

»Sie sagten, ›Sabir töten und die Angelegenheit zu einem Ende bringen‹. Von welcher Angelegenheit sprechen Sie denn eigentlich?«

»Ich weiß über den *Corpus Maleficus* Bescheid, Madame. Ich habe das Dokument gelesen, das Sie in dem Geheimzimmer aufbewahren.«

»Sie wissen nichts über den *Corpus Maleficus*, Hauptmann. Und Sie haben dieses Dokument nicht gelesen. Es ist chiffriert. Sie versuchen, mich zu bluffen, aber das wird Ihnen nicht gelingen.«

»Sind Sie besorgt wegen der Handlungen Ihres Sohnes, Madame?«

»Tief besorgt, Hauptmann. Ist es das, was Sie von mir hören wollen? Tief besorgt.«

»Entschlüsselungsexperten werden das Pergament bald dechiffriert haben.«

»Das glaube ich nicht.«

»Aber Sie wissen, was darin steht?«

»Natürlich. Mein Mann hat es mir nach unserer Heirat Wort für Wort beigebracht. Es ist in einer Sprache verfasst, die nur einem inneren Zirkel von Auserwählten bekannt ist. Aber ich bin inzwischen eine alte Frau. Ich habe sowohl den Inhalt als auch die Sprache vollständig vergessen. So wie ich auch den Inhalt dieser Unterhaltung vergessen habe.«

»Ich denke, Sie sind eine böse Frau, Madame. Ich denke, Sie stecken hinter allem, was Ihr Sohn treibt, und Sie würden ihn freudig dem Teufel überantworten, wenn es Ihren Interessen und denen Ihrer Gesellschaft diente.«

»Sie reden Unsinn, Hauptmann. Und die ganze Sache übersteigt Ihren Horizont bei weitem. Was Sie sagen, ist reine Spekulation. Vor jedem Gericht würde man Sie auslachen.«

Calque stand auf.

Ein merkwürdiger Ausdruck huschte über das Gesicht der Comtesse. »Und Sie irren sich noch in einer anderen Beziehung. Ich würde meinem Sohn niemals dem Teufel überantworten, Hauptmann. Nicht dem Teufel, das kann ich Ihnen versichern.«

**81** Kurz vor der letzten Stufe der scheinbar endlos langen Treppe, die ins Erdgeschoss führte, rutschte Bale aus. Er fiel schwer gegen die Wand – so schwer, dass er überrascht aufstöhnte, als seine zertrümmerte Schulter das Geländer streifte.

Sabir setzte sich in seinem Stuhl auf. Die Polizei. Sie mussten doch jemanden hiergelassen haben. Vielleicht hatte der Mann einfach oben ein Nickerchen gemacht. Es war unglaublich dumm von ihm gewesen, das Haus nicht zu kontrollieren, ehe er mit seiner Arbeit begann.

Sabir raffte seine Papiere zusammen und stellte sich mit dem Rücken zum Feuer. Er würde es nicht mehr bis zur Tür schaffen. Am besten, er bluffte. Er konnte behaupten, er sei wegen ein paar von seinen Sachen zurückgekommen, die er brauchte. Das Wörterbuch und das Bündel Papiere würden ihm recht geben.

Bale kam um die Ecke wie eine Erscheinung, die frisch dem Grab entstiegen war. Er war totenblass, und seine geronnenen Augen ähnelten im Schein der Kerzen denen eines Dämons. Seine ganze Vorderseite war voller Blutspritzer, Hals und Schulter waren wie von einem Film aus Blut bedeckt. Er hielt eine Pistole in der linken Hand, und Sabir sah mit Entsetzen, wie er sie hob und auf ihn richtete.

Zum wahrscheinlich ersten und einzigen Mal in seinem Leben handelte Sabir vollkommen spontan. Er warf das Wörterbuch nach Bale und drehte sich in derselben, flüssigen Bewegung an Ort und Stelle, sodass er vor dem Kamin kniete. Einen Sekundenbruchteil bevor der Schuss ertönte, stieß Sabir das Originalpergament und seine Abschrift tief in die Flammen.

**82** Als Sabir zu sich kam, hatte er keine Ahnung, wo er sich befand. Er versuchte sich zu bewegen, aber er konnte es nicht. Ein fürchterlicher, ekliger Gestank stieg ihm in die Nase. Er bemühte sich, seine Arme frei zu bekommen, aber sie steckten in einer Art Schlamm. Der Schlamm reichte bis knapp über sein Schlüsselbein und ließ nur den Kopf frei. Sabirs verzweifelte Anstrengungen, sich herauszuarbeiten, ließen ihn nur tiefer in den Morast sinken.

»Das würde ich an Ihrer Stelle nicht tun.«

Sabir blickte auf.

Bale kauerte oberhalb von ihm. Zwanzig Zentimeter über Sabirs Kopf war eine Öffnung, kaum breiter als ein Mann. Bale hielt die Falltür auf, die das Loch normalerweise verschloss. Er leuchtete mit seiner Lampe direkt in Sabirs Gesicht. »Sie befinden sich in einer Sickergrube. Einer alten. Dieses Haus war anscheinend nie an die Kanalisation angeschlossen. Ich brauchte eine Weile, bis ich sie gefunden hatte. Aber Sie werden zugeben müssen, dass sie in ihrer Art perfekt ist. Zwischen dem Scheißespiegel und der Abdeckung sind knapp dreißig Zentimeter Platz. Das ist etwa die Höhe Ihres Kopfes, Sabir, mit ein paar Zentimetern Spielraum. Wenn ich den Deckel schließe und abdichte, haben Sie Luft für, sagen wir, eine halbe Stunde? Natürlich nur, wenn das Kohlenmonoxid von der Zersetzung des Nahrungszuckers Sie nicht vorher umbringt.«

Sabir nahm einen Schmerz an seiner rechten Schläfe wahr. Er wollte die Hand heben, um die Stelle zu befühlen, aber er konnte es nicht. »Was haben Sie mit mir gemacht?«

»Bis jetzt noch gar nichts. Die Verletzung in ihrem Gesicht stammt von einem Querschläger. Meine Kugel traf den Kamin genau in dem Moment, in dem Sie sich umgedreht haben, um die Prophezeiungen zu vernichten. Das verformte Geschoss prallte zurück und hat Ihnen ein Stück Ohr abgerissen. Außerdem haben Sie das Bewusstsein verloren. Tut mir leid, war keine Absicht.«

Sabir spürte, wie die Klaustrophobie langsam von ihm Besitz ergriff. Er bemühte sich, normal zu atmen, musste aber feststellen, dass er zu einem solchen Maß an Selbstbeherrschung vollkommen unfähig war. Er begann zu keuchen, als erlitte er einen Asthmaanfall.

Bale schlug Sabir mit dem Lauf der Pistole leicht auf den Nasenrücken. »Werden Sie mir jetzt nicht hysterisch. Ich möchte, dass Sie zuhören. Aufmerksam zuhören. Sie sind bereits ein toter Mann. Was immer geschieht, ich werde Sie töten. Sie werden an diesem Ort sterben. Niemand wird Sie hier je finden.«

Sabirs Nase hatte zu bluten begonnen. Er versuchte, den Kopf von Bales Pistole wegzudrehen, da er einen zweiten Schlag befürchtete, aber die plötzliche Beimischung von Blut zu den Exkrementen löste einen Würgereflex aus. Er brauchte einige Minuten, bis er sich wieder unter Kontrolle hatte und zu würgen aufhörte. Als der Anfall schließlich vorüber war, hob er den Kopf, so weit er konnte, und sog geringfügig frischere Luft von oben ein. »Warum reden Sie noch mit mir? Warum tun Sie nicht einfach, was Sie zu tun beabsichtigen?«

Bale verzog das Gesicht. »Geduld, Sabir, Geduld. Ich rede noch mit Ihnen, weil Sie eine Schwäche haben. Eine fatale Schwäche, die ich gegen Sie einzusetzen gedenke. Ich habe beobachtet, wie man Sie in Samois in die Holzkiste gesteckt hat. Und ich habe gesehen, in welchem Zustand Sie waren, als man Sie wieder herauszog. Klaustrophobie ist Ihre größte

Angst auf dieser Welt. Also biete ich sie Ihnen. In genau sechzig Sekunden werde ich diese Grube hermetisch verschließen und Sie darin verfaulen lassen. Aber Sie haben eine Chance, das Leben des Mädchens zu erkaufen. Das des Mädchens – nicht Ihr eigenes. Sie können mir alles diktieren, was Sie über die Prophezeiungen wissen. Nein. Tun Sie nicht, als wüssten Sie nicht, wovon ich spreche. Sie hatten mehr als genug Zeit, die Verse abzuschreiben und zu übersetzen. Ich habe das Wörterbuch gefunden, das Sie nach mir geworfen haben. Ich habe Ihren Wagen eintreffen hören. Ich habe abgeschätzt, wie lange Sie unten im Wohnzimmer waren, und es müssen Stunden gewesen sein. Diktieren Sie mir, was Sie wissen, und ich schieße Ihnen in den Kopf, statt Sie langsam ersticken zu lassen. Und ich verspreche, das Leben des Mädchens zu schonen.«

»Ich habe nicht…« Sabir hatte Schwierigkeiten, die Worte herauszubringen. »Ich habe nicht…«

»Doch, Sie haben. Ich habe Ihren Schreibblock. Es sind viele Zeilen durchgedrückt. Sie haben viele Zeilen übersetzt. Später werde ich den Block analysieren lassen. Aber erst werden Sie mir liefern, was ich haben will. Wenn nicht, spüre ich das Mädchen auf und tue ihr genau dasselbe an, was der Henker von Dreißigacker mit der schwangeren Frau gemacht hat. Bis zum letzten Peitschenhieb, der letzten Verbrühung, der letzten Drehung an der Folterbank. Sie hat Ihnen davon erzählt, Ihre kleine Yola, nicht wahr? Von der Gutenachtgeschichte, die ich ihr vorgelesen habe, während sie auf den Tod gewartet hat. Ich sehe es Ihrem Gesicht an. Unvergesslich, nicht wahr? Sie können sie davor bewahren, Sabir. Sie können als Held sterben.« Bale richtete sich mühsam auf. »Denken Sie darüber nach.«

Dann fiel die Falltür zu, und es wurde stockdunkel in der Grube.

**83** Sabir begann zu schreien. Es war kein überlegtes Schreien, kein Rufen, dass er hinauswollte. Es war ein tierischer Klang, der aus einem Ort tief in ihm drang – aus einem Ort, an dem es keine Hoffnung mehr gab.

Er hörte, wie über ihm etwas Schweres über die Falltür geschleift wurde. Sabir verstummte, wie ein Wild, das die Linie der anrückenden Treiber spürt. Die Dunkelheit, in der er sich befand, war absolut – es war so dunkel, dass das Schwarz seinen verzweifelt starrenden Augen beinahe purpurn erschien.

Der Würgereflex setzte wieder ein, Sabir spürte, wie sich sein Herz bei jedem explosiven Auswurf zusammenzog. Er versuchte, seine Gedanken auf die Außenwelt zu konzentrieren. Sich hinauszudenken aus der Sickergrube und dieser grauenhaften Dunkelheit, die ihn verrückt zu machen drohte. Aber die Finsternis war so absolut und seine Furcht so akut, dass er nicht mehr Herr seiner Gedanken war.

Er versuchte, die Arme von unten heraufzuziehen. Waren sie gefesselt? Hatte ihm Bale sogar das angetan?

Mit jeder Bewegung sank er tiefer in den Sumpf. Er stand ihm nun bis zum Kinn und drohte, in seinen Mund zu dringen. Er begann zu stöhnen, seine Arme schlugen wie Hühnerflügel in der zähflüssigen Brühe.

Bale würde zurückkommen. Er hatte gesagt, dass er zurückkommen würde. Er würde zurückkommen, um Sabir wegen der Prophezeiungen zu befragen. Das würde Sabir den entscheidenden Ansatzpunkt liefern. Er würde Bale dazu bringen, ihn aus der Sickergrube zu ziehen, damit er alles aufschreiben konnte, was er wusste. Dann würde er ihn überwältigen. Keine Macht auf Erden würde Sabir noch einmal hier hineinbringen, wenn er erst einmal draußen war. Notfalls würde er sterben. Sich selbst töten.

Das war der Moment, in dem Sabir Bales unbrauchbarer linker Arm einfiel. Der Mann war körperlich gar nicht in der Lage, ihn je wieder herauszuziehen. Ihn zur Grube schleifen, das hatte er gekonnt. Einen Bewusstlosen hineingleiten zu lassen, ja – dabei erledigte die Schwerkraft die meiste Arbeit. Aber es war vollkommen ausgeschlossen, dass Bale ihn je wieder herausbekäme.

Inzwischen begannen die Gase in der Senkgrube langsam ihre Wirkung zu tun. Sabir fühlte sich wie von einer fremden Kraft nach oben gezogen. Zuerst schien sein gesamter Körper gegen die Abdeckung gedrückt zu werden, wie ein Flugzeugpassagier, der durch den Unterdruck an das Bullauge gesaugt wird. Dann brach er durch, sein Körper wurde durch den zentrifugalen Auswurf in eine U-Form gezwungen. Er streckte die Arme, so weit er konnte, und seine Körperform kehrte sich um, bis er in Form eines C – in Form eines Fallschirmspringers – himmelwärts schoss, wobei Wucht und Geschwindigkeit seines Aufstiegs aber nicht spürbar waren.

Er sah auf die Erde unter sich mit erhabener Distanziertheit hinab, als gehörte dieser explosive Exodus in keiner Weise zu seinem eigenen Erleben.

Dann begann sich sein Körper in seiner Halluzination allmählich in seine Einzelteile aufzulösen. Erst wurden die Arme weggerissen – er sah sie auf einem Luftstrom von sich fortwirbeln. Dann seine Beine.

Sabir begann zu stöhnen.

Mit einem furchtbaren Ruck wurde die untere Hälfte des Rumpfs weggerissen und zog Eingeweide, Därme und Blase, hinter sich her. Seine Brust zerplatzte, und Herz, Lunge und Rippen stoben zerfetzt von seinem Körper fort. Er versuchte sie zu fangen, aber er hatte keine Arme. Er hatte der Auflösung seines Körpers nichts entgegenzusetzen, und bald war nur noch der Kopf von ihm übrig, genau wie in seinem Schamanentraum – und sein Kopf kam mit toten Augen auf ihn zu.

Als der Kopf näher kam, öffnete sich der Mund, und eine Schlange begann aus ihm zu kriechen – eine dicke, sich entrollende Python, mit Schuppen wie ein Fisch und starren Augen, und mit einem Mund, der sich auszuhängen schien und immer größer wurde. Die Python drehte sich und verschlang Sabirs Kopf – Sabir sah die Umrisse seines Kopfs im Innern der Python entlangwandern, getrieben durch die Kraft der Eiweiß verbrennenden Muskeln.

Dann drehte sich die Python erneut, und ihr Gesicht war sein Gesicht einschließlich des erst frisch beschädigten Ohrs. Das Gesicht versuchte, mit ihm zu reden, aber Sabir konnte seine eigene Stimme nicht mehr hören. Es war, als befände er sich gleichzeitig innerhalb und außerhalb des Schlangenkörpers. Irgendwie spürte er aber, dass seine Unfähigkeit zu hören von dem inneren Kopf rührte, der wie eine Wurstfülle durch die Länge des Schlangenleibs gepresst wurde.

Es ist wie eine Geburt, befand Sabir. Als käme er durch den Geburtskanal. Daher die Klaustrophobie. Sie hat mit meiner Geburt zu tun.

Jetzt konnte Sabir durch die Augen der Schlange sehen, durch ihre Haut fühlen. Er war die Schlange, und die Schlange war er.

Seine Hand brach aus dem Sumpf neben seinem Gesicht. Er spürte, wie die Hand nach seinem Hals langte, als gehörte sie noch immer nicht zu ihm.

Er war immer noch die Schlange. Er hatte keine Hände.

Die Hand griff nach der Halskette, die ihm der Schamane gegeben hatte.

Schlange. In der Kette war Schlangengift.

Er musste es nehmen. Sich töten. War es das, was ihm der Traum mitteilen wollte?

Plötzlich war er wieder in der Realität der Sickergrube. Über sich hörte er ein Scharren und Kratzen. Jeden Moment würde Bale die Luke öffnen.

Mit der freien Hand riss sich Sabir ein Stück Stoff vom Hemd und rammte es sich in den Mund. Er stieß es die Kehle hinab, sodass es Luft- und Speiseröhre verstopfte.

Er spürte den Würgereflex, aber er ignorierte ihn.

Bale öffnete die Falltür.

Sabir brach das Giftfläschchen auf und leerte es in seinen Mund. Er atmete jetzt nur durch die Nase. Er spürte das Gift auf seiner Zunge liegen. Sich auf sein Gaumendach ausbreiten. Durch seine Nasengänge und Nebenhöhlen sickern.

Als die Tür aufging, stellte sich Sabir tot. In dem Sekundenbruchteil, ehe das Licht ihn traf, ließ er den Kopf nach vorn sinken und auf der stinkenden Brühe aufliegen, sodass Bale glauben würde, er sei ertrunken.

Bale knurrte verärgert. Er langte nach unten, um Sabirs Kopf hochzuziehen.

Sabir packte ihn mit der freien Hand am Hemdkragen. Momentan aus dem Gleichgewicht gebracht, begann Bale zu stürzen.

Den Schwung der Abwärtsbewegung ausnutzend, bugsierte Sabir Bales Kopf durch die Öffnung. Sein Blick war auf die offene Wunde an Bales Hals fixiert.

Als Bales Kopf für einen Moment neben seinem lag, grub

Sabir seine Zähne in die Wunde, bohrte seine Zunge in das Einschussloch und verteilte das Gift tief in Bales Blutbahn.

Dann spuckte er das restliche Gift in die Senkgrube und bereitete sich darauf vor, zu sterben.

## 84

Joris Calques Vernehmung der Comtesse hatte sich als Äquivalent eines *Coitus reservatus* erwiesen – anders ausgedrückt, er hatte das Ende so lange hinausgezögert, dass die schlussendliche Wirkung kaum befriedigender als ein feuchter Traum gewesen war.

Er hatte sich vor der Vernehmung eingeredet, dass er es war, der alle Trümpfe in der Hand hielt. Die Comtesse würde doch zweifellos in der Defensive sein, oder? Sie war eine alte Frau – warum redete sie sich nicht einfach alles von der Seele? Es gab keine Todesstrafe mehr in Frankreich. Tatsächlich würde man den Comte wahrscheinlich in eine Heilanstalt einweisen, wo er nach Herzenslust Dynastie spielen konnte in der Gewissheit, dass man ihn nach fünfzehn oder zwanzig Jahren mit dem Etikett »harmlos« versehen wieder in die Gesellschaft entlassen würde.

Stattdessen hatte sich Calque der menschlichen Entsprechung einer Ziegelmauer gegenübergesehen. Selten in seiner Laufbahn war er einem Menschen begegnet, der von der moralischen Rechtmäßigkeit seines Tuns so überzeugt gewesen war. Calque wusste, die Comtesse war die treibende Kraft hinter dem Verhalten ihres Sohnes – er wusste es einfach. Aber er konnte es nicht im Entferntesten beweisen.

»Sind Sie das, Spola?« Calque hielt das Handy fünfzehn Zentimeter vor seinen Mund, wie man ein Mikrofon halten würde. »Wo sind Sabir und Dufontaine im Augenblick?«

»Sie schlafen, Hauptmann. Es ist zwei Uhr morgens.«

»Haben Sie in letzter Zeit nach ihnen gesehen? Sagen wir, in der letzten Stunde?«

»Nein.«

»Nun, dann tun Sie es jetzt.«

»Soll ich Sie zurückrufen?«

»Nein. Nehmen Sie das Telefon mit. Dafür sind die Dinger ja da, oder?«

Spola quälte sich vom Rücksitz des Polizeiautos. Er hatte sich ein bequemes Nest aus ein paar geliehenen Decken und einem Sesselkissen gebaut, die Yola für ihn organisiert hatte. Was glaubte Calque eigentlich? Es war mitten in der Nacht. Warum sollten Sabir und der Zigeuner irgendwohin wollen? Sie wurden keines Vergehens beschuldigt. Wenn Calque ihn nach seiner Meinung gefragt hätte, er hätte ihm gesagt, dass es absolut keinen Sinn ergab, polizeiliche Arbeitskraft damit zu vergeuden, Nicht-Verdächtigen bei der freien Ausübung ihrer Rechte hinterherzulaufen. Eine hübsche, warme Frau wartete zu Hause auf Spola. Und ein schönes, warmes Bett. Es war das, worauf *er* ein Recht hatte. Und typischerweise wurde es gerade wieder verletzt.

»Ich habe jetzt den Zigeuner vor mir. Er schläft fest.«

»Schauen Sie bei Sabir nach.«

»Jawohl.« Spola öffnete leise die Zwischentür des Wohnwagens. So ein hirnrissiger Quatsch. »Er liegt in seinem Bett. Er ...« Spola hielt inne. Er machte einen weiteren Schritt in den Raum und schaltete das Licht an. »Er ist fort, Hauptmann. Sie haben sein Bett voller Kissen gepackt, damit es aussieht, als würde er schlafen. Es tut mir leid.«

»Wo ist das Mädchen?«

»Schläft bei den Frauen. Auf der anderen Straßenseite.«

»Holen Sie es.«

»Aber das kann ich nicht, Hauptmann. Sie wissen, wie diese Zigeunerfrauen sind. Wenn ich da einfach so hineinplatze ...«

»Holen Sie das Mädchen. Und dann will ich mit ihm sprechen.«

## 85

Spola spähte mit zusammengekniffenen Augen durch die Windschutzscheibe auf die vorbeifliegenden Bäume. Es hatte zu regnen begonnen, und die Scheinwerfer des Polizeiwagens spiegelten sich auf der Straße und erschwerten es, Entfernungen einzuschätzen.

Yola rutschte nervös auf dem Befahrersitz umher, ihr Gesicht war angespannt.

Spola schaltete den Heckscheibenwischer an. »Das war ein fieser Streich, den ihr mir da gespielt habt. Ich könnte meinen Job dafür verlieren.«

»Man hätte Ihnen erst gar nicht befehlen dürfen, auf uns aufzupassen. Das ist nur, weil wir Zigeuner sind. Ihr behandelt uns wie Dreck.«

Spola setzte sich aufrechter. »Das stimmt nicht. Ich habe mich bemüht, euch vernünftig zu behandeln – die Zügel nicht zu straff zu halten. Ich habe euch sogar diesen *Curandero* besuchen lassen. Damit habe ich mir diesen ganzen Ärger überhaupt nur eingebrockt.«

Yola warf ihm einen Blick zu. »Sie haben recht. Es sind die anderen, die mich krank machen.«

»Gut, manche Leute haben unentschuldbare Vorurteile. Ich leugne es nicht. Aber ich gehöre nicht zu ihnen.« Er wischte mit dem Ärmel über die Innenseite der Windschutzscheibe. »Wenn sie uns wenigstens Autos mit Klimaanlage geben würden, dann könnten wir sehen, wohin wir fahren. Sind wir bald da?«

»Es ist hier. Biegen Sie links ab. Und dann immer die Zufahrt entlang. Das Haus taucht bald auf.«

Spola fuhr den ausgefurchten Weg hinauf. Er warf einen Blick auf die Uhr. Calque würde mindestens noch eine Stunde brauchen, bis er hier eintraf – es sei denn, er entführte einen Polizeihubschrauber. Wieder eine Nacht ohne Schlaf.

Er hielt vor dem Maset. »Hier hat sich also alles abgespielt?«

Yola stieg aus und rannte zur Haustür. Ihre Angst hatte keine bestimmte Grundlage, aber Calques Anruf, der sie davor gewarnt hatte, dass der Augenmann immer noch hinter Sabir her war, hatte ihren Gleichmut erschüttert. Sie hatte geglaubt, der Augenmann sei für immer aus ihrem Leben verschwunden. Und jetzt half sie seinetwegen mitten in der Nacht der Polizei.

»Damo?« Sie sah sich im Wohnzimmer um. Das Feuer war fast aus. Eine der Kerzen spuckte bereits, und eine andere würde in wenigen Minuten erlöschen. Das Licht reichte kaum, um etwas zu sehen, geschweige denn um ausführliche Texte abzuschreiben. Sie drehte sich zu Sergeant Spola um. »Haben Sie eine Taschenlampe?«

Er schaltete sie an. »Vielleicht ist er in der Küche.«

Yola schüttelte den Kopf. Ihr Gesicht sah spitz und ängstlich aus in dem künstlichen Licht. Sie eilte den Flur entlang. »Damo?« Sie zögerte an der Stelle, wo Macron getötet worden war. »Damo?«

Hatte sie ein Geräusch gehört? Sie legte eine Hand auf ihr Herz und machte einen Schritt nach vorn.

Ein Schuss hallte durch das leere Gebäude. Yola schrie auf.

Sergeant Spola rannte zu ihr. »Was war das? Haben Sie auch einen Schuss gehört?«

»Es war unten im Keller.« Yola hatte eine Hand an die Kehle gelegt.

Spola fluchte und nestelte seine Pistole aus dem Halfter. Er war kein Mann der Tat. Schießereien lagen nicht in seiner Natur. Tatsächlich hatte er in mehr als dreißig Jahren Polizeidienst nie Gewalt anwenden müssen. »Bleiben Sie hier, Mademoiselle. Wenn Sie weitere Schüsse hören, laufen Sie zum Polizeiauto und fahren fort. Haben Sie verstanden?«

»Ich kann nicht fahren.«

Spola gab ihr sein Handy. »Ich habe einen Anruf bei Calque gedrückt. Erzählen Sie ihm, was los ist. Sagen Sie ihm, er muss einen Krankenwagen rufen. Ich muss jetzt gehen.« Spola lief durch den hinteren Teil des Hauses in Richtung Keller, seine Taschenlampe warf wilde Schatten an die Wände. Ohne nachzudenken, stieß er die Kellertür auf und stieg die Treppe hinunter, die Pistole hielt er linkisch in der einen Hand, die Taschenlampe in der anderen.

Die Füße eines Mannes ragten über den Rand von etwas, das eine alte Zisterne oder eine Sickergrube zu sein schien. Spola sah, wie die Füße in die Grube glitten. Wilde Laute drangen aus der Brühe, und Spola stand einen Moment vor Entsetzen und Ratlosigkeit wie versteinert da. Dann schlich er an den Rand der Grube und leuchtete mit seiner Lampe hinein.

Sabir hielt den Kopf nach hinten gereckt, und sein Mund stand wie zu einem lautlosen Schrei erstarrt offen. Mit der freien Hand hielt er Bales Faust mit dem Revolver darin. Im nächsten Moment sah Spola Bales Kopf aus der Senkgrube tauchen, die geronnenen Augen waren weiter nach oben verdreht, als es menschlichen Augen gemeinhin möglich schien. Die Waffe machte einen Ruck nach vorn, und es gab einen grellen Blitz.

Spola sank auf ein Knie. Ein taubes Gefühl breitete sich von seiner Brust über den Bauch in Richtung seiner Genitalien aus. Er versuchte, die Pistole zu heben, war aber nicht dazu in der Lage. Er hustete einmal und fiel dann zur Seite.

Eine Gestalt schoss an ihm vorbei. Er spürte, wie ihm die Pistole aus der Hand genommen wurde. Dann die Taschenlampe. Er legte beide Hände auf den Bauch. Er sah plötzlich das kostbare Bild seiner Frau vor sich, die auf ihrem Bett lag und auf ihn wartete, und ihre Augen brannten sich in seine.

Die Mündungsblitze wurden heftiger und erleuchteten den Keller wie eine Serie schwerer Gewitterschläge. Spola nahm Bewegung weit jenseits von sich wahr. Weit entfernt. Dann trennte jemand sanft seine Hände. War es seine Frau? Hatten sie seine Frau geholt, damit sie sich um ihn kümmerte? Spola wollte etwas zu ihr sagen, aber die Sauerstoffmaske auf seinem Gesicht verhinderte es.

## 86

»Sie verdanken dem Mädchen Ihr Leben.«

»Ich weiß.« Sabir blickte auf die Spitzen der Pinien hinaus, die vor seinem Krankenhausfenster noch gerade so sichtbar waren. »Ich schulde ihr sogar noch mehr als das, um ehrlich zu sein.«

Calque ging nicht auf die Bemerkung ein. Seine Konzentration galt etwas völlig anderem. »Woher wusste Yola, dass Sie Gift genommen hatten? Woher wusste sie, dass Sie ein Brechmittel brauchten?«

»Was für ein Brechmittel?«

»Sie hat Ihnen Senf und Salzwasser eingeflößt, bis sie alles herauswürgten, was an Gift noch in Ihnen war. Sie hat Sergeant Spola ebenfalls das Leben gerettet. Der Augenmann hat ihm in den Bauch geschossen. Bei einem Bauchschuss stirbt das Opfer, wenn es einschläft. Sie hat ihn unablässig reden lassen, während sie neben der Sickergrube lag und Sie mit einer Hand aus der Brühe heraushielt. Ohne sie wären Sie ertrunken.«

»Ich habe Ihnen ja gesagt, dass sie eine bemerkenswerte Person ist. Aber wie alle anderen Leute misstrauen Sie Zigeunern. Das ist schlicht nicht rational. Sie sollten sich schämen.«

»Ich bin nicht hierhergekommen, um mich belehren zu lassen.«

»Weshalb sind Sie denn gekommen?«

Calque lehnte sich in seinem Sessel zurück. Er klopfte seine Taschen nach einer Zigarette ab, bis ihm einfiel, dass er sich in einem Krankenhaus befand. »Weil ich Antworten suche, nehme ich an.«

»Was soll ich sagen? Wir wurden von einem Verrückten verfolgt. Er ist tot. Jetzt kehren wir zu unserem normalen Leben zurück.«

»Das reicht nicht.«

»Wie meinen Sie das?«

»Ich will wissen, wozu das alles geschah. Warum Paul Macron getötet wurde. Und die anderen. Bale war nicht verrückt. Er war es am wenigsten von uns allen. Er wusste genau, was er wollte, und warum er es wollte.«

»Fragen Sie seine Mutter.«

»Das habe ich. Es ist, als würde man gegen einen Baumstumpf treten. Sie streitet alles ab. Das Manuskript, das wir in ihrem Geheimzimmer gefunden haben, ist unentzifferbar, und mein Vorgesetzter hält es für Zeitverschwendung, die Sache weiterzuverfolgen. Sie bleibt vollkommen unbehelligt. Sie und ihre aristokratische Bande von Teufelsfantasierern.«

»Was wollen Sie dann von mir?«

»Yola hat Sergeant Spola gestanden, dass die Prophezeiungen nicht verloren gegangen sind. Dass Sie sie gerettet und im Maset übersetzt haben. Ich glaube, Sie hat eine Schwäche für Sergeant Spola.«

»Und Sie wollen wissen, was in den Prophezeiungen steht?«

»Ja.«

»Und wenn ich die Absicht hätte, sie zu veröffentlichen?«

»Niemand würde Ihnen zuhören. Sie wären wie König Priamos' Tochter Kassandra, die von ihrem Freier Apoll die Gabe der Weissagung geschenkt bekam – aber als sie sich weigerte, mit ihm ins Bett zu gehen, wandelte er sein Geschenk so ab, dass ihr nie jemand glaubte, obwohl ihre Weissagungen ausnahmslos zutrafen.« Calque hielt drei Finger in die Höhe, um Sabirs unvermeidliche Erwiderung zu unterbinden. Er zählte seine Argumente an den Fingern ab. »Erstens – Sie haben die Originale nicht. Zweitens – Sie haben nicht einmal eine Abschrift der Originale. Sie haben sie verbrannt. Wir haben die verkohlten Reste im Kamin gefunden. Asche im Wert von fünf Millionen Euro. Drittens – Ihr Wort würde einfach gegen den Rest der Welt stehen. Jeder kann hergehen und behaupten, er habe die Prophezeiungen gefunden. Ihr Wissen ist wertlos, Sabir.«

»Wieso wollen Sie es dann?«

»Weil ich es einfach wissen muss.«

Sabir schloss die Augen. »Und warum sollte ich es Ihnen sagen?«

Calque zuckte mit den Achseln. »Das kann ich nicht beantworten.« Er beugte sich vor. »Aber ich an Ihrer Stelle würde es jemandem erzählen wollen. Was es auch ist, ich würde es nicht mit ins Grab nehmen wollen. Ich würde es mir von der Seele reden wollen.«

»Und warum ausgerechnet Ihnen gegenüber?«

»Herrgott noch mal, Sabir!« Calque machte Anstalten aufzustehen. Dann überlegte er es sich anders und setzte sich wieder. »Sie schulden mir etwas. Und Sie schulden Macron etwas. Sie haben mich zum Narren gehalten, als ich Ihnen vertraut habe.«

»Sie hätten mir nicht vertrauen sollen.«

Calque lächelte dünn. »Hab ich auch nicht. In dem Wagen waren zwei Peilsender. Wir wussten, wenn wir Sie auf dem einen verlieren, können wir sie mit dem anderen wieder einfangen. Ich bin Polizist, Sabir, kein Sozialarbeiter.«

Sabir schüttelte betrübt den Kopf. Er musterte Calque, seine dunklen Augen bildeten einen Kontrast zu dem jungfräulich weißen Verband an seinem Kopf. »In dieser Grube ist etwas mit mir geschehen, Hauptmann.«

»Ich weiß.«

»Nein, nicht was Sie glauben. Etwas anderes. Es war wie eine Verwandlung. Ich habe mich verändert. Ich bin zu etwas anderem geworden. Der *Curandero* hatte mich vorgewarnt, dass das passiert, wenn man im Begriff ist, ein Schamane zu werden. Ein Heiler.«

»Ich habe keinen blassen Schimmer, wovon Sie reden.«

»Ich auch nicht.«

Calque lehnte sich in seinem Sessel zurück. »Erinnern Sie sich an etwas von den Prophezeiungen? Oder verschwende ich nur meine Zeit?«

»Ich erinnere mich an alles.«

Calque nahm eine Haltung an wie ein Vorstehhund, der seine Beute wittert. »Das ist nicht Ihr Ernst.«

»Ich sagte ja, dass eine Veränderung in mir stattgefunden hat. Eine Verwandlung. Ich weiß nicht, was es war oder warum es passiert ist, aber selbst jetzt noch sehe ich jedes Wort des französischen Textes vor mir. Wie eine Fotografie. Ich muss nur die Augen schließen, und es ist da. Ich habe sechs Stunden in diesem Haus verbracht, Hauptmann. Ich habe diese Vierzeiler wieder und wieder gelesen. Sie übersetzt. Versucht, ihre Bedeutung zu verstehen.«

»Haben Sie sie niedergeschrieben?«

»Das brauche ich nicht. Und ich will es nicht.«

Calque stand auf. »Schön. Dumm von mir, dass ich überhaupt gefragt habe. Warum sollten Sie es mir sagen? Was kann ich schon bewirken? Ich bin ein alter Mann. Ich sollte mich zur Ruhe setzen. Aber ich klammere mich an den Polizeidienst, weil ich sonst mit meinem Leben nichts anzufangen weiß. Darauf läuft es so ziemlich hinaus. Leben Sie wohl, Mr. Sabir. Ich bin froh, dass der Schweinehund Sie nicht erwischt hat.«

Sabir sah Calque zur Tür schlurfen. Der Mann hatte etwas an sich – vielleicht war es Integrität –, das ihn über die meisten seiner Mitmenschen erhob. Calque war, so gut er es verstand, ehrlich gewesen im Lauf der Ermittlungen. Er hatte Sabir wesentlich mehr Freiraum gelassen, als er hätte erwarten dürfen. Und er hatte ihm nicht die Schuld an Macrons Tod oder Spolas Verwundung gegeben. Nein. Beides hatte er auf seine Kappe genommen. »Warten Sie.«

»Wozu?«

Sabir fixierte den Hauptmann. »Setzen Sie sich. Ich werde Ihnen einen Teil der Geschichte erzählen. Den Teil, der keine Dritten beschädigt. Werden Sie damit zufrieden sein?«

Calque erwiderte Sabirs Blick. Dann nahm er vorsichtig wieder auf seinem Stuhl Platz. »Ich werde es wohl sein müssen, wenn Sie das Gefühl haben, mir nicht mehr verraten zu dürfen.«

Sabir zuckte die Achseln. Dann neigte er fragend den Kopf. »Beichtgeheimnis?«

Calque seufzte. »Beichtgeheimnis.«

**87** »Das Pergament aus dem Bambusrohr enthielt nur zweiundfünfzig Vierzeiler. Ich hatte zunächst angenommen, es müssten achtundfünfzig sein, weil das die Anzahl ist, die Nostradamus' ursprüngliche zehn Jahrhunderte vollgemacht hätte. Aber sechs fehlen noch. Inzwischen vermute ich, sie sind in alle Winde verstreut wie die in Rocamadour und Montserrat und dienen nur als Wegweiser zur Hauptgruppe.«

»Weiter.«

»Soweit ich feststellen kann, beschreibt jeder der verbleibenden zweiundfünfzig Vierzeiler ein bestimmtes Jahr. Ein Jahr im Vorfeld des Zeitenendes. Der Apokalypse. Ragnarök. Der ›Großen Zeitenwende‹ der Maya. Wie immer man es nennen will.«

»Was soll das heißen: ›beschreibt ein Jahr‹?«

»Jeder einzelne Vierzeiler dient als Fingerzeig. Es beschreibt ein Ereignis, das in diesem Jahr stattfinden wird – und jedes Ereignis ist in gewisser Weise bedeutsam.«

»Das Ende ist also nicht datiert?«

»Das braucht es nicht zu sein – nicht einmal Nostradamus kannte das genaue Datum von Armageddon. Er wusste nur, was ihm vorausgehen würde. Der Termin wird also offensichtlich, je näher wir ihm kommen.«

»Ich verstehe noch immer nicht.«

Sabir richtete sich etwas in seinem Bett auf. »Es ist ganz einfach. Nostradamus will, dass die Menschheit dem endgültigen Holocaust entrinnt. Er glaubt, wenn die Welt ihr Verhalten ändert, indem sie die Wiederkehr Christi anerkennt – und den dritten Antichristen zurückweist – dann könnten wir eine kleine Chance haben, der Auslöschung zu entgehen. Deshalb hat er uns die Hinweise gegeben, Jahr für Jahr, Ereignis für Ereignis. Wir müssen die Ereignisse mit den Vierzeilern in Verbindung setzen. Wenn jedes Ereignis genauso eintritt, wie es Nostradamus vorhergesagt hat, werden die Vierzeiler an Bedeutung zunehmen, und wir können sie abhaken. Je näher wir dem Armageddon kommen, desto offensichtlicher werden der Starttermin und das Enddatum sein, aus dem einfachen Grund, weil die Ereignisse für die allerletzten Jahre vor dem Zeitenende noch nicht eingetreten sind. Dann werden die Leute anfangen zu glauben. Und vielleicht ihr Verhalten ändern. Im Grunde hat Nostradamus uns zweiundfünfzig Jahre Vorwarnzeit gegeben.«

Calque verzog das Gesicht.

»Schauen Sie, der erste Hinweis in dem, was ich für den ersten Vierzeiler halte, geht so:

Die afrikanische Wüste wird zu Glas schmelzen
Falsche Freiheiten werden die Franzosen quälen
Das große Reich der Inseln wird schrumpfen,
Seine Hände, Füße und Ellbogen meiden den Kopf.«

»Das bedeutet nichts. Es führt uns nirgendwohin.«

»Ganz im Gegenteil. Sehen Sie es sich noch einmal an. ›Die afrikanische Wüste wird zu Glas schmelzen‹. 1960 haben die Franzosen ihren allerersten Atombombentest im südwestlichen Algerien durchgeführt. In der Wüste Sahara. Sie nannten es *Gerboise Bleu* – die Blaue Wüstenspringmaus.«

»Das ist weit hergeholt, Sabir.«

»Dann probieren Sie die nächste Zeile: ›Falsche Freiheiten

werden die Franzosen quälen‹. 1960 entließ Frankreich eine ganze Reihe von Ländern in die Unabhängigkeit – oder wurde dazu gewzungen: Französisch Kamerun, Französisch Togo, Madagaskar, Dahomey, Burkina Faso, Obervolta, Elfenbeinküste, den Tschad, die Zentralafrikanische Republik, Kongo-Brazzaville, Gabun, Mali, Niger, Senegal und Mauretanien. Aber immer noch fuhren sie mit ihrem Krieg in Algerien fort. ›Falsche Freiheit‹, das ist, wenn man mit der einen Hand gibt und mit der anderen wieder nimmt. Jetzt zu Zeilen drei und vier: ›Das große Reich der Inseln wird schrumpfen, seine Hände, Füße und Ellbogen meiden den Kopf‹. Großbritannien war für Nostradamus immer ›das große Reich der Inseln‹. Er benutzt das Bild bei zahlreichen Gelegenheiten, und es meint immer die Briten. 1960 gewährten die Briten Zypern die Unabhängigkeit. Ebenso Britisch Somalia, Ghana, Nigeria. Das sind die Gliedmaßen. Königin Elisabeth II. war der Kopf. Sie meiden sie durch ihre Unabhängigkeit.«

»Das genügt mir nicht.«

»Dann versuchen Sie den nächsten:

Deutschland wird abgeschnürt und Afrika zurückerobert werden
Ein junger Führer wird auftauchen: er behält seine Jugend
Die Menschen werden die Augen zum Schlachtfeld erheben
Ein Stern wird leuchten, der kein Stern ist.«

»Nach Ihrer Theorie, Sabir, müsste sich dieser Vierzeiler dann auf 1961 beziehen. Tut er das? Ich sehe es nicht.«

»Aber wieso nicht? Nehmen Sie die erste Hälfte der ersten Zeile: ›Deutschland wird abgeschnürt‹. Nostradamus benutzt den Ausdruck *envoyer le cordon,* was so viel heißt wie

›die Schnur schicken‹. In anderen Worten, auf Befehl würgen. Und was geschah 1961? Die Grenze zwischen Ost- und Westberlin wurde geschlossen und die Mauer gebaut – ein *cordon* aus Beton, der Deutschland zweiteilte und abschnürte. Jetzt der zweite Teil der ersten Zeile: ›Und Afrika zurückerobert.‹ Am 21. April 1961 haben rebellierende Angehörige der OAS Algier besetzt, um General de Gaulle davon abzuhalten, Algerien in die Unabhängigkeit zu entlassen. Sie erinnern sich daran, Hauptmann Calque, oder? Zu dieser Zeit haben Sie sich wahrscheinlich als junger Streifenpolizist die Füße wund gelaufen.«

»Pah.«

»›Die Menschen werden ihre Augen zum Schlachtfeld erheben‹. Erinnert Sie das nicht an etwas? Am 12. April 1961 war Yuri Gagarin als erster Mensch im All und hat auf diese Weise den Wettlauf ins All gestartet und den Kalten Krieg zwischen der USA samt der NATO und der Sowjetunion weiter verschärft. ›Ein Stern wird leuchten, der kein Stern ist‹. Eine verdammt gute Beschreibung eines im Orbit kreisenden Raumschiffs, finden Sie nicht? Vor allem wenn man bedenkt, dass Nostradamus seine Verse vierhundertfünfzig Jahre bevor man so etwas auch nur für möglich hielt geschrieben hat.«

»Was ist mit: ›Ein junger Führer wird auftauchen: er behält seine Jugend‹? Vermutlich werden Sie mir erzählen, damit ist John F. Kennedy gemeint.«

»Selbstverständlich ist er damit gemeint. Kennedy übernahm das Präsidentenamt am 20. Januar 1961 und wurde damit zum Führer des Westens. Er ›wird seine Jugend behalten‹, weil er knapp drei Jahre später, am 22. November 1963 ermordet wurde.«

»Ich nehme an, Nostradamus nennt auch das.«

»Ja. Ich habe es als: ›Die helle Kutsche des jungen Königs färbt sich schwarz.‹«

»Niemand wird das ernst nehmen. Das ist Ihnen doch wohl klar?«

»Niemand wird Gelegenheit haben, es ernst zu nehmen. Weil ich diese Prophezeiungen nicht veröffentlichen werde. Den Grund dafür haben Sie selbst mit Ihrer Parallele zu Kassandra genannt. Ich habe die Originale nicht. Niemand wird mir glauben. Und es stehen Dinge in den Versen, die der *Corpus Maleficus* immer noch wissen will.«

»Aber Bale ist tot.«

»Das ist er.«

»Da ist noch etwas, oder?«

»Die Probe aufs Exempel, meinen Sie? Tja, die kommt nächstes Jahr. Und übernächstes. Und das Jahr danach.«

»Wovon reden Sie?«

»Überlegen Sie doch, Calque. Wir haben 1960 als Starttermin für den Countdown. So viel ist klar, das können nicht einmal Sie bestreiten. Und ich habe achtundvierzig Vierzeiler von diesem Jahr an, die jeweils ein oder mehrere Ereignisse in den folgenden Jahren beschreiben und sie als Teil des Zyklus markieren. Sie sind nicht alle in der richtigen Reihenfolge, aber wenn man sie über die Jahre verteilt, geht es auf. Ich habe die amerikanische Niederlage in Vietnam. Die chinesische Kulturrevolution. Den arabisch-israelischen Sechstagekrieg. Den Völkermord in Kambodscha. Das Erdbeben von Mexico City. Den ersten und zweiten Golfkrieg. Den 11. September. Den Tsunami im Indischen Ozean. Und das ist nur die Spitze des Eisbergs. Es gibt Dutzende kleinerer Ereignisse, die ebenfalls übereinstimmen. Das geht weit über Zufälle hinaus.«

»Und was wollen Sie mir damit sagen?«

»Ich will Ihnen sagen, dass die Maya recht hatten. Gemäß der *Langen Zählung* der Maya wird die große Zeitenwende 2012 stattfinden. Am 21. Dezember, um genau zu sein. 5126 Jahre nach dem Beginn des Kalenders. Alle zweiundfünfzig Jahre war bei den Maya ein Kalenderzyklus vollendet. Das stimmt exakt mit Nostradamus' eigenen Hinweisdaten überein. Nur dass er erst im Jahr 1960 beginnt, genau an der Wende zum Zeitalter des Wassermanns. Und er hinterlässt uns zweiundfünfzig Vierzeiler, eine Vorwarnzeit von zweiundfünfzig Jahren. Damit sind wir ebenfalls bei 2012. Es könnte nicht klarer sein.«

»Und Sie haben die Prophezeiungen für die noch folgenden Jahre?«

»Ja. Ich habe sie per Ausschlussverfahren herausgefiltert. Es sind exakt die Prophezeiungen, hinter denen Bale so verzweifelt her war. Eine beschreibt den dritten Antichristen. Den, der die Welt an den Abgrund bringen wird. Eine andere beschreibt die Wiederkehr Christi. Und wieder eine andere den Aufenthaltsort eines neuen Visionärs, der den Termin entweder bestätigen oder verwerfen wird, der in die Zukunft sehen und die Information kanalisieren kann. Nur diese Person kann uns sagen, was uns erwartet – Erneuerung oder Apokalypse. Aber alles wird letzten Endes davon abhängen, ob wir bereit sind, die Wiederkunft des Herrn zu erkennen. Sie weltweit zu erkennen. Sie als etwas zu verstehen, was über Religion hinausgeht, als einen universalen Segen, anders ausgedrückt. Nostradamus glaubt, dass wir nur gerettet werden können, wenn die Welt in der gemeinsamen Verehrung einer Wesenheit zusammengebracht wird.«

»Das kann nicht Ihr Ernst sein.«

»Es ist mein tödlicher Ernst.«

»Und der dritte Antichrist. Wer ist das dann?«

Sabir wandte den Blick ab. »Er ist bereits unter uns. Er kam unter der Zahl Sieben zur Welt. Zehn sieben zehn sieben. Er trägt den Namen der Großen Hure. Er hat bereits ein hohes Amt inne und wird ein noch höheres erlangen. Seine kabbalistische Zahl ist Eins, was Rücksichtslosigkeit und besessenes Streben nach Macht anzeigt. Nostradamus nennt ihn den ›emporstrebenden Skorpion‹. Das ist alles, was ich Ihnen sagen kann.«

»Aber das ist nichts.«

»Oh doch, es ist etwas.«

Calque sah ihn forschend an. »Dann kennen Sie seinen Namen also?«

»Ja. Und Sie kennen ihn auch.«

Calque zuckte mit den Achseln, aber er war ein wenig bleich geworden. »Glauben Sie nicht, dass ich nicht versuchen werde, dahinterzukommen. Ich bin Kriminalbeamter. Zahlenmystik ist mir nicht völlig fremd. Nicht einmal mir.«

»Ich habe nichts anderes erwartet.«

»Und die Wiederkunft?«

»Davon werde ich niemandem etwas sagen. Es war der eigentliche Zweck von Nostradamus' Geschenk an seine Tochter. Ein Geheimnis, für das Männer und Frauen sterben würden. Ein Geheimnis, das die Welt verändern könnte. Sie sind der einzige Mensch auf Erden, der weiß, dass ich es besitze. Ich bin zufrieden, wenn es dabei bleibt. Und Sie?«

Calque betrachtete Sabir eine Weile schweigend. Schließlich erhob er sich ungelenk. Er nickte.

# POSTSKRIPTUM

Alexi entführte Yola, als der Sommer seinen Höhepunkt erreichte. Sie flohen nach Korsika, und Alexi raubte ihr die Unschuld am Strand bei Cargèse. Als sie sich zum ersten Mal liebten, flog eine Schar Enten über sie hinweg und warf ihren Schatten auf das Paar. Yola setzte sich im selben Moment auf, in dem sich Alexi aus ihr zurückzog und erklärte, sie sei schwanger.

»Das ist unmöglich. Wie kannst du das wissen?«

»Ich weiß es.«

Alexi zweifelte keine Sekunde daran. Für ihn besaß Yola ein geheimnisvolles Verständnis von Dingen. Das kam ihm gelegen, denn irgendwer musste solche Dinge wissen, wenn er selbst sein Leben weiter in der Gegenwart leben wollte, ohne einen Blick voraus- oder zurückzuwerfen.

Sobald Sabir von Yolas Entführung hörte, buchte er einen Flug nach Europa und wartete im Lager von Samois auf das Paar. Da er nun Yolas Bruder und das nominelle Oberhaupt ihrer Familie war, kam eine Heirat ohne seine Anwesenheit und Erlaubnis nicht infrage. Es war die eine letzte Sache, die er für sie tun musste, und sein Erscheinen bei der Hochzeit würde sie endlich von dem blutigen Makel befreien, der durch den Tod ihres Bruders entstanden war.

Yola hatte das Handtuch aufgehoben, auf dem sie am Strand von Cargèse gelegen hatten, und als es vor den Hochzeitsgästen zur Schau gestellt wurde, erkannte Sabir offiziell an, dass sie vor der Entführung Jungfrau gewesen und ihre *Lacha* unbefleckt gewesen war. Er erklärte sich einverstanden, Alexi den Brautpreis zu bezahlen.

Später, als die Zeremonie vorüber war, erzählte ihm Yola, sie sei schwanger, und fragte ihn, ob er der *Kirvo* für ihren Sohn sein wolle.

»Du weißt, dass es ein Sohn ist?«

»Nachdem Alexi mir die Augen aus dem Kopf gedreht hatte, lief ein Hund, ein Rüde, am Strand auf uns zu und schleckte an meiner Hand.«

Sabir schüttelte den Kopf. »Es ist verrückt, aber ich glaube dir.«

»Das ist richtig von dir. Der *Curandero* hatte recht. Du bist jetzt ein weiserer Mann. Etwas ist mit dir geschehen, während du fast gestorben wärst. Ich will nicht wissen, was es war. Aber ich spüre, dass du manchmal Dinge sehen kannst, genau wie ich es kann, nachdem der Augenmann mich zweimal halb getötet hat. Bist du jetzt ein Schamane?«

Sabir schüttelte den Kopf. »Ich bin ein Nichts. Nichts hat sich geändert. Ich bin nur glücklich, hier zu sein und dich verheiratet zu sehen. Und natürlich werde ich der *Kirvo* deines Sohnes sein.«

Yola sah ihn eine Weile an und hoffte, er würde noch etwas sagen. Doch dann breitete sich ein plötzliches Verstehen auf ihrem Gesicht aus. »Du weißt Bescheid, Damo, nicht wahr? Was mir der *Curandero* über mein Kind gesagt hat? Über die Parusie? Es stand alles auf diesen Seiten, die du verbrannt hast. Das war der Grund, warum das Geheimnis der Prophezeiungen meiner Familie zur Aufbewahrung gegeben wurde, ja? Und deshalb hast du die Blätter verbrannt und dein Leben dabei riskiert?«

»Ja. Es war aufgeschrieben.«

Yola legte die Hände auf ihren Bauch. »Stand sonst noch etwas geschrieben? Dinge, die ich wissen sollte? Dinge, die ich für meinen Sohn befürchten muss?«

Sabir lächelte. »Weiter stand nichts geschrieben, Yola. Was sein wird, wird sein. Der Würfel ist gefallen, und die Zukunft steht einzig in den Sternen.«

# GLOSSAR

*(Der Autor benutzt eine Reihe von Begriffen aus Zigeunersprachen, vor allem der Sinti, Roma und Manouche. Nachstehend die wichtigsten mit der Bedeutung, in der der Autor sie in diesem Buch verwendet)*

**Apatride:** Staatenlos
**Baro-Sero:** Oberhaupt aller Zigeuner
**Basiliskenblick:** besonders stechender Blick eines Menschen
**Bourreau:** *(frz.)* Henker
**Bulibascha:** Anführer, Oberhaupt eines Zigeunerclans
**Cabane:** Hütte der Viehhirten
**Cacipen:** die Wahrheit der Träume; das Wissen, das aus Träumen kommt
**Chej:** Zigeunermädchen
**Conversos:** zum Christentum konvertierte Juden, die oft heimlich ihrem eigentlichen Glauben treu blieben
**Corpus maleficus:** *(lat.)* Geheimgesellschaft in der Tradition der Inquisition
**Curandero:** Heilkundiger der Zigeuner
**Dikló:** das Zeichen der verheirateten Frau (kann z. B. ein Schal oder auch ein Kopftuch sein)
**Gadje:** Männliche Nicht-Zigeuner (eigentlich: »Weiße«)
**Gardian:** Hüter der Camargue-Stiere

**Ghermans:** Deutsche
**Hexi:** mit seherischen Fähigkeiten oder Zauberkraft begabt
**Kirvo:** Pate (weibliche Form: Kirvi)
**Kriss:** große Versammlung des Zigeunerclans
**Kristinori:** Richter (meist zugleich das Oberhaupt eines Clans), der beim Kriss die Urteile fällt
**Lacha:** Tugend, Ehre (meist in Bezug auf das sittsame Verhalten einer jungen Frau)
**Lale Romni:** gute (Zigeuner-)Frau
**Leis prala:** Ungeschriebenes Gesetz der Zigeuner
**Limpia:** Läuterung
**Mahrimé:** Unrein, beschmutzt, besudelt
**Manghèl:** Erbetteln von Lebensmitteln
**Manouche:** Einer der Zigeunerstämme neben z. B. Sinti und Roma
**Marranos:** Zum Christentum zwangskonvertierte Juden
**Métis:** Mischlinge
**Mocador:** Taschentuch
**Mulès:** Geister der Toten
**Mulo:** (böser) Geist
**O Beng:** Teufel
**O Del:** Gott
**Panschbara:** Spiel der Kinder
**Patrin:** Hoheitsgebiet
**Payos:** männliche Nicht-Zigeuner (wie Gadje), hier meist in Bedeutung von »Franzosen«
**Phral:** Blutsbruder, auch Ersatz für einen leiblichen Bruder, der in der Sippe für die Sicherheit und Tugendhaftigkeit der unverheirateten Schwester(n) verantwortlich ist
**Putain:** *(frz.)* Hure
**Rakia:** Anisschnaps
**Ursitory:** Dämonen
**Vila:** Hexe
**Vila Gana:** Königin der Hexen